Oscar storia

Nicole Avril

Sissi

Vita e leggenda di un'imperatrice

Traduzione di Adriana Crespi Bartolini

MONDADORI

© Copyright 1993 Éditions Grasset & Fasquelle
Titolo originale dell'opera: *L'Impératrice*
© 1994 Arnoldo Mondadori Editore S.p.A., Milano

I edizione Le Scie settembre 1994
I edizione Oscar storia settembre 1996

ISBN 978-88-04-41872-6

Questo volume è stato stampato
presso Mondadori Printing S.p.A.
Stabilimento NSM - Cles (TN)
Stampato in Italia. Printed in Italy

Ristampe:

16   17   18   19   20   21   22   23   24

2008   2009   2010   2011   2012   2013

www.librimondadori.it

INDICE

7	Parte prima
123	Parte seconda
201	Parte terza
327	*Bibliografia*
331	*Indice dei nomi*

Sissi

> «La storia è un grande obitorio in cui ciascuno viene a cercare i suoi morti, coloro che si sono amati, o coloro ai quali si è uniti da legami di parentela.»
>
> HEINRICH HEINE, *La Germania*

Il XIX secolo volge al termine. L'Impero austroungarico si crede immortale. Non è forse composto da cechi, magiari, tedeschi, rumeni, ebrei, zigani, italiani, dalmati, slovacchi, ruteni, croati, bosniaci e altri ancora? Le lingue parlate sono così tante che le diverse cancellerie dell'Impero devono corrispondere in latino. I viennesi si divertono a ripetere: «Certo, la situazione è disperata, ma non si può dire che sia realmente grave!».

È noto che la diversità dei popoli, fatto che un tempo era positivo, ora rappresenta una debolezza. In quest'arca di Noè, ogni specie difende i propri caratteri, ogni individuo ricorda quelle grida di libertà levate nel 1848, che ben presto è stato costretto a soffocare. È noto che Bismarck si è accanito a depredare il vecchio Impero, un tempo Sacro Impero. Dalle spoglie di quest'ultimo ha tagliato un abito nuovo con il quale ha rivestito la Prussia. Ma Vienna vuole dimenticare i pericoli, vuole rimanere Vienna per sempre.

Al centro, proprio nel cuore di essa, ecco un punto vitale da cui ogni cosa trae origine e dove tutto ritorna: la Hofburg, residenza imperiale d'inverno, città nella città. Duemilaseicento stanze. Un dedalo di corridoi e di scaloni. Chilometri di velluto, di drappeggi. Angoli nascosti immersi nell'ombra e nell'umidità, radure dorate, foreste di stucchi e decorazioni, stalattiti di cristallo. Un popolo di uscieri in polpe, in calzoni verde mandorla, in giacca ricamata d'oro. Un esercito di sentinelle, di spie, di carcerieri in abiti cupi. E laggiù, in fondo agli appartamenti, tra anticamera e salotto, un uccellino nero si esercita agli anelli, il ciuffo di piume sul capo sfiora quasi il soffitto, mentre le zampe battono l'aria gelida del palazzo d'inverno. Uccello femmina, che si raddrizza, gira su se stesso, volteggia tra gli attrezzi come se fosse solo al mondo. È una creatura solitaria, e non solo quando ogni mattina, alla Hofburg, compie gli esercizi agli anelli. Questo uccellino nero si chiama Elisabetta. Ha altri nomi, altri cognomi ma, se potesse scegliere, ne conserverebbe uno solo, quello in lingua ungherese: Erzsébet. Questa donna, perché di una donna si tratta, è imperatrice d'Austria e regina di Ungheria.

Continua i suoi esercizi con una scioltezza che dimostra quanto le siano familiari. Ed ecco, in fondo al corridoio, apparire un uomo. Sembra esitare, poi si irrigidisce, come pietrificato alla vista della ginnasta. E tuttavia lei lo prega di avanzare, senza temere di disturbarla. La sua voce è dolce, quasi soffocata, appena percepibile. Si potrebbe pensare che l'esercizio muscolare l'abbia estenuata, eppure il ritmo dei suoi movimenti non muta. Trazioni, volteggi. L'uomo osa appena guardarla. È così strana nella sua guaina di seta nera bordata di piume di struzzo, nere anch'esse. Sul suo volto pallidissimo lo sforzo ha fatto salire solo un impercettibile rossore all'altezza degli zigomi.

All'improvviso la ginnasta rimane immobile in una posizione d'appoggio, con le braccia e il busto tesi tra le parallele delle corde. In questa posa il suo corpo sembra stilizzato. La guaina di seta nera sottolinea profili che la contrazione dei muscoli rende ancora più netti. La sua vita è di una sottigliezza estrema. Dal lungo collo sporge un mento gracile e il seno, rotondo, generoso, sembra espandersi nel tentativo di liberarsi dall'impaccio degli indumenti. All'uomo, che non osa sollevare lo sguardo su di lei, dice che l'esercizio si concluderà presto. E con un filo di voce, come parlando fra sé, soggiunge: «Nella vita di ciascuno di noi giunge un momento in cui all'interno la fiamma si spegne».

È delusa. Ha dimenticato il suo canto antico e quell'uomo è venuto a insegnargliene un altro, ancora più antico. Oggi continuerà davanti a lei la lettura dell'*Odissea*. Si chiama Constantin Christomanos; è un giovane studente greco che termina a Vienna i suoi studi di filosofia. L'imperatrice Elisabetta voleva un professore di greco antico e di greco moderno, e ha scelto lui. Nel corso della sua vita ha avuto accanto a sé professori di ogni genere. Di volta in volta, le hanno insegnato l'ungherese, l'equitazione (alta scuola e cavalcate in campagna), il ceco, la storia dell'Impero, l'archeologia. Tutti si sono innamorati della loro allieva, e Constantin Christomanos, che ha trent'anni meno di lei, non è sfuggito alla regola.

L'imperatrice prolunga di qualche minuto ancora gli esercizi per meglio sfidare la tristezza del palazzo, per stancare sino ai limiti della resistenza il suo corpo, incessantemente magnificato, incessantemente tormentato. Una treccia sfugge dalla corona dei suoi capelli, si torce e va a perdersi nel vuoto. Prima di posare finalmente i piedi sul tappeto della Hofburg, Elisabetta salta al disopra di una corda. «Questa corda» dice «è qui perché io non disimpari a saltare. Mio padre era un appassionato cacciatore e voleva insegnarci a saltare come camosci. Affermava anche che se non fossimo stati dei principi, saremmo divenuti cavallerizzi da circo!»

I suoi boccoli, bruni con riflessi fulvi, le ricadono sciogliendosi molto al di sotto della vita. Non ha l'abitudine di compiere le sue acrobazie in tenuta d'apparato, ma stamani deve ricevere alcune arciduchesse e l'abito da cerimonia è di rigore. A dire il vero, il fatto di sovvertire il rituale di corte non le spiace.

«Se le arciduchesse sapessero che ho fatto ginnastica vestita a questo modo, resterebbero di sasso. Ma è stato un caso; d'abitudine compio questi esercizi al mattino presto, o di sera. So bene quali doveri impone il sangue reale.»

Constantin Christomanos cammina a due passi dietro di lei. Il corpo dell'imperatrice è sottile come un frustino.

PARTE PRIMA

«Mi ricorda la bimba delle favole. Le fate buone sono venute e ciascuna di esse ha deposto nella culla un magnifico dono: bellezza, grazia, dignità, intelligenza, spirito. Ma la fata cattiva è venuta a sua volta e ha detto: "Vedo che ti è stato dato tutto, ma farò in modo che questi doni ti si rivoltino contro e non ti garantiscano alcuna felicità… Persino la tua bellezza ti porterà solo dolore, e non conoscerai mai la pace".»

MARIA FESTETICS

Sissi è nata a Monaco il 24 dicembre 1837, notte di Natale. Per di più era domenica e lei, come Melisenda, amerà dire: «Sono una figlia della domenica», sottolineando con queste parole il suo bisogno di libertà. Per contro, non vedrà mai in questa data un segno di elezione o un segno del destino. Non conosce questo tipo di presunzione. Le basta essere Elisabetta, Aurelia, Eugenia, duchessa *in* Baviera, terza di una famiglia che conterà otto figli.

Ludovica, sua madre, godeva di un rango più elevato. Figlia dell'Elettore Massimiliano di Wittelsbach, divenuto re di Baviera grazie all'alleanza con Napoleone I, era nata principessa *di* Baviera. Il matrimonio avvenuto nel 1825 con il duca Max, suo secondo cugino, l'ha fatta precipitare dal ramo principale dei Wittelsbach al ramo cadetto, e ora è solo duchessa *in* Baviera. Questa unione, che non fu di simpatia né tantomeno d'amore, la lascia insoddisfatta nel suo orgoglio e nella sua sensibilità. La sua vita è opaca, fatta di abitudini e di rancori. Mentre lei si annoia attendendo il marito, questi canta, viaggia, provoca scandalo, sperpera il denaro della famiglia e ha figli da altre donne. Un bel tipo, il duca Max!

È dotato del fascino dei grandi egoisti, di coloro che possiedono i mezzi fisici, intellettuali ed economici per soddisfare il loro egoismo. Segue il corso della propria immaginazione, non per strabiliare o ferire, ma per semplice spensieratezza. La vita è breve, e il duca Max vuole approfittarne come meglio gli piace. È vero, ha dovuto accettare il grado di generale, ma il solo fatto di indossare l'uniforme lo deprime. Preferisce altre manovre. Nonostante la sua originalità, le sue eccentricità, a Monaco è il più popolare dei Wittelsbach. Ha studiato in un istituto cittadino, mentre i suoi pari sono seguiti negli studi da precettori.

Un allegro libertino. Se la sua biblioteca conta ventisettemila opere, nel palazzo sulla Ludwigstrasse, dove è nata Elisabetta, egli dispone anche di una sala per la danza ornata con un fregio che celebra Bacco, di un caffè concerto e di un circo nel quale si esibisce in numeri equestri e clowneschi. Suona la cetra a casa, in viaggio e persino in cima alla piramide di Cheope. Spesso assente, quando ritorna si guarda bene dal dedicarsi alla moglie, e rimane accanto a lei solo il tempo necessario a metterla in stato interessante. Quando chiedono alla piccola Elisabetta se negli ultimi tempi ha visto suo padre, risponde: «No, ma l'ho sentito fischiare!».

Pessimista e gaio, il fischiatore dilapida la propria gioia come meglio gli suggerisce la fantasia. Perché è poeta, e si è scelto un modello inaccessibile: Heinrich Heine, per il quale sua figlia nutrirà più tardi un vero culto. Del suo maestro di pensiero e di rima il duca Max possiede, nella vita, l'intelligenza sottile, la malizia, l'amore per la natura e per il paradosso. Ma mentre Heinrich Heine si rivela uno dei più grandi poeti di lingua tedesca, il duca Max è solo il duca Max. È dotato di molto entusiasmo, ma di poco genio. Si interessa a tutto, alle scienze, alla politica, alla storia; pubblica articoli nei quali ostenta le sue idee liberali per meglio infastidire l'ambiente in cui vive.

Dopo una spedizione in paesi lontani, nel 1839 pubblica a Monaco un racconto secondo la moda del momento: *Voyage en Orient*. Non potendo fare a meno di differenziarsi dagli altri, eccita le curiosità e rende l'opera stuzzicante intercalando diverse pagine bianche con la menzione: *Censuré*. Il duca Max pratica l'umorismo, l'autoderisione, prefigurando al tempo stesso le usanze pubblicitarie, se non editoriali, del XX secolo.

I figli sono ingiusti e amorali. Al brontolare di una madre troppo presente preferiranno sempre un padre che scompare e ricompare assai spesso, ogni arrivo del quale è una festa. La discendenza del duca Max piange le sue partenze e applaude i suoi ritorni. Appena lo sente fischiare, la «banda» ducale abbandona lezioni e precettori per seguirlo nella foresta. Egli si intende di scienze naturali, fa lunghe camminate, si dedica alla caccia e interrompe i suoi canti solo nell'ora dell'appostamento. Se i bambini sono stanchi, non esita a farli riposare nella casa di una delle sue amanti. Le sue abitudini scandalizzano gli abitanti di Monaco ma non stupiscono la sua progenie. Il fischiatore usa ricevere a colazione negli appartamenti della Ludwigstrasse le sue due figlie naturali.

Ai primi tepori della bella stagione, la famiglia lascia la città e si trasferisce nella residenza estiva situata sulle rive del lago di Starnberg. Nel castello di Possenhofen si vive come in una fiaba, con tanto di zucchero candito e sciroppo d'orzo. Il papà è volubile ma talmente affascinante con la sua figura snella, giovane, con i suoi occhi scuri come le acque dei laghi bavaresi! La mamma non si cruccia troppo delle infedeltà del marito e accarezza teneramente i bambini, i cani e i cavalli, che sono i veri padroni del luogo. Qui, come più tardi alla corte di Vienna, vige la moda dei diminutivi: Possenhofen è «Possi», Elena, la sorella maggiore, è «Néné» ed Elisabetta, naturalmente, è «Sissi». I ragazzi crescono liberi, allegri, forse troppo vicini ai genitori, fatto che l'etichetta disapprova. Sono giudicati vagamente bizzarri, il che non è grave, se si tiene conto della loro doppia ascendenza Wittelsbach. La famiglia di Baviera conta tanti pazzi, tanti individui instabili, originali, inquieti e inquietanti, che si ha l'impressione di aver evitato il peggio. Le emicranie che Ludovica trasmette alle sue figlie non preoccupano eccessivamente.

Ed Elisabetta? E Sissi? Un corpo minuto, tutto nervi e muscoli, che cresce con la passione per gli esercizi fisici. Non dimenticherà mai i primi anni della sua vita e forse, nel ricordo, li abbellirà. La fuggitiva ritornerà incessantemente a gettare mazzolini di genziane azzurre nelle acque della sua infanzia. In questo periodo non è né graziosa né studiosa, eppure tutti l'adorano e la vita sembra semplice. Le piace alzarsi presto e cavalcare sin dall'alba. Se ne infischia dello stile e ancor più dei pericoli. Senza saperlo, è già un'ottima amazzone e istintivamente entra nel sogno di suo padre. Lui la desidera intrepida e selvaggia, e lei lo è.

Prova paura solo durante gli incubi, e tuttavia, al momento del risveglio, riesce a contenere in qualche modo il proprio spavento. Il suo sonno è sempre popolato di animali. Se durante la notte, alle prese con bestie strane, le accade di gridare, di giorno non ne teme alcuna. *Nightmare*. Lei, che ama tanto i cavalli, non teme la giumenta nera dei suoi sogni. È convinta di poter dominare tutte le sue cavalcature, quelle che galoppano in pieno giorno e quelle che strisciano nell'ombra.

Bambina appassionata e turbolenta, apprezza il calore del nido. Eppure ogni giorno si sente costretta ad allontanarsene e a correre a sognare in riva al lago. Prima di ritornare a condividere i giochi dei suoi fratelli e delle sue sorelle, con i quali si intende a meraviglia, avverte il bisogno di temprare nella solitudine le sue forze e la sua fantasia. A Possenhofen giungono appena gli echi dei grandi rivolgimenti del 1848, e il duca Max, protetto dalle sue idee liberali, non è minacciato dai rivoluzionari. Tutto va per il meglio, nel migliore dei mondi.

A tredici, quattordici anni, bisogna inventarsi un amore. Lo scudiero del duca è carino, la testa di Elisabetta comincia a girare. È innamorata, tutti lo notano. Il giovane conte Riccardo non è un partito adatto a lei, e il duca Max non desidera essere privato della figlia prediletta, che tanto gli assomiglia: stesso fascino, stessi ghiribizzi. Come lui, Sissi prende l'abitudine di ritirarsi nella propria stanza a scrivere versi. L'amore infantile è forse per lei qualcosa che va al di là del gioco, la poesia qualcosa che va al di là dell'eredità familiare?

L'idillio viene interrotto, il giovane inviato in un luogo lontano. Alcuni mesi più tardi ritorna ammalato e muore quasi subito. L'adolescente è sconvolta. Nella vita di Elisabetta la morte fa già la sua apparizione e conferisce alla favola un sapore amaro. Forse si sente responsabile di questo dramma: Riccardo ha dovuto lasciare la corte per causa sua. Il suo primo amore equivale a una prima sconfitta. Non lo dimenticherà, non vuole dimenticarlo. Diventa solitaria e, se in presenza degli altri si mostra allegra, nella sua stanza scrive, e non più solo per imitare il padre, confidando la tristezza ai suoi quaderni:

> Il dado è tratto,
> Riccardo purtroppo non è più.
> Suona la campana a morto,
> O Signore, abbi pietà!
> La fanciulla dai riccioli biondi
> È alla finestra.
> Il suo dolore mi commuove
> Ben al di là delle ombre.
>
> Perché non sono morta anch'io
> E non sono in cielo con te?

Elisabetta può sprofondare a volontà nella sua disperazione. L'attenzione della famiglia si è allontanata da lei per concentrarsi sulla sorella maggiore. Pare si voglia preparare Elena a un grande destino. Si cura la sua istruzione più di quella degli altri ragazzi, insistendo sullo studio delle lingue straniere e della storia. Elena accompagna spesso la madre che le insegna come comportarsi nella buona società. Quanto a Sissi, non si sognerebbe mai di invidiare un trattamento al quale non ha diritto. Quella preparazione prefigura prestigiosi progetti matrimoniali, mentre Elisabetta continua ad amare Riccardo, a sposare solo il proprio dolore. Nei momenti di serenità apprezza il fatto che il polo di attrazione sia un'altra persona. Per lei la libertà è preferibile alle lezioni di comportamento.

Ludovica ha elaborato un ambizioso progetto, la cui riuscita guarirebbe le sue ferite d'amor proprio, e dal quale, inoltre, tutta la famiglia trarrebbe vantaggio. A Vienna c'è un cuore libero, quello del giovane imperatore Francesco Giuseppe; Franzi è attraente, il che non guasta. Se non lo fosse, gli si scoprirebbero altre qualità. Sedere un giorno sul trono dell'Impero non rappresenta forse il sogno supremo di una piccola duchessa *in* Baviera? Francesco Giuseppe è primo cugino di Elena, ma nell'Europa cattolica le unioni tra consanguinei non si contano più; quando si tratta di consolidare le dinastie che gli sono favorevoli, il papa concede la propria autorizzazione senza discutere.

Due paraninfe coniugano i loro sforzi per condurre a buon fine il progetto: Ludovica e soprattutto sua sorella, l'arciduchessa Sofia, madre di Francesco Giuseppe. Nell'impresa Ludovica non ha alcun potere, in realtà tutto dipende da Sofia. Autoritaria e severa, intelligente e devota, essa farà di Elena, se lo vuole, un'imperatrice, come ha fatto un imperatore del suo Franzi. Questi deve alla madre il fatto di essere salito al trono a diciotto anni. Per riuscirci sono state necessarie un'abdicazione, una rinuncia al trono e una rivoluzione.

Nel marzo 1848 le sommosse hanno scacciato da Vienna Metternich e l'imperatore Ferdinando. La corte si rifugia a Innsbruck, nel Tirolo, e poi a Olmütz, in Moravia. L'Impero è in pericolo, l'Ungheria e Milano si ribellano. Venezia tenta di proclamare la Repubblica e di tornare Serenissima come un tempo. Praga è nelle mani degli insorti, l'Austria non può più sopportare Metternich. Essa risparmia ancora gli Asburgo e ne trae qualche merito. L'imperatore Ferdinando, che regna dal 1835, è un incapace. È un uomo gentile, certo, e infatti lo chiamano il Bonaccione, ma è malato, soffre di crisi nervose, di balbuzie, di debolezza. Il suo cadetto, Francesco Carlo, non vale molto di più. Non è del tutto idiota, ma la sua timidezza, la sua mancanza di carattere e la sua incompetenza non ne fanno l'imperatore ideale di un'epoca di grandi turbamenti. La sua unica qualità consiste nell'avere per moglie l'arciduchessa Sofia, donna capace che non esita ad agire, comprendendo subito il vantaggio che può trarre dalla situazione. Ha allevato il figlio maggiore, Francesco Giuseppe, come un principe ereditario, e al giovane non mancano le qualità necessarie per esserlo. Grazie a Dio non soffre delle malattie nervose degli Asburgo; la vendicherà del deplorevole matrimonio che ha dovuto subire.

Per lungo tempo l'arciduchessa ha tirato, dietro le quinte, i fragili fili dell'Impero e il 2 dicembre 1848 riesce finalmente ad annodarli secondo le proprie ambizioni. Suo cognato, l'imperatore Ferdinando, abdica e al tempo stesso suo marito, l'arciduca Francesco Carlo, rinuncia ai propri diritti. Sofia non sarà imperatrice, ma al suo posto, sul trono, siede Franzi, il quale le sarà doppiamente debitore della corona.

Ludovica ammira da lontano questa sorella che è riuscita nei propri intenti. Il suo atteggiamento nei confronti di Sofia è ossequioso, e anche ingenuo: pensa che Sofia aiuterà Elena a svolgere il suo ruolo nella corte, la cui etichetta risale a Carlo V e all'Escorial. Ludovica ama le sue figlie. Come una pastorella, questa principessa di sangue reale è convinta che la felicità è tanto più grande quanto più si sale in alto. Di conseguenza, al primo segno di incoraggiamento proveniente da Vienna fa impartire alla figlia Elena un'istruzione particolare. La ragazza possiede tutte le qualità richieste. È elegante, studiosa, obbediente. Ludovica scrive spesso alla sorella per metterla al corrente dei progressi di Elena. La fanciulla ha già l'aspetto di una donna, ed Elisabetta ammira la sorella maggiore. Ciò non significa che desideri seguirne le tracce: la morte di Riccardo ha distrutto il suo slancio. Da allora preferisce rimanere il più a lungo possibile nell'infanzia. Tuttavia, a cavallo, supera di gran lunga la sorella.

15 agosto 1853. Una carrozza viaggia in direzione di Ischl e Salisburgo. All'interno di essa siedono quattro donne: Ludovica, Elena, Elisabetta e una cameriera, dirette all'appuntamento tanto atteso: laggiù incontreranno l'arciduchessa Sofia e l'imperatore. Con il pretesto di una riunione di famiglia accadrà ciò che deve accadere. Si tratta di un complotto tutto al femminile, e il duca Max è ben contento di non farne parte. L'autoritarismo della cognata gli ispira solo antipatia, che Sofia contraccambia. Provocazione da una parte, disprezzo dall'altra. Ludovica sa che per la realizzazione dei suoi progetti è preferibile evitare di mettere il marito e la sorella l'uno di fronte all'altra. Se le cose andranno come spera, al momento opportuno si chiederà al padre della fidanzata di dare il proprio consenso.

Le viaggiatrici sono vestite di nero, alcuni giorni prima è morta una zia. L'abito da lutto conferisce a Elena un'aria tetra, rende la sua carnagione opaca. Il nero al quale non si è potuto sfuggire sembra assorbire tutto lo splendore della fanciulla. E dato che l'abito fa il monaco, nel nostro caso la monaca, Elena, indossando quel vestito che la invecchia anzitempo, sembra ancora più saggia e più triste.

Quanto a Elisabetta, non ha alcuna vanità, vede subito il vantaggio che può trarre dall'abito nero: le ripeteranno un po' meno spesso di fare attenzione a non macchiarsi. Durante la sosta ha anche potuto scendere dalla carrozza e dare da bere ai cavalli senza provocare osservazioni quando si è bagnata le scarpe e l'orlo della gonna. Del resto, partecipa al viaggio per pura combinazione. Desiderava assistere al trionfo della sorella. Ma, soprattutto, la parola «viaggio» ha per lei un fascino che non riesce a spiegare. All'ultimo momento è stato accettato che facesse parte della spedizione: meglio non lasciarla sola con il padre, che altrimenti l'avrebbe condotta a zonzo nella foresta.

Il viaggio mantiene le sue promesse. Nessuno si occupa della piccola che può fantasticare con il naso incollato al finestrino della carrozza. La temperatura estiva conferisce una linea più dolce alle montagne, i cui profili sembrano immersi in una luce lattiginosa. Ecco apparire un lago, alcune capanne, degli alberi lungo la cresta di un monte. Emozionata dalla novità, Elisabetta fa tesoro di ogni dettaglio. Un giorno salirò su un treno. Dicono che sia rumoroso, pieno di polvere. Il paesaggio sfilerà sempre più rapido, arrestarlo sarà impossibile. Sì, un giorno partirò, senza sapere in quale direzione, che importanza ha? Lontano, molto lontano, fino alla fine della linea ferrata, senza mai pensare al ritorno. I cavalli hanno però un vantaggio: grazie a essi il viaggio dura più a lungo.

Le dame sono in ritardo. Le maledette emicranie di Ludovica e di Elena le hanno costrette a riposarsi. Si sono rinfrescate le tempie con l'acqua dei ghiacciai. I loro abiti sono sgualciti, hanno le chiome polverose, le voci ansanti. Elisabetta non ignora il disagio provocato dall'emicrania e oggi, come non mai, apprezza il fatto di non esserne colpita. Alla vigilia di ogni grande avvenimento, cerca di allontanare quel disturbo. Mio Dio, fate che non debba soffrirne durante il viaggio! È stata esaudita, si sente leggera. Tutto quel nero, lungi dal pesarle, le piace per la sua sobrietà e per quel non so che di assoluto che sembra racchiudere. La riporta col pensiero al mantello lucente e cupo del suo cavallo morello. Il viaggio potrebbe non avere mai fine.

Sissi, senza esserne consapevole, vive il suo ultimo giorno di libertà, e non sa nulla, nulla delle minacce del mondo. In Crimea è scoppiata la guerra, le truppe dello zar Nicola I hanno attraversato il Danubio e, nella loro lotta contro la Turchia, sperano nell'appoggio di Francesco Giuseppe. Lo zar non gli ha forse prestato man forte e truppe in Ungheria? Trentamila soldati russi hanno schiacciato gli ungheresi che volevano staccarsi da Vienna e proclamare la caduta degli Asburgo. Elisabetta non sa nulla delle miserie delle popolazioni, della povertà, della malattia. Suo padre è un liberale e tuttavia vive come un signore con la passione per il lusso, per le spese smodate. Lei non sa che una volta oltrepassata la frontiera entrerà in un mondo nuovo. Non ci sarà più la campagna bavarese, non ci sarà più solo il regno della natura. L'Impero austriaco trabocca di uniformi ufficiali, la polizia sorveglia tutto ciò che si muove. Elisabetta non sa che a Salisburgo e a Ischl l'attendono coloro che sono chiamati i principi del sale. Vengono da tutta l'Europa: re, regine, signori di ogni estrazione, imperatori, arciduchi e arcifamiglie. Si considerano già come il sale della terra, e nelle acque saline trovano quindi molte virtù terapeutiche. La salamoia non è un prodotto che conserva? Il gotha ama il sale, che gli permette di ritrovarsi tra i suoi simili.

Elisabetta non sa, non può sapere, che Salisburgo è all'origine della teoria stendhaliana della cristallizzazione. Il capitolo del «ramoscello di Salisburgo» scritto da Stendhal nel 1825 è pubblicato per la prima volta solo nel 1853, nel momento stesso in cui l'ignorante duchessina *in* Baviera attraversa la frontiera austriaca. In questo capitolo, che più tardi sarà inserito nell'opera *L'amore*, Stendhal scrive:

> Nelle miniere di sale di Hallein, nei pressi di Salisburgo, i minatori gettano nelle profondità abbandonate un ramoscello d'albero sfogliato dall'inverno; due o tre mesi dopo, per effetto delle acque cariche di particelle saline, che inumidiscono questo ramoscello e in seguito lo lasciano a secco ritraendosi, lo trovano tutto coperto di cristallizzazioni risplendenti. I rami più piccoli, quelli che non sono più grandi di una zampa di cinciallegra, sono ricoperti da un'infinità di piccoli cristalli mobili e smaglianti. Non è più possibile riconoscere il ramoscello primitivo; è un piccolo giocattolo assai grazioso da vedere. Quando brilla il sole e l'aria è perfettamente secca, i minatori di Hallein non mancano di offrire questi ramoscelli di diamanti ai viaggiatori, che si affrettano a scendere nella miniera.

Stendhal continua con la sua compagna di viaggio un dialogo metaforico dal quale nasce la sua «teoria» amorosa della cristallizzazione:

> «Ah! comprendo» dice Ghita; «nel momento in cui cominciate a occuparvi di una donna, non la vedete più *quale è realmente*, ma quale vi conviene che sia. Paragonate le illusioni favorevoli prodotte da questo inizio di interesse a quei graziosi diamanti che nascondono il ramo di carpini sfogliato dall'inverno e che sono percepibili, notate, solo dall'occhio di questo giovane che comincia ad amare.»
>
> «Si tratta» ripresi «del motivo per cui le parole degli amanti sembrano tanto ridicole alle persone sagge, che ignorano il fenomeno della cristallizzazione.»
>
> «Ah! voi la chiamate *cristallizzazione*» disse Ghita; «ebbene, signore, cristallizzate per me.»

Le dame sedute nella carrozza nera ignorano queste cose. Quando si tratta di impadronirsi di un trono – e di quale trono! – non si sogna l'amore. Il futuro dinastico sta per giocarsi ed esse sono in ritardo di un'ora e mezzo. La carrozza che dovrebbe seguirle con bauli e guardaroba è a sua volta in ritardo. I loro abiti da lutto sono in pessime condizioni, sciupati dal caldo e dalla polvere delle strade. Il volto di Elena non è più vellutato ma sembra di cartapesta, e nell'apprensione la fanciulla non fa altro che lagnarsi della propria emicrania. Decisamente il nero non le dona, eppure bisognerà che si rassegni a indossarlo. All'arciduchessa Sofia non piace attendere.

Prima dell'incontro le quattro dame hanno appena il tempo di pettinarsi. I bagagli sono in ritardo; per migliorare il proprio aspetto possono quindi contare solo sulle loro capigliature. Quella di Sissi è magnifica, una cascata fulvo-castana che le arriva fino ai polpacci. Mentre la cameriera è impegnata a sistemare le acconciature di sua madre e di sua sorella, Elisabetta si spazzola i capelli da sola. Ha orrore degli incontri che l'etichetta rende tanto noiosi, anche se oggi avverte una certa curiosità. Come si comporterà la sorella maggiore in una situazione dalla quale dipende tutto l'avvenire familiare? Non vorrebbe essere al suo posto!

Francesco Giuseppe, di una puntualità imperiale, fa il suo ingresso nel salone. Elisabetta conosce appena questo primo cugino. Si sono intravisti anni addietro, lei era ancora una bambina, lui già un uomo. Néné fa una bella riverenza, con il sorriso reso rigido dagli sguardi, dall'importanza del ruolo attribuitole. Sissi osserva ciò che fanno gli adulti quando tentano e sperano di sedursi a vicenda. Ascolta solo parole di convenienza, vede solo atteggiamenti affettati. Malgrado questo il fidanzato di sua sorella è molto bello. Alto, biondo, con il corpo slanciato nell'uniforme bianca e rossa, i colori dell'Impero. Quando gli occhi di Francesco Giuseppe si posano su di lei, Elisabetta abbassa i suoi, e quando osa sollevarli lo sguardo dell'imperatore indugia, segue il movimento dei suoi lunghi boccoli, accarezza la sua figura, fermandosi infine sul volto, che si copre di rossore. Si sente sciocca, brutta. Perché l'imperatore non si interessa maggiormente a Elena? Perché non la lascia alla sua timidezza, alla sua insignificanza? La faccenda durerà ancora a lungo? Per fortuna le loro madri riempiono i silenzi. Le due sorelle, che non si sono viste da tempo, hanno molte cose da dirsi. Tuttavia Ludovica tradisce un certo imbarazzo davanti all'arciduchessa Sofia, trasformata dal potere. A Vienna la chiamano «la vera imperatrice». In quel salone di Bad Ischl essa tiene tra le mani l'avvenire della famiglia Wittelsbach da cui lei stessa proviene. La posta in gioco merita questo imbarazzo.

Francesco Giuseppe, invece, non è affatto a disagio. Si sente in vacanza; Bad Ischl assomiglia alla corte di Vienna come un bivacco nella foresta alla cittadella della Hofburg. Certo, non è senza apprensione che ha accettato questo incontro organizzato dalla madre, e ora vorrebbe ringraziarla. Sua madre si è sbagliata di poco, e ciò che conta è questo piccolissimo errore. È un giorno benedetto, poiché all'appuntamento è presente lei, la fragile Elisabetta.

Non ha avuto un attimo di esitazione. Ancora prima di rivolgerle la parola ha compreso che la sua vita sarebbe dipesa da quella fanciullina di cui non immaginava la venuta. Al primo sguardo si è verificato l'impossibile; si è sentito vivo come non era mai stato, come forse non sarà mai più. Contro una cosa del genere, tutte le madri del mondo, tutti gli imperi, tutte le uniformi non possono nulla. Francesco Giuseppe ha dimenticato le guerre incombenti e il ruolo imperiale che interpreta con molta serietà da quando aveva diciotto anni. È solo un tenentino innamorato. In un attimo ha «cristallizzato» per la piccola, la dimenticata, la scontrosa. Non ha il tempo di analizzare i propri sentimenti, di fare la cernita delle sue emozioni. Tutto gli appare confuso, folgorante eppure così chiaro, così forte. Non attende ancora una risposta da lei; è sconvolto dalla sua scoperta: Elisabetta, quell'Elisabetta di quindici anni e mezzo, è colei che sperava di incontrare, colei che desidera. Rappresenta l'infanzia che lui non ha conosciuto; rappresenta la timidezza, mentre lui ha dovuto anche troppo presto imparare a mettersi in mostra. È selvaggia, mentre lui ha frequentato solo palazzi. È tutto un insieme di cose che lo sconvolgono.

Il complotto delle madri è minacciato. Hanno compreso che davanti a loro sta avendo luogo un malaugurato cambiamento di dama. La situazione rischia di sfuggire loro di mano, quindi per reagire approfittano del rituale del tè. Elisabetta viene fatta sedere all'estremità della tavola, con i bambini. Ma è ancora troppo in vista e mormora all'orecchio della governante: «Néné se la cava bene perché nella sua vita ha già incontrato molte persone. Per me è diverso; mi sento così a disagio che non riesco assolutamente a mangiare».

Ma Francesco Giuseppe si occupa appena della povera Néné. I suoi occhi cercano da lontano l'esile bambina che giocherella con il contenuto del proprio piatto. Le madri, sbalordite, osservano e non credono ai loro occhi; impotenti, assistono non solo a un colpo di fulmine, ma anche a una sottrazione di potere. Ciò che hanno costruito con tanta cura in tutti quegli anni è demolito da una ragazzina, senza che questa se ne renda conto. Per Ludovica la sconfitta non è totale. Se anche la figlia maggiore le rimanesse sulle spalle, nello stesso momento l'altra si troverebbe accasata. L'arciduchessa Sofia, dal canto suo, è decisa a lottare. Non ha forse indotto il marito a rifiutare il trono per offrirlo a suo figlio? Come potrebbe ora quel figlio che deve a lei la fortuna di essere imperatore, disobbedirle? Non vuole saperne di una piccola duchessa in zoccoli che per la prima volta rende il suo Franzi deciso e felice. Ma ben presto comprende che le è sfuggito di mano e in una lettera a sua sorella Maria di Sassonia si rivela miglior perdente di quanto non sia in realtà:

> Era raggiante, e tu sai come i suoi lineamenti si illuminino quando prova una gioia. La cara piccina non dubitava minimamente dell'impressione profonda che aveva destato in Franzi. Solo quando sua madre gliene parlò uscì dalla sua timorosa timidezza, provocata in lei dalla presenza di tante persone.

Il mattino successivo l'arciduchessa si è appena svegliata, quando vede entrare il figlio nella sua stanza. Descrive così la scena nel suo diario:

> «Sai, Sissi è deliziosa.»
> «Sissi? È ancora una bimba.»
> «Sono d'accordo, ma osserva i suoi capelli, i suoi occhi, la sua grazia, tutta la sua persona. È squisita.»
> «Non la conosci ancora, è necessario riflettere. Hai tempo, non devi affrettarti. Nessuno ti chiederà di fidanzarti subito.»
> «Ma no, è molto meglio non trascinare le cose per le lunghe.»

Il giovane tenente innamorato esulta, si entusiasma, delira ed esclama: «Davvero, questa Sissi è incantevole! È fresca come una mandorla appena dischiusa. E quella magnifica corona di capelli che le circonda il volto! La bellezza, la dolcezza del suo sguardo! E le sue labbra... fanno pensare alle più belle fragole!».

L'arciduchessa è convinta che suo figlio stia commettendo un errore. Ha bisogno di una moglie istruita, raffinata, di una donna che lo aiuti nel suo compito, che lo comprenda. Elena sarebbe perfetta. Per l'ultima volta tenta di convincerlo, ma lui non vuole darle ascolto, non può farlo. Lungi dal respingere la madre, è sopraffatto dall'amore al punto che trova parole toccanti per manifestarle la propria fiducia, il proprio affetto. Non ha forse sentito il bisogno di confidarsi con lei? Non è forse stata la prima a conoscere i suoi sentimenti? L'arciduchessa è abbastanza intelligente per comprendere che non c'è più nulla da fare. Franzi ha già lasciato la stanza, è andato a raggiungere la piccola incantatrice.

Pur essendo appassionato di caccia, Francesco Giuseppe rinuncia alla battuta prevista per il 18 agosto; ma a che cosa non rinuncerebbe? A colazione Elena viene fatta sedere di nuovo accanto a lui; grazie a questa precauzione, le apparenze sono salve ancora per qualche istante. Subito dopo, le due madri discutono la situazione. Ludovica si sente smarrita, mentre l'arciduchessa Sofia, come sempre, dà prova di sangue freddo. Suo figlio è follemente innamorato di Sissi, andare contro tale follia le appare impossibile. Obbediente, come sempre, la sera stessa Ludovica parla alla figlia minore e le chiede se ritiene di poter amare l'imperatore. Sissi si mostra turbata, arrossisce, poi scoppia in singhiozzi: «Come si potrebbe non amarlo? Ma che idea strana... Come ha potuto pensare a me... Sono così giovane e insignificante».

Ed Elena? Nessuno pensa a lei, alla sua umiliazione. Ha vent'anni, è una donna destinata da anni a una sorte gloriosa, una vergine consacrata, una promessa sposa ripudiata prima del fidanzamento. Subisce l'affronto davanti a tutta la sua famiglia, gli Asburgo e i Wittelsbach riuniti, senza contare le famiglie imparentate e la sequela dei principi del sale venuti a passare le acque a Ischl. E all'origine di questo oltraggio c'è la sua sorellina. Elena non avrebbe mai pensato che Sissi potesse farle ombra, che, proprio nel momento decisivo, fosse persino in grado di far dimenticare a Francesco Giuseppe che lei, Elena, era presente. Ferita d'amore, ferita d'amor proprio. È stata inventata una storia, e quella storia improvvisamente non esiste più. La giovane si chiede se a vent'anni deve già considerarsi vecchia. E tutto il tempo perduto? Un giorno un uomo poserà mai su di lei uno sguardo simile a quello di Francesco Giuseppe quando è apparsa Sissi? La sua sorellina non ha fatto nulla, non ha detto nulla, ma le ha rubato il suo amore come uno zigano cattura un cavallo. E dopo tutto questo bisogna anche fingere davanti alle persone che osservano. Fino a quando? Un simile supplizio avrà una fine? Sissi vinca, dunque, vinca una volta per tutte, sia amata, sia regina, sia imperatrice, ma faccia presto!

Elena, la povera Elena, avrà la grandezza d'animo di perdonare alla sorella il male che involontariamente le ha fatto. Ma in quel momento è solo una fanciulla che si crede brutta, umiliata, disperata, perché le altre ballano e lei fa tappezzeria.

Il grande ballo deve aver luogo la sera stessa, alla vigilia del ventitreesimo compleanno dell'imperatore. Questi ha insistito presso la madre perché Sissi, che non avrebbe dovuto parteciparvi, sia invitata. Non si era ritenuto opportuno portare un abito da ballo per la più piccola, né del resto l'interessata si tormenta per tanto poco. Da tre giorni a questa parte tutto accade così in fretta! Nella confusione generale si sente felice e terrorizzata al tempo stesso, e confessa emozionata alla sua governante: «Certo, amo l'imperatore. Se solo non fosse imperatore!». Strana lucidità in una personcina di quindici anni e mezzo che non conosce nulla dell'amore né del potere. Tanto interesse concentrato su di lei la stupisce, la lusinga e la fa tremare di paura. Non ha più scelta, non ne ha mai avuta. Quando si ha il cuore in festa, quando si è afferrati dalla vertigine, quando si è sospinti dai desideri degli altri non si può indietreggiare. Il ballo avrà inizio, e non è certo la piccola duchessa che lo fermerà. Ludovica è estasiata; laddove Elena ha fallito, Sissi è sul punto di riuscire. L'arciduchessa Sofia muta rapidamente atteggiamento. Modellerà questa ragazzetta come della cera molle. Non c'è alcun pericolo che il suo ascendente sull'imperatore sia rimesso in discussione da una sciocchina. Dopotutto, che importa se la futura imperatrice si chiama Elisabetta e non Elena? L'arciduchessa non ama forse ripetere: «Si può sostituire un uomo con un altro senza che si avverta la minima differenza»? Figuriamoci se si tratta di una donna! Con Elisabetta, come con Elena, le cattolicissime dinastie degli Asburgo e dei Wittelsbach si troveranno legate una volta di più e la successione sarà assicurata. Che chiedere ancora?

La sera del ballo Elena fa buon viso a cattiva sorte. Ha perduto, anche se tutte le sue carte erano vincenti, compreso il magnifico abito di seta bianca confezionato dai migliori sarti di Baviera, che doveva consacrare il suo trionfo. Nonostante la delusione, quella sera lo indossa con atteggiamento fiero, a denti stretti per la tristezza, e cingendosi il capo di ramoscelli di edera. Dovrà accontentarsi di questa corona, quella imperiale sarà portata da un'altra. Sua sorella, invece, per entrare nella sua nuova vita, dispone solo di un abito color rosa pallido, assai semplice tra i fasti della corte. Ma la ladra, la «Cenerentola» lo indossa a meraviglia. Eccola, ha la vita sottile, il portamento eretto, il seno alto e rotondo, il collo esile, il sorriso timido, lo sguardo dolce con una punta di insolenza, la fronte convessa e una superba capigliatura intrecciata e ornata da alcuni fiori.

Per la prima volta in vita sua si sente bella. Lo sguardo di un uomo l'ha trasformata. Più che bella, è la grazia in persona. Francesco Giuseppe vorrebbe condurla lontano dagli altri, parlarle del suo amore, accarezzarle il volto, il corpo. Ma è l'imperatore, e la sua fidanzata è ancora nell'età in cui si cresce. Riesce a dominare la propria impazienza e, come un esperto in giochi amorosi, quale non è, si compiace di ritardare il momento della conquista. La guarderà ballare con un altro. Quando ha inizio la seconda polka chiede al suo aiutante di campo, il barone Hugo von Weckbecker, di invitare

Sissi. Questa non deve aver seguito più di due o tre lezioni di danza e si sente più a suo agio in groppa a un cavallo che al braccio di un cavaliere. Tuttavia dimentica la propria goffaggine e si abbandona con facilità al ritmo della musica. Francesco Giuseppe gioisce dello spettacolo. Elisabetta balla per lui, per se stessa. Il suo corpo si muove ancora libero nella prigione degli sguardi. Dopo averla ricondotta al suo posto, il barone Hugo von Weckbecker confida a un amico: «Ho l'impressione di aver ballato con la futura imperatrice».

Franzi e Sissi sono finalmente riuniti per l'ultimo ballo, il cotillon. Non hanno scambiato più di dieci frasi, ma i loro movimenti si accordano perfettamente. Sono belli. La favola dura il tempo di un ballo, durante il quale l'imperatore copre di complimenti e di bouquet la sua giovane fidanzata. Compie ventitré anni, ed Elisabetta rappresenta il più inatteso dono di compleanno.

La domenica 19 agosto («Sono una figlia della domenica») le cose vengono affrontate senza indugio. Tutti si alzano assai presto, è un'abitudine delle due famiglie. Durante la giornata il caldo è insopportabile, come spesso avviene nei paesi lontani dal mare. L'arciduchessa è incaricata da Franzi di chiedere a Ludovica se sua figlia Elisabetta è disposta ad «accettarlo». Ci si potrebbe stupire del tono modesto della richiesta. Se Franzi, innamorato come un tenentino, è pronto a tutto per conquistare la sua bella e farsi amare per se stesso, Francesco Giuseppe non ignora ciò che peserà sul capo della sua futura consorte. «Il mio compito è tanto ingrato che, Dio me ne è testimone, condividerlo con me non sarà piacevole.»

L'arciduchessa descrive l'atteggiamento della sorella in quel momento di importanza cruciale: «Mi strinse la mano, commossa, perché nella sua grande modestia aveva sempre dubitato che l'imperatore potesse davvero unirsi a una delle sue figlie». In seguito, quando Ludovica sarà interrogata sulle circostanze di questa domanda di matrimonio, si limiterà a rispondere: «Non si rifiuta un imperatore d'Austria», formula che possiede il vantaggio della franchezza e che getta una luce più cruda, e in ogni caso meno poetica, sulla situazione. Appena consultata, Elisabetta può solo ripetere: «Amo molto l'imperatore! Se solo non fosse imperatore... ». Ma lo è, e lei non tarderà ad accorgersene.

Al ritorno dalla sua missione, l'arciduchessa avverte il figlio che la sua domanda è stata accolta favorevolmente. Franzi esulta e corre a raggiungere Sissi. I re sono suoi cugini, ma Elisabetta è ormai per lui ben più che una semplice cugina: è la sua fidanzata ufficiale, è il suo amore. Vorrebbe dirlo al mondo intero. Ma, a Ischl, alla messa delle undici non è stato invitato il mondo intero, anche se non manca il bel mondo, al quale va aggiunta la folla dei bighelloni. Al momento di entrare in chiesa l'arciduchessa si tira in disparte per far passare Elisabetta davanti a sé, e questo gesto ha un valore di consacrazione. Ora la madre dell'imperatore occupa il secondo posto, come esige il protocollo; di fatto, l'applicazione di tale protocollo sarà ben altra cosa.

Alla fine della cerimonia l'officiante scende gli scalini dell'altare per benedire i presenti. Francesco Giuseppe prende Elisabetta per mano. Fanno alcuni passi in direzione del sacerdote, al quale l'imperatore chiede: «Monsignore, vogliate benedirci, ecco la mia fidanzata».

All'uscita dalla messa grande è il delirio. La notizia è passata di voce in voce, la folla acclama il sovrano e la sua piccola fidanzata di quindici anni e mezzo. Il sole è allo zenit. Dopo l'ombra e il raccoglimento all'interno della chiesa, la luce sembra ancora più forte. Le persone si urtano, ed ecco le grida, gli applausi e tutti quegli sguardi che scrutano, che irritano, che violentano, che rubano anche l'anima. Elisabetta teme di vacillare sotto il fuoco degli sguardi, non percepisce né l'amore né l'ammirazione che esprimono, ne avverte solo la violenza. Allora afferra la mano del fidanzato e vi si aggrappa con tutte le forze. I primi istanti hanno il temibile privilegio di fissare le emozioni; non potrà mai più difendersi da questo riflesso di panico. La folla avrà sempre su di lei l'effetto di una doccia gelata.

L'arciduchessa si è accorta di quell'attimo di smarrimento della fanciulla. La piccola fa molte storie, pensa tra sé. Quante altre vorrebbero essere al suo posto! Ebbene, si abituerà! Del resto è meglio che non ostenti un largo sorriso, non ha una bella dentatura. Sofia lo sa bene, tutta la famiglia di Baviera ha denti poco sani, è un retaggio dei Wittelsbach. Il fatto che la troppo seducente Sissi non vi sfugga la rincuora. Tutto non è perduto, dato che il verme è già penetrato nel bel frutto. L'arciduchessa ne parlerà a Francesco Giuseppe durante la passeggiata del pomeriggio. Quando può appartarsi con lui coglie l'occasione per interromperlo, mentre a non finire elenca le perfezioni della fidanzata: «È incantevole» dice al figlio «ma ha i denti gialli!». La zia è diventata suòcera e mette subito Ludovica al corrente della propria scoperta. Sua sorella deve raccomandare alla figlia di spazzolarsi un po' meglio i denti.

Prima di sera l'osservazione raggiunge l'interessata, dato che Ludovica assolve scrupolosamente il compito affidatole dall'arciduchessa. Il destino dell'Impero non dipende forse da questo tipo di dettagli? Le madri non sono mai abbastanza vigili, quando si tratta di fare la felicità delle loro figlie, anche se a detrimento di queste ultime. Sissi abbandona le risate della sua infanzia, Elisabetta impara a sorridere con le labbra chiuse.

> Sono una figlia della domenica, una figlia del sole;
> I suoi raggi mi hanno condotta al trono,
> La mia corona fu intrecciata con il suo splendore
> E rimango nella sua luce.

La futura imperatrice d'Austria ritorna in Baviera con la madre e la sorella. La mettono subito al lavoro. I precettori non sono più per Elena, ma per lei. L'arciduchessa ha impartito ordini ben precisi: bisogna domare quella ragazza selvatica e cominciare a insegnarle i rudimenti della storia austriaca. Il padre di Sissi ha scelto un maestro, un ometto di settant'anni, intelligente, spiritoso, erudito: il conte János Majláth. Per quanto riguarda «l'addestramento», il professore è vittima del fascino della sua allieva, e il sentimento è reciproco. Questo fenomeno si ripeterà durante tutta la vita di Elisabetta. Se il maestro è degno di questo nome, lei è la più affettuosa, la più attenta delle scolare, perfezionista fino all'ossessione. Tutti i suoi insegnanti l'adoreranno e non solo perché è l'imperatrice.

A quindici anni Elisabetta scopre la propria curiosità. Ha vissuto nell'ignoranza, ora desidera imparare tutto. Con János Majláth, l'Ungheria fa ingresso nel suo destino di sovrana e di donna. Il duca Max ha forse scelto di proposito quest'uomo per prendersi una rivincita sulla autocratica cognata, l'arciduchessa Sofia? Vuole forse instillare nell'intelligenza della figlia il fermento della rivolta? Consapevole o meno, questa scelta darà un senso alla vita dell'imperatrice. Imparare la storia dell'Austria con un professore ungherese non è certo una cosa banale e può segnare un essere per il resto della vita.

Certo, Majláth non è un rivoluzionario. Nel 1848, quando è scoppiata l'insurrezione ungherese, è rimasto fedele agli Asburgo, una scelta che i liberali del suo paese gli rimproverano. Tuttavia è ungherese, con orgoglio, con lirismo, e di fronte alla futura sovrana dell'Austria non nasconde certo l'amore per la sua patria. Il coraggioso ometto le parla con fervore dell'antica Costituzione ungherese, per la quale i suoi compatrioti hanno versato il sangue e che Francesco Giuseppe, sì, proprio Francesco Giuseppe, ha abrogato nel 1849. Evoca la repressione dopo le rivolte del 1848: tredici generali impiccati, il presidente del Consiglio, Battyány, fucilato (la sua vedova ha maledetto l'imperatore: «Che Dio lo colpisca in tutti gli esseri che ama e in tutta la sua stirpe!»), le condanne a morte, i sequestri, le confische di beni. Un paese messo a sacco, l'esilio dei magnati solidali con la causa ungherese: Kossuth in Turchia e il conte Andrássy (è la prima volta che Elisabetta sente pronunciare questo nome, e non sarà l'ultima) a Londra e poi a Parigi, dove lo hanno soprannominato «*le beau pendu*» perché colleziona successi con le donne ed è sfuggito di stretta misura alla forca.

I generali non hanno avuto pietà. Per aiutare l'esercito austriaco a schiacciare gli insorti ci sono voluti i soldati dello zar. La vendetta è commisurata al terrore. Senza informarne Francesco Giuseppe, i militari condannano a morte anche coloro che si arrendono. A questa notizia l'imperatore si infuria e usa subito il proprio diritto di grazia nei confronti dei suoi nemici. Troppo tardi, molti dei vinti hanno già reso l'ultimo respiro.

János Majláth non dà a vedere la sua disperazione. Di fronte a lui non c'è forse la futura imperatrice? Questa potrà esercitare un'influenza? Le dice che non ha smesso di credere al destino comune dell'Austria e dell'Ungheria, i due paesi sono uniti da legami di amore e di odio; né l'insurrezione, né la carneficina possono spezzarli all'improvviso. L'uomo anziano ripone tutta la sua fiducia nel giovane imperatore che Elisabetta sta per sposare. Come potrebbe Francesco Giuseppe non essere inorridito dalla repressione, lui che a vent'anni è stato costretto a essere il carnefice dell'Ungheria? Sulle rovine di un popolo non si può costruire nulla di duraturo, soprattutto quando questo popolo ha la forza e l'indomabile nostalgia del popolo magiaro. Si impara presto che la violenza può ritorcersi in qualsiasi momento contro coloro che la esercitano. Il giovane imperatore ne ha fatto l'esperienza sulla propria pelle. Il 18 febbraio 1853, sei mesi prima del fidanzamento di Bad Ischl, Franz, il caro Franz, è stato vittima di un attentato. Un ungherese, János Libenyi, si è gettato su di lui armato di un coltello. All'improvviso una donna, presente fra la folla, ha gridato e Francesco Giuseppe si è girato bruscamente per comprendere da dove provenisse quel grido. Deviata per miracolo, la lunga lama a doppio taglio, anziché sgozzare la vittima predestinata, è scivolata tra la stoffa dell'uniforme e la fibbia metallica della cravatta, affondando solo successivamente nel collo. L'imperatore sanguina abbondantemente. Il suo aiutante di campo, aiutato da un passante, si scaglia sull'aggressore. I due uomini riescono a immobilizzarlo, ma l'imperatore, semisvenuto, grida: «Non lo uccidete!».

Questo appello alla clemenza scandalizza i militari che non hanno ancora finito di usare le armi contro gli ungheresi, distintisi a lungo come avversari valorosi. Secondo Majláth, il sovrano ferito (una leggera commozione e qualche disturbo passeggero agli occhi) ha aperto in tal modo la porta alla riconciliazione. Tutto è ancora possibile.

L'allieva ascolta con passione il racconto del professore. Aveva detto di Francesco Giuseppe: «Peccato che sia imperatore!». Di fatto è molto di più, eccolo infatti trasformato in eroe. Nella sua esaltazione la piccola confonde il coraggio di un paese, l'Ungheria, e quello di un uomo, il suo fidanzato. L'eloquenza, la convinzione di Majláth sono incoraggiate dai progressi di Elisabetta. Cosa vi è di più commovente del risveglio di una giovane mente? Dal canto suo Ludovica, la cui intelligenza non si perde in tante sottigliezze, dichiara che il professore impartisce le sue lezioni «per i begli occhi di Sissi». Certo, sono belli, ma non servono a pagare i debiti. János Majláth nasconde la sua povertà. Vive grazie ad alcuni modesti diritti d'autore e l'anno successivo (la sua protetta sarà ormai imperatrice) si ucciderà. Si ignora in quali circostanze Elisabetta abbia appreso la notizia del suicidio. Non vi è dubbio che ne sia rimasta sconvolta. L'uomo al quale deve tanto muore annegato nel lago di Starnberg, nel *suo* lago, vicinissimo a Possenhofen. Perché le acque della sua infanzia sono così cupe? Riccardo e Majláth sono i primi di un lungo elenco. In seguito il lago di Starnberg si chiuderà su altri ricordi, su altri corpi. Il lutto si addice a Elisabetta, forse si tratta di uno stato naturale. Gran maestro in pessimismo, Cioran si sente vicinissimo all'imperatrice, della quale scrive:

> Non voglio minimizzare le sue delusioni né le prove che ha subito, ma ritengo che non abbiano svolto un ruolo fondamentale. Sarebbe stata delusa in qualsiasi circostanza, era nata delusa… La causa di ciò non è esteriore, ma interiore. È dal più profondo di un essere che emana il bisogno di distruggere illusioni e certezze, fattori del falso equilibrio sul quale si basa l'esistenza.

Per Elisabetta le lezioni di Majláth sono molto più entusiasmanti dei preparativi per il suo corredo: prove, guardarobiere, sarte e ricamatrici, guantaie e calzolai, uno spiegamento di forze gigantesco. Per settimane tutte le cucitrici di Monaco lavorano alla preparazione di un corredo che la corte di Vienna giudicherà modesto, tenuto conto del rango della futura sposa. E tuttavia potrebbe soddisfare pienamente i bisogni delle donne di un intero villaggio per almeno un secolo.

Da Vienna Francesco Giuseppe invia alla piccola fidanzata gioielli e doni pagati con la sua rendita personale. In questo campo, come negli altri, è assai scrupoloso, i suoi conti sono tenuti in maniera perfetta, le sue necessità insignificanti. Appena può staccarsi dagli affari di stato porta personalmente i suoi doni a Monaco o a Possenhofen. Nella famiglia del duca Max non si sente quasi più imperatore.

Elisabetta è sempre Sissi, la deliziosa Sissi la cui goffaggine, la cui grazia lo hanno reso folle d'amore. Ma a ogni visita Franz la trova sempre più incantevole. E non è solo un'illusione, un effetto della cristallizzazione stendhaliana. Sissi rimane graziosa, Elisabetta diventa bella. Mese dopo mese diviene più sottile, più slanciata, più alta. Non smette di crescere, né di stupirlo. Da Possenhofen scrive alla madre: «Ogni giorno che passa amo Sissi più profondamente e sono sempre maggiormente convinto che nessuna donna potrebbe essermi più adatta». Per porre fine a qualsiasi obiezione aggiunge addirittura: «Ora i suoi denti sono del tutto bianchi, e ciò grazie alle vostre raccomandazioni!». Pietosa bugia! In realtà, Elisabetta dissimula come può la sua brutta dentatura; le critiche dell'arciduchessa hanno già fatto scomparire per metà il suo sorriso.

La sera del 24 dicembre 1853 Francesco Giuseppe è in Baviera per festeggiare il Natale e i sedici anni della sua fidanzata. Accanto ai fratelli e alle sorelle di Sissi dimentica la guerra in cui lo zar tenta di trascinarlo, dimentica la Hofburg dove non ha conosciuto la gioventù, dimentica il potere, il girotondo ossessionante degli Asburgo, e per alcune ore torna a essere un ragazzo. Solo per alcune ore, perché deve ritornare presto «alla guarnigione».

Poco a poco Elisabetta si rende conto che ben presto abbandonerà non solo i suoi genitori, la sua famiglia, il suo lago, il suo paese, la sua infanzia. Dovrà anche abbandonare se stessa. Mentre i venticinque bauli del suo corredo prendono la via di Vienna, a Monaco, al palazzo reale della Residenz, Sissi deve prestarsi a una cerimonia il cui valore simbolico è per lei motivo di turbamento. Il papa Pio IX ha concesso l'autorizzazione al suo matrimonio con Francesco Giuseppe (sono primi cugini per parte di madre e quarti cugini per parte di padre e tuttavia nessuno, né il papa né i medici, osa ricordare i rischi della consanguineità, già noti a quel tempo) ed essa deve ora rinunciare ai suoi diritti di successione. Elisabetta, Amelia, Eugenia di Wittelsbach, duchessa *in* Baviera, è molto lontana nell'ordine di successione alla corona bavarese. Tuttavia ciò che di fatto ha solo un carattere ufficiale prende agli occhi della fanciulla un significato grave, profondo. Il trono di Baviera le importa poco, avrà quello di Vienna, più prestigioso e anche più temibile, ma questa rinuncia, appesantita di fasti e di solennità, segna la fine della sua vecchia vita. Essa si stacca dal suo paese prima ancora di far parte di un altro. Addio, rive dell'Isar... il Danubio attende la sua imperatrice ed Elisabetta si sente assalire dal timore. Franz dovrà essere forte per due, perché lei teme di non essere all'altezza del proprio compito. L'imperatore meriterebbe qualcosa di meglio che una semplice provinciale come lei. E se, vincendo, avesse scommesso più di quanto supponeva? Se Elena, perdendo, fosse la vera vincitrice? I Wittelsbach non possiedono un sorriso impeccabile, i loro denti sono grigi, ma quello è il sorriso che lei ama, e non è certo peggiore del labbro sporgente degli Asburgo. Per quanto riguarda la pazzia e le malattie nervose, bisogna ammettere che sono equamente divise tra le due famiglie. Franz è bello, giovane, innamorato. Lui sarà la sua patria, il suo amore in terra straniera. E poi, non è questo il destino comune alle fanciulle dell'alta aristocrazia? Non vengono sposate, esiliate, talvolta più giovani di lei, talvolta contro la loro volontà, e del resto chi si preoccupa di sapere se ne hanno una? Elisabetta fa un matrimonio certo combinato, ma combinato per un'altra. Sposa l'uomo che ama, e che per di più è imperatore. Tanto Ludovica quanto sua sorella, l'arciduchessa, sarebbero state felici di vivere una simile avventura, alla sua età. Bisogna sorridere, Elisabetta, sorridere con le labbra strette per nascondere il marchio dei Wittelsbach.

Non ha ancora lasciato l'infanzia e già non è più duchessa *in* Baviera. Ogni sua apparizione in pubblico accende la curiosità, l'entusiasmo, e lei non riesce ad abituarsi a quella celebrità che frena i veri slanci. Un tempo non suscitava l'interesse di nessuno, ora il più insignificante dei suoi gesti è giudicato, approvato, criticato, sopravvalutato. È forse cambiata? È forse un'altra persona? Perché per errore le è stata concessa quella gloria?

Le passeggiate solitarie sono finite, come sono finite le cavalcate all'alba. Se ne immischia persino il suo caro fidanzato. Lui che desidera solo la felicità dell'amata, le consiglia di adattare il suo comportamento al nuovo rango sociale. Da Monaco egli scrive alla madre, rimasta a vegliare sullo svolgersi degli avvenimenti durante la sua assenza:

Tra le altre qualità più importanti di cui è dotata, Sissi è un'incantevole amazzone. Tuttavia, conformemente ai vostri desideri, ho pregato mia suocera di non lasciarla cavalcare troppo spesso. La cosa non sarà facile da ottenere, ho l'impressione che non rinuncerà volentieri.

Il corpo di Elisabetta, il suo corpo ancora acerbo, ancora in divenire, non le appartiene più. Il duca Max non avrebbe mai imposto un simile divieto, non è mai stato tentato di farlo. Desiderava una figlia intrepida, ma la spontaneità che ha incoraggiato non è più di moda. Le viene consigliato di cambiare atteggiamento. Non deve più rivolgersi alla terribile arciduchessa, sua zia, dandole del tu; ormai dovrà dare solo del voi alla «vera imperatrice», sua suocera.

Il 4 marzo 1854 viene firmato il contratto di matrimonio in assenza del futuro sposo. Per contro i giuristi, i dignitari religiosi, i medici, i rappresentanti degli Asburgo e dei Wittelsbach sono presenti in gran numero. Una sequela di cifre. Elisabetta riceve «per amore e affetto paterni» cinquantamila fiorini di dote e un corredo «conforme al suo rango». L'imperatore «compenserà» la dote della fidanzata, giudicata senza dubbio insignificante, con centomila fiorini. Si impegna a versare annualmente alla consorte per le sue necessità personali, «guardaroba, gioielli, opere di beneficenza e piccole spese», centomila fiorini. In caso di vedovanza tale rendita le sarà conservata. Va notato che l'arciduchessa Sofia percepisce *soltanto* ventimila fiorini. Tre giorni prima del suo matrimonio Francesco Giuseppe porterà tale somma a cinquantamila fiorini in modo che sua moglie non appaia troppo avvantaggiata rispetto a sua madre.

La storica Brigitte Hamann sottolinea che all'epoca un operaio guadagna da due a trecento fiorini all'anno contro un lavoro quotidiano di dodici-quattordici ore; una donna ne guadagna la metà e un bambino ancora meno. Il soldo di un tenente ammonta a 188 fiorini annui. Elisabetta non sarà certo la donna più povera del suo Impero!

Non è tutto. Resta il bocconcino prelibato della *Morgengabe*, letteralmente l'offerta del mattino. Grazioso appellativo per un'usanza che peraltro può offendere il pudore di una bimba, ferire l'amor proprio di una donna. Risale alla notte dei tempi e concerne la notte di nozze. La giovane sposa riceve dodicimila ducati, questa volta per «compensare» la perdita della sua verginità. «Dono di nozze, a consumazione avvenuta dell'unione coniugale.» Nella casa imperiale come nel lupanare, si paga fino all'ultimo centesimo. È vero che a quel prezzo la verginità non ha mai meritato tanto la definizione per perifrasi: il piccolo capitale. Il 26 marzo 1854 Francesco Giuseppe scrive al suo ministro delle Finanze, il cavaliere di Baumgartner, ordinandogli di tenere pronta la *Morgengabe* per il giorno successivo al suo matrimonio, in monete di zecca d'oro e d'argento, e racchiusa in «un cofanetto presentabile, perché sia consegnata alla serenissima fidanzata».

Senza dubbio il ministro delle Finanze eseguì alla lettera gli ordini dell'imperatore. Il cofanetto è grazioso, la sposa anche. È facile tuttavia immaginare che la *Morgengabe* abbia suscitato in Elisabetta più imbarazzo che entusiasmo.

Nei palazzi austriaci si viene a sapere ogni cosa, i muri hanno orecchie; l'espressione sembra essere stata inventata appositamente per quelle pareti. L'Impero è farcito di spie. Metternich ha portato a un alto grado di perfezione il sistema di sorveglianza, i suoi eredi lo hanno perpetuato. Non ci si meraviglia nemmeno del fatto che la corrispondenza sia letta prima di raggiungere il suo destinatario. I privati non sfuggono più delle ambasciate a questa mania dello spionaggio. E nel mondo chiuso di Schönbrunn e della Hofburg, le notizie viaggiano ancora più rapidamente che altrove. I muri, le pareti divisorie, i paraventi, i tendaggi hanno orecchie. Vicino a queste poi si trova sempre una bocca pronta a ripetere il segreto appena udito. Così passando di voce in voce, l'intimità è esibita, il pudore messo a nudo e i giochi amorosi dei signori vengono commentati dietro le quinte.

Si sa, si crede di sapere che Elisabetta, sposata il 24 aprile 1854, perdette la sua preziosa verginità, perdita che doveva essere «compensata» dalla *Morgengabe*, solo nel corso della terza notte, quella dal mercoledì 26 al giovedì 27 aprile. Il giorno del matrimonio, peraltro, tutto cospira alla riuscita del cerimoniale. La temperatura è mite, il sole splende. Vienna non è mai stata tanto in festa da quando il Congresso ha cessato di divertirvisi. I principi d'Europa hanno risposto all'invito del caro cugino. L'Oriente aggiunge i suoi colori ai fasti dell'Occidente. Gli ospiti sono giunti da Istanbul, da Alessandria, da luoghi ancora più lontani. L'allegria popolare dimostra che le rivendicazioni del 1848 sono state messe nel dimenticatoio. La gente vuole vedere il giovane imperatore innamorato. Eccolo apparire, con il petto attraversato dal collare del Toson d'oro. Il suo portamento è fiero, ma a Elisabetta era sembrato più bello due giorni prima, quando era venuto ad accoglierla a Vienna. Accompagnata dalla sua famiglia, la futura imperatrice ha disceso il Danubio dalla frontiera bavarese fino alla capitale della sua nuova vita. Il battello a pale portava il nome dell'imperatore e tutto, gli uomini, le case, i vessilli e le imbarcazioni sembravano recare il marchio del futuro sposo. Dai villaggi rivieraschi la gente era accorsa per acclamare la fidanzata, che salutava, salutava incessantemente, rassicurata dal movimento delle pale. Qualsiasi cosa fosse accaduta, le grandi ruote avrebbero continuato a girare, conducendola lontano dagli evviva. Ma appena il *Franz-Joseph* aveva superato il gruppo di abitanti di un villaggio, a valle ne apparivano altri.

A Nussdorf, assai vicino a Vienna, Francesco Giuseppe attendeva impaziente sulla riva. Il piroscafo effettuava le manovre, la passerella non era ancora stata gettata, tra l'imbarcazione e la banchina c'era un vuoto. Allora l'imperatore, non resistendo oltre, aveva superato con un balzo lo spazio che lo separava dall'amata, che indossava un abito di seta color confetto e un cappello bianco. Sotto gli sguardi sbalorditi dei funzionari l'aveva abbracciata, sollevata da terra e baciata con la passione di un amante, senza preoccuparsi del protocollo.

Nel giorno del matrimonio, la chiesa degli Agostiniani esige un atteggiamento più compassato. Per vestire la nuova imperatrice, addomesticare la sua fluente chioma e sistemarle sulla fronte il diadema offerto dall'arciduchessa, sono state necessarie tre ore. Questa giovane bellezza, così fragile, così pallida, così grave, sembra appartenere più al mondo dei sogni che alla realtà. Francesco Giuseppe è al suo fianco. Non osa guardarla, ancor meno toccarla. Un'apparizione non deve essere turbata. Tuttavia il cardinale Rauscher, vescovo di Vienna, rimane insensibile al suo fascino. Ha persino il cattivo gusto di fare sue alcune parole di Sant'Agostino intrise della buona vecchia misoginia dei Padri della Chiesa: «Quando la donna ama l'uomo perché è ricco, essa non è pura perché non ama lo sposo, ma ama il denaro dello sposo. Quando la donna ama lo sposo, lo ama per se stesso, anche se è povero e privo di ogni cosa». Non si tratta certo di frasi molto piacevoli da udirsi il giorno del proprio matrimonio, quando si spera solo nell'ardore dei sentimenti, quando si sogna l'amore come una pastorella, come una donna. Nella chiesa degli Agostiniani, in presenza dei principi d'Europa e di tutta l'arcifamiglia austriaca, Elisabetta avverte la predica del vescovo come un'offesa personale e soprattutto come un'ingiustizia. Del resto non ignora che il cardinale Rauscher è il confessore di sua suocera. Da qui a sospettare una volta di più l'influenza della fata cattiva, il passo è breve.

Al momento dello scambio dei consensi il «sì» di Francesco Giuseppe si leva sonoro, sicuro; quello di Elisabetta è simile a un bisbiglio. Eccola dunque sposata a un uomo il quale, grazie ai suoi quarantasette titoli, regna su cinquantadue milioni di sudditi, sovrano di uno stato multinazionale costantemente alla ricerca della propria identità e che, non trovandola, investe tutto nella sua fedeltà alla dinastia degli Asburgo.

Vienna esulta. La rivoluzione non c'è mai stata, non ci sarà mai. Nella dolcezza della sera le fanfare rispondono ai carillon, le trombe alle urla di gioia. I nuovi signori di questo Impero millenario sono così giovani che, per una notte, si è tentati di credere all'immortalità. Tutto ciò non finirà mai, il lungo fiume degli Asburgo non cesserà mai di scorrere.

Ricevimento degli alti dignitari, cortei nelle strade, luminarie, carrozza d'oro e acclamazioni, fastoso banchetto sotto i lampadari della Hofburg. Il prezzo non è mai troppo alto per ottenere il diritto di rifugiarsi l'uno nelle braccia dell'altra. Ma bisogna subire ancora i complimenti, le presentazioni, le riverenze, i baciamano. In questo mondo in cui ci si frequenta da generazioni, a Elisabetta non è più dato di riconoscere alcun volto. Se per caso scorge una parente, ciò provoca un rimprovero da parte dell'arciduchessa. Si è permessa di abbracciare due piccole principesse sue cugine, come si usa fare in Baviera, e subito si è sentita redarguire: effusioni di questo genere le sono vietate. La sua persona, ormai, è sacra, il suo corpo appartiene alla corona d'Austria. Francesco Giuseppe approva la madre e fa notare alla sposa che ora è la prima dama di un grande Impero. Non può più obbedire ai suoi slanci, la sua vita è codificata come quella di una suora. Deve conformarsi a una regola, il protocollo, che non è meno severa di quella dei monasteri. E nessuno ha il diritto di rivolgerle la parola, se non per rispondere alle sue domande. Inoltre, la timidezza di Elisabetta le impedisce di prendere l'iniziativa di una conversazione.

Nella sala delle udienze l'attendono le dame ammesse al baciamano, e lei ha l'impressione di tuffarsi nel vuoto. Il corteo è interminabile. Vecchie dame coperte di fronzoli, collane di diamanti, torrenti di gemme, sguardi più duri delle pietre preziose che ornano le scollature. Profumi funerei. Elisabetta è incapace di parlare; pensa: mio Dio, perché mi trovo qui? Sprofonda nel proprio silenzio. La sua tempia è tormentata dal battito violento dell'arteria, le sue gambe, i suoi piedi sono gonfi per la stanchezza, le sue palpebre sono pesanti. Sorride, facendo bene attenzione a tenere le labbra chiuse, per non scoprire i denti che piacciono così poco all'arciduchessa. Si sente brutta. Presto non assomiglierà forse a tutte quelle dame che la circondano, che sfoggiano i gioielli come lanterne su cantieri in demolizione? Non c'è più via di scampo.

Era stata sciocca a temere gli applausi che salivano verso di lei a Monaco, nella sua cara Baviera, e lungo tutto il corso del Danubio, nei villaggi rivieraschi. Ciascuno di quegli slanci era spontaneo, generoso. Qui, in questi immensi palazzi, tutti gli sguardi rivolti all'imperatrice equivalgono ad altrettanti giudici, e lei non è in grado di affrontare una simile artiglieria. Se solo potesse mescolarsi, come una sconosciuta, alla folla che balla nelle strade in suo onore. O meglio ancora, guardarla dalla sua finestra.

Le due sorelle Ludovica e Sofia accompagnano Elisabetta fino al letto nuziale. Il giorno è giunto al termine, la notte comincia. Improvvisamente commossa (ricorda forse la propria gioventù, il panico che l'aveva assalita nel momento di concedersi al marito, l'inetto arciduca?) l'arciduchessa scrive nel suo diario la sera stessa di quel 24 aprile 1854:

> Luisa [Ludovica] e io accompagnammo la sposa nelle sue stanze. La lasciai con sua madre e mi ritirai nello spogliatoio adiacente fino a quando fu coricata, poi andai a cercare mio figlio e lo condussi accanto alla sua giovane moglie. Nell'augurarle la buonanotte vidi che nascondeva nel cuscino il volto grazioso inondato dalla profusione delle sue belle chiome, come un uccello spaventato si nasconde nel nido.

Finalmente soli, in lontananza solo il brusio di coloro che stanno all'erta. Che cosa sa Elisabetta dell'amore? Ciò che sanno le fanciulle del suo mondo. Tuttavia è stata allevata in campagna, ha visto gli animali. Ha intravisto le scappatelle del duca Max, il padre tanto adorato. Nei due casi l'accoppiamento non deve esserle apparso molto allettante. Il giovane conte Riccardo, che aveva creduto di amare, è morto troppo presto perché l'emozione dell'adolescente si trasformasse in turbamento dei sensi e il sogno in desiderio. Allora ha trovato rifugio nella poesia abbandonandosi al flusso dei sentimenti.

Quanto a Francesco Giuseppe, è imperatore dall'età di diciotto anni e sua madre, offrendogli la corona, si è ripromessa di mantenerlo sotto il proprio controllo e di provvedere a tutto, anche alla sua educazione sessuale. La bigotteria di Sofia non le impedisce di essere realista. Perché il figlio non vada a cercare altrove ciò di cui ha bisogno, è necessario portargli delle donne a domicilio. L'infaticabile arciduchessa diventa la grande organizzatrice dei piaceri del sovrano, cosa che farebbe arrossire il suo confessore, il cardinale Rauscher!

La madre organizza per il figlio alcuni balli nei suoi appartamenti privati. Invita le fanciulle più graziose, quelle che possono esibire le maniere migliori e i più irreprensibili quarti di nobiltà. L'organizzatrice ha unito a questo coro virginale alcune donne vere, che sa essere poco scontrose. Del resto, come potrebbero esserlo nei confronti del loro signore? È giovane, ottimo ballerino, ben fatto, e il suo corpo vigoroso non ha ancora fornito molte prestazioni. Alla Hofburg non si sono viste da tempo feste del genere. Sofia deve solo selezionare le candidate. Per un'indagine tanto delicata ci si può fidare dell'arciduchessa e delle sue spie. L'imperatore ha bisogno di carne esperta ma ancora fresca, garanzie ereditarie e sanitarie al tempo stesso.

Le dame accorrono al primo segnale, consapevoli della parte che è stata loro riservata: dare all'imperatore l'illusione della conquista, farlo languire per la durata di una quadriglia e di qualche mazurca, cedere sul finale. E tuttavia dibattersi, ma sospirare ben presto, soddisfatte. Tacere l'indomani. Eppure credere al segreto sarebbe illusorio. Se l'arciduchessa è al corrente di tutto, Vienna non ignora nulla, e non si tarda a soprannominare «contesse igieniche» le dame che godono dei favori di Francesco Giuseppe. La situazione è quindi presto detta. L'imperatore ha conosciuto solo donne troppo onorate di trovarsi tra le sue braccia perché si permettano di fare delle storie o peggio ancora di pensare al loro personale piacere. Egli crede che siano tutte così. E Francesco Giuseppe è un soldato, non un poeta. Rinchiuso da sempre nella Hofburg, non distingue nemmeno più le false apparenze. Ha l'ingenuità di pensare che il mondo esterno riproduca fedelmente quello all'interno della cittadella in cui egli vive. Dalla madre ha ereditato il realismo e la mancanza di immaginazione. Il suo unico sogno, l'unico e per tutta la vita, è questa piccola che si nasconde sotto la propria chioma e che lui non riesce a consolare. Accanto a lei non è più imperatore, è disarmato.

Eppure l'ha desiderata e, tra tutte le donne, ha scelto lei. Lo sapeva con la prescienza degli uomini appagati che possono desiderare solo l'inaccessibile. Elisabetta rappresenta il suo trionfo e la sua sconfitta. Se ne rende conto notte dopo notte, nella stanza in cui sono simili a due naufraghi: lui non conosce nulla, perché non la conosce, lei si sente l'oggetto di uno scambio e trattiene le proprie emozioni. Non hanno forse tutta la vita a disposizione per amarsi, per compiere i gesti dell'amore? È proprio necessario precipitarsi al primo segnale? Elisabetta ignora che cosa sia il desiderio di un giovane tenente innamorato, quando il corpo della sposa si sottrae e lui la intravede dietro alla profusione delle chiome. La bimba è una donna splendida. Sotto i capelli scuri, la sua pelle è diafana... una falsa magra. La sua vita sottile mette maggiormente in risalto le rotondità dei seni e delle natiche. Ma non si dimostra orgogliosa del suo corpo come facevano le «contesse igieniche», peraltro meno belle di lei. Quelle donne non hanno insegnato a Francesco Giuseppe nulla che ora possa essergli utile. Non sa più se è felice o infelice. Franz perde la testa e dimentica la sua prestanza imperiale. È un uomo accanto a una donna, nell'intimità di una stanza da letto. Sa tanto poco di lei, la sua sposa, e ancor meno dell'amore. È certo che in quel momento è in gioco la sua felicità e il panico che lo invade lo trattiene almeno quanto il rifiuto di Elisabetta. In lei c'è timidezza ma anche orgoglio, e un immenso bisogno d'amore reso più forte dalle fantasticherie e dalla solitudine. Non ha forse tutta la vita davanti a sé per rendere docile quell'indomabile creatura? È questo il destino che si è scelto, scegliendo lei, tra tutte le donne.

Le madri dei due sposi appaiono al mattino presto, all'ora della prima colazione. È evidente che nemmeno loro hanno dormito molto e che, vestite di tutto punto, erano pronte ad accorrere al primo segno di vita. La curiosità le anima. Nei loro occhi di donne prive di uomini brilla una luce sospetta. Fingono di essere di passaggio, sono anzi decise a ritirarsi per non disturbare il dolce tête-à-tête dei loro cari figlioli. L'imperatore è troppo educato per non pregarle di rimanere, ed Elisabetta deve subire i loro sguardi inquisitori. Sicché, in questo immenso palazzo, la promiscuità è di regola. Ci si sente ancora più soli perché non lo si è mai.

Una volta inghiottito l'ultimo boccone, ogni madre si apparta con la propria creatura e ha inizio l'interrogatorio, mentre continua il balletto delle cameriere e dei valletti. Nessuno si preoccupa di parlare a bassa voce per così poco, i domestici sono da considerarsi come entità trascurabili. Metternich non affermava forse che a Vienna l'uomo comincia con il duca? Sentirsi imbarazzati in presenza di una sottospecie costituirebbe un torto. L'arciduchessa sottopone il figlio alla fatidica domanda, l'imperatore confessa che il matrimonio non è stato consumato. Le pareti hanno orecchie, come i valletti e le cameriere. L'informazione passa immediatamente di bocca in bocca, dai saloni alle anticamere, percorre i corridoi e si propaga ovunque.

Il mattino successivo la scena si ripete e la risposta alla domanda dell'arciduchessa è sempre la stessa. Ma il 27 aprile tutto è cambiato.

Fedeli al loro posto, le madri attendono, ansiose, come si può immaginare. Decisamente, la piccola ha fatto troppe storie. Loro, poverette, non sono forse state date in moglie a uomini dei quali non volevano saperne e che non hanno lasciato loro il tempo di dibattersi né di dire: «Oh...»? Sofia se la prende già con Ludovica, rimproverandola di aver educato male la figlia, di non averla educata affatto. Ma a un tratto tace, perché sopraggiunge Franzi. È solo, appare imbarazzato. Che accade? La *Morgengabe* è stata versata come previsto sin dal martedì mattina, l'attesa diventa insopportabile. L'imperatore le prega di scusare Sissi che non si è ancora alzata. L'arciduchessa non pensa certo di battere in ritirata. Franzi vada a cercare Elisabetta, le due madri attenderanno.

In realtà Elisabetta è già alzata, ma rifiuta di comparire davanti ai suoi giudici. Quella notte è finalmente divenuta la moglie di Francesco Giuseppe e non desidera affatto strombazzare la notizia. Del resto, se osasse farlo, probabilmente direbbe come la Lamiel di Stendhal: «Non c'è altro?... Come... questo famoso amore... è tutto qui?».

Primo litigio. Elisabetta vuole sedere a colazione sola con il marito. Francesco Giuseppe la supplica di cedere, lei si risolve a farlo con il cuore pieno di tristezza. Le madri nobili l'accolgono con tenerezza, ma nelle parole dell'arciduchessa si avverte un tono di trionfo. Alleluia! La piccola ha dovuto piegarsi ai desideri del figlio e alla volontà della madre. Franzi non ha compreso che resistendo alla madre avrebbe dato un'opportunità alla sua unione con Elisabetta. Prima di affrontare le esigenze del protocollo e gli sguardi della folla, lei aveva bisogno di quell'istante di intimità. Non era un capriccio, non chiedeva un cuore e una capanna, né un viaggio di nozze. Voleva suo marito per lei sola, il tempo di una prima colazione. Non lo desidera forse dolce in amore e forte con gli altri, soprattutto con sua madre? Francesco Giuseppe ha capitolato, questo lei non lo dimenticherà.

Molti anni più tardi confiderà alla sua dama di compagnia, la contessa Festetics: «L'imperatore era così abituato a obbedire che, ancora una volta, si sottomise, ma per me fu spaventoso. Sedetti a quel tavolo della colazione solo per amor suo».

Tra la «vera» imperatrice e la «nuova» imperatrice hanno inizio le ostilità. Elisabetta non si comporterà come sua madre, sempre obbediente, se non ossequiosa, nei confronti dell'arciduchessa. Detesta il ricatto costante che la suocera esercita sul figlio. Non solo, la fata cattiva ha suscitato in lei un sentimento di cui si sentiva incapace: l'odio.

Elisabetta ha sedici anni e un marito che l'adora. La fama della sua grazia, della sua giovinezza, del suo fascino ha già superato i confini dell'Impero. Giorno dopo giorno essa diviene la donna più invidiata e ammirata del mondo. Quasi per scherzo ha ottenuto tutto ciò che sua sorella sognava, tutto ciò di cui sua madre è stata privata: l'amore e il trono. L'arciduchessa Sofia dal canto suo ricorda non senza amarezza che alla stessa età di Sissi lei immolava la sua bellezza e la sua intelligenza a un marito malaticcio, violento, perché così aveva deciso il Congresso di Vienna. Tutto ciò per un Impero che dopo tanti sacrifici ha preferito donare a suo figlio. E ora questa ragazzetta ignorante, che non ha desiderato nulla e ha ricevuto tutto, osa fare la difficile... è il colmo!

Per di più l'arciduchessa ignora ciò che la giovane sposa scrive di nascosto nella solitudine della sua luna di miele:

> Oh, potessi non aver abbandonato il sentiero
> Che mi avrebbe condotta alla libertà!
> Oh, potessi non essermi mai perduta
> Sulla grande via delle vanità!
>
> Mi sono risvegliata in prigione,
> Con le mani incatenate,
> E più che mai nostalgica:
> Tu, mia libertà, mi sei stata tolta!
>
> Mi sono risvegliata da un'ebbrezza
> Che imprigionava il mio spirito.
> Maledico invano questo scambio
> E il giorno, o libertà, in cui ti ho perduta.

L'imprevedibile bimba non piange solo la libertà perduta e la Baviera, sua terra natale:

> Ma che m'importa dell'ebbrezza primaverile
> In questa terra straniera e lontana?
> Mi struggo per il sole della mia patria,
> Mi struggo per le rive dell'Isar.

Più grave è il fatto che la giovane prigioniera non ha dimenticato l'amore dei suoi quattordici anni, il conte Riccardo. Poco lontano da Vienna, in una stanza d'angolo del castello di Laxenburg in cui è riuscita a chiudere per alcuni istanti le porte sul proprio dolore, scrive:

> Potei amare davvero una sola volta
> Ed era la prima.
> Nulla poteva turbare le mie gioie
> Quando Dio mi sottrasse la felicità.

Ma quelle ore tanto belle furono brevi,
Breve fu il momento più bello.
Ora ogni speranza mi ha lasciata,
Ma lui mi sarà eternamente vicino.

Perché Elisabetta rifiuta di divenire ciò che si vuole che sia: un'imperatrice, una donna felice? Non scrive questi poemi per imitare suo padre, e ancor meno perché i suoi versi passino alla posterità. Non cerca di invocare aiuto, le sue confidenze rimarranno a lungo segrete. Che accade dunque a questa bimba viziata che si ostina a rifuggire il proprio piacere? Tutti quei mesi di preparativi, quell'attesa, quelle speranze, quei pegni d'amore, quei doni, quei fasti, Vienna in festa, l'Austria in delirio, tutto l'Impero innamorato di una bimba, non contano proprio nulla?

Quell'anno il tempo, in maggio, è orribile: pioggia e vento. Il castello di Laxenburg trattiene l'umidità come una spugna. Francesco Giuseppe parte per Vienna al mattino presto e rientra solo alla sera. Il giorno prima Elisabetta ha chiesto al marito il permesso di accompagnarlo, di trascorrere tutta la giornata con lui. Si è seduta nel suo ufficio mentre lavorava, ritirandosi in anticamera al momento delle udienze per non disturbare i visitatori e i ministri. Alla sera l'arciduchessa attendeva i due piccioncini a Laxenburg. Furibonda all'idea che fossero sfuggiti alla sua vigilanza, non vedeva in loro il sovrano e la sua sposa, ma due scolari che meritavano di essere puniti. «È sconveniente, per una sovrana, correre dietro al marito.» Ciò non doveva ripetersi, avrebbe vegliato personalmente. Del resto, non veglia su ogni cosa? Appare all'improvviso e quando non è presente per dettare legge ai suoi cari figlioli, altri la informano di tutte le loro azioni, anche delle più insignificanti. Ha circondato Elisabetta di una fitta rete di sorveglianza diretta dalla contessa Esterházy. Sofia l'ha scelta come prima dama d'onore della nuora, mettendole alle costole della «falsa» imperatrice. La contessa si considera sempre al servizio della «vera» imperatrice alla quale deve tutto. Ha cinquantasei anni, Elisabetta ne ha sedici. La differenza d'età non facilita l'intesa tra le due donne, e ancor meno la loro complicità. Inoltre la contessa esagera fino alla caricatura il ruolo di madre nobile: labbra serrate, espressione arcigna, pelle incartapecorita e rugosa, atteggiamento devoto, severo. Elisabetta, che è attratta solo dalla bellezza, e soprattutto da quella femminile, la detesta sin dall'inizio. La dama di compagnia conosce tutte le sottigliezze del protocollo, tutti i pettegolezzi di corte, tutti gli intrighi; la sua morale è l'etichetta. Ogni mancanza è un peccato capitale che si affretta a segnalare all'arciduchessa. Ai suoi occhi, Elisabetta è una grande peccatrice. Appena giunta dalla sua campagna bavarese questa selvaggia, i cui quarti di nobiltà non sono così impeccabili, è recalcitrante a conformarsi alle norme. Le dicono che un'imperatrice deve portare un paio di scarpe una sola volta, e quell'impertinente osa far resistenza, ribattendo che questa usanza è assurda, quando il popolo manca di ogni cosa e i raccolti sono stati pessimi. La contessa Esterházy non ha alcuna indulgenza per la sua pupilla. La trova ora troppo pudica (a Elisabetta non piace farsi vestire e svestire come una bambola dalle sue cameriere), ora le rimprovera la sua impudicizia quando la vede allontanarsi al galoppo accompagnata solo da uno scudiero.

Le dame di compagnia sono un po' più avvenenti della contessa, ma sono state tutte scelte e imposte dall'arciduchessa per mantenere Elisabetta in una specie di gogna, che farà di lei una «vera imperatrice». Le intenzioni di Sofia tuttavia non sono sadiche; è convinta che questo «addestramento» sia adatto alla consorte di Franzi e alla sovrana del suo paese. L'arciduchessa dal canto suo si è tanto sacrificata per l'Impero che non può comprendere la mancanza di libertà di cui soffre la nuova imperatrice. Riconoscerlo equivarrebbe al riconoscimento della propria sconfitta, del fallimento della propria vita personale. L'arciduchessa vuole dimenticare la Sofia di altri tempi; deve la propria forza a questo rinnegamento di se stessa.

Anche lei, a sedici anni, era bella, forse più bella di questa Sissi della quale è innamorato suo figlio. Ma della sua bellezza di un tempo rimane ben poco: si è sciupata, come appannata. Una volta svanita la giovinezza, lei è scolorita come un vecchio velluto al sole nero della Hofburg. Al contatto del labbro prominente degli Asburgo, le labbra di Sofia si sono avvizzite. Tuttavia esistono alcune testimonianze del suo splendore di un tempo. Un poeta francese, e non si tratta di un poeta da poco ma di Gérard de Nerval, l'ha magnificata scrivendo nella sua opera *Pandora*: «Perdonami per aver sorpreso uno sguardo dei tuoi begli occhi, augusta arciduchessa, di cui amavo tanto l'immagine dipinta sull'insegna di un negozio». Nel suo *Viaggio in Oriente* il nome dell'arciduchessa figura in chiari termini: «Nel centro della piazza, il Graben, c'è un negozio dedicato all'arciduchessa Sofia, la quale deve essere stata una gran bella donna se si deve dar credito all'insegna dipinta sulla porta».

Prima di divenire una specie di matrigna, Sofia è stata una donna graziosa, figlia del re di Baviera, troppo presto e troppo infelicemente sposata all'arciduca Francesco Carlo, uomo dal fisico poco attraente, sciocco e violento. Ben peggiori, inoltre, sono le condizioni del fratello di questi, l'imperatore Ferdinando. Il monarca trascorre il suo tempo catturando mosche per darle in pasto alle rane. Quando è in forma si dedica a un'occupazione più sottile: annota su alcuni registri quanti cocchieri passano davanti alle sue finestre di Schönbrunn e il numero delle loro carrozze. Quest'uomo debole di mente riuscirà a rimanere sul trono fino al 1848, e ciò grazie a Metternich. Quattordici anni. Triste record della stoltezza coronata. Come ha potuto l'arciduchessa sopravvivere in quei castelli che assomigliano a manicomi? Ha incontrato un altro essere proscritto, un altro prigioniero, bello, debole, di sei anni più giovane di lei. In segreto lo chiamano l'*Aiglon*. Il padre di Sofia deve il suo trono di Baviera a Napoleone. Le confidenze del duca di Reichstadt la fanno fremere. Se tra i loro padri non ci fosse stato un rapporto di parentela acquisita, quei due esseri avrebbero potuto giungere a comprendersi, ad amarsi. Giovinezza, bellezza, solitudine. Tutto li spinge l'uno verso l'altra.

Sofia protegge l'*Aiglon*, questo nipote fragile che già deperisce. La tosse lo tormenta, il suo colorito è livido, la sua voce oppressa. L'arciduchessa fa arredare a nuovo, prima di cedergliela, la sua bella stanza da letto di Schönbrunn; lei si accontenterà del nido oscuro e umido in cui era stato confinato il figlio dell'Aquila. Nei confronti di questo fanciullo, che Maria Luigia ha abbandonato al suo triste destino essa ha dei gesti materni. Questa tenerezza si trasformò poi in passione amorosa? Alcuni affermano che nottetempo Sofia raggiungeva il suo amico. Tuttavia pare più verosimile che il duca di Reichstadt sia morto vergine. Non diceva egli stesso: «Tutto ciò che desidero si dissolve tra le mie mani»? Non ha posseduto né il corpo di Sofia, né l'eredità di suo padre, e sopporta sempre peggio il fatto di vederla in balia delle brutalità del marito. Ragione di più per odiare gli Asburgo. In una miniatura di Hebner si vede il duca di Reichstadt che tiene teneramente sulle ginocchia un bambino biondo: Francesco Giuseppe, il figlio primogenito dell'arciduchessa. Da questo a dire che il vero padre del bambino è lui, il passo è breve. Francesco Giuseppe sarebbe dunque il nipote di Napoleone... Quale rivincita postuma per l'uomo di Sant'Elena! Tuttavia l'ipotesi è infondata.

La morte sottrae ben presto l'amico all'arciduchessa, e Sofia accompagna l'ultimo volo dell'*Aiglon*. Quando entra in agonia è lei che prende l'iniziativa di comunicarsi accanto a lui perché non si renda conto che, in realtà, sta ricevendo l'estrema unzione. Lei ha ventisette anni, lui ventuno. Muore solo. In quel momento, al piano superiore del palazzo, Sofia mette alla luce il suo secondo figlio, Massimiliano, futuro imperatore del Messico, dal destino altrettanto tragico.

Dopo la scomparsa del giovane, che in realtà non ha avuto una vita propria (figlio di una leggenda e figlio di nessuno), Sofia si dedica ai figli, alla religione e alla conquista del potere, ricostruendosi sulle rovine della propria giovinezza. Ha desiderato a lungo un trono, mentre Elisabetta lo ottiene a sedici anni come per caso. Di conseguenza l'arciduchessa non è disposta a sopportare con umorismo i capricci della nuora. Quando Elisabetta considera il proprio rango come un fardello e la corte di Vienna come una prigione, Sofia si sente punta nel vivo, come se ogni volta si trattasse di un attacco personale. Le due imperatrici si combatteranno per quasi vent'anni; tra loro il disaccordo sarà sempre più profondo. Va inoltre aggiunto il fatto che la bellezza di Elisabetta, in boccio al momento del suo fidanzamento, assai presto in fiore e a lungo rigogliosa, affascinerà tutti tranne questa donna, che non vuole ricordare ciò che fu in un'altra epoca, in un'altra vita.

Sissi si rigira nella sua gabbia. Primo funzionario del suo paese, Francesco Giuseppe lavora indefessamente al crocevia di un'Europa che è alla ricerca di se stessa, al centro di un Impero costantemente minacciato. È coscienzioso, diligente fino alla mania, e soprattutto infaticabile. Per tutta la sua vita si alzerà alle quattro del mattino. L'amore, se gli dà le ali, non lo fa essere in ritardo. Nelle giornate che sembrano interminabili, Elisabetta si annoia. Per i suoi fratelli, le sue sorelle, la sua famiglia e il suo adorato «Possi» prova una nostalgia crudele, di un'intensità quasi fisica. Non può nemmeno stordirsi montando uno dei purosangue che le hanno sempre fatto dimenticare la malinconia. Il vento, la pioggia di quel mese di maggio non fermerebbero l'amazzone. Le collere del cielo possono essere superate, quelle dell'arciduchessa sono assai più temibili. Con il pretesto di vegliare sulla sua salute (la giovane imperatrice è pallida, tossisce, ha un aspetto sofferente), la madre di Francesco Giuseppe le vieta le passeggiate a cavallo. La punizione appare ancora più dura a Elisabetta, che si sente sola e tuttavia non riesce mai a isolarsi.

È circondata da un nugolo di donne che dovrebbero servirla ma che, di fatto, la sorvegliano. Dame di compagnia, dame d'onore, domestiche e cameriste, che obbediscono tutte alla contessa Esterházy, copia caricaturale dell'arciduchessa. Elisabetta può sottrarre alla loro vigilanza solo alcuni momenti di intimità. Quelle donne sono presenti quando si veste, quando si lava, quando piange, quando pensa a Franzi. Riesce a malapena a rubare loro alcuni istanti, il tempo di vergare alcune parole su un quaderno; ha l'impressione di sentirle bisbigliare all'ombra dei paraventi. Ascolta gli scricchiolii del pavimento, attenta al minimo fruscio di stoffa. Come la scolara che non vuole essere copiata dalla propria vicina, nasconde con la mano il poema che sta componendo: al primo allarme, lo chiude nel tiretto del suo scrittoio. Del resto, le chiavi, le serrature, i chiavistelli, le combinazioni, i doppi fondi, le astuzie, tutte le precauzioni le sembrano insufficienti. Teme costantemente che i suoi scritti siano scoperti, e questo timore alimenta i suoi incubi. Di notte ha l'impressione di vedere il volto dell'arciduchessa chino sui suoi poemi, di udire la voce della suocera che scandisce le strofe strappate alla sua tristezza.

Sopportare quello sciame di delatrici è ancora il meno. Bisogna anche tenere la porta costantemente aperta. Duecentoventinove dame, non una di più, non una di meno, hanno accesso alle stanze dell'imperatrice. Scelte con cura, appartengono alle più grandi famiglie dell'Impero; il loro lasciapassare è costituito da un minimo di sedici quarti di nobiltà. Ciò permette a queste dame di imporre in qualsiasi momento il loro cicaleccio a Elisabetta, diritto di cui esse certo non si privano. Riverenze, fruscii, passi in punta di piedi, dorsi incurvati. Accorrono per vederla, giudicarla, valutarla, adularla. A sedici anni l'imperatrice non si fa alcuna illusione. Lo dirà più tardi, ma ne è già consapevole: «Ogni riverenza ha uno scopo, ogni sorriso vuole essere pagato». Appena giunta dalla Baviera, questa adolescente nasconde dietro l'aspetto di una Celimene, la lucidità e il pessimismo di un Alceste. Non è fatta per obbedire, né per impartire ordini. Forse sarebbe adatta per amare, ma Franz, il caro Franz, non è mai presente.

Elisabetta ha sedici anni ed è incinta. Non ha ancora raggiunto la sua statura definitiva, e già il suo ventre si ingrossa. Una bimba, e nel grembo della bimba un'altra creatura, come bambole a incastro. L'arciduchessa non si commuove per così poco e capisce subito il vantaggio che può trarre da un tale magnifico oggetto di propaganda.

I giardini di Schönbrunn sono aperti al pubblico e l'arciduchessa chiede a Elisabetta di raggiungerli ogni giorno e di compiervi delle passeggiate. È necessario che il popolo possa veder crescere il ventre dell'imperatrice. I bighelloni si affollano, la bella notizia non tarda a circolare.

Il bambino non è ancora nato, ma già sfugge alla madre. L'arciduchessa fa preparare la *nursery* nei propri appartamenti con il pretesto che sono i più soleggiati del palazzo. Sceglie le nutrici, le governanti, i medici e la levatrice. Colleziona libri di puericultura, il tutto senza consultare la futura madre. Quanto a Francesco Giuseppe, è troppo occupato a seguire gli sviluppi della guerra di Crimea, benché le truppe austriache non vi siano implicate direttamente, per pensare a tener testa alla madre. Sui lontani campi di battaglia il massacro è spaventoso tanto per i vinti, i russi, quanto per i vincitori, i francesi e gli inglesi: sulla penisola, durante gli undici mesi dell'assedio di Sebastopoli, si contano 118mila morti. Paragonata a una simile ecatombe, che peso può avere la disperazione di una donna? La timidezza dell'imperatrice diviene morbosa; quanto più la costringono a esibirsi, tanto più si trincera nel suo riserbo.

Il 2 marzo 1855 muore lo zar Nicola I. Aveva aiutato Francesco Giuseppe a reprimere la rivoluzione ungherese e nella guerra di Crimea si attendeva di ricevere l'appoggio dell'Austria. Non l'ha ottenuto e muore detestando l'imperatore. La Hofburg, tuttavia, decreta un lutto ufficiale di quattro settimane.

Il 5 marzo 1855, all'alba, l'imperatrice avverte le doglie del parto. Francesco Giuseppe, spaventato come un giovane marito innamorato, corre a svegliare l'arciduchessa. Non deve preoccuparsi, l'operosa Sofia ha previsto ogni cosa e sovraintenderà alle operazioni. Francesco Giuseppe non abbandona la mano della moglie, mentre chi manca è Ludovica. L'usanza vuole che la madre della partoriente sia presente, soprattutto quando si tratta del primo bambino. È noto che Elisabetta è assai legata alla propria famiglia, a Possenhofen, alla madre. Perché Ludovica non è accanto a lei? È probabile che l'arciduchessa l'abbia dissuasa dal venire e che Ludovica non abbia osato insistere. Elisabetta è dunque alla mercé di una suocera che nessuno osa contrariare. Diviso tra i due amori della sua vita, sua madre e sua moglie, Francesco Giuseppe continua a rifiutare di vedere il conflitto tra le due donne, e a maggior ragione di parteggiare per l'una o per l'altra. Non ha forse esitato a lungo prima di prendere una decisione circa il terribile scontro di Crimea? Si augura che la sua vita familiare, almeno, possa dargli la pace.

Per il momento è un padre felice. Sua moglie ha cessato di soffrire, il bambino è appena nato. È una bambina. L'Impero avrebbe preferito un maschio, ma l'imperatore è fuori di sé dalla gioia. In lui non vi è ombra di delusione: ha avuto tanta paura per sua moglie che ora piange di sollievo. La sua amata, la sua piccola, la sua bella, la sua adorata è sana e salva. Ora riprenderà colori e forza. Alleluia, il suo cuore batte al ritmo del rombo dei cannoni che annunciano la notizia. Ha assistito alla nascita di sua figlia (un neopadre, si direbbe oggi), non ha mai abbandonato la mano della moglie mormorandole parole d'amore e di incoraggiamento. Adesso è il primo a esaltare l'eroismo di Sissi e, nella sua gioia, acconsente a tutti i desideri della madre. L'arciduchessa annuncia che la piccola si chiamerà Sofia, come lei, e Francesco Giuseppe approva, anzi le chiede di esserne la madrina.

Indubbiamente l'arciduchessa rimpiange che il neonato non sia un maschio. Un principe ereditario sarebbe stato più degno di un simile complotto, ma la coppia è giovane, avrà altri figli. Se lei riuscirà ancora a esercitare il suo potere su quella ragazzetta, il giorno benedetto in cui nascerà un maschio, sarà ormai riuscita a piegarla. Del resto l'arciduchessa non è priva di sentimenti. È capace di amare, a modo suo certo (è feroce, possessiva), ma è capace di farlo. Questa nipotina che porta il suo nome diverrà per lei una vera e propria passione.

Per settimane, per mesi l'arciduchessa dimentica di menzionare nel suo diario gli avvenimenti politici e del mondo, ma parla esclusivamente della piccola Sofia, dei suoi progressi, dei suoi vagiti, dei suoi sorrisi, dell'attesa del suo primo dente. Non solo è riuscita a impadronirsi della piccola, ma non prova nessun rimorso perché è convinta di essere nel proprio pieno diritto. In questo campo non si può certo dire che non abbia esperienza. Non ha forse messo al mondo quattro figli? Tre figli maschi, ai quali continua a dettar legge, ma anche una piccola Anna, la sua unica figlia. Ora avrebbe poco più di vent'anni. È morta in seguito a una febbre maligna all'età di quattro. Accanto a Sofia l'arciduchessa ritrova i gesti, le parole di un'antica tenerezza che tanti anni di solitudine e di lotta per il potere non hanno del tutto inaridita. È pronta a battersi con tutti i mezzi per prendersi cura di quella bimba che non è sua.

Il periodo che segue il parto si rivela difficile; Elisabetta si rende conto che la situazione le è sfuggita di mano e non ha la forza di ribellarsi. L'arciduchessa è riuscita a convincere il figlio che un'imperatrice non deve perdere il suo tempo nella *nursery*, ma occuparsi del marito, compiere il proprio dovere di rappresentanza. Non è troppo giovane, quella bambina, per vegliare su un'altra bambina? Quest'ultimo argomento ferisce Elisabetta nell'intimo. A Possenhofen aveva coccolato con tanto amore i fratelli e le sorelle più giovani di lei che quando li ha dovuti lasciare hanno pianto con lei. A casa sua non la ritenevano incapace di cullare, di curare, di consolare. A corte, se vuole vedere sua figlia, deve quasi chiederne l'autorizzazione. La *nursery* è lontana dalle sue stanze. Deve salire scaloni gelidi, percorrere corridoi interminabili, è accolta come un'intrusa e può accarezzare Sofia solo in presenza dell'altra Sofia. Ah, perché questo nome, questo nome che dovrebbe sciogliersi nella sua bocca, è tanto duro da pronunciare? Perché contiene tanto poco amore? Perché la piccola innocente è stata vestita con le spoglie della fata cattiva? Elisabetta si sente schernita, umiliata, ignorata, ma non osa lamentarsi... la fata cattiva è la madre di suo marito! E questi le deve la vita e il potere. Inoltre, sa quanto l'imperatore ami sua madre. Francesco Giuseppe non è certo un uomo volubile negli affetti.

Di questa tristezza di cui non deve parlare farà il più intimo, il più prezioso dei suoi ornamenti. Si desidera che sia un guscio vuoto, una donna priva di intelligenza, una madre incapace di tenerezza. Il suo ventre non deve forse servire solo alla riproduzione, il suo destino non è quello di essere un corpo, nient'altro che un corpo? Ebbene, così sarà. Un mese e mezzo dopo il parto rimonta a cavallo e nessuno riesce a calmare la furia delle sue galoppate. L'arciduchessa grida come un'aquila. L'avvenire dell'Europa è in pericolo. Come può quell'incosciente correre simili rischi prima ancora di aver dato alla luce un principe ereditario? Quanto più ci si accanisce ad allontanare Elisabetta da sua figlia, tanto più lei si ostinerà a sfidare la suocera.

Un corpo, solo un corpo, ma quale corpo! Elisabetta ha scoperto il potere della propria bellezza ed è decisa a servirsene. La piccola adolescente dalle guance arrotondate è diventata una donna che, quanto a bellezza, supera di gran lunga tutte le grazie viennesi. Paride non esiterebbe a scegliere e Francesco Giuseppe è affascinato. Tutto, in lei, gli sembra incomparabile. Anzitutto la sua statura. Ora misura un metro e settantadue, il che equivale a una statura altissima, per quei tempi, tanto più che il portamento del suo capo, la lunghezza del suo collo e l'estrema sottigliezza della vita, soffocata dalla tirannia dei busti, sembrano allungarle maggiormente la figura. In secondo luogo, la sua gracilità. In tutta la vita non supererà mai il peso di cinquanta chili; la sorveglianza del suo peso si trasformerà in ossessione, se non in anoressia. In un'epoca in cui le altre donne sono più vicine a quelle di Rubens che a quelle di Giacometti, Elisabetta impone nuovi canoni. La sua magrezza, peraltro, non le impedisce di mettere in mostra la più promettente delle scollature, delle spalle da regina e una muscolatura da amazzone. E infine, il suo mistero. Intorno alla sua persona un alone di malinconia sfuma l'insolenza della sua bellezza, un nimbo di disillusione, di speranze morte sul nascere che addolcisce lo splendore della sua giovinezza. In lei la tristezza ha qualche cosa di voluttuoso, di fatale.

Il corpo è tutto ciò che le rimane, e lo vezzeggerà a modo suo. Ha già provocato scandalo quando, giungendo a Vienna, ha chiesto che a proprie spese fosse installata nei suoi appartamenti una vasca da bagno. Nei palazzi ufficiali non si era mai visto un impianto del genere; Francesco Giuseppe, fino alla sua morte, si accontenterà di una tinozza e di due brocche. Si dice che ogni giorno Elisabetta prenda il bagno nuda, senza essere coperta dalla più lieve mussola, senza manifestare la minima vergogna. Del resto, per entrare nella vasca chiede di essere lasciata sola e vi indugia quanto più a lungo possibile. Si tratta per lei di un doppio vantaggio: al piacere dell'igiene unisce quello della solitudine. Non solo, comincia le sue giornate compiendo lunghi esercizi di ginnastica e presto farà disporre sotto ai dorati soffitti a cassettoni della Hofburg tutta un'attrezzatura bizzarra: anelli, scale, sbarre, manubri. Una strega con i suoi calderoni e le sue misture avrebbe sorpreso di meno la corte di quanto non sorprendano le presunte impudicizie della ginnasta imperiale. A Vienna si chiacchiera molto, l'arciduchessa reagisce furibonda, ma è sul punto di pensare che attraverso quelle abitudini insolite l'imperatrice dimostri in maniera lampante la sua incapacità (come potrebbe interessarsi alle cose del potere? Come potrebbe sognare di occuparsi dell'educazione della piccola Sofia?). Sembrano pensarlo anche i ritratti degli Asburgo il cui labbro sporgente si fa ancora più riprovatore sotto la patina scura del tempo.

La suocera non l'ha costretta un tempo a esibire il suo grosso ventre? Ora è lei che decide di esibirsi. Prende l'abitudine di farsi accompagnare in carrozza scoperta sul Graben. L'elegante via dagli edifici barocchi è situata a poche centinaia di metri dalla Hofburg. E tuttavia anni luce separano la cittadella imperiale dall'ampia passeggiata che i viennesi percorrono non appena la primavera si annuncia. Ogni bighellone approfitta dello spettacolo mettendosi in mostra a sua volta. Il Graben è un teatro, qui nascono i pettegolezzi, qui si rovinano le reputazioni. Le malelingue si muovono a ritmo di valzer. A Vienna si legge poco, ma si balla molto. Si ostenta la spensieratezza, la gioia di vivere, anche se il cuore non sempre è in festa. Il Graben è sensibile alle mode e alle stagioni come un marciapiede parigino o una terrazza milanese, mentre a cento metri di distanza la Hofburg sembra eternamente immobile.

Nei primi tempi del suo matrimonio Elisabetta aveva cercato di entrare nei negozi di questa via per osservare gli oggetti da vicino. Colmo dell'eccentricità, l'imperatrice che a corte era quasi afasica, in queste occasioni ritrovava l'uso della parola per rivolgersi ai commessi. Ben presto gli assembramenti avevano fatto temere la sommossa, e alla sovrana era stato consigliato di non ripetere quel genere di esperienza. Al limite le è consentito passeggiare sul Graben sotto la protezione di una scorta, o cavalcare al Prater in sella al suo lipizzano, facendo tuttavia attenzione a mantenere tra sé e gli altri una certa distanza, uno spazio protocollare, addirittura profilattico. In realtà, di quale malattia si teme il contagio?

Ora Elisabetta attraversa silenziosa la folla e sente rimbalzare su di sé gli sguardi degli altri. Si direbbe che li tema meno, eppure Dio sa se sono intensi, vivaci, e quelli carichi di ammirazione non sono i meno penetranti. Le danno quasi un certo effimero piacere. Ma in realtà tutte quelle impercettibili punture la colpiscono solo superficialmente. Ha l'impressione che la sua corazza sia divenuta più robusta, più opaca. Ora sa che non è in gioco la cosa più importante del suo essere, ed esibisce agli occhi del mondo una bella immagine che solo apparentemente è quella di lei.

Quella primavera Elisabetta è incantevole. Specchio, specchio delle mie brame, chi è la più bella del reame? Tutti gli specchi fanno a gara per ripetere il suo nome. La sua bellezza è nota al di là delle frontiere e tutta Europa l'ha già fatta entrare nella leggenda.

Ogni sguardo è una carezza, una promessa d'amore. Non ho forse un volto, un corpo giovane? Non li ho forse ricevuti oggi? Sono nuovi. Elisabetta fa prendere aria alla sua bellezza. La mostra. Dolcezza a fior di pelle, angoscia interiore.

Trent'anni più tardi lo scrittore viennese Hugo von Hofmannsthal evocherà questi esercizi di narcisismo che sono il preludio alla pericolosa ricerca di se stessi:

> Maturare è forse questo: imparare ad ascoltare il proprio intimo per dimenticare il rumore e, alla fine, non udire più nulla. Se ci si innamora di se stessi e se, come Narciso, si cade nell'acqua e si annega a forza di guardare la propria immagine riflessa, penso che in quel momento si stia cadendo sulla buona strada, esattamente come i bambini che sognano di cadere dalle maniche del mantello del loro padre nel paese delle fate, tra le montagne magiche e la fontana del re delle rane. Innamorati di se stessi, intendo dire della vita, o di Dio, come si preferisce.

Amare la vita? Per Elisabetta è la cosa più difficile. D'inverno, soprattutto, quando cessano le passeggiate e la porta della prigione si richiude. L'imperatrice è un'estranea nella propria casa. La piccola Sofia, soffocata dalle cure gelose dell'arciduchessa, riconosce appena sua madre.

Il 14 dicembre 1855 Elisabetta si reca a Schönbrunn con la sua dama d'onore, la contessa di Bellegarde. Improvvisamente un cavallo morde il freno, gli altri tre rimangono impigliati nelle redini. Il cocchiere viene sbalzato via dal suo sedile e i cavalli senza guida si imbizzarriscono. La contessa, terrorizzata, vorrebbe saltar fuori dalla carrozza ma Elisabetta, che ha già vissuto quel genere di situazione a Possenhofen, glielo impedisce. La carrozza lascia la Mariahilferstrasse e imbocca una via laterale dove un vetturale ha fermato il suo carro di traverso. I cavalli cadono, il timone si spezza. Le due donne se la cavano con una buona dose di paura e una carrozza pubblica le riconduce alla Hofburg. Incinta di tre mesi, Elisabetta racconta l'avventura al marito e conclude: «Perché non sono morta?».

Il 25 febbraio 1856, sotto l'egida di Napoleone III, ha inizio il Congresso di Parigi che mette fine alla guerra di Crimea. Il salone dell'Orologio, al Quai d'Orsay, ospita i belligeranti. Richard von Metternich, figlio del suo celebre padre e rappresentante dell'Austria, tenta invano di imporre la sua mediazione. Non solo non riesce a trarre vantaggio dalla neutralità austriaca, ma il suo paese esce dai negoziati più isolato che mai.

I russi non perdonano agli austriaci di non averli appoggiati durante la guerra. Vienna e San Pietroburgo entrano in un'èra di conflitti che continuerà, nonostante brevi tregue, fino all'esplosione del 1914.

Francesco Giuseppe aveva sperato di proteggere i suoi possedimenti italiani risparmiando la Francia; Napoleone, lungi dall'esserliene riconoscente, gioca sempre più apertamente la carta di Cavour, primo ministro del Regno di Sardegna. Napoleone e Cavour preparano una riorganizzazione dell'Italia: a farne le spese sarà l'Austria.

La diplomazia austriaca perde su tutti i fronti. Fatto ancora più grave, la guerra di Crimea ha modificato i rapporti di forza all'interno della Confederazione tedesca. Per uno strano fenomeno di equilibrio, ciò che indebolisce l'Austria rappresenta contemporaneamente un vantaggio per la Prussia, e la Russia, per vendicarsi di ciò che chiama il tradimento austriaco, non sarebbe contraria ad appoggiare le ambizioni prussiane.

Tormentata in profondità dalle idee sociali, dalle rivendicazioni nazionali, una nuova Europa è alla ricerca di se stessa. L'isolamento dell'Impero non lascia presagire nulla di buono per il suo avvenire. Grazie a Dio l'imperatore sarà padre per la seconda volta e questa attesa dissipa le altre preoccupazioni. Il 15 luglio 1856 il bambino nasce nelle migliori condizioni. È una femmina, un'altra femmina. L'arciduchessa non nasconde la sua profonda delusione. Per attenuare la tristezza della moglie, Francesco Giuseppe scherza sostenendo che, secondo lui, non è nato un maschio perché «non era stato seguito il consiglio del rabbino Alexandersohn di Pest, il quale aveva raccomandato di incollare sulla porta una preghiera ebraica durante il parto».

Questa volta la madrina è Ludovica, tuttavia essa non compare, a Vienna nemmeno ed è sua sorella, l'arciduchessa, che porta la neonata al fonte battesimale. La piccola si chiamerà Gisella in memoria della principessa bavarese del X secolo che fu consorte di Stefano I, re di Ungheria, e lo convertì al cristianesimo al punto da farne un santo della Chiesa. L'Ungheria e la Baviera sono dunque state unite tramite una donna, circa un millennio prima. Elisabetta se ne ricorderà.

Sebbene l'Impero desiderasse un erede e, in questa occasione, qualche soddisfazione in natura, la piccola viene festeggiata con tutti gli onori e i doni affluiscono. Secondo un rituale ormai ben consolidato, Gisella raggiunge la piccola Sofia nella *nursery*; ancora una volta la gatta viene separata dai suoi gattini. Il dottor Seeburger, medico curante delle due bambine, è una creatura dell'arciduchessa. Come molti altri, le è debitore della propria carica e bisogna che ogni volta Elisabetta si arrabbi per ottenere il semplice diritto di vedere le sue figlie.

È vero che i rampolli di un Impero non crescono in tutta libertà. La corona ha le sue esigenze, i purosangue devono essere addestrati. Selezione ed educazione. È altrettanto vero che nel corso dei secoli gli Asburgo, più di altri, hanno saputo proteggere la loro vita familiare. I genitori e i figli sono spesso uniti da veri legami di tenerezza. Ed ecco che l'accanimento di una donna è sul punto di distruggere ciò che il protocollo non aveva snaturato del tutto. È troppo. Elisabetta ha sopportato di essere umiliata, ignorata, schernita, ora deve battersi per l'avvenire delle sue figlie e costringere il marito ad abbandonare la neutralità che gli ha nociuto in Europa e ora distrugge la sua famiglia.

Il 30 agosto 1856, un mese e mezzo dopo la nascita della piccola Gisella, Francesco Giuseppe prende infine le parti della moglie. Certo, non affronta la madre in «singolar tenzone», la prova sarebbe troppo aspra. Le scrive:

> Vi prego insistentemente di mostrarvi indulgente nei confronti di Sissi; quale che possa essere la sua gelosia materna, non si può disconoscere la sua dedizione di sposa e di madre. Se ci farete la grazia di considerare la questione con calma, comprenderete forse i penosi sentimenti che proviamo nel vedere le nostre figlie chiuse nei vostri appartamenti con un'anticamera quasi comune, mentre la povera Sissi deve affannarsi a salire gli scaloni, con le sue ampie vesti spesso tanto pesanti, per trovare solo raramente le bambine sole, quando non sono circondate da estranei ai quali fate l'onore di presentarle. Anche per quanto mi riguarda, ciò abbrevia i rari momenti che posso permettermi di dedicare alle mie figlie, senza parlare del fatto che questo modo di esibirle e di indurle alla vanità mi pare un'abominio, benché forse su questo punto possa avere torto. In ogni caso Sissi non vuole assolutamente sottrarvi le piccole; mi ha espressamente incaricato di scrivervi che esse rimarranno sempre a vostra intera disposizione.

A partire da quel momento le bambine saranno alloggiate nell'appartamento Radetzky, dalle stanze spaziose e soleggiate, vicino a quello dei loro genitori. Non a caso Francesco Giuseppe spedisce la lettera il 30 agosto. Il 2 settembre i sovrani devono compiere un viaggio ufficiale in Stiria e in Carinzia: lontano da Vienna, l'imperatore eviterà il contraccolpo della reazione. Può darsi anche che Elisabetta, impegnata a fondo nella sua lotta, abbia minacciato il marito di non accompagnarlo se non avesse preso le sue parti prima della data della partenza.

Per la prima volta, l'imperatrice ha vinto.

Settembre 1857. Stiria e Carinzia.

Elisabetta non aveva mai respirato un'aria più pura, nemmeno nelle sue foreste della Baviera. Un tempo suo padre le diceva: «Apri i polmoni, riempili d'aria fino a farli scoppiare. Annusa, figlia mia, annusa la vita, respirala con gioia. L'importante è non farsela sfuggire». A quell'epoca aveva trovato la raccomandazione inutile. Ogni cosa le pareva evidente. Non sapeva che un giorno l'aria le sarebbe mancata.

È mattina, a Heiligenblut. La foschia scompare a poco a poco, e lentamente svaniscono anche i dolori provocati dall'emicrania. Appaiono i contorni della montagna, i 3797 metri del Grossglockner si profilano all'improvviso con una nettezza che si sarebbe potuta credere perduta per sempre. Un tale slancio è ancora possibile? La noia e le umiliazioni non l'hanno dunque uccisa? Qual è l'origine di questa forza che rinasce, giovane, cristallina?

A Franz Sissi dirà tutto: ciò che ha sofferto e ciò che non vuole più soffrire. Si conoscono da quattro anni, e hanno parlato così poco! Suo marito assomiglia di nuovo al giovane che le è apparso per la prima volta a Ischl. Qui, come allora, guarda solo lei. L'Impero mormora, in lontananza, ma egli non vuole più preoccuparsene. Sua madre gli invia messaggi di vendetta, ma ha deciso di non rispondere. Si sono lasciati alle spalle le spie e i cortigiani; accanto a loro ci sono solo montanari, che non origliano.

Hanno strappato a viva forza questi due giorni di pace in montagna e ritengono di averli meritati. Il viaggio ufficiale in Stiria e in Carinzia è stato un trionfo. Le popolazioni sono accorse in massa ad acclamare i loro giovani sovrani. È difficile immaginare la devozione di queste folle, che per alimentare i loro sogni dispongono solo della religione e della monarchia.

Ai confini dell'Impero non c'è una sola casa, una sola bottega, una sola officina o un solo ufficio che non possieda i ritratti di Francesco Giuseppe e della sua sposa. Ma quando sopraggiungono la carestia, l'inflazione e il colera, anche le più belle icone possono appannarsi, il fervore può indebolirsi. Per risvegliare gli ardori non c'è nulla di meglio che offrire al pubblico lo spettacolo dei suoi semidei, ossia l'imperatore e l'imperatrice. Giacché quest'ultima non è meno acclamata. Alla Hofburg è considerata come una bimba alla quale soprattutto non si deve parlare di politica. Si sussurra persino che la sua istruzione lasci a desiderare e la sua conversazione sia simile a quella dei suoi pappagalli. In breve, in una corte dove peraltro l'intelligenza non brilla, l'imperatrice è considerata una bella ochetta. Appena compare sulla scena, però, è verso di lei che salgono le acclamazioni più forti.

L'imperatrice seduce, l'imperatrice affascina. La fama della sua bellezza si propaga grazie alle testimonianze e a tutta una produzione di stampe che ben presto cederà il posto alla fotografia. Nel cuore della mistica monarchia è già Hollywood. Il suo fascino opera continui miracoli. Non appena sfugge agli sguardi dei suoi giudici, ovvero la suocera, l'arcifamiglia, la corte, Elisabetta esce dal suo mutismo. Scopre il desiderio di parlare con le persone, di ascoltarle, specialmente se si tratta di persone semplici. Le accade addirittura di scorgere in esse un'inquietudine, una sofferenza, e allora trova le parole per rispondere alle loro attese. Negli ospedali, nelle scuole, trasforma in un vero scambio la pratica delle visite e delle inaugurazioni, tanto che si rende necessario ricordarle discretamente l'ora. Il corteo sarà in ritardo, e lei lascia con dispiacere quei destini amici.

Le popolazioni dell'Impero ripongono assai presto in lei le loro speranze. Non ha forse una benefica influenza sul marito? Le si attribuisce tutto ciò che è positivo, la si esclude da tutto ciò che non lo è. Merito suo l'abolizione della pena del frustino nel nuovo codice militare, merito suo l'amnistia di un certo numero di prigionieri politici. Un imperatore innamorato non è forse incline ad allentare la morsa del suo assolutismo? Il dissenso tra Elisabetta e la suocera non è più un segreto per nessuno. Al di là del conflitto generazionale, l'imperatrice appare come la campionessa delle idee liberali. Si è opposta, invano, alla firma del Concordato che attribuisce alla Chiesa tutti i poteri in campo matrimoniale e nel sistema scolastico. Ora per essere professore di matematica o di ginnastica è necessario confessarsi regolarmente. L'arciduchessa impone la propria concezione dell'Impero. Nello stesso momento il giornale liberale «Wiener Tagblatt» riferisce che l'imperatrice ha appena offerto a un pastore la somma di cui aveva bisogno per costruire il campanile del suo tempio: «Nel mio paese natale, la Baviera» dichiara« la regina è protestante e anche mia nonna è di confessione evangelica. La Baviera è un paese sostanzialmente cattolico, nel quale però i protestanti non possono certo lamentarsi di essere vittime di ingiustizie o di discriminazioni».

La Hofburg la guarda di traverso e l'arciduchessa afferma di avere a che fare con un'oca bavarese, ma le popolazioni dell'Impero hanno occhi solo per lei. Francesco Giuseppe se ne è già accorto alcune settimane dopo il loro matrimonio, quando lei lo ha accompagnato in Boemia e in Moravia. Per essere un primo viaggio fu un delirio, e la stessa Praga non poté resistere a tanto fascino.

L'arciduchessa ha ragione di preoccuparsi. Quei due esseri tanto diversi l'uno dall'altro sono finalmente soli, legati dall'unica cosa che hanno in comune, l'amore per la natura. Nell'impiego del tempo imperiale, implacabile congeno ricaricato dall'alba al tramonto, gli unici momenti di distensione sono rappresentati dalle scorribande del cacciatore. Francesco Giuseppe è un buon fucile e un camminatore infaticabile. A diciotto anni è salito al trono sospirando: «Addio, giovinezza!». I lunghi agguati nei boschi gli regalano un po' di quella spensieratezza così estranea alla sua carica e al suo carattere. Quanto a Elisabetta, essa ama la foresta, come ama la sua infanzia, come ama suo padre. Il duca Max le ha insegnato che gli alberi d'alto fusto e l'odore dei pini rendono Dio più felice che una preghiera. E lei a sua volta vorrebbe trasmettere tale amore per la natura alle sue figlie.

Elisabetta deve approfittare di queste ore di libertà. Deve rendere irreversibili le decisioni che Francesco Giuseppe si è finalmente risolto a prendere. Le reazioni alla lettera del 30 agosto non si sono fatte attendere. L'arciduchessa, furibonda, invia missive su missive. Presto i coniugi partiranno per l'alta montagna, questa prospettiva le è insopportabile. Come la Regina della notte, Sofia tuona, minaccia. Se non rinunceranno immediatamente al loro progetto di scalata, non la vedranno più alla Hofburg, abbandonerà per sempre le sue prerogative e tutti gli attributi del potere. È impensabile che un imperatore esponga così la sua vita. Su questo punto l'arciduchessa non ha tutti i torti. Alcuni giorni prima, il figlio di un alto funzionario è morto precipitando in un burrone. Il re Federico Augusto di Sassonia, cognato dell'arciduchessa e zio al tempo stesso di Francesco Giuseppe e di Elisabetta, ha perduto la vita in Tirolo, il 3 agosto 1854, nel corso di una spedizione dello stesso tipo.

In realtà la terribile Sofia non teme tanto gli abissi alpestri quanto l'intimità ritrovata dei suoi cari figlioli. Lungi dall'accecarla, la collera la rende lucida. I due piccioncini possono sfuggirle geograficamente, ma lei è in grado di prevedere con esattezza lo svolgersi delle cose. Lei lo conosce, il suo Franzi. Appena lei non è più presente a vegliare su di lui, ricade immediatamente sotto il controllo della moglie. Sissi possiede argomenti che la volontà di una madre non può controbilanciare, soprattutto da lontano. Farà l'affascinante, sarà tutta dolcezza e suo marito, come sempre, non sarà in grado di rifiutarle nulla.

I due montanari si mettono in cammino. Indebolita dal parto recente, Elisabetta segue a cavallo. Fa una tappa per attendere il ritorno del marito nel rifugio che da allora si chiamerà «Il riposo di Elisabetta». Francesco Giuseppe prosegue nell'ascensione accompagnato da alpinisti esperti. Attraversa il ghiacciaio di Pasterza e si arrampica fino alla cima dell'Hoher Sattel, subito ribattezzata in suo onore «cima Francesco Giuseppe». A memoria di austriaco, nessun imperatore è salito tanto in alto.

L'aria delle cime ha rafforzato la volontà del sovrano. L'amore, la bellezza, il fascino di Elisabetta agiscono su di lui, e lo persuadono. Con acume lei lo induce a prendere le decisioni che ritiene giuste. Non lo costringe, non lo minaccia, non ricorre al ricatto, ma si insinua nella sua fiducia e vince. Subito dopo il ritorno a Vienna le vengono restituite le sue bambine.

Inverno 1856-1857. Viaggio in Italia.
20 novembre. Dalle alture di Trieste, Elisabetta scopre il mare: azzurro, calmo, luminoso. Fino a quel momento la giovane donna ha conosciuto solo le acque cupe dei laghi di montagna. Continentale per nascita, viene travolta dalla passione per questo Adriatico che un giorno tenterà di fare suo. Vi farà costruire la sua casa, lo solcherà in ogni stagione, desidererà fondersi nella spuma delle sue onde.

> Sono un gabbiano che non appartiene ad alcun paese,
> Nessuna spiaggia è la mia patria,
> Non mi affeziono ad alcun luogo,
> Volo di onda in onda.

Il destino del gabbiano è tutto contenuto in questo primo sguardo del 20 novembre. Un colpo di fulmine, un'evidenza. Senza saperlo, Elisabetta attendeva quel momento da sempre. Il filo dell'immaginazione non ha più ostacoli, tira verso il largo. Non è spesso, ma è più solido della migliore canapa del Bengala. Basterebbe aggrapparvisi, una mano dopo l'altra. In Elisabetta è nata la viaggiatrice.

Tuttavia, sin dall'arrivo a Trieste le cose cominciano ad andare male. La coppia imperiale sta per partire per una passeggiata nella baia. Un'enorme corona di cristallo agganciata tra i due alberi dell'imbarcazione si schianta sul ponte solo pochi minuti prima dell'arrivo dei sovrani. Tutti i presenti sono indenni. Un caso, un gesto maldestro, un attentato? Nessuno osa pronunciarsi.

A Venezia il clima è peggiore. La bora comincia a soffiare, i veneziani tacciono, stringono i denti, non sopportano l'occupazione austriaca. La città dei dogi, la loro città, è divenuta il quartier generale e la sala da gioco della nobiltà imperiale. Paul Morand, nella sua opera *Venises*, scrive:

> I signori austriaci scendevano a Venezia in attesa della fregola del cervo, prima di riprendere la via del nord verso le loro dozzine di castelli in Stiria e nel Tirolo; vestiti da jäger, cappello verde muschio su una testa da lepre, mantella di loden, lasciano alle loro spalle una scia di cuoio di Russia, di magnolia delle isole Borromee.

A Venezia questi profumi non sono apprezzati. Ancora oggi i veri veneziani, ahimè sempre meno numerosi, continuano a non frequentare il caffè Quadri di piazza San Marco perché un tempo gli ufficiali austriaci vi si mettevano in mostra. Gli preferiscono il suo rivale, il Florian, il più vecchio e il più prestigioso caffè di Venezia.

La coppia arriva nella città delle città a bordo di un'antica galera. È il *Bucintoro*, che ogni anno conduceva il doge a sposare l'Adriatico. Ma il cuore della Serenissima non si concede agli Asburgo. I sovrani sbarcano e attraversano la Piazzetta in direzione della basilica di San Marco. Elisabetta tiene per mano la piccola Sofia, che è riuscita a strappare alla sorveglianza della suocera. L'imperatrice e la bimba indossano mantelli azzurri orlati di zibellino. Ecco le uniformi, le bandiere, i tappeti, gli stendardi. Non si è economizzato in nulla, la scena è degna di un Carpaccio. Tutto potrebbe essere perfetto se non ci fosse il silenzio della folla. I veneziani hanno serrato le loro labbra e i loro cuori. Quando alla fine risuonano le grida di acclamazione non ingannano nessuno, e ancor meno la coppia imperiale. Non un solo *evviva*, leggero, vivo, italiano; solo degli «urrà» emessi da gole disciplinate e austriache, quelle dei soldati, dei poliziotti e dei funzionari.

È stato impartito l'ordine di spiegare a ogni finestra il vessillo con l'aquila a due teste, simbolo imperiale ereditato da Bisanzio. Ma Venezia non desidera ricordare le proprie origini bizantine e rifiuta in blocco l'imperatore, l'Impero e la sua bandiera. Troppi sono i prigionieri nelle carceri, troppe le spie nelle calli, troppa è l'umiliazione nei cuori. La città affonda nell'odio, il popolo di Venezia tace. I nobili hanno chiuso i loro palazzi sul Canal Grande per rifugiarsi in campagna, nelle ville palladiane. È chiaro che da un momento all'altro un grido di rivolta potrebbe interrompere il silenzio, così come a Trieste la corona di cristallo si è rotta all'improvviso in mille pezzi. La guerra è in incubazione, la frontiera tra i collaboratori e i resistenti passa attraverso le famiglie. Tutto il Veneto vive già l'atmosfera opprimente che Luchino Visconti ha tanto abilmente evocato nel suo film-tragedia *Senso*.

Eppure sarebbe così facile amare questa città incomparabile, amarla alla follia, tuffarsi nelle sue acque, superare le apparenze. Sull'orlo della fascinazione, Elisabetta si trattiene. Per la prima volta avverte l'ostilità di una popolazione e l'affronta con un coraggio che non sapeva di possedere. Una specie di esaltazione si impadronisce di lei e l'avvicina ancora di più al marito. Bisogna fare qualche cosa. Tanta bellezza, tanta grandiosità, e tanto silenzio. A ogni tentativo di apparizione in pubblico, la coppia imperiale si scontra con il mutismo dei veneziani.

Il 29 novembre i sovrani offrono un ricevimento nel Palazzo ducale. Le grandi famiglie non vi partecipano e su centotrenta patrizi solo trenta rispondono all'invito. Le dame sono un po' più numerose, vengono a verificare di persona se Elisabetta è così splendida come si dice. Specchio, specchio delle mie brame, chi è la più bella del reame? Quando scendono dalle loro gondole per attraversare la Piazzetta, tutte quelle donne ornate dei loro magnifici gioielli subiscono il dileggio di una folla che si sente tradita. Alcuni giorni più tardi, al teatro La Fenice, l'accoglienza è glaciale e i palchi dell'aristocrazia rimangono vuoti. L'opera di seduzione sta fallendo miseramente. I veneziani vogliono qualche cosa di più che sorrisi e feste. E Francesco Giuseppe passa all'azione. Sin dal 3 dicembre ripara all'ingiuria inflitta alla nobiltà italiana abrogando la confisca dei beni degli esiliati e inoltre decreta un'amnistia generale dei prigionieri politici.

Quelle misure producono subito il loro effetto e l'atmosfera diviene un po' più respirabile. Le lingue si sciolgono. A Venezia, come altrove, si attribuisce all'imperatrice un'influenza benefica sul consorte. Un diplomatico inglese narra un aneddoto significativo. Un giorno, durante una passeggiata, i sovrani sono avvicinati su una delle piazze cittadine da un uomo molto vecchio, che tenta di spiegare la propria situazione all'imperatore. La sua pensione di capitano è stato soppressa perché ha partecipato alla rivoluzione del 1848. Da allora non ha più di che vivere. Francesco Giuseppe lo interrompe: quello non è il luogo migliore per parlare di affari... venga dunque a palazzo.

«Ma non mi permetteranno di entrare» risponde il vecchio ufficiale.

Con queste parole la faccenda avrebbe potuto concludersi se Elisabetta non avesse letto la disperazione negli occhi dell'uomo. E allora trattiene per il braccio il marito che si appresta a riprendere il cammino: «Dagli uno dei tuoi guanti» lo supplica «e ordineremo che lo lascino entrare». L'ufficiale si presenta a palazzo con il suo trofeo e riottiene la sua pensione. Ben presto la storia circola di bocca in bocca, di gondola in gondola: l'intercessione di Elisabetta fa miracoli, oltre alla sua bellezza si celebrano le sue virtù.

Tuttavia l'imperatrice è inquieta. Imprigionata dalle acque della città, non può né montare a cavallo né passeggiare. Il minimo spostamento potrebbe provocare una sommossa. Talvolta, di notte, si alza e rimane per ore alla finestra. Che cosa fanno gli altri viaggiatori in questa città? Che cosa vengono a cercarvi? Per lei ci sono solo divieti. Quando avrà fine questo stato di ibernazione?

La sera di Natale compie diciannove anni. Assiste con il marito alla messa di mezzanotte a Santa Maria della Salute. La più grande chiesa barocca di Venezia è un vascello illuminato alla confluenza del Canal Grande e del canale della Giudecca. Elisabetta si sente attratta dall'alto mare. Mio Dio, chiederei con maggior forza la pace per il mio paese, se l'avessi in me.

Il 15 gennaio 1857 la coppia imperiale giunge a Milano. La polizia ha spinto verso la città la popolazione delle campagne vicine perché accolga i sovrani con un'ovazione. Nonostante questo artificio, la folla debitamente indottrinata rimane silenziosa. Alla sera, nella prestigiosa sala del teatro alla Scala, l'affronto è ancora più manifesto. Nessun patrizio è presente nei palchi degli abbonati. Le grandi famiglie hanno inviato i loro lacchè in livrea nera. Elisabetta trattiene il gesto di stizza del marito. Come se tutto fosse normale rimangono fino alla fine dello spettacolo, ma sono colpiti. Nei giorni successivi Francesco Giuseppe cerca di porre rimedio alla situazione. L'amnistia politica è accordata e si diminuiscono le imposte in tutta la Lombardia, ma ciò non è sufficiente a rendere popolare la coppia imperiale. Dato che le famiglie patrizie si intestardiscono, si invita la borghesia ai concerti di corte. Fatica sprecata... la maggior parte delle poltroncine rimangono vuote.

È necessario spingersi oltre nelle riforme. Il feldmaresciallo Radetzky, governatore generale e comandante militare del Lombardo-Veneto, viene sollevato dall'incarico. Era tempo. Lo stesso imperatore constata che quel brav'uomo è «terribilmente cambiato e come ritornato bambino». Il nome di Radetzky è sinonimo di repressione in tutta l'Italia del nord. L'arciduca Massimiliano, fratello minore di Francesco Giuseppe, sostituisce il vecchio maresciallo. Questa scelta sembra buona, il principe salva la situazione, senza peraltro convincere i milanesi.

I due fratelli non si somigliano. Allevato come erede presunto, Francesco Giuseppe è un incredibile lavoratore, molto scrupoloso. Sa che il suo potere, la sua autorità si basano su un antico edificio. La gloria, per lui, è solo un accessorio. Ciascuno deve svolgere il compito che gli è stato affidato al meglio delle sue possibilità, soprattutto se si è destinati alla guida dell'Impero. Conservatore nell'animo, cerca di proteggere ciò che ha ricevuto, prima di trasmetterlo a sua volta. Metternich e Schwarzenberg gli hanno insegnato che le armi e gli uomini non devono essere sprecati. Tuttavia, se il destino dell'Impero è in gioco, vanno utilizzati senza scrupoli.

Massimiliano è un fratello minore ombroso; aspira a un potere che la regola monarchica rende aleatorio. È un uomo elegante che parla otto lingue (solo punto in comune con il fratello maggiore), legge molto e apprezza i poeti. Alla corte di Vienna questa inclinazione fa di lui un personaggio singolare. Francesco Giuseppe, dal canto suo, sarà oppresso sin dall'infanzia da un programma di studi che non gli lascerà il tempo per leggere. Nemmeno l'influenza di Elisabetta riuscirà a risvegliare in lui il minimo gusto letterario.

Massimiliano scrive bei poemi pervasi di malinconia, ironia, dolore, desiderio di fuga. La poesia dell'arciduca si ispira a Heine. In una corte che ignora, se addirittura non disprezza, gli intellettuali e gli artisti, un diplomatico americano, John Motley, scrive: «Anche se un austriaco fosse al tempo stesso Shakespeare, Galileo, Nelson e Raffaello, non potrebbe essere ammesso nell'alta società viennese se non avesse sedici quarti di nobiltà». Sicché, in una corte di così basso livello intellettuale, è strano vedere due esseri, l'arciduca Massimiliano e sua cognata Elisabetta, votare un vero culto a Heine, piccolo ebreo tedesco e grandissimo poeta. Nei suoi poemi, Massimiliano si paragona a un uccello la cui ala ferita impedisce il volo. Elisabetta, che la critica universitaria considererà come uno dei migliori conoscitori di Heine, sarà più tardi il gabbiano.

«Gli stati invecchiati si ammalano dei propri ricordi» scrive Massimiliano definendo con lucidità la stanchezza dell'Impero. E annota ancora: «La rigidità non è forza». Né il suo carattere né la sua posizione di cadetto gli permetteranno di tradurre le sue intuizioni in azioni; egli è dotato della seduzione e della violenza dei deboli. Senza dubbio ambisce in segreto al trono del fratello. Ostenta volentieri idee liberali, certo per convinzione ma anche per opporsi a coloro che lo circondano. Si dice che sia il preferito, il cocco dell'arciduchessa. Questo figlio fragile, dolce e complicato ispira alla madre un amore del tutto disinteressato, quella specie di compassione che un tempo l'*Aiglon* fece nascere in lei. Donna avveduta, l'arciduchessa ha puntato tutta la propria stima e la propria ambizione sul figlio maggiore, tutta la propria indulgenza e la propria sensibilità sul minore. Questa rivalità filiale determina in parte le relazioni tra i due fratelli.

Francesco Giuseppe nomina Massimiliano viceré, governatore del Lombardo-Veneto. Egli giunge in Italia con la sua giovinezza (non ha ancora venticinque anni), con il suo volto dai lineamenti sottili, con il suo sguardo azzurro e con una reputazione di liberalismo, di generosità. Per due anni tenterà di alleggerire il peso dell'occupazione austriaca, ma i patrioti resisteranno alle sue profferte e alla sua sincera buona volontà. L'avvocato Daniele Manin, cervello della rivoluzione veneziana del 1848, risponde dal suo esilio parigino all'arciduca: «Non chiediamo che l'Austria divenga più umana, chiediamo che se ne vada». E di questo, beninteso, non è il caso di parlare. Francesco Giuseppe si oppone a qualsiasi forma di autonomia.

A metà marzo la coppia è di ritorno a Vienna. Elisabetta si precipita dalla sua piccola Gisella che non vede da cinque mesi. Stupore... la bimba non sembra riconoscere la madre. C'è sempre qualche cosa che separa l'imperatrice dalle sue figlie, ora si tratta degli obblighi della sua carica, ora della volontà della suocera. La fata cattiva sembra mormorarle all'orecchio: hai tutto, non pretenderai anche di essere felice. In Italia si è giunti a dire che l'imperatrice aveva tenuto a condurre con sé la figlia Sofia per premunirsi contro un attentato. Quest'accusa è non solo infame, ma è evidentemente ingiusta. Elisabetta non avrà mai il timore di esporre la propria persona, il suo coraggio non darà mai segni di cedimento. Più tardi le rimprovereranno addirittura di tentare il destino per temerarietà o per incoscienza.

Gli spostamenti della coppia imperiale non sono viaggi di piacere e questa volta i sovrani hanno dovuto affrontare il silenzio, l'ostilità e l'odio. Ma nei giorni di tensione si sono sentiti vicini. Ciascuno ha temuto per l'altro, lo ha compreso con uno sguardo, con un gesto; hanno vibrato all'unisono, hanno condiviso ogni cosa. Alla Hofburg o a Schönbrunn sono di nuovo separati dal protocollo, da modi diversi di impiegare il tempo, dalle persone che li circondano. Franz torna a essere l'imperatore, Elisabetta incontra sempre maggiori difficoltà a svolgere il ruolo subalterno che le hanno concesso.

Jean des Cars, nella sua opera *Elisabeth d'Autriche ou la Fatalité*, narra che l'imperatrice, poco dopo il suo ritorno a Vienna, trova su uno scrittoio dei suoi appartamenti un libricino dalle pagine ingiallite, lasciato aperto per meglio mostrare i passaggi sottolineati. Elisabetta ignora chi ve l'abbia messo. Per contro è evidente che lo sconosciuto, o la sconosciuta, è animato dalle peggiori intenzioni. Redatto in francese, il testo afferma:

> La ragione di vivere di una regina consiste nel dare degli eredi alla corona, e la risposta del sovrano alla consorte: «Signora, vi abbiamo scelto perché ci diate dei figli e non dei consigli» è stato un utile esempio per tutti gli altri. È questa, infatti, la sorte, la vocazione naturale delle regine. Appena se ne allontanano esse divengono fonte dei più grandi mali, come Caterina de' Medici, Maria de' Medici, Anna d'Austria. Quando una regina ha la fortuna di poter dare dei principi allo stato, deve limitare tutta la propria ambizione a questo e non immischiarsi in alcun modo nel governo del regno, la cui preoccupazione non è cosa da donne [...]. La principessa che non mette al mondo dei figli maschi è solo una straniera nello stato e per di più una straniera eccessivamente pericolosa.

Va notato che il testo si riferisce solo ad alcune regine di Francia e la ragione di ciò è semplice. In origine l'ignobile libretto non prendeva di mira Elisabetta, che non era ancora nata. Se ne erano già serviti in un'altra epoca, in un altro mondo. Come se tutte le volte si ricantasse l'aria della calunnia. A richiesta. L'autore (anonimo) ha proferito queste ingiurie un secolo prima, a Parigi. Scritte nel 1774, le sue parole stigmatizzano la sovrana più screditata della storia, quella che in Francia era chiamata l'Austriaca, la regina Maria Antonietta.

Elisabetta si sente offesa, straziata, pugnalata da questa prosa xenofoba, misogina. L'odio diviene insopportabile, smuove troppe cose che la disgustano. La minaccia di un destino tragico, il timore di essere rifiutata da tutto un popolo. La mancanza di interesse, poi l'indifferenza e infine la condanna, la paura di vedersi ridotta al silenzio. Un ventre, nient'altro che un ventre, votato alla procreazione.

Chi è venuto a deporre sul suo scrittoio quel libricino immondo? Il mistero non sarà mai chiarito. Eppure deve trattarsi di qualcuno che le è sufficientemente vicino da avere accesso agli appartamenti privati. Davanti a tanta viltà Elisabetta avverte una specie di disgusto. Il suo nemico, o la sua nemica, non è certo una persona dabbene. Per molto tempo non parlerà a nessuno dell'incidente e soprattutto non ne parlerà al marito, che l'ama troppo per non reagire in maniera violenta. Ancora una volta non le resta che cercare rifugio in se stessa.

Maggio 1857. Viaggio in Ungheria.

Se l'Italia non si è gettata tra le braccia dell'imperatore, l'Ungheria promette di essere più caparbia, più reticente ancora. Ma è molto tempo che l'imperatrice sogna di scoprire questo paese e le difficoltà del viaggio non la spaventano. Non appena si tratta di prendere le distanze da Vienna, Elisabetta si sente meglio.

I sovrani, di fatto, ignorano l'ampiezza dei danni provocati dalla guerra. L'Ungheria non ha dimenticato le cruente rappresaglie dell'autunno 1849. Dopo il fiasco della guerra di indipendenza, il generale Haynau è stato lo strumento della vendetta austriaca: «Farò impiccare i capi della rivolta; farò fucilare gli ufficiali passati agli ungheresi; eliminerò il male alla radice, per mostrare all'Europa come si puniscono i ribelli, come si deve far regnare l'ordine, la calma e la pace per un secolo». La promessa è stata mantenuta. Esecuzioni, condanne all'esilio, alla prigione. L'Ungheria viene occupata e annessa.

A capo del paese Francesco Giuseppe nomina il prozio, l'arciduca Alberto, mentre il potere reale è nelle mani del ministro dell'Interno, il barone Bach, la cui sede è a Vienna. I suoi agenti, gli «ussari di Bach», pattugliano il territorio ungherese. Di tutte le conquiste del 1848 viene mantenuta solo quella dell'abolizione della servitù della gleba. L'antica Costituzione viene messa nel dimenticatoio e tutto il paese posto sotto la tutela austriaca.

La polizia e i funzionari si danno da fare per perseguitare le organizzazioni segrete e sventare i complotti. Tutti i raduni sono vietati, feste e balli compresi. Ma nulla riesce a fiaccare la sorda resistenza di un popolo. La parola d'ordine contro l'occupante è: «In nessun luogo del nostro paese gli austriaci devono sentirsi a casa loro... ma essere considerati come appestati dai quali ciascuno fugge e dei quali ciascuno ha paura».

È in tale atmosfera che Elisabetta farà la conoscenza dell'Ungheria. Ciononostante essa si prepara ad amare questo paese come nessun altro, e nulla smentirà mai la sua prima intuizione, nemmeno il più atroce dei lutti. Come mai l'imperatrice va incontro a questa terra con lo slancio di una fanciulla che corre a un appuntamento d'amore? Cosa le dà tanta sicurezza? Perché è certa di non sbagliarsi? Certo, l'arciduchessa detesta tutto ciò che è magiaro. Considera gli ungheresi degli insorti perenni che devono essere domati e sottomessi a un assolutismo imperiale illimitato. I nemici dei miei nemici sono i miei amici... Tuttavia sarebbe ingiusto nei confronti dell'imperatrice credere che sia animata dal solo desiderio di contrariare l'arciduchessa, di vendicarsi di lei.

La sua passione ungherese ha origini molto più lontane, forse è nata dallo sguardo dolce di un vecchio signore giunto al termine della sua vita. Per Elisabetta l'Ungheria è associata ai mesi di preparativi, di angosce e di speranze, compresi tra il suo fidanzamento e il suo matrimonio, agli ultimi giorni trascorsi a Possenhofen. In quest'epoca si sente amata e ama a sua volta, per la prima volta desidera aprire gli occhi sul mondo e imparare tutto ciò che le possono insegnare. János Majláth risponde alle sue attese. Le piacciono subito il suo lungo naso aristocratico, il suo sguardo appassionato e triste. Questa passione, questa tristezza sono come l'Ungheria di cui egli le parla con eloquenza. Le insegna non solo la storia, la geografia di questo paese, tanto distante, tanto strano, ma lo rende vivo per lei. Senza dubbio sapeva già che sarebbe morto senza rivederlo; senza dubbio voleva lasciare in eredità alla sua attenta alunna, che avrebbe regnato sull'Impero, l'immenso amore che nutriva per la sua Ungheria. Non diceva forse con una particolare tenerezza, con le labbra sottili e ben disegnate, atteggiate all'umorismo: «Gli ungheresi sono pazzi»? Allora la pazzia sembrava un dono del cielo, una forza che permetteva di affrontare il peggio, di resistere a tutte le oppressioni.

Quando Elisabetta lascia Possenhofen per trasferirsi a Vienna, porta con sé un tesoro più prezioso di tutti i bauli del suo corredo. Il bagaglio personale della sua interiorità contiene alla rinfusa i ricordi della terra natale di Baviera, ai quali Majláth ha aggiunto la preziosa dote ungherese fatta di malinconia, di esaltazione e di tristezza. Gli ungheresi si divertono piangendo, amava ripetere.

Il vecchio signore ha fatto in modo che la giovane imperatrice continuasse l'opera. Ha portato a termine il suo compito. Ora deve solo abbandonare la riva e fondersi per sempre nelle acque cupe del lago di Starnberg. Elisabetta non dimenticherà questo insegnamento controfirmato dal suicidio di un uomo al quale ha voluto bene.

Una volta giunta a Vienna deve studiare le diverse lingue in uso nell'Impero. Francesco Giuseppe è abituato sin dall'infanzia a questo esercizio. Parla le lingue principali dei suoi popoli, senza contare il francese e l'inglese. Rispetto a lui, Elisabetta è notevolmente in ritardo. Del resto non si è mancato, in Lombardia, di beffarsi di lei per il modo in cui si esprime in italiano. Il suo accento è meccanico, il suo vocabolario assai povero. Nella lingua ceca non se la cava meglio. Il miracolo si verifica quando comincia a studiare l'ungherese. Lo impara con facilità, con ghiottoneria. Si appropria di questa lingua peraltro difficile, di questa lingua insolita, ribelle come il popolo magiaro, e nella sua sonorità, nei suoi ritmi sembra scoprire istintivamente una specie di musica primordiale.

Dopo Majláth non ha più incontrato dei veri ungheresi. Quelli che sono ammessi alla corte di Vienna si sono avvicinati troppo all'assolutismo imperiale per non aver perduto un po' del proprio orgoglio magiaro. Il loro portamento è comunque fiero, specialmente quello degli ufficiali della guardia ungherese, addetti al servizio dell'imperatore. Creata da Maria Teresa, questa unità è formata solo da giovani aristocratici. Con la pelle di leopardo, il *kolpack*, avvolta intorno al petto e il tradizionale *attila* (mantello rosso arricchito da pietre preziose) non passano certo inosservati.

Elisabetta ha pensato di farsi accompagnare in viaggio dalle figlie e, ancora una volta, l'arciduchessa fa di tutto per impedirglielo. Secondo lei quei selvaggi non meritano tanti onori e la salute di Sofia, la primogenita, è sempre assai fragile. Per una volta il dottor Seeburger prende le parti dell'imperatrice. Le due bimbette ottengono il permesso di partire, ma a condizione che il loro medico le accompagni. La festa può avere inizio.

Discesa del Danubio in battello, poi tappa a Presburg, che a quell'epoca faceva parte dell'Ungheria e oggi si chiama Bratislava. Superba città, un tempo situata in Cecoslovacchia, ora è capitale della Slovacchia. Così vanno e vengono le frontiere della vecchia Europa...

Il 4 maggio 1857 la coppia imperiale giunge a Ofen, sobborgo di Buda e di Pest. La capitale è ancora costituita da due città distinte. Sulle colline ecco Buda, la barocca, con il suo palazzo reale che i sovrani non abiteranno ma dove si recano in visita e dove daranno un gran ballo. Ed ecco Pest, situata sulla riva sinistra del Danubio, con il suo groviglio di viuzze e le sue belle prospettive che si perdono in lontananza nell'immensa pianura. Perché le due città, unite da magnifici ponti, formino una sola e stessa Budapest si dovrà attendere il 1873.

Francesco Giuseppe ha indossato la sua uniforme di generale ungherese; Elisabetta porta in modo delizioso il costume nazionale, il cui corsetto di velluto scuro modella le sue forme al punto da far pensare che le sia stato cucito sulla pelle. Alcune crociere di perle trattengono il bustino sul petto e stringono la sua vita sottile. Il pizzo delle maniche si gonfia sopra il gomito, lasciando intravedere le braccia gracili e la sottigliezza delle giunture. È evidente che ha curato ogni minimo dettaglio. Il suo abito ungherese è un ornamento che ostenta con piacere. Ha dimenticato la propria timidezza, qui si sente un'altra persona.

L'imperatrice ha sentito che poteva piacere a questo popolo, peraltro poco incline a gettarsi tra braccia straniere. Per detestare a tal punto gli invasori bisogna aver subito tutte le invasioni. Ma Elisabetta piace. Sin dal giorno successivo la stampa ungherese celebra l'avvenimento. Si continua a reclamare con forza il ritorno della Costituzione nazionale e un'amnistia generale, ma al tempo stesso ci si estasia descrivendo per pagine intere la bellezza di Elisabetta nonché il modo in cui si è appropriata della lingua nazionale, del costume tradizionale.

Quando appare a cavallo, l'entusiasmo si trasforma in delirio. Gli ungheresi sono cavalieri straordinari. Giudicata dai suoi pari, l'imperatrice non teme il verdetto. Il seguito austriaco può criticare quanto vuole questa imperatrice che compie in pubblico i suoi esercizi equestri, ma gli ungheresi, da veri intenditori, apprezzano l'eleganza e la perfetta padronanza dell'amazzone.

Se la folla è affascinata, le vecchie ferite continuano a sanguinare, sicché Francesco Giuseppe decreta l'amnistia. Gli esiliati di primo piano quali Gyula Andrássy potranno rientrare nel loro paese, saranno loro restituiti tutti i beni. È il minimo che l'imperatore potesse fare, pensa l'aristocrazia che continua a snobbare i ricevimenti e a chiedere il ripristino dell'antica Costituzione, della quale Francesco Giuseppe non vuol sentir parlare e che rifiuta con energia, temendo i rischi del contagio. Una dopo l'altra tutte le nazioni dell'Impero leveranno la voce come nel 1848, e l'incubo ricomincerà. Nella stessa Austria una parte della borghesia comincia a mostrarsi recalcitrante nei confronti dell'assolutismo e a desiderare a sua volta una Costituzione, e questa tendenza è accentuata dalla recessione economica che si profila all'orizzonte. Per Francesco Giuseppe è chiaro che non può accordare a Buda ciò che rifiuta a Vienna.

I bei magnati ungheresi sono certo turbati dall'imperatrice, ma per quanto riguarda l'imperatore non sono ancora convinti. E tuttavia la danza di seduzione ha avuto inizio. Due passi in avanti, uno all'indietro. Gli ungheresi offrono czarde, canzoni zigane e i cavalieri della puszta. Gli austriaci rispondono con l'amnistia, con il più grazioso sorriso della più ungherese delle imperatrici e con la bontà di un sovrano che vorrebbe accontentarli ma non può.

A questo punto la coppia imperiale intraprende un viaggio nell'interno del paese. Un po' sofferenti, le bambine rimangono a Ofen, mentre la loro madre scopre la pianura senza fine, la puszta di cui Majláth le aveva tanto parlato. Elisabetta, la bavarese, la montanara penetra in un mondo del tutto nuovo che, per una volta, assomiglia ai suoi sogni. Senza dubbio potrebbe dire, alla maniera di Rainer Maria Rilke:

> Cavalcare, cavalcare, di giorno, di notte, di giorno.
> Cavalcare, ancora e sempre.
> E ora il cuore è così stanco, la nostalgia è così grande.
> Non ci sono più montagne, appena un albero.
> Nulla che osi drizzarsi.

Dopo cinque giorni, un telegramma del dottor Seeburger richiama Elisabetta e Francesco Giuseppe a Ofen. La loro figlia Sofia è in condizioni disperate. Eppure alcuni giorni prima il medico si era mostrato rassicurante attribuendo i pianti della piccola alla crescita dei denti. Elisabetta la trova emaciata, con la carnagione grigiastra, lo sguardo spento. Intorno a lei crolla ogni cosa. Per dodici ore si batte tentando di strappare questa bambina, la sua bambina, alla morte. La sera del 29 maggio 1857 la piccola si spegne all'età di due anni e due mesi. L'imperatore invia un cablogramma all'arciduchessa: «La nostra piccina è ora un angelo in cielo. Dopo una lunga lotta ha reso l'anima alle nove e mezzo. Siamo annientati».

Nella sua rivolta, Elisabetta si accanisce contro il dottor Seeburger che non ha saputo scoprire in tempo la malattia. Si sa a malapena quale sia stata la causa della morte della piccola, si suppone che Gisella abbia trasmesso a Sofia una rosolia che ha devastato il corpo indebolito della bambina. All'improvviso l'Ungheria tace. Tutta la nazione compatisce in silenzio la disgrazia dei giovani genitori che vede ripartire per Vienna con la spoglia della loro creatura.

Si può immaginare il dolore dell'arciduchessa. Le hanno doppiamente sottratto la bimba che portava il suo nome, la sua nipotina, la sua passione. L'hanno condotta in quel paese di selvaggi dove la sola cosa certa è sempre il peggio e hanno restituito alla nonna un povero cadavere non più grande di una bambola. L'arciduchessa non può fare a meno di pensare a un altro corpicino, anch'esso straziato, anch'esso privo di vita, quello della piccola Anna, la sua unica figlia, scomparsa all'età di quattro anni. La sofferenza di un tempo rende ancora più crudele quella di oggi. Sofia non era il sostituto di Anna, l'amore evita le ripetizioni, ma sin dalla nascita della principessina, la vecchia tenerezza si era fatta nuovamente sentire ancora più viva, più forte, più esigente. L'arciduchessa si era impadronita della bimba per meglio vegliare sul suo destino.

Ora la piccola non c'è più, non c'è più destino, rimangono solo i rimproveri e le responsabilità. Queste due donne, la madre e la nonna, potrebbero dirsi qualsiasi tipo di bassezza, ma sono trattenute dalla disperazione. L'arciduchessa soffre troppo del dolore del figlio per aggravarlo di un'altra pena. Elisabetta è distrutta dal dolore. Non ha più la forza di indignarsi né di ritenere gli altri responsabili di quanto è avvenuto. I rimproveri più severi li rivolge a se stessa.

La bambina viene inumata, come tutti gli Asburgo, nella Cripta dei Cappuccini, a soli cento metri dalla Hofburg. Elisabetta scende lo scalone al seguito della spoglia mortale. La disperazione la sommerge al punto da farle dimenticare qualsiasi senso di colpa. Le preghiere, l'incenso e i fiori bianchi erano ancora la vita. C'erano i ricordi, le risa, le sofferenze, gli errori, la felicità. Ora non c'è più nulla. Ha inizio un nuovo mondo. In fondo alla Cripta dei Cappuccini il grande silenzio dei morti avvolge i vivi. Lo scalone conduce al nulla. Inutile lottare, l'onda è inesorabile. Elisabetta si lascia trascinare lungo una corrente che già chiama fatalità.

In questo dormitorio per bambini tranquilli, i gloriosi Asburgo sono allineati gli uni accanto agli altri. Ai quattro angoli del sarcofago di uno di essi, Carlo VI, sono visibili teschi con il cranio cinto dalla corona imperiale. Quando il cappuccino fa vacillare la luce della fiaccola che regge con il braccio, si direbbe che i quattro scheletri sorridano della loro burlesca messa in scena. L'imperatrice penetra per la prima volta nella cripta in cui la sua bambina riposerà per sempre. Poi la porta della prigione si richiude. La prigioniera ha diciannove anni e mezzo.

La pioggia e il dolore fanno dell'estate 1857 una stagione triste. Francesco Giuseppe ritorna in Ungheria, ma questa volta Elisabetta non lo accompagna. Tuttavia il lutto non la induce a odiare gli ungheresi, né a rifiutare il loro paese. Al contrario, avverte la saldezza del legame che la unisce a quel popolo. Tante sofferenze, tante prove... János Majláth e la piccola Sofia. È ancora troppo presto per ritornare nei luoghi in cui si è consumato il dramma. L'imperatrice si rinchiude in se stessa e nella propria solitudine.

Il suo volto, il suo corpo sono smagriti e sotto ai suoi occhi appaiono profondi segni scuri. Non si nutre quasi più, è ossessionata dal senso di colpa. Non le hanno lasciato il tempo di amare la sua bambina, non ha saputo proteggerla. Ora deve espiare il suo peccato, deve subire la punizione, una punizione atroce, ingiusta, per aver trasgredito alla regola, per essersi ribellata ai principi dell'arciduchessa. La piccola Sofia non ha forse pagato per l'altra Sofia? Ah, questo nome, ora pieno d'odio, ora pieno d'amore! Perché una delle due Sofie è viva? Perché l'altra è morta?

Francesco Giuseppe nota che in Ungheria i ritratti dell'imperatrice sono molto più numerosi. La popolazione ungherese rimpiange l'assenza di Elisabetta ma ne comprende le ragioni. Il suo lutto ha commosso tutti. Due mesi prima l'imperatrice aveva entusiasmato gli ungheresi, ora essi nutrono per lei un vero affetto. Il viaggio dell'imperatore si svolge in un clima più caldo, tuttavia si continua a reclamare la Costituzione e gli emigrati che hanno appena fatto ritorno nel proprio paese non sono gli ultimi a far udire la loro voce.

Il conte Gyula Andrássy è tornato dal suo esilio parigino in giugno. Dopo la rivoluzione del 1848 era stato condannato all'impiccagione, ma al momento del verdetto si trovava già all'estero. Penzola dalla forca solo in effigie. È ricco, affascinante. Il suo esilio non è stato certo un inferno. Nel 1856 sposa una bellissima e ricchissima ereditiera, la contessa Katinka Kendeffy, la cui famiglia si è distinta nel 1848 per la sua scrupolosa fedeltà all'Impero. Questo matrimonio fa in parte dimenticare gli eccessi rivoluzionari di Andrássy, tanto più che il «bell'impiccato» non nasconde le sue antipatie per la Russia, tendenza che alla corte di Vienna è sul punto di trionfare, e prende posizione per la riconciliazione della sua patria con l'Austria. Lungi dal temere il ritorno di Andrássy, Francesco Giuseppe vede in esso un segno di conciliazione. All'estero rimane solo un manipolo di irriducibili; si trovano a Londra, raggruppati intorno a Kossuth.

Elisabetta non riesce a calmare il proprio dolore. Davanti a tanta disperazione l'arciduchessa si astiene dal muoverle dei rimproveri. Sa ciò che può essere detto, così come conosce il peso di ciò che si tace. Per esprimere il proprio implacabile e silenzioso biasimo Sofia cambierà metodo. Il suo nuovo modo di fare è più sornione, più efficace ancora. Conosce l'arte di adattarsi alle situazioni, ciò le è stato insegnato dalla sua esperienza politica, e di trarne il migliore vantaggio. Gliene fornirà l'occasione il matrimonio del caro Massimiliano, il figlio prediletto, che si è fidanzato con Carlotta di Sassonia-Coburgo, figlia del re dei belgi. L'arciduchessa attribuisce molta importanza alla nuova venuta. La giovane donna è elegante, bella. E per di più dicono che sia intelligente, ambiziosa. Non ha nulla in comune con la sua prima nuora, quella campagnola bavarese e capricciosa il cui albero genealogico emette polloni in tutte le direzioni. Carlotta di Sassonia-Coburgo proviene da una famiglia la cui filiazione è irreprensibile. Abituata agli usi della corte, la fidanzata suscita l'entusiasmo della futura suocera: «Carlotta [è] seducente, bella, attraente, affettuosa e tenera nei miei riguardi. Ho l'impressione di averla sempre amata [...]. Ringrazio profondamente Dio per aver dato a Max una compagna tanto incantevole e per la nuova figlia che ci ha accordato». È evidente che, agli occhi dell'arciduchessa, Carlotta possiede tutto ciò che manca a Elisabetta e si compiace di mostrare a chi vanno le sue preferenze.

Con il suo comportamento, che l'insieme di coloro che la circondano già mal disposto nei confronti dell'imperatrice si affretta a imitare, Sofia crea immediatamente una rivalità tra le due nuore. Elisabetta non è in grado di reagire a questi nuovi attacchi. Smagrita, torturata dai rimorsi, teme di perdere terreno. L'ostilità che la suocera nutre nei suoi confronti e l'avversione che l'arciduchessa le ispira acuiscono la sua sensibilità, influiscono sui suoi nervi, minacciano il suo equilibrio. L'odio è un legame dai nodi serrati e complessi.

All'estero la popolarità di Elisabetta non cessa di aumentare, ma a corte si trova sempre qualcosa da criticare nel suo comportamento o nella sua persona. In effetti le contesse invidiano la sua bellezza. Non soltanto si è fatta amare dall'imperatore, sottraendo loro il più bel partito d'Europa, ma ha anche sedotto le popolazioni dell'Impero, persino quelle più ribelli. Con la complicità attiva dell'arciduchessa le invidiose cominciano a vendicarsi. Decidono di organizzare a corte un concorso di bellezza, una specie di «miss Schönbrunn». Diversamente da quanto accade nelle competizioni attuali, non si chiede a coloro che sono in lizza di candidarsi. Ben presto la giuria, dopo alcuni conciliaboli segreti, proclama il risultato e viene eletta «Bellezza di corte» la fidanzata di Massimiliano, Carlotta di Sassonia-Coburgo. Si vuole in tal modo dimostrare che la nuova venuta supera di gran lunga l'imperatrice. Il gesto, poco elegante e ingiusto, colpisce nel segno; ha il risultato di rendere nemiche le due cognate e infligge a Elisabetta una ferita supplementare. Si potrebbe credere che i numerosi omaggi resi alla sua bellezza la rendano sicura di sé, almeno in questo campo, ma non è così. Tenuta lontana dalla politica, trattata come una bambina da coloro che la circondano, colpevole di non aver saputo strappare la figlia maggiore alla morte, Elisabetta non può più contare neppure sul proprio fascino. Si diceva che fosse incomparabile. Ebbene, si è osato mettere l'imperatrice in competizione con altre bellezze, e da questa prova è uscita sconfitta.

Quando nel dicembre del 1857 appaiono i segni di una terza gravidanza, Elisabetta continua a essere oppressa dal dolore e dai rimorsi. Non è più il caso di praticare l'equitazione o di costringere il proprio corpo in incredibili busti. La sua magrezza può allarmare i suoi medici, ma non la disturba. Mai sottile a sufficienza per i suoi gusti, continua a nutrirsi pochissimo.

Deve accontentarsi di lunghe camminate e suo marito l'accompagna ogniqualvolta può farlo. Ogni gesto, ogni sguardo, ogni attenzione rivelano che Francesco Giuseppe adora letteralmente la moglie. Se il tenente è sempre più innamorato, l'imperatore non fa nulla per nasconderlo.

La storia non dice se per questo terzo parto Francesco Giuseppe si è preoccupato di incollare la preghiera ebraica sulla porta della stanza, come gli era stato raccomandato di fare dal rabbino di Pest prima della nascita di Gisella. Tutti naturalmente si augurano che il neonato sia un maschio e l'imperatrice non pensa ad altro da settimane, non riesce a dimenticare l'orribile libricino che una mano anonima ha posato sul suo scrittoio.

Ha vent'anni ed è già al suo terzo parto. Dovranno senza dubbio essercene altri, molti altri, se il maschio non si decide ad arrivare. Un anno prima Elisabetta assisteva la figlia in agonia e su una donna tanto giovane tutto ciò pesa enormemente. Dall'incontro di Ischl sono trascorsi cinque anni. Le emozioni, la vertigine delle prime volte sembrano lontani; eppure le difficoltà, le traversie non hanno alterato l'intesa della coppia.

Questo nuovo figlio è stato concepito sei mesi dopo la morte di Sofia. Con il cuore in lutto, Elisabetta ha sopportato male la gravidanza e il parto è molto più penoso dei precedenti. Il 21 agosto 1858 Vienna è oppressa da un caldo soffocante. La città ha bisogno di un temporale e di un principe ereditario. A Laxenburg l'arciduchessa fa esporre il Santissimo Sacramento nella cappella del castello. Mentre l'imperatrice urla nel suo letto, sua suocera e la contessa Esterházy pregano in ginocchio. Finalmente, alle dieci di sera, Elisabetta partorisce.

«È un maschio?» chiede, estenuata.

Francesco Giuseppe, spaventato dalle condizioni della moglie, non osa rispondere subito, un'emozione troppo forte potrebbe esserle fatale.

Elisabetta, più abbattuta che mai, sospira:

«Ah! è certo ancora una femmina!»

«Ebbene... e se fosse invece un maschio?» arrischia l'imperatore.

La giovane madre ci crederà solo dopo aver visto il bambino.

Un figlio! L'incubo è dunque finito! Mai un principe ereditario fu tanto desiderato, eccezion fatta per il piccolo re di Roma, Asburgo per parte di madre, Bonaparte per parte di padre. Francesco Giuseppe piange di gioia, sulle sue guance scorrono vere lacrime. Depone immediatamente l'enorme collare del Toson d'oro nella culla del figlio e lo nomina colonnello del 19° reggimento di fanteria.

L'erede si chiamerà Rodolfo in ricordo del suo grande antenato Rodolfo I: primo Asburgo a cingere la corona del Sacro Impero, sposò la figlia dell'Elettore di Baviera. Francesco Giuseppe decide di far restaurare a sue spese la tomba di Rodolfo I a Spira, nel Palatinato tedesco: non ha perduto la speranza di affermare un giorno il suo dominio sull'insieme della Germania, e, chissà, di trasmettere al proprio successore la gloriosa corona del Sacro Impero cui suo nonno dovette rinunciare nel 1806 sotto la pressione degli eserciti francesi.

Il periodo che succede al parto è difficile. Elisabetta appare distrutta. Soffre anche di montate lattee dolorose e inutili. Vorrebbe allattare il figlio, ma coloro che la circondano trovano l'idea assurda, per non dire ridicola. Una campagnola bavarese può allattare il suo rampollo, ma un'imperatrice non può farlo. Del piccolo si occuperà una balia, una bella e grassa contadina della Moravia. Il libello deposto sullo scrittoio di Elisabetta diceva la verità. La sovrana è votata alla riproduzione, il resto non la riguarda, né l'alimentazione del neonato né, tantomeno, l'educazione del principe.

L'arciduchessa approfitta del precario stato di salute della madre per impadronirsi del bambino, secondo un piano messo a punto tre anni prima. Nessuno osa opporsi alla sua volontà, la morte di Sofia e la crudele responsabilità di Elisabetta sono sempre presenti nel ricordo di tutti. Per l'arciduchessa questo nipotino garantisce la felicità di Francesco Giuseppe e l'avvenire dell'Impero, dunque non si farà mai abbastanza per proteggere un simile tesoro. Tutti i protagonisti sono animati dalle migliori intenzioni, il sipario può alzarsi su una nuova tragedia.

In Italia del nord è scoppiata la guerra. Francesco Giuseppe ha lasciato Elisabetta appena tre giorni prima e le scrive dal quartier generale di Verona:

31 maggio 1859

Angelo mio adorato,
Approfitto dei primi istanti della mia giornata per dirti di nuovo quanto ti amo e quanto sento la tua mancanza e quella dei nostri figli. Soprattutto, mantieniti in buona salute e risparmiati, come mi hai promesso di fare. Cerca di distrarti e non essere triste…

Quante delle nostre madri, quante delle nostre nonne, delle nostre bisnonne hanno ricevuto messaggi di questo genere? Hanno aperto tremando le lettere giunte dal fronte, dalle trincee o dai campi di prigionia. Le loro parole, simili a queste, portavano un po' di speranza. Ti ringrazio, mio Dio, è ancora vivo! Le loro parole facevano bene e male al tempo stesso. Quelle donne hanno tremato, hanno pianto, hanno pregato molto. Non è un passato da dimenticare e ogni famiglia, per modesta che sia, ha conservato devotamente la corrispondenza degli anni terribili. In guerra tanto il soldato semplice quanto l'imperatore attingono la loro forza nel ricordo degli esseri amati, con la sola differenza che il soldato semplice obbedisce e si fa uccidere, mentre l'imperatore impartisce ordini e rischia solo la vita dei suoi uomini.

Nel 1859 in Italia si affrontano due imperatori. Da un lato Napoleone III, dall'altro Francesco Giuseppe, entrambi nipoti del primo Napoleone, l'uno per legami di sangue, l'altro per parentela acquisita. In realtà il francese ha teso una trappola all'austriaco. Napoleone III vuole a ogni costo la sua guerra d'Italia. Non è in questo paese che suo zio Bonaparte incontrò il proprio destino? Prepara questa guerra da molto tempo. Nel corso dell'estate precedente, un mese prima della nascita a Vienna del piccolo Rodolfo, il sovrano francese ha ricevuto in segreto a Plombières il conte di Cavour, primo ministro del Piemonte. Insieme hanno messo a punto una strategia che ha lo scopo di cacciare l'Austria dall'Italia. Se ci riusciranno, il Piemonte annetterà a sé la Lombardia e il Veneto, la Francia otterrà Nizza, la Savoia, nonché un'influenza preponderante in Italia, dove la famiglia Bonaparte vuole spartirsi le spoglie degli Asburgo e dei Borboni. È inteso che Napoleone III può intervenire solo se l'Austria attaccherà il Piemonte, o dimostrerà l'intenzione di farlo. A questo punto la Francia interverrà in aiuto del più debole e per giustificare tale intervento invocherà il diritto delle nazionalità. Non resta che provocare l'Austria, suscitare disordini nei suoi territori, assillarla incessantemente fino a farle commettere un gesto irreparabile che farà di lei l'aggressore.

Benché il vecchio Metternich (ha appena compiuto ottantasei anni) subodori la trappola e ripeta: «Nessun ultimatum, soprattutto nessun ultimatum!», Francesco Giuseppe cade nel tranello. Invia un ultimatum a Vittorio Emanuele, re del Piemonte, che lo rifiuta subito considerandolo una vera e propria dichiarazione di guerra. La Francia può allora fingere di soccorrere l'aggredito e il 3 maggio 1859 dichiara guerra all'Austria. Questo ultimatum, che conduce a uno scontro cruento, ne prefigura un altro, quello del 1914 lanciato contro i serbi. L'Europa non ha finito di soffrire. Le donne d'Europa non hanno finito di attendere parole d'amore dai loro mariti lontani.

Elisabetta scrive al suo ogni notte, bagnando di lacrime la carta da lettere. «Mi ami ancora?» gli chiede, aspirando nervosa il fumo della sua sigaretta. Poiché si è messa a fumare, e questa nuova mania scandalizza, sbalordisce la corte. Un'imperatrice che si comporta come una donnaccia, come una George Sand! Nella solitudine della notte, Elisabetta si alza per fumare e aprire il proprio cuore. Non ha mai provato tanta passione per questo marito che ha imparato a conoscere e ad amare. Ora la separazione ravviva i suoi sentimenti. Ha fatto di tutto per trattenere Francesco Giuseppe, giungendo persino a invocare le ragioni politiche. Non era meglio che rimanesse a Vienna e tentasse una soluzione diplomatica del conflitto? Perché impegnarsi oltre in una guerra che si annunciava male? Perché prendere personalmente il comando delle truppe?

Di fatto, come qualsiasi altra donna, Elisabetta è in ansia per l'uomo che ama. A questo timore si aggiunge quello di ritrovarsi sola a Vienna, soffocata dall'ostilità di coloro che la circondano. Ha accompagnato il marito a bordo del treno imperiale fino a un centinaio di chilometri dalla capitale. Al conte Grünne che parte con il sovrano per il fronte italiano ha mormorato queste raccomandazioni: «Farete certo anche voi tutto il possibile per indurre l'imperatore a tornare presto e per ricordargli quanto si ha bisogno di lui a Vienna. Se sapeste quanto soffro, vi farei certo pena».

Avrebbe voluto spingersi oltre, non lasciarlo. Perché non scortarlo sul fronte delle truppe? Francesco Giuseppe glielo vieta per la sua sicurezza. Da quel momento, in ogni lettera, Elisabetta gli chiede di poterlo raggiungere. Il 2 giugno 1859 egli le risponde:

Amore mio, mio bell'angelo,
Mi è, ahimè, impossibile per il momento esaudire il tuo desiderio, per quanto ne abbia voglia. Nella vita movimentata del quartier generale non c'è posto per le donne, e non posso dare il cattivo esempio. Del resto non so per quanto tempo rimarrò qui [...]. Te ne supplico, angelo mio, se mi ami, non tormentarti tanto, risparmiati, cerca di distrarti il più possibile, monta a cavallo, passeggia in carrozza con misura e cautela, e conserva la tua preziosa salute perché, al mio ritorno, possa trovarti bene e ci sia dato di essere molto felici insieme.

Il 4 giugno i francesi e i piemontesi ottengono una prima vittoria a Magenta. Lo scotto da pagare è pesante: quattromila morti francesi e piemontesi, diecimila morti tra gli austriaci, che perdono la Lombardia. Quattro giorni più tardi Napoleone III e Vittorio Emanuele II fanno il loro ingresso a Milano da trionfatori.

Una vera e propria disfatta, una carneficina spaventosa. L'imperatore non può lasciar sacrificare a tal punto i suoi eserciti. Dopo essere salito al trono ha dedicato loro tutte le sue cure, le sue attenzioni e una buona parte del bilancio dello stato. Francesco Giuseppe si sente anzitutto un militare. Ma una cosa è passare in rivista le truppe ben allineate, che indossano divise impeccabili, e un'altra è constatare con i propri occhi che sotto quelle uniformi ci sono degli uomini, che quegli uomini sanguinano, urlano, puzzano e i loro intestini si mescolano con quelli dei cavalli sventrati. Pensa a Elisabetta, alla sua principessa troppo sensibile, che quando durante la caccia lo vede puntare il fucile contro un capriolo o un daino volge il capo dall'altra parte. Che direbbe davanti a una tale ecatombe? Mio Dio, non siete Voi stesso commosso, forse sconvolto dalle sofferenze degli esseri umani? Sono disposto a sentirmi responsabile davanti a Voi, ma Vi supplico, accordatemi il Vostro aiuto. La nostra causa è giusta, ma i morti, che cosa può giustificare i morti?

Le lettere di Elisabetta giungono al mattino presto e Francesco Giuseppe le divora ancor prima di alzarsi. Il 9 giugno le risponde:

Angelo mio adorato,
Ti prego, in nome dell'amore che mi porti, controllati, fatti vedere qualche volta in città, visita le istituzioni, non sai fino a che punto, così facendo, puoi aiutarmi. Ciò restituirà coraggio al popolo e manterrà alto il morale, cosa di cui ho tanto bisogno... Conservati per me, che soffro tanto.

Elisabetta fa sistemare un ospedale nel castello di Laxenburg e vi trascorre buona parte delle sue giornate. La ritengono incapace di occuparsi dei suoi figli, lei dimostra che può curare i feriti. Con l'arrivo dei lunghi cortei di mutilati, di zoppi, di storpi, l'orrore giunge fino a Vienna. Francesco Giuseppe incoraggia immediatamente gli sforzi di Elisabetta e il 15 giugno le scrive: «Sono già stato informato da Vienna dell'eccellente impressione suscitata dalle tue apparizioni più frequenti e del modo in cui rianimi il coraggio di tutti e ridai forza a ciascuno».

Quando l'imperatrice non ne può più di udire gemiti, di assistere alle amputazioni, fugge a cavallo, accompagnata dallo scudiero Holmes. L'arciduchessa non manca di informare il figlio delle scappatelle di sua moglie. E Francesco Giuseppe le scrive: «Per quanto riguarda le tue passeggiate a cavallo, ho riflettuto. Non posso lasciarti uscire sola con Holmes». Quando apprende che Elisabetta comincia ad allenarsi al salto a ostacoli si spaventa. Il 23 giugno, alcuni giorni prima di Solferino, tra una frase d'amore e l'altra, le chiede di non esporre la sua salute a tanti rischi: «Ti stancherai troppo, dimagrirai troppo. Risparmiati per amor mio».

L'imperatore attende invano l'appoggio di quei «bastardi dei prussiani» e il 24 giugno 1859 deve affrontare da solo i francesi e i piemontesi. Solferino si rivela una disfatta ancora più cruenta di quella di Magenta: i franco-piemontesi perdono diciassettemila uomini, gli austriaci ne perdono ventiduemila, i feriti sono tanto numerosi che in seguito al massacro lo svizzero Henri Dunant moltiplica le iniziative per sensibilizzare l'opinione pubblica internazionale e far adottare la prima Convenzione di Ginevra dalla quale, nel 1864, nascerà la Croce Rossa.

La sera successiva alla battaglia di Solferino, Francesco Giuseppe scrive:

Ho dovuto ordinare la ritirata [...]. Sono partito a cavallo sotto un fortissimo temporale per Vallegio e da qui ho raggiunto Villafranca, dove ho trascorso una serata atroce tra una confusione indescrivibile di feriti, di fuggitivi, di veicoli e di cavalli [...]. Ecco la triste storia di una giornata spaventosa in cui è stato fatto un grande sforzo, ma in cui la fortuna non ci ha sorriso. Ho acquisito esperienza e ho imparato a comprendere ciò che prova un generale sconfitto [...]. Ora la mia sola consolazione, la mia sola gioia consiste nel venire a raggiungerti, angelo mio. Puoi immaginare quanto ne sia felice [...]. Tuo devoto Francesco.

In Ungheria la popolazione ricomincia a sollevarsi contro un'Austria indebolita. Napoleone III si prepara a inviare nel paese una legione di rivoluzionari capeggiata da Kossuth. Da Laxenburg, dove dedica le sue giornate e le sue notti ai feriti, l'imperatrice incoraggia il marito a porre fine, al più presto, alla guerra. Troppi morti, troppa miseria, troppe sconfitte. Il vecchio Metternich si è spento l'11 giugno. È tutto un mondo che scompare. La rovina di una politica, quella dell'arciduchessa. Il fallimento dei consiglieri scelti da lei, che le sono devoti. Non è più possibile governare contro la volontà dei popoli, si correrebbe il rischio di perdere la guerra, la dignità e l'Impero. Elisabetta non teme più di dare consigli all'imperatore, ma conclude sempre le sue lettere con teneri interrogativi: «Con tutti questi avvenimenti, mi hai dimenticata? Mi ami ancora? Se così fosse, tutto mi sarebbe indifferente, qualsiasi cosa accadesse».

«Mia povera Sissi» risponde subito Francesco Giuseppe «non ignori fino a che punto io senta la tua mancanza, e non ho bisogno di ripeterti quanto ti amo. Tu lo sai, nonostante i dubbi che esprimi nelle tue lettere [...]. Sei il mio angelo buono e mi sei di grande aiuto. Sii forte e resisti, verranno certo giorni migliori [...].»

Gli stessi nipoti di Napoleone, Napoleone III e Francesco Giuseppe, inorridiscono alla vista dei feriti e dei morti. Bisogna smetterla. E tuttavia Francesco Giuseppe, battuto ma non ancora vinto, tenta un ultimo passo perché l'esercito prussiano venga in suo aiuto. Non si tratta forse della lotta del potere legittimo contro la rivoluzione? È la loro ultima possibilità. La Prussia è d'accordo per dare prova di solidarietà conservatrice, a condizione che ciò rafforzi la sua posizione in Germania. Chiede quindi di spartire l'alto comando delle truppe. Tentando di salvare i suoi territori italiani, Francesco Giuseppe corre il rischio di perdere la propria supremazia in Germania, a vantaggio della Prussia.

L'imperatore, mentre a Verona attende tra i suoi eserciti sconfitti il risultato dei negoziati, trova il tempo di scrivere a Elisabetta. Povero Francesco Giuseppe! È sul punto di perdere l'Italia. In Germania la sua potenza è minacciata. Come se ciò non bastasse, il disordine sembra essersi insinuato anche nella sua famiglia. L'8 luglio scrive: «Le detestabili abitudini di vita che hai preso e che possono solo distruggere la tua cara salute mi disperano. Te ne scongiuro, rinuncia immediatamente a questa vita e di notte dormi, come vuole madre natura, anziché leggere e scrivere».

Lo scompiglio si diffonde ovunque inesorabile. L'imperatrice agisce solo di testa sua. A Vienna tutta la popolazione comincia a maledire la guerra lontana da dove ritornano solo bare e mutilati. I giornali sono sottoposti alla censura, il che non impedisce alla gente di parlare. Tutti sanno che le truppe austriache si sono battute con incredibile coraggio, ragione di più per denunciare l'incuria dei capi. «Leoni guidati da asini» si ripete ovunque. Nel campo nemico i commenti non differiscono. Napoleone III dichiara: «Gli austriaci si sarebbero battuti meglio dei francesi [...]. Non vi è dubbio che a Solferino avrebbero vinto, se l'imperatore avesse fatto ricorso alle riserve. L'imperatore d'Austria è un uomo di grande valore, purtroppo gli manca l'energia della volontà».

Il colloquio tra i due imperatori ha luogo l'8 luglio a Villafranca; hanno entrambi fretta di concludere la pace. L'opinione pubblica dei rispettivi paesi è impaziente. Il trattato non si rivela troppo catastrofico per Francesco Giuseppe. Perde la Lombardia, che egli considerava «la sua più bella provincia», ma conserva il Veneto; per l'Austria il peggio è stato evitato. Per contro Cavour, furibondo nei confronti di Napoleone III, si dimette dal suo incarico di primo ministro. Secondo gli accordi segreti di Plombières, il Veneto doveva essere assegnato al Piemonte e Cavour si sente tradito dall'alleato francese. Anche Kossuth, che si preparava a intervenire in Ungheria contro l'Austria, viene subito abbandonato da Napoleone III. Francesco Giuseppe sospira di sollievo. Questi negoziati riportano la pace, ma lasciano dietro di sé terribili insoddisfazioni. I due imperatori interrompono ancora in fase di gioco la loro partita a scacchi. Intanto, alcuni pezzi sono stati sacrificati.

La felicità di ritrovarsi. Ad averla troppo attesa questa felicità può anche deludere. Durante la separazione si prendono nuove abitudini, detestabili abitudini, dice Francesco Giuseppe parlando di quelle della moglie. Si idealizza l'altro, magnificandolo. Elisabetta è molto incline a sognare l'amore, lo è meno quando si tratta di viverlo. La realtà l'annoia, soprattutto quando ostacola i suoi slanci.

Lontani l'uno dall'altra, non si sono mai sentiti tanto vicini. Le parole, le lettere li tengono uniti nel dolore, ogni minimo loro gesto è dedicato all'altro, sfiorano la morte, si sentono responsabili di ogni agonia. Ma più forte delle grida, più ostinato dei gemiti, un Cantico dei Cantici continua in loro la sua salmodia amorosa.

Sono molto dissimili, il fatto di ritrovarsi fa risaltare maggiormente le loro diversità; tutte le asperità che la vita quotidiana riesce a smussare assumono un improvviso rilievo. Il fatto è che la prova del fuoco li ha cambiati entrambi. Elisabetta non è più una bambina. Le veglie, le angosce, l'assistenza ai malati e le interminabili cavalcate le hanno scavato il volto. Durante l'assenza del marito non ha scambiato la notte per il giorno, come lui crede. A modo suo, ha vissuto di giorno e di notte e dormendo pochissimo ha doppiamente consumato le proprie forze. Questa attività febbrile, questa tensione continua, questa intensità le sono divenute necessarie, non desidera più essere placata. Il suo corpo è come impazzito, e lei non si preoccupa nemmeno di nutrirlo. Si alimenta in maniera insensata. Senza curarsi di alcun consiglio medico, mette a punto strane diete che segue scrupolosamente. È disobbediente per natura, ma si piega volentieri alle regole che impone a se stessa. In un'epoca in cui piacciono le donne formose, inventa la dieta dissociata e le sue aberrazioni. Per il momento si nutre solo di uova e di frutta. Più tardi adotterà i latticini, escludendo qualsiasi altra cosa. Sarà poi la volta di un regime a base di carne, che successivamente rifiuterà per bere solo dei grandi bicchieri di sangue di bue. Sarà vegetariana per capriccio, frugale fino all'astinenza per inclinazione. Si pesa ogni giorno e plasma il proprio corpo come una scultura, estenuandosi ogni mattina agli attrezzi ginnici. Perfezionista, non è mai contenta di sé. I suoi cinquanta centimetri di giro vita, un record, la soddisfano a malapena. Poco sicura di sé, preferisce ingannare, fare affidamento sulla propria apparenza, sul proprio corpo. La bellezza è la sua rivincita, la sua forza, è qualcosa che nessuno può toglierle, che si impone senza dimostrazione.

Il marito che la raggiunge a Vienna è un uomo avvilito. Il trattato di Villafranca non chiude le porte all'avvenire, ma è stato pagato a un prezzo troppo alto. Una volta firmata la pace, i morti di Solferino non sono risorti. Quando sul teatro delle operazioni militari cala il sipario, le vittime si astengono dal saluto. Dissanguato dalla guerra, il popolo chiede un rendiconto e rifiuta ormai di porsi nell'assoluto della mistica imperiale. Il lutto e la miseria hanno spazzato via ogni cosa, la sconfitta è la sconfitta personale di Francesco Giuseppe. Sicché il 15 luglio, poco dopo il suo ritorno, egli fa pubblicare un manifesto nel quale promette alcune riforme alle popolazioni. Certo, non propone cambiamenti radicali e ancor meno quella Costituzione che è richiesta sempre più a gran voce, ma semplici concessioni su questioni marginali, destinate a placare gli animi. L'imperatore non vuole ammettere che durante la sua assenza tutto è cambiato: sua moglie, la sua capitale, le sue popolazioni. Nulla è più come prima, e non può accettarlo. Conservatore nell'animo, nello spirito e persino nelle viscere, di fronte a questo mondo in movimento si irrigidisce nella sua posizione. Sono in pericolo non solo il suo assolutismo, ma anche la sua regola di vita, la sua morale, l'essenza stessa del suo potere e della sua persona.

Appena tornato si isola con Elisabetta in uno dei suoi castelli. Lei rappresenta la sua consolazione, il suo amore, il suo rifugio. Ma il tempo che ora le dedica e che in precedenza le ha tanto misurato non la soddisfa completamente. Non è un po' tardi? L'imperatore si dimostra goffo con questa donna più bella che mai, ma divenuta anche più indipendente, più solitaria, più critica. Il giovane tenente innamorato si è sperduto tra Magenta e Solferino, e un generale sconfitto ha preso il suo posto. Inoltre, fra tutti i ruoli che sono stati attribuiti a Elisabetta, il riposo del guerriero non è quello che si adatta meglio a questa eterna inquieta. Le meschinerie quotidiane l'avviliscono, le grandi difficoltà le danno forza, esaltano la sua immaginazione. Non teme più di dire ciò che pensa della situazione politica dell'Impero, e ne pensa molto male. Non è con l'indifferenza che si calmeranno le opposizioni. La situazione è pericolosa, perché non accettare uno stato costituzionale? Perché non abrogare il Concordato? È necessario procedere a vere riforme. Le concezioni aristocratiche e clericali dell'arciduchessa hanno fatto il loro tempo, hanno generato povertà e guerra.

Quando, due mesi dopo la sconfitta, Francesco Giuseppe osa riapparire in pubblico, in un silenzio gelido si levano delle grida: «Abdicazione! Abdicazione!». Intanto in Ungheria la rivolta si riaccende ovunque. E fatto ben più grave, anzi gravissimo, ci si prepara a colpire il cuore stesso della cittadella. Alla Hofburg, città proibita, santuario, *sancta sanctorum*, si scopre un progetto di attentato contro l'imperatore e sua madre. Il colpo di grazia doveva essere inferto da un servo.

Nonostante questi segni inquietanti non ci si risolve ad allentare la morsa. Nessuna Costituzione in vista, anche se Francesco Giuseppe si sbarazza di coloro che sono stati gli artefici della sua sconfitta. Vengono congedati diversi ministri, tra i quali il barone Bach, ministro dell'Interno e nemico numero uno dei magiari. Brück, ministro delle Finanze, sospettato di aver sottratto somme destinate agli eserciti di Solferino, è silurato e si taglia subito la gola. Il conte Grünne, onnipresente aiutante di campo dell'imperatore, viene retrocesso al rango di scudiero. L'edificio costruito dall'arciduchessa viene raso al suolo.

Potrebbe essere il trionfo di Elisabetta, ma non è così. I pensieri dell'imperatrice sono altrove. È in apprensione per la sorella minore, Maria. La sua famiglia è stata anche troppo contenta di darla in moglie a Francesco II, re di Napoli e delle Due Sicilie. Lei è seducente, vivace, bella quasi come Elisabetta; lui è brutto, impotente e mistico. Le lettere che Maria spedisce alla sorella sono altrettante richieste di aiuto. Suo marito non solo è un incapace, ma è anche accerchiato dalle camicie rosse di Garibaldi. Il regno di Napoli sta per crollare e Maria chiede aiuto all'imperatrice. Elisabetta fa tacere le proprie idee liberali e il suo romanticismo politico. Tra Garibaldi e la sorella sceglie quest'ultima. Lei che rimprovera al marito le sue guerre, le sue maniere forti, ora lo supplica di intervenire. Maria non è una vera eroina? Non organizza personalmente la difesa di Napoli, lasciando il marito alla sua apatia? Francesco Giuseppe, che ama tanto l'Italia, non può abbandonarla a un'allegra banda di patrioti in camicia rossa. Per carità, invii dei rinforzi.

Non li invierà. Il momento non si addice all'avventura, e nemmeno alla solidarietà, l'imperatore ha troppi problemi da risolvere in casa propria. Quando la voce di suo marito si fa ancora più dolce, più grave, quando si sottrae alle sue preghiere, alle sue ingiunzioni, Elisabetta sa che il suo rifiuto è definitivo, che non otterrà nulla. Allora l'ansia e l'inquietudine l'assalgono, ha bisogno di stordirsi, di esaurire le proprie forze. Lei, la timida, la selvaggia, l'introversa, lei che nutre solo disprezzo per l'alta società viennese danzante e analfabeta, tra la sorpresa generale diviene organizzatrice di balli. Dirama i suoi inviti e giovani coppie scelte con cura vengono a ballare il valzer a corte. Caricata come una bambola meccanica, Elisabetta balla a sua volta, mentre le orchestre ripetono fino a notte inoltrata i loro ritornelli sempre uguali.

Si stanca presto anche di questo diversivo. Per festeggiare la primavera ha dato sei balli in due mesi. I germogli sono spuntati, ma l'ebbrezza non è stata raggiunta. Desidera rivedere Possenhofen, ritrovarsi tra i suoi cari. Suo padre non viene mai a Vienna, città che detesta. Quanto a sua madre, appena giunge a corte ricade immediatamente sotto l'autorità della sorella maggiore. Per mostrarsi all'altezza della situazione parteggia con l'arciduchessa infliggendo alla figlia, che considera una scervellata, i suoi consigli e le sue prediche.

Le manca soprattutto Maria, la piccola Maria che sa in pericolo nella sua cittadella napoletana. Due anni prima era venuta a Vienna e le due sorelle si erano intese a meraviglia. A quell'epoca Maria aveva diciotto anni. A Monaco l'avevano sposata per procura con un uomo che non conosceva, il duca Francesco di Calabria, erede al trono di Napoli. In viaggio verso l'Italia e verso il suo misero destino, si era fermata per una settimana ospite di Elisabetta. Intermezzo, tregua, infanzia ritrovata, chiacchiere, risa, tempo rubato. Il dramma avrà inizio solo domani, bisogna trattenere ogni secondo perché l'indomani non arrivi mai.

Si ritrovavano di notte, a piedi nudi sui tappeti della Hofburg. Come due scolare, fumavano di nascosto socchiudendo l'alta finestra per non essere tradite dall'odore delle sigarette. Avvertivano appena il soffio dell'aria gelida, tanto il fuoco delle loro confidenze le riscaldava. Nel cortile sottostante le sentinelle andavano e venivano nell'oscurità. Vicinissimi a loro, a portata di voce, c'erano uomini che non conoscevano, che non avrebbero mai conosciuto, uomini che appartenevano a un altro mondo. Nell'oscurità della notte le sentinelle non potevano scorgere i due punti luminosi delle sigarette che danzavano intorno alle labbra delle prigioniere. Dove sei, ora,

Maria, mia bella Maria? Sei viva? Il tuo corpo si è ora destato? La guerra ti ha permesso almeno di conoscere quegli uomini?

A Possenhofen avverte ancora maggiormente l'assenza della sorella. Tutta la famiglia è preoccupata. Da quando Garibaldi ha oltrepassato la frontiera delle Due Sicilie ed è in marcia verso Napoli, non si hanno più notizie di Maria. Elisabetta e sua figlia Gisella hanno usato per la prima volta la linea ferroviaria Vienna-Salisburgo, che Francesco Giuseppe inaugurerà ufficialmente un mese più tardi, quando le raggiungerà in Baviera. Il paese natale di Elisabetta e la sua patria di adozione si sono avvicinate, ma al termine del viaggio l'imperatrice non troverà conforto. I suoi genitori la trovano cambiata. Smagrita, nervosa. Le fanno delle osservazioni. Sono in famiglia, dopotutto. Lei si inalbera. Costantemente attaccata dalle cricche viennesi, è divenuta suscettibile. Se il suo caro Possi non è più un rifugio di pace, dove andare?

Elisabetta mangia sempre meno e tossisce in continuazione. Non si diverte più, come nei primi tempi del suo matrimonio, nel vedere il suo seguito di contesse e di smorfiose che, sistemate nel verde sulle rive del lago di Starnberg, si faranno strapazzare da un duca Max il quale, in compagnia tanto nobile, si compiace di esagerare la rusticità dei suoi modi. Suo padre invita le gentili signore ad assistere alle sue partite di biliardo con i guardacaccia. Finge di corteggiare quelle schizzinose mentre i suoi gusti lo inducono a consumare carni più fresche e gioiose. A Possenhofen come a Vienna, Elisabetta pensa solo a fuggire in groppa al suo cavallo. Il paradiso verde dell'infanzia non esiste più.

Le scappatelle di suo padre, le sue amanti, i suoi figli naturali sparsi in tutto il paese e Ludovica che attende con fatalismo il ritorno del marito... tutto ciò ha cessato di piacerle. Il fascino del duca Max, la sua follia contagiosa l'hanno indotta troppo spesso a prendere le parti del padre, a trascurare le sofferenze e le umiliazioni della madre. Questo è dunque il destino di tutte le coppie, di tutte le donne? Non esiste dunque altra scelta? Si deve accettare e tacere? Osservando Ludovica, sua madre, sente crescere in sé la ribellione e pensa che mai, mai le potrà assomigliare.

Tuttavia, senza potersi difendere, ha visto le loro immagini confondersi. Specchio deformante, che invecchia. Specchio in cui manca l'amore. L'emicrania fa battere l'arteria della sua tempia, si sente invadere dalla nausea, da un disgusto indicibile... assomiglia già a sua madre, è come tutte le altre donne. Non è questo che si bisbiglia a corte? Non è questo che si ripete dietro ogni paravento? Del resto nessuno fa complimenti, tutti ne parlano. L'imperatrice ha cessato di essere la donna più amata del suo Impero. Suo marito la trascura, suo marito ha delle avventure. Si fanno nomi, si parla di prove, all'occorrenza si inventa.

Credeva di aver fatto un matrimonio d'amore. Aveva sposato un uomo al quale era destinata un'altra, aveva rubato Francesco a sua sorella Elena. La ladra si era permessa persino di sospirare: «Se solo non fosse imperatore!». Detestava i matrimoni combinati (quello di sua madre, quello della piccola, deliziosa Maria) che lasciano il corpo e il cuore insoddisfatti, che si riducono alla fusione degli alberi genealogici. Lei voleva il sogno, voleva l'incomparabile, voleva l'amore. Ora che il corpo di Francesco non le appartiene più, crede di aver perduto ogni cosa. Rifiuta di nutrirsi, trascorre il tempo montando cavalli il cui galoppo non le sembra mai abbastanza rapido.

Dopo Solferino, Francesco Giuseppe è un imperatore indebolito. Alla sconfitta segue l'impopolarità. Alcuni liberali sono giunti addirittura a esprimere il desiderio di vedere il sovrano abdicare in favore del fratello, l'arciduca Max. In tutto l'Impero il fermento è tale che l'imperatore riesce solo a far fronte alle cose più urgenti. Appena tenta di dare soddisfazione agli uni, altrove scoppiano altri temporali. La nave fa acqua, e Francesco Giuseppe cerca alla meglio di turare le falle, mantenendo le cose come sono mentre sarebbe necessaria una politica lungimirante. Si aggrappa ancora al conservatorismo inculcatogli dalla madre, ma comincia a essere tormentato dal dubbio.

Riesce sempre meno bene ad arbitrare i conflitti, e ne sorgono ovunque. Conflitti tra le sue popolazioni, conflitti tra i progressisti e gli ultraconservatori. Conflitti tra i centralisti e i federalisti. Conflitti tra l'imperatrice e l'arciduchessa, tra sua moglie e sua madre, le due donne che ama. Sempre conflitti, persino all'interno di se stesso.

Tra poco compirà trent'anni. Per la prima volta in vita sua si sente stanco. Un imperatore serve dunque solo a ricevere reclami, ad ascoltare lamentele. Chi si preoccupa di alleggerire il suo fardello? E sua moglie, il suo bell'angelo, la sua adorata... è capace di renderla felice? Come ha potuto crearsi tra loro un tale abisso senza che se ne rendessero conto? L'aria della Hofburg ha fossilizzato i loro corpi? Il giovane tenente innamorato è forse già vecchio a trent'anni?

Si lascia nuovamente tentare da quelle che prima del suo matrimonio erano chiamate «contesse igieniche». Al minimo cenno esse sono disponibili. Come in altre circostanze aveva sottolineato sua suocera Ludovica, non si dice di no a un imperatore. Non gli dicono di no, e non sono certo dispiaciute di dare una buona lezione a una imperatrice che, con le sue stravaganze, i suoi sbalzi d'umore, si crede tutto permesso. L'imperatore è ancora un uomo; non era ciò che voleva provare a se stesso, anche se gli spiace che alla notizia sia data una simile pubblicità?

La corte vuole vendicarsi di una imperatrice che non le nasconde il suo disprezzo. Dopo Solferino, le idee conservatrici hanno subito una sconfitta e coloro che circondano l'arciduchessa cercano di risollevare il capo indebolendo Elisabetta. I nemici dell'imperatrice sono ben felici di alimentare le voci. Non si tratta solo di effimere avventure! Ci sarebbero cose più serie. Francesco Giuseppe avrebbe una relazione con un'aristocratica polacca, la bella contessa Potocka. Circostanza aggravante: l'ha conosciuta da vicino, e forse amata, prima del suo matrimonio. Basta solo lasciar circolare la voce di questi amori adulterini. La voce si gonfia, s'ingrandisce, distrugge ogni cosa al suo passaggio. Il suo effetto è prevedibile, i maligni non saranno delusi.

Nell'autunno del 1860 Elisabetta è allo stremo delle forze. I suoi accessi di tosse non le danno tregua. Ha perduto l'appetito e rifiuta di alimentare un corpo che il marito non sa più amare. È vero, continua a fare ginnastica fino a rimanere senza fiato e a spronare il galoppo dei suoi lipizzani, ma in lei si è spezzato qualcosa. Le apparenze sono salve, e lei non è mai stata tanto bella. Le donne brune, diafane e romantiche sono alla moda, non deve forzare la sua natura. Ha la pelle trasparente, clorotica, lo sguardo scuro, vellutato, la fronte convessa. In lei dimora un resto di infanzia, vi è fragilità, volontà. In lei brucia il fuoco tenace della rivolta.

L'anemia si manifesta attraverso edemi che le gonfiano le caviglie e le ginocchia, i medici parlano di tubercolosi. Pentito, folle d'amore, Francesco Giuseppe la supplica di cambiare dieta, di cambiare vita, ma Elisabetta non vuole ascoltare nulla da uno sposo che l'ha tradita. Egli rappresentava la sua forza, il suo unico sostegno in questa corte che lei odia, in questo mondo che non le appartiene. La passione dava un senso al sacrificio della sua libertà. Ora la prigioniera ha un solo pensiero: andarsene. Quando i medici le consigliano di andare a curare la sua tosse in un paese soleggiato, coglie al volo l'occasione. La temperatura calda, il viaggio, il mare. Innamorata com'è della solitudine, ha bisogno di un'isola. Francesco Giuseppe le propone l'Adriatico, è ancora l'Impero. Potrà andare a trovarla, saranno di nuovo felici, tutto tornerà come prima. Ma Elisabetta rifiuta l'Impero, rifiuta l'imperatore. Vuole che la sua isola sia irraggiungibile. E sceglie Madera.

Tanto varrebbe dire in capo al mondo. All'epoca le occasioni di viaggiare sono rare, anche per i privilegiati. Solo alcuni originali, scrittori, artisti veri o presunti tali, rischiano l'avventura. Ma un'imperatrice, la loro imperatrice, andarsene così lontano e per tanto tempo... i viennesi sono sconvolti. La malata deve essere grave, non c'è dubbio. La tubercolosi è stata identificata da Laënnec all'inizio del XIX secolo, ma per lo più viene ancora chiamata consunzione o tisi. È una malattia che miete molte vittime, Elisabetta ne presenta tutti i sintomi esteriori: pallore, tosse, magrezza estrema, debolezza generale. Come se ciò non bastasse a giustificare il suo esilio, a Vienna circola una strana voce. Si dice che Francesco Giuseppe abbia trasmesso alla moglie una malattia venerea. Le contesse erano dunque meno igieniche di quanto lasciasse intendere quel loro epiteto? Certo, nessuna prova viene a suffragare questa ipotesi, la cui malevolenza getta discredito sui sovrani e stabilisce un abietto legame tra la crisi dell'Impero e quella della coppia imperiale. La sublime, l'inaccessibile, la divina imperatrice è macchiata a sua volta, il verme ha intaccato il frutto. Elisabetta non ama Vienna, e i viennesi gliela fanno pagare.

Mentre le corti europee si commuovono per la sua salute e nessuno scommette sulle sue possibilità di sopravvivenza, l'imperatrice prende la via del mare. La regina Vittoria ha messo a disposizione della grande inferma uno dei suoi yacht più sontuosi, l'*Osborne*. Imbarcata ad Anversa, la moribonda rinasce alla prima tempesta. Il suo seguito agonizza a ogni rollio. I merletti e gli ornamenti perdono la loro freschezza a vista d'occhio, i volti sono plumbei, le ondate spazzano i ponti, Elisabetta invece esulta. A Trieste non si era sbagliata. Non aveva compreso di primo acchito che il mare sarebbe stato il suo elemento? Ora le grandi onde dell'oceano glielo confermano. Elisabetta, la bavarese, sa rimanere in piedi su una nave ed è la sola a godere il fascino di una traversata spaventosa. Rimpiange quasi di non aver voluto condurre con sé la contessa Esterházy, la spia, l'ombra, la copia dell'arciduchessa: le sarebbe piaciuto vedere la prima dama d'onore rendere l'anima nella tempesta. Che spettacolo! Il vento, per una volta, le avrebbe restituito il suo stesso vomito in pieno viso.

La lettura del suo caro Heine è stata come un viatico. Grazie alle parole del poeta, Elisabetta conosceva il mare prima di solcarlo. A bordo rilegge le sue opere e, mentre i suoi compagni di viaggio gemono, si abbandona senza timore al ritmo della nave:

> Io ti saluto, mare eterno!
> Nei fruscii delle tue onde ritrovo
> Come un'eco della mia patria...

La malata naviga già verso la guarigione. Il poeta non dice forse: «Amo il mare come amo la mia anima»? Lontano, molto lontano da Vienna, nell'isola atlantica a cinquecento chilometri dalla riva africana, forse riuscirà a riconciliarsi con se stessa. Le piacerebbe che il viaggio durasse ancora molto, il conto alla rovescia non è iniziato, la prospettiva rimane intatta.

Non giungere mai a destinazione... Ritardare l'ora dell'attracco e, perché no?, fare marcia indietro, virare di bordo, ripartire verso un altro destino, un altro luogo. I gabbiani sanno forse dove sono diretti? Al largo, l'aspetto del cielo si trasforma così rapidamente, le nubi passano, si formano, si deformano, scompaiono e altre ne sopraggiungono. Gli uomini dell'equipaggio si danno da fare, le dame del seguito si raggomitolano sui loro disturbi e sulle loro nausee ed Elisabetta gusta finalmente la pace e la solitudine. Questa donna instabile trova il proprio equilibrio solo in un universo in movimento. Ha bisogno della sella dell'amazzone o della passerella del marinaio.

Heine, o mio maestro, tu che scopristi nelle leggende sepolte l'Olandese volante condannato a errare senza tregua sul suo vascello fantasma, fa che il mio viaggio sia senza fine. Che cosa significa giungere in porto, quando si sa che il porto è sempre più bello visto da lontano? A terra si ritrovano subito le norme, il conformismo. Tutto riacquista pesantezza, giunge la posta. A terra l'intero universo si ricompone e Vienna si profila sulla parete della memoria.

All'arrivo c'è stata solo la curiosità gentile dei pescatori e una lettera di benvenuto del re Pietro V. Grazie a Dio, Lisbona e il Portogallo si trovano a più di mille chilometri. Su quest'isola lontana si può dimenticare il protocollo. Una villa presa in affitto su un promontorio roccioso, una veranda fiorita che sovrasta il mare, un nido di lauri e di palme e una profusione di piante di camelia. A Natale, giorno in cui l'imperatrice compie ventiquattro anni, sono già in boccio. Ma Vienna moltiplica i messaggi e i doni. Un grande abete del parco di Laxenburg, accompagnato dalle parole d'amore dell'imperatore, viene spedito sull'isola atlantica. Francesco Giuseppe invia anche un organetto di Barberia da cui escono le voci di Violetta e di Alfredo sfuggite alla *Traviata*. L'opera di Verdi è stata rappresentata per la prima volta alla Fenice di Venezia nel 1853, l'anno in cui Francesco Giuseppe ed Elisabetta si sono incontrati e amati a Ischl. Sono trascorsi ormai otto anni. Sulla sua terrazza di Madera l'imperatrice non si stanca di ascoltare la fine del primo atto, quando Violetta tenta invano di sfuggire all'amore offertole da Alfredo. Ben presto quell'amore ha il sopravvento, ed essa proferisce il suo credo per l'ultima volta:

> Sempre libera, degg'io
> Volteggiare di gioia in gioia,
> Vo' che scorra il piacer mio
> Pei sentieri del piacer.
> Follia!
> Gioir!

Elisabetta tossisce e *La traviata* non le restituisce l'appetito. I messaggeri viennesi si lamentano. I pasti si concludono in venti minuti e l'imperatrice non vi partecipa. In effetti essa dedica gran parte del suo tempo alle passeggiate. Percorre l'isola in tutte le direzioni, impara i nomi dei fiori, degli uccelli, sfianca il suo seguito con lunghe marce. Ha ritrovato una certa calma? Non è nemmeno certa di desiderarlo davvero. Si sente troppo colpevole per aver abbandonato il marito, i figli. Sa che laggiù, a Vienna (in un altro paese, a una latitudine diversa, al centro di un mondo difficilmente immaginabile da lontano), l'arciduchessa approfitta della sua assenza per riguadagnare il terreno perduto. E lei non è divenuta per i propri figli un'estranea, un fantasma, un ricordo? «Per parlarvi in maniera del tutto franca» scrive al conte Grünne «se non fosse per i bambini, l'idea di dover riprendere l'esistenza che ho condotto sino a oggi mi sarebbe del tutto insopportabile. Non riesco a pensare all'arciduchessa Sofia senza tremare, e la distanza non fa che accrescere la mia avversione.»

Invia a Gisella e a Rodolfo lettere, doni, non si stanca di dimostrare loro il suo affetto, promette tutte le tenerezze del mondo al suo ritorno. Affinché non la dimentichino completamente, spedisce loro anche dei dagherrotipi. La fotografia è agli inizi, soprattutto nella sua utilizzazione pratica. La nuova tecnica appassiona l'imperatrice, soddisfacendo il suo narcisismo e al tempo stesso il suo desiderio di ubiquità. Una delle fotografie scandalizzerà Vienna, e i cortigiani faranno molti pettegolezzi al riguardo, spesso senza nemmeno averla vista. Circondata dalle sue dame di compagnia, l'imperatrice sorridente suona il mandolino. Indossano tutte bluse e berretti da marinaio. Disordine, giovinezza, malizia... si è lontani dai ritratti ufficiali e dagli abiti da cerimonia. L'Austria ricomincia ad avere delle noie con l'Ungheria, l'imperatore soffre di solitudine, i suoi figli sono quasi orfani. E che fa l'imperatrice nel frattempo? Gratta il mandolino e invita alla sua tavola gli ufficiali di una nave da guerra russa che fa scalo a Madera. Affascinata, ascolta i loro racconti di viaggio. Elisabetta conosce la propria malattia meglio di chiunque altro. Si confida per lettera col conte Grünne:

> Di fatto, vorrei andare sempre più lontano; ogni volta che vedo partire una nave desidero trovarmi a bordo di essa; non mi importa se va in Brasile, in Africa o al Capo, l'importante è non rimanere tanto a lungo nello stesso luogo.

Un secolo più tardi, un altro austriaco soffrirà di una malattia analoga. Thomas Bernhard, nell'opera *Il nipote di Wittgenstein*, scriverà:

> La verità è che sono felice solo in un'auto, tra il luogo che ho appena lasciato e quello verso il quale sono diretto; sono felice solo in auto e durante il tragitto, sono il più infelice di coloro che arrivano, in qualsiasi luogo io arrivi; appena arrivato sono infelice di essere arrivato. Faccio parte di quegli esseri che in fondo non sopportano un solo luogo sulla terra e sono felici solo tra i luoghi donde partono e verso i quali si dirigono.

Anche a Madera Elisabetta avverte il bisogno di un «altrove», e questo altrove assume sempre più spesso le sembianze dell'Ungheria. Un uomo del suo seguito, il conte Imre Hunyády, le impartisce lezioni perché possa perfezionare il suo ungherese. Sulla terrazza all'aperto l'allieva è molto attenta e, come era prevedibile, il bel conte si innamora dell'imperatrice e anche della donna. Ben presto coloro che circondano Elisabetta si compiacciono di diramare la notizia a Vienna. Quando il professore aveva l'età di János Majláth si trovavano commoventi il fervore dell'allieva e l'adorazione del maestro. A Madera la faccenda prende un aspetto del tutto diverso. Le distanze acuiscono l'immaginazione, e al giovane conte non manca nulla per ispirare l'amore. Viene immediatamente richiamato a Vienna. Elisabetta non ha cercato di ingelosire Francesco Giuseppe né di verificare il proprio potere di seduzione, ma senza dubbio è contenta di rendere pan per focaccia al marito. L'imperatore è folle di gelosia tanto più che lotta contro delle supposizioni, dei pettegolezzi, delle maldicenze, delle chimere. Non trova nulla da rimproverarle se non il peggio: che sua moglie possa fare a meno di lui per tanto tempo. È costretto a essere geloso di tutti perché tutti riescono a distrarla, mentre lui non ci riesce. È geloso dell'aria che lei respira tanto lontano, ricca di tutti gli effluvi di una primavera quasi tropicale; geloso del grande cane irlandese, un airedale irlandese chiamato Shadow, che in effetti ha la fortuna di seguirla come un'ombra; geloso di un poeta morto cinque anni prima, ma che per la sua imperiale ammiratrice è più vivo di tutti i vivi; geloso di quell'Heinrich Heine al quale lei si riferisce costantemente, le cui opere l'accompagnano ovunque. Che cos'ha di tanto affascinante quell'uomo? Nella sua gelosia l'imperatore definisce il poeta un «piccolo ribelle ebreo». Questo tono di disprezzo e di intolleranza non è da lui. Ma è geloso di tutto ciò che Elisabetta guarda, di tutto ciò che ammira, di tutto ciò che la tocca, che la commuove. Il bel conte Hunyády è dovuto tornare a Vienna, ma sua sorella Lily è rimasta a Madera. Si racconta che Elisabetta è innamorata della sua grazia, della sua giovinezza. Non è troppo sensibile alla bellezza delle donne? Egli non l'ha vista un giorno affondare le dita tra i capelli di un'invitata per meglio apprezzarne la setosa brillantezza? Non si tratta di un gesto poco opportuno per una sovrana che si ritiene timida? Quella Lily Hunyády mantiene forse vivo nel cuore dell'imperatrice il ricordo di suo fratello e della sua passione? Il pericolo non ha volto, è troppo diffuso per non far sospettare ovunque la sua presenza.

Francesco Giuseppe non osa chiedere alla moglie di ritornare, si limita a lamentarsi della propria solitudine. Desidera anzitutto che lei guarisca e purché ciò avvenga è pronto a riconoscere le proprie mancanze, i propri torti. Nutre per la moglie un'ammirazione senza limiti, che lo paralizza e lo rende patetico. Già a quell'epoca non esita a porsi in stato d'inferiorità rispetto a lei e firma le proprie lettere: «Il tuo povero marito», «Il tuo piccolo». Il tono supplichevole non è dovuto solo alla passione. Crede sinceramente di non aver accesso al mondo ideale, poetico al quale Elisabetta aspira. Nel timore di annoiarla, evita di parlarle delle proprie difficoltà, della realtà politica che lo tormenta. Elisabetta interpreta male questi silenzi. Sua suocera ha finito con il persuaderla che è indegna di interessarsi agli affari di stato e pensa che suo marito condivida questa opinione. Da Madera scrive al conte Grünne, che sa vicino all'imperatore:

> Vi prego, scrivetemi come stanno attualmente le cose, se ci si deve attendere una campagna militare, e anche qual è la situazione interna. Nelle sue

lettere l'imperatore non parla mai di questi argomenti. Ma ne è informato lui stesso, almeno per quanto riguarda l'essenziale? Su tutto questo non mi scriverete mai abbastanza; vi prego di farlo ogni volta che c'è un corriere in partenza.

Sempre a Grünne risponde il mese seguente:

Speravo che in Ungheria le cose si sarebbero aggiustate ma, a giudicare da quanto scrivete, mi sembra che non sia così. La guerra finirà per scoppiare prima in quel paese che in Italia [...]. Non immaginate quanto mi spiacerebbe trovarmi ancora qui se scoppiasse un conflitto. Per questo motivo ho pregato l'imperatore di permettermi di anticipare la mia partenza, ma mi ha assicurato in maniera tanto chiara che non avevo motivo alcuno di preoccuparmi, che mi sento costretta a credergli e mi sforzo di tranquillizzarmi.

Ma Elisabetta vorrebbe soprattutto ricevere notizie della sorella Maria. Garibaldi e le sue camicie rosse hanno occupato Napoli. La sorella tanto amata si è asserragliata con i suoi combattenti nella fortezza di Gaeta, facendo un ultimo tentativo per salvare un regno che in realtà non è il suo e un marito che non l'ha mai amata. Bella e coraggiosa, la piccola regina di vent'anni strappa l'ammirazione delle corti straniere. La chiamano «l'eroina di Gaeta», ma si guardano bene dal portarle aiuto. Malato e apatico, il re delle Due Sicilie è solo un peso morto e la Giovanna d'Arco dei Wittelsbach resiste da sola nel recinto della sua fortezza all'irreversibile movimento dell'unità italiana.

Il 13 febbraio 1861 la fortezza di Gaeta cade. La notizia raggiunge Elisabetta solo molto più tardi, nel rigoglio della sua primavera tropicale. L'eroina e suo marito hanno potuto trovare rifugio a Roma, presso il papa. La capitolazione di Gaeta mette fine al regno delle Due Sicilie, e l'arciduchessa Sofia può esclamare: «Ecco la mia ultima consolazione, è scomparsa anche l'ultima gloria del principio monarchico!».

Elisabetta non tossisce più. Ritrova le forze, il suo amor proprio si è placato e i tradimenti dell'imperatore le sembrano meno gravi. Un giorno, forse, ritornerà a essere per lei il Franz che ha amato. Avverte in maniera crudele la mancanza dei figli, parla sempre più spesso di ritorno. In realtà è ripresa dalla smania di muoversi; ne soffrirà finché avrà vita.

Partire. Partire per partire. La sola cosa che conta è il movimento, la destinazione non ha importanza. Partire, e tanto peggio per ciò che l'attende a Vienna. L'arciduchessa, l'immobilismo, la prigione. «L'inizio non sarà piacevole, ci vorrà un bel po' di tempo per affrontare il supplizio del focolare.»

Il 28 aprile 1861 lascia Madera a bordo del sontuoso *Victoria-and-Albert II* che la regina d'Inghilterra ha messo a sua disposizione: un equipaggio di centoquaranta uomini abituati a manovrare nel silenzio quasi totale per non turbare il riposo dei viaggiatori dalla testa coronata. Il tempo è splendido e tutti ne approfittano per bighellonare. Primo scalo a Cadice, con visita della città. Poi viaggio in treno fino a Siviglia, dove purtroppo viene dato sfoggio a tutti quei fasti regali a cui fino a quel momento Elisabetta è riuscita a sfuggire. Credono di farle cosa gradita, e invece le tagliano le ali. Di conseguenza preferisce rifiutare l'invito della famiglia reale per recarsi in incognito, o quasi, alla corrida del 5 maggio. Alla vista dei cavalli malmenati dal rituale spagnolo, la bella straniera ha certo represso un moto di repulsione. Ma ci sono le grida, la gioia, la morte, il caldo, la polvere, le musiche e l'illusione, certo fugace, di confondersi tra la folla. Protetta dal suo ventaglio di cuoio nero, Elisabetta non è più l'imperatrice. Quando la festa si conclude è già scesa la notte e la bella straniera è fuggita.

Partire, partire sempre. Oh Olandese volante, non ci sono forse infinite isole da scoprire? Elisabetta visita prima Maiorca, quindi Malta. Poi il *Victoria-and-Albert II* solca le acque del mar Ionio e all'orizzonte appaiono delle terre. Nel corridoio di navigazione si riconosce la vecchia segnalazione veneziana, enormi pali per lo più riuniti in fasci di tre, che si ergono sopra le onde e indicano i bassifondi.

Ecco a sinistra l'Albania, a destra la parte settentrionale di Corfù e la sua montagna selvaggia, il Pantocrator. L'isola non è ancora greca; sotto protettorato inglese, appartiene agli Stati uniti delle isole ioniche. Ha una bellezza cupa, profonda, severa. Grazie alla bella Nausicaa, Ulisse vi trovò il riposo e poté infine ripartire verso la sua Itaca, che era vicinissima. L'isola fu bizantina per un millennio e veneziana per quattro secoli. Venezia vi edificò fortezze, costruì bastioni, scavò canali, scolpì leoni e soprattutto piantò gli uliveti più belli del Mediterraneo. Una foresta incantata, ombrosa, densa di profumi e tormentata.

A quell'epoca Corfù è ancora Corfù; ignora che un secolo più tardi l'invasione dei turisti la distruggerà nel corpo e nell'anima, sulla terraferma e sul mare. Quando Elisabetta vi giunge, non può non innamorarsi delle sue rive. Alcuni decenni più tardi un altro viennese, lo scrittore Hugo von Hofmannsthal, farà di Corfù una descrizione che permette di comprendere meglio la strana affinità creatasi tra Elisabetta e l'isola:

La prima impressione del paese è austera [...]. È secco, nudo, drammatico, strano come un volto terribilmente emaciato, ma è immerso in una luce quale l'occhio non ha mai contemplato e di cui gode come se il dono della vista gli fosse offerto per la prima volta. La luce è straordinariamente viva e tuttavia dolce. Mette chiaramente in evidenza i minimi dettagli, con una amabile chiarezza che fa battere il cuore in maniera più nobile e copre lo spettacolo più vicino con un velo che lo trasfigura; alla descrizione si addicono solo i termini paradossali.

Elisabetta, assetata di luce, crederà di aver trovato un porto d'attracco e uno specchio. Si ripromette di tornare, giacché per il momento Francesco Giuseppe l'attende impaziente a Trieste, dove le è venuto incontro a bordo del suo yacht *Fantaisie*. La separazione è durata sei mesi, finalmente si ritrovano. Lei è radiosa, riposata, leggermente abbronzata, con lo sguardo allegro e commosso. L'imperatore ha le lacrime agli occhi. La loro felicità è visibile, troppo visibile. Ma non hanno il diritto di chiuderla in una stanza d'albergo; qualsiasi intimità è loro vietata. Tuttavia cercano di sottrarre alcuni giorni, alcune notti, all'incubo viennese.

Miramare, il castello mezzo gotico e mezzo moresco dell'arciduca Massimiliano offre loro, non lontano da Trieste, la sua ospitalità. Nonostante la splendida vista sull'Adriatico, Elisabetta ha l'impressione di respirare già l'atmosfera ammorbata della Hofburg. Anche se a Miramare la cognata le fa gli onori di casa, tra le due donne rinasce la vecchia animosità, ed Elisabetta sente fino a qual punto il suo ritorno dispiace a Carlotta. Appoggiata dall'arciduchessa, durante l'assenza della cognata è stata la prima dama di corte. Con il ritorno di colei che detiene di diritto questo titolo, ora si ritroverà a svolgere un ruolo di secondo piano. A Vienna l'ambiziosa figlia del re dei belgi è solo la consorte del cadetto Massimiliano. L'imperatrice, che dicevano moribonda, ritorna più bella che mai. Carlotta comprenderà al primo sguardo che la rivalità non si concluderà a suo vantaggio. Sa anche che Elisabetta e Massimiliano hanno tanti punti in comune, le idee liberali, il fascino, l'anticonformismo, la poesia e Heine, soprattutto Heine, e che non riuscirà mai a trascinarlo in una battaglia perduta in anticipo.

A Miramare Elisabetta è naturalmente accompagnata dal suo inseparabile Shadow. Carlotta, dal canto suo, è affezionatissima a un piccolo maltese che le è stato regalato dalla regina Vittoria. Come le loro rispettive padrone, i cani non tardano a sfidarsi e a battersi finché Shadow ferisce a morte il maltese di Carlotta. Lungi dal rattristarsi per la sorte del poveretto, l'imperatrice, che pure ama molto gli animali, si scusa dicendo: «Non mi piacciono i cani piccoli».

Vienna. La Hofburg e la gioia di rivedere Gisella e Rodolfo, che sono bellissimi. Durante la sua assenza la piccola ha imparato a leggere. I due bambini, anche se non hanno dimenticato la madre, si sono trovati sotto l'influenza della nonna. Come potrebbe Elisabetta, dopo essere stata lontana per sei mesi, disputare all'arciduchessa la loro educazione e persino il loro affetto?

Alla Hofburg lei è una colpevole. E con il ricordo della morte della piccola Sofia ritorna il rimorso, sempre altrettanto lancinante. Non condanna forse il piccolo Rodolfo, così bello, così gracile, e sua sorella, già robusta, a una vita senza madre? Le fanno capire che il suo posto è occupato e che farebbe bene a non lamentarsene. Non si può solcare i mari, suonare il mandolino in blusa da marinaio per metà dell'anno e pretendere, nel corso degli altri sei mesi, di riprendere le funzioni di madre di famiglia. Vada dunque a esibire la sua bella carnagione nelle cerimonie ufficiali. Cominciano allora le sfilate delle grandi dame di corte, le corvé, gli obblighi sociali.

Bastano solo quattro giorni di permanenza alla Hofburg per rendere le condizioni di Elisabetta peggiori di quelle precedenti alla sua partenza per Madera. Un'inappetenza totale, accessi di tosse, insonnia, emicranie spaventose, crisi di pianto e quel volto emaciato, contratto, delle cattive giornate. L'imperatore è disperato. I due si ritirano insieme a Laxenburg dove i medici parlano di nuovo di tisi galoppante. Vengono annullate tutte le visite, tutte le cerimonie. Elisabetta non vuole vedere più nessuno. Il suo spirito ha tentato di affrontare la situazione ma il suo corpo si ribella a tutto ciò che odia, a tutto ciò che non riesce ad accettare. A che cosa servono i viaggi, le isole, l'«altrove», a che cosa serve partire, giacché si deve ritornare? In lei qualcosa si ribella e rifiuta di superare l'ostacolo. Impossibile. Ecco il dolore alla tempia destra, il dolore alla base del naso, il dolore dietro agli occhi. E la nausea che le rende ripugnante qualsiasi cibo, che la fa sprofondare nel disgusto di se stessa. E quella tosse secca, quasi un tentativo estremo di espellere la malattia.

Elisabetta esige la solitudine, il silenzio, l'oscurità, il nulla. Non parlatemi, non toccatemi. La fuga non è sufficiente. La morte, solo la morte offrirebbe l'ultima scappatoia. Quando si tocca il fondo dell'angoscia, la poesia non offre più un rifugio, e tuttavia Elisabetta si aggrappa alle parole per confidare la propria sofferenza alla madre. Tutto sembra finito, le scrive. Lei, ormai, è solo un fardello per l'imperatore e per il paese, non potrà mai essere utile ai bambini; giunge addirittura a pensare che, se morisse, l'imperatore potrebbe risposarsi, mentre lei, misera creatura moribonda, non è più in grado di farlo felice.

A questa farfalla terrorizzata che non ha più la forza di battere contro i vetri della sua prigione i medici offriranno una nuova opportunità di evasione. Ritenendo che le restino pochi mesi, forse poche settimane di vita, le ordinano di partire per un luogo soleggiato. Elisabetta sceglie Corfù.

Il 21 giugno 1861, solo un mese dopo il suo ritorno da Madera, eccola di nuovo in partenza. Francesco Giuseppe l'accompagna in treno fino a Trieste. Alla stazione di Vienna la folla è silenziosa e i giornali parlano di «corteo funebre». I viennesi pensano che non rivedranno più la loro imperatrice. Francesco Giuseppe, ancora una volta, rimane al castello di Miramare. Ora la matassa avvolta un mese prima comincia a dipanarsi, ma le lacrime dell'imperatore non sono lacrime di gioia, egli teme per la vita di colei che ama più di ogni cosa al mondo. La sua disperazione, tuttavia, non gli impedisce di sentire confusamente che la malattia della sua adorata è tanto psicologica quanto fisica. Spaventato, sospetta il peggio. Senza dubbio sua moglie comprende anche lui nell'invincibile repulsione che nutre per Vienna. Solferino, paragonato a questa disfatta, non era nulla. Se questo deve essere il prezzo della fine dell'incubo, è disposto a non esistere più per lei, è disposto a farsi in disparte, a subire la separazione e la solitudine. Come ha potuto il loro amore alterarsi al punto da divenire insopportabile? È stato solo lui a profanarlo? Elisabetta già si allontana, ed egli ignora quando la rivedrà, e se la rivedrà.

Massimiliano accompagna Elisabetta fino a Corfù. In mare si dimenticano le liti e le rivalità. Tra un accesso di tosse e l'altro, Elisabetta si confida con il cognato che tanto le assomiglia. Gli dice di aver sorpreso una conversazione: uno dei suoi medici annunciava ai colleghi che l'imperatrice aveva solo poche settimane di vita. Ne prova un certo sollievo, ormai le basta lasciarsi cullare dal ritmo delle onde per avvicinarsi lentamente alla fine.

Inutile pensare ad altre partenze, inutile sfuggire alle sorveglianze, inutile sognare isole lontane e lontane fughe. Non è miracoloso che la fatalità abbia esaudito tanto presto i suoi desideri? Voleva andarsene per sempre, e se ne va. L'imperatore sarà libero di ricostruire la propria vita, di scegliere un'imperatrice che lo aiuterà nel suo compito.

Si sono amati. Forse Francesco Giuseppe, ora che sta per perderla, l'ama ancora. Ma l'ama come si ama un errore, una vertigine, una colpa. L'ama come si ama ciò che non cessa di tormentare, ciò che fa pendere la sorte dalla parte sbagliata. L'ama come si ama una ferita.

Un tempo tutto l'Impero respirava con il loro amore, oggi più nessuno si riconosce in questa specie di follia. La piccola duchessa *in* Baviera non ha saputo divenire una donna e un'imperatrice. L'innesto non ha attecchito. Non sarà nemmeno necessario ricorrere a misure drastiche, dato che di questo sgradevole lavoro si occuperà la morte.

Elisabetta si porta la mano alla tempia destra. L'arteria batte tanto forte da strapparle una smorfia di dolore. La sua pelle sembra ancora più trasparente tanto è tesa sull'ossatura sottile del volto. Le guance e tutta la parte molle della carne sono scomparse, inghiottite dall'angoscia. Tuttavia le rimane ancora la sovrabbondante chioma, che quando è sciolta arriva sotto al ginocchio. Ogni mattina la sua pettinatrice impiega due ore per districarla e ricomporre con essa l'edificio che deve coronare la fronte imperiale. Elisabetta confiderà più tardi al giovane Christomanos, il suo professore di greco: «È più facile sbarazzarsi di questa corona che di quella dell'Impero».

La nave scivola in direzione di Corfù, ma il cielo, il mare, il tempo, ogni cosa sembra immobile. Massimiliano ascolta la cognata, fa solo un lieve tentativo per confortarla. Non ci sono i bambini? Non c'è Francesco che soffre della loro separazione? Le dice ciò che va detto, ma Elisabetta sa che non crede alle proprie parole. Non avverte forse anche lui la stessa sensazione di vuoto, la stessa tensione generata dalle passioni inappagate, gli stessi desideri senza scopo? Non s'inventa anche lui dei progetti, delle ambizioni per ingannare la propria ansia, dimenticare la propria vertigine?

Elisabetta ha chiesto alla sua pettinatrice di lasciarle le chiome sciolte, come se il peso delle trecce contribuisse ad aggravare la sua emicrania. Intorno al piccolo volto malaticcio le ciocche di capelli torcendosi le ricadono dal poggiatesta della sedia a sdraio fino al tavolato del ponte. I suoi capelli non sono più il meraviglioso tesoro che tutte le grandi dame d'Europa le invidiavano, ma l'attributo di una Gorgone, il segno di un disordine e di una colpevolezza morbosi. Nello specchio, quando la volontà di conoscersi si trasforma in pazzia, l'immagine appare deformata.

Senza dubbio li avrebbe fatti tagliare, quei capelli, il cui peso le è divenuto insopportabile, se non fosse stata trattenuta dal ricordo del figlio. Al principino piace giocare con la chioma della madre, e le occasioni che ha di farlo sono troppo rare perché lei possa pensare di privarlo di quella gioia. Alla Hofburg Elisabetta rimane inchiodata per ore sulla sedia mentre la pettinatrice districa i suoi capelli da Melisenda. Legge Shakespeare e l'*Odissea*, continua a prendere lezioni di ungherese, e intanto Rodolfo ne approfitta per rotolarsi nella massa di capelli sparsi al suolo. Il bambino si raggomitola all'interno di quella foresta autunnale e quando si vuole staccarlo da essa urla disperato. Elisabetta desidera che, quando sarà morta, il suo scalpo sia consegnato al figlio.

Massimiliano pensa che sulla famiglia pesi una specie di maledizione. Nascere Asburgo non è un privilegio, una specie di sfavillio del destino; al contrario, è una difficoltà di vivere, un ostacolo, una privazione della libertà. Eppure vuole ancora credere che la morte non sia la sola via d'uscita. Da tempo sogna un impero che non sia l'Impero. Suo fratello, nominandolo ispettore generale della Marina, lo ha condannato all'inazione. Quale burla! La Marina non è quanto si possa ritenere di più prestigioso in Austria, e dire ispettore equivale a dire ultima ruota del carro. Deve cercare uno scopo altrove, lontano da Vienna e dai suoi palazzi barocchi, dove la storia è solo il manifestarsi ossessivo di un modello immobile. Si è già recato in Brasile, si è già schierato contro la schiavitù. Come Elisabetta, apprezza tutto ciò che gli permette di dimenticare l'immobilismo viennese. Lui, il cadetto, sogna un trono, un trono che non dovrebbe nulla alla condiscendenza di suo fratello.

Napoleone III, stranamente, ha intuito che quel romantico era pronto a tutte le avventure. Per appoggiare gli interessi francesi ed europei in Messico, incoraggia alcuni ricchi messicani a scegliere Massimiliano quale imperatore. Dal suo castello di Miramare, in cui Carlotta si annoia, l'arciduca crede di intravedere nelle proposte di Napoleone III l'occasione della sua vita. Accettarle significherebbe sfuggire alla monotonia delle giornate, all'amarezza di sua moglie. Quest'uomo non è mai somigliato tanto all'*Aiglon*, del quale è circolata a lungo la voce che fosse il figlio. Imbastisce progetti, si inventa un paradiso. Partirà? Non partirà? Il sogno è ancora possibile; la realtà sarà più crudele.

Elisabetta non si lascia conquistare dall'entusiasmo del cognato, ma cerca di combattere le proprie prevenzioni. Non si devono forse attribuire alle sue condizioni psicologiche, alla sua malattia? In realtà, sarebbe la prima a rallegrarsi se Massimiliano divenisse imperatore del Messico. Da tempo desidera conoscere l'America, e ogni volta che ne parla a Francesco Giuseppe questi le dà della pazza. Forse un giorno andrà a far visita a Massimiliano sulle sue terre del Nuovo Mondo. Ma non si tratta di un progetto bizzarro? Come può un uomo che ostenta idee liberali desiderare di ottenere un trono con il solo appoggio di alcuni messicani abbienti, del papa e di Napoleone III? Non è pericoloso volersi imporre contro la volontà dei meticci, a maggior ragione contro quella degli indiani? A che serve regnare se ciò implica tradire le proprie idee?

Elisabetta si chiede come mai il potere può affascinare tanto. Se Massimiliano fosse uscito per primo dal ventre di sua madre, se fosse stato il figlio maggiore, se avesse ricevuto la corona come si riceve un giocattolo, sarebbe stato più felice? E l'Impero, sotto la sua guida, sarebbe stato diverso? Crede realmente nelle proprie idee liberali? O sono solo semplici civetterie di figlio secondogenito? Povero Massimiliano, spera di trovare nel Nuovo Mondo una nuova vita! Non sa ancora che i desideri sono senza rimedio.

Si è spesso detto che Corfù sarebbe il luogo scelto da Shakespeare per ambientarvi la sua ultima opera teatrale, *La tempesta*. Dopo Heine, Shakespeare è l'autore preferito di Elisabetta. Si tratta di un'altra passione che non può condividere con il marito. Francesco Giuseppe si addormenta quando al Burgtheater viene rappresentata un'opera del grande inglese. Si sveglia solo alla fine dello spettacolo per sospirare: «Spettacolo noioso, e infinitamente sciocco». Tuttavia egli ha una scusante, giacché si alza alle quattro del mattino e il ritmo della sua lunga giornata è scandito dai corrieri, dalle udienze, dall'esame delle pratiche.

Giunti a Corfù, i naufraghi della *Tempesta* cadono in letargo. Vagano come sonnambuli, come drogati, lasciandosi trasportare dalle loro fantasticherie, dai loro sogni, dalle loro visioni. A Elisabetta accade la stessa cosa. Nel palazzo di San Michele e di San Giorgio, dove è ricevuta dal lord alto commissario inglese, l'imperatrice scivola verso un dormiveglia accompagnato dal lontano ronzio degli insetti e dal rumore delle palle contro le mazze da cricket.

Credeva di essere giunta alla fine dei propri tormenti, sperava nella morte, ma la magia di Prospero la trascina verso un altro oblio. Vienna è ormai inesistente, e quando Vienna tace Elisabetta si sente meglio. Tuttavia Francesco Giuseppe, preoccupato dal suo silenzio, invia il conte Grünne a svegliare la bella addormentata e a negoziare il suo ritorno. Si tratta dello stesso Grünne al quale, da Madera, lei chiedeva con insistenza notizie dell'imperatore e dell'Impero. Allora il conte godeva della sua piena fiducia e del suo affetto; a Corfù tra loro tutto si guasta. Dieci anni più tardi l'imperatrice dirà di lui: «Quell'uomo mi ha fatto tanto male che non credo di poterlo perdonare, nemmeno in punto di morte».

Di fatto Grünne ha sospettato Elisabetta di infedeltà e da buon cortigiano ha creduto giudizioso darle dei consigli: «Vorrei fare presente alla Vostra Maestà una cosa soltanto, un unico punto. Fate ciò che volete, ma l'importante è non scrivere mai a questo proposito. Al posto di un biglietto scritto è meglio che inviate una treccia dei vostri capelli». È forse questo il genere di consigli che il conte prodiga all'imperatore quando una «contessa igienica» si profila all'orizzonte? Bisogna conoscere Elisabetta assai male per crederla capace di sacrificare una delle sue trecce. Parliamone, di trecce. Non è la contessa Potocka, alla quale Francesco Giuseppe tiene tanto, che posa per il fotografo con una lunga treccia arrotolata come un serpente intorno al braccio? Supporre che l'imperatrice possa essere capace di tradire il marito sprecandosi in piccole avventure senza importanza, equivale a non comprenderla affatto. Il suo corpo è inappagato, ma il suo spirito troppo esigente. Come i personaggi della *Tempesta* sogna i propri amori senza darsi la pena di viverli. Questa narcisista non vuole macchiare ai propri occhi l'immagine di sé: «A quell'epoca compresi a malapena il significato delle parole di quell'uomo» confiderà più tardi alla sua amica, Maria Festetics, «ma istintivamente sentii che consigli di quel genere non potevano venire da un cuore puro».

Exit Grünne. La sua missione si conclude con un fiasco completo. Francesco Giuseppe non si dà per vinto e questa volta ha un'idea migliore: supplica Elena von Thurn und Taxis di recarsi a Corfù. Si tratta di Néné, la sorella maggiore di Elisabetta, colei che Ludovica e l'arciduchessa Sofia avevano destinato al giovane imperatore, il quale non l'ha voluta. Elena ha dimenticato da tempo l'umiliazione subita a Bad Ischl. Ora è una donna felice, sposata a un uomo che ama e che l'ama. Ha due figli, perciò l'idea di partire per un lungo viaggio non le sorride. Ma conserva il ricordo della sua complicità con la piccola Sissi (il legame tra le due sorelle non si è mai spezzato) e generosamente cede all'insistenza di Francesco Giuseppe.

Elena scopre a Corfù una Sissi irriconoscibile. Ha il volto gonfio, tipico delle malate di depressione. Sigmund Freud ha solo cinque anni, la sua famiglia ha lasciato due anni prima la Moravia per trasferirsi a Vienna e solo alla fine del secolo fonderà la psicanalisi. Tuttavia l'intelligente Néné non si sbaglia sulle condizioni della sorella prediletta. Indovina molte cose, e soprattutto che «soffre più di nervi che di tisi». La incoraggia a nutrirsi di più e meglio: a mangiare carne, a bere birra, viva la Baviera! La esorta a confidarsi; le due sorelle chiacchierano per giornate intere.

A poco a poco Elisabetta esce dal suo torpore: passeggiano nella foresta incantata degli ulivi, nuotano nel mar Ionio, come un tempo nuotavano nel lago di Starnberg. Alla luce di Corfù la malinconia (umor nero nel significato etimologico) si dirada, si dissipa. Elisabetta riesce di nuovo a combattere il suo disgusto per la vita e si può intravedere una remissione.

Elena rientra a Vienna dove Francesco Giuseppe attende la sua diagnosi. Vuole la verità, e lei non gli nasconde nulla. A corte la sorella si sente come in una prigione, poco apprezzata, al punto da non poter più sopportare di viverci. L'idea stessa di ricadere sotto l'autorità dell'arciduchessa le fa orrore; piuttosto che dover subire di nuovo il pugno di ferro del suo carnefice preferirebbe morire lontano dai suoi figli e da suo marito. Ha tentato invano di resistere a questo stato morboso; il suo spirito si ribella e combatte, ma subito dopo il suo corpo capitola.

Elena non dimentica di sottolineare che alle prove subite, la morte della figlia, il senso di colpevolezza, le vessazioni, il disprezzo, l'idea ossessiva di non essere all'altezza e quella di essere tenuta in disparte, si aggiungono in Elisabetta, nel più profondo del suo essere, una dolorosa vulnerabilità, un'inquietudine che nulla placa, una sete di assoluto che esclude qualsiasi compromesso.

La famiglia Wittelsbach, e le donne in prima linea, fanno blocco per strappare Sissi alla sua condizione disperata. Ludovica, con lucidità sorprendente, non esita a vergare su carta alcune verità tonificanti:

Bambina mia, esistono due tipi di donna: quelle che realizzano i loro sogni e le altre. Tu appartieni, temo, alla seconda categoria. Sei intelligente, sei una contemplativa e non manchi di carattere. Ma non fai sufficienti concessioni. Non sai vivere né comprendere le esigenze della vita moderna. Appartieni a un'altra epoca, quella dei santi e dei martiri. Non darti troppe aria da santa, non spezzarti il cuore immaginando che sei una martire.

In ottobre Francesco Giuseppe si imbarca per Corfù. Si ritrovano. Sono due esseri allo stremo delle forze che depongono subito le armi. Lei non pensa più a scoprire sul marito l'odore delle «contesse igieniche». Lui teme meno il giudizio della moglie. Avvolta nella gloria della sua bellezza, lei lo intimidiva; ora il suo piccolo volto gonfio e tormentato lo commuove. Elisabetta è ormai solo una bimba che vuole essere protetta da se stessa. È tenerezza, la loro? Scorgere le ferite dell'altro e compiacersi nel leccarle. Preparare gli unguenti, cessare di credere all'impossibile.

Ludovica, la tua lezione sarebbe dunque stata compresa? I due coniugi si fanno delle concessioni reciproche. Francesco Giuseppe non le chiede di ritornare a Vienna, ma solo di non vivere più all'estero. Trascorrerà l'inverno a Venezia, quella regione fa ancora parte dell'Impero. Francesco Giuseppe potrà più facilmente farle visita. Elisabetta ottiene persino che i suoi figli lascino Vienna e l'arciduchessa per raggiungerla nel suo palazzo veneziano.

Rodolfo e Gisella sono arrivati con la terribile contessa Esterházy che l'imperatrice detesta. Elisabetta terrà con sé i bambini a Venezia e farà in modo che la contessa ritorni a Vienna. Si tratta di una rivoluzione che l'imperatore è costretto ad accettare. A partire da questo momento l'imperatrice sceglierà personalmente le proprie dame di compagnia. A ogni sua visita, Francesco Giuseppe sente aumentare l'animosità di un popolo che non nasconde più la sua opposizione all'Austria.

In marzo Elisabetta è ancora a Venezia, le cui rive di marmo scompaiono sotto l'acqua alta. Il suo isolamento è completo. Quando si affaccia alla finestra, nello specchio scuro del Canal Grande scorge solo il proprio riflesso. La sua mente è attraversata da una strana idea. Inizia una raccolta di fotografie, che chiamerà più volentieri il suo album di bellezze. In esso figurano solo donne, fissate per l'eternità sulla soglia delle camere oscure.

La malattia le rende la vita difficile. Le sue gambe da amazzone, le sue gambe da acrobata non cessano di gonfiarsi. L'umidità della laguna mette a dura prova le sue membra. Edemi, idropisia, anemia... e ha solo ventiquattro anni! La viaggiatrice non può muoversi, si ferma. Il mondo le sfugge, lei cerca di richiamarlo a sé. Al suo ministro degli Affari esteri, alle sue ambasciate affida una missione segreta. Con priorità su ogni cosa, le siano portate le fotografie delle più belle donne. Le vuole tutte. Le principesse e le donne di malaffare, le cavallerizze e le contadine, le mondane e quelle che lo sono solo a metà, le celebri e le anonime, le divine e le sudice, quelle che vivono negli harem e le figlie di macellaio. Si cerchi in lungo e in largo, senza tener conto del rango, né della razza. Questi trofei siano spediti per mezzo della valigia diplomatica, senza lasciarsi fermare da alcun divieto, da alcuna frontiera.

Con le guance incavate, le gambe gonfie, la piccola malata prepara il suo catalogo. *Mille e tre. Mille e tre.* Scruta senza fine quei volti venuti dai quattro punti cardinali. Specchio, specchio magico, specchio veneziano, dimmi la verità. Chi è la più bella del reame, dell'Impero, del mondo? Prigioniera delle acque della città, spaventata da quelle del suo corpo, corre da un riflesso all'altro. Interroga, paragona, vorrebbe essere incomparabile. E se per caso lo specchio risponde: «Sei la più bella, smetti dunque di tormentarti», è ancora alla propria immagine che lancia la sfida, è contro se stessa che vorrebbe vincere.

Le fotografie continuano ad arrivare, senza sosta. L'elenco potrebbe durare all'infinito, tanto i servitori dell'imperatrice sono zelanti, tanto il mondo brulica di bellezze. L'angoscia ha trovato il cibo adatto. Le gambe di Sissi si gonfiano sempre di più e la sua salute fa temere il peggio. Dovrà lasciare Venezia, è cominciato il tempo dell'effimero. Ormai osserva la vita sulla carta, sia essa patinata o sensibile. Ben presto le immagini si moltiplicheranno.

Nella primavera del 1862 Ludovica va a trovare la figlia a Venezia, accompagnata dal dottor Fischer, nel quale ha piena fiducia. Il medico cura da tempo la famiglia dei Wittelsbach e non ignora nulla dei loro mali e delle loro stravaganze. Constata che Elisabetta non tossisce quasi più, il rischio della tisi sembra dunque essere escluso, ma per contro parla di anemia, persino di clorosi che provoca l'idropisia. Certe mattine i piedi e le caviglie di Elisabetta sono tanto gonfi che riesce a malapena ad alzarsi, e per muovere alcuni passi nella stanza ha bisogno dell'aiuto di due persone. Ora la bella, la scultorea imperatrice che volteggiava tra gli anelli da ginnasta, l'intrepida amazzone che estenuava le sue cavalcature è quasi invalida. Giacché deve vivere, non è urgente proteggere il bene per lei più prezioso, la bellezza? Non è questa bellezza che le apre il cuore del marito? Che le assicura il dominio sulle altre? Non vale forse tutte le corone del mondo?

Elisabetta si arrende agli argomenti del dottor Fischer e di sua madre. La Serenissima non è il luogo più adatto a una malata di idropisia. D'altra parte, il dottor Fischer si pronuncia anche contro le isole lontane e i climi caldi. Egli conta senza dubbio di curare tanto il disordine psicologico quanto il corpo della sua paziente. Lungi dall'incoraggiare la sua fuga, vuole ricondurla con dolcezza a una vita normale, riavvicinarla a poco a poco ai suoi cari e, compito ben più difficile, incitarla a non temere più Vienna e la prossimità della corte.

Il circo imperiale si sposta di nuovo. La tappa successiva è Bad Kissingen, in Franconia, a nord della Baviera, dove i Wittelsbach potranno accorrere al capezzale del loro idolo malaticcio. Il dottor Fischer ha consigliato una cura di bagni di fango. La storica Brigitte Hamann mette in evidenza il malessere che le continue assenze dell'imperatrice provocano in Austria. Ora ci si preoccupa per la sua salute e la si suppone in punto di morte, ora si sottintende che sa mettere a profitto le sue «bue» per meglio sottrarsi ai propri doveri. Un'ipocondriaca, e per di più nomade. La gente si perde in congetture.

Nonostante la censura, i giornalisti sottolineano che nel corso degli ultimi due anni Elisabetta ha vissuto solo tre settimane a Vienna. È poco. Nel frattempo il Danubio è straripato, inondando molti quartieri, aggiungendo miseria alla miseria. Nel frattempo, la recessione ha ridotto alla fame una parte della popolazione. Nel frattempo, è stata registrata un'epidemia di suicidi dovuti alla disoccupazione. Nel frattempo, tutto l'Impero è al lavoro, quando c'è lavoro, e subisce le necessarie trasformazioni economiche e industriali.

Una breve frase nel quotidiano «Die Presse» fa gridare allo scandalo, al crimine di lesa maestà. Il giornalista evoca l'imperatrice, a Bad Kissingen, nel suo nuovo ruolo di curista. Fornisce come al solito tutti i dettagli di cui i lettori non si stancano: la sua pettinatura, il suo abito, il suo ombrellino, la sua naturale eleganza mai ostentata e poi, non senza perfidia, aggiunge: «Del resto, il soggiorno dell'imperatrice a Bad Kissingen ha avuto la sgradevole conseguenza di farle perdere diversi tra i suoi più bei denti».

Si può immaginare la reazione di Elisabetta nel leggere queste righe. Non ha dimenticato le osservazioni dell'arciduchessa a Ischl. Della piccola duchessa di cui il figlio si era perdutamente innamorato, della bambina timida e incantevole, aveva sottolineato l'unico difetto: «Ha i denti gialli». Tra le due donne si era insinuato subito l'odio, e da allora Elisabetta fa attenzione a nascondere i denti, sorride con le labbra chiuse e cela il proprio riso dietro un ventaglio. Le Wittelsbach hanno certo una pessima dentatura, ma l'anemia di Elisabetta e le sue tendenze anoressiche non hanno migliorato nulla. Senza dubbio a Bad Kissingen, ancora più che altrove, si è preoccupata di mascherare i segni lasciati dalla malattia. «Sono cambiata?» chiede incessantemente al padre e ai fratelli che l'hanno raggiunta. È probabile anche che non l'abbiano lasciata a lungo con dei vuoti in bocca. A quell'epoca l'arte dentaria non consiste più semplicemente nell'estirpare, ma si procede già alle riparazioni. Tuttavia le notizie galoppano e si sovrappongono quando si tratta di un'imperatrice, i misteri, le originalità e la bellezza della quale affascinano le folle, e a molti non dispiace certo rivelare quel dettaglio suscettibile di sfigurare l'immagine della bella testa coronata.

L'incidente si trasforma rapidamente in litigio familiare, poi in conflitto politico. Infatti Zang, direttore del quotidiano «Die Presse», è un amico di Massimiliano. Francesco Giuseppe, folle d'ira non appena si tocca un capello e a maggior ragione un dente di Elisabetta, si incollerisce con il fratello il quale pretende che il suo amico sia perdonato. Un ufficiale d'ordinanza invia a Zang una lettera nella quale si dichiara che le sue scuse non possono essere accettate, «vi si opporrebbe una vanità femminile offesa». Immediatamente il direttore del «Die Presse» minaccia di pubblicare la lettera e l'imperatore scrive al fratello che non può tollerare il fatto che

alcuni membri della famiglia imperiale, e in particolare l'imperatrice, siano compromessi in modo tanto leggero e sleale da una canaglia come Zang [...]. Non è necessario io ti dica che Sissi non si è minimamente preoccupata dell'articolo in questione; dunque non si tratta affatto di vanità femminile, bensì della giusta indignazione che un tale articolo non poteva non suscitare in me, nonché in ogni suddito fedele.

Pietosa bugia e bella prova d'amore! Francesco Giuseppe non esiterà mai a correre in aiuto della moglie, anche a costo di rimetterci personalmente qualche penna in questo genere di litigi. Quando si tratta di Elisabetta, l'imperatore abbandona la sua leggendaria prudenza. E rimpiange addirittura di non poter sfidare a duello l'insolente, come farebbe un semplice tenente innamorato.

Sul paese soffia un vento di fronda. Un mese più tardi l'ironia della stampa si esprime a sfavore dell'imperatore. «Die Morgen-Post» riprende a sua volta la polemica tesa a far cadere i monarchi dal loro piedistallo. Grande notizia: Francesco Giuseppe si è appena fatto radere le sue celebri basette!

Secondo quanto ci scrivono da Possenhofen, l'imperatore ha rinunciato alla barba per galanteria nei riguardi dell'imperatrice. Sua Maestà si sarebbe infatti lasciata sfuggire un'osservazione, secondo la quale «un tempo, quando non portava ancora le fedine, l'imperatore aveva l'aspetto più giovane e più vivace».

Nonostante i suoi guai dentari e la deplorevole pubblicità che ne è stata fatta, Elisabetta avverte i benefici della cura a Bad Kissingen e completa la sua convalescenza a Possenhofen. Il seguito austriaco dell'imperatrice si stabilisce sulle rive del lago di Starnberg, in locande situate vicino alla dimora familiare. Le dame di corte non si lasciano sfuggire l'occasione di sottolineare il «comportamento da briccone» ostentato dal provocante duca Max. Cosa nuova, Ludovica non si dimostra più puritana del marito. Le sue figlie le danno troppe preoccupazioni perché pensi a sorvegliare le proprie maniere, a compiacersi delle mondanità. I cani invadono la casa e alla sera, alla tavola ducale, la madre dell'imperatrice passa il tempo a schiacciare le loro pulci nel proprio piatto.

I suoi animali, infatti, si dimostrano più docili della sua prole. Dopo le malattie di Elisabetta, la sorella più giovane di lei, la graziosa Maria, l'«eroina di Gaeta», fa parlare di sé. A Roma si è innamorata di un giovane conte belga, l'ufficiale della Guardia pontificia incaricato di vegliare sulla sua sicurezza. Grazie a lui la piccola regina di vent'anni conosce ciò di cui il suo disastroso matrimonio l'aveva privata. L'ex re Francesco, suo marito, è afflitto da una fimosi; per bigotteria o per codardia non pensa ancora a farsi operare.

Maria, la regina vergine, si ritrova incinta ad opera del suo amante, e in questo caso è difficile attribuire la paternità al marito legittimo. Con il pretesto di una malattia da curare, Maria corre a Possenhofen per nascondere il suo ventre e il suo dolore. Elisabetta e Matilde, un'altra sorella Wittelsbach, raccolgono le sue confidenze. Fra le tre complici i conciliaboli si prolungano con grande danno delle persone che le circondano. Si mandano al diavolo le confidenti e tutta la legione di dame d'onore. A proposito di onore! Ufficialmente Maria è malata e si evita di dire di più; in realtà si tratta solo di una mezza bugia: effettivamente la giovane regina decaduta soffre, ma la sua è una sofferenza d'amore. Lo scandalo la minaccia. Nella città di Gaeta assediata il rischio non era meno grave. Maria si inginocchia piangendo davanti a tutti gli altari, ma quello che chiede a Dio è di restituirle le braccia e il corpo del suo amante. Il suo amore è senza via di scampo. Poteva battersi da sola contro i Mille di Garibaldi, ma per vivere come desiderano tanto il suo cuore quanto il suo corpo dovrebbe affrontare il mondo intero. Senza regno, senza marito, senza amante, la piccola regina si dispera.

Quando nella famiglia ducale le cose vanno male, quando bisogna scoprire l'ultima carta, si chiama in soccorso il dottor Fischer. Il vecchio medico arriva e prende Maria sotto la sua protezione. Era ora! Il duca Max è stanco di vedere la propria casa trasformata in una babilonia. All'improvviso l'estroso si trova superato dalle estrosità della sua discendenza. Ama il disordine, soprattutto quando si tratta del proprio, e l'originalità quando la ostenta per suo conto. Tutto quel chiasso comincia a innervosirlo. Come! Si vuole forse rovinargli il suo Possenhofen? Le altre estati trascorrevano come una vera delizia! Al termine della giornata lui suonava il liuto, e la massa cupa del lago si iridava d'argento. Montava i cavalli senza sella e se ne andava a declamare i suoi poemi davanti ad areopaghi di allegri bevitori. Quest'anno non può fare un passo senza incontrare una contessa in ghingheri, una guardia sull'attenti o un aulico consigliere pieno di sé. Basta un gesto da nulla per far fuggire un nugolo di pettinatrici. Sciami di servitori si avventano sulla minestra. Le sue figlie e le loro complicazioni sentimentali finirebbero per soffocare il suo amore per la vita! Di Maria si occupi il dottor Fischer e tutto andrà per il meglio: «Dopotutto sono cose che capitano! Perché tanti cicalecci?».

Circolare, circolare! Se ne vadano gli austriaci, se ne vadano gli italiani! Il duca Max vuole restituire il lago alla sua dolce villeggiatura, la sua foresta ad altre faune, e vuol mettere tutto quel bel mondo alla porta. Tre mesi più tardi Maria partorisce nel più grande segreto una bambina nel convento delle Orsoline di Augsburg. La piccola è affidata al padre, la giovane guardia pontificia. Maria chiede di rimanere in convento, ma l'insistenza del marito la induce a raggiungerlo. Felice di ritrovare la moglie, l'ex re accetta di farsi operare, subendo una circoncisione tardiva che farà di lui un vero uomo. I due non saranno molto felici e avranno alcuni figli.

Proust immortalerà la graziosa Maria, eroina di Gaeta e regina di Napoli, al braccio del barone Charlus.

Suonate, oboi, risuonate, zampogne! Il 14 agosto 1862 è il giorno della rinascita. Elisabetta ritorna nella sua «cara» città di Vienna dopo due anni di assenza. Per celebrare l'avvenimento si convocano seicento cantori, si organizza una fiaccolata. L'imperatrice non chiede tanto e Francesco Giuseppe sa che la sua regina non apprezza affatto questo genere di chiasso, tuttavia ritiene di non fare mai abbastanza per trattenerla presso di sé e per scacciare i suoi umori cupi. Fortunatamente l'arciduchessa Sofia ha avuto il buon gusto di rimanere a Bad Ischl, sicché Elisabetta ha l'impressione di trovarsi a casa propria nei palazzi che ha abbandonato da tanto tempo.

La coppia imperiale si stabilisce a Schönbrunn, dove Elisabetta si sente meno alle strette che nella prigione della Hofburg. Le prove subite l'hanno resa più agguerrita, è ancora troppo presto per scegliere la rassegnazione. Il suo corpo e il suo spirito rifiuterebbero ciò che a essi sembra peggio della morte. In ogni caso Elisabetta ha compreso che nulla verrà a interrompere il suo destino. Non le resta dunque che accettarlo, plasmandolo a poco a poco perché risulti più sopportabile.

Anni '60. Anni di bellezza. Anni di narcisismo. La cura di Bad Kissingen e il soggiorno a Possenhofen sono stati salutari. Meno magra, l'imperatrice rimane slanciata e le sue forme risaltano, messe in evidenza dal busto. Ma la malattia non ha cancellato il ricordo di sé e riappare non appena la stanchezza guadagna terreno; a questo punto una specie di allarme scatta alle due estremità del suo corpo. Quando rimane in piedi troppo a lungo per ricevere le congratulazioni dei visitatori o per fare conversazione dopo il pranzo, una vena si gonfia sul suo piede sinistro, e alla tempia destra un battito lancinante scandisce il tempo della terribile emicrania. Ma a parte ciò, come dice la canzone, tutto va bene, madama la Marchesa.

Ha ripreso gli esercizi di ginnastica e le lunghe passeggiate. Si allontana all'alba per interminabili cavalcate, e talvolta Francesco Giuseppe trova il tempo per accompagnarla. La copre di regali che acquista con il denaro del suo appannaggio, i migliori purosangue dell'Impero vengono a occupare le scuderie della bella amazzone. Per essere una donna che alcuni mesi prima si pensava fosse sul punto di morire, Elisabetta non sembra davvero risparmiare il suo corpo. Tuttavia, nelle cerimonie ufficiali (ora si fa un dovere di assistervi) le accade di essere assalita dalla vertigine. La si vede vacillare, poi riprendersi aggrappandosi come una cieca al braccio del marito o a quello dei suoi fratelli. I giovani Wittelsbach sono venuti a Vienna per sostenere il morale della loro sorella maggiore e fornirle una specie di protezione ravvicinata.

Con questa donna, la sua donna, così debole e così forte, Francesco Giuseppe non ha mai saputo come comportarsi. È abituato al rigore, alla freddezza dei fascicoli. Quando solleva lo sguardo vede davanti a sé solo uomini che si inchinano, donne dal sorriso stereotipato. È padrone ovunque e il suo ruolo consiste essenzialmente nell'affermare il proprio dominio sugli altri e su se stesso. La passione lo ha colto alla sprovvista e tutti quegli anni di matrimonio, nel quale l'intimità figura solo per caso, hanno reso ancora più irrazionale l'amore che prova per la moglie.

Vorrebbe difendersi e difenderla contro le sue eccentricità. Cerca di reagire, ma le sue collere sono di breve durata. Lui, l'imperatore, pur di trattenere la fuggitiva, è pronto a qualsiasi abdicazione. Del resto, è affascinato soprattutto da ciò che in lei vi è di più caparbio, di più indomabile. Elisabetta attraversa questo universo di lacchè e di bigotti come una giumenta con i suoi moti selvaggi, i suoi scatti, i suoi rifiuti. Per commuoversi gli basta guardarla, e subito tutte le sue prevenzioni svaniscono. Non se la sente più nemmeno di trovare delle scuse per i suoi atteggiamenti, pensa che forse sarebbe più giusto ringraziarla di essere com'è: sua moglie, talvolta, la donna che ama, sempre.

Durante i banchetti d'apparato la cerca con lo sguardo tra gli ospiti più illustri della Hofburg, indovinando a distanza quanto debba annoiarsi. Più i presenti sono numerosi, meno lei parla e quando si esprime lo fa con una vocetta infantile appena percepibile. È trattenuta dalla timidezza, dal timore di esibire una dentatura che non la soddisfa. Vive nel timore di deludere gli altri come se non si rendesse conto che con la sua presenza, con l'intensità del suo sguardo e con la grazia dei suoi gesti, li intimidisce a sua volta. Esitante in società, è peraltro capace di audacie che scandalizzano sua suocera e divertono suo marito. Può torcere il naso davanti ai vini francesi delle migliori annate, serviti nei più bei cristalli di Boemia, e chiedere un boccale di birra, che vuota fino all'ultima goccia, in omaggio alla sua Baviera natale e soprattutto perché ne ama il sapore e la freschezza. Quando si tratta di appendere i suoi attrezzi ginnici al soffitto della Hofburg o di permettere alla sua muta di cani di calpestare i preziosi tappeti delle residenze imperiali, non si preoccupa di ciò che possono dire i suoi parenti.

Francesco Giuseppe, che deve sempre prendere delle decisioni, ha imparato a non pesare su quelle della moglie. Ha imparato soprattutto ad attenderla. E proprio quando crede di averla perduta, lei gli torna accanto, placata, fiduciosa. Accetta i bruschi cambiamenti di umore di lei, anche se non li comprende. Davanti alla moglie è in uno stato di soggezione che si addice più all'amore che al protocollo.

Deve confessare a se stesso di non aver saputo risvegliare il corpo della moglie ma, come molti uomini, e in particolare quelli della sua epoca, non lo deplora eccessivamente. Una donna onesta non conosce il piacere! La consolazione è così trovata, anche se il marito geloso non ne è sempre consapevole. In tal modo egli non si assicura forse il godimento esclusivo della moglie, della donna che gli appartiene? Perché mai lei dovrebbe cercare altrove ciò che ignora?

Francesco Giuseppe ed Elisabetta, quando si ritrovano, vivono abbastanza vicini. Ne è testimone, a Schönbrunn, la loro stanza da letto comune. Ovunque, nelle corti europee, i coniugi principeschi dormono in appartamenti separati. Certo, Elisabetta si mostra spesso riservata. Certo, il dottor Fischer conforta le sue reticenze ripetendo che la salute dell'imperatrice è ancora troppo cagionevole perché si possa pensare di dare un fratellino a Rodolfo. Certo, è difficile, per loro, essere una coppia «normale». Eppure quando sono l'uno fra le braccia dell'altra nell'immenso palazzo che si addormenta, riescono a dimenticare dove sono e chi sono, quasi svanisse in loro ogni pesantezza corporea.

Talvolta l'amore del marito ridona forza a Elisabetta, talvolta le fa temere di non essere all'altezza di tanta passione, di non meritare tanta devozione. Ritorna allora il vecchio, inestirpabile senso di colpa che si compiace di elencare gli errori, di preferire il peggio, che distrugge il corpo perché lo spirito è malato. Wittelsbach. In quei momenti Elisabetta si sente più che mai una Wittelsbach, rosa all'interno dal peccato originale.

Il 10 marzo 1864 Elisabetta apprende la morte del re Massimiliano di Baviera. Divenuta austriaca dopo il suo matrimonio, ha conservato legami assai stretti con la dinastia bavarese, con la sua famiglia, con il suo paese. Il figlio di Massimiliano, Luigi, sale al trono all'età di diciannove anni. Francesco Giuseppe è preoccupato, teme la mancanza di esperienza del giovane principe. Per far fronte alle ambizioni della Prussia e a quelle del suo cancelliere, il conte Bismarck, ha bisogno di poter contare sull'alleanza della Baviera.

L'Austria ha dovuto impegnarsi accanto alla Prussia in una guerra contro la Danimarca. Le due grandi potenze disputano alla più piccola due dei suoi ducati: lo Schleswig e l'Holstein. Chi ha torto? Chi ha ragione? I testi che regolano la successione dell'uno e dell'altro ducato sono così complicati che ciascuno dei partner li interpreta secondo le proprie mire. Il primo ministro inglese, lord Palmerston, riassume assai bene la situazione: «C'è un solo uomo che abbia capito qualche cosa: era un pazzo, e ne è morto».

Bismarck, dal canto suo, è lungi dall'essere pazzo. Quelle terre lo interessano perché gli permetterebbero di estendere il suo potere a nord dell'Elba. Inoltre, le popolazioni di quei ducati sono in parte di origine tedesca. Per non rompere la sua alleanza con la Prussia, Francesco Giuseppe, a malincuore, è coinvolto nel conflitto.

La Danimarca resiste con immenso coraggio, ma che può fare contro due nemici troppo potenti? I danesi vengono annientati. Ne conserveranno una duratura e legittima diffidenza nei confronti della Germania, sentimento che sarà rafforzato da altre guerre ancora più terribili. Se oggi la coraggiosa Danimarca esita a impegnarsi in maniera definitiva nella comunità europea, non è forse a causa del suo passato? Dalla guerra dei ducati fino all'invasione hitleriana, la Germania non è stata una vicina di tutto riposo.

Al termine del conflitto lo Schleswig e l'Holstein cadono sotto la sovranità austro-prussiana indivisa. Questa guerra, che ha causato morti e feriti (cinque anni dopo Solferino Elisabetta ha dovuto aprire nuovamente un ospedale al castello di Laxenburg), si rivela chiaramente vantaggiosa per la Prussia. Quelle terre selvagge non presentano alcun interesse per l'Austria. In caso di pericolo, la Prussia potrà inviare subito i suoi eserciti, mentre l'Austria sarà svantaggiata dalla distanza. Bismarck vuole creare l'unità tedesca a profitto della Prussia. L'affare dei ducati rappresenta il suo primo colpo da maestro.

Francesco Giuseppe avverte la minaccia e cerca l'appoggio della Baviera e del suo giovane re, Luigi II. Elisabetta conosce appena questo cugino lontano, peraltro anch'egli un Wittelsbach, che ha otto anni meno di lei ed era appena un bambino quando essa ha lasciato Monaco. D'accordo con l'imperatore approfitterà della sua cura estiva a Bad Kissingen per stringere relazioni affettuose con il reale cugino e per incitarlo a rispettare l'alleanza cattolica tra la Baviera e l'Austria.

La primavera del 1864 è segnata anche dalla partenza dell'arciduca Massimiliano e di sua moglie Carlotta per il Messico. Prima di imbarcarsi nella folle avventura, Massimiliano ha esitato a lungo. Francesco Giuseppe e sua madre diffidano di questa iniziativa di cui Napoleone III è il fautore. L'imperatore d'Austria oppone una condizione draconiana all'accettazione di suo fratello: la rinuncia al suo titolo di arciduca e a tutti i suoi diritti alla corona. Francesco Giuseppe si reca persino a Miramare per metterlo di fronte a questo aut aut. Il colloquio si trasforma in un regolamento di conti; i due fratelli gettano la maschera e dicono tutto ciò che pesa loro sul cuore.

Francesco Giuseppe non sopporta oltre l'ostentazione da parte di Massimiliano di un liberalismo che minaccia la coesione dell'Impero, in Ungheria, in Boemia e soprattutto in Italia, e gli rimprovera anche la sua mancanza di sincerità. Con le sue idee riformiste non tenta per caso di affermare la propria originalità e di porsi agli occhi dell'opinione pubblica come un eventuale successore? L'imperatore non ha dimenticato che, al suo ritorno da Solferino, certe grida tra la folla hanno reclamato la sua abdicazione e che il nome di suo fratello, ripreso da persona a persona, sembrava designare un possibile successore. La rivalità tra i due fratelli ne risulta esacerbata.

Le accuse di Massimiliano non sono meno terribili. Francesco Giuseppe non gli aveva concesso il comando in Lombardia e nel Veneto per ritirarglielo subito dopo l'inizio della guerra, come se lo ritenesse incapace di guidare un'operazione militare? A proposito dell'Italia: per mantenerla sotto la tutela austriaca sarebbero state necessarie alcune riforme. Francesco Giuseppe ha rifiutato tutte le iniziative del fratello e in seguito gli ha rimproverato la mediocrità dei suoi risultati. E subito dopo il suo ritorno da Solferino, non lo ha condannato all'inazione e a un quasi esilio nel suo castello di Trieste? Se osasse, non giungerebbe persino a rinfacciargli di essere, nonostante il suo rango di cadetto e le sue opinioni politiche poco conformi alla tradizione degli Asburgo, il prediletto, il cocco della loro madre?

Del resto l'arciduchessa Sofia, durante tutto il conflitto che da Vienna a Miramare mette in contrasto nella veemenza e nel rancore i suoi due figli, si isola a Laxenburg. Di solito tanto combattiva, ora è solo una madre straziata. Napoleone III è ai suoi occhi l'incarnazione del diavolo. Secondo lei, il suo Massimiliano, lasciandosi soggiogare da quel vile personaggio, va incontro a rischi terribili e Francesco Giuseppe non ha torto esigendo che il fratello rinunci ai propri diritti. Bisogna evitare di coinvolgere l'Impero in queste avventure assurde. Che accadrà al suo Max in quel paese di selvaggi? Un trono all'altro capo del mondo merita che gli si sacrifichi il proprio passato, la propria famiglia, la propria madre, forse la vita? A questo pensiero l'arciduchessa si fa il segno della croce per paura di attrarre qualche maleficio sul capo del figlio prediletto.

Gli avvertimenti non servono. Carlotta, la moglie di Massimiliano, dimostra di essere ambiziosa per due. Ha bisogno di un trono. Lo pagheranno entrambi. Un prezzo esorbitante.

A Possenhofen e poi a Bad Kissingen, dove tutti i principi d'Europa vengono a curarsi chiacchierando, Elisabetta incontra quasi ogni giorno suo cugino, il re Luigi II di Baviera. Si seducono subito a vicenda perché sono entrambi belli, per ciò che hanno in loro di strano, di tormentato. Cugini alla lontana, si scoprono vicini, si riconoscono l'uno nell'altra con un compiacimento che non è turbato dal gioco amoroso. Alle donne Luigi II preferisce i giovani, anche se ancora non lo confessa, ma la bellezza lo attrae sotto tutte le forme. La grazia, il portamento del capo, la splendida capigliatura, la vibrante sensibilità della cugina hanno su di lui un effetto ammaliatore.

Quanto al giovane re, è nel fiore dell'età, è bello e dolce come un angelo di Raffaello. Nel suo volto di una finezza estrema gli occhi scuri sembrano non vedere ciò che guardano. Questa assenza dal mondo, sottolineata da gesti aspri e da una timidezza morbosa, rende bizzarra e unica la celeste apparizione. È alto un metro e novanta e, come nel caso di sua cugina, l'equitazione, il nuoto e la marcia gli hanno scolpito un corpo superbo. Questa eccessiva bellezza lo rende orgoglioso e impacciato al tempo stesso. Si sente solo, troppo diverso da coloro che lo circondano, e inoltre questa diversità che salta agli occhi attrae la curiosità di tutti. È ossessionato dalla propria immagine, la vorrebbe perfetta. Scopre in se stesso il minimo difetto e, nel suo delirio, la più lieve imperfezione diviene una mostruosità che distrugge l'armonia dell'insieme. L'imperfezione nel cuore stesso del diamante. Ritenendo di avere le orecchie a sventola, tenta di dissimularle sotto riccioli dei quali è responsabile un sapiente parrucchiere: «Non riesco a gustare il minimo pasto, se prima non mi sono fatto arricciare i capelli».

Nell'imperatrice contempla la copia femminile e sublimata di se stesso. Questi due narcisi non hanno nemmeno più bisogno di scorgere le proprie immagini riflesse nelle acque cupe del lago di Starnberg, le loro bellezze gemellari si rispecchiano incessantemente l'una nell'altra.

Perseguono insieme i loro sogni. Lei gli parla di Shakespeare e di Heine, lui le parla di Wagner. Il loro è l'incontro di Titania, la regina delle fate, e di Lohengrin. Giocano come bambini. Sanno, gli infelici, che l'infanzia è ormai molto lontana da loro, ma non vogliono rinnegarne il ricordo.

Tre mesi addietro, il primo atto regale di Luigi è consistito nell'inviare i suoi poliziotti alla ricerca di Wagner. Lo troveranno al momento giusto. Cinquantenne, senza denaro e senza moglie, Wagner passa da un insuccesso all'altro. Il *Tristano*, dopo le prove all'Opera di Vienna, viene rifiutato prima della rappresentazione. Il suo soggiorno parigino si conclude con un disastro, all'Opéra il *Tannhäuser* non riesce a vincere le proteste degli abbonati. Wagner, la cui situazione è disperata, cerca un mecenate. Gli dèi del Walhalla lo ascoltano, e l'inviato di Luigi II riesce a rintracciare il musicista in fuga. Gli consegna l'invito del re, accompagnato da un grosso rubino sangue-di-drago e da un ritratto del donatore. Felicissimo, Wagner corre a gettarsi ai piedi del giovane re, bello come un angelo e ricco come Creso.

È un colpo di fulmine. Luigi II insedia Wagner in una villa sontuosa dove ha inizio la ronda dei fornitori. Ben presto il musicista è raggiunto da Cosima. Figlia di Liszt, è la moglie del direttore d'orchestra von Bülow, ritenuto il solo in grado di decifrare il *Tristano*. Luigi ignora che Cosima, ormai da mesi, è l'amante di Wagner.

Il re è generosissimo a condizione che il compositore si dimostri disponibile. Al minimo cenno questi deve accompagnare il suo mecenate, di giorno come di notte, nelle sue passeggiate, fargli da spalla con la parola o con il canto, suonare al chiaro di luna per loro due soli o imbarcarsi all'imbrunire per raggiungere l'isola delle Rose, nel mezzo del lago di Starnberg.

Wagner si stanca presto di questo idillio bavarese e decadente e si fa pagare sempre di più i propri servigi. Il genio non ha prezzo. Ma poco importa. Luigi regala, senza contare, il suo denaro e quello dello stato, il suo sogno non può essere interrotto. Il mio regno per una nota del divino Richard!

All'inizio dell'anno seguente, quando Elisabetta ritrova il cugino a Monaco, la città comincia a preoccuparsi delle eccentricità del suo sovrano, e tuttavia Luigi II continua a godere di un'incredibile popolarità, che conserverà a lungo nonostante le voci... e i fatti! Se non si pensa di criticarlo, per contro si osserva che Wagner costa troppo al paese. La sua relazione con Cosima e la compiacenza del marito di quest'ultima fanno chiacchierare gli abitanti di Monaco.

Elisabetta si serve della propria autorità naturale per mettere in guardia il cugino. Wagner potrebbe divenire troppo esigente. Luigi l'ascolta come un ragazzetto, dice sì, pensa no... L'imperatrice d'Austria prova per lui un'immensa tenerezza. Che cosa si nasconde dietro a quello sguardo così inquieto? Perché la pazzia è tanto attraente? Si direbbe che non resti altro da fare che lasciarsi andare. Nel corso dei suoi viaggi ufficiali, Elisabetta chiede sempre di visitare anzitutto i manicomi. Le dame del suo seguito sono terrorizzate, per cui non ha alcuna difficoltà a sbarazzarsi di loro. Le piace parlare a quattr'occhi con i malati; appena siede sul bordo di un letto, le parole vengono da sole, non ha bisogno di cercarle. Il dialogo, quando è sincero, avviene sempre davanti a uno specchio, e lei non trova poi tanto deformante lo specchio della follia. Alla fine della sua vita confesserà: «Avete osservato che nelle opere di Shakespeare le uniche persone ragionevoli sono i pazzi?».

Nella propria vita, tuttavia, Elisabetta cerca di non lasciarsi inebriare dalla vertigine dell'irrazionale, di non offrire alla pazzia più di quanto meriti. Per il momento è assai preoccupata per Rodolfo. Se Gisella è già una bimba robusta e allegra, il bambino diviene sempre più nervoso, instabile, gracile, collerico all'eccesso.

Elisabetta è sempre stata tenuta in disparte, e l'arciduchessa Sofia ha saputo approfittare delle malattie e dei viaggi della nuora per assicurarsi il controllo sul principe ereditario. Ha attribuito l'incarico di precettore del piccolo Rodolfo a uno dei suoi protetti, il colonnello Léopold de Gondrecourt il quale, quanto a virtù pedagogiche, può vantare solo un bigottismo ipocrita e alcuni fatti d'arme nel corso della guerra dei Ducati. Grazie alla sua ipocrisia religiosa (lo chiamano «mangiatore di crocefissi») ha saputo conquistare la fiducia dell'arciduchessa. È assai sorprendente constatare come questa donna intelligente, sinceramente preoccupata del benessere e dell'avvenire del nipotino, non si dia la pena di verificare il modo in cui le lezioni di Gondrecourt agiscano sull'eccezionale sensibilità del bambino. Continua a ripetere che Rodolfo ha un'intelligenza rara, il che è vero (a cinque anni riesce a farsi comprendere in quattro lingue: tedesco, ungherese, ceco, francese), ma non si accorge che suo nipote sobbalza al minimo rumore come un animale braccato, non vuole comprendere che le sue grida, i suoi capricci risuonano come altrettanti appelli di aiuto.

Elisabetta si è sentita troppo a lungo in una situazione di inferiorità, a causa delle sue ripetute assenze, del triste ricordo della piccola Sofia, per pretendere che suo figlio le fosse restituito. Era quasi riuscita a convincere se stessa della propria incapacità. Ma la disperazione di Rodolfo l'aiuterà a compiere un vero e proprio atto di forza. Il momento è favorevole, non ha mai avuto tanto ascendente sull'imperatore. Nel suo diario l'arciduchessa, che sogna di veder nascere un altro nipotino, annota a proposito del suo Franzi: «Una sua parola mi ha dato quasi la certezza che Sissi si è finalmente riunita a lui. Dio sia lodato».

L'imperatrice fa delle indagini e viene a conoscenza di molte cose. Con il pretesto di sviluppare le attitudini militari del bambino, il suo precettore lo separa dalla sorella che adora. Vuole che questo bimbo diafano, già troppo emotivo e fragile, si indurisca, e cerca di raggiungere il suo scopo terrorizzandolo. Al minimo capriccio Rodolfo viene punito con docce gelide; quando cala la notte, Gondrecourt lo rinchiude nel giardino zoologico di Lainz, nei pressi di Schönbrunn, e per meglio spaventare il bambino che ha solo sei anni grida: «Un cinghiale! Un cinghiale!». Prima di pensare a liberare Rodolfo attende che urli fino a estenuarsi.

A discolpa dell'energumeno va aggiunto che i metodi suddetti sono, ahimè, correnti in un'epoca in cui i bambini si educano con crudeltà e persino con abiezione. Robert Musil, nella sua opera *I turbamenti del giovane Törless*, descriverà tutto questo e molte altre cose, più oscure e più terribili. Ma Rodolfo non ha l'età di Törless, non è un adolescente. Ha sei anni e, come tutti i bambini della sua età, non osa lamentarsi del martirio che gli viene inflitto. Per fortuna sua madre interroga coloro che amano davvero il piccolo principe: Joseph Latour, alle dipendenze di Gondrecourt, e la vecchia governante che si occupava di Rodolfo neonato. L'uno e l'altra, con le lacrime agli occhi, le raccontano cose sbalorditive.

Molti anni più tardi Elisabetta racconterà a Maria Festetics che l'imperatore era stato immediatamente avvertito: «Non riusciva a prendere una decisione contraria ai desideri di sua madre; ricorsi a misure estreme e affermai che non potevo tollerare oltre quello stato di cose e che doveva scegliere: o Gondrecourt, o me!».

Una lettera indirizzata a Francesco Giuseppe dimostra che si tratta di un vero atto di forza e che la sua riuscita non può non garantire la vittoria totale e definitiva di Elisabetta sull'arciduchessa Sofia:

> Desidero che mi siano riservati tutti i poteri per quanto concerne i bambini, la scelta delle persone che li circondano, il luogo del loro soggiorno, la completa direzione della loro educazione; in una parola, io sola deciderò di ogni cosa fino alla loro maggiore età. Per contro, desidero che anche tutto ciò che riguarda i miei affari strettamente personali, nonché la scelta delle persone che mi circondano, il luogo del mio soggiorno, tutte le disposizioni di ordine domestico, eccetera, dipendano solo ed esclusivamente dalla mia volontà. Elisabetta. Ischl, 27 agosto 1865.

Non sarebbe stato possibile spiegarsi meglio. È vero che la lettera ha maturato per dodici lunghi anni. Dodici anni, quasi giorno dopo giorno, a partire dal fidanzamento in quella stessa Ischl. È stato necessario tutto questo tempo perché la piccola Sissi divenisse la «vera imperatrice». Inutile precisare che l'imperatore si sottomette alla volontà della moglie, un simile ultimatum non si discute.

O lettore, già innamorato di Elisabetta («è impossibile non amarla» confidava a un parente la futura regina di Prussia) non vorrei stancarti con l'elenco esauriente di tutto ciò che è stato detto e scritto sulla bellezza di questa donna. Ciascuno (zar, imperatore, principe, sultano, consigliere, duca, la schiera di persone meno illustri e ancora più entusiaste), ciascuno dà il proprio contributo, non con parole di complimento, di cortesia un po' affettata, ma con la sua personale descrizione minuziosa, stupita. Cosa straordinaria, le donne non sono le ultime a estasiarsi. Appena hanno il privilegio di scorgere Elisabetta, di vederla con i propri occhi, abbandonano l'obiettività della constatazione, il tono di specialiste in bellezza, e vengono sedotte. Ah, quella capigliatura! Ah, quel portamento del capo, quel collo, quelle spalle! Ah, la sottigliezza di quella vita, la rotondità di quella scollatura! E la squisita tristezza in fondo a quegli occhi color bruno dorato! E quella sensibilità a fior di pelle, quell'alone di grazia, quella pelle così chiara, e tuttavia opaca... Si direbbe che la luce si compiaccia di accarezzarla! Non dimentichiamo la troppo evidente fragilità che intenerisce i giudici più severi, li incita ad assolverla dal peccato dell'orgoglio, a perdonarle la sovrabbondanza delle sue qualità. Immagina, lettore, ciò che vi è di più seducente in una donna, e ti avvicinerai alla verità.

Tutti i suoi ammiratori (e anche le sue ammiratrici) sottolineano che Elisabetta nella realtà è ancora più bella che nei ritratti. Eppure

Dio solo sa se questi non si moltiplicano nel corso degli anni '60, quando l'astro sale verso il suo zenit. Sono di tutti i tipi: dall'immagine sulpiziana (schönbrunniana) all'icona, dallo scarabocchio al ritratto di corte.

Il pittore tedesco Franz Winterhalter, il cui pennello, da Karlsruhe a Parigi, passando per Londra e la regina Vittoria, gode del favore dei sovrani, viene invitato a Vienna. Dipinge il ritratto ufficiale di Elisabetta come regina delle fate. I suoi capelli, il suo abito di garza bianca sono cosparsi di stelle. Pienamente a suo agio nel ruolo di romantica, essa appare sorridente e triste. Il pittore dipingerà altri due ritratti di lei, meno noti, nei quali la donna prevale sull'imperatrice. Nel primo, una delle sue candide spalle emerge da un disordine di merletti. Quanto alla capigliatura, ricade in riccioli scuri e ramati fin sotto alle anche, e non si può che approvare Rodolfo per aver preferito questo tappeto volante a qualsiasi altro. Appena finito, il ritratto è gelosamente requisito dall'imperatore che lo pone nello studio della Hofburg, dove trascorre la maggior parte del suo tempo. «Finalmente un ritratto che le assomiglia davvero» dice l'uomo innamorato.

Nel secondo di questi ritratti intimi, Elisabetta indossa una specie di veste da camera vaporosa. I suoi capelli di Gorgone baudeleriana si aggrovigliano e le si annodano sul seno.

Gli anni '60 vedono anche il debutto della fotografia. È noto che nel 1862, durante il suo inverno a Venezia, Elisabetta aveva cominciato a costituire il suo album di bellezze femminili. Per la parte austriaca della sua raccolta aveva domandato al cognato, l'arciduca Luigi Vittorio, di procurarsi le fotografie delle più belle donne presso quell'Angerer, le cui camere oscure su treppiede rappresentano l'ultima mania dei viennesi.

Ora che il suo volto e il suo corpo hanno dimenticato la malattia, che gli specchi hanno reso un verdetto favorevole, deve affrontare un altro sguardo, uno sguardo obiettivo che non si lascia impressionare né dal rango né dai titoli. Angerer fa quindi il suo ingresso nella danza imperiale. Le fotografie di Elisabetta risalgono per lo più a quel periodo e sono firmate da questo artista.

La scatola del fotografo è all'epoca un oggetto magico davanti al quale si deve rimanere immobili, irrigiditi come una statua di sale. Un vero supplizio, per un'agitata come Elisabetta. Si sa ancora poco sulla luce e sugli artifici che fanno di questa un'alleata o una nemica, a seconda del caso. Alla nuova tecnica non è ancora stato adattato il trucco. Del resto, Elisabetta si trucca assai poco. La sua pelle, sottile e compatta, gli esercizi fisici e la sua preferenza per un aspetto naturale le evitano i belletti. Allo stesso modo diffida dei profumi troppo pesanti, il che non può dirsi di suo cugino Luigi II. A Possenhofen lei rimprovera al re di Baviera di essersi «annaffiato» di un'essenza di Cipro, i cui effluvi alterano persino il profumo delle siepi di biancospino.

Si ignorano le norme elementari della fotogenia. Si cerca, si procede a tastoni, si scopre che, se sotto un'illuminazione troppo forte un volto si autodistrugge, al contrario, sotto una luce propizia può irradiare una bellezza che prima non era visibile. L'imperatrice si lancia in questi nuovi giochi d'identità senza dubitare che la sottigliezza e la regolarità dei suoi lineamenti la rendono fotogenica.

Ogni volta i risultati che Angerer le presenta con mano tremante spaventano l'illustre modella. Sono io, questa? Questo volto, questa figura meritano tante lodi? Non si deve tener conto dell'adulazione? Dov'è il tradimento? A che cosa si deve attribuirlo? All'apparecchio del fotografo o al mio aspetto che rivela tanto poco di ciò che sono? Un'altra collezionista mi riserverebbe un posto nella sua raccolta di bellezze? Questo lavoro di narciso permette almeno di arrestare il tempo, di fissarlo sulla soglia delle camere oscure?

L'imperatrice gira e rigira le fotografie, e a poco a poco riesce a familiarizzare con la sua immagine. Una volta superata la prima sorpresa, introduce nel campo dell'apparecchio qualche altro compagno di giochi, il suo cane Shadow o il suo fratello prediletto, il giovane Carlo Teodoro. Francesco Giuseppe ed Elisabetta non figurano insieme in alcuna fotografia. Questi esercizi di narcisismo sembrano appartenere esclusivamente all'imperatrice.

Nello stesso periodo un'altra Angerer, che non ha alcun legame di parentela con il precedente, entra nella vita di Elisabetta e si conquista la sua fiducia. Fanny Angerer è pettinatrice al teatro della Hofburg, il Burgtheater, il più prestigioso di Vienna. Le acconciature delle attrici sono piaciute all'imperatrice, che ha un culto per la propria capigliatura. Cerca di convincere la giovane ad abbandonare i boccoli delle donne di teatro, certo di grande fama e delle quali Elisabetta non manca mai uno spettacolo, per dedicarsi ai suoi. La stampa rende conto di queste trattative, l'assunzione di una pettinatrice diventa un affare di stato.

Fanny si lascia sedurre dall'imperatrice e dal salario strabiliante che le propone. La sua arte e la sua abilità le permetteranno di ottenere una posizione invidiabile a corte e di trasformare ciò che era solo un buon affare in un vero e proprio sacerdozio.

Fanny Angerer rende ancora più bella la celebre corona di capelli. Ovunque si cerca di copiare la pettinatura di Elisabetta, ma senza molto successo; perché ciò sia possibile la chioma deve essere folta, spessa e sana.

Il lavaggio dei capelli ha luogo ogni tre settimane, la pettinatrice si serve di una miscela spumosa, la cui formula è mantenuta segreta. Forse Fanny, come le nostre bisnonne, aggiungeva alla sua pozione magica delle uova e del cognac. L'asciugatura dura gran parte della giornata, e durante quelle ore Elisabetta legge oppure segue le lezioni di un professore. «Dei capelli, vidi delle ondate di capelli» scrive Christomanos, il suo professore di greco «capelli che arrivavano fino al pavimento e si spargevano ricadendo più lontano: dal capo, di cui rivelavano la grazia squisita […] ricadevano sulla mantellina bianca di pizzo che le copriva le spalle senza che l'ondata diminuisse.»

Ogni giorno, per mettere ordine in questa abbondanza, fissare le trecce e perfezionare l'acconciatura, è necessaria una seduta di tre ore. «Sono schiava dei miei capelli» confessa l'imperatrice. Si può facilmente immaginare ciò che in tale situazione una Fanny Angerer, maestra incontestata, può guadagnare quanto a potere e influenza. Poco tempo dopo essere entrata al servizio di Elisabetta, si innamora di un impiegato di banca, Hugo Feifalik, ma sa che, secondo il regolamento, una volta sposata non potrà rimanere accanto all'imperatrice. Su espressa richiesta della moglie, Francesco Giuseppe accetta di fare un'eccezione alla regola. Non solo Fanny può sposare il suo Hugo, ma questi diviene il segretario privato dell'imperatrice, poi l'intendente dei suoi viaggi (ruolo importantissimo negli anni a venire). La sua ascesa non si arresta qui. Più tardi sarà nominato consigliere alla corte ed elevato al rango di cavaliere. Quanto a Fanny, non lascerà più la sua padrona, come Shadow, ma l'ombra della pettinatrice è maligna e interessata, conosce l'arte e il modo di conciliarsi le buone grazie dell'imperatrice.

Christomanos descrive con lirismo il cerimoniale quotidiano della pettinatura:

> Dietro alla sedia dell'imperatrice c'era la pettinatrice, in abito nero dal lungo strascico, un grembiule bianco di tessuto sottile legato sul davanti […]. Con le mani bianche frugava tra le onde dei capelli, le sollevava verso l'alto e le palpava come se fossero velluto o seta, se le arrotolava intorno alle braccia (ruscelli che avrebbe afferrato perché non volevano ricadere tran-

quillamente, ma piuttosto alzarsi in volo); finalmente, con un pettine d'ambra e d'oro, separò ogni onda in diverse altre e poi separò ciascuna di queste in innumerevoli fili che, al chiarore del giorno, si trasformarono in filigrana d'oro [...]. Da queste onde tramò trecce piene d'arte, che si trasformarono in due pesanti serpenti; sollevò quei serpenti, li arrotolò intorno al capo dell'imperatrice e, dopo averli intrecciati con nastri di seta, formò una magnifica corona a forma di diadema [...]. Poi, su un piatto d'argento, presentò i capelli morti alla sua padrona; gli sguardi di questa e quelli della cameriera si incrociarono un secondo, esprimendo nella padrona un amaro rimprovero, nella cameriera la colpa e il pentimento. Poi la mantellina bianca di pizzo scivolò e l'imperatrice, simile alla statua di una divinità, emerse dalla guaina che la nascondeva. La sovrana inclinò il capo e la giovane si lasciò scivolare sul pavimento mormorando: «Mi prosterno ai piedi di Vostra Maestà». La sacra cerimonia era stata portata a termine.

Christomanos non ama la semplicità. Gli eccessi della sua idolatria lo incitano a dispiegare davanti all'imperatrice tutte le pompe, tutte le solennità. In ogni caso la sua testimonianza permette di avvertire fino a che punto nelle alte sfere della Hofburg l'aria si era rarefatta. È difficile non cedere alla vertigine.

PARTE SECONDA

«Quando odo il nome Ungheria,
Il mio panciotto tedesco mi sembra troppo stretto.
Quando odo il nome Ungheria,
È come se in me si agitasse un mare.

«Nel mio spirito odo risuonare
Vecchie leggende, dimenticate da tempo,
La canzone selvaggia, dura come il ferro,
La fine dei campioni, la morte dei Nibelunghi.»

HEINRICH HEINE, *Mese di ottobre 1849*

Éljen Erzsébet! *Éljen* Erzsébet! Quanto tempo, quanto amore, quanta pazienza, quanti sacrifici saranno stati necessari perché queste grida – viva Elisabetta! viva Elisabetta! – risuonino con tale fervore? In quell'8 giugno 1867 Francesco Giuseppe viene incoronato re di Ungheria, nella cattedrale Mathias di Buda. Diviene Ferenc József, ma è il trionfo personale, politico di Erzsébet, la regina che gli ungheresi hanno scelto e che anche attraverso i peggiori avvenimenti della loro storia non cesseranno mai d'amare.

Il giorno stesso dell'incoronazione il più importante quotidiano della città pubblica le seguenti righe:

> Questa donna tanto seducente è considerata come una vera figlia dell'Ungheria. Tutti sono convinti che, nel suo nobile cuore, brucia l'amore per la patria, che ha fatto sua non solo la lingua ma anche la mentalità ungherese, che ha costantemente difeso con ardore i desideri dell'Ungheria.

Risulta evidente che Elisabetta è la persona più popolare del paese e che tale rimarrà.

Alle quattro del mattino i ventun colpi di cannone sparati dalla cittadella non hanno svegliato la popolazione di Buda né quella di Pest, perché nessuno ha dormito. Per tutta la notte, folle immense provenienti dalle campagne hanno raggiunto le rive del Danubio. Le ricamatrici, i sarti, i gioiellieri e i parrucchieri si sono dati da fare occupandosi dei magnati e delle loro consorti. L'aristocrazia magiara ha rispolverato tutto l'armamentario ancestrale che le rivoluzioni e i massacri l'avevano costretta a mettere da parte: tiare, alamari, cotte d'arme, *attila*, pelli d'orso, decorazioni, splendidi stivali di morbido cuoio, bardature d'oro e tutte le armi intarsiate di pietre preziose.

Alle sette del mattino il corteo si mette in moto. Gyula Andrássy, il bell'impiccato del 1848, marcia in testa; regge un cuscino sul quale è posta la sacra corona di Ungheria. Seguono i grandi feudatari recanti altri emblemi del regno. Ferenc József è a cavallo. Il mantello di santo Stefano, una pianeta di seta verde-azzurro che pesa sulle spalle del monarca, ricopre la sua uniforme di maresciallo ungherese. E infine giunge Elisabetta, splendida nel suo abito di broccato che il sarto parigino Worth ha creato sul modello del costume tradizionale ungherese. Tutti gli *éljen* sono per lei, quando passa nella sua carrozza trainata da otto cavalli, giunta da Vienna a bordo di una nave. I sovrani l'hanno già usata il giorno del loro matrimonio. Tredici anni dopo Elisabetta ha la grazia, l'emozione di una giovane sposa.

Scende dalla carrozza davanti alla cattedrale Mathias. Un'estate precoce riscalda sin dall'alba la pianura ungherese. Al di là delle guardie che sfoggiano la pelle di leopardo sulla spalla, al di là dei cavalli bianchi coperti dalle gualdrappe medievali, al di là della folla, Erzsébet sente avvicinarsi a lei un paese nella sua quasi unanimità, nella sua totale devozione. Dai confini dell'immensa puszta, tutto sembra fondersi in un'unica ondata, in un solo essere che le viene incontro nel tepore di questo giorno sacro per tutti. Per Elisabetta non si tratta di ravvisare in questo avvenimento un simbolo, un rituale, e ancor meno una di quelle cerimonie ufficiali che detesta. Si avvia a un appuntamento che ha desiderato, sperato, voluto. Ama l'Ungheria e oggi la sposa come il doge sposa l'Adriatico, come il papa sposa la sua Chiesa, come il beneamato sposa la sua compagna nel *Cantico dei Cantici*, come lo zigano sposa la propria tristezza sui sentieri della grande pianura.

Quando Elisabetta entra nella chiesa addobbata ove risuona la *Messa dell'incoronazione* che Liszt, l'ungherese, è venuto a offrire alla sua regina, ha le lacrime agli occhi. Il musicista ha scritto alla figlia Cosima, che presto diverrà la signora Wagner: «Non l'avevo mai vista tanto bella. Sembrava una visione celeste nello svolgersi di un fasto barbarico».

All'interno della cattedrale ondeggiano i vessilli, le insegne di un'Ungheria infinitamente più vasta di quella di oggi. Essa comprende la maggior parte della Slovenia, della Croazia e della Transilvania attualmente romena. Un mosaico di popoli sotto la sferza dei magnati ungheresi. Hanno subito tutte le invasioni, dai mongoli ai turchi. Nel 1848 si consideravano invasori anche gli austriaci contro i quali bisognava battersi in nome della patria e di santo Stefano, primo re di Ungheria, che convertì il proprio paese grazie all'influenza della consorte, Gisella, guarda caso una principessa bavarese!

Ora questa potente aristocrazia magiara, queste popolazioni scelgono un re che diciannove anni prima fu il loro nemico giurato, e una regina venuta da un altro paese. Dall'alto della sua collina, la chiesa Mathias sembra dominare tutta la pianura ungherese. Un faro sopra un mare interno in cui i vascelli sono corsieri discendenti da quelli inforcati da Attila e dai suoi barbari, gli Unni. La chiesa fu distrutta e ricostruita a diverse riprese. Ogni volta i magiari hanno rimesso in piedi le loro rovine e riacceso le loro speranze. Possiedono l'orgoglio brutale, ora triste, ora allegro, di coloro la cui memoria decuplica le forze.

Ora questi insubordinati hanno scelto un sovrano straniero, ora tutti i potenti magnati si inginocchiano nel luogo della loro fede, della loro storia, per dire sì alla loro sovrana, perché le nozze si celebrino per mutuo consenso. Ora le lacrime negli occhi brillano più di tutte le gemme incastonate nella corona di santo Stefano. Una corona leggendaria. Si narra che un angelo la promise agli eredi di Attila, a condizione che il conquistatore e le sue orde risparmiassero Roma. Affare fatto. Alcuni secoli più tardi Silvestro II, il papa francese, mantiene la promessa dell'angelo e invia a Stefano I, santo Stefano, il suo diadema regale.

La tradizione vuole che la corona sia posata sul capo del re, quindi sulla spalla destra della regina, dal palatino di Ungheria. Ora l'antico palatino è morto in esilio, e il nuovo non è ancora stato eletto dai suoi pari. A chi spetterà l'insigne onore? Il parlamento ungherese ratifica la scelta di una Elisabetta, già Erzsébet nel cuore. Sarà Andrássy, il seducente Andrássy, uno dei capi della rivoluzione del 1848, a incoronare il suo re e la dama dei suoi pensieri, colei che egli chiama «la Provvidenza della patria ungherese», colei che sarà anche la *sua* Provvidenza.

E in questo giorno ciascuno si eleva davvero fino al sublime. Non no c'è altra scelta possibile. Questi fasti sono tanto fuori dal tempo, fuori dal mondo, si allontanano tanto dal quotidiano e dalle sue realtà, che alla prima falsa nota si potrebbe cadere nel ridicolo. È il Medioevo risuscitato in piena èra industriale. Il quotidiano «Die Zeit» riporta:

Al termine della messa il nuovo re di Ungheria, con la corona sul capo, il mantello sulle spalle e la spada al fianco, ha attraversato il ponte sul Danubio, seguito da un corteo numeroso e scintillante, per andare a prestare il giuramento costituzionale; quindi, al suono delle fanfare, tra salve di artiglieria, tra gli *éljen* e gli evviva nazionali, è salito sulla collinetta tradizionale formata da zolle di terra portate da tutte le regioni di Ungheria; qui, brandendo la spada in direzione dei quattro punti cardinali, ha attestato con quest'ultimo gesto simbolico il rinnovamento dell'antico patto che lega la nazione ungherese alla dinastia austriaca.

Mezzogiorno. Un sole continentale, una luce radiosa. Il banchetto può avere inizio. Più di mille invitati. La folla è associata ai festeggiamenti, vengono distribuite monete d'oro e d'argento. Il gulasch, piatto ungherese a base di manzo, viene servito ovunque in enormi calderoni che non avranno il tempo di raffreddarsi per cinque giorni e cinque notti. Ferenc József dona centomila ducati d'oro alle vedove e agli orfani dei soldati di parte ungherese caduti durante la rivoluzione 1848-1849. A Vienna il clan dell'arciduchessa Sofia soffoca di rabbia. Che cosa? Si ricompensano quei traditori! Intanto la festa continua. L'amnistia è generale. Tutti gli esiliati fanno ritorno, a eccezione di Kossuth che vede in questa incoronazione «la morte della nazione presa al rimorchio di interessi stranieri». Ma nessuno ascolta più Cassandra, tutti preferiscono attizzare le ceneri per far arrostire la carne.

Quell'8 giugno 1867 è forse per Erzsébet il giorno più felice della sua vita. Molti drammi l'hanno preceduto, altri ne seguiranno di lì a poco, ma quell'8 giugno sembra sospeso come un momento di grazia in cui, nella gioia, l'esaltazione e la pace trovano finalmente un equilibrio. Le musiche zigane restituiscono le ali ai sogni. La regina vorrebbe essere di nuovo madre. Desidera un figlio e questa volta sente che avrebbe la forza di difenderlo contro il dominio dell'arciduchessa. Poco tempo dopo l'incoronazione scrive un poema, che intitola «Che io possa darvi un re!»:

Ungheria, Ungheria, terra amata!
Conosco il peso delle tue catene.
Perché non posso tendere le mani
E salvarti dalla schiavitù?

Per la Patria e per la Libertà
Quanti sublimi eroi sono morti?
Perché non posso creare con voi uno stretto legame
E offrire ora un Re ai vostri figli?

Sarebbe forgiato nel ferro e nel bronzo,
Di pura razza ungherese;
Sarebbe un uomo forte, intelligente,
E il suo cuore batterebbe per l'Ungheria.

Al di là dell'Invidia ti rende libero,
Libero e fiero per sempre, o popolo di Ungheria!
Pronto a condividere con tutti la gioia e i dolori,
Così sia infine, il vostro Re!

Elisabetta voleva la morte, e ora ha scelto la vita. Rifiutava il compito di imperatrice, ora il ruolo di regina l'appassiona. L'Ungheria nutriva un odio eterno per gli austriaci, ora il paese sceglie una regina venuta da Vienna. Che cosa è successo, dunque? Come ha potuto la situazione rivoltarsi come un guanto? Ogni amore non ha la sua genesi?

In Baviera ci fu un primo professore di ungherese, János Majláth, grazie al quale Elisabetta amò l'Ungheria ancora prima di conoscerla. Ci fu Imre Hunyády, che le dàva lezioni di ungherese sulla terrazza di Madera. Ebbe appena il tempo di spezzargli il cuore, che Vienna richiamava già l'affascinante professore, del quale l'imperatrice incoraggiava i desideri senza tuttavia pensare a soddisfarli. Ma Elisabetta tiene presso di sé la sorella di lui, Lily. La giovane donna le parla spesso del suo paese. Né la lontananza né il suo rango invidiato alla corte austriaca riescono a farglielo dimenticare.

Quando Elisabetta si stabilisce nuovamente a Vienna dopo due anni di vagabondaggio, decide di approfondire le sue conoscenze dell'ungherese, perché desidera esprimersi nel miglior modo possibile in questa lingua difficile e poter leggere i suoi poeti. Lungi dal rifiutare il paese dal quale è ritornata alcuni anni prima con il cadaverino della figlia, cerca di superare quel doloroso ricordo. Una sorta di intuizione la induce a ritenere che l'Ungheria, capace di generare drammi tanto grandi, può viceversa, per un curioso fenomeno di compensazione, far rinascere la speranza, la forza, la gioia. Più realisticamente, sa che tutto ciò che è ungherese ripugna all'arciduchessa Sofia. Per sua suocera l'Asia, l'Oriente, lo spaventoso «altrove» selvaggio e pagano, comincia subito dopo l'attraversamento della frontiera austriaca, non appena si mette piede sulla terra ungherese. Se Elisabetta riesce a inserire nel suo gioco alcune pedine ungheresi, consoliderà la propria posizione e potrà dare scacco alla regina nemica.

Chi le insegnerà a leggere nel testo originale i poemi di Eötvös? Chi le darà sufficiente disinvoltura in ungherese perché possa trasformare una lingua in un codice segreto? Chi le permetterà di pronunciare solo parole incomprensibili agli orecchi indiscreti, come la seppia espelle il suo inchiostro per sfuggire agli inseguitori? Elisabetta ha bisogno di una dama di compagnia ungherese. Le piacerebbe che fosse giovane, dolce, intelligente, una possibile confidente e amica. L'Ungheria è vasta, la sua aristocrazia è numerosa. Dove trovare la perla rara?

Ignoriamo come Ida Ferenczy ebbe la meglio sulle sue rivali, il mistero rimane. All'imperatrice viene sottoposto un elenco di sei giovani ungheresi, provenienti dalle migliori famiglie del paese. Si dice che un settimo nome sia stato aggiunto all'ultimo momento, quello di Ida Ferenczy, il cui padre è solo un povero gentiluomo di campagna. Si sospetta che Andrássy e il suo amico Deák abbiano appoggiato la candidatura della giovane perché sanno che la sua famiglia è liberale e patriota e pensano che, grazie a lei, l'imperatrice abbraccerà la loro causa. Contano di fare di Ida il loro portabandiera, il loro agente di collegamento. Tuttavia un'altra versione, più banale, dell'arrivo di Ida a corte sottolinea che la sua famiglia è legata a quella della contessa Almássy, incaricata di redigere l'elenco, e che la stessa contessa ha scritto il nome della giovane e appoggiato la sua candidatura. Elisabetta sceglie subito il nome più semplice, chiede una fotografia e un complemento di informazioni. Va notato che l'imperatrice, quando si tratta di una faccenda di fiducia, trascura il rango e preferisce una certa modestia, esattamente come fanno i magnati ungheresi.

Pare che Ida non fosse al corrente di ciò che si tramava. Vengono ad annunciarle, nel suo piccolo borgo di Kecskemét, situato a circa ottanta chilometri da Buda, che l'imperatrice desidera vederla. Si mette in viaggio, felice di sfuggire al matrimonio combinato che l'attende, nella sua condizione di provinciale povera e non bella. Dell'imperatrice sa ciò che ne dicono le voci. È facile immaginare come, nell'avvicinarsi a Vienna, l'apprensione in lei prenda il sopravvento sulla gioia.

Il castello impressiona Ida, così come la impressionano il dedalo dei corridoi e la cortina di filtraggio che deve superare prima di giungere nel *sancta sanctorum*. Fuori c'è il vento e il freddo di novembre, nel salone regna un tepore senza tempo né stagione. La porta si apre e appare l'imperatrice. Prima di prostrarsi in un'impeccabile riverenza, Ida ha appena il tempo di scorgere, in piedi davanti a lei, la donna che non lascerà più fino alla fine dei suoi giorni.

Elisabetta è appena rientrata da una passeggiata a cavallo, ha ancora su di sé parte della freschezza delle foreste, dell'ardore delle sue interminabili galoppate. La sua tenuta da amazzone, attillata al punto da sembrarle cucita sul corpo, la fa apparire ancora più alta e sottile. Con un gesto fa alzare la giovane, rossa di confusione, e si stupisce subito della sua giovinezza. Le chiede di precisarle la sua età e la giovane risponde di avere ventitré anni. Elisabetta lo sa, perché ne è stata informata dalle schede, e a sua volta replica di averne cinque di più. Il suo tono non esprime dispiacere, ma il desiderio di creare un legame tra loro, come due donne «normali» che si parlano senza preoccuparsi del protocollo.

«Mi piacete» dice Elisabetta «staremo insieme a lungo.»

Imbarazzata dal suo piccolo corpo grassoccio, Ida sarebbe morta di gioia e di timidezza, se non si fosse sentita accarezzare dalle parole che l'imperatrice ha pronunciato in ungherese. Elisabetta conosce meglio di chiunque l'arte di stregare. Si esprime nella lingua della piccola con un accento e alcune incertezze che aggiungono fascino alla sua voce. Trovandosi nella situazione di una prigioniera a cui una visitatrice venga a portare all'improvviso notizie del mondo esterno, l'imperatrice cerca di moderare la dose della propria curiosità.

È sincera, la giovane le piace. La metterà subito in guardia contro i tranelli che a corte non si mancherà certo di tenderle. L'arciduchessa Sofia e le persone che la circondano tenteranno di sottometterla con ogni sorta di intimidazioni. Ma non ha nulla da temere, a condizione che sappia resistere alle profferte e alle minacce. Lei, l'imperatrice, sarà lì per difenderla.

La predizione si avvera sin dai primi giorni, e Ida supera la prova con brio. Da lei l'arciduchessa non riesce a cavare nulla. Elisabetta si rallegra della propria scelta e da quel momento la chiamerà solo «la mia dolce Ida». Tuttavia è necessario attribuirle un rango perché sappia resistere all'aggressività della corte, e viene nominata canonichessa, quantomeno sulla carta, ottenendo il titolo di «Madame». Inoltre Elisabetta la nomina lettrice di Sua Maestà. Ben presto le dame d'onore la invidieranno, poi la detesteranno, ma lei non se ne cura. Elisabetta, la sua dolce Erzsébet, le dà del tu e non può più fare a meno della sua presenza. Si rassegna alla separazione solo durante le sue lunghe passeggiate, o durante le sue furiose galoppate. Ida è affetta da un soffio al cuore che le impedisce questo genere di prodezze. Attende Elisabetta, si tormenta per il minimo ritardo, temendo un incidente. Tra loro le due donne parlano solo in ungherese, è un modo come un altro di tenere gli altri a distanza. Poi, quando l'imperatore le raggiunge, entra a sua volta nella conversazione in ungherese, dato che conosce questa lingua alla perfezione. L'arciduchessa si adira invano contro la sedizione magiara; nel cuore della Hofburg l'Ungheria ha trovato dei difensori.

Elisabetta è troppo eccessiva per non mostrarsi gelosa nell'amicizia. Nell'estate 1865, da Bad Kissingen, scrive a Ida: «Ti penso molto, durante le lunghe sedute di pettinatura, durante le mie passeggiate e mille volte nel corso della giornata. [...] Dio ti protegga, mia dolce Ida, non sposarti mentre sono lontana, né con il tuo Kalman né con un altro, ma rimani fedele alla tua amica. Elisabetta».

Ida non si sposerà, sebbene ne abbia avuto la possibilità, se non la tentazione, a diverse riprese. Elisabetta la vuole tutta per sé, e sarà così per tutta la vita. Altre donne sapranno conquistare il favore, più o meno durevole, dell'imperatrice. Ida rimarrà la fedele tra le fedeli, né la sua devozione, né il suo attaccamento saranno mai messi in discussione. «Perché era lei, perché ero io.» La bella formula di Montaigne definisce bene quest'amicizia profonda e appassionata al tempo stesso.

Quando sono lontane l'una dall'altra, le due donne si scrivono lunghe lettere. Purtroppo non rimane quasi nulla di questa corrispondenza che la stessa Ida darà alle fiamme. In tal modo ha saputo conservare il segreto di fronte ai suoi contemporanei, ma anche di fronte alla posterità. In assenza di prove scritte, è peraltro certo che Elisabetta fu informata della situazione in Ungheria dalla sua lettrice e amica, così come i liberali ungheresi sanno che alla Hofburg hanno un'alleata nella persona dell'imperatrice. Non solo Ida ammira Franz Deák, considerato come la coscienza dell'Ungheria, ma lo conosce attraverso la propria famiglia. Il ritratto di quest'ultimo resterà appeso sopra il letto di Elisabetta, alla Hofburg, fino alla fine della sua vita, il che dimostra l'ammirazione che nutre per l'uomo e per il suo coraggio politico.

Franz Deák attende il momento favorevole per far conoscere le condizioni che i liberali esigono per la firma di un compromesso tra l'Austria e l'Ungheria. Nel paese non si parla più di prendere le armi per reclamare l'indipendenza. La nobiltà terriera teme il ritorno in forza delle rivendicazioni contadine e i movimenti nazionalisti delle popolazioni non magiare sul territorio ungherese. Nel 1863 coloro che sarebbero ancora tentati dalla via rivoluzionaria hanno visto l'insurrezione polacca soffocata dalla Russia e temono per il loro paese una tragedia analoga. Il solo a conservare la sua feroce intransigenza è Kossuth. Non ha voluto approfittare dell'amnistia generale. Rimasto all'estero, sfrutta ogni situazione per tentare di indebolire l'Austria. Nel 1859 ha concluso con Napoleone III un accordo che gli permette di arruolare una legione ungherese contro gli eserciti di Francesco Giuseppe. Ha appena il tempo di organizzarla, quando l'imperatore dei francesi firma già la pace con l'imperatore d'Austria. Nel 1866 si porrà al servizio della Prussia e di Bismarck. Non si dice forse: i nemici dei miei nemici sono miei amici?

Per il momento Kossuth si oppone a qualsiasi accordo con Vienna e in alternativa preconizza una Confederazione danubiana. Questa alleanza delle popolazioni del Danubio (Romania, Serbia, Croazia e Ungheria), che naturalmente esclude l'Austria, appare molto utopica. Non si riesce a immaginare come queste popolazioni potrebbero andare d'accordo, persino contro un comune nemico. La storia e i suoi più recenti sviluppi sottolineano la mancanza di realismo nel progetto della Confederazione suddetta. Gli ultimi ungheresi decisi a lottare fino all'ultimo respiro sono scoraggiati dal programma troppo chimerico di Kossuth. Tutto sommato, una riconciliazione con Vienna sarebbe preferibile. La classe dirigente ungherese vorrebbe mettere in riserva i benefici dell'incremento economico europeo. La costruzione delle ferrovie fa già prevedere mercati interessanti. Sarebbe un peccato non tener conto di questa situazione favorevole, delle promesse che riserva il futuro.

In un risonante articolo apparso a Pasqua del 1865, Franz Deák rende noto al pubblico le condizioni del Compromesso. Preconizza il ritorno a un sistema costituzionale, la nomina di un governo ungherese responsabile, in cambio della creazione di ministeri comuni all'Austria e all'Ungheria, per gli Affari stranieri e per la Guerra.

Francesco Giuseppe convoca l'assemblea nazionale ungherese e nel dicembre del 1865 si reca a Pest per l'apertura della sessione. In tale occasione constata, ancora una volta, fino a quale punto Elisabetta è popolare in tutti gli strati della società. Si ripromette di servirsi di tale popolarità; farà di lei una specie di intercessore tra i due paesi, la mediatrice di una bella riconciliazione.

L'8 gennaio 1866 Elisabetta riceve alla Hofburg una delegazione ungherese. La cosa potrebbe sembrare banale: auguri di buon anno, auguri tardivi di buon compleanno. I vassalli rinnovano il giuramento di fedeltà alla loro sovrana. In realtà, l'avvenimento diviene eccezionale per l'ardore che anima l'imperatrice e per la presenza di Andrássy nei ranghi magiari.

Elisabetta ha indossato il suo costume ungherese; le dona moltissimo, e lei lo sa. Il corsetto di velluto le stringe la vita minuscola, il suo sorriso è radioso. Ora si esprime in un ungherese impeccabile, le lezioni di Ida sono state utili, Elisabetta ha messo tutta la sua passione nello studio della lingua e della lettura magiare. «Da quando la Provvidenza mi ha legata, grazie a Sua Maestà il mio amato sposo, al regno di Ungheria con legami altrettanto teneri e indissolubili, il benessere di questo paese è stato oggetto della mia più viva e costante preoccupazione.»

Il conte Andrássy supera in altezza l'intera delegazione ungherese. Con la sua folta capigliatura bruna, romanticamente scapigliata, le lunghe gambe da cavaliere, lo sguardo cupo in cui, sotto l'arco sopracciglíare prominente, brilla la follia del conquistatore, merita la fama di cui gode. La vita stretta nell'elegante costume dei magnati (scintillio di colori, pellicce barbare) è davvero il più seducente degli uomini. Per fortuna fu impiccato solo in effigie! È irresistibile, anche perché non lo si può rimproverare di affettazione.

Elisabetta e il conte si incontrano per la prima volta, sanno ogni cosa l'una dell'altro. Questa prescienza conferisce ulteriore attrattiva al momento. La messaggera è stata Ida. Andrássy non ignora che il cuore dell'imperatrice batte già per l'Ungheria. Lui dovrà solo trasformare il sentimento in una volontà. Ida non gli ha nascosto nulla dei rapporti di forza in seno alla famiglia imperiale. Tra Elisabetta e sua suocera, l'Ungheria equivale a un pomo della discordia. Ce ne sono molti altri, si potrebbe farne un pometo. Più l'imperatrice è favorevole ai magiari, più l'arciduchessa Sofia li mette alla berlina. Andrássy sa anche che Francesco Giuseppe è innamorato della moglie come il primo giorno, forse di più. Di fronte a un monarca prigioniero della rete dei conservatorismi, che esita a saltare il fosso, l'influenza di una sovrana ungherese di cuore costituisce un asso nella manica.

Ida ha raccontato volentieri alla sua cara imperatrice la storia di Andrássy. Il bel conte è nato nel 1823, in una delle più antiche famiglie aristocratiche di Ungheria. Quando scoppia la rivoluzione ha appena compiuto venticinque anni, l'età ideale per un eroe, e da buon patriota prende parte alla lotta per l'indipendenza. Le sue truppe sono state arruolate nella regione di Zemplen, dove si viene al mondo con l'inclinazione per il coraggio e per il tokaj. Il suo valore gli vale in pochissimo tempo la promozione a colonnello, poi Kossuth lo invia in missione a Costantinopoli. I russi prestano man forte agli austriaci. Nonostante un'eroica resistenza, la rivoluzione ungherese è soffocata, il paese razziato. Andrássy vive un esilio dorato a Londra e a Parigi. I suoi successi presso le donne riempiono le cronache dei giornali. Ottimo cavaliere, parlatore brillante e poliglotta, i parigini hanno per questo Ernani gli occhi di doña Sol. E tuttavia, fedele alla patria, alle ambizioni, sposa un'aristocratica ungherese assai ricca e per di più bella. L'anno 1858 porta un'amnistia imperiale. Andrássy, tornato in Ungheria, si impegna nella lotta politica a fianco di Franz Deák, più anziano di lui. Entrambi desiderano una riconciliazione con l'Austria, in un sistema di autonomia costituzionale. Le sue qualità di diplomatico, la chiarezza delle sue idee, il suo brio, la sua disinvoltura e la sua foga ne fanno la speranza della nazione ungherese. Viene eletto vicepresidente dell'assemblea nazionale convocata da Francesco Giuseppe.

Quando Andrássy le appare nel costume ricamato d'oro dei magnati, il tradizionale *attila*, la pelle di leopardo gettata sulla spalla sinistra, Elisabetta sa già queste cose. Non è certamente il solo a indossare il costume d'apparato richiesto dal luogo, dalle circostanze e dall'omaggio reso alla sovrana. Ma è il più bello, e ha un passato.

Elisabetta conclude il suo discorso improvvisato con una promessa: «Accettate la mia sincera e profonda gratitudine. Trasmettete il mio caloroso saluto a coloro che vi hanno inviati, in attesa del momento in cui avrò la gioia di essere tra loro». Tornerà dunque in Ungheria. Con questa speranza gli *éljen* esplodono appena cessa l'allocuzione. Elisabetta, che pure in pubblico è tanto timida, si è espressa per la prima volta con disinvoltura e in una lingua che non è la sua, ma che senza dubbio lo è divenuta.

La delegazione è invitata alla tavola della Hofburg. Lungi dal disdegnare il pranzo, i vini francesi e ungheresi, Elisabetta, nel suo abito bianco, appare rilassata. La sua celebre capigliatura è ornata di perle. Dopo il pranzo conversa più a lungo del solito e con evidente piacere. Si intrattiene per la prima volta con Andrássy, naturalmente in ungherese. Questa donna che non sa conversare nel senso inteso alla corte di Vienna, vale a dire parlare senza dire nulla, non appena un argomento le sta a cuore, si esprime con chiarezza. Ad Andrássy, affascinato da lei, non nasconde le sue opinioni: «Vedete» gli confida «quando per l'imperatore le cose vanno male in Italia, ciò mi addolora; ma quando vanno male in Ungheria, ciò mi uccide».

Gli ungheresi sperano soprattutto che la coppia imperiale venga a farsi incoronare a Buda. Oltre all'attaccamento che in tale occasione manifesterebbero al loro nuovo re e ancor più alla loro nuova regina, si garantirebbero una posizione preponderante nella configurazione dell'Impero. Lo zio e predecessore di Francesco Giuseppe, l'imperatore Ferdinando, si è fatto incoronare a due riprese: dapprima a Praga, quale re di Boemia, e quindi a Presburg (l'attuale Bratislava), quale re di Ungheria. Gli ungheresi vogliono invece essere i soli ad attribuirsi un re. In tal modo assumerebbero la stessa importanza dell'insieme delle altre province e al tempo stesso confermerebbero la propria autorità sulle popolazioni non magiare del loro immenso territorio. A Vienna questa incoronazione non è vista di buon occhio perché favorirebbe troppo un paese a detrimento degli altri. A Praga si grida allo scandalo. Per ristabilire l'equilibrio, un'incoronazione in Ungheria esige di essere accompagnata da un'incoronazione in Boemia. Ma Elisabetta ha scelto l'Ungheria, e farà tutto il necessario per imporre la sua scelta.

Alla fine del mese di gennaio 1866, poche settimane soltanto dopo aver ricevuto in gran pompa la delegazione ungherese, la coppia si reca a Buda-Pest e alloggia nel castello reale. Elisabetta non ha rivisto questi luoghi dal 1857, dalla morte della sua piccola Sofia. I ricordi le fanno male, ma l'entusiasmo della popolazione, l'ammirazione testimoniata dalla nobiltà, la inebriano.

A Vienna non si è mai sentita oggetto di un simile fervore, e Francesco Giuseppe non si dimostra geloso dei suoi successi personali. Al contrario, nelle lettere che invia alla madre sottolinea maliziosamente le preziosi doti dell'imperatrice, il fascino e le conoscenze che essa sa sfruttare in modo efficace per facilitargli il compito. Laddove gli ussari di Bach hanno fallito, sua moglie, grazie alla bellezza e alla passione, è sul punto di vincere la scommessa. Il seguito austriaco si mostra più riservato. Si continua a giudicare con severità l'imperatrice la quale, si dice, si è creata una «nuova patria». Si contano i minuti delle sue conversazioni in privato con il bel conte Andrássy, e il fatto che tali conversazioni avvengano in ungherese aumenta ulteriormente la stizza.

La corte viennese, gli ufficiali, i ministri, i consiglieri disprezzano tutto ciò che è magiaro. I corrieri che essi inviano da Buda alle loro famiglie rimaste in Austria lo dimostrano con grande abbondanza di dettagli. A sentir loro, gli indigeni sarebbero sporchi e impudichi. Le musiche zigane e le czarde farebbero temere le peggiori turpitudini, i motivi, le canzoni evocano atmosfere dissolute... e lo stesso dicasi delle donne, che in Ungheria sembrano essere troppo ardenti e disinvolte. Dal canto loro Francesco Giuseppe ed Elisabetta non sono scontenti di abbandonare per un po' lo stile ampolloso della Hofburg. L'imperatrice vive la deliziosa sensazione di incanaglirsi, e l'imperatore è felice quando sua moglie lo è.

Il 1° febbraio segna il trionfo di Elisabetta. Quel giorno Francesco Giuseppe riceve un'importante delegazione di parlamentari ai quali ripete che non può accordare qui ciò che rifiuta altrove. Su tutti i volti è visibile la delusione. Allora Elisabetta, Erzsébet, prende la parola in un ungherese perfetto, elegante, tanto carico di dolcezza, persino di tenerezza da far salire le lacrime agli occhi. Con un movimento naturale, tende le braccia, le mani, verso i presenti per meglio esortare ciascuno di essi alla pazienza, alla fiducia. Alla fine, quando tace, non si sentono risuonare gli evviva come sempre accade. Il silenzioso raccoglimento dei deputati, i loro occhi umidi tradiscono la commozione. È ascoltata e compresa, è amata. Eppure ha detto solo ciò che l'imperatore aveva dichiarato prima di lei. Ma lo ha fatto in maniera diversa.

Il soggiorno in Ungheria dura cinque settimane. I balli succedono senza sosta alle cerimonie e ai ricevimenti. Elisabetta non esita a sfruttare le proprie forze fino all'estremo. Sebbene faccia volentieri ciò che altrove le costa tanto, giunge un momento in cui il suo entusiasmo s'incrina. Sopravvengono la stanchezza e la sua sorellastra orribile, deforme, maniaca: l'emicrania. L'imperatrice non è in grado di partecipare al ballo serale. Gli invitati, venuti apposta per lei, sono amareggiati e delusi. Elisabetta è la prima a maledire il male che la costringe a letto per una settimana. Questo episodio dimostra chiaramente che non soffre solo di ipocondria. Di fronte alle malattie la volontà ha i suoi limiti. Ma ben presto quella che gli ungheresi non chiamano più imperatrice perché ne hanno già fatto la loro regina, riappare, raggiante, senza far trasparire nulla delle proprie sofferenze. Lo spettacolo continua, e dietro le quinte i negoziati politici vanno avanti.

A Vienna ci si preoccupa. Perché attardarsi tanto in quella nuova Capua? Le delizie zigane stanno per caso modificando le migliori decisioni? Si sospetta dell'influenza perniciosa di Elisabetta e della sua ungarofilia. Il prozio di Francesco Giuseppe, l'arciduca Alberto, che dopo la rivoluzione del 1848 tentò di sottomettere gli ungheresi, si erge a capo della contestazione. Così egli scrive da Vienna:

> Nel frattempo, sta creandosi qui un'atmosfera di esasperazione contro le persone delle Loro Maestà, e in particolare contro Sua Maestà l'imperatrice, in quanto il pubblico è forzato a leggere verbali dettagliati su gentilezze, su amabilità tali cui non hanno mai avuto diritto né l'aristocrazia di qui né i viennesi e ancor meno le altre province!

Nulla potrebbe esasperare maggiormente Francesco Giuseppe. A questi attacchi contro l'imperatrice egli risponde con fermezza:

Non è il caso di ravvisare in questo soggiorno un pericolo per il prestigio personale del sovrano, perché l'imperatore sa molto bene ciò che vuole e su che cosa non cederà mai; d'altra parte, egli non si considera come l'imperatore di Vienna ma si sente a casa propria in ciascuno dei suoi regni e territori.

Elisabetta lascia Buda-Pest a malincuore. Il fatto di ritrovare la Hofburg e la corte non l'entusiasma davvero. Sicché promette a se stessa di ritornare in Ungheria il più presto possibile. Confida anzi ad Andrássy che per l'estate successiva sta progettando di sostituire il suo soggiorno abituale a Bad Kissingen con una cura in una stazione termale ungherese. Nel paese le fonti termali sono numerose e apprezzate, la sola capitale ne conta più di un centinaio. Note già al tempo dei romani, l'Impero ottomano le ha trasformate in attrazione.

Di ritorno a Vienna riceve una lettera di Andrássy, senza dubbio tramite la dolce Ida, in cui le consiglia di farsi accompagnare da suo figlio, il piccolo Rodolfo:

Ciò avrebbe un'ottima influenza su tutti coloro che potrebbero criticare il soggiorno dell'imperatrice in Ungheria; farebbe piacere all'imperatore e anche, credo, al principe; inoltre metterebbe fine, ora e in avvenire, a molti sciocchi pettegolezzi.

In effetti Elisabetta in Ungheria, secondo alcune voci, non sarebbe rimasta insensibile al fascino di Andrássy. Il conte le piace, forse ne è persino innamorata. Lungi dal mostrarsene risentititi o dal trarne motivo di scherno, gli ungheresi avrebbero piuttosto voglia di congratularsi con lei del suo buon gusto. Quando gli ungheresi scelgono una regina vogliono che il loro sia un matrimonio d'amore. Non è forse tutta l'Ungheria che lei ha deciso d'amare tramite il bel conte? Gli ungheresi fanno più che mai affidamento su Andrássy per negoziare un compromesso tra il loro paese e l'Austria.

Se questi ultimi apprezzano per inclinazione, per istinto, il gioco dell'amore e della seduzione, i viennesi non possiedono né la leggerezza né il lirismo dei loro vicini. Andrássy non pensa affatto ad approfittare di una situazione lusinghiera per lui e pericolosa per Elisabetta. Troppo innamorato a sua volta, si mostra prudente. I negoziati lo portano a viaggiare incessantemente tra Buda-Pest e Vienna. La polizia sorveglia tutti i suoi spostamenti. Il conte ha dei sospetti, certo, per cui non è il caso di andare a far visita all'imperatrice. Il protocollo, la polizia e l'onore glielo vietano, e si astiene persino dall'incontrare direttamente Ida Ferenczy, perché rischierebbe di compromettere la lettrice, ma anche l'imperatrice.

Tuttavia si scrivono, e Ida funge da portalettere. Il linguaggio è codificato, il nome dell'imperatrice non viene mai menzionato. In questa corrispondenza politica, nella quale l'Ungheria svolge il ruolo di protagonista, lei diviene la sorella di Ida. Nelle risposte non figura nemmeno il nome di Andrássy, si parla soltanto dell'amico di Ida. Poiché l'amore è loro vietato, si sono votati entrambi alla causa ungherese.

Iniziato in un clima di entusiasmo, il 1866 si rivela uno degli anni più terribili per Francesco Giuseppe e per l'Impero. I pericoli maggiori non vengono dall'oriente ungherese, bensì dal nord tedesco. In Prussia, Bismarck mette a punto il dispositivo che deve cacciare definitivamente l'Austria dalla Confederazione tedesca; ha preparato ogni cosa in modo che al momento del conflitto l'Impero austriaco si trovi isolato. Ha previsto persino le reticenze del suo re, Guglielmo I, il quale non desidera una guerra che lo opponga alla casa degli Asburgo, alla quale lo uniscono troppi legami personali e familiari.

Bismarck si assicura anzitutto la neutralità di Napoleone III. È indispensabile, per lui, impedire una coalizione franco-austriaca alla quale gli eserciti prussiani non resisterebbero. Le cose gli vanno bene. Napoleone III non intende farsi coinvolgere in un eventuale conflitto austro-prussiano. Ritiene che se ci sarà una guerra, questa sarà lunga e difficile e che, quando i due campi si saranno indeboliti, potrà facilmente proporre una sua mediazione.

Inoltre Bismarck può contare sulla benevola neutralità della Russia. San Pietroburgo non ha dimenticato di essere stata piantata in asso dall'Austria durante la guerra di Crimea; i russi non faranno nulla per appoggiare Francesco Giuseppe.

L'Inghilterra, dal canto suo, diffida di Bismarck e delle sue mire espansionistiche. La figlia della regina Vittoria ha sposato il principe ereditario di Prussia e la potenza britannica non ha i mezzi per intervenire sul continente. Anche sotto questo aspetto il cancelliere è tranquillo.

Bismarck, infine, conta su un'alleanza italiana. Casa Savoia, con Vittorio Emanuele II, vuole l'unità dell'Italia, come la casa di Prussia, con Guglielmo I, vuole quella della Germania. Hanno un avversario comune: l'Austria. Si può sperare di vincerla attaccandola su due fronti, a nord con i prussiani, a sudovest con gli italiani. L'8 aprile 1866 Bismarck induce Vittorio Emanuele a firmare un trattato, la cui validità è limitata a una durata di tre mesi, il che dimostra bene le intenzioni belliciose del prussiano: deve fare in modo che la guerra sia dichiarata entro il termine previsto.

Moltiplica gli incidenti nei ducati, tra l'Holstein austriaco e lo Schleswig prussiano. Tuttavia Francesco Giuseppe si guarda bene dal rispondere alle provocazioni. Dopotutto Guglielmo I non desidera la guerra più di lui. A Berlino una parte della corte si oppone a Bismarck e alla sua politica, sicché Francesco Giuseppe cerca di disinnescare il conflitto attraverso la diplomazia.

Ma, suo malgrado, le cose si aggravano. Napoleone III approfitta della situazione per esigere dall'Austria l'abbandono del Veneto in cambio della neutralità francese. Francesco Giuseppe dice ai suoi ministri: «A quanto pare, con una pistola puntata sul petto, non abbiamo altra scelta: negoziare». Vada per il Veneto!

Tuttavia il sacrificio e le condizioni del sacrificio sono quantomeno insopportabili, e oltretutto inutili. Se per l'Austria la magnifica provincia e la sua Serenissima sono perdute per sempre, questo abbandono si verifica troppo tardi, perché l'Italia è ormai legata alla Prussia dal trattato dell'aprile 1866. Si giunge a una situazione assurda: l'Italia si impegnerà nella guerra per ottenere una regione veneta che le spetta.

L'atteggiamento della Prussia e del suo cancelliere è condannato dal voto della Confederazione degli Stati germanici. Bismarck reagisce chiedendo che questa assemblea sia sostituita da un parlamento eletto a suffragio universale. È pronto a tutto, anche a proporre un suffragio universale che gli fa orrore. «A causa dell'urgenza» confesserà Bismarck da vecchio «non mi facevo alcuno scrupolo, nella lotta contro una supremazia straniera, di ricorrere per necessità a strumenti rivoluzionari e di mettere sul fuoco la più bella delle arti liberali, il suffragio universale [...] pur di togliere alle monarchie straniere ogni desiderio di mettere le mani sulla nostra frittata nazionale [...]. In una lotta come questa, quando si tratta di vita o di morte, non si fanno complimenti!» Ecco una persona che si dimostra franca, sebbene a posteriori.

La pace sta morendo, la pace è morta. Da entrambe le parti la tensione sale, si cominciano a mobilitare le truppe, ma i prussiani dispongono di un armamento moderno, mentre le armi degli austriaci sono fuori uso. Eppure, da anni, a Vienna non si cessa di aumentare il bilancio delle spese militari. Gli ufficiali dell'Impero, molto compassati, hanno al loro attivo più titoli di nobiltà che stati di servizio relativi alla loro competenza. Ma in Europa tutti credono alla superiorità, se non altro numerica, degli austriaci: tra gli stati tedeschi possono contare su alleati potenti: la Sassonia, il Württemberg, l'Hannover, la Baviera. Ed è proprio la Baviera che preoccupa Elisabetta. Suo cugino, Luigi II, dimostra di essere un alleato reticente.

In effetti la mente, il cuore del giovane re sono assenti. Il partito conservatore lo ha costretto a separarsi da Wagner. Se da una parte si riconosce il genio del musicista, dall'altra si ritiene che costi troppo caro alle finanze del paese. Il re non ha saputo rifiutargli nulla, e Richard ha un tenore di vita strabiliante. Luigi II chiede già denaro al Tesoro di stato per le sue folli costruzioni, non è il caso di moltiplicare all'infinito le spese in favore del suo protetto! È lo stesso partito conservatore che spinge alla guerra, non perché si preoccupi di rispettare l'alleanza con l'Austria, ma perché in questo modo spera di rafforzare l'unione degli Stati del sud, la Sassonia e il Württemberg, sotto la guida della Baviera, contro gli Stati del nord, guidati dalla Prussia. Ora, a Luigi II non spiacerebbe far pagare ai conservatori la partenza di Wagner, che lo ha lasciato inconsolabile. Scrive al musicista rifugiato a Tribschen, in Svizzera: «Oh, promettimi che verrai, tu la cui assenza mi ferisce come una malattia costante, giacché vivo solo quando sei accanto a me. Altrimenti mi dissolvo, mi estenuo, mi distruggo in un desolato languore».

In questo conflitto che per molto tempo deciderà le sorti dell'Europa, i motivi personali e le ragioni politiche sono più che mai intrecciati fra loro. Molti uomini moriranno, molti bambini rimarranno orfani, molte donne diverranno vedove, la carta geografica dell'Europa sarà modificata, le generazioni future non finiranno di subirne le ripercussioni negative. Che follia! Che derisione! Nel momento della scelta entrano in gioco molti fattori: le intuizioni politiche e i rapporti di forza, ma anche le vanità, le passioni, le vendette e tutta la paccottiglia dell'irrazionale.

In questo caso e, come nelle opere di Shakespeare, il più folle non è sempre il vero folle, e forse nell'atteggiamento di Luigi II vi è della saggezza. Certo, la politica non lo interessa, detesta i militari e trova assurdo tutto ciò che concerne gli eserciti. Il battere dei talloni gli dà l'emicrania, rimprovera agli elmetti di sciupare le pettinature e all'uniforme bavarese di essere esageratamente brutta. Per quanto lo riguarda, acconsente a passare in rivista le sue truppe solo in borghese. E tra le mani, come unica arma, regge l'ombrello. Del resto, trascorre le sue giornate più cupe nei palazzi che ha fatto edificare, ascoltando musica e uscendo solo di notte per fare lunghe passeggiate a cavallo. Eppure questo re, bizzarro oltre il consentito persino tra i Wittelsbach, non è privo di buonsenso. Ritiene che l'unità tedesca si farà, comunque. Se oggi Bismarck afferma di esserne il realizzatore, Wagner ne fu l'ispiratore, l'indovino, l'araldo. La Baviera non ha i mezzi per contrastare la volontà delle popolazioni né quella di Bismarck, deve solo salvare la faccia.

I conservatori detengono la maggioranza e vogliono la guerra: ebbene, si arrangino! Questo esteta antimilitarista fa pensare a Ponzio Pilato e a Lohengrin: «Se dobbiamo combattere con le armi, combattiamo fino a essere disgustati dalla carneficina, fino a ritornare ai tempi in cui le nazioni risolvevano i loro conflitti in singolar tenzone».

Accetta in ogni caso di firmare l'ordine di mobilitazione, poi si allontana con il suo favorito, Paul von Taxis, per cercare l'amico scomparso. Mentre gli eserciti dell'Europa centrale si preparano alla grande conflagrazione, Luigi II prende a noleggio una barca da pescatore. Polena dal corpo drappeggiato in un mantello, attraversa il lago di Costanza per presentarsi a Wagner, a Tribschen. Rimane due giorni con Richard e con Cosima e poi, rientrato in Baviera, non intende partecipare oltre agli sforzi bellici e corre a rinchiudersi nell'isola delle Rose, nel mezzo del lago di Starnberg.

In quel momento Elisabetta si trova a Bad Ischl, vicino alla frontiera bavarese e al suo lago. Le piacerebbe rivedere il cugino e infondergli un po' di quell'ardore guerriero di cui l'Austria avrà presto bisogno. Non ha l'umore bellicoso di una valchiria; come suo cugino, odia la violenza, la guerra e i militari, ma sa che l'imperatore ha fatto il possibile per evitare il conflitto e che nei momenti tragici lei gli sarà sempre vicina. Il 15 giugno 1866 sopraggiunge la dichiarazione di guerra. L'atteggiamento di Luigi impedisce l'incontro dei due cugini. Si intestardisce, non riceve nessuno, nemmeno i propri ministri. Nell'isola delle Rose, assieme a Paul von Taxis, perde la nozione del tempo, i fuochi artificiali che fa sparare coprono già il fragore delle armi.

Il 29 giugno Elisabetta lascia i suoi bambini a Bad Ischl e fa ritorno a Vienna. La guerra è ovunque. In Baviera i suoi fratelli sono mobilitati. In Prussia Kossuth si prepara ad arruolare una legione ungherese contro l'Austria, come aveva fatto in Italia durante la guerra del 1859. Tutta l'Ungheria passerà dunque nel campo nemico? Come riuscirà Andrássy a proteggere il lungo lavoro di riconciliazione? Da questa guerra fratricida, che potrebbe vanificare tutti gli sforzi, Elisabetta teme il peggio. Un orrore!

Ricordando la lezione del 1859 Francesco Giuseppe non prende il comando militare e nomina due capi supremi: il generale Benedek per il fronte settentrionale e l'arciduca Alberto per il fronte meridionale, quello italiano. Benedek è famoso per il suo coraggio, ma non è uno stratega. Tormentato dal dubbio, raggiunge in Boemia il suo immenso esercito composto da più di duecentomila uomini. Egli sa, senza dubbio, che i soldati prussiani, pur essendo meno numerosi, sono molto meglio equipaggiati. Il loro nuovo fucile ad ago rischia di provocare danni. Sicché Benedek si chiude in una posizione di difesa, preoccupandosi soprattutto di non lasciar tagliare le sue linee di comunicazione con Vienna. Il colonnello Beck fa la spola tra Francesco Giuseppe alla Hofburg e Benedek, nei pressi di Olmütz. L'imperatore si preoccupa della passività del suo comandante in capo, che costringe gli stati tedeschi a combattere la Prussia in ordine sparso. I prussiani hanno già invaso la coraggiosa Sassonia, i cui eserciti abbandonano al nemico il loro paese per raggiungere Benedek in Boemia. La Baviera, sempre recalcitrante, rifiuta di fare altrettanto.

Il 26 giugno tre eserciti prussiani penetrano in Boemia provenienti da punti diversi. Benedek potrebbe trarre vantaggio dalla sua superiorità numerica e tentare, come un Bonaparte o un Orazio, di sconfiggerli l'uno dopo l'altro. Ma si irrigidisce sulla propria posizione e, non appena il fucile ad ago dell'avversario dà prova della sua efficacia, ripiega in direzione del villaggio di Sadowa.

Anche il colonnello Beck si lascia prendere dal pessimismo e porta all'imperatore il messaggio di un Benedek in una situazione disperata: «Imploro Vostra Maestà di concludere la pace al più presto; catastrofe inevitabile per l'esercito». Alla Hofburg regna lo stupore: la vittoria riportata dall'arciduca Alberto contro gli italiani, a Custoza, permetteva di sperare in una conclusione felice. Francesco Giuseppe non comprende lo smarrimento di Benedek. Reclama dunque la pace ancora prima di combattere? L'imperatore invia la sua risposta tramite Beck: «Impossibile concludere la pace. In mancanza di altra soluzione, vi ingiungo di ritirarvi in buon ordine. C'è stata una battaglia?». Al limite, ammette la ritirata, ma rifiuta la pace a condizioni tanto deplorevoli. Benedek interpreta la domanda di Francesco Giuseppe come un appello a dar battaglia. Le truppe si sono riposate, la confusione e il pessimismo sembrano dissipati. La battaglia può avere inizio. Ciò avverrà il 3 luglio, a nord della cittadina di Königgrätz, nel villaggio di Sadová, nome ceco francesizzato in Sadowa.

Come al solito le truppe austriache e sassoni danno prova del loro incredibile coraggio, mentre il comando rivela la propria mancanza di intelligenza. Bloccate sulle loro posizioni, con l'Elba alle spalle, si giocano la loro sorte. Benedek crede di affrontare un solo esercito prussiano, ma verso la metà della giornata un secondo esercito irrompe sugli austriaci. Infine, il terribile fucile ad ago conferisce alla Prussia una straordinaria potenza di fuoco. Il langravio Fürstenberg scrive: «È la guerra più cruenta che la storia abbia mai visto [...]. In faccia agli austriaci piovevano proiettili fitti come granelli di sabbia, tanto che i soldati cadevano a gruppi interi... un orribile bagno di sangue. Voglia Iddio che ciò abbia fine, non importa come e grazie a chi». L'esercito austriaco batte in ritirata in condizioni spaventose. Tra Vienna e i prussiani rimangono solo truppe sconfitte, sparpagliate, evanescenti.

La battaglia di Sadowa rappresenta lo scontro militare più importante del XIX secolo. Alla battaglia prendono parte 450 mila uomini. Il 3 luglio 1866 la Prussia diviene una delle più grandi potenze europee.

Le gesta guerriere non avvincono più le folle. Chi non se ne rallegra? Tuttavia Sadowa e tutto ciò che condusse a Sadowa meritano qualche parola in più. Quel 3 luglio 1866 tutta l'Europa precipita verso un avvenire che è il nostro presente. Senza Sadowa, senza l'avvento della potenza prussiana, non ci sarebbe stata la guerra franco-tedesca del 1870-71, all'origine della caduta di Napoleone III e della perdita per la Francia dell'Alsazia e della Lorena. Senza la guerra del 1870 e le cessioni francesi, il conflitto del 1914-18 non sarebbe stato tale (senza dubbio non sarebbe mai scoppiato) e non ci sarebbe stato né il trattato di Versailles né il trattato di Trianon. Senza lo smantellamento dell'Europa centrale, Hitler e il nazismo non avrebbero potuto annidarsi all'interno dei vecchi imperi. Orribile concatenamento del quale, a posteriori, è facile essere profeti. O Europa, cara e tragica Europa, esiste sul tuo suolo un solo luogo dove il sangue non sia scorso, che un giorno non sia stato recinto di filo spinato?

Per l'intera giornata del 3 luglio Francesco Giuseppe ed Elisabetta attendono insieme le notizie dal fronte. Tacciono, uniti nella stessa angoscia. Verso le sette di sera giunge il telegramma. È la disfatta, e inoltre la via di Vienna è aperta. L'imperatore è prostrato, ma rimane calmo. Il temperamento nervoso di Elisabetta rivela più che mai le sue imprevedibili risorse. Fragile di fronte alle cose quotidiane, ferita nell'intimo dalle ipocrisie, dalle meschinità, non appena la situazione si fa tragica lei diviene un blocco di volontà. La sognatrice, la schizzinosa, la capricciosa imperatrice si trasforma allora in un'infaticabile pasionaria e dedica tutta se stessa a consolare, rinvigorire, curare. Sa rafforzare gli animi e dichiarare apertamente ciò che ritiene essere vero. Si può contare su di lei, quando si tratta di difendere con tutte le forze suo marito, i suoi figli, il suo paese. I viennesi che la giudicavano leggera e indifferente osino, ora, darle lezioni di patriottismo!

In quella notte dal 3 al 4 luglio non è più una Wittelsbach. Sposando Francesco Giuseppe ha sposato il destino dell'Impero. Come potrebbe sentirsi Wittelsbach, quando la sua famiglia non è stata in grado di impedire la strage? Mentre altrove, al momento dell'eredità, i parenti si contendono pochi miseri iugeri, qui è in gioco il destino dell'Europa. Le sue zie e sua madre, le quattro sorelle Wittelsbach non hanno acquisito sposandosi un potere sulle corti più prestigiose? Se Ludovica è rimasta in Baviera, Sofia ha avuto accesso alla Hofburg. Maria, regina di Sassonia, è una sicura alleata dell'Austria. Ma che dire di Elisa, la zia Elisa, regina di Prussia e moglie di Guglielmo I, la cui anima dannata si chiama Bismarck?

Il giorno dopo la Baviera capitola a Bad Kissingen, il luogo in cui Elisabetta dovrebbe trovarsi per la sua cura. Riunite per una volta nell'avversità, l'arciduchessa Sofia e sua nuora non trovano parole sufficientemente dure per bollare l'indolenza, l'incuria di Luigi II e la disfatta della loro Baviera natale. Elisabetta invia ogni giorno un corriere a Latour, il precettore di suo figlio. Desidera che Rodolfo non soffra troppo della loro separazione e che sia informato, appunto da Latour, con le parole che questi saprà scegliere, circa la situazione del paese. Il mattino del 4 luglio scrive: «Sin da ieri abbiamo ricevuto questa notizia che vanifica le nostre ultime speranze [...]. Le perdite devono essere terribili». Conclude dolendosi per la sorte del figlio: «Questo povero bambino, il cui avvenire sembra tanto triste».

Tuttavia la coppia imperiale non si lascia vincere dallo scoramento. Elisabetta moltiplica le sue prestazioni da un ospedale all'altro. Si parla della sua dedizione, della sua efficienza. Miracolo dei miracoli, la terribile arciduchessa Sofia proclama ad alta voce le virtù della nuora. Non tutti sono di questo parere, alcune persone amareggiate fanno notare che l'imperatrice si interessa maggiormente ai feriti ungheresi e preferisce rivolgersi a essi nella loro lingua, in modo che il suo seguito non possa afferrare il significato delle sue parole!

Francesco Giuseppe non si dà per vinto. Conta di riportare sul fronte settentrionale l'esercito d'Italia. Forte della sua vittoria di Custoza, questo ristabilirà l'equilibrio delle forze presenti, saprà galvanizzare gli spiriti. Contemporaneamente sostituisce Benedek con l'arciduca Alberto. Non è il caso di disperarsi, tanto più che i prussiani sono lontani dalle loro basi e il colera uccide più persone di quante ne uccida l'artiglieria austriaca.

A Vienna il caldo è insopportabile, in città si teme sempre più l'arrivo dei prussiani. Gli abitanti cominciano a fuggire, trascinandosi appresso bauli e pacchi, il triste corredo dei profughi. La corte fa altrettanto. Si spediscono a Buda, per treno o nave, le cose più preziose: i documenti del ministero degli Affari esteri, i manoscritti della Biblioteca, i quadri, gli emblemi della corona e anche l'imperatrice. Elisabetta lascia Vienna il 9 luglio. A dire il vero, è suo marito che la esorta a partire. Per la sua sicurezza, anzitutto, e poi perché usando la sua enorme influenza possa indurre gli ungheresi a rimanere tranquilli in seno all'Impero. Francesco Giuseppe è ossessionato dal ricordo del 1848. L'Ungheria ascolterà Kossuth e approfitterà della debolezza austriaca per rivolgere le sue armi contro Vienna? Elisabetta ha accettato di separarsi dal marito a condizione che i suoi figli lascino Ischl e la raggiungano.

Alla stazione di Pest è acclamata da Deák, Andrássy, da numerosi rappresentanti del partito liberale e da più di un migliaio di ungheresi. Deák confida: «Considererei una viltà voltare le spalle all'imperatrice quando si trova nella sventura, dopo averla festeggiata quando le cose della dinastia andavano ancora bene».

Il paese sembra in mano ai liberali, i suoi amici, e l'agitazione è solo allo stato larvale. Un po' rassicurata, tre giorni dopo Elisabetta ritorna a Vienna per recuperare Rodolfo e Gisella e riportarli con sé a Buda. Ne approfitta per mettere il marito al corrente della situazione. Secondo lei, per evitare che la rivoluzione scoppi di nuovo in Ungheria e conduca l'Austria a un completo isolamento, è necessario agire in fretta. Solo Andrássy è in grado di mantenere il legame tra i due paesi; per impressionare gli spiriti e soffocare la rivolta sul nascere, bisognerebbe nominarlo ministro degli Affari esteri dell'Impero. L'imperatore l'ascolta, ma rifiuta di prendere questa decisione.

Francesco Giuseppe spera ancora in un aiuto da parte della Francia. Presso Napoleone III non mancano dei simpatizzanti dell'Austria, raggruppati intorno all'imperatrice Eugenia. I francesi non devono forse temere un'egemonia prussiana? Francesco Giuseppe invia i suoi emissari a Parigi, ma Napoleone III non si lascia convincere. Solitamente tanto abile, valuta male le ambizioni di Bismarck e ritiene che senza fare nulla riuscirà a trarre vantaggio dalla situazione. Secondo lui, alla fine della guerra, la Germania rimarrà divisa in due, da una parte gli Stati settentrionali, dall'altra quelli meridionali. Punta su un aggravarsi delle divisioni; quattro anni più tardi questo errore gli sarà fatale.

Il caldo opprime Vienna, il panico la disgrega. Coloro che sanno dove andare, fuggono. Gli altri spiano dalle colline l'arrivo delle orde prussiane. Il 13 luglio Elisabetta riparte per Buda con i figli. Alla stazione di Vienna bacia a diverse riprese le mani del marito, come se non riuscisse a separarsi da lui. Pudica per natura, questa volta esprime con una lieve ostentazione l'affetto che le ispira quell'uomo attaccato da ogni parte. Infatti, la popolazione austriaca risente troppo della guerra perché alla pestilenza vengano ad aggiungersi voci relative a un'abdicazione. Alcuni affermano che Massimiliano rientrerà dal Messico per prendere il posto di Francesco Giuseppe, altri non esitano a chiamare in aiuto i nemici, una specie di Anschluss anticipata: «Vengano pure i prussiani, faremo loro ponti d'oro!».

Elisabetta si stabilisce con i figli in una villa sulle colline di Buda. Il palazzo reale è trasformato in ospedale. L'imperatrice è abile nel curare, specialmente quando può parlare in ungherese ai malati. Del resto, da quel momento l'ungherese diviene la sua lingua. Le lettere quotidiane che Francesco Giuseppe e sua moglie si scambiano sono ormai redatte da entrambe le parti in ungherese ed essi si rivolgono in questa lingua anche ai loro figli. Ora nulla può più arrestare la magiarizzazione dell'imperatrice.

La dolce Ida Ferenczy, felice di rivedere il suo paese, l'accompagna ovunque. Da quando ha messo l'intelligenza, il cuore e il patriottismo al servizio dell'imperatrice, è la prima volta che torna in patria. A Vienna il «clan» ungherese si ritrova rafforzato dalla sconfitta stessa di coloro che gli si opponevano. Quando i prussiani sono alle porte della città, i sogni tedeschi dell'arciduchessa non possono far altro che crollare. Il Veneto è perduto. Che fare per salvare il salvabile, se non accordarsi con gli ungheresi? Se l'arciduchessa mostra un'improvvisa indulgenza nei confronti della nuora, dipende forse anche dal fatto che è consapevole del proprio fallimento politico? Il regno di suo figlio segnerà la fine della santa e vecchia missione dell'Austria in Germania? In questa lotta tra Antichi e Moderni, i primi sono sul punto di vedersi eliminare.

Elisabetta ha trovato presso l'imperatore un alleato, una specie di corrispondente, nella persona di György Majláth, ungherese, naturalmente, e amico di suo padre, il duca Max. L'uomo proviene dalla stessa famiglia dell'indimenticabile János Majláth, che le ha trasmesso l'amore per l'Ungheria, e per di più è a Vienna in qualità di cancelliere degli Affari ungheresi. Il 14 luglio, il giorno successivo al suo ritorno a Buda, Elisabetta gli scrive parole che rivelano il suo stato di esaltazione e il suo impegno totale in favore della causa ungherese:

> Con voi sarò franca. Vi prego, fate le mie veci presso l'imperatore, apritegli gli occhi sul pericolo al quale ciecamente sta andando incontro, ostinandosi a rifiutare qualsiasi concessione all'Ungheria. Siate il nostro salvatore, ve ne scongiuro, in nome della nostra povera patria e di mio figlio; rivolgendomi a voi, conto anche sull'amicizia che, forse a torto, immagino nutriate per me. Ciò che cerco di ottenere dall'imperatore, ma che, ahimè! non mi ha ancora accordato, è che allontani i ministri attuali e nomini Gyula Andrássy agli Affari esteri. Ciò significherebbe fare all'Ungheria una concessione che non impegnerebbe a nulla. Andrássy è così popolare che la sua nomina tranquillizzerebbe il paese, gli renderebbe fiducia e manterrebbe il regno nella calma fino al momento in cui gli avvenimenti permetterebbero di risolvere la situazione interna [...]. Mi sono rivolta a voi senza secondi fini. Quando concedo la mia fiducia a qualcuno non lo faccio mai a metà. Riuscite laddove ho fallito e sarete benedetto da milioni di anime, mentre mio figlio pregherà per voi tutti i giorni come per il suo più grande benefattore. Non affido questa lettera alla posta. Potrete trattenere il messaggero quanto vorrete, ma non lasciatelo tornare indietro senza risposta.

Bisogna dare credito a Elisabetta: quando concede la sua fiducia, questa fiducia è totale. In questa lettera, una minuta scritta di getto, essa rivela con un'incredibile franchezza i suoi piani, forse i suoi sentimenti, a un uomo che conosce appena, ma del quale il «clan» ungherese si rende garante. György Majláth le risponde il 15 luglio. Secondo lui l'imperatore sa che deve prendere rapidamente delle misure in favore dell'Ungheria, ma vuole assolutamente evitare che siano decise sotto la pressione degli eventi.

Sempre impaziente, Elisabetta scrive quello stesso 15 luglio una lunga lettera al marito. Il suo fervore la induce a ricorrere al ricatto dei sentimenti. I liberali ungheresi non hanno bisogno di fare pressioni su di lei. Ha scelto l'Ungheria, vuole esserne la redentrice, così come Andrássy ne sarà il salvatore:

> Lascio in questo momento i Koenigsegg [Paula Koenigsegg è la sua prima dama d'onore], in casa dei quali ho appena avuto una conversazione a quattr'occhi con Andrássy, il quale mi ha esposto le sue opinioni senza mezzi termini. Le ho comprese e sono convinta che se hai fiducia in lui, ma realmente fiducia, possiamo salvare noi stessi, cioè la monarchia, e non solo l'Ungheria. Ma in ogni caso devi parlargli tu stesso, e subito, perché a ogni giorno che passa la situazione si può modificare, al punto che alla fine egli potrebbe non desiderare più di occuparsene. Per assumere questo incarico in un momento simile ci vuole davvero molta devozione. Parlagli dunque

senza indugio; puoi farlo tranquillamente, perché posso assicurarti che non hai a che fare con un uomo che vuole a ogni costo svolgere un ruolo o che ambisce a una posizione; al contrario, rischia piuttosto la sua attuale posizione, che è invidiabile. Ma, come ogni uomo d'onore, nel momento in cui lo stato è sul punto di colare a picco, è pronto a fare tutto ciò che è in suo potere per contribuire al salvataggio; metterà ai tuoi piedi tutto ciò che possiede: la sua intelligenza, la sua influenza nel paese. Per l'ultima volta, ti supplico, in nome di Rodolfo, non lasciarti sfuggire l'ultima occasione [...].

Ho pregato Andrássy di dirti apertamente la verità, di metterti al corrente di ogni cosa, anche se, purtroppo, non è piacevole. Ti prego, telegrafami subito dopo aver ricevuto la mia lettera, se Andrássy deve partire per Vienna con il treno della sera [...]. Se dici di no, se all'ultimo momento ti rifiuti persino di ascoltare un consiglio disinteressato [...] allora non mi resterà che consolarmi con la coscienza che, qualsiasi cosa accada, un giorno potrò dire a Rodolfo in tutta sincerità: Ho fatto tutto ciò che era in mio potere, non ho nulla da rimproverarmi.

Già l'indomani, Elisabetta riceve un telegramma cifrato, redatto frettolosamente da Francesco Giuseppe: «Ho fatto venire Deák in segreto. Non impegnarti troppo con Andrássy».

Nell'imperatore si è risvegliata la gelosia? Oppure, semplicemente, preferisce il vecchio saggio al troppo affascinante Andrássy? Nel frattempo Kossuth, passato in Italia, lancia fulmini contro l'accoglienza riservata a Elisabetta dai suoi compatrioti. Quel 16 luglio scrive da Firenze: «Le manifestazioni di simpatia tributate all'imperatrice in occasione del suo viaggio a Pest hanno suscitato qui la più deplorevole impressione. È importante, anzi molto importante, che il nostro partito suoni la diana nazionale. La passività ungherese ci deprime». Kossuth sente che tra Elisabetta e i liberali da una parte, e gli ultimi emigrati e i rivoluzionari dispersi nel paese dall'altra, ha avuto inizio una corsa a cronometro. Conta sulla vittoria di Bismarck per rafforzare le proprie probabilità di riuscita, mentre l'imminenza del pericolo spinge Francesco Giuseppe ad avvicinarsi più in fretta di quanto vorrebbe all'Ungheria. Sicché finalmente acconsente a ricevere Andrássy.

Gli avvenimenti precipitano. Il mattino stesso del 16 luglio l'imperatore aveva telegrafato a Elisabetta che preferiva ricevere Deák. Senza dubbio nel frattempo ha saputo che Deák, assente da Pest, non può essere raggiunto immediatamente. L'urgenza è tale che, cedendo alle argomentazioni di sua moglie, fa convocare Andrássy. Il bel conte, prima di partire per Vienna, si incontra con Elisabetta. L'imperatrice gli affida una lunga lettera destinata all'imperatore. Nel rivolgersi al marito il suo tono si fa meno impaziente. Non ha già riportato una prima vittoria? Sa che, con la dolcezza, lo indurrà a riservare al suo messaggero la migliore delle accoglienze. Per la prima volta si sofferma a raccontargli in dettaglio come vive a Buda e a descrivergli la villa Kochmeister, che occupa con i figli.

Già l'indomani Elisabetta riceve una lettera dall'imperatore. Le scrive quasi ogni giorno, subito dopo essersi alzato, tra le quattro e le cinque del mattino, prima di cominciare la sua interminabile giornata:

> Angelo adorato. Attendo dunque G.A. [Andrássy] oggi. Lo ascolterò tranquillamente e lo lascerò parlare, lo sonderò per sapere se posso avere fiducia in lui. Il vecchio [Deák] non è più a Pest, si dovrà dunque richiamarlo dalla campagna, sicché sarà qui solo domani o dopodomani. Del resto, preferisco parlare a quattr'occhi prima con A. Il vecchio, infatti, è senza dubbio molto intelligente, ma non ha mai avuto molto coraggio. Qui la situazione non è cambiata. Napoleone continua a fare il mediatore, ma non è riuscito a concludere granché con i prussiani [...]. Ora possono attaccare da un giorno all'altro, ma non attraverseranno tanto facilmente il Danubio [...]. Addio, angelo mio, ti abbraccio con i bambini. Mi mancate molto. Dio ci protegga, Dio protegga l'Austria. Il tuo Francesco che ti ama teneramente.

L'incontro ha luogo a mezzogiorno. È cordiale, ma i due uomini non trovano un terreno d'intesa. Andrássy ha un merito: non punta a minimizzare le pretese ungheresi per conciliarsi le buone grazie dell'imperatore e tentare di strappargli l'incarico ministeriale cui ambisce. Non demorde, l'Ungheria ha bisogno di un sistema costituzionale. Francesco Giuseppe gli risponde nel modo abituale. Non può accordare a Buda ciò che rifiuta altrove, a Praga, certo, ma anche a Vienna. Del resto i liberali degli altri paesi dell'Impero cominciano ad appoggiare le esigenze ungheresi di cui potrebbero approfittare di riflesso. Benché difficile proprio per la franchezza che lo contraddistingue, il dialogo tra i due uomini non si interrompe. Andrássy prega l'imperatore di essere attento alle argomentazioni di Deák, e Francesco Giuseppe chiede al conte di rimanere a Vienna fino all'arrivo del suo amico.

Sin dall'indomani racconta a Elisabetta il suo incontro con Andrássy:

> Vienna, 18 luglio 1866,
> ore cinque e mezzo del mattino.
>
> Mia Sissi adorata,
> [...] Come sempre ho trovato G.A. troppo poco preciso e per nulla interessato alle altre regioni della monarchia. In questo momento difficile chiede molto e offre troppo poco. Certo, è un uomo molto intelligente e inoltre franco e onesto, ma temo che non sia sufficientemente forte e assecondato nel paese, per portare al successo le idee che difende [...]. Prima di prendere una decisione è necessario che veda ancora il vecchio, che parli ancora con entrambi.

Poi il tono della lettera cambia radicalmente:

> Ti ringrazio della descrizione che mi hai fatto della villa Kochmeister, deve essere molto piacevole. Ma la porta a vetri della tua stanza da letto non mi entusiasma, in quanto permette certo agli sguardi indiscreti di vederti quando procedi alle tue abluzioni, e la cosa mi preoccupa. Fa' dunque posare una grande tenda nera davanti a quella porta [...].
>
> Il tuo devoto piccolo marito.

Com'è patetico questo imperatore incalzato da ogni parte, che si preoccupa per un vetro fuori posto! Francesco Giuseppe è geloso, lo ha già dimostrato a diverse riprese. Ora che la sua gelosia potrebbe essere più che mai motivata, svia la propria attenzione dal rivale, Andrássy, per preoccuparsi solo di ipotetici guardoni. Infatti è difficile immaginare il conte Andrássy appostato dietro la villa Kochmeister in attesa dello spettacolo. Del resto, si trova a Vienna quando Francesco Giuseppe invia questa lettera. L'imperatore si sente solo, sente la mancanza di sua moglie, i suoi timori aumentano. Il pericolo non è forse ovunque? Un vetro, un conte troppo seducente, degli sconosciuti nascosti nell'oscurità? La gelosia è ossessionante, anche se ci si rifiuta di dare un volto al rivale.

Si può pensare anche che Francesco Giuseppe scriva queste righe poco dopo aver incontrato Andrássy. Contro quest'uomo non può dire nulla di biasimevole. Che possa piacere è evidente, e ciò acuisce maggiormente i timori che l'imperatore è costretto a tenere per sé. Non solo giudica la moglie al disopra di ogni sospetto, ma se nutrisse il minimo dubbio sulla sua condotta gli sembrerebbe di agire in modo riprovevole nei suoi confronti. Sicché preferisce sfogare la propria collera prendendosela con un vetro, che in definitiva è innocente!

Nella giornata del 18 luglio i prussiani stabiliscono il loro quartier generale a Nikolsburg, situata a cinquanta chilometri da Vienna. Dalle colline della città è possibile scorgere in lontananza i bivacchi nemici.

Il 19 luglio, alle sette del mattino, Francesco Giuseppe riceve Deák. Il «vecchio» ha alloggiato in incognito in un sobborgo di Vienna. Si fa chiamare Ferenczy, il che ha il vantaggio di confondere le piste ma anche di sottolineare il ruolo svolto dalla dolce Ida in tutte queste trattative. Deák giunge alla Hofburg a bordo di una carrozza a noleggio, ama il segreto e la semplicità. Il giorno dopo l'imperatore scrive alla moglie:

> Abbiamo parlato per un'ora molto apertamente di tutte le eventualità immaginabili. Non l'avevo mai trovato tanto calmo, tanto lucido e anche sincero; è molto più lucido di A.; inoltre tiene più conto di lui del resto del-

la monarchia. Tuttavia ho tratto da questi due incontri la stessa convinzione: entrambi chiedono tutto e non offrono alcuna seria garanzia di riuscita. Non si impegnano nemmeno a perseverare nel caso in cui non potessero far valere la propria volontà nel paese e si vedessero sopraffatti alla loro sinistra. Deák mi ha ispirato una grande stima per la sua onestà, il suo lealismo e il suo attaccamento alla dinastia, e ha confermato la mia opinione: se questa sventurata guerra non fosse scoppiata, non avrei tardato, grazie alla via che avevamo imboccato, a intendermi con la Dieta; ma a quest'uomo mancano il coraggio, l'energia e la perseveranza nelle avversità. Non voleva assolutamente incontrare Andrássy e, alle undici, è ripartito furtivamente. Oggi voglio rivedere Andrássy per non interrompere il filo delle trattative in quanto, una volta che la situazione esterna si sarà stabilizzata, ci sarà comunque qualche cosa da fare con lui. Devo concludere per mettermi al lavoro. Addio, mia Sissi. Ti bacio con i bambini. Il tuo piccolo che ti ama teneramente.

Francesco Giuseppe rifiuta di lamentarsi; la sua educazione, il suo carattere, l'idea che ha della propria funzione glielo impediscono. Ma soffre, soffre terribilmente per tutta quell'estate 1866, anche se il ritmo delle sue giornate non gli lascia né il tempo né la voglia di commuoversi sulla propria sorte. Il suo solo momento di tregua è al mattino, quando si rivolge alla moglie con il pensiero e con la scrittura. Ben presto, anche quel piacere diviene doloroso. L'assenza di Elisabetta si prolunga. Della loro separazione teme ogni cosa. Sissi ha una salute fragile. Ne parla preoccupato in ogni lettera. La cosa peggiore sarebbe vederla ricadere in quel susseguirsi di malattie di cui ha sofferto alcuni anni prima. Conosce anche la forza dei suoi entusiasmi, la sua impazienza, non vorrebbe deluderla tagliando le ali al suo slancio ungherese.

Sulla scacchiera dell'Europa sono già state sacrificate troppe pedine. Dato che Napoleone III non si decide a passare all'azione, bisogna risolversi a firmare la pace. Sarà lui, Francesco Giuseppe, l'Asburgo che avrà perduto la Germania. Non si è mai sentito tanto solo, ma tradisce la sua disperazione solo attraverso le formule finali delle lettere che invia a Elisabetta. «Il tuo piccolo uomo» scrive o, più semplicemente, «il tuo piccolo» e infine «il tuo povero piccolo che ti ama alla follia». Un imperatore sconfitto, un uomo straziato.

Gli è già accaduto di perdere delle battaglie, dei territori, la ferita si rimarginava sempre. Questa volta sente che è incurabile. L'Austria non farà mai parte di quel Reich tedesco del quale diciotto dei suoi avi furono gli imperatori. Quest'uomo che si dice tedesco e che lo è per la sua serietà, il suo coraggio, la sua solidità, la sua semplicità, ha la sensazione di essere scacciato dalla propria casa. Se all'indomani di Sadowa avesse potuto prevedere in che modo il suo paese sarebbe tornato in seno al grande Reich nel 1938, ne sarebbe stato senza dubbio ancora più disperato.

L'armistizio viene concluso a Nikolsburg il 26 luglio, mentre la pace sarà firmata il mese seguente a Praga, il 23 agosto 1866. Bismarck ha l'intelligenza di non umiliare più del necessario il perdente. Andando contro l'opinione del suo re, non esige alcun bottino, alcuna cessione di territori. Guglielmo I era entrato in guerra di malavoglia, ma ora la vittoria gli ha dato appetito e mangerebbe volentieri qualche provincia austriaca. Bismarck, non senza fatica, riesce a calmarlo. È sufficiente che l'Austria sia esclusa dalla Germania. È ciò che voleva, lo ha ottenuto. La Prussia si accontenta di annettere alcuni ducati tedeschi e di riunire intorno a sé gli Stati settentrionali, e lascia che il sud della Germania si organizzi a modo suo. Napoleone III è soddisfatto di questo accordo che, per il momento, gli dà ragione. Ci si attendeva un orco; Bismarck, vittorioso, si comporta da uomo lungimirante, e il suo trionfo è ancora più grande. Ha vinto grazie alle armi ed è cresciuto nella stima del popolo.

Francesco Giuseppe non è il solo a essere straziato. Elisabetta, a Buda, è nuovamente assalita dagli attacchi della sua malattia e chiama in aiuto il dottor Fischer. A Vienna, la popolarità dell'imperatore precipita. I nemici non sono solo all'estero, si insinuano nella cittadella assediata. Sulle mura stesse della Hofburg viene trovata affissa una quartina oltraggiosa:

> Come non perdere
> Con dei volontari senza bottoni,
> Dei ministri senza testa,
> Un imperatore senza cervello?

L'Europa forgiata da Metternich al Congresso di Vienna è finita. Il desiderio di potere e il nazionalismo sono vittoriosi. Per la prima volta, Francesco Giuseppe è in preda a un totale pessimismo. Dopotutto l'Impero, il suo Impero, non può essere iscritto per sempre nel destino dell'Europa. L'uomo è invecchiato di colpo. Non è più il giovane imperatore che riteneva di poter garantire, a forza di lavoro e di rigore, l'integrità del suo paese. Comincia ad attribuire il nome di fatalità alla sua solitudine, alla sua impotenza. Alla madre, l'arciduchessa Sofia, scrive:

> Quando si ha contro il mondo intero e non si hanno amici, non c'è speranza di avere la meglio, tuttavia bisogna difendersi quanto più a lungo possibile, fare il proprio dovere fino in fondo e, alla fine, soccombere con onore.

Francesco Giuseppe ha lasciato la Hofburg. In pieno centro di Vienna il caldo è insopportabile. A Schönbrunn ci sono il parco, i luoghi ombreggiati, il chiosco di Maria Teresa, ma gli manca l'essenziale, sua moglie. Il 28 luglio, due giorni dopo l'armistizio, quando i pericoli di invasione si sono allontanati, le lancia un appello: «Ti prego, vieni a trovarmi. Mi manchi moltissimo e senza dubbio anche tu sarai felice di rivedermi dopo giorni tanto agitati». L'imperatore sa che Elisabetta è spazientita di veder ristagnare i negoziati con l'Ungheria; per calmarla, forse per indurla a ritornare da Buda, le annuncia che il giorno successivo rivedrà Andrássy.

In effetti, il 29 luglio i due uomini si incontrano. Al di là delle parole e dei risultati ottenuti grazie a questa diplomazia che procede a piccoli passi, tra gli ex nemici si è instaurata un'incredibile fiducia. Naturalmente, né l'uno né l'altro parlano dell'imperatrice, la quale, tuttavia, riempie della sua presenza le loro conversazioni. Lungi dall'allontanarli, dall'incitarli alla discordia o al sospetto, tale presenza ha qualcosa di stimolante. Se sono capaci di vincere le gelosie, le meschinità per amore di una donna, come potrebbero, riguardo all'Impero, non giungere a una soluzione onesta? Ci troviamo nella più pura tradizione dell'amor cortese. I due uomini conoscono i propri ruoli e li svolgono pienamente. Sono consapevoli del fatto che tramite loro è in gioco un futuro più importante delle loro persone e ciò li affascina, al di là del reciproco rispetto.

Andrássy consegna all'imperatore un progetto di rimpasto dualista della monarchia. Viene così definita l'esistenza di due stati differenti, uniti all'interno dell'Impero, l'Austria-Ungheria. Com'è nelle sue abitudini, Francesco Giuseppe prende atto e non promette nulla. Non si tratta solo di indecisione da parte sua; bisogna ammettere che ha altri problemi da risolvere. L'armistizio ha messo fine alle battaglie, per cui l'Ungheria corre meno rischi di sollevarsi contro l'Austria. Per contro, è urgente occuparsi delle province devastate dalla guerra. La Boemia soffre di carestia, le epidemie decimano le sue popolazioni indebolite. Completare gli effetti delle guerre è tipico delle malattie. Lo si vedrà nel 1918 con l'influenza spagnola che farà un milioni di morti, tra i quali Apollinaire ed Egon Schiele.

Elisabetta è finalmente venuta a Schönbrunn a trovare il suo «piccolo uomo». L'incontro non mantiene le promesse. Appena arrivata l'imperatrice ne approfitta per ricevere Andrássy. Sono passati i tempi in cui il conte, sorvegliato dalla polizia imperiale, evitava di incontrarla per non nuocere alla sua reputazione. Ora che i colloqui con Francesco Giuseppe hanno assunto un tono cordiale, potrebbe destare sospetto se Andrássy non facesse visita all'imperatrice nel suo castello di Schönbrunn, mentre a Buda la vedeva quasi ogni giorno.

Tuttavia Francesco Giuseppe non manca di rimproverare alla moglie tanta premura nel momento stesso in cui si dimostra così distante nei suoi confronti. Elisabetta replica condannando le esitazioni politiche di lui che, a suo avviso, non trovano alcuna giustificazione. La Germania è perduta, non resta che salvare il salvabile, vale a dire l'Ungheria. Durante i loro litigi coniugali si scagliano addosso pezzi d'Europa, come altri si scaglierebbero i piatti.

Due giorni dopo queste discussioni, Elisabetta riparte per Buda. Qui riceve subito una lettera dell'imperatore: «Torna presto a trovarmi [...] anche se sei stata davvero cattiva e brusca, ti amo tanto che non posso vivere senza di te». Poi il 7 agosto, come per scusarsi di averla delusa, le spiega le proprie ragioni: «Sarebbe contrario al mio dovere pormi unicamente dal punto di vista ungherese, che è il tuo punto di vista, trascurando i paesi che, conservando un fedele attaccamento alla corona, hanno sopportato indicibili sofferenze». Patetico nella sua rassegnazione, prosegue: «Sopporterò con pazienza questa solitudine cui sono abituato da tempo. In questo senso ho già imparato a soffrire molto, e alla lunga ci si abitua».

Nel frattempo, a Buda, Elisabetta continua a essere in collera. Non aveva forse confidato ad Andrássy: «Quando per l'imperatore le cose vanno male in Italia, ciò mi addolora; ma quando vanno male in Ungheria ciò mi uccide»? Non solo l'Austria ha perduto tutta la sua influenza in Germania e in Italia, ma l'imperatrice è convinta che il marito, con il suo tergiversare, si lascerà sfuggire anche l'Ungheria.

Talvolta è assalita dall'ira, talvolta dallo scoraggiamento. Perché i due uomini si trincerano dietro tante chiacchiere? Per caso non manca loro la cosa più importante, l'energia? L'imperatrice giudica Francesco Giuseppe e Andrássy con la stessa severità. Non dicono entrambi di agire secondo i suoi desideri? In realtà, all'improvviso si rende conto di quanto il suo potere sia limitato. La chiamano con i nomi più dolci, lei è l'«angelo adorato» dell'uno, la «Provvidenza» dell'altro, ma non tengono conto delle sue opinioni. La sua indole passionale li intimidisce. A parte Ida, nessuno cerca di comprenderla in maniera disinteressata. Elisabetta considera definitivo il proprio insuccesso e nella sua delusione si dimostra ingiusta.

Per il momento tronca le conversazioni politiche con i suoi amici, i liberali ungheresi. Come suo cugino Luigi II, cerca di sfuggire alla realtà, lasciandosi trasportare dal galoppo del suo cavallo. Nel corso di una di queste lunghe cavalcate scopre, a una trentina di chilometri da Buda, il castello di Gödöllö. Ne è subito sedotta, sebbene la costruzione non si presenti sotto la sua luce migliore. È in pessimo stato, all'interno è stato improvvisato un ospedale in cui vengono curati i feriti ungheresi di Sadowa. Ma, come sempre, tutto ciò che ad altri farebbe orrore l'attira. Sa bene che cosa sono i feriti di guerra. Si crede responsabile di ogni piaga, soprattutto quando si tratta di carne magiara che soffre, che è colpita.

Il castello di Gödöllö è stato costruito nella metà del XVIII secolo dall'imperatrice Maria Teresa. È un superbo edificio barocco, nascosto in una foresta i cui alberi d'alto fusto si perdono al limite dell'immensa pianura. Un'isola, terrestre questa volta, tanto la pianura circostante pare non avere fine. All'interno del castello si ha l'impressione di essere protetti senza sentirsi prigionieri dei muri. La luce vi penetra abbondante attraverso le immense finestre dell'atrio, rendendo fosforescente il marmo della doppia rampa di scale. I raggi del sole giocano sulla sua superficie, la costruzione ha qualche cosa di vivo, di naturale, è l'immagine di ciò che Elisabetta ama nell'Ungheria.

In questo luogo, il 7 aprile 1849, nel castello stesso dell'ex imperatrice, la grande Maria Teresa, Kossuth ha riunito i suoi generali e proclamato la caduta degli Asburgo dal trono di Ungheria. È questo ricordo che induce Elisabetta a innamorarsi ancora di più della dimora? Il suo è un atteggiamento di sfida. Sarà in grado, con la sola volontà, di modificare il corso della storia? Scrive subito all'imperatore per dirgli che desidera riscattare la proprietà. La risposta non si fa attendere: è, per una volta, un no categorico:

> Se lo desideri, puoi andare a Gödöllö a visitare i feriti. Ma non pensare che sia possibile per noi acquistare quel castello; in questo momento non disponiamo di denaro e nei momenti difficili che attraversiamo siamo costret-

ti a terribili economie [...]. Per l'anno prossimo ho ridotto il bilancio della corte a cinque milioni, il che significa due milioni di economia. Dovremo vendere quasi la metà delle scuderie e vivere con molta parsimonia. Il tuo triste, piccolo marito.

Questo rifiuto le apre gli occhi, e inoltre la lucidità di Ida l'aiuta a prendere coscienza del proprio egoismo. L'imperatore, del quale lei credeva inesauribile la resistenza, è dunque sull'orlo dell'abisso? A Francesco Giuseppe non piace lamentarsi, bisogna che la situazione sia molto grave, se confessa: «Sono assai malinconico, depresso e, in fondo, mi sento svuotato. In questo momento devo fare molti sforzi per non crollare [...]. Ho un gran desiderio di te, della tua compagnia. Il tuo piccolo uomo solitario».

Decide di ritornare a Vienna. Il 18 agosto festeggiano insieme il trentaseiesimo compleanno di Francesco Giuseppe. L'atmosfera è tesa, e tuttavia, durante tutto il soggiorno, Elisabetta si trattiene dall'importunare il marito parlandogli dell'Ungheria. Lo stesso Andrássy l'ha messa in guardia da un'insistenza che rischierebbe di ritorcersi contro di loro. Per il momento il compito dell'imperatore è troppo penoso. La pace definitiva con la Prussia non è ancora stata firmata, lo sarà solo una settimana più tardi, a Praga. A queste ansie si aggiunge una nuova preoccupazione. In Messico Massimiliano è circondato da ogni parte. Sua moglie, Carlotta, disfatta, sconvolta, è venuta a gettarsi ai piedi di Napoleone III per chiedergli un aiuto che lui le ha rifiutato. Quanto a Francesco Giuseppe, a questo proposito dichiara: «Spero solo che non venga qui, non mancherebbe che questo, nelle attuali circostanze». Senza dubbio non dà prova di grande solidarietà nei riguardi del fratello minore, troppo impegolato com'è nelle faccende europee. Non è certo il momento adatto alla generosità. Ogni volta che l'Europa sembra indebolita, alcune voci si levano per chiedere un'abdicazione in favore di Massimiliano. Per Francesco Giuseppe il peggio sarebbe che il fratello, disgustato dal Messico, decidesse ora di ritornare a Vienna. In realtà, la situazione di Massimiliano è molto più drammatica di quanto non si pensi in Europa, dove le notizie giungono con un ritardo di sei, otto settimane e dove si trova conveniente attribuire lo smarrimento di Carlotta a un disturbo psicologico.

Il 19 agosto, subito dopo il genetliaco dell'imperatore, Elisabetta parte per Buda adducendo due buoni pretesti: raggiungere i suoi figli che sono rimasti nella capitale ungherese e festeggiare il giorno di santo Stefano in terra magiara. Stefano non è forse il protettore dell'Ungheria? In questa occasione è suo dovere rappresentare l'imperatore. Una grave epidemia di colera la costringerà ad allontanarsi dalle colline di Buda; finalmente acconsentirà a far rimpatriare i figli e a rispondere ai ripetuti appelli del marito: «Mi manchi terribilmente, per lo meno con te posso parlare e ciò mi risolleva il morale, anche se trovo che in questo momento sei un po' brusca, con me. Sì, mio tesoro – e quale tesoro! – mi manchi molto».

Di ritorno a Vienna, lei non abbandona per questo la lotta, le avversità attizzano le sue forze. Se Francesco Giuseppe soffre per la mancanza di un accordo totale con la moglie, tuttavia rifiuta di ottemperare ai suoi minimi desideri. Elisabetta avverte come un fallimento personale la nomina del sassone Beust alla carica di ministro degli Affari esteri; il suo candidato, ovviamente, era Andrássy. Ma dimentica presto la propria animosità perché Beust si rivela come il campione del Dualismo e dell'intesa con l'Ungheria. Per calmare i suoi interlocutori magiari questi giungerà persino a dire: «Conserverete le vostre orde, noi conserveremo le nostre». Ecco un uomo che, se non altro, non si fa alcuna illusione sulla natura umana!

In autunno Elisabetta aggiunge un nuovo elemento alla propria guardia ungherese nella persona di Max Falk. All'uomo non manca nulla per riempire d'orrore l'arciduchessa e il suo clan. È ungherese, ebreo, e per di più è stato in carcere per infrazioni alla legge sulla stampa. Aggiungiamo che questo contravventore alle regole è amico di Andrássy. Per introdurlo nella propria cerchia l'imperatrice si serve di un'astuzia che le è già stata molto utile. Chiede a Max Falk di venire a darle lezioni di ungherese, anche se in questo campo la sua preparazione è completa. Infatti se ne è sempre occupata Ida, e ormai l'allieva è all'altezza dell'insegnante. Elisabetta non si cura dell'obiezione; trova che il suo stile in ungherese manca di leggerezza e inoltre ignora intere parti della letteratura magiara, di cui Max Falk è grande conoscitore.

L'uomo vive a Vienna, ma scrive regolarmente articoli per il più importante giornale liberale di Buda-Pest. Più tardi, nelle sue memorie, descriverà la sua sorpresa il giorno in cui si recò per la prima volta a Schönbrunn. Uso a combattere l'assolutismo con armi per lo più vietate dalla censura, credeva di dover entrare nel castello attraverso la porta di servizio, e invece viene trattato come un amico. Un uomo in frac nero lo attende per accompagnarlo dall'imperatrice: «Sua Maestà desidera che non siate disturbato da alcun tipo di cerimonia; ha quindi dato istruzioni perché passiate sempre da qui, dove incontrerete solo me». Nessuna dama d'onore assiste ai loro colloqui, solo la dolce Ida è presente. La letteratura occupa uno spazio importante nella conversazione (Falk assicura a sua volta che l'imperatrice parla un ungherese «perfettamente puro e corretto»), tuttavia la politica non è mai assente.

Elisabetta si entusiasma per il poeta ungherese József Eötvös, anch'egli un liberale convinto, molti poemi del quale sono vietati dalla censura. Incoraggiato da Elisabetta e da Ida, Falk introduce nel *sancta sanctorum* non solo le opere incriminate, ma anche informazioni clandestine di ogni sorta. Legge all'imperatrice le lettere che riceve da Eötvös; poco a poco il poeta si rivolgerà a Elisabetta tramite l'amico Falk. Questo sistema è lo stesso usato da Andrássy, le cui lettere, apparentemente destinate a Ida, in realtà erano dirette all'imperatrice.

Max Falk è anche uno storico. Su richiesta della sua interlocutrice estende il proprio discorso dall'Ungheria all'Europa, dalla storia alla politica. Dietro al liberalismo non nasconde le sue preferenze repubblicane. Nemmeno questo desta scandalo nell'imperatrice, la consorte dell'imperatore. Le loro conversazioni sono spesso quotidiane; Francesco Giuseppe, ignorandone il contenuto, ne diviene geloso. A dire il vero, la cosa non è grave. Per Elisabetta è meglio che suo marito sia geloso di Falk piuttosto che di Andrássy. E d'altronde lei sa come placarlo: «Sono molto soddisfatta dei modi di Falk» scrive al marito. «Non hai motivo di essere geloso, è l'immagine stessa dell'ebreo, ma è intelligente e assai piacevole.» Ci si può stupire dell'argomentazione: è ebreo, dunque non è possibile innamorarsi di lui. Se lei se ne serve, è perché ne conosce l'efficacia. Francesco Giuseppe non è certo antisemita, lo dimostrerà a diverse riprese. Le parole antisemita, antisemitismo appariranno solo dieci anni più tardi, ma, ahimè!, il fenomeno è pericolosamente in anticipo sul lessico. In questa società arcaica, gerarchizzata, cattolica, in cui sono necessari almeno sedici quarti di nobiltà per avere diritto al libero accesso a corte, anche il più tollerante degli imperatori non può elevare al rango di rivale un oppositore, ebreo ungherese, ex prigioniero politico.

La questione è chiusa. Falk può continuare a informare Elisabetta e a rifornirla di opuscoli proibiti, spesso dagli effetti dirompenti. Talvolta davanti alle audacie dell'imperatrice si mostra circospetto, ma lei sa fargli comprendere che davanti a lei può parlare senza reticenze e che, con o senza il suo aiuto, troverà sempre il modo di procurarsi gli scritti clandestini. Vuole sapere ogni cosa, e il giornalista risponde alle sue esigenze. Rientrerà in Ungheria al momento dell'incoronazione per sostenere la politica del suo amico Andrássy. Redattore capo del giornale liberale ungherese in lingua tedesca

«Pester Lloyd» ed eletto dal parlamento, diverrà uno degli uomini più influenti di Ungheria.

Nel corso dell'inverno 1866-67 Elisabetta si sforza di non cedere alla sua insaziabile smania di viaggiare. Il suo posto, fino alla firma del Compromesso con l'Ungheria, è a Vienna. La soluzione sembra vicina, non è il momento di abbandonare la partita. Si permette solo alcuni giorni in Baviera, seguiti da un breve soggiorno a Zurigo presso la sorella Matilde. Di passaggio a Monaco rivede il cugino Luigi II. Lo trova cambiato, forse lo vede sotto un'altra luce, dato che si è dimostrato un alleato tanto meschino contro la Prussia. Alcuni giorni prima Ludovica le ha dato l'incredibile notizia: Luigi si è fidanzato con Sofia, la sorella più giovane di Elisabetta, e lei non ha osato rallegrarsi con il resto della famiglia. Certo, il promesso sposo è un re, ma è un uomo così strano! Un trono è tutt'altro che una garanzia di felicità, ed Elisabetta conosce la grande sensibilità della sorella. Sofia ha solo vent'anni, e per lei si sono già imbastiti diversi progetti di matrimonio. Soffrirà ancora per una di quelle delusioni che feriscono l'amor proprio? I suoi sogni si infrangeranno come quelli della graziosa Maria, che ha dovuto lasciare il regno di Napoli, separarsi dall'uomo che ama e dalla sua piccola bastarda?

Luigi attende Elisabetta alla stazione di Monaco. Per lei ha lasciato la stanza in cui giaceva tremante da diversi giorni a causa della febbre. Come sempre, si mostra impacciato nel fare i complimenti, nell'esprimere la propria ammirazione. La cugina non gli è mai apparsa più bella e glielo dice, aggiungendo che, per fortuna, Sofia le somiglia; ma il suo atteggiamento dimostra che decisamente preferisce l'originale. Si è fidanzato con la copia solo a malincuore. Elisabetta, nel suo narcisismo, potrebbe esserne lusingata, ma ama troppo la sorella per non temere la stravaganza di una tale situazione, tanto più che Sofia sembra molto innamorata del bel cugino.

In realtà, Elisabetta ha compreso che Luigi non è affatto attratto dalle donne; davanti a lei è in adorazione perché questo amore, tra tutti, è impossibile. Il loro legame non sarà mai carnale, hanno moltissime affinità psicologiche, estetiche, senza contare il fascino morboso che la pazzia esercita su entrambi. Luigi ha ceduto alla pressione del governo e della sua famiglia: il trono di Baviera ha bisogno di un erede. Se non ne avesse, il problema sarebbe difficile da risolvere. Il suo giovane fratello Ottone soffre di preoccupanti crisi di demenza, da lui c'è poco da sperare. Per farla finita, Luigi ha accettato. Sposarsi, non sposarsi... che cosa importa, dopotutto? Il suo grande amore, la sua unica vera passione, l'ha deluso. Wagner non l'ama, Wagner lo ha tradito, Wagner gli ha preferito un'altra. Per lungo tempo il re si è rifiutato di vedere la relazione tra Richard e Cosima. Alla fine ha dovuto ammetterla. In queste condizioni, Sofia è un male minore. Amante della musica, la fanciulla condivide l'ammirazione del fidanzato per Wagner, ed è sorella della divina imperatrice.

Lo sguardo del re sembra ancora più vago. Il suo volto non è più vellutato, ha perduto la grazia di un'adolescenza in boccio. L'incantesimo non è spezzato, anche se ora tutto il suo essere è invaso dall'angoscia. Luigi sembra più che mai prigioniero di sogni che non osa confessare a se stesso. Ma Sofia è fiduciosa, e i due piccioncini annunciano a Elisabetta la data del loro matrimonio. Sarà celebrato il 25 agosto prossimo, giorno in cui Luigi festeggerà i suoi ventidue anni. Buona fortuna, buona fortuna a entrambi! Dopotutto qui l'avvenire non è più incerto che altrove, e la follia non si manifesta sempre dove ci si aspetta. Elisabetta pensa alla cognata Carlotta, la moglie di Massimiliano. Il dramma messicano l'ha distrutta. Dopo aver supplicato Napoleone III di aiutare suo marito, si è recata a Roma per supplicare il papa. In Vaticano, come alla corte di Francia, ha rifiutato le bevande che le offrivano per timore di essere avvelenata. Poi, a Miramare, si è chiusa nella sua pazzia. Come ha potuto l'ambiziosa, l'orgogliosa, l'intelligente Carlotta, che l'arciduchessa indicava sempre come esempio, lasciarsi andare alla follia per non avvertire più la sofferenza?

Poco dopo il suo ritorno a Vienna, l'imperatrice vede finalmente ricompensati i suoi sforzi. Il 18 febbraio 1867 Andrássy è nominato primo ministro di Ungheria. Un trionfo per il conte, un'immensa gioia per Elisabetta. Il sassone Beust accede a sua volta al rango di primo ministro d'Austria. La via del Dualismo è aperta. Beust e Andrássy si impegnano a fissarne le norme.

Il Compromesso del 1867 consacra l'unione ereditaria dei due stati sovrani in seno a una stessa monarchia. Francesco Giuseppe non regnerà più a Buda quale imperatore d'Austria, ma quale re d'Ungheria. L'èra del vecchio Impero unitario si è conclusa. Per contro, l'Ungheria accetta dei ministeri comuni per quanto concerne la Difesa e gli Affari esteri. Il governo ungherese è responsabile davanti al suo parlamento, e l'antica Costituzione è rimessa in vigore. L'imperatore e l'imperatrice dovranno farsi incoronare a Buda. Gli ungheresi esultano. I cechi protestano e reclamano uno spazio in questo stato multinazionale. I grandi perdenti sono gli slavi dell'Impero.

È anche una terribile sconfitta per il clan dell'arciduchessa. L'arciduca Alberto, grande combattente e vincitore di diverse battaglie in Italia, che aveva lasciato campo libero alle sue truppe sul territorio ungherese perché reprimessero e reprimessero ancora, è uno dei più violenti avversari del Compromesso. Per tutta la vecchia guardia l'Ungheria rimane comunque, a prescindere dal Compromesso, un'«Asia austriaca».

La coppia imperiale è attesa a Buda per il 12 marzo 1867. La città è in festa, si prepara l'incoronazione. Solo alcuni giorni prima della data prevista, la famiglia dei Wittelsbach è colpita da un lutto. La cognata di Elisabetta, moglie di Carlo Teodoro, il fratello più giovane di lei e suo prediletto, muore all'improvviso e, data questa circostanza, l'imperatrice non può accompagnare Francesco Giuseppe a Buda. Così, per la seconda volta, la morte si insinua tra lei e l'Ungheria. Dovrà vestirsi a lutto, non potrà assistere al trionfo di Andrássy. Come potrebbe il primo ministro dimenticare Elisabetta nel giorno in cui l'imperatrice avrebbe dovuto essere accanto a lui?

Elisabetta non riesce a respingere l'ombra di morte che oscura i suoi più bei sogni, che le impedisce di soddisfare i suoi desideri. Il fatto di non sentirsi mai appagata è solo la minore delle punizioni, c'è di peggio, ed è il non avere appetito. Elisabetta conosce anche troppo questa sensazione di vuoto, di inappetenza che la induce a desiderare solo la propria autodistruzione.

Era in lutto anche quando Francesco Giuseppe la vide per la prima volta a Ischl. A Buda, nel suo abito nero, avrebbe forse potuto intenerire il bel cavaliere magiaro. Ma senza dubbio era necessario che, per la buona riuscita del Compromesso, essa sacrificasse ancora un po' della sua felicità. Quel 12 marzo 1867 in cui l'avvenire dei due stati prende una piega diversa, Elisabetta si rende conto di quanto sono uniti per lei, nello stesso amore, nella stessa assenza, l'Ungheria e il suo primo ministro, il conte Andrássy.

Proprio quando la sua tristezza è al culmine, a causa della rinuncia, le giunge una meravigliosa notizia: il 12 marzo Andrássy annuncia che la nazione ungherese offre in dono il castello di Gödöllö alla coppia imperiale. Questo dono non è un modo per Andrássy di provare il suo attaccamento a una regina che spera di vedere il più spesso possibile in Ungheria? Gödöllö, dallo scalone fosforescente come le rocce di Corfù, Gödöllö, che lei aveva amato a prima vista e che Francesco Giuseppe non aveva potuto offrirle, Gödöllö suggella il suo patto d'amore con l'Ungheria.

Se Elisabetta non si è risparmiata nell'aiutare il popolo magiaro, questo in cambio le dimostra un'immensa gratitudine. Chiede che l'imperatrice sia incoronata regina di Ungheria nel giorno stesso dell'incoronazione di Francesco Giuseppe e non, come vuole la tradizione, nei giorni successivi. In tal modo l'Ungheria dimostra che sa decidere del proprio destino. Si attribuisce un re, alleanza di ragione, ma sceglie una regina, alleanza d'amore.

Il poeta József Eötvös, divenuto ministro dei Culti nel governo di Andrássy, scrive a Max Falk:

> La vostra distinta allieva è stata ricevuta da noi con molti fiori. L'entusiasmo cresce di giorno in giorno. Se sono convinto che mai un paese abbia avuto una regina che lo meritasse maggiormente, so anche che nessuna regina fu mai tanto amata [...]. Quando una corona è crollata, come quella ungherese nel 1848, nulla può restaurarla se non gli ardenti sentimenti che si suscitano nel cuore del popolo [...]. Ci rimaneva solo un'opportunità, che un membro della Casa d'Austria amasse la nostra nazione dal profondo del cuore. Ora che abbiamo questo, non temo più l'avvenire.

Nonostante tutte queste prove d'amore, fino all'ultimo momento Elisabetta teme che un avvenimento imprevisto, fatale, un capriccio del destino venga a guastare il fragile Compromesso. Ha atteso troppo l'ora della riconciliazione, troppo a lungo l'ha sognata e si è impegnata in suo favore per osar credere alla realtà. Pensa spesso a una vecchia leggenda ungherese, il *delibab*. In estate, quando il sole splende allo zenit, sopra l'immensa pianura appare l'immagine incerta di una vecchia dama. Una strega? Una nutrice? Sulle braccia regge una casa. In essa dimora, sotto forma di miraggio, la speranza di un popolo a lungo nomade, di un popolo dalle frontiere incerte, che si sposta secondo le guerre, le invasioni. Nel cielo che vibra cesserà, un giorno, questo errare? Ci sarà un'oasi in cui fermarsi?

Deák ha ricevuto alcune lettere di minacce. I partigiani di Kossuth potrebbero inscenare manifestazioni violente durante le cerimonie dell'incoronazione. La polizia è all'erta. La coppia imperiale giunge l'8 maggio in una Ungheria in delirio, e si reca a Gödöllö, dove hanno avuto inizio i lavori. Elisabetta ama più che mai questa dimora in cui è felice di fare gli onori di casa al marito. In questo castello situato al centro di un immenso territorio di caccia e di equitazione essi cominceranno una nuova esistenza, saranno felici alla semplice maniera dei contadini che montano a pelo i loro cavalli. Nella sua proprietà Elisabetta si sente più viva, trasformata, diviene Erzsébet ancora prima dell'incoronazione. E tuttavia deve trattenere il respiro e la felicità, nel timore che il bel miraggio svanisca all'orizzonte. La consacrazione avrà luogo tra un mese; fino a quel giorno le piacerebbe che il mondo affondasse in un dormiveglia, che nulla potesse modificare l'ordine delle cose.

Ma il destino non vuole tacere, né fermarsi. Alla fine del mese giungono tragiche notizie di Massimiliano. Benito Juárez, un repubblicano di origine indiana, lo ha fatto prigioniero a Querétaro, nel nord del Messico. Il telegramma risale a quattordici giorni prima. Che cosa è accaduto in seguito?

La coppia imperiale è appena tornata dalla chiesa Mathias dove ha partecipato alle prove della consacrazione, quando giunge da Vienna un'altra terribile notizia. Matilde, figlia dell'arciduca Alberto, è morta nel fuoco. La giovane, appena diciottenne, sta fumando una sigaretta mentre s'abbiglia per un ballo. All'improvviso entra l'arciduca, il quale non apprezza che sua figlia segua l'esempio dell'imperatrice. È militare, ultraconservatore e antimagiaro. Matilde nasconde la sigaretta sotto una piega dell'abito, la garza prende fuoco immediatamente e trasforma in torcia la fanciulla, per la quale si facevano grandi progetti matrimoniali. Morirà un mese più tardi.

Dopo questo evento fatale l'arciduca Alberto, già indispettito nel vedere attaccate le sue idee politiche, è ora solo un vecchio straziato. Elisabetta non lo ama, ma il terribile incidente la colpisce profondamente. La sua vita è costellata da tanti morti che a ogni ora che passa teme una nuova tragedia. A Buda-Pest non è il caso di pensare a un rinvio della cerimonia, e del resto gli ungheresi nutrono solo odio per l'arciduca Alberto, non hanno dimenticato che è stato il loro carnefice. Se mai essi si preoccupassero della sorte della povera Matilde, questa apparirebbe loro come una vittima espiatoria.

La tradizione magiara vuole che alla vigilia della consacrazione la sovrana rammendi con le sue mani il mantello reale. La novella Penelope soddisfa l'usanza, non senza piacere; questo lavoro esige una tale attenzione che le impedisce di pensare ad altro. Ogni punto cucito l'avvicina al suo scopo! A Monaco, giovane fidanzata, era stata del tutto indifferente alla confezione del suo corredo. A Buda, essa trasforma il suo rammendo in un atto d'amore.

Va detto che il mantello di santo Stefano necessita davvero di essere riparato; più che un indumento è una reliquia, e negli ultimi anni si è assai deteriorato. Kossuth, prima di partire per l'esilio, si era preoccupato di nasconderlo in un cofano che aveva sotterrato in terra ungherese, così l'imperatore d'Austria non avrebbe potuto indossarlo. Non aveva previsto che i suoi stessi compatrioti lo avrebbero offerto a Francesco Giuseppe. Per ritrovare il prezioso cofano ed esumarlo ci sono voluti quattro anni di ricerche. Il tessuto è danneggiato, ma il suo valore simbolico è ora più grande.

Quante cose sono state necessarie per giungere a quell'8 giugno 1867! I morti, l'accanimento, i complotti, i desideri, le ferite, le avanzate, le ritirate, la passione, la collera, la rivoluzione, la disfatta, l'orgoglio, la lucidità, il sogno, il compromesso, l'utopia, il mercanteggiamento, la volontà. C'è voluto tutto questo, e altro ancora.

Liszt ha composto la *Messa ungherese dell'incoronazione* ed è venuto personalmente a offrirla ai sovrani del suo paese. I grandi organi della chiesa Mathias danno vita a una musica possente, che si lamenta e trionfa con pari energia. Il *Gloria* prorompe sulle colline di Buda, si espande sino ai confini della pianura, mentre il doloroso modo musicale ungherese fa piangere il *Qui tollis*. La musica fluisce in un'unica ondata, ma in essa Erzsébet riconosce tutte le componenti della grande Ungheria. Numerose, diverse, giungono da lontano, dopo essere state soffocate a lungo dal fragore delle armi. Il flusso mescola tutti i ricordi, le follie degli zigani, i pianti degli ebrei, la staticità dei canti gregoriani, la passione dei magiari. I sedentari e i nomadi, la quiete e i rivolgimenti, i vivi e i morti, i principi e i mendicanti. Tutto ciò converge, si compenetra, si fonde in un'unica colata, in un unico fiume, scuro e possente come il Danubio.

Il sole sale all'orizzonte, presto giungerà l'ora dei miraggi. *Delibab*. La vecchia nutrice, la madre universale, si profila a poco a poco nel tremolio degli organi e della luce. Regge sulle braccia la mitica casa in cui ciascuno sogna di riposare. Questo rifugio di pace, di calore è solo un'illusione? È possibile, con un atto di fede, farlo esistere sulla terra? Sogno di unità, casa comune, il *delibab* assume la forma della corona che il conte Andrássy pone sul capo di Ferenc József. E quando il palatino Andrássy pone la corona di santo Stefano sulla spalla destra della regina, una fragile, giovane donna, più bella e più splendida di tutte le figure dei libri di immagini, nella chiesa Mathias il *delibab* sembra profilarsi ancor più nitidamente e vibrare di una luce più intensa. La commozione fa tremare gli sguardi. I discendenti di Attila si concedono a chi li ama. La loro Provvidenza si chiama Erzsébet.

È resa sovrana da Andrássy, dalle mani del bell'impiccato, del nemico giurato degli austriaci. Ma non le sente su di sé, sulla propria pelle, sulla propria spalla denudata. Una corona, solo una corona separa i loro corpi. I metalli e le gemme pesano alla regina; Elisabetta trattiene il respiro... è per la riuscita di questo momento che hanno tanto lavorato insieme. Quest'uomo le offre tutto dell'Ungheria e nulla di se stesso, si toccheranno solo tramite una corona, non sono mai stati tanto lontani e tanto vicini. Non hanno osato guardarsi. Nella chiesa Mathias, non hanno corpo, non hanno desideri, non hanno sentimenti, sono solo simboli. Francesco Giuseppe le ha offerto un Impero, Andrássy le consegna un regno. Elisabetta è destinata a ottenere potere, mentre ciò che chiede è amore.

Escono dalla chiesa all'ora dei miraggi. *Éljen* Erzsébet! *Éljen* Erzsébet! Chi parlava d'amore? Si tratta di adorazione. Un'ondata pagana, un'ondata barbara si infrange ai piedi dell'idolo.

L'8 giugno 1867 si verifica uno strano fenomeno storico, unico nel suo genere: la nascita della monarchia austroungarica. Aquila a due teste, impero bicipite, sistema dualista, chimera metà ungherese, metà austriaca. L'avventura è rischiosa. Molto tempo dopo Robert Musil scriverà:

> Le due metà dell'Impero andavano l'una verso l'altra come una giacca rossa, bianca e verde, con un pantalone nero e giallo; la giacca era intera, mentre il pantalone era costituito da frammenti di un completo già consunto, ridotto a brandelli.

Una babele variegata e fragile. Non si potrebbe dire con precisione quante siano le lingue, i dialetti parlati, gli dèi invocati, quanti siano i popoli, le nazioni, le etnie riunite o disperse sul suo territorio. Gli Asburgo sono presenti per garantire la coesione. Quanto più l'edificio è disarmonico, tanto più il monarca deve essere onnipresente. Per questo ci sono il dogma, le leggi, la burocrazia, gli eserciti, la polizia.

A partire dal 1867 ogni ente pubblico, ogni cosa, ogni persona è imperiale e regia al tempo stesso. In tedesco: *kaiserlich und königlich*, k.u.k. Di queste tre lettere, k.u.k., sigla della monarchia (oggi si parlerebbe di logo), Robert Musil si impadronirà per dare un nuovo nome al suo paese. Nella sua opera *L'uomo senza qualità*, l'Austria-Ungheria diviene la mitica *Kakanien*, in italiano la Cacania,

> che sussisteva solo grazie alla forza dell'abitudine [...]. La costituzione era liberale, ma il regime era clericale. Il regime era clericale, ma gli abitanti erano liberi pensatori. Tutti i borghesi erano uguali davanti alla legge, ma, appunto, tutti non erano borghesi. Il Parlamento faceva un uso tanto impetuoso della sua libertà che di solito si preferiva saperlo chiuso; ogni volta che l'intero Stato si preparava a godere dei vantaggi dell'assolutismo, la Corona decretava che si sarebbe cominciato a vivere sotto il regime parlamentare. Tra le varie singolarità dello stesso genere, vanno citati anche i dissensi na-

zionali che, a giusto titolo, attiravano su di sé l'attenzione dell'intera Europa […]. Sì, nonostante ciò che si dice in contrario, la Cacania era, dopotutto, un paese per genî, e senza dubbio ciò costituì anche la sua rovina.

Se in questa Cacania multinazionale gli austriaci di origine tedesca sono in minoranza, contano tuttavia di tenersi ben stretto il potere, fatto che Musil sottolinea con malizia:

Per iscritto si chiamava Monarchia austro-ungarica, e oralmente si faceva chiamare Austria: nome che aveva ufficialmente e solennemente abiurato, ma che conservava negli affari di cuore, come per provare che i sentimenti sono importanti quanto l'ordine pubblico e che le prescrizioni non hanno nulla a che fare con le cose veramente serie della vita.

A questa regola vi è un'eccezione. Se Elisabetta è imperatrice in Austria, Erzsébet è regina in Cacania. E questa regina ha un cuore ungherese.

Per l'arciduchessa Sofia l'Impero si decompone. Austroungarico? Lei rifiuta di pronunciare questa parola. Come si può mettere sullo stesso piano l'Austria e l'Ungheria? La barbarie guadagna terreno. Lei non aveva messo suo figlio sul trono perché si giungesse a questo infame Compromesso. Ha perduto, si sente vecchia. Le sventure non capitano mai sole, il colpo successivo le sarà fatale; a causa di esso la pugnace arciduchessa perderà persino la gioia di vivere.

Laggiù, all'altro capo del mondo, Massimiliano, il caro, debole, imprevedibile Massimiliano, è in pericolo. La Francia, nel ritirare dal Messico il suo corpo di spedizione, ha consigliato all'arciduca di abbandonare la partita e di tornare in Europa sotto scorta francese. Massimiliano ha esitato. Sa che la sua vittoria è impossibile, la maggior parte dei messicani lo rifiutano. Gli aztechi non hanno forse giurato di vendicare la morte del loro antenato Montezuma su questo Asburgo, discendente di Carlo V? Anche gli Stati Uniti, che hanno concluso la loro guerra di Secessione, si mettono contro di lui. E infine Napoleone III, promotore di questa bizzarra avventura, lo abbandona. Massimiliano è sul punto di accettare la sconfitta, quando sua moglie, ambiziosa ed esaltata, gli ingiunge di rimanere. Il linguaggio di Carlotta è più mistico che strategico. La donna cede alla tentazione della pazzia: «L'onore della Casa d'Austria ha attraversato l'Atlantico, scompare con il sole per risorgere lontano [...]. Carlo V ha indicato la via, tu l'hai seguita, non rimpiangerlo [...]. Avrai il più bell'impero del mondo».

Rimanendo, Massimiliano sceglie la morte. Dichiara: «Un Asburgo non se ne va gettando il proprio fucile». Effettivamente gli Asburgo non sono bravi come i Borboni nel far divampare la vita, ma sono sempre dignitosi e spesso grandi di fronte alla morte. Indeciso, ora rivoluzionario, ora conquistador, Massimiliano si ricollega nei suoi ultimi istanti alla regola dell'Escorial.

Assediato a Querétaro, sfinito, affamato, malato, resiste per settantadue giorni prima di arrendersi; è allo stremo delle forze, ha esaurito le munizioni. Il suo nemico, Juárez, lo fa prigioniero. A Vienna, Francesco Giuseppe riconferma il fratello in tutti i suoi diritti di membro della famiglia imperiale. Chi oserebbe attentare alla vita di un arciduca? Questo titolo non permette forse di fermare la mano dell'assassino, così come la croce fa indietreggiare il vampiro? In Europa si crede ancora al potere quasi magico della Casa d'Austria, ma in Messico il sangue indiano non si lascia affatto impressionare dal nome degli Asburgo. Juárez fa condannare a morte Massimiliano. Tribunale militare, crimini contro la nazione messicana. Sentenza esecutoria entro tre ore. Calmo, Massimiliano distribuisce un'oncia d'oro a ciascuno degli uomini del plotone di esecuzione. Sei proiettili nel petto. Di questo arciduca, che avrebbe voluto somigliare a Heine, rimane il quadro di Manet.

Massimiliano muore a Querétaro il 19 giugno 1867, undici giorni dopo la consacrazione di Buda-Pest, ma la notizia della sua esecuzione giunge in Europa solo alla fine del mese. Francesco Giuseppe ed Elisabetta ricevono il telegramma a Ratisbona, dove sono andati ad assistere ai funerali del loro cognato, il marito di Elena. Néné, la giovane vedova, è distrutta. Fra le sorelle di Elisabetta era la sola ad aver sposato un uomo secondo il proprio cuore, innamorandosene sotto ogni aspetto. Era felice, senza dubbio troppo felice per una Wittelsbach. Elisabetta non solo si sente in debito con questa sorella maggiore che un tempo ha scalzato, ma ammira, ama il suo equilibrio, la sua intelligenza, la sua solidità. Nei momenti difficili si chiama sempre in aiuto Néné. Francesco Giuseppe l'aveva inviata a Corfù per tentare di strappare Elisabetta alla sua condizione disperata, ma oggi la consolatrice non può essere consolata.

La danza macabra continua, scandita da un tempo sempre più rapido. I lutti si succedono ai lutti. Delirio barocco. Per la vita, per la morte. Matilde, la giovane Matilde, dissolta in fumo. Massimiliano, con il petto crivellato dai proiettili. Il marito di Néné annientato dalla malattia. Ogni istante deve dunque essere contrassegnato da una sventura?

Massimiliano aveva accompagnato Elisabetta a Corfù. Sul ponte della nave sognava ad alta voce un'altra vita, un altro impero, fondendo i suoi entusiasmi di poeta ai suoi desideri di potere. Voleva andarsene all'altro capo del mondo, in un luogo in cui il fratello non gli facesse ombra. Aveva bisogno di un trono, di avventure, di titoli, di onori. Laggiù sarebbe stato finalmente il primo. Elisabetta non osava distruggere il suo sogno. Si era limitata a rispondere all'uomo al quale si sentiva tanto vicina: «Perché un impero? Perché il potere? Perché cercare altrove? A Miramare le orchidee crescono così bene».

Juárez accetta di restituire alla famiglia la salma di Massimiliano, che ritorna in Europa a bordo di quella fregata *Novara* che tre anni e mezzo prima l'aveva portato verso il suo improbabile regno. Elisabetta mormora una strofa del loro poeta preferito, Heinrich Heine:

> Una grande barca, dai colori di lutto,
> Naviga tristemente sulle onde cupe;
> Uomini mascherati, simili a ombre,
> Siedono muti, intorno a una bara.

Sette mesi dopo la sua morte, l'imperatore del Messico torna a essere un Asburgo e viene inumato nella tomba di famiglia, la Cripta dei Cappuccini. Di nuovo si deve scendere la stretta scala che conduce alle cappelle funebri. Elisabetta condivide la sofferenza della suocera, sa che cosa significhi perdere un figlio. Sotto quelle volte riposa la piccola Sofia. Ora il dolore potrebbe riavvicinare le due donne, Elisabetta ne sarebbe tentata, ma lo sguardo dell'arciduchessa glielo impedisce subito. La tristezza non addolcisce affatto il suo odio, il suo risentimento. Gli occhi della vecchia dama esprimono solo riprovazione: Massimiliano è morto, Elisabetta è viva, e ciò è sufficiente a rendere impossibile la tregua.

In quel luogo sinistro ciascuno si sente più solo che mai. Francesco Giuseppe pensa senza dubbio che si è separato dal fratello dopo un ultimo litigio. I due uomini si sono costantemente invidiati; la loro comune devozione per la madre, lungi dall'avvicinarli, li ha sempre divisi. Gli Asburgo in piedi nella Cripta dei Cappuccini sono soli quanto gli Asburgo che giacciono nelle loro tombe parallele. Chiusi in loro stessi, irrigiditi in un'ultima posa, attraversano la notte dei tempi senza mai incontrarsi, qui non più che nell'aldilà.

Per fortuna c'è l'Ungheria! Per fortuna c'è Gödöllő, simile a un raggio di luce. Elisabetta vi si reca sempre più spesso, soprattutto da quando sa di essere incinta di un quarto figlio. Il giorno successivo alla consacrazione aveva scritto un poema intitolato: «Che io possa darvi un re!». Ora quel figlio desiderato, che autenticherà le nozze con il paese amato e la riconciliazione con il marito, cresce nel suo ventre. Appena concepito sente che le appartiene e giura a se stessa che non se lo lascerà sottrarre da nessuno. Del resto, spera di farlo nascere lontano da Vienna, per meglio proteggerlo dai pericoli.

Questa volta l'imperatrice è decisa a non permettere a nessuno di dirle come deve comportarsi. I consigli degli altri non le sono più necessari. Senza che suo marito o sua suocera debbano intervenire, si dimostra saggia. Non galoppa più, non compie più lunghe ed estenuanti camminate, al mattino non usa più gli attrezzi ginnici. L'eterna inquieta si riposa. Ascolta solo le proprie emozioni interiori, tanto più che le sue condizioni le permettono di sfuggire ai pesanti doveri del protocollo.

Si chiude nel silenzio, anche se l'atteggiamento del cugino Luigi II le fa desiderare di correre in aiuto della famiglia. Mese dopo mese, il re di Baviera rinvia la data del suo matrimonio con Sofia, la sorella più giovane di Elisabetta. Esasperata, la promessa sposa ha persino proposto di restituire la parola al fidanzato troppo bizzarro. Lui ha rifiutato e ha fissato un'altra data. Il matrimonio spaventa Luigi, ma non osa ancora affrontare l'opinione pubblica dei suoi sudditi, ponendosi al di fuori della norma morale. Cosa più grave, rinvia il momento di confessare la verità a se stesso. Sofia non lo interessa, come non lo interessano le altre donne. Anche se chiama la fidanzata con i nomi delle eroine wagneriane e vede in lei solo la rassomiglianza con la divina e lontana imperatrice, tutto lo porta verso ben altri interessi. Un aiutante di campo dalla robusta costituzione gli piacerà sempre di più di una casta promessa sposa. Elisabetta non si scandalizza per così poco, tanto più che ha intuito ogni cosa da tempo. Per contro non sopporta i continui rinvii di Luigi. Questi ferisce inutilmente sua sorella e infligge un'umiliazione alla sua famiglia, sicché scrive alla madre: «La mia indignazione è al colmo, come quella dell'imperatore. Non ci sono espressioni per qualificare una simile condotta. Non comprendo come Luigi, dopo tutto quanto è accaduto, osi ancora mostrarsi a Monaco!».

Il duca Max lancia un ultimatum al suo re. Luigi II si offende e ne approfitta per rompere il fidanzamento. Con sollievo di tutti, la faccenda si conclude; Sofia non dovrà più attendere il troppo evanescente fidanzato. Quanto a Luigi, la sera stessa confida al suo diario: «Mi sono finalmente sbarazzato di Sofia, la cupa immagine scompare. Desidero ardentemente la libertà; dopo questo incubo spaventoso ricomincio a vivere».

In realtà, Sofia non ha nulla di cupo, è una graziosa e allegra ragazza ferita da un penoso fidanzamento. Bisogna riparare l'affronto, la sua famiglia cerca di trovarle al più presto un altro partito. Nel corso dell'anno successivo sposa Francesco d'Orléans, duca di Alençon. In un primo momento il matrimonio sembra riuscito, poi una passione infelice conduce la giovane donna verso la depressione. Riesce a ritrovare il proprio equilibrio, ma la tragedia la raggiunge. Nel 1897 muore nel tristemente celebre incendio del Bazar de la Charité, e numerosi testimoni loderanno il suo coraggio. Lungi dal cercare, nel panico, di salvare se stessa, aiuta diverse madri a fuggire con i loro bambini. Originali, instabili e narcisiste, le sorelle Wittelsbach sanno anche, quando è necessario, comportarsi con eroismo.

Il corteo delle carrozze sta per lasciare Gödöllö. A Pest i passeggeri saliranno sul treno per Vienna. Fa troppo freddo per risalire il Danubio e nessuno desidera oziare. Far ritorno alla Hofburg è sempre un supplizio, tanto vale togliere la benda con un solo strappo, tirando con forza. Il dolore è forte, ma almeno non dura a lungo.

Su Gödöllö pesa un cielo grigio carico di neve. Addolcisce il giallo delle facciate, diluisce il verde pallido dei bulbi. Tutti parlano a voce bassa, sono tristi di dover partire. Il freddo inverno è alle porte, sopraggiungerà presto. Entro poche ore, pensa Erzsébet con rammarico, sarebbe stata sua prigioniera e un telegramma sarebbe stato subito inviato a Vienna: «Ritorno impossibile. Imperatore e imperatrice impossibilitati partire. Strade impraticabili. Speriamo miglioramento condizioni atmosferiche». Il sole sulla neve avrebbe reso ancor più fosforescente il marmo del grande scalone. Ci si sarebbe potuti chiudere in un silenzio che la pressione degli affari politici e militari non sarebbe stata in grado di scalfire. L'imperatore avrebbe dimenticato di essere imperatore, sarebbe rimasto a letto fino alle dieci del mattino. I telegrammi dei ministri non avrebbero potuto superare la cortina dei ghiacci. Non importa, avrebbe detto accarezzando il ventre della moglie, e anzi avrebbe soggiunto: «Viva la vita!». Quel bambino che cresce in segreto, il suo bambino merita il silenzio.

Purtroppo la neve non ha sorpreso i sovrani nella loro Capua ungherese, non saranno prigionieri del generale inverno. Bisogna partire. Francesco Giuseppe sa quanto Elisabetta tema quel momento, e per renderglielo meno penoso decide di cedere ad Andrássy il proprio posto nella carrozza imperiale. Chiede al conte di tenere compagnia alla regina fino alla stazione di Pest; lui salirà nella carrozza di testa. Certo, il sacrificio gli pesa, ma desidera far cessare le voci che avvelenano la loro vita. Se lo stesso imperatore incoraggia l'amicizia tra quell'uomo e sua moglie, se non ha alcun sospetto, forse le chiacchiere e le calunnie si calmeranno.

Non appena la carrozza lascia Gödöllö, Elisabetta comincia ad avvertire il freddo. Finalmente nevica, si direbbe che la realtà è sempre in ritardo rispetto ai desideri. Andrássy, seduto alla sua sinistra, tace. Lei deve parlare per prima, come esige l'etichetta. Non si rivolge la parola a un'imperatrice, né a una regina, ci si limita a risponderle e lei, se lo desidera, può scegliere il silenzio. Quando si incontravano prima dell'incoronazione, l'argomento di tutte le loro conversazioni era l'Ungheria. Ora la lotta è cessata, hanno vinto, e la loro vittoria li fa sentire come svuotati. Niente più complotti, stratagemmi, cospirazioni, lingue in codice. Non è più necessario mentire a tutti e a se stessi, chiamare patriottismo l'ambizione, sentimenti i desideri, amore il bisogno di sedurre, passione il gioco delle vanità.

Non affermavano di lottare per una causa? Ebbene, l'Austria-Ungheria esiste, ed Elisabetta si sente inutile. Ora tutto torna a essere una faccenda da uomini. Sa che per Andrássy l'incoronazione ha rappresentato solo una tappa. L'Ungheria vuole svilupparsi, vuole entrare nel mondo moderno, si precipita in esso. Per fare ciò ha bisogno dell'intelligenza, dell'efficacia di Andrássy. Ma a lei che cosa potrebbe chiedere ancora l'Ungheria? I magiari volevano una regina, ora l'hanno ottenuta. Lei non deve far altro che rimanere tranquillamente in posa! Il suo ruolo consiste nel restare fedele all'immagine fissata una volta per tutte nella chiesa Mathias. È un idolo che hanno destinato all'immobilità.

«Abbiamo vinto, non è così?» chiede senza guardare Andrássy. La regina ha parlato per prima, l'etichetta è salva. Ora lui deve fare il resto, la palla è nel suo campo. Purché eviti di perdersi in ringraziamenti, purché eviti gli eccessi della riconoscenza. Queste cose non le piacciono. Certo, le deve il potere, ma in cambio le ha offerto una corona. Non sono dunque in parità?

Per fortuna il conte evita la trappola della gratitudine. Lungi dal comportarsi come un vassallo, lungi dal pensiero di rinnovare il suo giuramento di fedeltà, si accontenta di sistemare il plaid sulle gambe di Elisabetta. «Se gli dèi ci aiuteranno» dice «forse avremo la fortuna di perderci nella neve.»

Elisabetta si è sfilato il guanto sinistro e ha fatto scivolare la propria mano in quella di lui. Gli scossoni della carrozza fanno sì che le loro spalle si urtino. Nei suoi sogni di bambina, sognava viaggi senza fine. Nessun tesoro meritava di rallentare l'andatura. Nessun segreto, nessun timore le facevano desiderare di fermarsi. I cavalli non erano mai sufficientemente rapidi. Il giorno in cui, per la prima volta, aveva visto correre un treno, aveva creduto che il suo sogno più caro si fosse alfine realizzato. Il moto perpetuo esisteva. Era possibile partire, lasciare ogni cosa, scegliere il punto di fuga. A quei tempi le cose erano facili, lei ignorava ancora le stazioni, gli orari, le attese e soprattutto i ritorni. Da allora ha imparato che si deve sempre tornare al punto di partenza, morti o vivi. La Cripta dei Cappuccini dista solo pochi passi dalla Hofburg.

La neve ha fatto calare la notte più presto del solito. La carrozza di testa, occupata dall'imperatore e dalla contessa Andrássy, si intravede appena. Il ventre dei cavalli è ovattato dai fiocchi di neve, i rumori giungono attutiti, il paesaggio diviene indistinto. Tuttavia nessuna carrozza si perderà nella neve. Un corteo imperiale non permette l'avventura, le guardie a cavallo si spostano da un equipaggio all'altro, rassicurando i viaggiatori. La stazione di Pest è ormai vicina.

Le loro mani non si sono lasciate. Il calore dell'altro, il corpo dell'altro... Non si incontreranno mai. Elisabetta pensa alla sorella Maria, la graziosa Maria, l'eroina di Gaeta. I suoi fatti d'arme, la sua resistenza e la sua disfatta, nulla sembrava poterla cambiare. Poi è arrivato un uomo e Maria, per i suoi familiari, è divenuta un enigma. Elisabetta ha quasi trent'anni, e si sente vecchia. Non ha più nulla da attendere, se non l'arrivo del suo bambino. Eppure gli occhi di Andrássy le dicono che non è mai stata così bella, ma lei non vuole ascoltare quel linguaggio. L'uomo deve essersene servito così spesso, a Pest e a Londra, a Parigi e a Vienna. Sedurre, essere sedotti. Tutto è accettabile, nulla è soddisfacente. Si seducono gli uomini, le donne, le opinioni, le folle, gli spettatori, gli specchi, i fotografi, Elisabetta lo sa. Sotto questo aspetto, loro due si assomigliano, il che la rende ancora più diffidente.

Ora procedono nelle strette vie di Pest, sulle quali la neve rallenta la circolazione. Si odono le grida delle guardie che cercano di creare un passaggio per il corteo ufficiale. Davanti alla sinagoga alcuni ragazzetti vestiti di nero, con lunghi riccioli che sfuggono dai berretti, sono intenti a formare palle di neve, ma, alla vista delle berline e dell'aquila bicipite sugli sportelli delle carrozze, interrompono subito i loro giochi. I fiocchi di neve aderiscono alle loro figure scure, mentre guardano passare quelle carrozze venute da un altro mondo.

«Se ritornerete a Gödöllö durante la mia assenza» dice Elisabetta «dite ai miei cavalli che tornerò presto e che a Vienna non li dimenticherò. Fate in modo che le porte delle dipendenze restino aperte; gli zigani potranno accedervi per riposare.»

Ha portato alle labbra la mano di Andrássy e la bacia con dolcezza, come si riscaldano le dita di un bambino.

«Devo chiedervi un'altra cosa, conte, ed è la più importante.»

La carrozza è entrata nella stazione di Pest; questo viaggio sta per finire, ne comincerà un altro.

«Dovete promettermi» dice «di non morire prima di me.»

«Non dipende da me, e non sono certo di desiderarlo.»

«Promettetemelo, conte, altrimenti non lascerò andare la vostra mano e ci comprometteremo agli occhi di tutti. Compromessi! Conoscete bene il significato di questa parola, non è vero? L'avete firmato, il Compromesso.»

«Prometto di obbedirvi fino a quando potrò farlo. Pensate solo a ritornare, gli ungheresi hanno bisogno della loro regina.»

«E voi?»

« Mi sento più ungherese di tutti gli ungheresi.»

Il viaggio è finito. Il treno attende, e anche l'imperatore attende.

In Baviera, Luigi II prosegue un altro viaggio. Colui che egli chiama l'Amico, Richard Wagner, è di ritorno. L'Opera di Monaco fa trionfare *I Maestri Cantori*, ma il re non si accontenta più della musica. Vuole diventare costruttore, le sue opere saranno i suoi castelli. È necessario costruirli al più presto. Massimiliano, molto prima della sua fatale spedizione messicana, non era forse riuscito a edificare Miramare in meno di un anno? Perché i bavaresi sono tanto lenti? Perché i suoi ministri gli rimproverano di prosciugare le casse dello stato? Bisogna vivere, e la vita, per essere sopportabile, deve drappeggiarsi del tessuto dei sogni.

Disegna personalmente i progetti dei suoi palazzi. Sarà poi compito degli architetti decifrare e quindi calcolare le elucubrazioni regali. I progetti sono sempre più complessi, più costosi, più insensati. Luigi li estrae dal proprio cervello malato come un chirurgo estirpa un tumore. La sua pazzia, portata alla luce, si trasforma in pietre, torri, fortezze, scaloni, labirinti, gallerie di specchi. A forza di interrogare gli specchi, essi finiscono per rispondergli ciò che vuole. Ora sceglie lo stile wagneriano, incarnando il nuovo Lohengrin. Ora dà la preferenza allo stile di Versailles, e pensa di essere una reincarnazione di Luigi XIV.

Di notte, quando il cattivo tempo e la neve impediscono le sue fughe equestri, si fa condurre al maneggio reale e, in compagnia del suo scudiero, monta il proprio cavallo per sette, otto ore di fila. Lo scudiero ha l'incarico di calcolare la distanza percorsa, verificando sulle carte fino a dove il suo signore sarebbe potuto arrivare. Mentre compie i suoi giri nel maneggio, il re immagina di imboccare la strada di Salisburgo, o quella del Tirolo. Laggiù Elisabetta gli ha dato appuntamento, laggiù la ritroverà. Sua cugina ha finalmente compreso perché lui ha rotto il fidanzamento con Sofia. Lei, così innamorata della bellezza, sa bene che una copia sbiadita non può far dimenticare un sublime originale. Elisabetta ha non solo compreso ogni cosa, ma gli ha accordato anche il suo perdono.

Hanno attaccato i loro cavalli al tronco di un albero. La notte è bella, lo scudiero ha organizzato uno spuntino sull'erba. Elisabetta parla di Heine, lui le parla di Wagner. Prima di separarsi si giurano eterno affetto. Arrivederci, cugina mia, e a presto. Luigi rimonta in sella e ricomincia i suoi giri di maneggio, tanti giri in un senso, altrettanti nell'altro. Il delirio ha la sua logica; per concludere il suo viaggio immaginario cavalcherà fino al mattino. Alla luce del giorno il mondo sarà di nuovo al suo posto, vale a dire senza interesse. Perché il turbinio dei sogni riprenda, Luigi dovrà attendere altri appuntamenti con Elisabetta. Solo la notte permette di andare incontro a coloro che si amano.

I principi pazzi sono più appariscenti dei pazzi anonimi perché possono permettersi la loro follia. Eppure, in questa fine del XIX secolo, gli aristocratici non sono i soli a delirare. Ovunque si riempiono edifici che si chiamano asili per pazzi, manicomi. Da molto tempo Elisabetta si interessa alle malattie dell'anima. In Shakespeare ama la saggezza dei pazzi, nella musica zigana i voli esaltati e le ricadute sconfortanti, nella pianura ungherese il richiamo del vuoto, la risposta dei miraggi. A diverse riprese si è resa conto della fragilità del proprio equilibrio. La famiglia dei Wittelsbach ha una grande fama di eccentricità, quella degli Asburgo non ha molto da invidiarle. Elisabetta, pur temendo per i propri figli questo pericoloso retaggio, si sente attratta dalla follia.

In tutti i suoi spostamenti chiede che, all'elenco delle visite previste a ospedali e orfanotrofi, vengano aggiunte quelle ai manicomi. Vi accede a titolo privato, accompagnata solo dalla sua lettrice. Non si reca in quei luoghi per stringere la mano dei medici o per ascoltare i discorsi del direttore. Vuole che le siano spiegate le nuove terapie, vuole assistere alle sedute di ipnosi, si informa sulla personalità dei malati e sui loro sintomi. Talvolta rimane seduta per più di un'ora sul bordo di un letto, ascoltando e tenendo tra le sue la mano di un paziente, il quale non sa di avere a che fare con l'imperatrice.

Un giorno Francesco Giuseppe chiede alla moglie che cosa desideri come regalo per il suo compleanno, e lei risponde: «Mi piacerebbe una giovane tigre reale (al giardino zoologico di Berlino ci sono tre cuccioli), oppure un medaglione. Ma ciò che mi piacerebbe più di ogni cosa è un manicomio completamente attrezzato. Come vedi, hai un'ampia scelta».

Effettivamente ce n'è per tutti i gusti, ma Elisabetta intuisce quale sarà la scelta del marito. Francesco Giuseppe è un modello di ponderazione, anche se il suo amore per lei non conosce limiti. Le offrirà un medaglione. Tuttavia l'amore ha la memoria lunga. Egli ricorderà certo quel terzo bizzarro desiderio dell'imperatrice allorché, trentacinque anni più tardi, deciderà la costruzione dell'ospedale psichiatrico dello Steinhof, sulle colline che dominano Vienna. Il progetto sarà affidato al più grande architetto dell'epoca, Otto Wagner, e alla realizzazione di quest'opera superba collaboreranno i migliori artisti. Gli scrittori, i pittori si dedicheranno a sondare le profondità isteriche e nevrotiche dello spirito umano. La cupola dorata dello Steinhof coronerà Vienna di una nuova gloria, quella di aver accordato alla pazzia un'importanza sufficiente per onorarla con un monumento tanto imponente, di aver dato inizio alla scoperta di nuovi territori al seguito del grande viaggiatore Sigmund Freud.

Ancora prima di nascere, il quarto figlio di Elisabetta suscita una polemica. Gli ungheresi si augurano ardentemente che il nascituro sia un maschio. Elisabetta ha promesso che, in tal caso, si sarebbe chiamato Stefano, dal nome del santo patrono dell'Ungheria. Per i magiari va da sé che questo secondo figlio riceverà in eredità il trono di Ungheria mentre il primo figlio, Rodolfo, dovrà accontentarsi dell'Austria. Nella loro mente, l'Austria-Ungheria è solo una tappa intermedia; al momento opportuno l'autonomia si trasformerà in indipendenza. Elisabetta non parlava diversamente nel suo poema dal titolo esplicito: «Che io possa darvi un re!». Gli austriaci, dal canto loro, si rendono conto dei pericoli di una disunione e pregano Dio perché il nascituro sia una femmina. Sono ulteriormente preoccupati dal fatto che l'imperatrice ha dichiarato di voler partorire in Ungheria.

Elisabetta, infatti, ha giurato a se stessa che quel figlio apparterrà solo a lei. L'arciduchessa non è più in grado di contenderglielo: la perdita di Massimiliano ha annientato le sue forze, distrutto il suo pugnace carattere. Ma sua nuora è troppo segnata dalle vecchie lotte per non temere un ultimo assalto, deve dunque partorire lontano da Vienna.

Il parto avviene a Buda-Pest, il 22 aprile 1868. Nasce una bimba alla quale viene dato il nome di Maria Valeria. Se gli ungheresi si confessano delusi, Elisabetta non condivide il loro sentimento. Una volta passato il momento esaltante dell'incoronazione, aveva compreso che quel figlio lo avrebbe messo al mondo per sé. Dare un re all'Ungheria è una bella cosa, avere un essere da amare è molto di più. In una famiglia imperiale una femmina non è forse, ancora più che altrove, una merce di poca importanza? A chi potrebbe interessare questa bimba? Né all'Impero né al regno. Per contro, sin da quando viene al mondo, sua madre si appassiona a lei e il suo sguardo non l'abbandona mai. La piccola è il suo amore, il suo tormento, la sua ossessione. Il minimo tossire prende le proporzioni di un dramma, la più piccola colica diventa una tragedia. Con la nutrice di Maria Valeria si dimostra tirannica, esigente e talvolta ingiusta. Il ricordo della figlia maggiore e della sua morte brutale la induce a una maggiore vigilanza.

A una delle sue dame d'onore confida: «Ora so quale felicità può dare un figlio». È evidente che la sua preferenza va a Maria Valeria, così com'è altrettanto evidente che non le è stata lasciata la possibilità di amare Gisella e Rodolfo.

I sentimenti che la piccola Maria Valeria suscita appena nata sono rivelatori di ciò che le diverse anime dell'Impero pensano di sua madre. Gli ungheresi hanno sperato in un erede di sesso maschile per eccesso d'amore nei confronti della loro regina e perché preoccupati della loro indipendenza. Passato il primo momento di delusione, pensano solo a manifestare di nuovo la loro devozione, a trattenere sulle loro terre la madre e la figlia. La nutrice ungherese canta già delle czarde alla piccola, gli zigani cullano i suoi sogni al ritmo del cembalo.

In Austria, nel frattempo, il liberalismo guadagna terreno e molti ravvisano in ciò l'influenza benefica dell'imperatrice. Il regime assoluto evolve verso una forma costituzionale. Con la fine del Concordato, il partito clericale stretto attorno all'arciduchessa e al suo confessore, cardinale Rauscher, subisce una nuova sconfitta. Il parlamento sottrae alla Chiesa il suo potere sull'insegnamento e sullo stato civile e lo restituisce allo Stato.

Le minoranze sperano di veder confermati i loro diritti. Elisabetta, dopo aver fatto tanto per gli ungheresi, non potrebbe ora occuparsi degli altri? Maria Valeria ha solo tre settimane quando le donne ebree di Vienna la nominano membro d'onore della loro associazione. Tramite la figlia, la supplica è indirizzata alla madre. L'insieme della comunità ebraica sa di poter contare su di lei, che lo ha già dimostrato con la sua amicizia per Max Falk e con la sua ammirazione per il poeta Heinrich Heine, del quale Metternich aveva vietato la pubblicazione delle opere in Austria.

Gli elementi più conservatori della corte di Vienna, coloro che si sono sempre sentiti disprezzati dall'imperatrice, raddoppiano invece la loro veemenza. Un tempo le rimproveravano di trascurare i suoi figli, ora si burlano della sua scoperta tardiva delle gioie della maternità. Maria Valeria è soprannominata l'Unica o, con maggiore cattiveria, la figlia ungherese della regina. Naturalmente, secondo le malelingue, il padre della piccola sarebbe Andrássy. Le maldicenze si placheranno solo dopo molti anni, quando la rassomiglianza tra Francesco Giuseppe e sua figlia diverrà ogni giorno più evidente. L'imperatore, del resto, dimostra di essere un padre pieno di attenzioni, innamorato della piccola come lo è sua moglie. Maria Valeria è il frutto della loro riconciliazione.

Sposati da quattordici anni, finalmente si accettano a vicenda quali sono. I temporali si allontanano. Se Maria Valeria avesse potuto, come in Francia all'epoca della Rivoluzione, prendere a prestito il proprio nome dalla meteorologia, i suoi genitori l'avrebbero senza dubbio chiamata Schiarita, tanto la sua nascita segna l'inizio di nuovi rapporti all'interno della loro coppia. La calma dopo la tempesta e le lacerazioni. Elisabetta e Francesco Giuseppe conoscono tutto, o quasi, delle loro differenze, che sono irreversibili. Nessuno dei due desidera più ribellarsi a questo stato di fatto. Se è troppo presto per la rassegnazione, è giunto il momento della fiducia e della tenerezza.

Elisabetta sa che il marito si sforzerà sempre di prevenire i suoi desideri, a condizione che lei non gli chieda mai di scombinare il suo impiego del tempo né di concedere ai piaceri ciò che spetta all'Impero. Il suo senso del dovere è fortissimo; per quest'uomo abitudinario, il fatto di non alzarsi alle quattro del mattino equivale a non rispettare la sacra regola, a ostentare un'incresciosa propensione al disordine.

Nell'autunno del 1867 Francesco Giuseppe si reca a Parigi per l'Esposizione universale. Alloggia al palazzo dell'Eliseo, da dove scrive ogni mattina a Elisabetta. La viaggiatrice non ama gli spostamenti ufficiali e può sfuggire a questo grazie alla sua gravidanza. Allora «il suo maritino» le racconta in dettaglio tutti i festeggiamenti. Ecco la descrizione delle *demi-mondaines* al Bois de Boulogne e il ritratto divertito dei suoi ospiti, Napoleone III e l'imperatrice Eugenia. La Francia e l'Austria si sono ravvicinate, anche se un po' tardi. Tra i due paesi è corso molto sangue, il sangue di gente anonima e quello di Massimiliano. Quando l'arciduchessa Sofia parla di Napoleone III, e lo fa del resto il meno possibile, lo chiama «l'assassino di mio figlio».

Anche per Francesco Giuseppe è venuto il tempo della riconciliazione. Napoleone III lo accoglie con calore, i festeggiamenti non mancano. Tuttavia lontano dalla moglie l'imperatore si annoia. Nelle sue lettere insiste sul fatto che dorme meglio all'Eliseo che alla Hofburg; si direbbe che la lontananza sfumi le preoccupazioni. Confessa in tono scherzoso che al mattino si sveglia solo alle sei. La cosa gli appare inusitata; sarebbe per caso colpito dal sibaritismo francese, conquistato dalla leggerezza di Offenbach, sedotto dalla famosa vita parigina?

Purtroppo, questo modo di lasciarsi vivere si rivela effimero. Appena rientrato nel suo paese torna a essere il primo funzionario dell'Impero, studioso, serio, instancabile. Se solleva lo sguardo dalle cartelle è per contemplare il ritratto di sua moglie, dipinto da Winterhalter. La grazia, la poesia, la sensibilità di lei appartengono a un mondo che ammira, soprattutto per il fatto di non poterli avere accesso. A un'opera teatrale di Shakespeare, Francesco Giuseppe preferirà sempre una partita di caccia, a una poesia di Heine una fanfara militare, a un soffice divano un letto da campo.

Talvolta è infastidito dalle esigenze della moglie, offeso dai suoi sbalzi d'umore, eppure vede solo lei, la luce notturna del suo sguardo, il suo incedere deciso, sente solo lei, la sua voce ovattata, pensa solo a lei anche quando prende di mira un fagiano o passa in rivista le truppe. Assente, come epurata della propria presenza, Elisabetta si impone al marito con maggior forza. Francesco Giuseppe l'attende, spia il suo passo, usa le parole di tutti gli innamorati. Questo imperatore poco incline al lirismo, questo modello di virtù borghesi, si rivela, attraverso l'intensità e la costanza del suo amore, un uomo commovente, quasi patetico.

Si è abituato all'idea che sua moglie sarà imperatrice solo in maniera intermittente. Gli impegni ufficiali le pesano, sopporta male lo sguardo degli altri. È una narcisista che non ama esibirsi. Quando è costretta a fare conversazione dopo il pranzo, raggruppando gli invitati intorno a sé per lo scambio delle consuete banalità, dice di essere «di servizio». Parla della «mascherata interiore» alla quale gli altri vorrebbero che si abbandonasse, e lei stessa descrive ironica-

Sissi a dieci anni.
Francesco Giuseppe (1860 circa).

La giovane coppia a Schönbrunn.
Elisabetta a vent'anni.

Elisabetta, Gisella e Rodolfo a Venezia nel 1862.

Il seguito ungherese: da sinistra a destra, Francesco Giuseppe, Gyula Andrássy, la nutrice ungherese di Maria Valeria, Ida Ferenczy, Elisabetta che tiene tra le braccia Maria Valeria, Gisella, Rodolfo, Maria Festetics e il barone Nopcsa.

Maria Valeria.
Esercizio di alta scuola al maneggio di Gödöllö.
L'imperatrice a cavallo nel 1876.

Gyula Andrássy.
Uno dei celebri ritratti di Elisabetta eseguiti negli anni Sessanta dal fotografo Angerer.
Per sfuggire ai curiosi...

Rodolfo.
Heinrich Heine.
Uno degli ultimi ritratti di Elisabetta.
Luigi II.

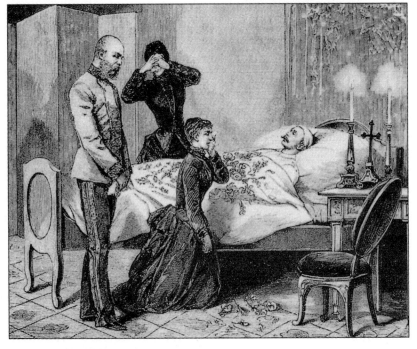

Katharina Schratt (1880 circa).
Francesco Giuseppe (1892).
Rodolfo sul letto di morte, circondato dal padre, dalla madre e dalla moglie.

L'arma del delitto.

L'arresto a Ginevra dell'assassino Luigi Lucheni.

La barella improvvisata
per sbarcare dal battello Elisabetta morente.

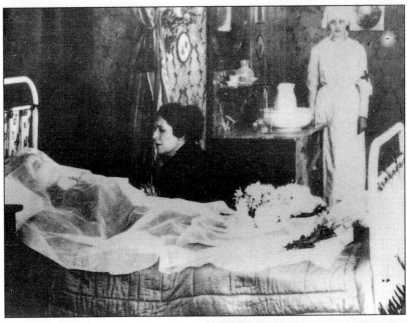

Elisabetta sul suo letto di morte all'albergo Beau Rivage di Ginevra.

Francesco Giuseppe nel 1910.

mente in un poema ciò che avviene nelle serate in cui figura al posto d'onore nel programma stabilito:

> Le stupide chiacchiere di corte
> Si sono prolungate fino a tarda notte.
> Nel mio abito di broccato d'oro,
> Riccamente foderato di zibellino,
> Con una corona come ornamento
> E i miei capelli pettinati all'antica,
> Procedevo a passi lenti e cerimoniosi,
> Con il mio sposo al fianco,
> Come si conviene a esseri tanto eccezionali!
>
> Il maestro di cerimonie
> Ci precede impettito levando il suo bastone,
> E lo batte con colpi forti e sonori;
> Attenzione, ha inizio la festa!
> Con grazia facemmo inchinare
> Davanti a noi una marea umana,
> Al suono dei violini di Strauss
> Che l'orchestra riversava di lassù.
>
> Si avvicinano i più grandi nomi
> E il fiore dell'aristocrazia,
> Dame di palazzo decorate con la Croce stellata;
> (Sono grasse e spesso sciocche).
> Oh, come conosco bene le vostre maniere!
> So, sin dalla mia prima gioventù,
> Che sono l'oltraggio della vostra calunnia
> E la santità delle vostre contorsioni.
>
> Ma il maestro di cerimonia
> Annuncia ora: la festa è finita.
> Tutti voi, duchi e baroni,
> Principi e conti, tornate a casa vostra.
>
> Tolgo la corona
> Dal mio capo pesante sospirando;
> Quante belle ore mi ha rubato
> Quel bastone di cerimonie,
> Contemplo lungamente
> Questi ornamenti luccicanti:
> Per altre sarebbero grandi gioie,
> Per me sono solo un giogo pesante.

Lontano da Vienna, Elisabetta si sente in armonia con se stessa. Può sbellicarsi dalle risa dando la caccia ai topi nei corridoi di Gödöllö, seguire battendo le mani i ritornelli degli zigani, chiacchierare per intere notti con le sorelle, affascinare un uditorio di parlamentari ungheresi con un discorso improvvisato. Per contro, le insulsaggini dei cortigiani la lasciano di ghiaccio. Solo i suoi occhi sorridono in società. Si rimprovera al suo bel viso, al suo portamento altero di esprimere soltanto un sovrano disprezzo. Talvolta accade che, al limite della resistenza, esca dal suo mutismo per pronunciare una piccola frase assassina. Non è esattamente ciò che alla corte di Vienna si chiama fare conversazione.

In molte circostanze Francesco Giuseppe non si diverte più della consorte, ma conosce la sottile arte di annoiarsi senza darlo a vedere. Tutti lodano la sua cortesia e l'eleganza che lo portano nel modo più naturale a dire la parola giusta, a fare il gesto del quale gli saranno riconoscenti. È un uomo semplice e, nello stesso tempo, un gran signore. Si muove in un mondo che è il suo da quando è nato e di cui conosce ogni segreto. E tuttavia, talvolta è sufficiente che il suo sguardo incroci quello di Elisabetta, perché in un lampo di complicità gli si manifesti improvvisamente il ridicolo di una situazione o di un personaggio e per entrambi sia difficile controllare un riso irrefrenabile.

Hanno raggiunto un'intesa, una complicità rara nei sovrani. L'etichetta, la promiscuità dei palazzi, la mistica del potere non stimolano affatto l'amore, e ancor meno la voluttà. I Borboni dei bei tempi avevano messo a punto una regola che li soddisfaceva pienamente: la divisione dei compiti. Nel letto della consorte si assolve il proprio dovere; per i piaceri c'è l'alcova delle favorite. Francesco Giuseppe ed Elisabetta non seguono certo questo principio. Sposandosi hanno voluto credere che i re potevano amare come amano i pastori delle commedie. Il clima della Hofburg e la caparbia sorveglianza dell'arciduchessa hanno reso difficili i loro primi amplessi. Le goffaggini dell'imperatore, gli eccessi della sua passione, le timidezze di un uomo innamorato non permettono certo di mostrarsi sotto una luce favorevole. Non ha saputo svegliare la sensualità di una sposa troppo giovane, troppo bella, troppo idolatrata.

Il corpo di Elisabetta (le sue curve, la luminosità della sua carnagione) sembra fatto per la voluttà. Ma lei preferisce i sogni alla realtà. Nella prigione della Hofburg la vita è solo un cumulo di impegni ufficiali che non lascia spazio al desiderio. L'imperatrice pensa più a ribellarsi, a conquistare un briciolo di libertà che ad abbandonarsi ai piaceri. Del proprio corpo farà uno spettacolo, non per offrirlo all'adorazione della folla, come la sua funzione esige, ma per soddisfare il proprio narcisismo. Il suo culto della snellezza rasenta l'anoressia. Ammette lei stessa la propria inappetenza:

Non voglio amore,
Non voglio vino.
Il primo fa deperire,
Il secondo, vomitare!

Non è certo la confessione di una Messalina, Elisabetta non ha nulla della divoratrice di uomini. Le piace sedurre, le piace essere amata, ma non ama l'amore. A poco a poco Francesco Giuseppe fa tacere la propria gelosia, comprende che la fiducia è più impegnativa dei sospetti. L'imperatrice, del resto, obbedisce solo alla propria norma personale. Troppo esigente per abbandonarsi a semplici avventure, più che al marito è fedele alla propria immagine. Quando si è saputo resistere alla tentazione di un Andrássy, a quell'attrazione reciproca, a quella vertigine, è permesso non temere più alcun pericolo. La prova è stata dura, ma la coppia ne esce agguerrita. L'imperatore e l'imperatrice possono ormai evocare liberamente le rispettive relazioni con Andrássy.

Nel luglio del 1869 Elisabetta occupa la residenza di suo fratello sulla riva del lago di Starnberg. Andrássy, di passaggio a Monaco, annuncia la sua visita. Elisabetta è raggiante di gioia, e non lo nasconde. A Ida Ferenczy, stupita da tanto ardore, risponde: «Non preoccuparti, non mi getterò tra le sue braccia!». Più tardi la nipote di Elisabetta, una bimba di nove anni, scriverà nelle sue memorie di aver visto l'imperatrice piangere dopo la partenza di Andrássy.

Quattro mesi dopo, nell'ottobre del 1869, l'imperatore parte per un lungo viaggio che lo condurrà da Costantinopoli a Jaffa, poi da Gerico a Suez, dove sarà inaugurato il canale di Ferdinand de Lesseps. Già dal 15 agosto 1869 (centesimo anniversario della nascita di Napoleone) le acque del mar Rosso e quelle del Mediterraneo comunicano grazie alla gigantesca opera. L'Europa invia i suoi militari, i suoi ingegneri e i suoi finanzieri all'assalto del mondo, come un tempo inviava i suoi grandi navigatori.

Elisabetta non prende parte al viaggio; preferisce rimanere accanto alla piccola Maria Valeria. La scoperta di un Oriente di cui suo padre le ha tanto parlato sarebbe sciupata dal numero delle cerimonie ufficiali. L'aquila imperiale spicca il volo con le sue due teste: Francesco Giuseppe e Andrássy.

Elisabetta e il marito si spediscono ogni giorno lettere piene di tenerezza. Questi infaticabili scrittori di missive danno l'impressione di vivere gli avvenimenti per il solo piacere di raccontarli. Le distanze dissipano i malintesi, cancellano le diversità. Lo scarto geografico e temporale, lungi dal separarli, offre loro l'occasione di vibrare all'unisono. I rimpianti, i timori, il senso di vuoto trasformano l'altro, lo idealizzano. L'assenza fa ricominciare la lenta opera di cristallizzazione, a lungo differita dalle abitudini, dall'eccessiva vicinanza e dai conflitti di ogni genere.

Dopo i fasti di Costantinopoli l'imperatore dedica diversi giorni alla visita dei luoghi santi. Fa riempire alcune bottiglie di acqua del Giordano, destinate a battezzare i neonati della Casa d'Austria. Quanto ad Andrássy, fa il bagno nel fiume sacro. Si dice che immergendosi nel Giordano si acquisisca il potere di fare dei miracoli. «La mia patria ne ha bisogno» afferma il bell'impiccato del 1848. I due amici non si accontentano della messa al Santo Sepolcro, nella città santa incontreranno anche i dignitari delle altre religioni. Francesco Giuseppe vuole essere il protettore di tutte le confessioni del suo Impero, e Andrássy è sul punto di ottenere l'emancipazione degli ebrei di Ungheria. Si intrattengono con i rabbini, visitano una scuola ebraica e un ospedale finanziato dalla famiglia Rothschild. Alla moschea di Omar incontrano anche i rappresentanti dell'Islam.

Sotto la tenda dei beduini Francesco Giuseppe torna a essere un giovane tenente, e Andrássy svolge il ruolo di camerata turbolento del quale si narrano volentieri le scappatelle. A Gerico, per esempio, si dice che il bel conte abbia lasciato nottetempo la sua tenda per andare a rendere omaggio alle dame della città. L'imperatore si affretta a raccontare l'accaduto alla moglie. Il suo tono è scherzoso, Elisabetta sta al gioco e con una poesiola commenta a modo suo l'avvenimento:

> E ora una parola a proposito di Andrássy.
> Di sera, a Gerico, passeggia da solo,
> E al mattino ritorna sotto la tenda, con le gambe nude,
> Senza kolpack e senza attila. Miracolo di voluttà!
> Lo avevano sorpreso sotto le finestre di una bella!

Andrássy reagisce subito chiedendo a Ida Ferenczy, lettrice di Sua Maestà, di leggere alla regina la «smentita ufficiale» dell'episodio:

> È falso, è falso
> Ciò che si dice di Andrássy a Gerico!
> Non vide alcuna finestra, solo delle imposte
> Fatte per scaldare l'immaginazione.
> Ignora, ahimè! com'è fatta
> Una turca vista da vicino.
> Ma era libero di peccare
> E lo avrebbe fatto volentieri;
> Era libero di farlo,
> Avendo ricevuto a Gerusalemme l'assoluzione per l'eternità.

Ben presto Elisabetta trova l'occasione di fare una piccola scena di gelosia, questa volta al marito. A Suez, l'imperatrice Eugenia rappresenta la Francia. In assenza di Napoleone III, essa forma con Francesco Giuseppe la coppia più prestigiosa. Dopo il loro ultimo incontro a Parigi, le voci hanno trasformato le due imperatrici in due rivali. Un osservatore indiscreto afferma di aver sorpreso le due donne davanti a uno specchio, con le gonne sollevate per meglio paragonare la linea delle loro gambe. Sono entrambe belle, ma Elisabetta possiede la gioventù, il mistero, un corpo alto e slanciato e una grazia indefinibile. Per una volta, la Baviera ha la meglio sulla Spagna, senza difficoltà. L'imperatrice, sempre in tono scherzoso, si permette di scrivere: «Eccoti nuovamente riunito alla tua cara Eugenia. Sono molto gelosa perché stai facendo il cascamorto con lei, mentre qui io sono sola e non posso nemmeno vendicarmi...». Francesco Giuseppe la rassicura. Eugenia è meno graziosa di un tempo, e inoltre è molto ingrassata. L'imperatore sa che per sua moglie la pinguedine è un'infermità abominevole!

Alla fine degli anni '60 l'Impero e la coppia imperiale godono di un momento di tregua. Sono riusciti a stabilire un nuovo equilibrio personale e politico, che possono sperare di mantenere per un certo periodo, anche se hanno cessato di credere alla perennità delle cose. L'incoronazione ungherese ha segnato il trionfo di Erzsébet, che si prolunga grazie alla nascita, desiderata, di Maria Valeria.

La regina vive questa maternità in uno stato di costante esaltazione. Nessun bambino è stato più coccolato, più amato, più accarezzato di questa piccola arciduchessa. Gelosa della sua libertà, Elisabetta fa ormai dipendere la propria vita da quella della figlia, il che provoca in lei ansia, paura. Ma riesce a sciogliere l'angoscia nel fiume tiepido e soave di un amore finalmente condiviso. Maria Valeria gode di tutte le tenerezze, le moine, gli abbracci che sua madre aveva in riserva. Elisabetta conosce la dolcezza carnale, la sensualità a fior di pelle, il desiderio senza limiti di entrare in comunione con un essere amato. La solitudine cesserebbe dunque di essere fatale?

La malinconia batte in ritirata con il suo corteo di potenze nere, e per il momento Elisabetta parteggia per la vita. Sceglie la luce al posto dell'oscurità, l'energia al posto della fatalità, la tenerezza al posto della follia.

Con tutto ciò la fata cattiva non si sente sconfitta, ma ha l'eleganza di permettere a Elisabetta di riprendere fiato. Ben presto il paesaggio si oscurerà e la danza morbosa si impadronirà di nuovo del corpo tanto leggero dell'imperatrice. La morte non è forse la sua compagna ufficiale, sin da quando era una bimba? La morte e l'imperatrice hanno già accennato alcuni *pas de deux*, e il ritmo infernale minaccia di ricominciare a ogni istante. Il solo modo di pregare non consiste nell'abbandonarsi alla vertigine barocca? Lo si ripete a Elisabetta in tutte le chiese di Baviera, in tutte quelle dell'Impero: Dio risponde solo ai folli che non temono di tendere le braccia verso di lui. A questo punto non importa che il compagno si chiami fata cattiva, morte o Dio, la danza è sempre travolgente.

La guerra, di nuovo la guerra! Di nuovo le legioni prussiane! Elisabetta non ne può più e altre donne, in Europa, devono avvertire la stessa stanchezza. Nel giugno del 1870, quando l'imperatrice giunge a Bad Ischl, si parla di un possibile conflitto tra la Francia e la Prussia. È proprio in questa località che nel 1866, solo cinque anni prima, ha appreso l'inizio di un altro spaventoso massacro. Sadowa, la disfatta dell'Austria e, per i due campi nemici, l'eterna litania dei morti, dei mutilati e di quelle epidemie che falciano in brevissimo tempo i poveri superstiti. La cosa si ripeterà, dunque? A che servono i trattati, le ambasciate, la buona educazione e la parentela tra monarchi, se i paesi europei ritenuti civili pensano solo a sventrarsi come tribù assetate di sangue?

Eppure un mese prima ogni cosa si presentava sotto la luce migliore; in Francia Napoleone III ricorre al plebiscito. La sua vittoria sui repubblicani è completa e Francesco Giuseppe è il primo a rallegrarsene. I rapporti tra i due imperatori si mantengono al bello stabile, eppure l'Austria-Ungheria sa bene che non dispone dei mezzi militari per appoggiare Napoleone III. Dopo Sadowa il suo esercito non si è ripreso, l'Austria-Ungheria ha imparato a proprie spese quanto costi affrontare la Prussia. Inoltre gli Stati tedeschi del sud, tra i quali la Baviera tanto cara al cuore dell'imperatrice, hanno firmato trattati di alleanza con Bismarck. Un intervento a fianco della Francia coinvolgerebbe l'Austria-Ungheria in una guerra contro i suoi ex alleati tedeschi. Per vendicare Sadowa non si corre il rischio di una sconfitta ancora più cocente?

Bismarck pensa alla guerra con soddisfazione. Una nuova vittoria gli fornirebbe l'occasione di proseguire nella sua opera e di porre la Prussia alla testa del secondo Reich (il primo è stato il Sacro Romano

Impero germanico; quanto al terzo, quale lettore di questo libro non se ne ricorda!). Napoleone III, dal canto suo, non mette in dubbio né il proprio potere né i propri eserciti; intorno a lui si ha fretta di combattere.

Il 18 luglio 1870 Francesco Giuseppe riunisce il Consiglio della corona per decidere la posizione dell'Austria-Ungheria. Tutti i partecipanti, imperatore compreso, sperano nella vittoria della Francia, ma nessun trattato li lega all'Impero francese. Cosa più grave, la Russia fa sapere che se Francesco Giuseppe uscirà dalla sua neutralità, interverrà a fianco di Bismarck. Quest'ultima minaccia rafforza la posizione di Andrássy in seno al Consiglio della corona. È ungherese, ha dunque dei buoni motivi per temere il vicino russo. Inoltre, non desidera una restaurazione dell'influenza austriaca in Germania, cosa che metterebbe in pericolo il Compromesso austroungarico.

Francesco Giuseppe decide di non fare nulla. Vienna attende il seguito degli avvenimenti, e l'imperatrice non sente nemmeno il bisogno di ritornare nella capitale. Le lettere del marito sono del resto rassicuranti. Siano gli altri, questa volta, a subire il fuoco dei prussiani. Ora l'Impero è solo lo spettatore di un dramma che si svolge senza di lui, mentre i suoi ex amici, quali la Sassonia e la Baviera, ripartono all'assalto per i begli occhi del re di Prussia. Elisabetta è di nuovo in ansia per i suoi fratelli, cognati, cugini, che combattono sotto le diverse bandiere tedesche. Sua suocera, più politica, non cessa di deplorare il declino austriaco. La Prussia inghiottirà tutti i suoi vicini, confida al suo diario: «[...] il triste entusiasmo dei tedeschi (eccitati in gran parte dai massoni). Credono di combattere per la Germania mentre combattono solo per la Prussia, che finirà per annientarli del tutto». I massoni sembrano destinati al ruolo di capri espiatori.

Dopo qualche successo francese, il 1° settembre 1870 a Sedan l'Impero di Napoleone III crolla come un castello di carte. La strada di Parigi è aperta, l'imperatore cade prigioniero. Francesco Giuseppe ha dei buoni motivi per lamentarsi: la Prussia domina l'Europa e il 4 settembre la Francia precipita nella repubblica. «Vedo l'avvenire assai scuro» scrive alla madre. «Probabilmente sarà ancora più triste del presente.» Quanto a Elisabetta, il suo pessimismo supera quello del marito: «Forse potremo ancora vivacchiare per qualche anno, prima che giunga il nostro turno. Che ne pensi?».

La situazione è ancora più grave, in quanto alcuni tedeschi d'Austria applaudono con entusiasmo le vittorie prussiane. Bersaglio dei movimenti nazionali degli altri popoli dell'Impero, i tedeschi d'Austria hanno per Bismarck gli occhi di Cimene. Nel 1866 ha saputo mostrarsi misurato nella vittoria. Il suo genio politico non si è mai espresso meglio che in questo modo di risparmiare l'orgoglio nazionale austriaco. Avrebbe potuto entrare trionfalmente a Vienna o contendere a Francesco Giuseppe alcuni territori conquistati in guerra, invece si è guardato bene dal farlo. Ma nei confronti della Repubblica francese l'aristocratico prussiano non prova gli stessi scrupoli. Inoltre, l'opinione pubblica del suo paese e i suoi generali lo spingono a non avere pietà.

Dichiara a Jules Favre, ministro degli Affari esteri del nuovissimo governo francese: «Non abbiamo più garanzie di quante ne abbiate voi circa il governo che vi succederà. Dobbiamo preoccuparci della nostra sicurezza futura, di conseguenza esigiamo l'abbandono di tutta l'Alsazia e di una parte della Lorena con Metz». I socialisti tedeschi sono gli unici a mettere in guardia contro una politica di conquista. In un manifesto Karl Marx profetizza l'avvenire delle relazioni franco-tedesche, e a proposito dell'annessione dell'Alsazia e della Lorena scrive che «firmare un armistizio al posto di una pace equivarrebbe a trasformare i due paesi in due nemici mortali».

In Germania i militanti socialisti vengono arrestati, e Bismarck cede alle pressioni dei militari. L'uomo lungimirante torna a essere un volgare conquistatore, l'Alsazia e la Lorena saranno tedesche. Il sacrilegio non si ferma qui. Il 18 gennaio 1871, nella galleria degli Specchi del castello di Versailles, viene proclamato l'Impero tedesco.

Alcuni anni più tardi Elisabetta compone un poema intitolato: «A Bismarck». Il personaggio suscita tanto l'ammirazione quanto l'orrore, appartiene ai tempi delle epopee:

> Votato alla vittoria,
> Tu, il più grande spirito del nostro tempo,
> Passi sopra il nostro mondo, coperto dalla tua corazza,
> Falciando i popoli a tuo piacere.
>
> Tu, stella di ferro su un sentiero di sangue,
> Sempre in testa, invincibile!
> Dove si arresterà dunque la tua corsa trionfale?
> Ti condurrà verso l'alto, o verso il basso?

Verso l'alto? O verso il basso? Faust o Mefistofele? La domanda non è fuori luogo. L'unità tedesca, moralmente, è stata pagata assai cara. Troppi morti accusano (morti del 1866, morti del 1870, morti che verranno). Lo stesso Bismarck, grande organizzatore di fasti guerrieri, non si fa illusioni. Da Versailles scrive alla moglie: «Qui la gente deve giudicarmi un cane assetato di sangue; quando le vecchie donne sentono il mio nome cadono in ginocchio e pregano per la loro sopravvivenza. Attila, paragonato a me, era un agnello».

I viennesi continuano a rimproverare Elisabetta per le sue assenze. Ogni anno, talvolta ogni trimestre, i giornali pubblicano il numero dei giorni che si è degnata di trascorrere tra loro. Il bilancio è avvilente. Quanto a suo marito, non osa più lamentarsi. La posta e il treno svolgono nella loro vita un ruolo essenziale. Si scrivono, si fanno visita. Ora a Schönbrunn, ora alla Hofburg, ma per lo più a villa Hermès a Bad Ischl, a Gödöllö o nel Tirolo. In queste residenze di provincia il protocollo si alleggerisce, l'intimità si rafforza. Quel modo di ritrovarsi appare loro più piacevole di una vita quotidiana satura di preoccupazioni politiche. E poi Elisabetta ha trovato una buona scusa per evitare la capitale: l'aria di Vienna non è adatta alla fragile salute di Maria Valeria.

Nel marzo del 1871 Elisabetta ritorna da Gödöllö. I suoi amici Deák e Andrássy sono venuti ad augurarle buon viaggio alla stazione ferroviaria di Pest. È il momento in cui bisogna strapparsi da ciò che si ama. Alla regina viene presentata una donna, la contessa Maria Festetics. Nella commozione della partenza, Elisabetta la guarda appena. Ma Andrássy insiste, durante il viaggio la regina dovrebbe intrattenersi con la contessa. Maria Festetics, prosegue, è molto intelligente e molto fedele alla causa ungherese. Se lo dice Andrássy... Durante le cinque ore di viaggio tra Pest e Vienna le due donne si parlano e si seducono a vicenda. È l'occasione per ricordare i loro amici comuni, Deák e soprattutto Andrássy. Entrambe li hanno lasciati a malincuore. Per Maria Festetics si tratta anche di un viaggio verso un mondo per lei completamente nuovo.

La contessa ha trentatré anni, uno di più della regina. Elisabetta, che in fatto di amicizie ha un istinto molto sicuro, sente immediatamente che la giovane donna le piacerà. Già con Ida Ferenczy aveva compreso subito che avrebbe potuto aver fiducia in lei e non ha mai rimpianto la propria scelta, al contrario. Al tempo del loro primo incontro la dolce Ida era una giovane campagnola emozionata, sensibile, disponibile. Per contro, Elisabetta intuisce che Maria la giudicherà con la freddezza dell'intelligenza. Non le spiace di doverla convincere con le sole argomentazioni della donna, senza ricorrere alle armi della regina. Del resto, se Maria Festetics nasconde il proprio turbamento e non si dà per vinta al primo sguardo, si affretta a confidare ciò che pensa al suo diario. Il suo entusiasmo è pari a quello della dolce Ida: «È tanto bella, non ho mai visto una bellezza simile. È regale e graziosa al tempo stesso; la sua voce è dolcissima, e quanto ai suoi occhi, sono meravigliosi!».

Tre giorni dopo l'imperatrice la mette alla prova invitandola a un pranzo offerto dall'arciduchessa. Maria Festetics si comporta come Elisabetta desiderava. Lungi dal lasciarsi inebriare, osserva la vita di corte («un'esperienza mortale per lo spirito»), segue con lo sguardo il balletto delle vanità, ascolta senza scomporsi le maldicenze che opprimono Elisabetta. Andrássy ha visto giusto, Maria è intelligente, non si lascia influenzare, ed Elisabetta decide di farsene un'amica. Non appena un incarico di dama d'onore resta vacante, propone a Maria di occuparlo. Sorpresa, la contessa ha un momento di esitazione; comprende, senza dubbio, che se accetta corre il rischio di impegnarsi per la vita. L'imperatrice è esigente, possessiva, la sua personalità esercita un fascino al quale è difficile resistere. La dolce Ida ne è rimasta vittima già da molto tempo, in un attimo ha abbandonato la propria libertà e perduto ogni senso critico. Maria Festetics teme di subire la stessa sorte.

Messo al corrente delle sue esitazioni, Andrássy viene a trovarla e si mostra contrariato: «È necessario che accettiate, senza perdervi in riflessioni. Dovete sacrificarvi per il vostro paese. Quando si è ricevuta da Dio una grande intelligenza, bisogna mostrarsi riconoscenti; la regina ha bisogno di una persona fedele».

«Lo merita?» chiede la contessa, scettica.

«Che domanda è questa?» scatta Andrássy, poi si riprende. Questa altera contessa sarà un'eccellente alleata se riuscirà a convincerla. La cerchia ungherese deve richiudersi sull'inaccessibile Erzsébet, e Andrássy prosegue: «Mi considerate un amico, non è vero? Ebbene, dite di sì, ve lo consiglio... La regina è buona, pura, intelligente. Le serbano rancore perché ama il nostro paese, la corte non glielo perdonerà mai. Per questo motivo anche voi sarete perseguitata, ma ciò ha poca importanza. È vostro dovere accettare, in tal modo servirete la regina e la patria. Anche Deák è di questo avviso e inoltre non si può rifiutare una simile offerta».

Andrássy ha parlato, la contessa obbedisce. In realtà, non le dispiace che le forzino la mano. Lei stessa era troppo tentata dall'offerta per non interrogarsi sulla propria infatuazione e diffidarne. L'irrazionale la spaventa, ed Elisabetta suscita intorno a sé soltanto passioni. Maria Festetics non vuole cadere in trappola e divenire una seconda Ida, devota e in ammirazione fino ad annullarsi.

A dire il vero, Elisabetta non chiede tanto. Ha compreso immediatamente che la sua nuova dama d'onore sarebbe stata diversa da Ida, e non è il caso di confondere gli incarichi. Alla dolce Ida vanno le confidenze, le tenerezze, le effusioni. Davanti a lei la regina può mostrarsi qual è, con le sue debolezze e il suo orgoglio, con i suoi capricci e la sua disperazione sempre latente. Pur essendo più giovane dell'imperatrice, Ida svolge presso di lei un ruolo quasi materno. Consola, incoraggia, trepida, approva, tiene la mano quando sopravvengono gli incubi.

Con Maria Festetics le conversazioni si basano su una fiducia, una stima reciproca. Due intelligenze si affrontano su un piano di parità. La dama d'onore sa discutere, opporre il proprio punto di vista a quello di Elisabetta. Nel suo diario descrive le loro conversazioni e giorno dopo giorno annota i sentimenti, le riflessioni che la regina le ispira.

Poco dopo aver accettato l'incarico, scrive:

Non è una persona banale. In tutto ciò che dice si percepisce una vita contemplativa. Peccato che perda tutto il suo tempo a rimuginare e non abbia assolutamente nulla da fare. È portata all'attività spirituale, il suo istinto di libertà è tale che qualsiasi restrizione le sembra terribile.

La testimonianza di Maria Festetics è preziosa soprattutto perché la contessa ha orrore della cortigianeria. Se sottolinea il senso umoristico, la sensibilità, le straordinarie qualità intellettuali di Elisabetta, deplora anche che tanti doni siano sciupati: «In "lei" si trova tutto, ma come in un museo in disordine: veri tesori che non sono valorizzati, di cui nemmeno lei sa che farsene».

Come Ida, e tuttavia su un registro diverso, Maria suonerà fino alla fine il suo spartito a fianco della regina. Si cercherà di attizzare la gelosia tra le due donne, la cosa appare allettante. Hanno origini simili, godono entrambe della fiducia di Elisabetta. È facile immaginare le rivalità che nascono e prosperano nell'ambiente chiuso della corte, in cui lo stesso clan ungherese vive appartato. Non si esita a utilizzare le lettere anonime inviate all'una per denunciare le supposte azioni dell'altra e viceversa. Una guerra di trincea, meschina, insidiosa, alla quale le due favorite resisteranno con eroismo. Certo, le rotondità di Ida, la sua ingenuità, le coccole che prodiga costantemente alla sua regina, sono più degne di una bambinaia che di una lettrice e hanno il potere di infastidire Maria Festetics, la quale nutre un deciso disprezzo per questa rivale che sa solo amare. La fiducia, l'affetto della regina le sono preziosi quanto lo sono a Ida, ma vuole ottenerli senza doversi mostrare servile. Elisabetta riuscirà nel miracolo di placare i conflitti e di portare le due donne a coabitare in una certa armonia che non esclude le passioni.

Con Maria Festetics prova il bisogno di spiegarsi, di giustificare la propria condotta a se stessa: «Non vi stupite» le chiede in occasione di una passeggiata «di vedermi vivere come un eremita?».

«Certo, Maestà, siete ancora molto giovane.»

«È vero, ma non ho potuto fare altrimenti. Il bel mondo mi ha talmente perseguitata e mal giudicata, sono stata talmente offesa e calunniata! Eppure, Dio mi è testimone, non ho mai fatto del male. Ecco perché ho cercato una compagnia che non turbi la mia pace e mi dia un po' di piacere. Mi sono ripiegata su me stessa e mi sono affezionata alla natura; la foresta non ferisce. È difficile essere soli nella vita, ma si finisce per abituarcisi.»

Nel suo diario Maria Festetics mostra sempre maggior comprensione nei confronti di Elisabetta. La dama d'onore e la regina imparano a conoscersi, ad apprezzarsi. La prima non cessa di osservare con occhio attento, ma assolve la seconda e spesso l'ammira. Del resto, hanno molte idee in comune. A proposito della vita di corte, Maria Festetics non manca di fare una constatazione la cui severità non ha nulla da invidiare a quella della regina:

> L'inanità, la perdita dei valori vitali non si manifestano in nessun altro luogo come nelle corti; a corte ci si abitua alle apparenze brillanti, e quando si entra a farne parte realmente ci si accorge che è solo la nostra parte esteriore, la nostra corteccia, a esserne indorata come la vernice che ricopre gli ornamenti natalizi. Come comprendo la poca soddisfazione che prova l'imperatrice!

Con l'arrivo di Maria Festetics la cerchia ungherese si raccoglie intorno a Elisabetta. Elemento dopo elemento, tutto il dispositivo di sorveglianza impostole dalla suocera si trova smantellato. Il nuovo sistema è omogeneo come il precedente, ma gira in senso inverso. L'arciduchessa aveva posto le sue spie, donne attempate, di un conservatorismo ottuso, il cui unico merito era possedere alcuni quarti di nobiltà, la cui morale consisteva in un pedante rispetto dell'etichetta. Elisabetta ha sostituito queste donne con persone della sua età, di puro sangue magiaro, che parteggiano per il Dualismo e per Andrássy.

La sua vittoria sembra completa quando, nel novembre del 1871, Francesco Giuseppe nomina Andrássy ministro degli Affari esteri per l'Austria-Ungheria. Nel 1867, prima dell'incoronazione di Budapest, Elisabetta aveva appoggiato con tanta insistenza la candidatura dell'amico che il partito conservatore, temendo di vedere un ungherese a capo della sua diplomazia, aveva attribuito subito questa nomina alla crescente influenza dell'imperatrice. È evidente che questa scelta realizza le sue speranze, ma è impossibile dimostrare che ha fatto nuove pressioni sul marito. Del resto, era necessario? Francesco Giuseppe conosce da tempo le preferenze della moglie. Le ha già prese in considerazione, ma non le ha ciecamente fatte proprie.

Quando Andrássy accede a quell'alta carica, Elisabetta non è a Vienna. Si trova nel Tirolo, nel castello di Merano, e la corrispondenza della coppia imperiale durante questo periodo non è stata conservata. Può darsi che l'imperatrice abbia prolungato la propria assenza per non dare l'impressione di immischiarsi negli affari di stato e per non intralciare l'ascesa di Andrássy. Ma altre ragioni, questa volta più politiche, hanno indotto Francesco Giuseppe a scegliere, ponendolo a capo della diplomazia dell'Impero, il nemico di un tempo, l'ex rivoluzionario. Nella guerra franco-tedesca Andrássy ha preconizzato la neutralità e l'Austria vi si è conformata. Dopo la disfatta dei francesi e gli inizi caotici della loro Repubblica, Andrássy appare come l'uomo di una riconciliazione dell'Austria-Ungheria con l'Impero tedesco.

Bismarck e Andrássy si stimano a vicenda. Il prussiano apprezza il modo in cui l'ex insorto mantiene con mano ferma la propria autorità sulle nazionalità non magiare dell'Ungheria. Inoltre Andrássy ha fatto di tutto perché i cechi non ottenessero i vantaggi di cui gode l'Ungheria ed è riuscito nel suo intento. Nemico degli slavi, Bismarck può solo rallegrarsene. La nomina di Andrássy è tanto gradita a Berlino quanto è sgradita a San Pietroburgo.

Elisabetta non ha la passione della politica. Se si è accesa di entusiasmo per la causa ungherese, il suo ardore era più sentimentale che politico: si è riconosciuta in quel paese che teneva testa a Vienna e ne ha fatto la sua patria di elezione. Ora ha raggiunto il suo duplice scopo: l'Ungheria, in seno al Dualismo, non è stata mai tanto potente e il bell'impiccato del 1848 fa parte dei successori di Metternich al ministero degli Affari esteri! Lei può prendere le distanze, ma Andrássy, per riconoscenza e per affetto, continua a tenerla al corrente dei suoi progetti. I loro incontri si fanno più rari, ma l'ungherese può corrispondere con l'imperatrice tramite Ida Ferenczy, Maria Festetics o il barone Nopcsa. Quest'ultimo, un ungherese amico di Andrássy, è appena stato nominato aiutante generale di campo, incaricato della Casa dell'imperatrice. Il nuovo ministro degli Affari esteri non esita a chiedere a Elisabetta di appoggiarlo nella sua azione e lei risponde sempre alle sue attese, anche se non è del tutto d'accordo sull'idea di base. Andrássy le fa premura perché incoraggi il riavvicinamento tra l'Austria-Ungheria e l'Impero tedesco. L'imperatrice non sente alcuna affinità con la Prussia, al contrario; tuttavia, per far piacere ad Andrássy, dà inizio a una relazione cordiale con il principe ereditario tedesco e la sua consorte.

Nell'aprile del 1872, mentre è in Tirolo, apprende da Andrássy, sempre tramite Ida Ferenczy, lo sgradevole effetto che le sue prolungate assenze hanno sull'opinione pubblica viennese. Ma in questo campo Elisabetta agisce solo secondo la propria volontà, e non sono certo le rimostranze appena dissimulate del bel conte che la indurranno a tornare nella capitale. Quindici giorni dopo, tuttavia, rientra precipitosamente, ma Andrássy non ha nulla a che vedere con questa fretta. All'improvviso una notizia l'ha sconvolta più di quanto potrebbe dire, più di quanto avrebbe mai creduto. L'arciduchessa è malata, l'arciduchessa è in punto di morte. Una specie di panico assale Elisabetta. Senza frapporre indugi, decide di rientrare a Vienna sperando che non sia troppo tardi; deve arrivare in tempo. Si sente oppressa, le sue tempie martellano, l'angoscia le arrossa il petto e il collo, come talvolta accade alle persone timide.

A un tratto comprende che la morte non è mai un trionfo, anche se colei che sta morendo è la sua nemica. Eppure quante volte ha sognato, con gli occhi chiusi o spalancati, la morte della donna che la tiranneggiava? Non è forse questo il prezzo della sua libertà? Il rimprovero negli occhi della suocera non persisterà fino a quando non rimarrà in lei un soffio di vita? La riconciliazione non è di questo mondo, come non lo è l'oblio.

Ora che Elisabetta sente avvicinarsi il momento fatidico, avverte un profondo dolore. L'odio la tiene strettamente unita a Sofia... le pare impossibile che una di loro possa morire senza che l'altra non sia sconvolta dalla sofferenza e non agonizzi a sua volta. Pensa ai due cervi della villa Kaiser a Bad Ischl, morti con le corna aggrovigliate in un'ultima lotta. Nulla ha potuto separarli, né gli dèi, né l'impagliatore.

L'arciduchessa ha solo sessantasette anni, ma dopo la morte di Massimiliano ha perduto la voglia di vivere. Inoltre sta assistendo al crollo del mondo che si auspicava perenne, il mondo di Metternich e di Schwarzenberg, l'Impero molto cattolico, molto austriaco e molto autoritario.

Una sera si è recata al Burgtheater, nella sala il caldo era soffocante. Di ritorno a Schönbrunn, si è addormentata sul balcone e durante la notte ha preso freddo. Ha forse voluto affrettare il sopraggiungere della morte? Ha forse preferito affrontarla all'aperto, lei che un tempo aveva sofferto di dover vivere senza amore, chiusa all'interno dei palazzi?

Ai suoi altri malanni, l'arciduchessa aggiunge ora una polmonite. La febbre e i dolori la tormentano ma, lungi dal difendersi, la vecchia dama si cala, con sollievo, nell'agonia. Francesco Giuseppe teme di perderla. Fa spargere della paglia davanti alle finestre della madre per attutire il rumore dei cavalli e delle carrozze.

Il 16 maggio Elisabetta giunge ansante al capezzale di colei che fu la sua nemica, la cui vita è ora un lume prossimo a spegnersi. La suocera non le fa notare il ritardo, ma Elisabetta sente fino a quale punto era attesa. Alla vecchia dama non sarebbe piaciuto andarsene senza averle detto addio, anche se non prova alcun rimorso nei riguardi della nuora. Non ha sempre agito per il bene del figlio e per quello dell'Impero? Eppure, dopo tante battaglie, non può fare a meno di stimare la sua giovane rivale, tanto coriacea sotto un'apparente fragilità.

Il tempo delle sfide è passato. Nel corso dei dieci giorni che seguono, l'arciduchessa rimane in sé e la sua dignità incute a tutti il massimo rispetto. Le sofferenze non le impediscono di congedarsi dai suoi parenti e quando giunge il turno di Elisabetta, la moribonda ripete alla nuora quanto suo figlio abbia bisogno di lei: «Non dimenticate che siete ciò che ha di più caro». Si direbbe che questo modo di cedere il potere suoni come un ultimo rimprovero. La voce indebolita conserva le sue intonazioni autoritarie. Per un attimo Elisabetta è come pietrificata. L'arciduchessa, all'ultimo momento, non avrebbe potuto mostrarsi generosa, allentando la gogna di angoscia, di responsabilità che ferisce il collo della nuora? Queste due bestie feroci in lotta tra loro si batteranno fino all'ultimo con le corna aggrovigliate? Elisabetta riprende la padronanza di sé, fa tacere il proprio orgoglio, risponde di sì alla donna più vecchia di lei, la rassicura, dicendole che il suo amore per Franzi non conosce limiti. Lei, la sua nemica, aggiunge persino che l'ama come si ama una madre. Per poco lei stessa lo crederebbe tanto sente, accarezzando la fronte bruciante della vecchia dama, quanto hanno sofferto l'una per l'altra. Non c'è dubbio, nulla giustificava un simile dispendio di dolore.

La sera del 26 maggio la malattia sembra segnare il passo. Alle undici e mezzo Elisabetta lascia l'arciduchessa dopo averla vegliata tutto il giorno, per andare a Schönbrunn dove Maria Valeria è febbricitante. Appena giunta a destinazione riceve un telegramma. Sua Altezza imperiale sta morendo. Francesco Giuseppe reclama urgentemente la sua presenza. Accompagnata da Maria Festetics, Elisabetta ripercorre subito a precipizio le scale. Le due donne salgono nella carrozza che fa dietrofront e riparte a briglia sciolta verso la Hofburg. «Il cocchiere procedette più in fretta che poteva» racconta Maria Festetics nel suo diario. «L'imperatrice era agitatissima, e io ero terrorizzata all'idea che l'arciduchessa rendesse l'anima e che si raccontasse (si sa fin dove può arrivare la cattiveria delle persone) che l'imperatrice si era volontariamente assentata!»

Le due donne scendono in fretta dalla carrozza, si precipitano nella stanza. D'un solo fiato, l'imperatrice chiede a un valletto:

«È ancora viva?»

«Sì, Maestà.»

«Dio sia lodato! Avrebbero detto che l'ho fatto apposta, perché nutrivo odio per lei.»

Sì, lo avrebbero detto. E forse lo avrebbe pensato lei stessa.

«Tutta la corte era riunita, il ministro della Casa imperiale, tutto il personale. Oh, è stato spaventoso!» Trascorre la notte, e Maria Festetics prosegue: «L'attesa era penosa. Tutti cominciavano ad avere fame, mentre la morte tardava a venire. Non lo dimenticherò mai. A corte tutto è diverso da ciò che accade altrove, lo so bene; ma la morte non è una cerimonia o un ruolo di corte». Verso le sette del mattino, per una volta, l'etichetta e l'istinto di conservazione si associano, per riprendere il sopravvento; si ode una voce stentorea: «Se le Loro Signorie vogliono passare a tavola...». Cancelliera ironica, Maria Festetics annota: «La cosa sembrava ridicola, ma tutti i presenti si sentirono come liberati e si allontanarono».

Il digiuno è l'esercizio preferito di Elisabetta, per cui in simili circostanze non corre il rischio di avvertire alcun sintomo di appetito. Rimane sola con la donna il cui spirito se ne è andato. Il corpo oscilla ancora tra la vita e la morte, cerca sopra l'oscurità il perfetto equilibrio del nulla. Ora che gli altri sono lontani, tutto sembra più facile. Spero mi sia concesso di non morire in mezzo a una simile confusione, pensa Elisabetta. È già tanto difficile vivere dando spettacolo di se stessi. Come risolversi a lasciare questo mondo quando il suo schiamazzo vi sommerge fino all'ultimo istante? La corte non rispetta né il diritto alla vita né il diritto alla morte. Bisognerebbe andarsene come si sbatte una porta alle proprie spalle, con un gesto pieno di rabbia. E soprattutto senza la presenza di un valletto per trattenere quella porta.

L'arciduchessa si spegne solo il giorno dopo, alle tre e mezzo del mattino. L'imperatore, in lacrime, è distrutto dal dolore. Ha perduto l'altra donna che amava, colei che gli ha dato la vita e il trono, colei che ha voluto solo la sua felicità e la sua gloria. Colei che aveva fatto proprio il motto della Casa d'Austria:

A E I O U

Austriae Est Imperare Orbi Universo
Comandare il mondo spetta all'Austria

EPITAFFIO PER UN'ARCIDUCHESSA DEFUNTA

PARTE TERZA

«Ve lo dirò io perché; e anticiperò così ciò che state per rivelarmi, senza che la vostra discrezione verso il re e la regina perda le sue penne. Io da qualche tempo, ma non so come, ho smarrito tutta l'allegria, abbandonato ogni occupazione; mi sono così appesantito d'umore che persino la bella architettura della terra mi sembra una sterile forma. E anche l'eccelso baldacchino del cielo, questo firmamento stupendo, questo tetto maestoso solcato da fuochi d'oro, debbo dirvelo? non mi pare nient'altro che un pestilenziale ammasso di vapori.»

W. SHAKESPEARE, *Amleto*, atto II, scena II

PARTE TERZA

Vienna si fa bella. Da mesi, da anni la città si prepara a ospitare l'Esposizione universale del 1873. Francesco Giuseppe era rimasto abbagliato dalle realizzazioni parigine del barone Haussmann. Ricerca di igiene, di ordine pubblico, di prestigio... L'imperatore vuole a sua volta offrire ai viennesi e ai loro visitatori una capitale rinnovata. Va detto che la città ne ha bisogno. La sua popolazione è raddoppiata, le frequenti piene del Danubio hanno danneggiato interi quartieri.

I grandi lavori hanno avuto inizio da più di dieci anni. La portata del fiume è stata regolata e, al posto dei vecchi bastioni, la creazione del Ring, con la sua corona di palazzi, di giardini e di edifici da affittare, consacra il potente ruolo economico di una nuova borghesia della finanza e dell'industria.

Straniera nella sua città, la nostra cara imperatrice non si è minimamente interessata a tutti questi cantieri. Quando nel maggio del 1867, solo un mese prima dell'incoronazione, viene inaugurato il teatro dell'Opera di Vienna, il cuore di Elisabetta, o piuttosto di Erzsébet, è troppo ungherese per soddisfare i desideri austriaci. Essa trova una scusa per non parteciparvi. La sua assenza suscita tanto più rincrescimento, in quanto un salottino privato era stato decorato con amore secondo i suoi gusti. Si tratta infatti di un'evocazione dell'universo mentale dell'imperatrice: sulle pareti i paesaggi del lago di Starnberg e di Possenhofen, il regno dell'infanzia; sul soffitto Oberon e Titania, usciti direttamente dal dramma shakespeariano preferito da Elisabetta, *Il sogno di una notte di mezza estate,* e il suo regno di fate. Segno di un'epoca nuova, il teatro dell'Opera viene inaugurato con la rappresentazione del *Don Giovanni* di Mozart, di cui un tempo Metternich aveva vietato il grido sedizioso *Viva la li-*

bertà! Tutto ciò promette bene e tuttavia la bella, l'indifferente imperatrice non si degna di comparire.

Si poteva sperare che la scomparsa dell'arciduchessa Sofia, che fino alla sua morte alcuni chiamarono la «vera imperatrice», avrebbe ricondotto Elisabetta a Vienna. La folle speranza aumentò ancora nei mesi successivi. L'imperatrice era forse cambiata? Non si faceva forse un dovere di assolvere ai suoi incarichi ufficiali con assiduità, se non con piacere?

Reso malinconico dal lutto, Francesco Giuseppe ha più che mai bisogno di sua moglie. In occasione dell'Esposizione universale l'imperatrice, al suo fianco, riceve tutto ciò che all'epoca esiste in Europa in fatto di imperatori e di zar, di re e di principi ereditari. Lo sguardo di Francesco Giuseppe si illumina, e quando vede accanto a sé quella donna superba non può fare a meno di meravigliarsene e di rendere grazie alla celeste e troppo rara apparizione. Tra tutti quei principi e quei signori che se ne torneranno a casa loro facendo a gara per celebrare le sublimi bellezze dell'imperatrice, l'umile marito non è il meno fanatico.

Tuttavia la buona volontà ha i suoi limiti. Ben presto Elisabetta trova un pretesto per abbandonare Vienna e la sua Esposizione. Ora adduce come scusa la fatica (reale perché i festeggiamenti, lunghi ed estenuanti, si ripetono in onore di ogni monarca), ora parla dei suoi «disturbi mestruali» di cui il protocollo tiene il calendario, tentando di risparmiare le sue forze in quei momenti. Ma gli invitati non fanno questo genere di calcoli. Elisabetta crede di poter piantare in asso tutti e andare a cambiare aria a Ischl: ciò significa sottovalutare la caparbietà dei principi. Certo, ufficialmente sono venuti a Vienna per l'Esposizione, ma in realtà la vera attrazione è l'imperatrice.

Il più esigente è, naturalmente, colui che ha effettuato il viaggio più lungo. Si tratta dello scià di Persia, il «Centro dell'universo», Nasr el-Din. È giunto in gran pompa: una folla di dignitari, una famiglia tanto numerosa quanto chiassosa, una moltitudine di cavalli, quaranta pecore, cinque cani e quattro magnifiche gazzelle che tiene a offrire personalmente all'imperatrice. Non nasconde la sua delusione, è venuto per lei, non ripartirà senza averla incontrata. Nel frattempo si insedia con il suo seguito nel castello di Laxenburg e fa entrare la vita nella triste dimora, in cui Elisabetta si era tanto annoiata durante una luna di miele dal sapore amaro.

Con una disinvoltura unica, lo scià sconvolge usi e costumi. Le cucine si estendono fino ai saloni in modo che gli agnelli sacrificati possano girare bene sui loro spiedi. Le piastre per le braci dei narghilè sono posate sui pavimenti. Per salutare il sole ogni volta che nasce, lo scià sgozza con le sue mani tre capponi ben grassi. Il «Centro dell'universo» pizzica le natiche, palpa i seni, soppesa e paragona, accompagnando questi gesti con mimiche allusive. Si comporta così con le cameriere, spesso con le dame. Poiché distribuisce molto denaro, le madri di famiglia, nella speranza di uno scambio vantaggioso, gli inviano le fotografie delle loro figlie. Queste pratiche scandalizzano la buona società che non ha letto *Le lettere persiane* e non vuole saperne della relatività dei costumi.

Bisogna che l'imperatrice si decida a ritornare, altrimenti l'ingombrante personaggio rischia di stabilirsi in Austria per sempre. Elisabetta ritorna e l'incontro può finalmente avere luogo. «Quando la vide» scrive Maria Festetics «la scena fu divertente. Rimase immobile davanti a lei, sbalordito, portò la mano ai propri occhiali cerchiati d'oro e la esaminò a lungo, dal ricciolo più alto della capigliatura fino all'estrema punta dei piedi, poi esclamò in francese: "*Ah, qu'elle est belle*".»

I costumi sembrano variare da un continente all'altro più dei canoni estetici. La fama di Elisabetta è giunta fino in Persia, e lo scià ha voluto verificare con i propri occhi. Dopo un'attesa tanto lunga, della quale potrebbe mostrarsi offeso (il «Centro dell'universo» ha l'abitudine di veder girare tutto intorno a sé), non nasconde il suo entusiasmo. La realtà supera le sue speranze. Il fautore di disordine rimane tranquillo come un bambino sognatore fino a quando l'imperatrice acconsente a onorarlo della sua presenza. Le sue maniere poco protocollari divertono Elisabetta la quale, con il pretesto di ammirare i suoi cavalli, va a trovarlo a Laxenburg. Effettivamente apprezza da intenditrice le superbe cavalcature, ma non le spiace nemmeno constatare l'incredibile confusione che regna al castello. Ricorda l'accampamento degli zigani nel parco di Gödöllö. Affascinato, Nasr el-Din consegna alla visitatrice le quattro gazzelle dai grandi occhi tristi di prigioniere, simili a quelli dell'imperatrice, e l'indomani riparte con tutto il suo seguito, felice come uno dei re magi dopo l'Epifania.

Le feste, gli splendori degni dell'Oriente hanno ingannato tutti, persino i finanzieri più avveduti. La Borsa di Vienna è su di giri, si crede che l'Esposizione possa far scaturire una grande fonte di ricchezza. Si gioca, si balla fino a perdere la testa, poi i corsi del mercato precipitano. È il primo crac della storia borsistica. Del resto, quel 9 maggio 1873 la parola «crac» acquisisce la sua funesta rinomanza internazionale. Il crac borsistico ha origine in Austria dove i colpi d'archetto, le ariette e le fanfare coprono appena le grida di disperazione. A Vienna si contano molti suicidi, come avverrà a New York nel 1929. Ogni festa prende l'aspetto di un carnevale in cui la morte avanza mascherata. Perché la «Comare», non contenta di prendere per il collo i ricchi speculatori, si interessa anche ai poveri diavoli. Alcuni casi di colera, nei sobborghi e persino all'interno dei palazzi, seminano il panico: un modo per ricordare che a Vienna, quando i re si divertono, o fingono di divertirsi, la morte non è l'ultima a rallegrarsi.

Tra un divertimento obbligatorio e l'altro, la vita a Schönbrunn, o peggio alla Hofburg, non è più allegra di prima. La morte dell'arciduchessa ha reso suo figlio taciturno. Egli ha già assunto la fisionomia che i posteri ricorderanno. Le sue celebri fedine gli scendono lungo le guance e raggiungono i folti baffi, coprendo il labbro inferiore sporgente degli Asburgo. Il suo sguardo carico di preoccupazione è appesantito dalle palpebre cascanti. Non dimostra alcuna età. Se il suo volto è precocemente invecchiato, la sua figura, al contrario, conserva la snellezza della gioventù. Gli piacciono le uniformi attillate che mettono in risalto la sottigliezza della sua vita e il corpo ben fatto. La sicurezza del suo incedere elegante è imitata in tutto l'Impero. Francesco Giuseppe non ha un carattere espansivo, e alla Hofburg i pasti vengono consumati in un silenzio che il tintinnio delle posate rende ulteriormente penoso. Per fortuna il supplizio non dura a lungo. I gusti dell'imperatore sono semplici e la frugalità dell'imperatrice è nota. Le diete si succedono alle diete, le une più aberranti delle altre, ed Elisabetta pilucca nel piatto come una bimba in castigo. Appena Francesco Giuseppe ha inghiottito l'ultimo boccone, la tavola viene sparecchiata; il tutto avviene tanto in fretta che gli arciduchi seduti all'estremità della tavola vedono passare le portate senza poterle toccare, perché si sparecchia prima ancora che siano servite. Affamati, appena il cerimoniale è concluso, si precipitano fuori dalla cittadella e si affrettano a consumare altrove un secondo e vero pasto. Questa pratica crea la fortuna del famoso locale Sacher, i cui dolci si addicono agli stomaci delicati degli arciduchi seduti all'estremità della tavola.

Elisabetta ha trentacinque anni, Francesco Giuseppe ne ha quarantadue, e già la loro figlia si sposa. Elisabetta deplora questa precipitazione... perché a sedici anni si ha tanta fretta di perdere la propria libertà? Tenta di far ragionare Gisella. Ciò non perché voglia mostrarsi possessiva, Gisella era molto più figlia dell'arciduchessa che sua, e inoltre madre e figlia sono troppo diverse per sentirsi legate, ma Elisabetta pensa alla propria giovinezza, tanto presto interrotta. Tuttavia non sarebbe carino da parte sua insistere. Gisella non cerca forse altrove ciò che sua madre non ha saputo darle? Del resto, Elisabetta si mostrerà più risoluta quando si tratterà di trattenere presso di sé Maria Festetics. Un principe russo continua a girare intorno alla sua dama d'onore, e lei non esita a metterla in guardia: «Vi permetto di divertirvi, ma non di innamorarvi e ancor meno di sposarvi. Non voglio che mi lasciate a causa di uno straniero».

Maria la scettica, Maria la riflessiva, lungi dall'offendersi per questa scenata di gelosia, si sente lusingata e sacrifica immediatamente il principe russo sull'altare della sua regina.

Al matrimonio di Gisella tutti gli occhi sono per la madre della sposa. «Non ci sono parole» si entusiasma Maria Festetics «per dire quanto era bella nel suo abito ricamato d'argento, con quella capigliatura così risplendente che scendeva a ondate sotto il diadema scintillante. Ma la sua bellezza più grande non è di natura fisica, è piuttosto qualcosa che aleggia sulla sua persona. Ciò che maggiormente colpisce in "lei" è simile a un'aureola, a un soffio di grazia, di sublimità, di fascino, di freschezza, di castità, e tuttavia di grandiosità.»

Quando Gisella lascia Vienna al braccio del marito, Rodolfo soffre moltissimo. Sono stati entrambi allontanati dalla madre e cresciuti dalla nonna. La sensibilità del ragazzo è stata ferita dai maltrattamenti inflittigli dal suo primo precettore. Sua madre si è battuta perché cessassero, eppure nel bambino hanno lasciato una traccia profonda. Sempre sorvegliato, sempre solo, Rodolfo oscilla tra emotività e violenza. Come sua madre, adora gli animali, ma gli piacciono anche le armi da fuoco e può, in maniera imprevedibile, puntare il fucile contro i suoi animali domestici. Idolatra la madre, ma la minima osservazione di lei lo paralizza. Elisabetta giudica un po' timoroso il modo di montare a cavallo del figlio e vuole correggere la sua posizione in sella. Rodolfo finge di seguire i suoi consigli, ma poi per settimane non riprende gli esercizi. Si rimprovera di deludere sempre una madre che surclassa i migliori cavalieri della puszta. Non sarà mai in grado di accompagnarla nelle sue leggendarie cavalcate. È giusto capace di mettere le mani a coppa per aiutarla a salire in sella, e lei gli affiderebbe con reticenza il suo superbo stivale di cuoio color fulvo. L'amazzone è così leggera, così nervosa che, prima di scomparire, trova appena il tempo di dirgli: «Grazie, figlio mio».

Nell'orribile solitudine dei palazzi la sorella è stata la sola a offrirgli una complice tenerezza, il tepore di un nido. Ora Gisella se ne va, e Rodolfo singhiozza tra le sue braccia. Hanno rispettivamente sedici e quattordici anni. Queste ultime lacrime versate in comune segnano la fine della loro infanzia.

Decisamente Gisella non perde tempo, e l'8 gennaio 1874 Elisabetta è nonna. Quindici giorni prima ha compiuto trentasei anni. La giovane nonna si reca a Monaco per vedere Gisella e il suo bambino, e scrive a Rodolfo: «Il piccolo è incredibilmente brutto, ma molto vivace; di fatto è esattamente come Gisella». Non si può certo dire che Elisabetta sia una madre o una nonna che va pazza per i bambini. Ma è anche vero che prodiga tutte le sue moine a Maria Valeria.

Si direbbe che Nasr el-Din, il «Centro dell'universo», abbia indotto Elisabetta a condividere il suo amore per le *Mille e una notte*. Poco tempo dopo la visita dello scià, l'imperatrice si lancia in un'avventura degna di Harùn ar-Rashìd.

Siamo a Vienna, nel febbraio del 1874. Il marito della bella è lontano, in viaggio. Deve recarsi a Varsavia, poi a Mosca e a San Pietroburgo; lo zar gli ha promesso di condurlo a cacciare l'orso.

Vienna si prepara al martedì grasso con il fermento abituale. A corte ci sarà un ballo, cui presenzieranno vecchie dame piene di fronzoli e militari decrepiti. Elisabetta lo onorerà della sua presenza. Le orchestre suoneranno le musiche di Johann Strauss figlio, ma al fiele delle conversazioni, all'acutezza degli sguardi converrebbe meglio l'aria della calunnia del *Barbiere di Siviglia*.

Elisabetta recita la sua parte. Si mostra, accenna un sorriso a ogni schiena incurvata. Fa ciò che deve fare, poi si ritira al più presto nei suoi appartamenti. La spogliano, le spazzolano i capelli... il solito balletto di cameriste. La mettono a letto, chiudono la porta, ed è sola. Sente delle risa nei corridoi. Questa notte le cameriere andranno a ballare. L'imperatrice balza dal letto come una molla, e Ida viene subito a raggiungerla. Si sbellicano dalle risa.

Questa sera la vera festa non si svolge a corte. La vera festa ha luogo, come ogni anno il martedì grasso, nella sala della Società della musica. Le dame sono mascherate, gli uomini hanno il volto scoperto. Questa sera la festa sarà anche per Elisabetta. Già il giorno delle nozze aveva sognato che al suo posto si sposasse un'altra. Non sarebbe stata più l'imperatrice, ma solo una sconosciuta tra la folla. Stasera sarà quella sconosciuta, non avrà più un volto, la maschera lo nasconderà. Questa sera non è più Sissi, né Elisabetta, né Erzsébet, ha preso a prestito il nome della sua cameriera, che si chiama

Gabriella. Questa sera non è nessuno, nemmeno la figlia di suo padre. Ha l'aspetto di una ragazza qualsiasi che si può possedere con facilità in una scuderia. Non è così, mio caro Gyula? Ma Andrássy, da quando è stato nominato ministro degli Affari esteri, senza dubbio si ritiene troppo importante per osare di possedere una ragazza qualsiasi. Avrebbe paura che l'imperatrice lo venisse a sapere!

Elisabetta ha previsto ogni cosa. Un domino di broccato giallo per lei, un domino rosso per Ida Ferenczy. Non solo la dolce Ida è al corrente di ogni cosa, ma l'accompagnerà. Maria Festetics, invece, ignora il loro progetto. Senza dubbio avrebbe assunto il suo tono da maestra di scuola. È meglio che non sia al corrente. Per contro hanno avvertito la pettinatrice, Fanny Feifalik, perché si tenga pronta, ci sarà bisogno di lei. Al segnale convenuto, Fanny scivola senza far rumore nella stanza dell'imperatrice. Da lei non c'è nulla da temere, sa tacere e obbedire, quando ne va del suo interesse. Di solito le si chiede di mettere in risalto la celebre capigliatura, ma stasera deve farla dimenticare. Già la torce a piene mani, la stringe, la fissa con tutto un arsenale di forcine. Alcune ciocche sfuggono alle sue cure, si attorcigliano come i serpenti della Gorgone, le riesce difficile domarle, ridurre l'enorme massa di capelli. E tuttavia riesce a dissimularla sotto una parrucca bionda. Nascondendo l'abbondanza della sua superba chioma, l'imperatrice abbandona una parte della sua identità. La mascherina nera, bordata di trina, e il domino fanno il resto. Elisabetta e Ida escono attraverso una scala e una porta segrete.

Quando le due donne penetrano nel salone da ballo, la festa è al culmine. Le musiche, le maschere, i costumi, la confusione, gli aristocratici, i palafrenieri... L'Austria ha un debole per l'Italia, Vienna fa gli occhi dolci a Venezia. Per Elisabetta si realizza un sogno: vedere senza essere vista, essere come una mosca, niente di più che una mosca. Tuttavia si nasconde ancora dietro il suo ventaglio, si tratta di un'abitudine radicata in lei da troppo tempo. Questa volta il ventaglio potrebbe esserle utile, dato che il caldo del salone è insopportabile, ma Elisabetta lo richiude con un colpo secco. È troppo emblematico, fa parte dei segni di riconoscimento dell'imperatrice. Inoltre il movimento rapido, nervoso di quando lo agita davanti al proprio volto, potrebbe tradirla. Perché aggiungere una maschera a un'altra maschera? Quella più piccola è sufficiente, la trina nera le copre anche il collo e la nuca, non corre nessun pericolo.

Sono le dieci. I due domino si fanno strada fino alla galleria del primo piano, che sovrasta la folla.

«Potremmo sederci accanto alla ringhiera per osservare meglio: vuoi, Gabriella?»

Per adottare quel tono familiare con la compagna, il domino rosso ha dovuto fare violenza su se stessa, ma si direbbe che ora cominci a divertirsi.

«Perché sederci?» protesta l'altra. «Non sono stanca.»

Elisabetta si china sopra il parapetto. Sotto di lei vede un mare di folla, eppure ogni ondata si delinea con una chiarezza che ha qualche cosa di indecente. Per contrasto, tutto ciò che non è mascherato assume un rilievo straordinario. Si crede di essere invisibili e a un tratto si rivela ciò che d'abitudine la timidezza e le convenzioni nascondono. Il ballo degli «ardenti». Le mani si tendono verso altre mani, le risate sembrano carnivore, le scollature sono umidicce e le bocche avide; tutti gli sguardi mendicano una complicità. Sulla pista la folla si agita, si spia, si cerca. Si direbbe che stia svolgendosi un gioco di moscacieca, in cui i partecipanti hanno gli occhi bendati.

Elisabetta riconosce alcuni volti, naturalmente si tratta di uomini. Le donne non sono identificabili, le maschere permettono loro di agire nella completa impunità. Il peccato, per loro, è sempre più grave. Per la durata di una danza, gli aristocratici dimenticano i loro quarti di nobiltà e si esibiscono a nudo nella vetrina affollata della festa.

Da quasi un'ora le due donne osservano le evoluzioni dei ballerini. Tra un valzer e l'altro sopraggiungono gli zigani che fanno vibrare i loro violini, ed Elisabetta, al ricordo di Gödöllö, non può fare a meno di commuoversi fino alle lacrime. Questa musica, la sola che la tocca davvero, è in accordo con la sua respirazione, con il suo ritmo interiore, con la sua vita organica. Ora il parossismo, ora l'annientamento. Musica ideale, per una ciclotimica.

«Gabriella» propone Ida in domino rosso «scegli dunque nella sala qualcuno che ti piaccia e non appartenga alla società della corte. Lo condurrò fino a te. In un ballo mascherato si deve parlare con le persone, bisogna annodare intrighi.»

«Lo pensi davvero?» chiede il domino giallo, che ha bisogno di sentirsi incoraggiata dall'amica.

Gli occhi di Elisabetta si posano su un giovane elegante. Sembra essere solo, non ha ballato. Ida approva la sua scelta, il volto dell'uomo sembra loro sconosciuto. Ma devono accertarsi che non appartenga, da vicino o alla lontana, all'aristocrazia di corte. All'improvviso Ida, la dolce Ida, la materna, la prudente Ida, abbandona la sua protetta e raggiunge la pista per avvicinare il giovane. Come se avesse trascorso la maggior parte della sua esistenza abbordando gli uomini per la strada, fa scivolare un braccio sotto quello dello sconosciuto e avvia subito la conversazione. Conosce per caso il conte X, quello che sta ballando laggiù poco lontano? Per caso, ha già incontrato il principe Y, che si appoggia disinvolto a una colonna? No, il giovane non conosce nessuno dei due. È evidente che non frequenta la corte... la faccenda si presenta dunque bene. E lui, come si chiama? Frédéric Pacher di Theinburg, per servirla, funzionario presso un ministero. Ida raccoglie le informazioni. Soddisfatta, rassicurata, prosegue:

«Mi faresti un favore?»

«Volentieri» risponde lui, premuroso.

«Ho un'amica graziosa che in questo momento è sola e si annoia in galleria. Non vorresti distrarla per un po'?»

«Certamente, andiamo a raggiungerla.»

L'amica sembra davvero graziosa anche se non si intravede nulla del suo volto; il domino mette in risalto la sua figura alta, sottile e prosperosa al tempo stesso. Il giovane sembra stupito da tanta eleganza: la seta gialla, i motivi ricamati con fili d'oro e d'argento, lo strascico troppo ingombrante per questo ambiente... La civetteria tradirà dunque Elisabetta?

«Sono una straniera...» spiega per scusare il proprio abbigliamento e la propria timidezza.

La sua voce dolce sembra affascinare il giovane sconosciuto; l'altro domino ne approfitta per eclissarsi e lasciarli soli. Appoggiati alla ringhiera seguono con lo sguardo i ballerini e scambiano alcune frasi insignificanti. Dopo un po' la giovane donna chiede tutto d'un fiato:

«Conosci l'imperatrice? Cosa pensi di lei? Cosa se ne dice? Sai se è amata?»

Elisabetta si stupisce della propria sfacciataggine. D'altra parte, perché giocare se non si rischia il tutto per tutto? E poi la sua audacia la protegge. È evidente che in altre circostanze non affronterebbe questo argomento. Prima di rispondere, Frédéric Pacher esita un istante: «L'imperatrice? Naturalmente, la conosco solo di vista. L'ho intravista qualche volta al Prater. È una donna molto bella, è tutto ciò che posso dire. La gente le rimprovera di mostrarsi troppo poco, dicono che si occupa solo dei suoi cani e dei suoi cavalli... Forse hanno torto».

Si interrompe un attimo e soggiunge, quasi confidenzialmente:

«Ha ereditato l'amore per i cani e per i cavalli dalla sua famiglia.

Mi hanno raccontato che a suo padre, il duca Max, piace dire: "Se non fossimo principi, saremmo divenuti cavallerizzi da circo".»

Quest'ultima osservazione fa sorridere Elisabetta sotto le trine della minuscola maschera. Suo padre sarebbe decisamente il solo a divertirsi della sua scappatella.

«Dimmi, che età mi dai?» chiede a bruciapelo.

«Trentasei anni» osa rispondere il giovane con strana precisione.

Trentasei anni? Sì, li ha appena compiuti, e da un mese è anche nonna. L'ha forse riconosciuta, per rispondere così? È meno ingenuo di quanto sembri? Oppure, cosa ben più spaventosa, lei dimostra i suoi trentasei anni? La sua figura è forse meno snella, meno agile? È ingrassata? Non sarebbe meglio seguire una dieta ancora più severa? Anche se la sera di martedì grasso fa la civetta, a un tratto si sente riacciuffata dalla sua età. E se tutti i complimenti che le prodigano costantemente fossero solo adulazioni? Gli adulatori sanno attribuire grazia anche all'essere che meno lo merita, se è seduto su un trono...

«Ti ringrazio di avermi tenuto compagnia. Ora puoi andare» gli dice con un'autorità che la dolcezza della sua voce non riesce a dissimulare.

«Come sei gentile!» esclama il giovane. «Mi fai salire accanto a te, mi interroghi e poi mi congedi. Ebbene, ti lascio, visto che sei stanca della mia presenza, ma stringiamoci almeno la mano, prima che mi allontani.»

L'imperatrice non è certo abituata a sentirsi parlare in quel tono. Non aveva desiderato essere una donna come tutte le altre, quella sera? Deve assumersene il rischio.

«Rimani» gli dice cambiando idea. «Mi condurrai nel salone.»

Facendosi chiamare Gabriella, il domino giallo prende il braccio di Frédéric, e la coppia si insinua tra i ballerini. Nella confusione il giovane si preoccupa di farle strada e di proteggerla, come farebbe una guardia del corpo. Si è accorto subito di quanto lei tema la folla. Appena la urtano appare non solo spaventata, ma non riesce a controllare un improvviso sussulto di panico. È evidente che la bella dama non è abituata a un simile trambusto. E tuttavia si impone per la sua eleganza, il suo incedere. Le cedono il passo, la coprono di cortesie. Incuriositi, i ballerini la seguono con lo sguardo. I giovani aristocratici sono i più deferenti, come se riconoscessero istintivamente uno dei loro pari. Frédéric Pacher è al tempo stesso orgoglioso e imbarazzato di scortare una donna tanto diversa dalle altre.

Ora lei gli parla senza impaccio, e di qualsiasi argomento. In fatto di politica le loro opinioni si avvicinano. Il compito dell'imperatore non è facile, ma dovrebbe accelerare la messa a punto delle riforme. Parlano un po' di tutto, evocando i paesaggi che amano, la foresta, la montagna, tanto che «Gabriella» dimentica la folla. Il suo tono diviene lirico, quasi esaltato; poi, all'improvviso, temendo gli eccessi della propria sensibilità, con un'osservazione ironica, sferzante come un colpo di frustino, si burla di ciò che ha appena detto, anche se in questo modo fa del male a se stessa.

Colpito da quell'atteggiamento, il giovane risponde che la malinconia e il senso dell'umorismo di lei lo fanno pensare a certi poemi di Heine. Il domino giallo non crede alle proprie orecchie. Le mani del poeta defunto hanno fatto sì che in mezzo a questa folla lei scegliesse il solo uomo che conosce e ama Heinrich Heine? Recitano a vicenda poemi interi, scambiandosi una strofa del *Libro dei canti* contro una del *Romanzero*. Questo Frédéric Pacher non manca di fascino, i suoi lineamenti sono dolci e regolari, sa dare prova di sangue freddo e di modestia, e ha il grandissimo merito di amare Heine. Se non fossero seguiti dagli sguardi dei curiosi, la conversazione con il giovane di ventisei anni potrebbe prendere una piega molto gradevole.

All'improvviso il domino giallo si interrompe alla vista di Nicolas Esterházy, Niky per gli intimi. Gabriella lo conosce, eccome! A Gödöllö il giovane e aitante aristocratico guida le cacce alla volpe ed è uno dei rari cavalieri in grado di rivaleggiare con l'imperatrice. Lei segue tutte le cacce, non per uccidere, ma per cavalcare. Le malelingue affermano che Niky è il suo amante, i pettegoli più maligni aggiungono che al castello il giovane aristocratico è stato sorpreso mentre raggiungeva l'imperatrice travestito da prete. Ogni volta che nel seguito di Elisabetta appare un uomo di fascino, le malelingue ne fanno subito il suo amante.

Niky Esterházy la scruta da capo a piedi. I suoi occhi indugiano sul broccato troppo ricco, sul domino troppo attillato, su quel corpo che desidera al punto da riconoscerlo sotto le sue diverse metamorfosi. Tra tutte le donne presenti l'imperatrice è la più snella, quella con la vita più sottile e il seno più prosperoso. Sotto l'insistenza del suo sguardo, Gabriella trasalisce, poi si riprende e trascina il proprio cavalier servente dietro una colonna. Nicolas Esterházy penserà senza dubbio di essere stato vittima della propria immaginazione. Se per disgrazia avesse dei sospetti, l'imperatrice sa che può contare sul suo silenzio. Tra loro esiste la complicità dei cavalieri e il sacro vincolo di Gödöllö.

«Spesso gli uomini sono solo degli adulatori» dice Gabriella «ma indovino che tu sei diverso. E io... chi credi io sia?»

«Una grande dama» risponde senza esitare Frédéric «una principessa per lo meno. Tutto lo prova, in te. Se non vuoi dirmi chi sei, fammi la grazia di sfilare uno dei tuoi guanti perché io possa vedere la tua mano.»

«No, non ora. So che ci rivedremo e un giorno finirai per riconoscermi. Verresti a Monaco o a Stoccarda, se ti dessi un appuntamento? Non ho patria, trascorro il tempo viaggiando.»

«Certo, verrò ovunque mi ordinerai di venire.»

È già l'una del mattino, forse più tardi. A diverse riprese il domino rosso, l'amica di Gabriella, si è avvicinata alla coppia come per ricordare l'ora, e il domino giallo non ha dato segno di preoccuparsene. Ma ora è giunto il momento di separarsi. Frédéric ha dato il proprio indirizzo a Gabriella. Lei gli scriverà, in cambio di una promessa:

«Promettimi una cosa, una soltanto... di accompagnarmi fino alla carrozza e di non ritornare nel salone.»

Glielo giura. Come potrebbe quel salone minimamente interessarlo dopo la partenza di lei? Accompagnati dal domino rosso, scendono lo scalone e vanno ad attendere una carrozza a noleggio. In quel momento l'imperatrice si sente una semplice donna, una sconosciuta che indugia sul marciapiede con due amici, nella notte di Vienna. Una strana impressione... È la prima volta che l'avverte, sarà senza dubbio anche l'ultima. Pensa per un istante a quelle volpi prese in trappola che si mordono la zampa e che, per ritrovare la libertà, non esitano a strapparla con i loro stessi denti.

La carrozza avanza e Frédéric Pacher, incapace di dominare la curiosità, esclama: «In ogni caso, vorrei sapere chi sei!». La sua mano tenta di sollevare le trine nere della mascherina. Il domino rosso emette un grido, la cui forza denuncia quantomeno un crimine di lesa maestà, e si precipita in soccorso di Gabriella. Il giovane ha appena il tempo di implorare il suo perdono. Le due donne scompaiono all'interno della carrozza.

«Mio Dio, se sapesse chi sono...» mormora Elisabetta, divertita e spaventata al tempo stesso. «Non possiamo ritornare direttamente alla Hofburg, perché potrebbe seguirci.» Ida ordina al cocchiere di dirigersi verso la periferia, poi fa in modo che si fermi in una via tranquilla. Scende dalla carrozza, controlla che non siano state seguite e infine ordina all'uomo di ritornare alla Hofburg.

Sessant'anni dopo, nel 1934, Frédéric Pacher confiderà al conte Corti, primo biografo di Elisabetta, di aver pensato che sotto il domino giallo potesse nascondersi addirittura l'imperatrice... Col passare del tempo l'idea gli era sembrata così assurda, l'avventura così incredibile, che ne aveva cercato a lungo la conferma.

Nei giorni che seguono il ballo mascherato si aggira intorno alla Hofburg, percorre il Prater in tutti i sensi. La fortuna non lo abbandona completamente. Tre o quattro giorni dopo riesce a trovarsi sul passaggio della carrozza di Elisabetta... è abbastanza vicino a lei, i loro sguardi si incrociano. Quel volto luminoso, quei lineamenti delicati appartengono al domino giallo? Segue l'imperatrice con lo sguardo, lei si volge e, con un rapido gesto, tira la tendina per mascherare il vetro posteriore. Frédéric ravvisa in quel gesto un indizio supplementare. Se è lei, ed è probabile, c'è da scommettere che non darà più segno di vita. Come potrebbe infatti un'imperatrice preoccuparsi di un Frédéric Pacher?

Invece, sorpresa! Una settimana dopo il ballo riceve una lettera da Monaco:

> Caro amico, vi stupirete di ricevere le mie prime righe da Monaco. Sono di passaggio in questa città e ne approfitto per inviarvi il segno di vita che vi avevo promesso. Dovete averlo atteso con angoscia, non negatelo! Ma non temete, non vi chiedo delle spiegazioni perché so bene quanto voi ciò che provate dopo quella famosa notte. Avete parlato a migliaia di donne, di fanciulle; senza dubbio avete creduto di divertirvi ma il vostro cuore non ha mai incontrato l'anima gemella. Alla fine, come in un miraggio scintillante, avete trovato ciò che cercavate da anni, ma per perderlo, senza dubbio per sempre.

Frédéric Pacher risponde immediatamente e indirizza la lettera fermo posta a Monaco, come gli è stato indicato. Attende invano un altro messaggio. Quando comincia a perdere le speranze e la sua curiosità per questo enigma è al colmo, un mese dopo il ballo, riceve un'altra lettera, spedita da Londra:

> Si parla in termini molto elogiativi di Londra, per quanto mi riguarda so una cosa soltanto, ed è che la città mi è odiosa. Devo descrivertene le curiosità? Prendi un Baedeker, mi risparmierai la fatica di farlo. Vuoi sapere com'è la mia vita? È priva di interesse. Alcune vecchie zie, un cane bulldog ringhioso, molte lamentele per le mie stravaganze, una passeggiata solitaria a Hyde Park, tutti i pomeriggi, per svagarmi, e una riunione mondana dopo il teatro... ecco la mia vita in tutta la sua aridità, in tutta la sua scoraggiante noia. Sì, Fritz, anche tu saresti una distrazione, in questo luogo! Che ne dici? Riesci a essere meno vanitoso, almeno per un giorno? Figurati che, nella mia debolezza, sento la nostalgia della leggera, soleggiata Vienna, ma si tratta di una nostalgia simile a quella dei gatti, la nostalgia del luogo, non degli uo-

mini. E ora ti auguro la buona notte, il mio orologio mi dice che sono ormai passate le dodici. Sogni di me, in questo momento, oppure offri alla notte dei canti nostalgici? Nell'interesse dei tuoi vicini, ti auguro di sognare...

Al di là delle menzogne destinate a confondere le piste, e dietro la maschera dell'incognito, sotto ogni riga di Gabriella traspare Elisabetta: l'ossessione della noia e della monotonia delle giornate, l'ironia che, come in Heine, serve a dissipare la malinconia, e persino il modo di evocare Vienna: la città sarebbe bella, se non ci fossero i viennesi. A tutto ciò aggiungiamo il narcisismo. Gabriella non mette in dubbio il turbamento del giovane, né il suo attaccamento, ma Elisabetta non ignora che il lato romantico dell'incontro svolge un ruolo importante nella vicenda e che, dietro Gabriella, l'immagine dell'imperatrice è non solo un'icona, ma anche il più sottile degli afrodisiaci.

Ha affidato questa lettera alla sorella Maria, l'ex regina delle Due Sicilie, in partenza per l'Inghilterra. Un mese addietro Ida aveva disapprovato l'invio della prima lettera. L'imperatrice non deve correre simili rischi, il gioco non vale la candela. Questa volta, grazie alla complicità della sorella, Elisabetta non ha più bisogno di servirsi della sua lettrice e, al tempo stesso, evita di allarmarla.

Frédéric risponde con sollecitudine e si mostra sempre più incuriosito circa la vera identità di Gabriella. Da Londra lei scrive ancora:

Fai moltissime domande e tuttavia credi di sapere tutto. Perché non dovrei chiamarmi Gabriella? Sei prevenuto contro questo bel nome di arcangelo? [...] Chiedi praticamente di conoscere la mia biografia; certo non la troveresti noiosa, ma per parlartene dovrei conoscerti meglio [...]. Mi sono insinuata nella tua vita, inconsciamente e involontariamente. Dimmi, desideri spezzare questi legami? Ora è ancora possibile, ma più tardi, chissà?

Il giovane si spazientisce, ha il diritto di conoscere la verità; arriva addirittura a formulare un'ipotesi. E se in realtà Gabriella si chiamasse Elisabetta? La sua audacia è punita dal silenzio della corrispondente. Gabriella non scriverà più per molto tempo. È stata innamorata di Frédéric? No, non di lui. È stata innamorata dell'amore, innamorata della libertà, innamorata di un'altra vita. Ha voluto credersi leggera, imprevedibile, liberata dal peso imperiale. Ha sognato, e nel suo sogno poteva liberarsi degli attributi del potere, era solo una sconosciuta che passa, solo una viaggiatrice senza patria, libera di amare secondo il proprio cuore, secondo la propria fantasia. In sogno ha dimenticato il proprio rango, la propria età, la propria condizione di moglie, di madre, di nonna; ha accarezzato con voluttà le proprie illusioni, alla maniera della fata Titania.

Tuttavia, più di undici anni dopo il ballo mascherato, quando è divenuta la viaggiatrice amante dell'incostanza, il gabbiano che non trova in alcun luogo un punto in cui posarsi, Elisabetta è di nuovo alla ricerca di Frédéric e della loro vecchia avventura. Scrive un poema, in parte ispirato al loro incontro:

> E ora seguimi, vieni alla mascherata.
> Che ci importa se fuori fa freddo!
> Portiamo l'estate nei nostri cuori
> E il salone scintilla di mille luci.
>
> Fra tutte quelle maschere multicolori,
> Che rumore, che strepito, che chiasso, che grida!
> Girano vorticosamente come moscerini,
> Felici, al ritmo di una folle musica di valzer.
>
> Ma noi due abbiamo scelto la sorte migliore;
> Ci siamo seduti in carrozza,
> Trovando subito il calore di un nido;
> E l'oscurità ci avvolgeva...

L'ultima strofa è strana. Le testimonianze di Ida Ferenczy e di Frédéric Pacher concordano. Gabriella e il suo cavalier servente non si sono mai trovati insieme in una carrozza. Dopo il ballo, i due domino sono saliti da soli sul veicolo e si sono preoccupati di seminare i loro eventuali inseguitori. Ida ha dapprima indicato al cocchiere una falsa direzione, per rimetterlo solo in seguito su quella della Hofburg. Trovarsi in una carrozza, di notte, con un uomo... è la voluttà suprema vagheggiata da Elisabetta. Ha conosciuto quel piacere solo una volta e non c'è pericolo che dimentichi chi era il suo compagno. Gyula Andrássy, certo, il caro Andrássy. Era accaduto in Ungheria, nevicava e, nella carrozza, lei teneva la mano dell'uomo che amava. Un amore impossibile, un amore senza speranza, ma un amore. Quando Elisabetta pensa sognante a Frédéric Pacher, la sua fantasia è alimentata dal ricordo di Andrássy.

Dopo undici anni di silenzio, Pacher cade dalle nuvole ricevendo notizie dal domino giallo. La sua corrispondente lo prega di indirizzare la risposta fermo posta e di allegarvi una sua fotografia. L'uomo non spedisce la fotografia e si limita a scrivere:

> Che cosa è accaduto in questi undici anni? Risplendi senza dubbio della tua orgogliosa bellezza di un tempo... Quanto a me, sono divenuto un marito rispettabile e calvo, ho una moglie che ha la tua stessa statura e una deliziosa bambina. Se lo ritieni opportuno, puoi tranquillamente deporre il tuo domino dopo che ho trascorso undici anni a cercare di chiarire questa enigmatica avventura, la più conturbante fra quelle che ho vissute.

Qualche mese più tardi, nell'ottobre del 1885, Pacher riceve un nuovo messaggio. Gabriella si guarda bene dal rivelare la sua vera identità. Per contro, non rinuncia a ironizzare a proposito della «calvizie da padre», di cui le piacerebbe ricevere la testimonianza fotografica. Frédéric perde la sua calma:

Vienna, 22 ottobre 1885

Stimatissimo domino giallo o rosso,

[...] Mi rincresce molto che dopo undici anni tu ritenga ancora utile giocare a nascondino con me. Togliersi la maschera dopo tanto tempo sarebbe stato carino e avrebbe messo buon fine all'avventura del martedì grasso 1874. Dopo tanto tempo una corrispondenza anonima manca di fascino.

La tua prima lettera mi ha fatto piacere, l'ultima mi ha indispettito...

Il gioco potrebbe concludersi qui. Invece, un anno dopo, Frédéric Pacher riceve dal Brasile l'ultimo messaggio della bella sconosciuta, un poema stampato e non firmato:

Il canto del domino giallo
Long, long ago

Te ne ricordi? Quel salone illuminato nella notte,
Tanto, tanto, tanto tempo fa,
Dove due cuori si incontrarono,
Tanto, tanto, tanto tempo fa.

In quel luogo ebbe inizio la nostra strana amicizia, amico mio
Te ne ricordi ancora, talvolta?
Ricordi le parole tanto intime
Che ci scambiavamo al ritmo della danza?

Un'ultima pressione della mano, e dovetti fuggire,
No, non potevo svelarti il mio viso,
Ma illuminai la tua anima.
Ed era molto di più, amico mio!

Da allora sono trascorsi, fuggiti gli anni,
Ma senza mai riunirci.
Nella notte il mio sguardo scruta le stelle,
Ma esse rimangono mute, senza risposta.

Talvolta ti credo vicino a me, e poi di nuovo tanto lontano.
Sei forse già su un'altra stella?
Sei vivo? Allora inviami un segno alla luce del giorno!
Oso appena attenderlo, sperarlo.
È trascorso tanto tempo, oh, tanto tempo,
Non farmi più attendere,
Più attendere!

Nessuno si recherà al fermo posta per cercare la risposta di Frédéric Pacher, e il silenzio ricade su questa avventura, più immaginaria che reale. Essa rivela l'insoddisfazione di Elisabetta, il suo desiderio di sfuggire alle leggi dell'ottusità, della fatalità. Evasione fallita di una Bovary patetica e imperiale.

Frédéric Pacher non risolverà l'enigma che molto tempo dopo. Il conte Corti, primo biografo di Elisabetta, riuscirà a ritrovare Pacher. Siamo nel 1934, e il giovane del ballo mascherato ha ottantasei anni. Ricorda tutto, ha conservato con devozione le lettere del domino giallo. Il conte Corti rivela al vecchio signore ciò che il giovane già sapeva.

Nel 1874 Elisabetta riceve il più bel regalo che una zigana possa sognare. Dalla Bosnia giunge una vettura che lei può far agganciare al suo treno speciale o ai rapidi internazionali. All'esterno si presenta come una vettura banale o quasi, color verde scuro. Ma all'interno si racchiude l'universo lussuoso di una nomade. Una comoda stanza ovattata, segreta, che contiene un cassettone dove l'imperatrice dispone i libri che l'accompagnano ovunque, una poltrona, un tavolo e un letto a una piazza. Annessi alla stanza, in un salottino, ci sono un divano e un tavolino-toilette con un grande specchio illuminato da entrambi i lati come gli specchi dei camerini delle indossatrici.

In questo palazzo viaggiante l'imperatrice percorrerà migliaia e migliaia di chilometri. La sua leggenda ferroviaria si diffonderà in tutta l'Europa, al punto che molto più tardi i contadini di Corfù, sbalorditi nel vedere il gabbiano posarsi sulla loro isola, la chiameranno l'imperatrice-locomotiva, pur non avendo mai visto un treno in vita loro.

Il 28 luglio 1874 Elisabetta inaugura la sua carrozza, facendo rotta verso occidente. Conduce con sé la piccola Maria Valeria, le sue compagne ungheresi e una serie di accompagnatori, di cui il protocollo le vieta di ridurre il numero. Prima tappa: Strasburgo, a quell'epoca città tedesca. Per visitare la cattedrale vuole starsene in pace, per cui mette alla prova il suo sistema di inganni. Si presenta, assai in anticipo sul programma ufficiale, davanti alla cattedrale, indossando un semplice abito da viaggio, con la sola scorta di una dama di compagnia. La visita si svolge come lei desidera e nessuno osa importunare le due viaggiatrici sconosciute. Nel frattempo Fanny Feifalik, pettinatrice di Sua Maestà, si veste da imperatrice, con velo e ventaglio, esce dall'albergo all'ora prevista e riceve gli omaggi delle autorità. Poi il treno riparte con tutti i suoi occupanti e, senza fermarsi, attraversa la Francia. Il 2 agosto, il gruppo si imbarca a Le Havre per raggiungere l'isola di Wight.

Qui l'imperatrice e il suo seguito si stabiliscono in una bella villa nascosta tra le magnolie e i cedri, che è stata affittata a nome della contessa di Hohenembs. Questo titolo, uno dei quarantasette di Francesco Giuseppe, è sufficientemente poco noto perché Elisabetta possa usarlo come una specie di pseudonimo, destinato a garantire il suo incognito.

Un'isola! Elisabetta ha l'impressione di scoprire un'altra Corfù o un'altra Madera. Nella sua ebbra fuga immagina di potersi isolare dal mondo come desidera. Spesso ripete: «Si può sempre riuscire a fare di se stessi un'isola». Ma, ahimè, per questa misantropa l'isola di Wight non è deserta. La regina Vittoria è in villeggiatura a poca distanza, a Osborne House, ed Elisabetta non può sperare di ingannarla con il suo nuovo titolo di contessa di Hohenembs. Senza dubbio l'imprudente ha pensato che la sua vicina, anch'essa preoccupata di proteggere la propria tranquillità, non avrebbe turbato il suo soggiorno. Invece il giorno stesso della sua sistemazione l'ingombrante vicina giunge all'improvviso. È impossibile sparire o presentare alla regina del più importante impero del mondo una semplice controfigura! Tanto più che alcuni anni prima l'inglese aveva prestato all'austriaca il suo splendido yacht, fornendole anche l'equipaggio. La corpulenza di Vittoria è all'altezza della sua potenza. È una regina enorme... Questo incontro tra la silfide e il donnone, l'imperatrice malgrado se stessa e la campionessa di tutte le virtù politiche e regali, costituisce un contrasto a dir poco impressionante.

Curiosità, gara di cortesie. Al riparo dalle convenienze, ciascuna guarda l'altra come si guarda un oggetto bizzarro che sfugge a qualsiasi specie di classificazione. Scolara diligente, la sera stessa Elisabetta rende conto al marito della propria buona condotta: «Sono stata molto cortese, e tutti mi sono parsi stupiti. Ho fatto tutto ciò che era in mio potere e ritengo che basti. Si rendono perfettamente conto del fatto che desidero stare tranquilla, e non vogliono disturbarmi...».

Ma alcuni giorni dopo Vittoria, tenace, invita Elisabetta a pranzo. L'imperatrice si scusa, usando la migliore delle forme. Vittoria torna di nuovo dalla vicina per reiterare il proprio invito. Come al solito, a Elisabetta rimane una sola via di uscita: la fuga. Parte per Londra, lasciandosi alle spalle una Vittoria un po' sconcertata.

Mentre l'alta società si è trasferita nelle residenze estive, Elisabetta può cavalcare a Hyde Park il suo celebre cavallo bianco giunto direttamente da Budapest. Cammina per le vie di Londra dove non la riconoscono, come qualche mese prima aveva immaginato di poter fare scrivendo a Frédéric Pacher. Sempre ossessionata dalle sue diete (all'isola di Wight un ottimo cuoco francese si occupa della cucina, ma l'imperatrice si accontenta di succo di carne e di frutta), scrive al marito, dopo aver fatto una visita di cortesia alla duchessa di Teck: «È enorme, non ho mai visto nulla di simile. Ho trascorso tutto il tempo della visita chiedendomi che aspetto potesse avere a letto!». Solo le immagini più repellenti la fanno pensare agli amplessi notturni... Nella galleria delle statue di cera di Madame Tussard riconosce con facilità il suo imperiale consorte ed esclama: «Follemente divertente, ma orribile!».

Il suo viaggio non sarebbe completo senza una visita a un manicomio, e si reca a Bedlam, il più grande del genere. Trent'anni più tardi sarà superato dal celebre Steinhof, alla periferia di Vienna. Elisabetta rimane per ore nel grande parco di Bedlam alla ricerca dei malati dalla mente sconvolta. Si intrattiene con un'Ofelia coronata di fiori e pensa alla cognata Carlotta, la vedova di Massimiliano, sprofondata nella sua follia in qualche angolo del Belgio. Parla con gli uni e con gli altri, sforzandosi di penetrare nel delirio di ciascuno con maggiore convinzione di quanta ne abbia messa nel sostenere la conversazione con la regina Vittoria. Pensa al cugino Luigi II, che di notte non cessa di cavalcare le sue chimere sulle strade della Baviera. Pensa a Ottone, il fratello minore di Luigi II, internato nel piccolo castello di Fürstenried, tra Monaco e il caro lago di Starnberg. Questi per intere notti urla alla morte, e il re Luigi II crede di ravvisare negli ululati del fratello il proprio avvenire. Pensa a se stessa e alle proprie fobie. Pensa al figlio Rodolfo e al germe fatale che i Wittelsbach trasmettono.

Nella campagna inglese Elisabetta prende parte a una caccia alla volpe. Si fa un dovere di provare con l'esempio che i cavalieri di Gödöllö sono validi quanto quelli d'Inghilterra, anche se la loro fama è minore, e che una donna può essere superiore ai migliori cavalieri. Poi raggiunge la sua villa dell'isola di Wight dove può finalmente starsene un po' in pace, dato che Vittoria è ripartita per il castello di Balmoral, in Scozia. Il sistema degli inganni si perfeziona. Ogni giorno Elisabetta fa il bagno con Maria Festetics e una dama di compagnia. Indossano tutte e tre lo stesso abito (a quell'epoca si faceva il bagno vestiti); in tal modo, da lontano non possono riconoscerla. I guardoni sono scoraggiati. Elisabetta scrive a Francesco Giuseppe: «So quanto mi ami, anche se non lo dimostri; noi siamo perfettamente felici proprio perché siamo capaci di non disturbarci a vicenda».

Durante il viaggio di ritorno, le viaggiatrici subiscono una tempesta. A Boulogne Elisabetta trascina Maria Festetics in una di quelle marce forsennate che ama più di ogni cosa. Hanno l'imprudenza di raggiungere la spiaggia quando su di essa si infrangono le ondate più violente. I loro ombrelli si capovolgono e si lacerano. Per non essere trascinate a loro volta, le due donne devono appiattirsi al suolo. A Elisabetta piace la furia dei venti. Con la bocca piena di sabbia sogna ad alta voce altre partenze. Come un giorno aveva detto a Massimiliano sul ponte della nave diretta a Corfù, vorrebbe attraversare l'oceano e fuggire ancora più lontano:

> Un desiderio cede a un desiderio più grande
> E il cuore rimane sempre insoddisfatto.
> E la felicità acquisita
> Cessa di essere felicità.

A Vienna Elisabetta non ha occupato il posto lasciato vacante dall'arciduchessa Sofia. Da quando ha ottenuto ciò che desiderava per l'Ungheria, non interviene più in politica. A corte un partito ceco milita in favore di un'incoronazione dei sovrani a Praga e di una trasformazione del Dualismo in una federazione più vasta, dove agli slavi verrebbero riconosciuti i loro diritti, come sono stati riconosciuti quelli dei magiari. Rimproverano all'imperatrice l'influenza che si suppone eserciti sul marito. In effetti il suo cuore batte per l'Ungheria, e lei rimane molto più indifferente alle altre nazioni. Ma è anche vero che il problema ungherese era il più difficile e il più urgente da risolvere.

L'Ungheria è sempre stata ribelle, forte, orgogliosa, e si è battuta contro Vienna a diverse riprese. In passato è riuscita a farsi riconoscere come nazione alla pari con la nazione tedesca. L'occupazione e la tirannide non sono mai riusciti a sottometterla. Gli Asburgo lo sanno da più di tre secoli, come l'Impero non ignora che una volta perduta l'Ungheria il gregge corre il rischio di essere decimato.

Il Compromesso era necessario, ma non è sufficiente. Le altre nazioni, troppo trascurate, metteranno sempre più in pericolo l'Impero, sino a far precipitare tutta l'Europa nell'orrore.

Nell'estate 1875 muore a Praga l'ex imperatore Ferdinando, che aveva abdicato in favore di Francesco Giuseppe, suo nipote. Nomina lo stesso nipote suo erede universale. «All'improvviso, eccomi ricco!» commenta il sovrano. Non si tratta di una battuta. Fino a quel momento si era mostrato molto economo e aveva fatto in modo che la moglie seguisse il suo esempio. Elisabetta è ricompensata della sua relativa saggezza, la sua rendita passa da centomila a trecentomila fiorini, l'eredità di Ferdinando fa anche di lei una persona molto ricca. Decide di servirsi del suo denaro secondo i propri gusti; quella che più tardi sarà nominata l'imperatrice-locomotiva investe in tutti i mezzi di trasporto: nelle ferrovie nazionali (era il minimo che potesse fare) e nella Compagnia dei trasporti fluviali del Danubio. Da persona avveduta, deposita una parte del suo denaro in Svizzera, presso la Banca Rothschild. Ricordiamoci che già nel 1871, dopo la disfatta francese, nutriva dei timori per l'avvenire: «Forse potremo ancora vivacchiare per qualche anno, prima che giunga il nostro turno». Ora la sua ricchezza le permette di agire come vuole. I cavalli e i viaggi rappresentano i punti chiave del suo bilancio.

Una frenesia di esercizi fisici si impadronisce di lei. Gli attrezzi della Hofburg, dove l'uccello migratore non soggiorna mai a lungo, non le bastano più. Un anno imprigionata in quel luogo e sarò una vecchia, ripete. In effetti la quarantina non è lontana, ed Elisabetta non vuole abbandonare il proprio corpo alla mollezza, all'infiacchimento. È priva di illusioni sul corso delle cose, spesso delusa, talvolta fatalista, ma non è disposta ad accettare il naufragio della propria bellezza. Se ne fa un emblema e, più che un'apparenza, una corazza di cui spia il minimo difetto. Ha bisogno di vivere all'aria aperta, di galoppare per giornate intere, di sentire il suo corpo rispondere a tutte le sue volontà, di ritrovare, grazie alla forza muscolare, le sensazioni perfette dell'infanzia.

A Gödöllö ha fatto costruire un maneggio dove compie esercizi di alta scuola, ma lavora anche con cavalli da circo. La celebre cavallerizza Elisa Petzold le impartisce diverse lezioni. La giovane donna possiede stile e autorità, ed Elisabetta fa di lei un'amica. Ben presto si comincia a parlare della cosa. Pensate! Un'imperatrice che fa comunella con una cavallerizza, coperta di segatura, impregnata dell'odore delle scuderie! La faccenda appare equivoca: a questa Elisabetta, alla quale si attribuiscono tanti amanti, non piaceranno in realtà le donne?

Gödöllö diviene il luogo di tutti i vizi. «Si vede circolare laggiù della gentaglia poco raccomandabile, uomini, donne, bambini sudici e stracciosi. L'imperatrice invita spesso al castello tutto un gruppo di persone che fa nutrire e alle quali poi vengono consegnate ancora numerose vettovaglie.» Non solo, l'imperatrice monta a cavallo come un uomo, con le gambe modellate da stivali di daino, con la chioma nascosta sotto un feltro, con la lunga treccia che sfiora le reni della sua cavalcatura. Una tenuta da circo, un abbigliamento da travestiti. Elisa è accusata di tutte le perversioni, al punto che Elisabetta deve rassicurare l'imperatore e scrivergli che la giovane è «molto perbene».

Estate 1875. Il medico consiglia per la piccola Maria Valeria l'aria di mare e i bagni. Ciò soddisfa i desideri della madre almeno quanto quelli della figlia. L'imperatrice sceglie la Normandia. «Ti capiterà una disgrazia, laggiù» protesta Francesco Giuseppe che diffida della repubblica e degli anarchici. Elisabetta tiene conto del suo consiglio, ma in modo insolito. Non modifica affatto i suoi progetti, in compenso, prima di lasciare Vienna con un seguito di sessanta persone, i suoi tre cavalli e il personale di scuderia, si preoccupa di fare testamento.

Il suo treno si ferma alla stazione di Fécamp. Ha fatto prendere in affitto un castello del XVIII secolo a Sassetot-le-Mauconduit, in piena regione di Caux. Con lo stesso treno giunge il suo lettino di ferro, stretto e duro, chiuso in un cofano nero che somiglia a una bara. Ogni casa non è forse una tomba? Questa austerità monacale va di pari passo con l'importanza e la ricercatezza della scorta: due governanti per Maria Valeria, una inglese e una francese, due cuochi provenienti da Vienna più uno chef parigino, due pasticcieri viennesi e un panettiere austriaco, venuto con due sacchi di quella farina ungherese che è la sola in grado di conferire ai panini viennesi il loro particolare sapore (il Dualismo si afferma anche nel campo della panetteria). Tutte queste promesse gastronomiche non riguardano affatto Elisabetta. Mentre il suo seguito banchetta, l'imperatrice si accontenta di una zuppa. La cuoca preposta alla confezione di queste brodaglie, di cui Elisabetta fissa quotidianamente la composizione, è soprannominata «la zuppiera».

I contadini dei dintorni non sono abituati a una simile pompa. Il circo imperiale li seduce e li scandalizza: da veri normanni, esitano tra gli applausi e i fischi. Spalancano gli occhi, pieni d'orrore, ma non perdono nulla dello spettacolo. Vedono l'imperatrice che monta a cavallo come un uomo e che, trascurando i viali e il cancello, fa saltare la sua cavalcatura sopra la siepe. In Francia, all'indomani della guerra del 1870 e della perdita dell'Alsazia e della Lorena, si detesta tutto ciò che è tedesco. L'imperatrice è austriaca, con le sue compagne parla in ungherese. Ciò non ha importanza, la gente non si sofferma su questo dettaglio. Inoltre i contadini si lamentano nel vedere le loro messi e le loro barbabietole calpestate dai cavalli. Per indennizzarli il barone Nopcsa distribuisce denaro a profusione, che quelli intascano, per poi gridare più forte nella speranza di una nuova sovvenzione. La notizia suscita molto scalpore e i giornali se ne impadroniscono. I contadini avrebbero insultato l'imperatrice. Elisabetta deve ordinare all'ambasciata d'Austria di Parigi di smentire queste voci. Le voci, sempre le voci. Sono queste le nemiche giurate dell'imperatrice.

Fa il bagno tutte le mattine, qualunque sia il tempo. Dalla residenza fino al bagnasciuga ha fatto sistemare un passaggio di tela che ricorda il tunnel imboccato dalle belve nei circhi per portarsi al centro della pista. Le lenzuola di tela bianca che garriscono nel vento segnalano un canale tranquillo.

Elisabetta non vuole permettere al proprio corpo di riposarsi. Alla minima negligenza, al primo segno di cedimento tutto l'edificio correrebbe il rischio di crollare in maniera irreversibile. Il ricordo dell'infelice Luigi II le dà la forza di resistere. Dodici anni prima era stata abbagliata dalla sua bellezza, dal suo viso d'angelo, dal suo corpo atletico. Ora i denti di Luigi sono anneriti, i suoi lineamenti sono gonfi, il suo corpo è molle e impacciato. Ha solo trent'anni, sette meno di lei. Certo, la sua bellezza non è scomparsa del tutto, anzi, a tratti è ancora più evidente e anche più conturbante, in quell'alone di vulnerabilità e di follia. Ma Elisabetta non desidera lasciar vedere la propria debolezza. Il suo aspetto fisico, che la protegge come una corazza, deve rimanere qual è il più a lungo possibile.

Fa venire dalla Gran Bretagna un professore di equitazione, mister Allen. L'imperatrice progetta di tornare più tardi in Inghilterra, desidera quindi perfezionare il proprio stile, allenarsi nel salto degli ostacoli, divenire la migliore. Allen, più che intrepido, è un temerario che esige troppo dalla sua allieva, e Maria Festetics mette in guardia Elisabetta: lo zelo, la brutalità di Allen rappresentano per lei un pericolo. Per seguire le sue direttive, l'imperatrice corre il rischio di rompersi le ossa. La minaccia non viene dagli anarchici, come temeva Francesco Giuseppe, ma da quel rompicollo di Allen e dalle sue assurde sfide.

L'11 settembre Elisabetta prova un nuovo cavallo. Allen lo ha già stancato, ma non ne ha informato l'imperatrice. Essa fa saltare all'animale una piccola siepe; il cavallo supera l'ostacolo, ma ricade male appoggiandosi sulle ginocchia. Elisabetta è proiettata in avanti con forza tale che la sella si stacca dal dorso del cavallo e il suo capo urta contro una giovane quercia. Mentre rimane a terra priva di conoscenza, uno scudiero scorge il cavallo che ritorna da solo con le ginocchia insanguinate. Tutto il gruppo è andato a fare il bagno, a eccezione di Maria Festetics, che viene distratta dalla sua lettura dalle grida che temeva di udire: «Un medico! Presto, un medico! Sua Maestà è quasi morta!».

Elisabetta viene trasportata fino a una poltrona da giardino. Il suo sguardo è assente, e sulla fronte è visibile un grande ematoma. Il medico, che la servitù è andata a cercare alla spiaggia, sembra molto preoccupato.

«Che cosa è accaduto?» balbetta l'imperatrice.

«Vostra Maestà è caduta da cavallo.»

«Ma... non sono montata a cavallo.»

Sembra aver perduto la memoria.

«Dove sono Maria Valeria e l'imperatore? Dove siamo?»

«In Normandia, Maestà.»

«Ma perché siamo in Francia? Sono stata una sciocca a cadere da cavallo. Vi prego, non spaventate l'imperatore.»

Emicranie, nausee, commozione cerebrale. Maria e Ida emettono grida di orrore, quando il medico senza mezzi termini annuncia loro che, se tra ventiquattro ore il dolore non si sarà calmato, si renderà necessario tagliare i capelli dell'imperatrice. Inoltre, vieta alle due donne di rimanere al capezzale della loro sovrana. Trascorrono la notte davanti alla porta di lei, sedute sugli scalini. Francesco Giuseppe apprende la notizia per telegramma. Senza frapporre indugi, vorrebbe raggiungerla in Normandia, ma Andrássy gli consiglia di attendere un poco, la sua precipitazione rischierebbe di spaventare l'imperatrice. Effettivamente, a partire dal giorno successivo, Elisabetta migliora. Pallida e stanca, scrive al marito per annunciargli il proprio ritorno e chiedergli perdono delle angosce che gli ha causato.

Partenza del treno. Alla stazione di Vernon, il presidente MacMahon, che assiste alle manovre militari nella regione, tenta di salutare l'imperatrice, ma le tendine della carrozza rimangono abbassate; il maresciallo non osa chiedere che la sveglino, e il treno lascia dietro di sé inutili saluti e complimenti non espressi.

Se questa volta fa tappa a Parigi, rifiuta tuttavia di alloggiare all'Eliseo, come aveva fatto Francesco Giuseppe, e preferisce scendere in un albergo di Place Vendôme. Per dissipare tutte le inquietudini riguardo alla sua salute, si mostra a cavallo al Bois e ritrova con gioia la giovane sorella Sofia, un tempo fidanzata con Luigi II, ora duchessa di Alençon. Riuscendo a seminare le sue guide e accompagnata solo dalla dolce Ida, Elisabetta passa in rivista a tambur battente le curiosità parigine. Le piacerebbe molto confondersi con la canaglia al ballo Mabille, come una qualsiasi visitatrice, ma il suo seguito la dissuade, quel luogo è troppo malfamato. Ottiene tuttavia che ci vadano Ida e Maria, accompagnate dal barone Nopcsa, per riferirle ciò che avviene laggiù. Il giorno dopo le due donne descrivono spaventate, scandalizzate, indignate, i palpeggiamenti, le parole sconce di cui sono state bersaglio e l'ambiente equivoco del ballo. Il loro racconto fa ridere Elisabetta fino alle lacrime.

Il 31 gennaio 1876 muore Deák, il simbolo stesso dell'Ungheria. Sconvolta, Elisabetta si inginocchia piangendo davanti alla sua spoglia. L'uomo politico era suo amico, per tutta la vita terrà la fotografia di lui accanto al proprio letto. Ricorda la promessa strappata ad Andrássy il giorno in cui si erano trovati soli in carrozza. Aveva dovuto impegnarsi a non morire prima di lei. Voglia Dio non renderlo spergiuro!

Sempre preoccupata per suo marito e per Andrássy, Elisabetta si mostra meno prudente per quanto la riguarda. Malgrado la caduta recente, sente molto la mancanza delle sue folli cavalcate, e già nel mese di marzo riparte per l'Inghilterra dove sua sorella, la graziosa Maria, ex regina delle Due Sicilie, ha affittato per lei uno splendido castello. Le cacce riprendono e gli inglesi, temendo la sua temerarietà, mettono al suo fianco Bay Middleton, uno dei loro migliori cavalieri, incaricato di vegliare su di lei. L'uomo rinuncerebbe volentieri a tale onore. È nato per vivere a cavallo, non per fare la governante. Con grande sorpresa del capitano, Elisabetta non chiede alcun trattamento di favore e sin dal primo giorno gli dimostra che non solo a cavallo è la più bella, ma anche la migliore e la più instancabile. Ha voluto sedurre immediatamente quell'uomo di bassa statura, dal volto arcigno, dalle maniere brusche, ed è riuscita nel suo intento. Middleton non ha mai incontrato un'amazzone che dimostri un simile controllo della propria cavalcatura. Lui è uno specialista in materia. Prende parte a tutte le cacce alla volpe, vince tutte le corse a ostacoli. Sotto il suo aspetto rozzo, sotto la sua arroganza, Elisabetta intuisce qualcosa di fragile. In seguito a un incidente di cavallo è diventato quasi completamente sordo. Elisabetta ama coloro che la proteggono, ma a sua volta le piace proteggerli. Invita Middleton a raggiungerla in settembre a Gödöllö per la stagione di caccia.

Prima dell'autunno ha il tempo di percorrere gran parte dell'Europa. Ritorna a Vienna, va a trascorrere alcuni giorni in Ungheria, riparte per la Baviera, ridiscende verso Trieste, si imbarca di nuovo sul *Miramare*, si dirige alla volta di Corfù (l'isola le piace come la prima volta) e naviga infine in direzione di Atene dove visita le rovine antiche, mentre una delle sue dame la sostituisce in una cerimonia ufficiale. Il tutto si svolge a un ritmo sfrenato. Come spinta da una forza misteriosa, sembra voler proseguire senza fine nella sua corsa. Il suo seguito non ne può più. L'imperatrice stabilisce un sistema di rotazione in modo che le sue dame possano accompagnarla a turno nelle sue spedizioni.

I frequentatori di Gödöllö non riservano a Bay Middleton la migliore delle accoglienze. L'ultima scoperta della regina è davvero strana! Un corpo tarchiato, un volto cosparso di lentiggini, piccoli e ridicoli baffi. I cavalieri ungheresi si mostrano gelosi della loro regina e in particolare Niky Esterházy, ossessionato da lei al punto che un anno ha creduto di scorgerla al ballo del martedì grasso! L'imperatore, dal canto suo, è tranquillo, sa quanto valgano le infatuazioni della moglie e ha il buon gusto di non conferire al capitano il titolo di rivale. Del resto, Bay Middleton perde la sua superbia appena scende da cavallo. Non comprende una parola di tedesco, ancor meno di ungherese, e anche se comprendesse l'una o l'altra lingua, il poverino sarebbe incapace di udire ciò che gli dicono. Lontano dai terreni di caccia inglesi è perduto. L'imperatrice è piena di premure per lui, quest'uomo è suo amico e lei non smetterà di dimostrarlo, quali che siano le derisioni. Tuttavia Bay trova l'imperatrice cambiata. Tra le persone che credono di conoscerla è meno spontanea, meno semplice di quanto non fosse in Inghilterra, dove rideva per dei nonnulla e passava da una festa all'altra in compagnia di amici affascinati non dal suo rango, ma dalla sua grazia.

Bay Middleton, che è stato soprannominato «la volpe rossa», si annoia al punto che se la dà a gambe. Il giorno successivo alla sua partenza, a Gödöllö giunge un telegramma. La volpe rossa si è fatta intrappolare in un bordello di Budapest, dove l'hanno rapinato e ora attende al posto di polizia che si vada a liberarlo. L'avventura riempie di gioia tutti i suoi rivali, l'imperatrice è furibonda. Ciononostante, fino alla fine del soggiorno, con grande dispetto di Niky Esterházy e degli altri cavalieri ungheresi, Bay l'accompagnerà in tutte le sue sortite equestri.

Nel gennaio del 1878 Elisabetta riparte per l'Inghilterra. Per la prima volta è accompagnata da Rodolfo, che ha diciannove anni ed è appena stato dichiarato maggiorenne. È un giovane molto attraente, la sua somiglianza con la madre non è evidente nei lineamenti del volto, ma la si intuisce nel fascino, nell'eleganza, nel mistero che emanano dalla sua persona. È dotato di un'intelligenza vivace, ipersensibile. Com'è lontano il tempo in cui si rotolava nella chioma della madre! Si è sentito spesso abbandonato, tra loro il dialogo non ha mai potuto riprendere in tono naturale, tenero. L'imbarazzo si è ulteriormente approfondito, da quando Rodolfo nutre un'aperta gelosia nei confronti della sorella, Maria Valeria. Cerca di terrorizzare la bimbetta come un tempo faceva con lui il suo precettore, eppure, se è stato liberato da quel sinistro energumeno, lo deve alla madre. Francesco Giuseppe si riconosce male in quel figlio unico, ma dà prova di indulgenza e di affetto: «Non voglio che a mio figlio sia rubata la giovinezza, com'è stata rubata a me». Il cervello del giovane principe è stato riempito di conoscenze, le ha ingurgitate con spirito curioso, avido, ora merita che lo si lasci respirare. Francesco Giuseppe conosce anche troppo bene il peso che attende suo figlio.

L'oggetto del suo soggiorno in Inghilterra, tuttavia, è un viaggio di studio. Sua madre gli ha fatto promettere di non partecipare alle cacce alla volpe. A cavallo è meno abile della madre, e questa teme che voglia forzare il proprio talento, correndo dei pericoli. Tenuto ancora una volta in disparte, Rodolfo si vendica ostentando il suo disprezzo per l'ozio: «Eviterò davvero di partecipare alle cacce alla volpe; l'opinione pubblica del nostro paese non ritiene che rompersi il collo in questo modo equivalga a una grande prodezza e tengo troppo alla mia popolarità per guastarla a questo modo».

Il soggiorno in Inghilterra non riavvicina madre e figlio, al contrario. Quell'anno i pettegolezzi, eterni nemici di Elisabetta, prendono il grazioso volto di Maria, la sorella dell'imperatrice. È lei che, per prima, ha attirato Elisabetta in Inghilterra, che l'ha introdotta nell'ambiente della caccia, che ha trovato il castello da prendere in affitto. L'eroismo della sua condotta a Gaeta le vale una grande fama, ma comincia a trovare che la sorella le fa ombra. Non appena Elisabetta appare, Maria passa in secondo piano. Competere con l'imperatrice davanti a uno specchio o in sella è impossibile. Lei è graziosa, Elisabetta è bella. Lei è sempre all'ultima moda, Elisabetta crea il proprio modo di vivere e di pensare. Lei ama i pettegolezzi, Elisabetta preferisce il canto dei poeti.

Maria di Napoli, amata sorella dell'imperatrice, versa veleno nell'orecchio di Rodolfo. Racconta al nipote di certe voci che parlano di una relazione tra sua madre e la volpe rossa. Nulla avrebbe potuto fare più male a Rodolfo. Alla prima occasione, tra il giovane e Bay Middleton scoppia un violento litigio, e Rodolfo si comporta in maniera aggressiva e volgare. Maria Festetics cerca di comprendere che cosa si nasconda dietro a tanta aggressività e, poiché gode della fiducia del principe, gli chiede di incontrarlo in privato: «Vuotò il suo cuore come farebbe un bambino» scrive nel suo diario «dicendomi, mezzo in collera e mezzo afflitto, al punto da avere le lacrime agli occhi, che rimpiangeva di essere venuto in Inghilterra perché aveva perduto le sue illusioni ed era terribilmente infelice [...].» Maria gli chiede le ragioni del suo dolore:

> Allora riprese a parlare con maggiore calma e mi raccontò la cosa più infame che io abbia mai udita. Ammutolii, ma il mio stupore e la mia indignazione di fronte a tali menzogne dovevano essere così evidenti che, come per scusarsi, prima che potessi aprire bocca, soggiunse: «Me lo ha detto la zia Maria». In tono glaciale, benché interiormente mi sentissi ribollire, gli risposi che nessun pettegolezzo avrebbe potuto essere più abbietto. «Ma perché mi ha detto questa cosa, se non è vera? È stata così gentile, così buona, mi vuole davvero molto bene [...]. Tutto ciò non è dunque altro che una menzogna?»

Dopo questo incidente le due sorelle non si riconcilieranno mai più, ed Elisabetta ritornerà a Vienna, disgustata dalle cacce inglesi.

Mentre l'imperatrice va a cavallo, l'Europa non smette di agitarsi. Si direbbe che Francesco Giuseppe ed Elisabetta abbiano concluso un patto: fino a quando Andrássy sarà il ministro degli Affari esteri, imperialregio, *kaiserlich und königlich*, Elisabetta promette di non immischiarsi di politica.

La disgregazione dell'Impero ottomano, divenuto «il malato d'Europa», segna la fine del XIX secolo. Con l'avvento dei nazionalismi, i cristiani dei Balcani non sopportano più la dominazione del sultano. Andrássy non desidera affrettare la sconfitta turca perché ciò rafforzerebbe l'influenza slava in Europa. Certo, a San Pietroburgo i russi non sono dello stesso avviso. Gli ideologi del panslavismo non hanno mai accettato che gli slavi russi fossero separati dai loro simili, gli slavi del sud (sloveni, serbi e croati) a opera di altri popoli, tra i quali i magiari. Andrássy, prudente, non vuole intervenire nella zona ad alto rischio dei Balcani. Per contro, molti ufficiali dell'Impero austroungarico, che sono di origine serba o croata, sono ansiosi di passare all'azione. Nel 1875 Francesco Giuseppe ha voluto dimostrare che comprendeva la loro impazienza recandosi in Dalmazia nel momento stesso in cui la provincia vicina, la Bosnia-Erzegovina, era sul punto di ribellarsi ai turchi. I bosniaci hanno visto in questo gesto un segno di incoraggiamento. Avrebbero dovuto diffidare maggiormente perché ben presto l'imperatore dichiara: «La creazione di stati indipendenti in Bosnia e in Erzegovina, sul modello della Serbia e del Montenegro, è un punto sul quale non transigerò mai».

Come sempre avviene nei Balcani, il fuoco divampa di regione in regione. Nell'estate del 1875 la Bosnia-Erzegovina si infiamma; nell'aprile del 1876 è la volta dei paesi bulgari. Nel luglio 1876 la Serbia e il Montenegro dichiarano guerra agli ottomani, e ben presto la Russia si impegna nel conflitto a fianco della Serbia. Per garantirsi la benevola neutralità di Francesco Giuseppe, la Russia conclude con lui un accordo segreto. Senza dover combattere, l'Austria-Ungheria riceverà la sua parte dei bottini di guerra turchi, e le sarà restituita la Bosnia-Erzegovina. Inoltre, la Russia si impegna a non creare un grande stato slavo dominato dalla Serbia.

Gli ottomani resistono meglio di quanto si prevedesse. I russi, prima di riuscire ad attraversare il Danubio e a trionfare sui turchi, segnano il passo per sei mesi. Poi, inebriati dalla vittoria, dimenticano l'accordo concluso con l'Austria-Ungheria e non parlano più di concederle la Bosnia-Erzegovina. Andrássy e Francesco Giuseppe reagiscono chiedendo che sia convocato subito un congresso europeo, e Bismarck li appoggia. Il congresso si riunisce a Berlino. La Russia deve moderare le sue pretese; si annette la Bessarabia, ma riconosce il Montenegro e la Serbia quali stati indipendenti. L'amministrazione della Bosnia-Erzegovina è affidata all'Austria-Ungheria, che può occuparla ma non annetterla.

A proposito della Bosnia-Erzegovina, Andrássy commette un grave errore. Tutte le certezze non crollano forse non appena si tratta delle popolazioni straziate dei Balcani? Molti altri, dopo di lui, sottovaluteranno il loro potenziale di resistenza e di violenza. Andrássy pensa che l'occupazione della Bosnia sarà una passeggiata, ma si sbaglia. Tre anni prima avrebbe avuto ragione, e gli austriaci sarebbero stati accolti come liberatori. Nel 1878 i turchi sono battuti, e i bosniaci non desiderano barattare un'occupazione con un'altra.

Il corpo di spedizione è ricevuto come un nemico e non solo dai musulmani di Bosnia. Da una parte e dall'altra si contano molti morti, si rende necessario inviare dei rinforzi austriaci. Si aprono di nuovo gli ospedali da campo. A Schönbrunn si curano i feriti, Elisabetta riprende a prestare la sua opera. Comprende che da questa faccenda Andrássy esce indebolito. Inoltre (dipende dall'influenza che l'amico ungherese ha su di lei?) ha il presentimento che l'Impero, impegnandosi nei Balcani, abbia più da perdere che da guadagnare.

Nel 1908 l'Austria-Ungheria salterà il fosso e annetterà la Bosnia-Erzegovina. Due milioni di slavi del sud si trasformeranno in due milioni di scontenti, all'interno di un impero in cui i loro diritti sono dileggiati. La Bosnia-Erzegovina sarà per l'Impero austroungarico ciò che l'Alsazia-Lorena è per l'Impero tedesco: province che rifiutano l'assimilazione e che, nel destino dell'Europa, svolgeranno un ruolo fatale. Alla fine del XX secolo questa stessa Europa si riconcilia a Strasburgo, mentre a Sarajevo continua il massacro.

Appena gli ospedali non hanno più bisogno di lei per curare i feriti, Elisabetta è ripresa dalla smania di viaggiare. Tuttavia non desidera ritornare alle cacce inglesi: i pettegolezzi di sua sorella hanno fatto soffrire troppo a lungo Rodolfo. Madre e figlio si sono riconciliati, ma tra loro si è insinuato il disagio; entrambi timidi, temono la violenza delle loro reazioni. Da tempo Rodolfo è attratto dalla morte. Mentre il padre è un valente cacciatore, che trova piacere a fare la posta all'animale e a braccarlo, preferendo le lunghe passeggiate nella foresta alla facilità delle battute, il figlio spara su tutto ciò che si muove, alle aquile di Gödöllö, ai camosci delle Alpi. Si racconta addirittura che abbia abbattuto un cervo bianco, un superbo esemplare di sette anni. Secondo la leggenda, il cacciatore paga questo crimine con la propria morte. Nel disordine delle sue passioni, Rodolfo cerca di uccidere ciò che ama di più. Nel dicembre del 1878 si ferisce alla mano sinistra con un colpo di carabina. Maria Festetics deplora l'atteggiamento di questo Amleto votato all'autodistruzione:

> Non gli hanno insegnato altri giochi se non questo tiro assurdo. Tutti gli animali che incontra sono condannati a morte. Gli uomini come lui sono affetti da una specie di passione sfrenata del delitto per il delitto! Sin da bambino (com'era bello!) sparava dalla sua stanza contro i ciuffolotti, e l'arciduchessa Maria Valeria, che ha il cuore tenero, piangeva a calde lacrime.

Alla fine del mese di gennaio 1879 Elisabetta, che ha appena compiuto quarantuno anni, riparte, questa volta per l'Irlanda. La stampa viennese parla delle spese causate dai viaggi dell'imperatrice, dei suoi acquisti di cavalli. Inoltre, i difficili rapporti tra l'Irlanda e l'Inghilterra possono indurre la regina Vittoria a considerare il viaggio di Elisabetta come un affronto alla corona. L'imperatrice non è tipo da lasciarsi frenare da questo genere di cose e replica: «Il grande vantaggio dell'Irlanda consiste nel non avere dei prìncipi».

Il fedele Bay Middleton è già sul posto. Ha acquistato per lei i migliori cavalli e li ha preparati al peggio, perché a confronto delle imprese di Elisabetta la cavalcata delle valchirie è solo un trotto, un galoppo di prova. Come suo figlio, ha sempre bisogno di andare più lontano, in maniera compulsiva. E tuttavia non ha l'incoscienza di una rompicollo, calcola i propri rischi e soprattutto quelli della sua cavalcatura. Rompersi le ossa le sarebbe indifferente, ma ama troppo i cavalli per far correre loro dei pericoli. Le lande irlandesi offrono ostacoli assai più pericolosi di quelli delle campagne inglesi, qui non ci sono solo siepi, ma anche muretti a secco e fossati molto larghi. Elisabetta fa saltare la sua cavalcatura senza dare l'impressione del minimo sforzo, la sua posizione in sella è perfetta e si serve tanto poco delle mani e del piccolo sperone attaccato al suo stivale sinistro da far pensare che comunichi telepaticamente con il suo cavallo.

I cavalieri inglesi, suoi amici, vengono all'appuntamento, ma i percorsi sono così difficili che i più agguerriti cadono, e ciò accade a diverse riprese allo stesso Bay Middleton. Maria Festetics, stanca di aver paura e di sentirsi inerte, scrive nel suo diario: «Non ho mai sentito parlare tanto di arti fratturati, ogni giorno vedo riportare indietro qualcuno in barella».

Un mattino, in compagnia di Bay, Elisabetta supera un muro piuttosto alto e si ritrova nel giardino di un convento. I monaci sono sbalorditi dall'incursione di questa chimera dal volto di donna e dal corpo di cavallo, che pare uscita da una ballata sassone. Dopo essersi ripresi dalla prima emozione, accolgono l'amazzone e il suo compagno nel refettorio e servono loro un pasto. In seguito, Elisabetta tornerà a trovarli spesso, portando loro diversi doni, senza sospettare che quei cortesi monaci sono accusati dagli inglesi di essere agitatori indipendentisti. Se lo avesse saputo, avrebbe mutato atteggiamento? È poco probabile. Un'imperatrice che non esita a chiamare «Nichilista» il suo cavallo preferito, spazza via in un colpo solo questo genere di considerazioni.

Agli occhi degli irlandesi, Elisabetta non è solo una magnifica donna, ma rappresenta anche un grande paese cattolico, e per questi due motivi essi le votano un vero culto. La loro adorazione, troppo manifesta, la intimidisce. Reagisce con la gentilezza che riserva alle persone in buona fede, ma deve frenare i propri slanci. La regina Vittoria non apprezzerebbe il fatto che questa sovrana cattolica venga sulle terre della corona a incoraggiare la sedizione, a incitare il nazionalismo. La gente si prosterna già davanti alla bella icona, e gli irlandesi, feticisti, venerano come reliquie i piccoli fazzoletti di pizzo che lancia loro al suo passaggio.

Elisabetta deve interrompere le sue folli cavalcate per correre ancora una volta in aiuto dell'Ungheria. Le inondazioni hanno devastato il paese, travolto le popolazioni. Si reca sul posto e si occupa dell'organizzazione dei soccorsi. Un mese dopo, nell'aprile del 1879, Vienna festeggia le nozze d'argento dei sovrani. Mentre sfilano diecimila persone che rappresentano le antiche corporazioni e le industrie più moderne, una battuta in francese circola di nascosto: «*Ailleurs, on célèbre les vingt-cinq ans d'un ménage, ici ce sont les vingt-cinq ans de manège!*».* Il gioco di parole giunge all'orecchio di Elisabetta, che ha il buon gusto di riderne. Gli omaggi ufficiali la divertono meno. La stampa austriaca si ostina a definirla la più bella nonna del mondo, e questa perifrasi non le piace affatto.

L'8 ottobre 1879 Andrássy presenta le proprie dimissioni all'imperatore, e così facendo anticipa il desiderio di Francesco Giuseppe. Eppure il ministro ha raggiunto i suoi obiettivi: ha saputo contenere l'espansione russa nei Balcani, ridare all'Impero il suo ruolo nell'equilibrio europeo e concludere un'alleanza con la Germania. Ma otto anni di quella carica e la totale fiducia dei sovrani gli hanno valso profonde e tenaci inimicizie. Gli si rimprovera la sua avversione per la Russia (un vero magiaro!) e il modo in cui ha condotto l'occupazione della Bosnia-Erzegovina. Elisabetta non è più tentata di prendere le armi per difenderlo, anche se il suo affetto non è diminuito, e dirà: «Ciò non gli impedisce di rimanere nostro amico». La disillusione la colpisce profondamente, ora sa che l'amore le è vietato. Al limite, può giocare a nascondino con Frédéric Pacher, ma che cosa può attendersi da un Gyula Andrássy? Quanto alla politica, ha cessato di crederci. L'alleanza con la Germania, con i vincitori di Sadowa e di Sedan, le ha fatto perdere le ultime illusioni, e ciò è quanto le rimprovera suo figlio. Rodolfo ha assistito all'incoronazione in Ungheria. Il rito barbaro, l'entusiasmo della folla, la bellezza della madre sono rimasti profondamente impressi nella sua memoria. Da allora ammira in Andrássy il politico e l'uomo e non perdona alla madre di aver perduto il suo ardore ungherese: «Ci fu un'epoca» scrive «in cui l'imperatrice si occupava molto di politica (con gioia? Non risponderò a questa domanda) e in cui, per effetto di convinzioni opposte alle sue, parlava spesso con l'imperatore di argomenti seri. Quei tempi sono passati. La sovrana ora si occupa solo di sport. Ecco un'altra porta che si chiude per le libere opinioni, per le idee liberali».

Nei tre anni successivi Elisabetta trascorre il mese di febbraio e una parte di marzo in Gran Bretagna. L'Irlanda l'accoglie di nuovo

---

* Altrove si celebrano i venticinque anni di matrimonio (*ménage*), qui i venticinque anni di un maneggio (*manège*)! (*NdT*)

nel 1880, ma nel 1881 e nel 1882 deve accontentarsi dell'Inghilterra, onde evitare un conflitto con la regina Vittoria.

Il mattino del 10 marzo 1880 riceve un telegramma all'hotel Claridge di Londra. Ha appena lasciato l'Irlanda e si appresta a rientrare a Vienna. Leggendo il messaggio impallidisce, un tremito nervoso tradisce la sua emozione.

«Che cosa è accaduto?» chiede subito Maria Festetics.

«Rodolfo si è fidanzato con la principessa Stefania del Belgio.»

«Grazie a Dio, non è una disgrazia!» esclama l'amica.

Ma l'imperatrice appare abbattuta: «Dio voglia che non lo sia!».

Perché tanta precipitazione? Rodolfo ha solo ventidue anni, quanto alla fidanzata, ne ha appena quindici e per di più la si dice impubere. Elisabetta avrebbe preferito per il figlio un matrimonio d'amore, e questo non ha davvero l'aria di esserlo. Sulla via del ritorno l'imperatrice si ferma a Bruxelles per conoscere la sua futura nuora. Non vuole assolutamente ripetere il comportamento della propria suocera, comportamento che l'ha fatta tanto soffrire durante i primi anni del suo matrimonio. Tuttavia, attendendosi il peggio, non rimane delusa. Stefania è una ragazzetta molto alta, rubiconda, priva di grazia, di forma, di eleganza. Quando Rodolfo vede la madre scendere dal proprio treno alla stazione di Bruxelles, il suo disagio di un tempo sembra svanire. Si precipita tra le braccia di lei con una passione che sembrava aver dimenticato da molto tempo, e il loro abbraccio si prolunga davanti alla fidanzata, ai genitori di lei e a tutti i funzionari belgi. Elisabetta non può fare a meno di pensare agli slanci di un tempo. Allora Rodolfo non osava parlarle dei maltrattamenti che subiva e si rotolava nella chioma di lei, cercando di richiudere su di sé quel bozzolo setoso. E se oggi si trattasse ancora di una richiesta di aiuto?

Nell'emozione di ritrovarsi a Vienna con l'imperatore, Elisabetta cerca di convincere il suo consorte:

«Questo progetto di matrimonio non mi piace. Il Belgio ha già portato disgrazia agli Asburgo.»

«Ti fai sempre del cattivo sangue» cerca di scherzare Francesco Giuseppe.

Questo matrimonio è opera sua. Le principesse cattoliche da marito sono poche, e Rodolfo preferisce frequentare i luoghi malfamati e le compagnie meno scelte. L'imperatore vuole garantire l'avvenire della dinastia. Le argomentazioni romantiche della moglie non possono scalfire la sua convinzione; nega persino di aver forzato la mano a Rodolfo. Per una volta suo figlio si è mostrato consapevole del proprio dovere, e la piccola Stefania andrà bene, come andrebbe bene un'altra principessa cattolica. Elisabetta si chiede come il Franzi, che ha conosciuto tanto innamorato a Bad Ischl, possa aver dimenticato a tal punto la sua giovinezza. Riesce appena a ottenere che il matrimonio sia ritardato, almeno fino a quando la fidanzata avrà raggiunto la pubertà.

L'anno successivo, in Inghilterra, Elisabetta appare più nervosa che mai. A quarantatré anni monta a cavallo dalle sei alle otto ore di fila e con qualsiasi tempo. Ha bisogno di tre cavalli al giorno. Evita di estenuare le sue cavalcature ma non risparmia le proprie forze. Trascura per di più i pasti accontentandosi di un bicchiere di latte. Il suo corpo conserva la sottigliezza e la fermezza dell'adolescenza, ma il suo volto è meno vellutato. Sebbene curi la propria pelle dormendo con le guance e la fronte coperte di carne di manzo tritata o di polpa di frutta a guisa di maschera di bellezza, la magrezza, la vita all'aperto, l'eccesso di esercizi fisici fanno apparire sul suo volto le prime rughe.

Peraltro tutte le testimonianze concordano nel lodare la sua bellezza, che pare inalterabile. Ora ha raggiunto l'età in cui le donne della sua epoca si rassegnano alla vecchiaia, e «la più bella nonna del mondo» è il più severo giudice di se stessa. A partire dalla fine degli anni '60 non si è più fatta fotografare. Questo gioco di specchi l'ha senza dubbio stancata non appena ha saputo addomesticare la propria immagine. Ma è più probabile che questa pioniera abbia compreso subito la parte di immortalità che la fotografia poteva conferire alla sua bellezza. Prefigurando una Greta Garbo o una Louise Brooks, ha voluto che l'immagine la fissasse nel suo momento migliore. A partire dal 1870 non si vedrà più alcuna fotografia di lei, a parte alcune istantanee scattate di sorpresa in cui si distingue la sua figura incomparabile. Il volto è sempre nascosto, talvolta sotto una veletta, e il più delle volte l'imperatrice solleva il suo celebre ventaglio. Si tratta di immagini misteriose e senza tempo che si direbbero uscite dalla festa di un quadro di Watteau.

Elisabetta non manca di contraddizioni, anche nel campo dell'estetica. A cavallo preferisce non calzare guanti, e alla sera rientra con le mani insanguinate. Per contro, chiede che ogni mattina il suo costume da amazzone le sia cucito addosso. Nessuna piega deve ispessire un giro vita la cui misura non supera i cinquanta centimetri. Sfida il sole, il vento, il freddo e tutto ciò che rischia di alterare la sua pelle, ma trascorre ore a curare il proprio corpo immergendosi in bagni di olio d'oliva. La bellezza è la sua arma più importante, eppure il fatto di esibirla in pubblico le ripugna. Conosce la vanità delle cose, eppure non riesce a farsene una ragione.

Il matrimonio di Rodolfo e Stefania ha luogo il 10 maggio 1881. Si direbbe che il principe ereditario abbia voluto provare per assurdo la propria obbedienza al padre. Durante la cerimonia Elisabetta, come sempre, non sfugge ai ricordi. Anche lei era tanto giovane, e la coppia che formava con Francesco Giuseppe non era forse la meglio assortita, ma c'era almeno una fiamma, c'erano delle emozioni e qualche sogno. Ma no, erano tutte illusioni, confesserebbe oggi la nuova Titania, ma non erano forse preferibili a questo crimine di leso amore perpetrato ora nella chiesa degli Agostiniani? Questa Stefania, femminile come un dragone di un metro e settantasei, non sarà certo in grado di soddisfare la sensualità del principe più affascinante, più liberale e più traviato d'Europa! I viennesi si rallegrano di questo matrimonio senza rendersi conto che esso annuncia già la fine del loro mondo.

Nel dicembre dello stesso 1881 un'altra catastrofe si abbatte sulla città. Un incendio distrugge il Ringtheater, uno dei più prestigiosi di Vienna. Sta per andare in scena la seconda rappresentazione dell'opera postuma di Offenbach, *I racconti di Hoffmann*, quando, ancora prima che si alzi il sipario, il fuoco si propaga dal palcoscenico alla sala. Per colmo di disgrazia e di imprevidenza, tutte le porte si aprono verso l'interno. Più di quattrocento spettatori muoiono soffocati o arsi. Tutta la città ne rimane dolorosamente impressionata.

Come atto riparatore Francesco Giuseppe, sull'area in cui sorgeva il teatro, fa costruire alcuni immobili a uso abitativo; gli affitti ricavati dagli appartamenti sono destinati agli orfani delle vittime della catastrofe. Ma la morte sembra aggirarsi ancora nei paraggi, e gli inquilini non accorrono. Inoltre i prezzi sulla Ringstrasse, a due passi dalla Hofburg, sono elevati.

Tra i primi inquilini: Sigmund Freud e sua moglie Martha poco dopo il loro matrimonio. Il loro figlio maggiore, che chiamano Jean Martin in omaggio a Jean Martin Charcot, nasce nel 1889 ed è il primo bambino a venire alla luce in questo edificio «espiatorio». Per celebrare l'avvenimento Freud riceve una lettera dall'imperatore, il quale si congratula con la giovane coppia per aver fatto nascere la vita in quel luogo di morte. Questa lettera costituirà l'unico legame tra la casa imperiale e il medico viennese.

Come non immaginare ciò che sarebbe potuto accadere se un bel mattino Elisabetta avesse bussato alla porta del suo vicino, il dottor Freud? Non hanno la stessa passione per tutto ciò che concerne i disordini mentali? Sia l'uno che l'altra non preferiscono tra tutti i poeti Heinrich Heine? Non detestano entrambi la città di Vienna? Freud scrive: «Ho votato a Vienna un odio personale e, non appena metto piede fuori della mia città, acquisisco nuove forze».

Ahimè, non si incontreranno, il tempo li separa. Il medico giunge troppo tardi per l'imperatrice. La cometa Freud non ha ancora attraversato il cielo viennese che già la parabola di Elisabetta si trova in fase discendente.

Nel febbraio 1882 Elisabetta si presenta ancora all'appuntamento delle grandi cacce inglesi, ma l'entusiasmo è svanito e il suo corpo reagisce meno bene del solito. Per la prima volta Bay Middleton non l'ha raggiunta, e la sua assenza la rende triste. Il capitano, fidanzato da molti anni, continua a rinviare la data del matrimonio; evidentemente la bella imperatrice lo affascina al punto che non si risolve a convolare a giuste nozze. Ma la pazienza ha un limite, la promessa sposa minaccia di rompere il fidanzamento. Il capitano sa che l'abbandono dell'una non gli darà accesso al cuore dell'altra, per cui finalmente accetta di fissare una data: il matrimonio avrà luogo alla fine del 1882.

Elisabetta perde un compagno con il quale le relazioni erano semplici, circoscritte al mondo equestre. Quando erano insieme si servivano poco delle parole, e la sordità di lui non disturbava affatto l'imperatrice. Ciò che condividevano non aveva bisogno di essere detto ad alta voce; al contrario, il fatto che tra loro non pronunciassero alcun commento costituiva un sollievo. Lei, lui e i cavalli non creavano una conversazione, ma una complicità calda e rude al tempo stesso.

Dopo il matrimonio di Bay continueranno a scriversi: quando le sensazioni non sono più condivise, le parole sono più facili da trovare. Preferiscono entrambi non parlare della velocità, dei rischi, del vento e dei salti prodigiosi. La volpe rossa si recherà ancora una volta a Gödöllö, nel 1888, poi nel 1892 si romperà il collo durante una caccia alla volpe, e la sua vedova farà sparire tutte le lettere dell'imperatrice.

L'anno 1882 mette dunque fine alle folli scorribande equestri. Bay Middleton non è più disponibile, ed Elisabetta soffre dei suoi primi dolori reumatici. Per dieci anni il suo corpo è stato messo a dura prova e comincia a lamentarsi. Lei lo ascolta senza cedergli troppo. È giunto il momento di staccare i cavalli, non di rassegnarsi; continua a cavalcare ma con minor frenesia. Comincia a tirare di scherma e si allena da una a due ore al giorno, ma il primo posto nel suo impiego del tempo sarà preso dalla marcia.

Elisabetta non sarà mai una camminatrice flemmatica, che economizza le forze. Camminare come un senatore o come un'imperatrice non fa per lei. Marcia come un tempo galoppava, con eccesso. Ben presto alle sue nuove dame di compagnia non si richiedono più i quarti di nobiltà, ma le loro prestazioni sportive. La dolce Ida non è in grado di seguire la sua regina, si limita ad attenderla a casa. Maria, a prezzo di un immenso sforzo, riesce a mantenere il ritmo, anche se molto spesso è distanziata da Elisabetta.

Nel suo diario Maria Festetics racconta che una sera, al ritorno da una passeggiata, l'imperatrice e lei stanno per rientrare a Schönbrunn. Rimane loro ancora sufficiente forza per concludere la passeggiata con una corsa. Un poliziotto, vedendo passare le due donne a tutta velocità, crede siano inseguite da un malvivente e corre in loro aiuto. Maria aggiunge: «Ma accortosi che si trattava dell'imperatrice cessò di voler intervenire, non senza seguirci ansante fino al castello». Con un secolo di anticipo Elisabetta pratica lo «jogging» senza saperlo!

Talvolta effettua marce che durano dalle cinque alle otto ore. Talvolta si fa seguire da alcune lettighe, che recuperano le sue compagne estenuate, ma lei non se ne serve mai. Le sue passeggiate in Baviera sono le più lunghe. Conosce il paese, lo ama, vuole possederlo con i piedi, con le gambe, esso esiste solo attraverso questo legame carnale, non può rifiutarsi a lei. Un giorno decide di percorrere il tragitto Monaco-Feldafing, in direzione del lago di Starnberg, vale a dire trentacinque chilometri. Dopo quattro ore di sforzo è costretta a rinunciarvi, sfinita. Tuttavia non dimentica questo insuccesso e l'anno dopo ricomincia, riuscendo nell'intento. Sette ore di strada, a un ritmo di cinque chilometri all'ora, in giugno, sotto un sole cocente.

Questa volta il percorso era stato fissato in anticipo, ma generalmente cammina senza seguire una meta precisa, accompagnata da una sola dama del suo seguito, giovane e resistente a sufficienza per seguirla. La polizia è in allarme. L'ossessione dell'attentato non è una malattia che colpisce solo i servizi di sicurezza imperiali; tutta l'Europa trema, dopo che il 13 marzo 1881 lo zar Alessandro II è stato dilaniato da una bomba. Era il quinto tentativo di assassinio perpetrato contro di lui. Ogni volta il corteo ufficiale ha brindato allo scampato pericolo, prima che lo stesso sovrano non fosse colpito a morte. Per suo marito, Elisabetta ha paura di tutto, rimprovera spesso al primo ministro di far correre troppi rischi all'imperatore, ma per se stessa non teme nulla. Il suo ragionamento è semplice: in quanto imperatrice, il suo ruolo politico è trascurabile, in quanto donna non ha assolutamente nulla da rimproverarsi. Chi potrebbe nutrire del rancore per lei? Chi potrebbe avere intenzione di colpire la sua persona?

Senza dubbio non è incosciente come le piace far credere. La salvaguardia della sua libertà, della sua solitudine deve essere pagata con alcuni rischi, che accetta. Elisabetta affronta la vita come guida i suoi cavalli, senza rifiutare gli ostacoli. Si sente viva solo quando, con le redini ben strette in mano, fa saltare la sua cavalcatura. Quando salta la siepe, sospesa sull'orlo del pericolo, vive il breve attimo di un'estenuante sensualità. Talvolta, alla fine delle sue lunghe marce, è colta dallo stesso genere di ebbrezza. I suoi muscoli sono induriti dallo sforzo, il sangue le fa ronzare le orecchie, le brucia le tempie e la nuca, potrebbero essere le prime avvisaglie dell'emicrania e del disgusto di sé. Ma il dolore batte subito in ritirata e una strana vertigine si impadronisce di lei, strappandola per un attimo alla sua tristezza. Queste sensazioni meritano il sacrificio della sua sicurezza. E poi, la morte è davvero temibile al punto da indurre le persone a trascorrere la maggior parte della vita a sfuggirla? Che giunga dunque all'improvviso, come, durante il galoppo, lo schiaffo in pieno volto di un ramo troppo basso!

Nel 1884 Elisabetta è colpita da una grave forma di sciatica. Non volendo darsi per vinta cerca di ignorare il dolore continuando i suoi esercizi quotidiani. Le ginocchia le si gonfiano, come un tempo a Venezia, e deve rallentare il proprio ritmo. È assalita dal panico: che sarà di lei, se non è più in grado di fuggire? Nulla è più assurdo di un'imperatrice che non può contare sulle proprie gambe! Dovrebbero abbatterla come si abbatte un cavallo ferito. Deve consultare al più presto il migliore specialista. Le hanno parlato del dottor Metzger. Lo studio del medico è ad Amsterdam, ma la sua fama è mondiale. Il treno imperiale viene messo immediatamente sulle rotaie e il convoglio prende la direzione dell'Olanda.

Il dottor Metzger non nasconde il proprio pensiero all'illustre paziente e le annuncia senza mezzi termini che il suo stato è grave. Se non seguirà una terapia di cui non può garantire i risultati, l'imperatrice rischia di diventare un'invalida. Le cure comprendono lunghe e penose sedute di massaggi e di trazioni e avranno una durata di sei settimane. Il medico non conosce il linguaggio della diplomazia e le dice senza complimenti che, se non rinuncerà alle sue diete aberranti, all'astinenza alimentare, entro poco tempo si ritroverà prematuramente invecchiata e piena di rughe. Cinicamente, aggiunge che forse il danno è già fatto. Benché fortemente impressionata dalla diagnosi, Elisabetta riesce a chiedere di poter continuare a camminare e a montare a cavallo durante la cura. Il medico, che ignora il modo in cui l'imperatrice pratica l'uno e l'altro sport, glielo concede, salvo cambiare idea appena comprenderà a quali eccessi si abbandona la sua paziente.

Elisabetta ascolta quest'uomo, la cui brutalità aumenta ulteriormente il suo nervosismo, ma non sempre gli obbedisce. Continua a camminare, a galoppare, sebbene acconsenta a nutrirsi in maniera quasi normale. Vecchia, rugosa, sono queste le parole pronunciate dal terribile dottor Metzger? Non ha bisogno di essere un grande profeta, in materia, gli basta constatare i danni. Dietro la veletta azzurra, dietro l'ombrellino, dietro il celebre ventaglio, si nasconde dunque già una donna vecchia e rugosa? La morte non sarebbe affatto sgradevole se prima di raggiungerla non ci fosse quel lungo tunnel da percorrere. Per nascondere la sua decadenza agli sguardi degli altri, ci vorrebbe come in Normandia un percorso con segnali costituiti da lenzuola bianche. Non si è mai sentita tanto sola, e l'assenza della figlia Maria Valeria le è più dolorosa di qualsiasi altra cosa. Solo la contemplazione del mare del Nord riesce a calmarla: segue per ore il volo dei gabbiani. Questo mare non assomiglia al dolce Adriatico, dove il tempo trascorreva lentamente. Rilegge senza fine i poemi di Heine e si tuffa con passione nei versi di Omero.

Nel frattempo, a Vienna, Maria Valeria, che ha ormai quindici anni, si avvicina al padre. La madre si è mostrata così possessiva che Francesco Giuseppe non ha mai osato inserirsi nella loro intimità. L'adolescente scopre il padre e, sotto la maschera delle convenienze e dell'autorità, l'uomo ferito. Si assomigliano molto, sono entrambi realisti, modesti, pudichi, entrambi affascinati dall'assente Elisabetta, troppo bella e troppo patetica.

Manifestando un primo segno di indipendenza, Maria Valeria chiede al padre il permesso di rivolgersi a lui in tedesco. Sua madre le ha imposto, sin dall'infanzia, la lingua ungherese. Francesco Giuseppe sorride, perché la figlia ha formulato la sua richiesta in ungherese, e le risponde in tedesco. Per la legge del contrappasso, in quella Hofburg in cui un tempo Elisabetta aveva messo in atto tutto un sistema protettivo ungherese per opporsi alla suocera, il tedesco ritorna e assume a sua volta il ruolo di linguaggio in codice tra padre e figlia.

I dolori di Elisabetta persistono anche dopo le cure, ma ora si nutre meglio, il suo volto è meno emaciato. Sua figlia ha approfittato della loro separazione per affrancarsi da una tutela opprimente e acquisire una precoce maturità. Tra la fanciulla e la donna si instaura un vero dialogo, con le sue difficoltà, le sue lacerazioni, i suoi scontri. È abbastanza sorprendente che una figlia che ama tanto la madre e ne è tanto amata sia capace sin dall'età di quindici anni di esprimersi con tale lucidità. Aggiungiamo, a suo merito, che l'ipocrisia della vita di corte e la sua condizione di figlia prediletta dell'imperatrice non la predisponevano a essere perspicace. Nel suo diario, a proposito dei rapporti con la madre, scrive: «Tra noi esistono barriere che sarebbero inesistenti se non fossimo dotate dello stesso carattere duro e incostante, dello stesso giudizio brusco, appassionato e intollerante, della stessa capacità di entusiasmarci, ma per motivi così differenti». La bambina è cresciuta. Il suo amore e la sua ammirazione non le impediscono di giudicare: «Ah, questa misantropia! La mamma potrebbe essere adorata, se lo volesse!».

Tuttavia, appena Elisabetta le permette di penetrare nel suo mondo interiore, l'adolescente abbagliata ha la sensazione di meritare finalmente il soprannome che un tempo le era stato attribuito: l'Unica. La grotta magica si apre infatti solo per lei. «La mamma mi ha parlato di poesia, della sua vita intellettuale, che nessuno sospetta, che nessuno comprende.» La giovane Maria Valeria esorta la madre a leggerle i poemi che scriveva quando aveva più o meno la sua età. Influenzata dalla figlia, Elisabetta è indotta a ritornare a poco a poco alla sua vecchia ispirazione.

Il suo ritorno alla poesia coincide con l'incontro di una donna la cui originalità è pari alla sua. Nel mese di novembre 1884 la coppia imperiale riceve a Gödöllö il re e la regina di Romania. Le due donne hanno inattesi punti in comune, il colpo di fulmine è reciproco. Di origine tedesca come l'imperatrice, Elisabetta di Romania conduce un'esistenza indipendente che si riscontra di rado nelle donne sposate, a maggior ragione sposate a un re. Appassionata di letteratura, scrive lei stessa poesie e romanzi che pubblica sotto lo pseudonimo di Carmen Sylva. La poetessa non teme di dichiararsi repubblicana e di scrivere nel proprio diario, con un'ironia subito apprezzata dalla sua omonima: «Il regime repubblicano è il solo ragionevole; non comprenderò mai quei popoli insensati che ci sopportano ancora». L'imperatrice non è lungi dal pensarla allo stesso modo. Inoltre a Carmen Sylva piacciono le donne, ed Elisabetta non le detesta.

Le due regine si scriveranno. L'influenza di Carmen Sylva, aggiungendosi a quella di Maria Valeria, spingeranno Elisabetta a riprendere il proprio rapporto con la poesia. «O Carmen Sylva» le scrive dopo il primo incontro «se sai leggere nei cuori, devi sapere che da questo momento il mio ti appartiene, ti appartiene interamente.» La regina repubblicana, dal canto suo, non è meno attratta dall'imperatrice ribelle, della quale scrive: «Gli uomini volevano imporre a una fata le costrizioni di un protocollo rigido e austero, ma la piccola fata non si lascia soggiogare e quando le persone l'annoiano spiega le ali e spicca il volo».

Fuggire? Per farlo sono necessarie le ali, al limite le gambe. La sciatica riappare con le sue crisi acute e nel marzo del 1885 Elisabetta ritorna ad Amsterdam dal terribile dottor Metzger. Decide di barattare la marcia, la scherma e l'equitazione con la frequentazione delle Muse. Davanti allo spettacolo brutale del mare del Nord sente nuovamente pulsare in sé la vena poetica. Destinata a vivere nei paesaggi interni dell'Europa centrale, dalla Baviera fino all'Ungheria passando per l'Austria, questa continentale ama soltanto il mare:

> O mare, vorrei cantare tante canzoni
> Quante sono le tue onde.
> Le scriverei per te,
> Ti farei dono
> Di tutti i miei sentimenti, di tutti i miei pensieri,
> E in te tufferei il mio essere smarrito.
> Sarei la gemma del tuo limpido scrigno,
> O felicità dei miei occhi, o gioia della mia vita,
> Al mattino sei la mia prima speranza
> E al crepuscolo è a te che rivolgo
> Il mio ultimo sguardo.

Le accade spesso di stracciare i poesie appena scritti e di gettare i frammenti di carta in mare per rendere omaggio «alle sogliole e ai merluzzi». Insoddisfatta come tutti i perfezionisti (in realtà per lei l'equitazione non è mai stata un passatempo, ma per dieci anni ha rappresentato la cosa più importante della sua vita), ravvisa nei suoi poesie solo un rimedio alla solitudine, li vorrebbe degni del maestro, Heinrich Heine, supremo riferimento, ed è furibonda all'idea di non riuscirci.

Nella sua casa isolata, davanti al mare del Nord, non smette di scrivere seguendo con lo sguardo i gabbiani, questi viaggiatori instancabili. Si identifica con essi in una poesie che dedica a un altro solitario, il re Luigi II di Baviera:

> A te, aquila della montagna,
> Ospite delle nevi eterne,
> Un pensiero del gabbiano,
> Re delle onde frementi.

Alcuni mesi dopo andrà a deporre questa poesia, assieme a un ramo di gelsomino, nel piccolo castello reale dell'isola delle Rose, nel mezzo del suo caro lago di Starnberg. Luigi II è assente, ma sua cugina non si è mai sentita tanto vicina a lui. Non inseguono entrambi i propri sogni? L'isola delle Rose è per Elisabetta un sacro luogo di pellegrinaggio. In mezzo a quel lago riposano tutti i ricordi della sua infanzia.

Gli effetti congiunti della cura e della poesia hanno attenuato i dolori, e quando si congeda dal dottor Metzger Elisabetta è di nuovo arzilla e rasserenata. La brutalità del medico e quella del paesaggio l'hanno spinta a rafforzare la propria resistenza. Prima di partire la viaggiatrice esprime in versi la sua nostalgia:

> Ancora un ultimo sguardo
> Su di te, mare diletto,
> E poi addio, per crudele che sia;
> Voglia il cielo che sia un arrivederci...
>
> Domani, quando i raggi del sole
> Ti accarezzeranno sopra le dune,
> Con un rapido colpo d'ali
> Sarò volata via.
>
> Un volo di bianchi gabbiani
> Continuerà a planare su di te,
> Se ne manca uno,
> Te ne accorgerai?

Nel suo desiderio di farsi ascoltare, dopo undici anni di silenzio riprende a scrivere a Frédéric Pacher. È allora che il giovane, divenuto padre di famiglia e calvo, riceve i canti del domino giallo. Il gabbiano sembra volare in tutte le direzioni lanciando a caso i suoi ultimi messaggi, ai quali nessuno fornisce l'attesa risposta. La solitudine si richiude su di lei. Infastidita dai suoi contemporanei, si rivolge alle generazioni a venire e scrive questa poesia, intitolato «Alle anime del futuro»:

Cammino solitaria su questa terra,
Ormai staccata dal piacere della vita;
Nessun compagno spartisce i segreti del mio cuore,
Nessuno ha mai saputo comprendermi.
[...]
Sfuggo il mondo e tutte le sue gioie,
E oggi sono assai lontana dagli umani;
La loro felicità, il loro dolore mi sono estranei;
Cammino solitaria, come su un altro pianeta.
[...]
E la mia anima è piena da scoppiare,
I sogni muti non le bastano più;
Deve tradurre in canti ciò che la commuove,
E sono quei sogni che scrivo in questo libro.

Lui li proteggerà fedelmente e per sempre
Da coloro che oggi non li comprendono,
Perché un giorno, dopo lunghi anni agitati,
Questi canti rinascano e fioriscano.
[...]
O voi, care anime di quei tempi lontani,
Cui oggi la mia anima si rivolge,
Essa vi accompagnerà molto spesso,
E voi la farete vivere grazie ai miei versi.

La lettura di Heine ha sviluppato nell'imperatrice l'amore per le leggende. Talvolta il suo poeta preferito ha attinto alla fonte dei vecchi racconti germanici, altre volte, seguendo la via dei suoi predecessori, grazie alla bellezza leggiadra e musicale dei suoi versi, ha ridato vita ad alcuni grandi miti del passato. È il caso della sua *Lorelei*. L'opera di Clemens Brentano gliene ha fornito il tema, e Heine ne ha fatto la più celebre ballata tedesca. Tanto celebre e tanto tedesca che i nazisti del terzo Reich, quando bruciarono le opere del poeta ebreo Heinrich Heine, salvarono dall'olocausto l'indispensabile *Lorelei*, dichiarandola figlia di padre ignoto. Avevano ragione nel mettere alla berlina il grande Heine perché la sua opera, tanto tedesca, è anche europea: egli adorava la Francia, dove visse negli ultimi ventisei anni della sua vita, ripetendo continuamente: «Europa, patria mia!». Cosa ancor più grave, il suo canto si fa beffe delle frontiere, è universale e visionario.

Per le sue leggende Heine si impadronisce a casaccio dei nomi, dei ritmi, del respiro, poi le abbandona ad altri che a loro volta le feconderanno. Richard Wagner ha trovato nell'opera di Heine, conosciuto a Parigi nel 1839, il tema del *Vascello fantasma*, l'olandese costretto a vagare eternamente sugli oceani, nonché il motivo del *Tannhäuser*.

Leggendo quotidianamente Heine, Elisabetta ha sviluppato la propria mitologia. Di questa, i personaggi più importanti sono Titania di Shakespeare, l'Achille e l'Ulisse di Omero. Fatto ancora più curioso e significativo, la sua leggenda preferita proviene dall'Egitto. Essa parla di una regina di cui la storia non ha riportato il nome. Questa regina d'Egitto aveva il potere di non invecchiare fino a quando avesse rifiutato di amare un uomo. Questa predilezione per una fiaba che nega la tematica centrale dei racconti di fate, si tratti della *Bella addormentata nel bosco* di Perrault, o di *Biancaneve* dei fratelli Grimm, è rivelatrice. Il bacio del principe azzurro non riporta alla vita, ma porta con sé la corruzione della carne e la morte. Va notato anche che la regina d'Egitto non attende la venuta del suo principe in uno stato di semiletargo. Spetta a lei, e a lei sola, scegliere tra due mali: la solitudine o la vecchiaia, la vita senza vita o la morte.

Le numerose poesie di Elisabetta evocano il suo rifiuto dell'amore. Desidera essere fedele al marito, e ancor più a se stessa? Si ritiene irrimediabilmente frigida? Attribuisce alla sua freddezza il nome di fatalità? Nel suo spirito tutto si fonde e reprime il corpo. Un caso di incapacità.

> Avresti l'ardire
> Di pensare di possedermi, un giorno?
> Il mio freddo ardore è mortale
> E danza sui cadaveri.

Oppure questa strofa tratta dalla sua poesia «La canzone di Titania»:

> È un gioco d'amore che vuoi,
> Insensato figlio della terra?
> Quando tesso già il tuo sudario
> Con fili d'oro.

Questa donna splendida, il cui corpo sembra destinato all'amore e che all'amore non soccombe mai, attrae gli uomini e suscita le dicerie. Sotto le apparenze troppo levigate della virtù le si attribuiscono tutti gli amanti, e anche le amanti, tutte le dissolutezze di una Messalina. Si affermerà che il suo incidente di cavallo in Normandia era solo una favola. In realtà l'imperatrice si sarebbe recata in Francia per abortire in segreto un bastardo. La storia non regge; infatti colei che l'ha divulgata, Maria Larisch, nipote di Elisabetta, non si è nemmeno preoccupata di verificare le date e, a proposito del viaggio in Normandia, commette un errore di sette anni; il resto non è più attendibile. Il pettegolezzo, nemico fedele dell'imperatrice, le sopravviverà. Negli anni '30 un'attrice di Hollywood, Elissa Landi, affermerà di essere la discendente segreta di Elisabetta.

Andrássy sembra essere il solo uomo che Elisabetta abbia mai amato. Al tempo delle confidenze, essa dice a Maria Festetics: «Sì, fu un'amicizia fedele, non avvelenata dall'amore». Nel suo linguaggio queste parole significano «dall'amore fisico». L'orgogliosa imperatrice avrebbe creduto di sminuirsi figurando tra la coorte delle conquiste attribuite ad Andrássy. Alcuni brevi appuntamenti rubati alla vigilanza del suo seguito non avrebbero certo soddisfatto questa narcisista, assetata di assoluto. Sapeva che il cuore di Andrássy sarebbe stato suo solo se si fosse mostrata inaccessibile, vale a dire diversa dalle altre donne. Se per lui non fu mai l'amante, rimase sempre la donna più desiderata. Nel 1889 il conte scrive all'amico, barone Nopcsa:

> Conosci l'alta opinione che ho sempre avuto del suo spirito e del suo cuore; ma da quando ho letto alcuni dei suoi poemi questa opinione si è trasformata in vivissima ammirazione; una simile intelligenza, della quale il più grande degli uomini sarebbe onorato, si unisce in lei a una profonda sensibilità, e tutto ciò mi sprona a dire che sulla terra non potrebbe esserci un'altra donna come lei. Soltanto una cosa mi rattrista, tuttavia: che sia così esiguo il numero delle persone che sanno chi è veramente. Vorrei che il mondo intero lo sapesse e l'ammirasse come merita di essere ammirata una personalità tanto eccezionale.

Dopo Andrássy le fantasticherie amorose di Elisabetta si fanno sempre più eteree. Frédéric Pacher è solo un'innocente comparsa nel gioco di moscacieca, e Bay Middleton un centauro incaricato di vegliare sulla regina delle amazzoni. Come in ogni trasmutazione alchimistica il metallo perde in peso ciò che ha guadagnato in purezza, così l'amore di Elisabetta per un uomo si affranca via via da qualsiasi realtà. Nei suoi poemi si rivolge già alle anime del futuro; perché i suoi slanci dovrebbero arrestarsi alle frontiere del tempo? Il suo amante mitico, l'uomo con il quale si sente in perfetta comunione, è morto da più di venticinque anni. Si chiama Heinrich Heine, ed è più vivo di tutti i viventi. La viaggiatrice percorre il mondo, la poetessa vuole abolire il tempo: Heine l'avrebbe compresa, forse la comprenderanno le generazioni a venire. L'ultima speranza dei malinconici non consiste forse nel guardare al passato, nell'invocare il futuro? Questa pratica è più fondata di quanto non sembri. Nel 1961 Paul Morand scrive a proposito dell'imperatrice: «È una donna dei nostri giorni, con le stesse qualità, gli stessi difetti; è entrata nel secolo precedente, il XIX, come se avesse sbagliato porta».

Nel 1883 il Burgtheater ingaggia Katharina Schratt. La compagnia teatrale di cui fa parte, la più illustre dell'Austria-Ungheria, alla celebrità dei saltimbanchi unisce il privilegio di essere una proprietà della Casa imperiale e reale. Il teatro, infatti, è finanziato dalla famiglia regnante. Come in tutti i teatri dell'Impero, uno dei palchi è riservato in permanenza all'imperatore, ma al Burgtheater Francesco

Giuseppe si reca come se fosse un vicino di casa. Quando è solo ha l'abitudine di passarci un momento, di sera, senza tener conto degli orari né dei programmi, entrando e uscendo con discrezione dal proprio palco.

La tradizione vuole che ogni nuovo attore sia presentato all'imperatore e che lo ringrazi della propria nomina. Quando giunge il turno di Katharina Schratt, la prassi si trasforma in divertimento. Nessuno sa ciò che il sovrano triste e l'attrice intimidita si dicono, ma si sente risuonare la risata dell'imperatore, cosa che non accadeva da molto tempo.

Nata nel 1853, Katharina Schratt ha appena compiuto trent'anni. Figlia di un fornaio di Baden, stazione termale poco lontana da Vienna, ha riportato i suoi primi successi sulla scena in giovanissima età. Il suo matrimonio con un gentiluomo ungherese, Nikolaus Kiss von Ittebe, ha interrotto la sua carriera il tempo necessario per permetterle di mettere al mondo un figlio e di litigare con il marito. La coppia si separa senza traumi, Katharina provvede a crescere il bambino e a pagare i debiti del consorte. Il palcoscenico, dove riscuote grandi successi, rappresenta il rimedio ideale ai suoi guai.

I viennesi sono estasiati, l'attrice possiede tutto ciò che amano. Bionda, appetitosa, interpreta alla perfezione le donne innamorate e per nulla sciocche. Vivace, maliziosa, sotto le belle maniere e la dizione impeccabile conserva qualcosa del carattere burlesco tipico della periferia. Guardandola, gli uomini trovano la vita più bella, ma ciò non induce le loro mogli a sentirsi minacciate. Il dramma borghese si concede una leccornia di prima qualità.

Poco tempo dopo il suo ingresso al Burgtheater, la graziosa bionda, che è in condizioni economiche disperate, chiede un'udienza all'imperatore. I debiti di suo marito si sono aggravati, e lei perora con grazia un caso delicato: i beni ungheresi dell'uomo sono stati confiscati nel 1848 e restituiti nel 1867. La famiglia di lui desidererebbe essere indennizzata per quei venticinque anni senza rendita. L'imperatore ascolta con interesse la portavoce dei querelanti, ma rifiuta di acconsentire alla richiesta. Rimedierà in seguito, pagando cento volte di più.

Nell'agosto del 1885, a Kremsier, in Moravia, ha luogo un importante incontro. Lo zar Alessandro III e Francesco Giuseppe si consultano per tentare di placare le tensioni nei Balcani. In serata gli attori del Burgtheater vengono a distrarre i sovrani e le loro consorti. L'opera rappresentata è il *Sogno di una notte di mezza estate*, la preferita dall'imperatrice. L'atmosfera di Shakespeare l'accompagna ovunque, anche nel sonno. Nella villa Hermès, che l'imperatore ha appena fatto costruire nel parco zoologico di Lainz, gli affreschi della sua stanza da letto illustrano alcune scene del *Sogno di una notte di mezza estate*; uno di questi raffigura Titania che accarezza la testa d'asino delle sue illusioni. Sono stati dipinti dal giovane Gustav Klimt, ancora sconosciuto, secondo i disegni dell'accademico Hans Makart, più vecchio di lui. In molti poemi Elisabetta identifica se stessa con Titania.

La sera della rappresentazione a Kremsier, Katharina Schratt non interpreta Titania, ma incarna una deliziosa Ermia. Dopo lo spettacolo dato all'aperto, come per prolungare l'incanto di una dolce notte d'estate tutta shakespeariana, Elisabetta invita gli attori a condividere la cena dei sovrani. Il sogno continua. L'imperatrice trova che Katharina è incantevole, e lo zar rincara la dose facendo alla graziosa attrice una corte più cosacca che protocollare. A questo punto Elisabetta avverte una certa irritazione nel marito, il quale un po' più tardi le confida quanto poco gli sia piaciuta la condotta di Alessandro III. L'imperatrice comprende che all'apprensione del padrone di casa, responsabile dei suoi ospiti, si aggiunge qualcosa di meno confessabile, qualcosa che assomiglia al dispetto, e soprattutto alla gelosia. La graziosa Katharina Schratt non è indifferente a suo marito.

Un tempo, la scoperta avrebbe ferito Elisabetta. Oggi la intenerisce. Non ha più nulla in comune con la giovane donna alla quale il tradimento toglieva la voglia di vivere. Allora le avevano sottratto ogni cosa, i figli, l'amore, la libertà. Suo marito andava a cercare in altri amplessi il piacere che non aveva saputo darle. Poi il tempo ha cancellato gli errori, i fallimenti, le lotte per riuscire a esercitare un'influenza. La viaggiatrice si sente responsabile della solitudine del marito. Francesco Giuseppe continua ad amarla con la stessa passione. Si rassegna alle sue assenze, ma ne soffre molto. Anno dopo anno, diviene sempre più taciturno. A tavola non dice più una parola e i suoi gesti sono meccanici. Per fortuna i pasti si svolgono in meno di mezz'ora, e spesso Elisabetta si accontenta di bere un bicchiere di latte nella propria stanza.

Appena si separano i coniugi trovano, scrivendo, le parole che non hanno saputo o osato dirsi nell'intimità. Dimenticano ciò che li separa, le crisi, gli scontri. Si confidano, hanno le complicità, i timori delle vere coppie. In Normandia, quando Elisabetta ha ripreso i sensi dopo la caduta da cavallo, ha chiesto: «Dov'è Maria Valeria? Dov'è l'imperatore?», indicando in tal modo i due esseri che più le sono cari.

Maria Festetics, nel suo diario, si diletta ad analizzare i sentimenti dell'imperatrice. Ha raccolto le sue confidenze, ha vissuto molti anni accanto alla coppia. La sua analisi è sottile, ma contiene una lacuna: non ha conosciuto i primi tempi dell'unione fra i sovrani. Ed ecco la sua diagnosi:

> L'imperatrice ha sempre accordato la propria stima all'imperatore e gli è rimasta sinceramente affezionata. No, lui non l'ha annoiata, questa non sarebbe la parola adatta. Ma lei trovava naturale che non prendesse parte alla sua vita interiore e non riuscisse a seguirla nella scelta di beni più elevati, nelle sue ascensioni «tra le nuvole», per citare l'espressione dell'imperatore. Devo dire che, nell'insieme, lei lo rispettava e lo amava, ma certamente non di vero amore.

A Kremsier, Francesco Giuseppe continua a lamentarsi dello zar. Il giorno successivo alla cena, questi ha inviato a Katharina un mazzo di cento rose rosse e una spilla preziosa come un giardino di smeraldi. Elisabetta ne conclude con ragione che il marito è innamorato e, quando parte per l'Oriente, la sua coscienza è più tranquilla.

Ha deciso di viaggiare a bordo del *Miramare* seguendo le tracce degli eroi antichi. Itaca, Micene, le rovine di Troia, ovunque visita gli scavi diretti dal grande archeologo tedesco Schliemann. Poi fa rotta verso Rodi, Cipro, Porto Said. Fanny Feifalik, la sua pettinatrice, riprende la sua parte di controfigura a uso dei consoli e dei curiosi.

Nel novembre del 1885 Elisabetta, di ritorno a Vienna, ritrova un imperatore più preoccupato che mai. Da trent'anni a questa parte Francesco Giuseppe vive nel timore che i Balcani appicchino il fuoco all'insieme dell'Europa. La Russia e l'Austria-Ungheria si contendono le zone di influenza. L'incontro di Kremsier, nel corso del quale lo zar e l'imperatore si sono scoperti rivali nei confronti di Katharina Schratt, aveva lo scopo di evitare un conflitto, meno romantico e più funesto, nella penisola balcanica. Due mesi più tardi, mentre Elisabetta naviga a bordo del *Miramare* nei pressi dei pericolosi Dardanelli, scoppia la guerra tra la Serbia e la Bulgaria. Contro il parere del figlio Rodolfo e di alcuni consiglieri, Francesco Giuseppe adotta una posizione moderata sulla linea dell'incontro di Kremsier, e non fa nulla che possa eventualmente guastare i rapporti tra la Russia e l'Impero.

La Serbia e il suo re Milan sono sconfitti dai bulgari. Già screditato a causa della sua brutalità e degli scandali della sua vita privata, Milan chiede all'Austria-Ungheria di estendere la sua protezione e il suo appoggio alla Serbia. Francesco Giuseppe diffida di quest'offerta avvelenata perché sa che il popolo serbo è poco incline a sottomettersi a una potenza straniera, soprattutto se non è slava. Ancora una volta si mostra moderato e obbliga i russi a imitarlo.

Il suo sangue freddo fa dimenticare Sadowa. In Europa l'autorità dell'Austria-Ungheria sembra restaurata, ma l'imperatore è ben lontano dal rallegrarsene. Ha imparato la prudenza, la modestia. Il pericolo è ovunque e basterebbe una scintilla per far scoppiare il calderone balcanico. Contro tutti questi pericoli Francesco Giuseppe vede solo un rimedio, la vigilanza. Lavora dall'alba al tramonto da solo, con un accanimento puntiglioso. Il suo senso del dovere è al disopra di ogni sospetto, nessuno ha incarnato la funzione imperiale con maggiore serietà. I tempi sono difficili, il minimo errore potrebbe essere fatale.

Elisabetta vorrebbe restituire il sorriso a quest'uomo di cinquantasei anni, oppresso dalle preoccupazioni della sua carica. Durante le assenze della moglie avrebbe bisogno di una compagna che lo distraesse e potesse ridare alla sua vita un po' di quella leggerezza, di quella spensieratezza che gli manca tanto. Insomma, Elisabetta cerca un altro genere di controfigura, non più destinata a distogliere da lei lo sguardo dei curiosi o a evitarle la noia delle cerimonie ufficiali, ma incaricata di ridare giovinezza e allegria a suo marito. Un'aristocratica sarebbe una rivale pericolosa, della quale si dovrebbe temere l'influenza politica. Un'avventuriera non sarebbe adatta al genere della casa. Chi, allora? Di fatto, la risposta è presto trovata, e si chiama Katharina Schratt. Da quando l'attrice furoreggia sotto le luci del Burgtheater, l'imperatore è divenuto uno spettatore assiduo delle sue recite. Lui che un tempo si addormentava durante le rappresentazioni, ora ne ritorna tutto rinvigorito. Elisabetta sa che suo marito è troppo legato a lei per tentare la fortuna presso quest'attrice morbida come un dolcetto viennese. Ma non importa, l'imperatrice darà la spintarella necessaria e sosterrà la parte del piccolo dio Amore, come uno di quei putti nella pittura veneziana.

In mancanza di un artista italiano, va a trovare un pittore austriaco, Heinrich von Angeli, e gli commissiona un ritratto di Katharina Schratt per offrirlo all'imperatore. Non solo, organizza un incontro nello studio del pittore in un momento in cui sa che troveranno Katharina intenta a posare per il ritratto. La presenza dell'imperatrice ha lo scopo di togliere qualsiasi aspetto equivoco alla situazione. Lei stessa è una grande ammiratrice della bellezza femminile. Ama circondarsi di volti gradevoli alla vista. A Venezia, dove pare essersi concentrata tutta la bellezza del mondo, aveva già dato inizio a una raccolta di fotografie. Nello studio del pittore la conversazione è piacevole. L'imperatore fa sfoggio di argomenti per una Katharina che si mostra tanto più estasiata in quanto vede l'imperatrice soddisfatta dell'incontro. L'attrice non avrebbe mai osato rivaleggiare con Elisabetta. Quest'ultima lo ha intuito; la sua presenza nello studio significa che, invece di essere la vittima di un complotto, se ne dichiara l'istigatrice. La via è aperta. Ora l'imperatore e l'attrice se la sbrighino da soli!

Francesco Giuseppe non perde tempo. Due giorni dopo invia a Katharina un anello di smeraldi; la bella sembra attrarre a sé queste pietre: dopo quelle dello zar, quelle dell'imperatore. Allega al dono una lettera per ringraziarla di aver acconsentito a posare: «Tengo a ripetere ancora che non mi sarei permesso di chiedervi questo sacrificio e che questo prezioso dono mi dà una gioia ancora più grande. Il vostro devoto ammiratore».

Elisabetta sembra soddisfatta, la sua iniziativa ridona un po' di gioia all'imperatore. Quanto a lei, il suo umore è meno leggero di quanto l'intrigo, condotto con brio, potrebbe lasciar credere. La sua sciatica ha ripreso a farla soffrire. I dolori non sarebbero nulla, se in ogni crisi lei non ravvisasse il segnale premonitore della vecchiaia. Le accade di non poter trattenere i lamenti, sicché confessa al marito che talvolta desidera mettere fine ai propri giorni. «In tal caso, andrai all'inferno» ribatte Francesco Giuseppe, ironico e preoccupato. «L'inferno lo abbiamo già sulla terra» dice Elisabetta. Sotto questa luce cupa, quasi funebre, il complotto di cui è stata l'istigatrice perde il suo carattere scherzoso. Katharina Schratt, questa controfigura che Elisabetta cerca di introdurre nell'intimità dell'imperatore, non è forse destinata a prendere il posto del gabbiano il giorno in cui spiegherà le ali per il suo ultimo viaggio?

Elisabetta si sente abbandonata. La sua giovinezza se ne è andata e presto se ne andrà anche sua figlia. I pretendenti non le mancano. Non solo, pare che Maria Valeria abbia scelto l'arciduca Francesco Salvatore, un Asburgo appartenente al ramo toscano. Cosa può rimproverare al giovane? Nulla, se non che le sottrae ciò che lei ama di più al mondo.

Con Rodolfo i sentimenti hanno preso una piega convenzionale, e madre e figlio evitano di trovarsi da soli a parlare. Tra loro c'è qualche cosa di troppo violento, di troppo appassionato, di cui temono il risveglio. Rodolfo rimprovera alla madre il suo silenzio in politica. Non è egli stesso un liberale? Non ha forse scritto il suo primo saggio politico all'età di ventidue anni per proclamare forte e chiaro la propria ammirazione nei confronti di Andrássy? Così facendo, ha seguito l'esempio materno. Perché ora lei si astiene dal modificare la politica dell'imperatore? Glielo rimprovera con amarezza, tanto più che ha sempre temuto di deludere questa madre così ammirata, e ora teme di intuire che su di lui Elisabetta non si fa più molte illusioni.

Il matrimonio di Rodolfo non è malriuscito, è catastrofico. La nascita di una figlia non ha affatto aggiustato le cose. La piccola, naturalmente, è stata battezzata con il nome di Elisabetta e, come per identificarla maggiormente con la nonna, viene chiamata solo Erzsi, diminutivo ungherese di Erzsébet. Il padre di Erzsi gode poco le gioie del focolare. Sua moglie si compiace degli incarichi di rappresentanza. A diciassette anni, frequenta solo l'aristocrazia più ottusa. La sua filosofia è rappresentata dal rango, la sua morale dall'etichetta. Elisabetta evita di intervenire nei rapporti della coppia, ma confida allei sue poesie tutto il disprezzo che le ispira la nuora:

> Guardate questo dromedario che sprizza
> Orgoglio da tutti i pori.
> Gode del clamore della folla,
> Gli evviva sono per lei una gioia.
>
> Ed è per lei una delizia presenziare, di città in fiera,
> A una sequela di cerimonie;
> Il tamburo avanzi!
> Attenzione, eccola! Bum, bum!

Rodolfo, come sua madre, cerca un rifugio nella poesia e anche per lui il modello è Heine. Scrive dei *Reisebilder*, impressioni di viaggio, senza nemmeno sapere che l'imperatrice ha ripreso in mano la penna e compone le sue *Canzoni del mare del Nord*.

Rodolfo non si accontenta della scrittura, si stordisce con amori assai poco principeschi e soprattutto, senza che la famiglia lo sospetti minimamente, gli accade di frequentare i paradisi artificiali. I suoi medici hanno usato la morfina per curare le violente nevralgie di cui soffriva, e l'erede al trono si è tuffato con gioia nel fiume dell'oblio. Quando l'angoscia opprime i suoi nervi, vi ricorre ancora più volentieri: la sua medicina è divenuta la sua droga.

Laggiù, nei pressi della casa natale, una luce ancora più crepuscolare ha trasformato la ridente Baviera in un paesaggio abitato dagli spiriti. Dov'è il bel Luigi II, lo splendido Lohengrin, adorato dai suoi sudditi? Vive rintanato nei suoi palazzi. La magia degli specchi e dei *trompe-l'œil* non funziona più. Le fughe verso il sogno, i treni-fantasma e le cavalcate notturne lo conducono alla rovina. Questo re estraneo a se stesso ha poco più di quarant'anni, e del suo splendore di un tempo non rimane più nulla. Ha gli occhi infossati, il viso gonfio, la mascella priva di denti. Le rare persone che gli fanno visita devono presentarsi a lui mascherate.

Il male che lo ossessiona ha invaso la sua mente. Per soffocare le proprie grida di disperazione deve coprirle con le urla degli altri. Punisce senza ragione i suoi valletti, che fa frustare nudi. Si racconta che un cocchiere ne sarebbe morto. Il dolce sognatore, da quando sente che la vita, la mente gli sfuggono, è divenuto un violento. Se potesse, infliggerebbe ai suoi ministri le punizioni che infligge ai servi e poi, gradatamente, farebbe a pezzi tutta la Baviera. Quando il principe azzurro d'un tratto cambia personaggio e assume le sembianze dell'orco, non si sa mai se il suo delirio si accontenta solo di parole o se sente di dover passare ai fatti. Sicché, dobbiamo credere a Luigi II, quando confessa il suo desiderio: «Come vorrei che il popolo bavarese avesse una sola testa, per potergliela tagliare»?

Dopo il funesto 13 febbraio 1883 le sue condizioni mentali precipitano. Quel giorno il parco è sotto la neve, e Luigi si appresta a fare una gita in slitta. Giunge un cavaliere a briglia sciolta, recapita al re un telegramma urgente: «Richard Wagner morto a Venezia in tarda mattinata oggi 13 febbraio». Le bandiere bavaresi vengono issate a mezz'asta, i pianoforti vengono coperti di velo nero.

Il cuore, la mente del re saranno in lutto per sempre. Il suo ultimo modo di aggrapparsi alla vita, e alla realtà, consiste nel costruire. Progetta altri castelli, sempre più stravaganti, sempre più costosi. Come se esistesse un sistema di vasi comunicanti, il ritmo al quale edifica i suoi palazzi è pari a quello della sua autodistruzione. Ma per realizzare i suoi sogni è necessario molto denaro. Ha già vuotato le proprie casse e quelle dello stato. Ora vorrebbe vendere tutta la Baviera. Invia i suoi rappresentanti a bussare alla porta dei Rothschild e persino a quella dello scià di Persia, ma non ottiene nulla.

Il governo ha chiuso a lungo gli occhi sulle stravaganze del monarca, ma quando è troppo, è troppo! Gli psichiatri vengono incaricati di stendere un rapporto sulle sue condizioni psichiche. Concludono diagnosticando la paranoia: «Poiché la malattia ha completamente distrutto in Sua Maestà l'esercizio del libero arbitrio, si deve prendere in considerazione il fatto che è incapace di conservare il potere e non solo per un anno, ma per il resto dei suoi giorni».

Al re rimangono solo due persone a cui appoggiarsi: Bismarck ed Elisabetta. Le loro motivazioni, ovviamente, sono diverse. Bismarck è grato a Luigi II di mostrarsi rispettoso della forza, dunque della

Prussia, e le critiche del popolo bavarese ispirano al cancelliere tedesco solo disprezzo. Quanto a Elisabetta, non ha mai smesso di provare per lui tenerezza. Si vede riflessa nel cugino come in uno specchio deformante. Tuttavia, né il cancelliere né l'imperatrice possono intervenire. A Bismarck si rimprovererebbe un'ingerenza negli affari interni della Baviera, e la Hofburg, che non ha mai perdonato a Luigi II di aver rotto la sua vecchia alleanza con l'Austria, non appoggerebbe un intervento dell'imperatrice in suo favore.

Nel mese di giugno del 1886 Elisabetta ritorna in riva al lago di Starnberg, dove ha notizia della malattia di Andrássy e, tramite il barone Nopcsa, scongiura l'amico di farsi curare nel migliore dei modi. Provenienti da ogni parte, i pericoli avanzano e si delineano più chiaramente. L'11 giugno Luigi II viene internato nel suo castello di Berg, sulla riva di quello stesso lago in cui giacciono tutti i loro ricordi d'infanzia. Elisabetta chiede di incontrare il cugino, ma la visita le viene rifiutata. Più tardi tutta la Baviera ripeterà in tono ammirato che l'imperatrice avrebbe fatto preparare una carrozza per permettere al re di evadere. È probabile che questo sia stato nelle sue intenzioni, ma non esiste prova alcuna che lo abbia fatto. Senza dubbio non ha avuto il tempo di portare a termine il progetto, non immaginando fino a quale punto l'epilogo potesse essere vicino.

Giunge la domenica 13 giugno, festa di Pentecoste. Sul lago di Starnberg cade la pioggia. Dopo la colazione, approfittando di una schiarita, il re chiede di passeggiare. Gli permettono di fare qualche passo in compagnia del dottor von Gudden, sotto la scorta di due infermieri. Al suo ritorno Luigi legge gli *Essais* di Montaigne. Ha forse aperto il libro alla pagina in cui si legge: «La morte volontaria è la più bella. La vita dipende dalla volontà altrui; la morte dalla nostra»? Poi, alle quattro del pomeriggio, consuma un secondo pasto, annaffiato da abbondante vino e cognac.

Due ore più tardi chiede di poter fare un'altra passeggiata prima che scoppi il temporale, e questa volta il dottor von Gudden esce solo con lui. Gli infermieri vorrebbero svolgere il loro ruolo di sorveglianti, ma il medico li ferma: «Vi assicuro che il re è come un bambino, perfettamente inoffensivo». Gli infermieri permettono che i due si allontanino in direzione del lago. Non ritorneranno più.

È scoppiato il temporale, e il personale del castello comincia a preoccuparsi. Alle otto i due uomini non sono ancora di ritorno. Hanno inizio le ricerche. In riva al lago, sui prati calpestati come se ci fosse stata una rissa, si scoprono il cappello e il cappotto del re e, un po' più lontano, la giacca del medico. Nella notte solcata da lampi una barca parte all'inseguimento dei dispersi. Ben presto un remo urta il corpo del dottor von Gudden e, a pochi metri di distanza, quello del re. Vengono entrambi issati a bordo, ma nessuno dei due può essere rianimato. Unici indizi: il collo del medico presenta segni di strangolamento, l'orologio del re si è fermato alle 6.54.

Senza dubbio Luigi ha voluto eludere la sorveglianza del medico. Si è gettato in acqua e l'altro lo ha inseguito a nuoto. Si sono battuti a morte in mezzo ai flutti, il re cercando di strangolare il suo carceriere, e il medico tirando verso il fondo il suo prigioniero appesantito dal cibo e dalle bevande alcoliche. Molti pensarono che la perdita della libertà aveva privato il re del desiderio di vivere. Un suicidio avrebbe coronato questa vita sospesa tra leggenda e realtà, una specie di concretizzazione del romanticismo. Da Werther a Luigi II, passando per Schumann, Kleist e Henriette Vogel, tutta la poesia tedesca precipita nel baratro, sedotta dalla morte. Senza contare l'altra forma di suicidio, l'altra maniera di vivere e di autodistruggersi, che è la pazzia: Hölderlin e Lenau si sono perduti per strada, Nietzsche si smarrirà a sua volta.

Sulla riva opposta del lago di Starnberg, Elisabetta attende notizie del cugino. I temporali notturni le hanno impedito di dormire. All'ora della prima colazione giunge sua figlia Gisella con la terribile notizia: Luigi è annegato. Elisabetta è come annientata. Il colpo mortale sembra trasmettersi via etere dal corpo defunto del re al corpo vivente dell'imperatrice. È assalita da una crisi di nervi che mescola i singhiozzi e le grida fino allo spasimo. Quando sua madre Ludovica, per calmarla, cerca di dimostrarle la pazzia di Luigi II, tra le due donne scoppia un violento litigio.

Quel lago, il suo lago, così allegro in certe mattinate e talvolta così nero, le ha sottratto il dolce János Majláth, l'uomo che le aveva insegnato ad amare l'Ungheria. Oggi le sue acque si richiudono su altre vittime. Non ci sarà mai più infanzia su quelle rive, non ci sarà più una barca in partenza per l'isola delle Rose, più alcun rifugio su questa terra. Ora la Baviera le fa orrore. L'aquila non è più, e il gabbiano deve fuggire altrove. Quella sera Elisabetta si corica distesa sul pavimento della sua stanza e, come una novizia pronta per la consacrazione, invoca Dio: «Geova, sei grande! Sei il Dio della vendetta, sei il Dio della grazia, sei il Dio della saggezza».

Al di là della morte il rituale prosegue, e l'imperatrice chiede che sul petto del re sia posato da parte sua un ramo di gelsomino, ma non si reca al capezzale del morto. Ai funerali Rodolfo, che Luigi amava tanto (in lui ritrovava tutto ciò che adorava nell'imperatrice), rappresenta i genitori. Il principe, vedendo la madre prostrata dal dolore, è preoccupato. Ora lei si umilia davanti a un Dio che chiama Geova, ora si rimprovera di non aver salvato quel cugino che conosceva poco, ma che era il suo doppio. Alcuni anni più tardi, nel ricordo di lui, si recherà a Bayreuth e uscirà sconvolta da una rappresentazione di *Parsifal*. Cosima Wagner, commossa, dirà fino a che punto, per uno strano gemellaggio, l'imperatrice le ricordi il re Luigi II. Alla memoria del cugino, Elisabetta dedica questa poesia:

> Sì, ero un re da leggenda,
> Troneggiante su un alto masso,
> Il mio scettro era un gracile giglio,
> La mia corona era fatta di stelle scintillanti.
>
> Dalle profonde e dolci vallate,
> Dai vasti e ricchi cantoni,
> Il popolo rispettosamente
> Si rivolgeva al suo re.
>
> Ma la vile marmaglia di corte
> E la stessa famiglia, in segreto,
> Tessevano perfidamente le loro reti,
> Augurandosi solo la mia caduta.
>
> Inviarono sbirri e dottori
> A impadronirsi dell'«insensato»
> Come il bracconiere, a tradimento,
> Prende nelle sue reti il nobile cervo.
>
> Quella libertà che volevano sottrarmi,
> Quella libertà l'ho trovata tra i flutti;
> Era meglio che il mio cuore si fermasse così,
> Piuttosto che morire in una prigione!

A poco a poco Elisabetta si libera della sua vecchia vita. Luigi II è morto; Maria Valeria la lascerà presto per l'arciduca Francesco Salvatore. L'imperatrice favorisce il loro amore, e tuttavia non può fare a meno di sospirare: «Innamorata, innamorata! E quindi, sciocca...». A quell'epoca dedica un ultimo poema a Frédéric Pacher: «Long, long ago». Effettivamente è passato molto tempo, troppo tempo. Non invierà nemmeno a cercare al fermo posta la risposta del giovane, divenuto padre di famiglia. Ha venduto quasi tutti i suoi cavalli e, nelle scuderie che furono le più belle d'Europa, rimangono solo le sue cavalcature preferite.

Verso Francesco Giuseppe Elisabetta conserva tutta la sua tenerezza, ma conosce anche i limiti di tale sentimento. È tormentata dal rimorso: a quell'uomo non ha dato l'amore che meritava e che ancora oggi si attende da lei, e da lei sola:

Questa notte ho sognato che eri morto;
E il mio cuore era dolorosamente commosso.
Non avrò forse un tempo distrutto la tua gioia di vivere?
Me lo chiedevo con riprovazione, agitata.
Ti vedevo giacente, livido e muto,
Fui assalita da una pena indicibile;
Disperata, cercavo sui tuoi lineamenti
L'amore che per me non è mai svanito.
Allora mi svegliai e rimasi a lungo pensosa,
Non sapendo se fosse un sogno o realtà;
Nel mio cuore si dibatteva il serpente del rimorso
E il mio animo era colmo di amarezza.
Ma no! Tu vivi, potrai perdonarmi;
Forse mi stringerai ancora sul tuo cuore.
Ciò che mi rende tanto triste, è proprio
Il fatto che il mio cuore è pietrificato, morto per una tale felicità.

Di notte sogna che il marito è morto, di giorno crede di intravedere la fine dell'Impero. «Il vecchio tronco imputridito sta morendo», esclama senza far capire se deplora o meno la cosa. Troppo complesso, il mosaico dei popoli andrà in mille pezzi. Elisabetta si riferisce a un'antica profezia: l'Impero degli Asburgo, nato da un Rodolfo, morirà con un altro Rodolfo. Che cosa fare per il povero Francesco Giuseppe, oppresso dalle preoccupazioni? Che fare per restituire a quest'uomo la sua parte di felicità? Maria Valeria ed Elisabetta gli hanno inflitto un soprannome poco protocollare; in privato, madre e figlia lo chiamano «Poká», che in ungherese significa «tacchino»! Del resto, l'imperatore se lo è attribuito da sé, paragonando la sua situazione nell'Impero a quella del tacchino in mezzo agli animali da cortile. Bisogna distrarre Poká. La risposta è una sola: Katharina Schratt.

Per una volta il destino ha fatto bene le cose. La bella bionda trascorre i mesi d'estate nella sua casa di Frauenstein (la roccia delle Dame), vicinissimo a Bad Ischl, dove la coppia imperiale si reca ogni anno nel mese di agosto. Questo stesso destino, decisamente favorevole agli innamorati, ha scelto per l'attrice un ambiente che le si addice perfettamente. La sua casa è situata sulle alture del lago di Saint-Wolfgang che l'operetta di Franz Lehár, *L'albergo del cavallino bianco*, renderà celebre in tutto il mondo. Cosa potrebbe essere più incantevole, più gaio, più dolce di quei prati verde Veronese, di quelle acque azzurro ortensia?

È in questo luogo che Francesco Giuseppe va a visitarla per la prima volta. Otto giorni dopo Elisabetta e sua figlia, senza dama di compagnia, si presentano al cancello di Katharina. Nel suo diario Maria Valeria si mostra entusiasta dell'incontro, anche se più tardi l'onnipresenza dell'attrice le piacerà meno e si dimostrerà più gelosa della madre. Per il momento racconta divertita che Katharina ha dovuto prestare loro del denaro per prendere il battello di ritorno. Di solito sono le dame di compagnia che si incaricano di queste cose. L'imperatore rimborserà la bella bionda al di là delle sue speranze.

Visita dopo visita, Elisabetta intronizza la rivale. Per tutti, è «l'amica dell'imperatrice». Questo titolo ha lo scopo di rimuovere le ambiguità. La frequentazione della coppia imperiale non esige un determinato tenore di vita, degli abiti adatti? Francesco Giuseppe provvede alla cosa con delicatezza, per non ferire l'amor proprio della giovane donna. Quando Katharina offre delle violette all'imperatrice e a sua figlia, riceve in cambio un gioiello direttamente dalle mani del suo ammiratore. Questi osa persino spingersi oltre, proponendo denaro in contanti: «Per tranquillizzarvi posso anche dirvi che ai miei figli regalo delle somme di denaro per i loro onomastici e compleanni». La differenza di età tra l'imperatore e l'attrice, ventitré anni, conferisce al suo discorso una parvenza di credibilità, e Katharina chiede solo di lasciarsi sedurre. Francesco Giuseppe è tanto generoso con gli altri quanto è parsimonioso per sé. Offre volentieri dei sigari Avana e si accontenta di volgari Virginia.

Malgrado le sue origini, Katharina Schratt non è una sartina e ancor meno una di quelle *süsse Mädel*, belle ragazze di periferia, schiette e un po' rozze, che offrono agli uomini ciò che le borghesi rifiutano di dare loro. Katharina è una vedette del Burgtheater e questo, a Vienna, ha la sua importanza. Nel suo bel libro intitolato *Il mondo di ieri*, scritto in esilio poco prima di suicidarsi, Stefan Zweig ricorda i bei tempi andati, precedenti alla guerra 1914-1918 e all'avvento del nazismo:

> La scena del Burgtheater non era un semplice luogo di divertimento, ma una guida in parole e in atti di buone maniere, di pronuncia corretta, e un'aureola di rispetto circondava tutto ciò che aveva qualche rapporto, anche il più lontano, con il teatro del castello imperiale. Il presidente del Consiglio, il più ricco magnate potevano percorrere le vie di Vienna senza che nessuno si voltasse; ma ogni commessa, ogni cocchiere di carrozza a noleggio riconosceva un attore del Burgtheater o una cantante dell'Opera; quando da ragazzi ci accadeva di incontrare uno di questi personaggi (dei quali ciascuno di noi collezionava fotografie e autografi), lo raccontavamo con orgoglio, e questo culto quasi religioso votato alle loro persone era tale che si estendeva alle persone che ci circondavano [...]. Essere rappresentato al Burgtheater costituiva il supremo sogno di ogni scrittore viennese, perché conferiva una specie di nobiltà per la vita e comportava una serie di riconoscimenti onorifici.

Katharina è un'ottima padrona di casa, sa ricevere e conversare con quella volubile leggerezza tipicamente viennese. La sua posizione al Burgtheater le permette di essere al centro di tutte le mode. In un universo chiuso e ipocrita, solo le attrici di fama hanno la possibilità di scegliere la loro vita e i loro amanti. Questa libertà attira e rende timorosi al tempo stesso, equivale a una sublime sconvenienza in un mondo in cui i desideri sono repressi, condannati, demonizzati.

Quanto a Elisabetta, incorreggibile ribelle, ha compreso fino a che punto Katharina, lungi dall'essere il suo contrario, possa rappresentare il suo complemento. L'una è attrice sulla scena, l'altra lo è alla Hofburg. E se l'una deve la celebrità al proprio talento e l'altra lo deve alla propria nascita e alla monarchia, entrambe vivono ai margini. Può darsi che Elisabetta invidi la libertà di Katharina. L'imperatrice ha dovuto lottare contro la suocera, contro la corte e l'etichetta, contro il conservatorismo e la bigotteria, e non ha trovato la forza di liberare il proprio corpo. Lo ha estenuato in esercizi fisici, magnificato in una contemplazione narcisistica; non gli ha mai permesso di esprimersi, e ancora meno di sentirsi appagato.

Gli incontri tra un imperatore che, come una calamita, attira tutti gli sguardi e una Katharina Schratt, il cui nome e il cui volto sono noti a tutti i viennesi, non sono facili. In pubblico una certa riservatezza si impone, e il titolo di amica dell'imperatrice non riuscirebbe a ingannare molto a lungo i curiosi. Nel 1887 Francesco Giuseppe scrive a Katharina:

> Durante il ballo non ho avuto il coraggio di parlarvi. Avrei dovuto allontanare le persone che vi circondavano, mentre ci osservavano da ogni parte, con o senza binocolo da teatro e il luogo era zeppo di quelle iene che sono i giornalisti, pronti a ghermire ogni parola. Ebbene, non ho osato, nonostante tutto ciò che mi attirava verso di voi.

Ancora una volta Elisabetta risolve il problema dei due innamorati dando loro la possibilità di incontrarsi in casa di Ida Ferenczy. La dolce Ida abita alla Hofburg, ma il suo appartamento è situato al numero 6 della Ballhausplatz e gode di un ingresso privato davanti al quale non monta la guardia alcun valletto. Katharina potrà entrare discretamente nel *sancta sanctorum*. E poi che male ci sarebbe nel far visita alla lettrice della sua amica, l'imperatrice? Attraverso il labirinto della Hofburg, Francesco Giuseppe può raggiungere il luogo dell'appuntamento senza dover uscire dalla cittadella.

Elisabetta non si limita a questo. Manifesta in continuazione la propria simpatia all'attrice. Questa, dal canto suo, si preoccupa di non offendere l'imperatrice e l'ammira al punto da volerla imitare in molte cose. Prende gusto alle diete e, non potendo ottenere il vitino di vespa che invidia a Elisabetta, ricorre all'inganno stringendo di più il proprio busto. Presto imparerà a montare a cavallo e vorrà viaggiare, come fa il suo modello. L'imperatore apprezza le buone relazioni tra le due donne, ma finisce col rimproverare a Katharina il suo mimetismo, dovuto forse alla sua natura di attri .

Nel segreto della scrittura, il tono di Elisabetta ca ̻ ɪ si aiɪei ɒɛ quasi che non sappia stare al gioco. Diverse sue poesie parlano di Katharina Schratt e la poetessa dà libero sfogo alla propria ironia:

> Stringe il ventre nel suo busto
> Del quale tutte le cuciture scoppiano,
> Si tiene eretta come un'asse
> E scimmiotta molte altre cose.
>
> Nella casa dei gerani,
> Tutto è fine e delicato:
> In essa la povera, grassa Schratt
> crede di essere Titania!

Heine, il caro Heine, le ispira altre cattiverie. Nel suo *Libro dei canti*, il poeta non ha forse evocato una leggenda indiana? Elisabetta riprende il tema del re Wiswamitra, innamorato di una mucca:

> Il riposo di lei è turbato
> Da un gran frastuono nella valle;
> È il re Wiswamitra
> Che rientra dopo essere stato dalla sua mucca.
> Oh, re Wiswamitra,
> Oh, che bel bove sei!

Questo tono non traspare nella vita quotidiana. Elisabetta, infatti, scrive alla cognata: «Devo partire, ma è escluso che lasci Francesco da solo. Katharina Schratt gli è più vicina di chiunque, e veglia su di lui». Maria Valeria, per contro, si è ricreduta dell'entusiasmo del primo giorno e non sopporta più di incontrare l'attrice a ogni piè sospinto. Ora viene ufficialmente invitata a Schönbrunn, vive in un appartamento vicino al castello e fa sfoggio di sé persino alla tavola familiare. La figlia dell'imperatore scrive: «Oh, perché la mamma fa in modo che le cose si spingano tanto lontano? [...] Ora non si può né certo si deve cambiare la situazione». E poi Katharina Schratt è una donna sposata, il che, per i benpensanti, è un'aggravante.

Mentre il re Wiswamitra si reca sempre più spesso a far visita alla sua mucca, Elisabetta tenta di avvicinarsi al suo amante mitico, Heinrich Heine. Incontra un nipote di lui che vive a Vienna, il quale le mostra alcuni ricordi, alcuni ritratti. Le parla della vecchia signora von Embden, sorella di Heine, che trascorre gli anni della vecchiaia ad Amburgo, nel culto del fratello tanto amato e ammirato. Elisabetta prende una decisione, andrà ad Amburgo per conoscere Charlotte von Embden.

Elisabetta mantiene il segreto sui propri scritti, ma la sua conoscenza dell'opera di Heine è nota e la critica universitaria di Berlino la consulta prima di autenticare alcune opere inedite dello scrittore.

Alla fine degli anni '80 il suo treno la conduce ad Amburgo. La piccola signora von Embden, quasi novantenne, attende l'imperatrice. Elisabetta le ha scritto e la vecchia signora si è preparata da tempo a questa visita. L'impercettibile tremore del suo corpo e della sua voce è dovuto più all'età che alla timidezza o alla modestia. Certo, mai avrebbe potuto immaginare che l'imperatrice dell'Austria-Ungheria avrebbe percorso un migliaio di chilometri per farle visita. Heine non considerava gli Asburgo i nemici del progresso in Europa? È anche vero che nulla lasciava prevedere che Heinrich, il suo fratello maggiore, il suo compagno di giochi malizioso e sognatore, sarebbe divenuto uno dei più grandi poeti di lingua tedesca.

Erano stati bambini all'inizio del secolo, a Düsseldorf, ma i ricordi familiari li riconducevano a epoche ancora più lontane. La vecchia signora racconta all'imperatrice che le piaceva molto accompagnare il fratello dallo zio Simeone, il dottor Faust della famiglia, folle e saggio, fallito e geniale. Aveva viaggiato per il mondo intero e aveva attraversato il tempo senza mai allontanarsi dal suo studio, dove viveva recluso con la sola compagnia del suo gatto angora e dei suoi libri in lingua latina, greca ed ebraica. L'ometto aveva la pelle bianca e trasparente, caratteristica delle persone che della luce del giorno vedono solo il pallido riflesso sulle pagine di un libro. Portava i lunghi capelli grigi raccolti in una treccia che oscillava al minimo movimento del suo capo, come il batacchio di una campana. A ogni visita quel birbante di Heinrich chiedeva allo zio il permesso di tirargli la treccia. Simeone fingeva di borbottare ma finiva sempre per accontentarlo. Poi si passava alle cose serie. Heinrich si sedeva accanto allo zio nell'Arca di Noè, così veniva chiamato in famiglia l'antro di Simeone, e il vecchio leggeva per ore al nipote, tenendo il libro con una mano e accarezzando con l'altra il gatto angora.

La vecchia signora parla della sua infanzia. Il secolo era appena cominciato, Napoleone era il sovrano dell'Europa. I ricordi più vecchi sono sempre quelli che risalgono per primi alla superficie. Elisabetta rimane immobile, osa appena battere le ciglia; l'impaziente imperatrice sente che il suo corpo si placa. Entrando nel modesto appartamento ha osservato gli oggetti, disposti con ordine e ben lucidati, consacrati al culto di Geova e quelli che celebrano la gloria del poeta. Tutto è calmo, pulito. Nessun rumore viene a turbare il mormorio di Charlotte von Embden, Lotte per suo fratello, Lotte per una Elisabetta prigioniera nella rete di una memoria che fa propria. Prima di entrare nella casa ebraica l'imperatrice ha sfiorato con le labbra la *mezouza*. La macchina che torna indietro nel tempo è avviata, e lei la guida, di ricordo in ricordo, fino alle origini. Il mondo di

Charlotte non le è del tutto estraneo. Come Rodolfo, Elisabetta ha degli amici ebrei e ha consultato alcuni professori a proposito dell'opera del poeta in lingua ebraica Juda ben Halévy, che il fratello di Lotte ricorda nel suo *Romanzero*. Le due donne, tuttavia, non discutono come due specialiste di letteratura. L'imperatrice si accontenta di scorgere nella vecchia signora una vaga sopravvivenza dell'uomo che ama, e l'ascolta come si ascolta uno di quegli oracoli dai quali si attende la conferma di ciò che già si conosce.

Lotte le parla del terribile incendio che devastò Amburgo mezzo secolo prima. Le fiamme avevano semidistrutto la città, le statue degli imperatori cadevano in mezzo ai viali, la torre San Pietro crollava su se stessa e la catastrofe raggiungeva gli edifici situati sul lato opposto della strada. Bisognava fuggire, ma lei pensava solo a portare con sé i propri tesori, non gioielli o monete d'argento, ma i manoscritti di suo fratello, i poemi e le annotazioni scritti in gioventù e tutte le lettere che le aveva inviato dalla Francia. Sua madre la supplicava di allontanarsi, di abbandonare ogni cosa... un minuto di più e le due donne si sarebbero trasformate in torce viventi.

Sua madre si precipitava già a scendere le scale, e lei continuava a cercare i preziosi documenti nei cassetti dello scrittoio. In piena notte le fiamme che si elevavano dalla casa dirimpetto illuminavano tutto come un sole d'estate allo zenit. La vecchia signora indica al di là della finestra le case ricostruite. Alla fine era stata costretta a precipitarsi a sua volta nella strada con le braccia cariche di documenti. L'emozione, il fumo, le grida, la paura. Il capo le girava e, una volta raggiunto il marciapiede, aveva perduto i sensi. Quando era tornata in sé la casa era salva, ma le avevano rubato il suo tesoro, i documenti erano scomparsi, le preziose tracce del genio erano state cancellate. Ancora oggi non si perdonava di essersi lasciata sfuggire per eccesso di zelo quei manoscritti insostituibili. Quanto a Heinrich, felicissimo di sapere che lei e sua madre erano vive, non aveva pronunciato una sola parola di rimpianto per le proprie opere giovanili.

La vecchia signora ricorda gli ultimi anni di vita del fratello. Una tortura fisica. Infermo per otto anni, la sua mente rimane agile, la sua scrittura leggiadra. Cerca di nascondere ai suoi cari la tristezza che lo opprime ma questa, lancinante, invade i suoi versi. Lo sguardo di Lotte si commuove, e lei asciuga una lacrima che le scorre sulla guancia rugosa. Allora, nel silenzio del ricordo, la voce di Elisabetta si leva a sua volta per mormorare quelle strofe di Heine che la toccano tanto da vicino:

Ho l'impressione che talvolta
Una nostalgia segreta turbi il tuo sguardo.
Oh, conosco bene la tua malattia:
Esistenza sbagliata, amore fallito!

Acconsenti con tristezza.
No, non posso restituirti la tua giovinezza.
Per la tua malattia non esiste rimedio:
Amore fallito, esistenza sbagliata!

E tuttavia Heinrich non era immerso nella tristezza, precisa Lotte. Tutto giungeva troppo tardi, persino la celebrità. In Germania, dopo il fallimento delle rivoluzioni del 1848, gli operai cantavano i suoi poemi durante le loro riunioni clandestine. Gustav, il loro fratello che abitava a Vienna, aveva raccontato a Heinrich che lui era il poeta preferito della giovanissima imperatrice d'Austria.

«È vero?» chiede Elisabetta, più commossa della sua interlocutrice. «Non lo dite solo per farmi piacere?»

«Prima di morire ha saputo che la sua opera era entrata alla Hofburg grazie a Vostra Maestà, e senza dubbio ciò costituì per lui una consolazione.»

Per quelle parole Elisabetta vorrebbe abbracciare la vecchia signora. Ma non può, la vecchia signora è troppo fragile. L'imperatrice si accontenta di sfilarsi i guanti e di prendere tra le dita la mano tremante di Lotte, e non la lascerà più fino al momento del congedo.

Alcune settimane dopo, Elisabetta chiede alla nuora Stefania, che deve recarsi a Parigi, di far deporre dei fiori sulla tomba di Heine al cimitero di Montmartre. Un anno prima di morire, il poeta fece un sogno che raccontò all'amico Gérard de Nerval. A quell'epoca Nerval tenta di curare la propria malattia nervosa nella clinica del dottor Blanche e quando fa visita a Heine un infermiere è incaricato di sorvegliarlo. L'infermo confida al pazzo di aver visto in sogno il cimitero di Montmartre: «Le tombe brillavano al sole e davanti a ogni lapide c'era un paio di scarpe perfettamente lucidate, come nei corridoi di un albergo».

Alla fine degli anni '80 la città di Düsseldorf, che diede i natali a Heinrich Heine, costituisce un comitato per erigere una statua alla memoria del suo celebre poeta. Per incoraggiare le offerte, Elisabetta invia una somma consistente e diversi poemi personali, ed è certa che questa sua iniziativa avrà grande eco. In Germania i monarchici e i nazionalisti non dimenticano che il poeta non ha lesinato critiche e sarcasmi ai principi tedeschi. Non solo, l'antisemitismo fino a quel momento diffuso, impalpabile, diviene una realtà e trova i suoi portavoce. A

Vienna, Georg von Schönerer, al quale Adolf Hitler si ispirerà per la sua teoria antisemita delle razze, si scaglia contro coloro, imperatrice e principe ereditario compresi, «che vorrebbero erigere un monumento in memoria di quell'ebreo, autore di scritti vergognosi e immondi».

La stampa pangermanista si scatena: «Vedete come la pensa l'ebreo, come tutti i giudei prendono le parti di questo ebreo spudorato e chiamano a raccolta, e come anche molti tedeschi sono pronti ad accorrere al rullare di questo tamburo ebreo».

A proposito della statua che dovrebbe essere eretta a Düsseldorf con il denaro personale dell'imperatrice, la polemica si propaga fino in Francia. Quando si tratta di antisemitismo, i tedeschi non detengono l'esclusiva. Édouard Drumont pone a sua volta Elisabetta tra «i valletti degli ebrei»: «Sovrani e grandi signori nutrono amore per l'ebreo [...] hanno bevuto il filtro misterioso; amano colui che si fa beffe di loro, li diffama e li tradisce, e manifestano solo indifferenza per coloro che li difendono».

Bismarck si getta a sua volta nella mischia. Invia una lettera al ministro austriaco degli Affari esteri in cui denuncia che l'appoggio fornito dall'imperatrice in persona a un poeta antitedesco rappresenta un insulto per la Casa di Prussia. La faccenda rischia di trasformarsi in incidente diplomatico. Düsseldorf ed Elisabetta abbandonano il progetto. Di fatto, il monumento destinato alla città natale di Heine sarà eretto a New York da alcuni americani di origine tedesca.

Pochi anni dopo, Elisabetta farà per conto proprio ciò che Bismarck e i pangermanisti le hanno proibito di fare. Nella sua proprietà di Corfù, sulla collina che domina la baia di Beniste, tra gli eucalipti e le magnolie, farà edificare un tempio in stile antico-barocco votato al culto di Heine. Lo scultore danese incaricato di raffigurare il poeta dovrà seguire le sue direttive, ispirarsi ai ritratti che lei ha raccolto. In questo ambiente intimo e pomposo al tempo stesso (per accedere al *sancta sanctorum* si devono salire numerosi gradini) il poeta indossa una semplice camicia. Con il volto chino e stanco, sembra essere stato sorpreso nel segreto dei suoi pensieri e ha tra le mani una poesia, la cui malinconia risponde a quella dell'imperatrice:

Cosa vuole il pianto solitario
Che turba a tal punto il mio sguardo?
È un pianto del tempo che fu
Nel mio sguardo fedele al passato
O antica lacrima solitaria,
Scorri dunque
Oggi ancora...

Triste è la Baviera, dopo la morte del suo re Luigi. Monotona la vita a Gödöllö, se la regina delle amazzoni invecchia. Deserti sono i palazzi imperiali in cui Katharina Schratt prende sul serio il suo ruolo di controfigura. Nell'autunno del 1888 il gabbiano spiega le ali in direzione di Corfù e va ad abitare a Gastouri, in una bella casa dalla terrazza irradiata di blu cobalto. In questa dimora degli dèi Elisabetta comincia a studiare il greco antico e il greco moderno, e il suo entusiasmo è tale che si fa tatuare sulla spalla un'ancora azzurra. Il suo corpo può ormai testimoniarlo, lei appartiene alla razza dei marinai e degli isolani. Esce al largo con qualsiasi tempo, mentre le sue dame rimangono nel porto a rodersi l'anima. Titania non ha cessato di lanciare sfide a se stessa.

Il 12 novembre le giunge un telegramma. Suo padre ha avuto un attacco di apoplessia. L'imperatrice si prepara a partire per la Baviera quando un altro telegramma, inviato personalmente da Francesco Giuseppe, la informa che è troppo tardi. Il duca Max si è spento all'età di ottant'anni. Nello sfavillio dell'autunno corfiota, Elisabetta riveste i suoi abiti da lutto, senza sapere che non li smetterà più.

Una frontiera politica divide la famiglia imperiale. Rodolfo è liberale come la madre. Maria Valeria, la figlia adorata, l'Unica, ha fatto la scelta opposta. Concepita dopo l'incoronazione di Budapest, sembra votata all'Ungheria ancora prima di nascere. Intorno a lei tutto è magiaro, le nutrici, le ninnenanne, i pony, le leggende, le parole, le musiche, sua madre e le amiche di sua madre; la chiamano «la figlia ungherese dell'imperatrice». La diceria vuole che sia figlia di Andrássy, e gli ungheresi incoraggiano queste calunnie, lusinghiere per la loro virilità. La diceria persiste a lungo, muore solo uccisa dall'evidenza. Maria Valeria assomiglia al proprio genitore come nessun'altra figlia potrebbe assomigliare al padre. È saggia, ordinata, devota. Mentre Rodolfo ha fatto di Andrássy il proprio modello politico, sua sorella detesta il bel conte, e senza dubbio a causa della diceria di cui sopra. Ben presto Maria Valeria riunisce in una sola avversione tutto ciò che non è tedesco: dapprima i magiari e poi gli slavi. La figlia di Elisabetta guarda al nazionalismo tedesco e finisce per auspicare l'unificazione delle popolazioni tedesche a vantaggio di Berlino. Questa è la posizione di molti austriaci di origine tedesca, ma in bocca all'arciduchessa Maria Valeria appare ancora più scioccante: «Siamo anzitutto tedeschi e poi austriaci, e Asburgo solo in ultimo luogo. Dobbiamo tenere soprattutto al bene della patria tedesca, e poco importa che sia a vantaggio degli Asburgo o degli Hohenzollern».

Elisabetta ama troppo la figlia per affrontarla, preferisce ignorare ciò che le allontana. La frattura, tra di loro, non può essere politica. Il pericolo è altrove. Maria Valeria è innamorata, e quindi sciocca, constata l'imperatrice, amareggiata. Tuttavia difende la causa degli innamorati e, come sempre, convince l'imperatore. Maria Valeria è felice, ma per Elisabetta comincia un nuovo lutto. La sua passione materna è animale, primitiva, selvaggia. Maria Valeria scrive: «La mamma dice che se mai dovessi sposarmi non sarà più felice di vedermi, che lei è come molti animali che abbandonano i loro cuccioli non appena qualcuno li tocca».

È Natale, ciascuno cerca di tacere i propri risentimenti, accade così raramente che la famiglia sia riunita... Durante la veglia cade anche il compleanno di Elisabetta: cinquantuno anni! Il tempo pesa, si aggrava del peso dei morti. Nel suo abito nero, l'imperatrice appare ancora più sottile, più pallida. E tuttavia sorride poiché tutto va bene. A un certo punto si è temuto che Rodolfo manifestasse la propria ostilità alla sorella opponendosi al suo matrimonio, ma ciò non è avvenuto. Fratello e sorella si abbracciano. Si tratta della tregua di Dio, o della calma prima della tempesta?

Rodolfo dona alla madre undici testi autografi di Heine, regalo oneroso e di valore inestimabile, ultimo anello di congiunzione tra i vivi e i morti. Il principe ha il volto emaciato, e quando la madre glielo fa notare si getta tra le sue braccia in singhiozzi. Troppo straziata lei stessa per la prossima partenza della figlia, Elisabetta non si rende conto fino a che punto al figlio manchi il terreno sotto i piedi. Per risparmiare la moglie, l'imperatore le nasconde ciò che sa di Rodolfo. Del resto, la polizia e le spie non gli dicono tutto; Francesco

Giuseppe non vuole ascoltare certe verità e si accontenta di tenere il figlio in disparte per quanto concerne le decisioni.

Gli amici di Rodolfo sono tutti giornalisti della stampa di opposizione, e sono felici di pubblicare gli scritti dell'arciduca sotto lo pseudonimo di Julius Felix. Questi non risparmia né l'imperatore né la sua politica, reclama una maggiore democrazia all'interno del paese, una maggiore flessibilità riguardo alle nazionalità. Come se ciò non bastasse, denuncia l'alleanza con la Germania. Su tutti questi punti si trova d'accordo con la madre e in contrasto con la sorella. Tra il principe regnante e il principe ereditario un dialogo potrebbe aver luogo a due condizioni: che il padre cessi di essere sordo e il figlio cessi di fingere. Queste due condizioni non saranno mai rispettate.

Il matrimonio di Rodolfo è un fallimento privato e dinastico. Nella coppia non solo manca l'amore, ma persino la fiducia o la semplice compassione. La nascita della piccola Erzsi è stata difficile, e Stefania non può mettere al mondo altri figli. Per Rodolfo la situazione non è più brillante. Dalla primavera del 1887 soffre di violenti disturbi nervosi, di dolori alle articolazioni e agli occhi. Senza dubbio la sifilide è all'opera, e il principe ereditario la combatte con dosi sempre più abbondanti di morfina. Disperato, parla ai suoi compagni di orgia della propria morte imminente e chiede alle donne di accompagnarlo nell'amore e nella morte. Una delle sue amanti, Mitzi Kaspar, si precipita spaventata dal prefetto di polizia. Rodolfo le ha appena proposto di suicidarsi con lui sugli scalini del Tempio degli ussari, a sud di Vienna. Dopo la deposizione della donna, una lettera dovrebbe essere inviata all'imperatore, ma nessuno osa prendere la decisione di farlo.

Il giorno di Capodanno l'imperatrice parte per Monaco. Rivede la madre per la prima volta dopo la morte del padre. Durante la sua assenza i rapporti tra Francesco Giuseppe e Rodolfo si guastano. Il principe ereditario ha chiesto al papa l'annullamento del suo matrimonio e gli è stato rifiutato. L'imperatore crede che a spingerlo a questo gesto sia stata la sua nuova amante, e alla Hofburg si sentono le grida dei due uomini che litigano.

L'ultima follia di Rodolfo si chiama Maria Vetséra. Ha diciassette anni, le malelingue affermano che già sua madre è stata l'amante di Rodolfo e che ha saputo preparare la figlia a un destino simile. La madre è un'arrivista, una sgualdrina, ma la figlia non ha il tempo di diventarlo. È rimasta folgorata dall'amore di un principe depravato e affascinante.

Rodolfo è sedotto dai suoi occhi azzurri di bambina, dal suo corpo di donna e dalla sua passione senza uguali. Per questo figlio mal amato, questo figlio innamorato di una madre inafferrabile, per quest'uomo deluso e malato, Maria appare al momento giusto, vale a dire nel momento peggiore. Ha quasi l'età di Giulietta, e il nostro Romeo, sebbene sia già navigato, riesce a far entrare questa bimba nella leggenda romantica. Lei desidera accompagnarlo fino alla fine, sposarlo nella morte e sopravvivere nel ricordo di entrambi uniti per sempre. Si sente scelta dal destino, consacrata dall'amore. La favola inverte i suoi termini. Il bacio del principe azzurro trasformerà la fanciulla sveglia in una bella addormentata nel bosco. La piccola si sente follemente amata: non si propone certo la morte alla prima venuta!

Tuttavia Rodolfo trascorre l'ultima notte precedente al dramma, la notte del 28 gennaio, tra le braccia dell'accogliente Mitzi Kaspar. Si tratta senza dubbio del suo addio alla vita. Le parti sono distribuite. Mitzi, che ha rifiutato il suicidio, rappresenta la vita, mentre Maria Vetséra rappresenta la morte. La vittima è convinta che Rodolfo morirà perché l'ama. Infatti il loro amore è impossibile, Rodolfo è sposato, papa Leone XIII ha appena rifiutato l'annullamento del suo matrimonio, e in ogni caso un principe ereditario non sposa una Maria Vetséra.

Elisabetta è tornata dalla Baviera. Il 29 luglio ha luogo un pranzo di famiglia. All'ultimo momento Rodolfo si fa scusare, preferisce trascorrere la notte a Mayerling per partecipare il mattino successivo alla grande caccia.

Mercoledì 30 gennaio 1889. Alla Hofburg Elisabetta legge Omero con il suo professore di greco e a un tratto, nel vano della porta, appare Ida Ferenczy. Il suo viso è sconvolto. Dice che il barone Nopcsa chiede di essere ricevuto dall'imperatrice. «Più tardi» replica Elisabetta. Ida insiste, sempre più livida e tremante:

«È accaduta una disgrazia a Sua Altezza, il principe imperiale.»

Il barone Nopcsa rimane solo con Elisabetta. Ha la voce bassa della catastrofe, l'imperatrice non comprende nulla di ciò che dice. Incidente? Avvelenamento? Pensa a Luigi II. Prima che il barone lo abbia realmente detto, sa che Rodolfo è morto. Come? Poco importa, è morto. È accaduto il peggio, se lo attendeva da sempre, vi si è preparata per tutta la vita, ora il suo destino si compie. Non perde la calma: né gesti magici, né grida, né singhiozzi, né imprecazioni. Non ha bisogno di mostrare la propria sofferenza. Lei è la sofferenza, completa e muta.

Dunque quel figlio, quell'unico figlio, non sarà mai suo. La prima volta le è stato strappato dall'arciduchessa Sofia, sua suocera, la seconda volta dalla morte. E il nulla ricopre già ogni cosa. Le liti del passato, le discordie di oggi, nulla ha più importanza. Elisabetta si corica nel suo piccolo letto di ferro, stretto come una bara. Nel silenzio il tempo si rapprende.

All'improvviso nel salotto adiacente risuonano i passi dell'imperatore.

«Che non entri!» esclama l'imperatrice per concedere al marito ancora un istante di pace e di ingenuità.

Si è sollevata nel suo abito, tutto nero di un altro lutto. Bisogna controllarsi. Si dà una ravviata ai capelli, si asciuga le guance. Francesco Giuseppe entra. I suoi capelli, le sue fedine sono bianchi, ma nello sguardo c'è uno strano ardore, nel portamento del capo, nell'incedere c'è qualche cosa di vispo, di focoso. Elisabetta sa che, uscendo da quella stanza, sarà un altro uomo. Suo figlio, il suo erede è morto. A che serve la vita? A che serve l'Impero? Elisabetta soffre, ma soffre solo per se stessa. Poká, invece, soffrirà doppiamente. Per non parlare del rimorso di un'ultima lite tra padre e figlio. Non c'è più pentimento, né riconciliazione. L'uomo piange tra le braccia della moglie. Se ne va, vecchio, distrutto, finito. Suo figlio è morto e deve continuare a lavorare senza sapere per che cosa, per chi.

Appena se ne è andato, Elisabetta si precipita in casa di Ida Ferenczy, dove Katharina Schratt attende Francesco Giuseppe. Annuncia a quest'ultima la morte di Rodolfo e, tenendola per mano, la conduce attraverso i corridoi della Hofburg fino allo studio di suo marito, perché tenti di dare sollievo alla sua disperazione. Ritorna subito nei propri appartamenti e chiede che si mandi a chiamare sua figlia. Quando Maria Valeria sopraggiunge, le lacrime che Elisabetta ha trattenuto cominciano finalmente a scenderle sulle guance. La morte le ha già ripreso due dei quattro figli che ha messo al mondo. Mio Dio, pensa, fa che la maledizione si arresti, non prendermi mai la mia bambina. Consento a tutto, al fatto che se ne vada, allontanandosi al braccio di qualsiasi furfante, ma fa' che viva, anche se non dovessi rivederla mai più.

Elisabetta singhiozza, e la sua bambina ormai grande viene a rannicchiarsi sulle sue ginocchia. Le spetta ancora una prova, deve annunciare alla piccola la morte del fratello: «Rodolfo è molto, molto malato» dice. «Non c'è più speranza. Si è verificato il peggio.» Allora Maria Valeria, come per evitare alla madre di pronunciare parole che le costerebbero molto, chiede: «Si è ucciso?».

Elisabetta freme, l'idea del suicidio non le aveva attraversato la mente: «Perché credi una cosa del genere? No, no, è probabile che la giovane l'abbia avvelenato».

Questo è quanto le è sembrato di capire dalle spiegazioni imbarazzate del barone Nopcsa, il quale è stato informato a sua volta dal conte Hoyos, l'amico del principe Rodolfo. Hoyos si trovava a Mayerling; dopo aver scoperto i due cadaveri nel padiglione di caccia, si è precipitato alla stazione ferroviaria più vicina e ha fatto fermare l'espresso. Ha preso il treno in direzione di Vienna per poter recare personalmente alla Hofburg la funesta notizia.

Nel salone adiacente si sentono di nuovo risuonare dei passi. Elisabetta trasale e dice a Maria Valeria: «È papà... ti prego, sii calma come lo sono io». Ma appena le due donne lo vedono apparire con l'espressione sconvolta, dimenticano il loro proposito e si gettano tra le sue braccia. I tre grandi pudichi mescolano ora le proprie lacrime. Il loro dolore è tale che non scambiano una sola parola, e nessuno cerca di trovare una spiegazione al dramma. La folgore si è abbattuta, definitiva, inumana. La tragedia conosce un solo principio, la fatalità.

Francesco Giuseppe è il primo a riprendersi. In qualsiasi circostanza un imperatore deve comportarsi da imperatore. Dice alla figlia: «Va' a cercare Stefania». La principessa li raggiunge, ha già saputo di essere vedova. Più tardi scriverà nel suo diario:

> L'imperatore era seduto in mezzo alla stanza; l'imperatrice, vestita di nero e bianca come la neve, con il volto immobile, era accanto a lui. Nello stato in cui mi trovavo, distrutta, sconvolta, ebbi l'impressione che mi guardassero come una criminale. Su di me si abbatté un fuoco incrociato di domande, alle quali non potevo rispondere, perché non ero in grado di farlo o perché non ne avevo il diritto.

In quel terribile mattino del 30 gennaio 1889 tutti gli Asburgo sembrano quasi dimenticare che a Mayerling sono stati rinvenuti due cadaveri. Della piccola e graziosa Maria Vetséra non si vuole tener conto; al limite, le si attribuisce il ruolo di avvelenatrice. Il ricordo della piccola morta raffiora nelle loro menti con la comparsa della madre. Infatti, l'infelice Elena Vetséra è lungi dall'immaginare ciò che è accaduto nel padiglione di caccia. Sa soltanto che sua figlia è scomparsa e viene alla Hofburg a chiedere conto della cosa. Dopotutto, un grosso scandalo potrebbe tornarle utile. Se Rodolfo ha rapito sua figlia, è giunto il momento di chiedere un risarcimento.

Elena Vetséra è riuscita a penetrare negli appartamenti di Ida Ferenczy. Vuole sua figlia e dichiara che si ritirerà solo dopo aver ricevuto delle spiegazioni. In lacrime, la madre di Maria chiede di essere ricevuta dall'imperatrice. Pronuncia persino le parole alle quali il dramma, che lei ignora, conferisce una risonanza tragica: «Ho perduto la mia bambina, solo l'imperatrice può restituirmela». Commossa dalle lacrime della povera donna, che non sa ciò che l'aspetta, Ida va ad avvertire Elisabetta.

L'imperatrice non era al corrente dei rapporti di suo figlio con Maria Vetséra. Per non urtare la sensibilità della moglie, Francesco Giuseppe non gliene aveva parlato. Eppure le due donne si sono già incontrate. Elena Vetséra ha partecipato alle grandi battute di caccia in Ungheria e in Inghilterra, nelle quali l'imperatrice trionfava. È stato riferito a Elisabetta che questa donna aveva sedotto Rodolfo quando questi era ancora adolescente. Ora tutto ciò non ha più alcuna importanza. Hanno entrambe perduto i loro figli. In simili circostanze non si può far scortare alla porta la baronessa senza dirle una parola.

Elisabetta decide di tornare nell'appartamento di Ida per annunciare personalmente la notizia all'infelice madre. Maria Valeria racconta la scena nel suo diario. Non vi ha assistito, ma ne ha avuto la descrizione dall'unico testimone, Ida Ferenczy:

> Sua Maestà, in atteggiamento molto nobile, è in piedi davanti alla donna che in preda all'agitazione reclama la propria figlia. Parlandole a bassa voce le dice che sua figlia è morta. Elena Vetséra scoppia allora in rumorosi lamenti: «La mia bambina, la mia bella bambina!». Ma sapete, prosegue Sua Maestà alzando leggermente la voce, che anche Rodolfo è morto? La Vetséra vacilla, cade ai piedi di Sua Maestà e le abbraccia le ginocchia. Disgraziata creatura! Ha dunque commesso un atto del genere! Anche lei aveva compreso le cose a questo modo e pensato, come Sua Maestà, che la fanciulla avesse avvelenato il principe. Dopo aver pronunciato ancora qualche parola, Sua Maestà la lascia dicendo: «E ora, ricordate che Rodolfo è morto in seguito a una crisi cardiaca!».

Nel frattempo una commissione guidata dal medico imperiale Widerhofer si reca a Mayerling. Un campanile e qualche casa a trenta chilometri da Vienna, una tranquilla vallata nel cuore della foresta. Alcuni anni prima il principe ereditario ha fatto trasformare una di quelle case in un padiglione di caccia ed è qui che è morto con la sua compagna, assestando un colpo fatale all'Impero. I corpi sono stati scoperti dal suo valletto, Loschek, e poi dal suo amico, il conte Hoyos. In seguito il dottor Widerhofer è stato il primo a penetrare nella stanza, almeno ufficialmente, giacché circoleranno molte altre versioni dei fatti; l'elenco non è finito nemmeno oggi, dopo più di un secolo.

Si aprono le imposte della stanza. Alla luce del giorno i protagonisti del dramma appaiono irrigiditi in una posa teatrale. Si potrebbe quasi credere che essi alla fine dello spettacolo si alzeranno e, dal fondo della scena *trompe-l'œil*, verranno a salutare il pubblico. La giovane è coricata sul letto, con i lunghi capelli neri sparsi ai lati del volto calmo, di un pallore marmoreo. Rodolfo è seduto sul bordo del letto. Le sue mani leggermente contratte, come quelle dei personaggi di cera del museo Grévin, si sono lasciate sfuggire una rivoltella, che è caduta ai suoi piedi. Sì, sul comodino da notte c'è un bicchiere semivuoto, ma contiene solo un resto di cognac, l'ultimo sorso del condannato. Il capo del principe e quello della sua compagna sono trapassati da una tempia all'altra. La stessa ferita, gli stessi proiettili ritrovati nella stanza.

L'imperatore ignora le circostanze di questi due decessi, quando spedisce i primi telegrammi, i quali parlano infatti di crisi cardiaca, di embolia. Era necessario suggerire una spiegazione e l'imperatore non ne ha. Prostrato dal destino, crede di mettere in evidenza l'implacabile volontà divina parlando di malattia e d'arresto cardiaco. Inoltre, ciò gli permette di salvare la memoria di Rodolfo e di passare sotto silenzio la presenza di Maria Vetséra. Nessun adulterio, nessun delitto, e soprattutto nessun suicidio.

Verso le due del mattino la salma di Rodolfo viene riportata alla Hofburg. Francesco Giuseppe ha supplicato l'imperatrice di non venire ad accogliere il corteo, e lei gli ha obbedito. Nel suo dolore, l'imperatore non può preoccuparsi anche del dolore della moglie. Ma Elisabetta come potrebbe dormire, quella notte? Maria Valeria ha raggiunto la madre nella sua stanza. Sedute entrambe sul piccolo letto di ferro, odono in lontananza il rullare notturno dei tamburi della guardia. È morto un uomo di trentun anni, l'unico erede in linea diretta del trono millenario degli Asburgo.

Elisabetta non è più l'imperatrice. È una madre che piange suo figlio. Non pensa più a ricordare l'antica profezia secondo la quale l'Impero, nato da un Rodolfo, morirà con un altro Rodolfo. Troppo chiusa nel proprio dolore, troppo allarmata da quello del marito, non sente vacillare l'Impero. A Rodolfo sa di dovere soprattutto questo: essere, durante i funerali, solo una pietà, una regina dei dolori, una madre. Se solo fossi uno specchio, le diceva un tempo il dolce principe, mi guarderesti più spesso. Bisognerà far coprire gli specchi. A partire da oggi, lei si vestirà solo di nero. Per disfarsi della vita e delle sue abitudini, per tornare a essere un'isola e ricongiungersi con il mare, non le resterà altro che far sparire gli abiti, dividere i gioielli tra Maria Valeria, Gisella, Ida e Maria.

Durante la notte l'imperatore non ha chiuso occhio e appena spunta l'alba fa chiamare il dottor Widerhofer. Che cosa è accaduto a Mayerling? Com'è morto suo figlio? Il medico crede di rassicurarlo affermando che il principe non ha sofferto, il proiettile lo ha ucciso istantaneamente. «Quale proiettile?» esclama l'imperatore con una sgarberia che non gli è abituale. Widerhofer deve informarlo che è stato trovato nella stanza il proiettile con il quale Rodolfo si è ucciso. Lungi dall'accettare tale verità, l'imperatore vorrebbe far rimangiare al medico queste parole. Rodolfo non si è suicidato, è impossibile. È inutile parlarne, è assurdo. È stato avvelenato, la colpevole è Maria Vetséra. Il medico prosegue nelle sue spiegazioni: la posizione dei due corpi, la presenza dei due proiettili e poi quello specchio che il principe imperiale si è preoccupato di spostare e di porre sul comodino da notte in modo da poter mirare meglio alla tempia con la rivoltella. Francesco Giuseppe finisce col capire che non può più aggrapparsi alla prima versione dei fatti. L'idea del suicidio si fa strada, e Rodolfo, per suo padre, muore una seconda volta. L'imperatore scoppia in singhiozzi, ma è il padre che chiede all'improvviso:

«Ha lasciato una lettera?»

«Ne ha lasciate diverse, Sire, ma nessuna per Vostra Maestà.»

Non ci sarà dunque, nemmeno al di là della morte, alcun segno di riconciliazione. Francesco Giuseppe non capisce perché, in quell'istante, tutta la collera di Dio si concentri su di lui. Cosa ha fatto per meritare una simile punizione? Quale errore ha commesso? Un peccato di orgoglio, forse, un peccato d'amore, senza dubbio. Non ha voluto fare di suo figlio, sin dalla culla, sin dalla nascita, il signore del mondo, come Napoleone fece con il proprio? Non è per quel piccolo principe che ogni giorno si alzava all'alba e raggiungeva alle cinque del mattino il suo studio e le sue cartelle? Bisognava ogni volta caricare il meccanismo dell'orologio, lavorare fino a sera, conservare così com'era quell'Impero che il figlio avrebbe ereditato. Come continuare, senza di lui? Come compiere quei gesti che la morte di Rodolfo priva a un tratto di significato?

A Mayerling sono state trovate tre lettere. Due di esse sembrano essere state scritte prima della notte fatale, il che tenderebbe a provare che questa doppia morte non aveva nulla di improvvisato: una è destinata alla principessa Stefania, moglie di Rodolfo, l'altra a Maria Valeria, sua sorella. Solo la terza lettera sembra essere stata scritta nella stanza del padiglione di caccia, e forse in quel momento Maria Vetséra era già morta: Rodolfo rivolge le sue ultime parole alla madre. Non si conosceranno mai i termini esatti delle tre lettere, che sono state distrutte. Alcuni frammenti di esse sono giunti sino a noi: sappiamo solo che il principe consiglia a Maria Valeria di emigrare con il marito quando sopraggiungerà la morte dell'imperatore. Grazie a Francesco Giuseppe l'Impero conserva una parvenza di coesione, ma si deve temere che con la sua scomparsa crollerà come un castello di carte: «Il giorno in cui papà chiuderà gli occhi, in Austria le cose diverranno assai pericolose. So troppo bene ciò che avverrà, e vi consiglio di emigrare». Queste considerazioni dell'ultimo momento dimostrano fino a che punto Rodolfo, esattamente come sua madre, aveva perduto la fede nell'avvenire.

Il tono della terza lettera è del tutto diverso. Senza dubbio Rodolfo desidera aprire il proprio cuore alla madre, per la prima e ultima volta. Le parla del suo amore e della sua gratitudine. Mentre si prepara a morire, le confida di non aver osato rivolgersi al padre, l'imperatore: «So molto bene che non ero degno di essere suo figlio». Parole strazianti. Questo maniaco delle armi da fuoco, che in gioventù ha tanto spesso sacrificato i suoi animali preferiti alla propria disperazione, prima di appoggiare la bocca della rivoltella contro la propria tempia, parla della sua compagna di sventura, la piccola Maria. Chiede alla madre che quell'«angelo di purezza» sia sepolto con lui nel cimitero dei Cistercensi, a Heiligenkreuz, nei pressi di Mayerling. Senza di lei, non avrebbe avuto il coraggio di affrontare la morte.

Quando questa lettera raggiunge Elisabetta è troppo tardi per esaudire l'ultimo desiderio di suo figlio. I due amanti sono già stati separati. L'uno appartiene agli Asburgo, l'altra non appartiene a nessuno. Sì, Maria Vetséra sarà inumata a Heiligenkreuz, ma da sola. L'«angelo di purezza» è vittima di un'ultima finzione, molto sinistra, molto lugubre. È necessario far scomparire il suo corpo al più presto, e viene dunque sepolta di notte e in segreto. Si fanno avvertire due dei suoi zii, che accorrono a Mayerling. Maria è stata vestita come se fosse ancora viva. Abito, mantello, cappellino di feltro nero con piume. La siedono nella vettura tra i suoi due zii, e per non suscitare la curiosità di qualche bighellone si conferisce alla salma un'apparenza di vita, mantenendo eretto il suo dorso grazie a un bastone fatto scivolare tra il mantello e l'abito. Tuttavia i sobbalzi della carrozza la fanno oscillare da una spalla all'altra dei suoi parenti. Piove a dirotto, e la carrozza imbocca la strada di terra battuta.

L'equipaggio funebre raggiunge finalmente l'abbazia dove il priore in pochi minuti recita la preghiera dei defunti e impartisce la benedizione alla salma. Il becchino incontra delle difficoltà scavando la fossa nel terreno inzuppato di pioggia, e i due zii di Maria devono aiutarlo.

Dopo la conversazione con il dottor Widerhofer, Francesco Giuseppe chiede di vedere la salma del figlio. Leggerà sulle sue labbra morte le parole che Rodolfo non ha voluto dirgli? L'imperatore cammina come un sonnambulo e mormora: «Dov'è il principe? Il suo volto è sfigurato? Copritelo bene, l'imperatrice desidera vederlo». Anche in quel momento pensa a Elisabetta. Sul corpo dalle mani giunte viene stesa una coperta di flanella. Con la spada al fianco, re Lear è in piedi, muto e solo, nella stanza di suo figlio.

L'imperatrice giunge un po' più tardi, accompagnata da Maria Valeria e dal fidanzato di quest'ultima. Alle finestre sono state tirate le tende. Ai piedi del letto, tra due ceri accesi, è stato posto un crocefisso. Elisabetta bacia la bocca silenziosa del figlio, che finalmente ha un'espressione tranquilla. Maria Valeria lo dice nel suo diario:

> Era molto bello e riposava tranquillo, coperto fino al petto con il lenzuolo bianco, e circondato da fiori. La leggera medicazione intorno al capo non lo sfigurava: le sue guance e le sue orecchie avevano il sano colore roseo della giovinezza; l'espressione incerta, spesso amara e ironica che aveva da vivo, aveva lasciato il posto a un tranquillo sorriso; non mi era mai sembrato tanto bello, sembrava che dormisse immerso nella calma, nella felicità.

A Vienna, e ben presto in tutto l'Impero, l'impressione è violenta, il dolore sincero. Nella sua opera *Il mondo di ieri*, Stefan Zweig evoca l'unanime sentimento di perdita, di rovina:

> Ricordo ancora il giorno della mia prima infanzia in cui il principe ereditario Rodolfo, unico figlio maschio dell'imperatore, era stato trovato morto a Mayerling, ucciso da un proiettile. Tutta la città era stata colta dalla commozione, folle immense si erano pigiate per l'esposizione della salma; la simpatia per l'imperatore e lo spavento furono espressi con forza irresistibile perché l'unico figlio ed erede, un Asburgo amico del progresso e un uomo straordinariamente simpatico, che aveva fatto nascere le più grandi speranze, se ne era andato nel pieno vigore dell'età.

In tutto l'Impero, all'improvviso, ciascuno si sente tentato dalla criminologia e arrischia una propria interpretazione degli avvenimenti. Ora si parla di un incidente di caccia, ora di un complotto politico ordito dall'Ungheria o dalla Francia o dalle due nazioni contemporaneamente. Secondo alcuni, Rodolfo sarebbe stato ucciso a colpi di bottiglia durante un'orgia, secondo altri Maria Vetséra era incinta e l'aborto si era trasformato in dramma. I più romantici, infine, si limitano alla storia d'amore; i due amanti avrebbero preferito la morte alla separazione.

Non è possibile fidarsi dei telegrammi ufficiali, che si contraddicono. Dopo la tesi dell'embolia, e nonostante le reticenze dell'imperatore, non si può fare a meno di parlare di suicidio. Si insiste sui disturbi psicologici di Rodolfo, come per scaricarlo dalla sua responsabilità. Viene pubblicato un bollettino medico: «L'autopsia ha rivelato nel cervello i caratteri patologici che di solito accompagnano le condizioni mentali anormali; tutto permette di concludere che il gesto è stato compiuto in uno stato di aberrazione mentale». Date le conoscenze dell'epoca in fatto di psicologia e di chimica del cervello, è lecito chiedersi di che genere di autopsia si sia trattato e che cosa avesse permesso di giungere a simili conclusioni. Ma questa interpretazione è necessaria per ottenere dal Vaticano l'autorizzazione a inumare Rodolfo in forma religiosa. La faccenda si presenta male. La Chiesa, infatti, esclude i suicidi dal proprio rituale. Alcune settimane prima il papa Leone XIII ha rifiutato l'annullamento del matrimonio principesco, e l'Austria-Ungheria, dopo la rottura del Concordato, si compiace di manifestare la propria indipendenza nei confronti del papato. Dopo un'attesa che mette a dura prova tanto Francesco Giuseppe quanto Elisabetta, Leone XIII concede comunque il suo accordo, dopo aver senza dubbio prese per buone le presunte condizioni di demenza. Inoltre va tenuto conto del fatto che l'alleanza tra il Vaticano e la cattolicissima Casa degli Asburgo vale bene una messa di requiem.

L'ipotetica follia di suo figlio colpisce Elisabetta in modo viscerale. Come potrebbe non sentirsi colpevole? La demenza, la stravaganza, la malinconia, lo strazio oscuro vengono da lei, dal sangue avvelenato dei Wittelsbach. Lei ha trasmesso al figlio l'antica maledizione. Non si è forse riconosciuta in ogni cervello ottenebrato? Non ha trovato un fosco piacere a trascorrere ore nei manicomi? La sua poesia non si è nutrita di potenze oscure? E tutto ciò per giungere a ignorare la follia di Rodolfo, la disperazione dell'essere che le era più vicino, il suo bambino, suo figlio, il suo doppio. Dopo averlo contaminato, non ha saputo curarlo, comprenderlo, proteggerlo. È solo capace di generare sofferenza. Perché tanto tempo fa ha accompagnato Elena a Bad Ischl? Perché Francesco Giuseppe l'ha amata? Perché non ha compreso che, sposando lei, sposava la sventura? Appassionato cacciatore, Rodolfo ha messo a segno il suo più bel colpo; mirando alla propria tempia, ha ferito a morte l'aquila bicipite.

Nonostante il suo dolore, l'imperatore non cessa di mostrarsi premuroso nei confronti della moglie. Quando la delegazione dei parlamentari viene a presentargli le condoglianze, ne approfitta per rendere omaggio all'imperatrice e per rispondere alle domande che lei non smette di porsi: «Non saprei dire tutto ciò che in questi giorni di dura prova devo alla mia beneamata consorte, né quale sostegno ho avuto dall'imperatrice. Non ringrazierò mai a sufficienza il cielo per avermi concesso una simile compagna. Vi sarò grato di farlo sapere».

In effetti Elisabetta dà prova di un coraggio eccezionale. Quando i suoi nervi cedono, cerca di nasconderlo al marito e si accontenta di singhiozzare nel segreto della propria stanza o di trovare conforto presso la figlia. Nella notte del 3 febbraio, mentre la tempesta si abbatte con fragore sulle vecchie mura della Hofburg, si alza, raggiunge Maria Valeria e come in uno stato di smarrimento le dice: «Non è vero, Rodolfo non giace lassù, morto. Salgo a vederlo». Sua figlia deve calmarla, aiutarla a riaddormentarsi.

Andrássy, il caro Andrássy, si è messo in viaggio per Vienna appena ha appreso la morte di Rodolfo. Non vede Francesco Giuseppe da quando ha lasciato il ministero degli Affari esteri, ma continua a corrispondere con Elisabetta tramite il barone Nopcsa, suo amico. Rodolfo ammirava in Andrássy l'uomo e il politico. Durante la sua prima giovinezza, al tempo degli entusiasmi, ne aveva fatto il proprio maestro di pensiero. Andrássy è afflitto da questa morte brutale, anche perché nutriva il più vivo affetto per il giovane principe, magiaro nel cuore come sua madre, e dal quale l'Ungheria si attendeva molto. A Budapest alcuni progettavano persino di offrirgli la corona prima della scomparsa dell'imperatore, e anche questo aveva creato un fermento di discordia tra il padre e il figlio, tra il conservatore e il liberale.

Elisabetta e Andrássy si incontrano nelle stanze di Ida. Non vogliono importunare Francesco Giuseppe, né disturbare il rituale funebre. L'appartamento della lettrice è il solo luogo del palazzo in cui tutti questi eroi tragici possono parlarsi a cuore aperto. Mio Dio, com'è cambiato Andrássy! Ma non è il momento di parlarne, il lutto di Elisabetta richiede tutta la sua sollecitudine di madre. E tuttavia non può ignorare nell'uomo che ha tanto amato, che ancora ama, la subdola opera della morte. Come potrebbe ricordargli oggi la sua promessa di tanto tempo fa? Come potrebbe, mentre Rodolfo giace morto nella stanza da letto in cui riposava da vivo, chiedergli: ricordate, conte, la sera in cui eravamo soli nella carrozza proveniente da Gödöllö, sotto la neve? Avete dimenticato il giuramento che vi strappai nella stazione ferroviaria di Pest? Mi avevate promesso di non morire prima di me. Sareste forse uno spergiuro? Perché non vi siete preso cura di voi stesso e, contemporaneamente, di me? Non avete pensato che se voi moriste non mi rimarrebbe più nulla? Siete il testimone di un altro tempo, conte. Siete il solo a poter dire ciò che fummo. Siamo stati così giovani, così belli, così innamorati. Ve ne prego, lasciate che io creda a tutto questo ancora per un po'. Ripetetemi una volta di più che non siamo passati accanto alla nostre vite, che non abbiamo sbagliato storia.

Francesco Giuseppe ha chiesto alla moglie di non accompagnare Rodolfo fino alla Cripta dei Cappuccini, dove già riposa la loro piccola Sofia. Nella cappella del castello si celebra la veglia cantata per il principe defunto. Un velo nero copre il volto dell'imperatrice, la finestra è ormai chiusa. I curiosi non potranno più vedere sui suoi lineamenti la devastazione prodotta dalla sofferenza, dall'invecchiamento, dai lutti. Elisabetta mostra solo un corpo senza testa, e questo corpo non ha mai lasciato trasparire il piacere o il dolore. Con la sua sottigliezza, con la perfezione della sua linea, è immutabile.

Dove fuggire, ora? Anche all'altro capo del mondo la morte la raggiungerebbe per colpirla in ciò che ama di più. Un anno dopo Rodolfo, il 18 febbraio 1890, Andrássy muore per un cancro alla vescica. Alcuni mesi prima aveva scritto al barone Nopcsa: «La mia sola consolazione consiste nell'essere stato uno dei rari eletti che ebbero l'occasione di conoscere e di ammirare una donna che milioni di suoi sudditi non conoscono affatto». Elisabetta va a trovare la vedova del conte e al suo ritorno da Budapest confida a Maria Valeria che «ora soltanto sapeva ciò che Andrássy era stato per lei; ora, per la prima volta, senza quel consigliere, quell'amico, si sentiva completamente abbandonata».

Alcune settimane più tardi, a Ratisbona, sua sorella Elena muore tra le sue braccia dopo un'interminabile agonia.

In diciotto mesi Elisabetta ha perduto suo padre, suo figlio, l'uomo che ha amato e la sorella prediletta.

Come il cugino Luigi II, Elisabetta sa scegliere i suoi paesaggi e a Corfù ha eletto a proprio domicilio un luogo di sogno. L'isola è ancora incontaminata, e rare sono le navi che approdano alle sue rive. Si narra che un tempo, su quest'isola del mar Ionio, Nausicaa diede a Ulisse la forza di tornare se stesso e di navigare finalmente in direzione della sua Itaca, che era vicinissima. Si narra anche che Shakespeare, che conosceva Corfù solo attraverso le descrizioni dei viaggiatori, volle ambientarvi la sua ultima opera, *La tempesta*. L'isola di Prospero non si chiama forse Sicorace, anagramma approssimativo di Corcyra, antico nome di Corfù?

Trent'anni prima (sono passati già trent'anni!) Elisabetta era uscita dal suo lungo periodo di depressione grazie alla luce e al caldo di quest'isola sontuosa. Ora sa che non ritroverà né la sua giovinezza né il fuoco delle sue antiche ribellioni, ma in questo luogo sospeso tra cielo e mare può sperare almeno di rendere vivibile la sua disperazione. Ha fatto costruire la sua casa sulla sommità del villaggio di Gastouri, dove ha soggiornato a diverse riprese. È qui che, due anni prima, ha appreso la morte di suo padre. È qui che ha avuto inizio la stagione dei requiem. La dimora pompeiana eleva le sue colonne e i suoi portici tra i cipressi, le magnolie, i lauri. La foresta si prolunga di collina in collina, con le sue querce e i suoi ulivi, fino al mare. Da questo promontorio si scorge in lontananza la città di Corfù e il suo porto, e più oltre, simile a un miraggio nell'azzurro fosforescente, il profilo dei monti albanesi che tremano all'orizzonte.

La casa si chiama l'Achilléion, in onore di Achille morente, la cui statua domina i giardini a terrazza. Elisabetta impara il greco antico e il greco moderno con un giovane studente, Constantin Christomanos. Più tardi, nelle sue memorie che recano la prefazione di Maurice Barrès, l'uomo racconterà come lei lo accolse la prima volta nel parco della villa Hermès, nei pressi di Vienna:

Il suo capo risaltava sul fondo di un ombrellino bianco illuminato dal sole, donde nasceva una specie di nimbo vaporoso che le circondava la fronte. Con la mano sinistra reggeva un ventaglio nero, leggermente inclinato verso la sua guancia. I suoi occhi color oro chiaro mi fissavano percorrendo i lineamenti del mio volto e come animati dal desiderio di scoprire qualche cosa [...]. Sentii che quell'imperatrice non era solo un'imperatrice, ma che mi trovavo davanti un'apparizione tra le più ideali e più tragiche dell'umanità. Che cosa le dissi, in quel momento? [...] Pronunciai alcune frasi confuse [...]. Ma lei mi trasse dall'imbarazzo dicendomi, mentre i suoi occhi irradiavano una dolcezza infinita:

«Quando gli ellenici parlano la loro lingua, ciò che dicono è musica.»

Soggiogato, l'oscuro studente abbandona Vienna e i suoi studi di filosofia per seguire l'imperatrice. Dalla sua bocca lei apprende la lingua degli antichi dèi e in cambio gli fa gli onori dell'Achilléion:

È l'Achille morente al quale ho dedicato il mio palazzo; per me impersona l'anima greca e la bellezza della terra e degli uomini. Lo amo anche perché era tanto veloce nella corsa. Era forte e altero; ha disprezzato tutti i re e tutte le tradizioni [...] ha considerato come sacra solo la sua volontà e ha vissuto solo per i suoi sogni; la sua tristezza gli era più preziosa dell'intera vita.

La disillusa ascolta ora solo il canto della lingua greca e quello del mare. Si alza all'alba e impedisce al suo seguito di fare altrettanto. Vuole passeggiare da sola, alle cinque del mattino, nei suoi giardini pensili. Al piano terreno c'è una piccola cappella dedicata a Nostra Signora della Guardia (ha portato lei stessa da Marsiglia la statuetta della patrona dei marinai), ma preferisce pregare Dio come si parla alla propria solitudine, nel silenzio vibrante dell'alba. A quell'ora la luce bianca non ha ancora divorato il paesaggio, né cristallizzato le forme. Dal piazzale che guarda a oriente vede scaturire i primi raggi dietro le montagne albanesi e si stupisce che puntualmente la magia si rinnovi. Ogni volta il sole sorge sempre là dove lo si attende, la fatalità non manca mai il proprio obiettivo. Tuttavia alla Hofburg c'è un orologio, quello di Maria Teresa, le cui lancette girano al contrario. Ma anche questo è solo un accorgimento fittizio che permetteva alla grande imperatrice di vederle girare nel giusto senso riflesse nel suo specchio.

A Corfù si è troppo vicini alla natura per non avvertire che il suo corso non potrebbe essere contrastato. Elisabetta si lascia trasportare dall'ineluttabile. Nulla impedisce lo sbocciare dei fiori giganti delle magnolie, nulla arresta la voracità della luce che denuda il mondo in un istante. Quando il sole è già alto nel cielo, lei si allontana per compiere lunghe passeggiate a cavallo o a piedi. Attraversa foreste di ulivi dai rami robusti e contorti. La maggior parte delle piantagioni di ulivo hanno cinque secoli di vita e narrano la storia del paese. Durante i primi anni della loro occupazione i veneziani offrivano dieci monete d'oro a chi piantava un boschetto di cento ulivi, e in tal modo tutta l'isola è divenuta un'immensa foresta che freme alla minima brezza e diviene iridescente come un altro mare, più oscuro e più tormentato. Questi ulivi non sono mai stati potati, crescono assai più alti che altrove, con una forza sorprendente. A Elisabetta piace camminare in questi sottoboschi che odorano di unguenti, di corpi lucenti di atleti.

Elisabetta abbandona la sua cavalcatura e continua a passeggiare all'ombra delle vecchie piantagioni di ulivo, dove pascolano molti asinelli. Tutto è calmo, l'aria è immobile. Il sole declina, per suscitare i venti si dovrebbero sacrificare migliaia di Ifigenie. A un tratto, in questa pace opprimente, si leva un grido simile a una liberazione. È acuto, netto, come il filo di una lama. Si spegne subito lasciando vibrare solo la sua eco. Poi, dopo un istante di oblio, riprende ancora più stridente, si estende, si afferma, modula il suo lamento, prolunga il suo orrore. Ben presto altre grida accompagnano il primo, orchestrando la canzone della sventura. Ma la prima voce, quella di una donna, prende sempre il sopravvento, tanto il suo richiamo è carico di orrore e di tragedia.

Constantin Christomanos dice all'imperatrice: «È morto qualcuno; è il lamento funebre dei greci». Intorno a Elisabetta riprendono le conversazioni per tentare di spezzare il maleficio. Senza dubbio è appena morta una vecchia donna. Elisabetta fa tacere tutti, sempre attenta alla prima voce che essa isola dai suoi suoni armonici per ritenerne solo lo spaventoso stridore. Sa. Ha compreso. Quella donna ha perduto suo figlio, ne è certa. A lei rimane almeno quel grido che riesce a far sgorgare dal suo corpo, e non è una liberazione da nulla. Nella capanna dal pavimento di terra battuta, ecco infatti la cerchia delle prefiche e al centro di essa una vecchia donna che si graffia il volto con le unghie e grida contro la morte, spezzata in due davanti alla salma di suo figlio.

Elisabetta ricorda la Cripta dei Cappuccini. Doveva essere il 9 febbraio 1889, quattro giorni dopo le esequie di Rodolfo. Alla sera si era ritirata nei suoi appartamenti. Ida e le cameriere l'avevano come sempre aiutata a prepararsi per la notte e poi, come sempre, l'avevano lasciata sola. Allora si era rivestita in fretta e aveva lasciato la

Hofburg attraverso una porta segreta. Sagoma nera nei suoi veli da lutto, questa volta non era diretta al ballo, sebbene il martedì grasso fosse alle porte. Quell'anno il Carnevale sarebbe stato festeggiato, a Vienna? Per la verità a lei importava ben poco, e inoltre i balli non sono mai stati tanto frequentati come all'epoca della grande peste. A Dio e al diavolo piace guidare la danza al ballo degli «ardenti».

Nell'oscurità Elisabetta rasentava i muri, ma il suo incedere non aveva nulla di esitante. Il percorso era troppo breve, e il suo desiderio di giungere a destinazione troppo pressante. Doveva solo seguire il filo che le tendeva suo figlio, ancora vivo tra gli antichi morti della cripta. Si era lasciata cadere con tutto il proprio peso contro la porta di legno chiodata e ferrata dei Cappuccini e si era messa a bussare, bussare, fino a spellarsi i pugni. Alla fine un monaco aveva fatto scivolare lo sportello. Elisabetta aveva dovuto mormorare il suo nome, e poiché l'altro non sembrava comprendere, aveva precisato di essere l'imperatrice. Per provarlo aveva persino sollevato il velo, scoprendosi il volto come se dovesse mettere a nudo la propria anima. La porta era stata socchiusa. Maestà, Maestà, ripeteva il monaco attraverso lo spiraglio. In un unico slancio lei aveva sospinto la porta e riabbassato il velo. Presto, una torcia, aveva detto, voglio vedere mio figlio. Aveva raccomandato al monaco di non svegliare nessuno. Sarebbe stato sufficiente che l'accompagnasse fino alla tomba di suo figlio, e la lasciasse sola.

Il cappuccino aveva avuto appena il tempo di accendere un'altra torcia con la prima. Con entrambe le braccia armate di luce le aveva fatto strada. Ma sulla scala stretta e ripida come una gola di montagna aveva dovuto abbassare la fiamma delle torce e fare attenzione a non bruciarsi la tonaca. Le ombre volteggiavano sulle pareti calcinate. Elisabetta non pensava più a ricordare tutti coloro che aveva accompagnato verso le profondità della cripta, si sentiva come aspirata dal vuoto.

Attraversarono la prima sala senza fermarsi. Qui giacevano gli Asburgo. Antenati lontani, imperatori delle grandi battaglie combattute contro i turchi e contro la peste, corpi prestigiosi allineati e fossilizzati nei loro contenitori metallici superbamente irti di teschi. Elisabetta non vi fece caso, il suo bambino scomparso la chiamava altrove. Dovette ancora aggirare l'enorme vascello di Maria Teresa che avanza di prua verso la luce e batte bandiera di gloria per l'eternità. Silenzio, Asburgo. Silenzio, secoli. Silenzio, vincitori. Lei sentiva solo il lamento di suo figlio. Il cappuccino assolveva al proprio compito; dopo aver appeso le due torce, non gli rimaneva che lasciarla sola.

L'imperatrice aveva atteso che il cancello di ferro si richiudesse dietro di lei, che il cappuccino ritrovasse il suo cammino nell'oscurità, per inginocchiarsi davanti alla bara di suo figlio e affondare le braccia e il volto nella coltre di fiori mezzo appassiti. Allora aveva emesso un gemito e poi aveva gridato come la vecchia donna di Corfù. La sua piccola voce, così dolce, così fragile, così segreta, si era finalmente liberata. Chiamava suo figlio, supplicandolo di ritornare. Eppure, nel profondo del suo cuore, non poteva impedirsi di dargli ragione, di approvare la sua fuga, di invidiare la sua sorte. Lei non aveva amato a sufficienza la vita per trasmettere a lui quell'amore. Se avesse urlato tanto forte e tanto a lungo quanto la donna di Corfù, avrebbe senza dubbio potuto riportarlo in vita. Sotto il piombo del coperchio la barba di Rodolfo continuava certo a crescere. Le sue guance bianche di Asburgo dovevano esserne ombreggiate. La sua carne non aveva ancora ceduto, non era ancora corrotta. La decomposizione si annunciava appena. Nei primi tempi l'opera della morte dà l'impressione di un'intensa attività interna. La fermentazione tinge la pelle di un lieve colore roseo, conferisce alla bocca quel rigonfiamento ingordo e violaceo del neonato che succhia.

In passato lei lo aveva strappato ai suoi terrori. In passato aveva dovuto battersi per lui contro il suo precettore, contro l'arciduchessa, contro l'imperatore, ma non era stato abbastanza. Si era mostrata cieca e sorda al suo bisogno d'affetto. Non aveva saputo amarlo quando era il momento di farlo, e quella colpa, la peggiore di tutte, non poteva essere espiata. In fondo alla Cripta dei Cappuccini, non le rimaneva che gridare la sua disperazione.

La stampa austriaca non osa parlare delle condizioni mentali della sovrana. Per una volta le voci tacciono, impotenti. E infatti che cosa potrebbero aggiungere, quando la disperazione dell'imperatrice è già al colmo? Tuttavia la stampa straniera non manifesta la stessa riservatezza. In Germania e in Francia si rincara la dose della sventura. Si dice che Elisabetta è minacciata dalla demenza, si scrive che è stata di nuovo colta dalla pazzia. Si inventano per lei deliri degni di Shakespeare. Il giornale «le Gaulois», e poi «le Matin» affermano che trascorre il tempo cullando un cuscino tra le braccia e chiedendo se il nuovo principe ereditario è bello... Le si attribuisce un volto da Ofelia prostrato dal dolore.

In realtà l'imperatrice è ancora in grado di controllarsi davanti ai suoi cari, salvo singhiozzare quando è sola. Come Rodolfo, non crede più all'avvenire dell'Austria-Ungheria e approva il consiglio che egli dava alla sorella nella sua ultima lettera. L'Europa rimane qual è solo grazie alla volontà di Francesco Giuseppe, alla morte di suo padre Maria Valeria dovrà emigrare.

Elisabetta si preoccupa di mettere al sicuro la sua opera poetica. Chiude gli originali e le copie dellei sue poesie in una cassetta alla Hofburg. Alla sua morte, il suo giovane fratello Carlo Teodoro dovrà consegnarla al presidente del Consiglio elvetico. Sicché questa imperatrice, questa regina, si fida solo della repubblica. Grazie alla Svizzera la sua opera sarà al sicuro. Una nota di accompagnamento indica che la cassetta dovrà essere aperta solo dopo sessant'anni, nel 1951. Elisabetta precisa inoltre: «Tra sessant'anni il prodotto delle vendite dovrà servire esclusivamente ad aiutare i bambini poveri dei condannati politici della monarchia austroungarica».

La stampa internazionale evocava Ofelia, sarebbe stato più giusto evocare Cassandra. L'Impero austroungarico, infatti, si disgregherà facendo crollare l'intera Europa. Ai condannati politici si aggiungeranno i martiri del genocidio. Come i pazzi di Shakespeare, Elisabetta vede più lontano dei suoi contemporanei e prefigura la politica dei diritti dell'uomo predicata oggi dai democratici. All'apertura della cassetta le sue poesie saranno pubblicate, e i diritti d'autore spetteranno all'Alto Commissariato dei profughi. All'interno della cassetta sigillata alla Hofburg si troverà questa lettera, ispirata da colui che l'imperatrice chiama il suo «maestro», il poeta tedesco Heinrich Heine:

Cara anima del futuro,
È a te che lascio questi scritti. Il maestro me li ha dettati, ed è lui che ne ha deciso la destinazione: dovranno essere pubblicati sessant'anni dopo questo anno 1890, a profitto dei condannati politici più meritevoli e dei loro parenti poveri. Perché tra sessant'anni non ci sarà più felicità, più pace, vale a dire più libertà, di quante ce ne siano oggi sul nostro piccolo pianeta. Forse su un altro? Oggi non sono in grado di dirtelo. Forse, quando leggerai queste righe...
Con il mio cordiale saluto, perché sento che mi vuoi bene,

«Titania»

Scritto in piena estate 1890, a bordo di un treno speciale che fila a grande velocità.

Il gabbiano continua a volare, sempre più solitario. Acconsentendo al matrimonio della figlia, Elisabetta l'ha perduta. Se non altro Maria Valeria è felice. Le nozze sono state celebrate a Ischl nella più stretta intimità, ma all'organo sedeva Anton Bruckner e, meglio ancora, la fanciulla sposava l'uomo della sua vita. Elisabetta ha sufficientemente sofferto per dell'onnipresenza della suocera per imporre la propria ai due innamorati: «Il nido delle rondini non è adatto al gabbiano marino; non sono fatta per una vita di famiglia felice e tranquilla». Preferisce conservare intatto il ricordo della sua passione materna.

Nella coppia madre-figlia una terza persona, per affettuosa che sia, crea imbarazzo, distrugge l'armonia. Con Maria Valeria più nulla sarà come prima. A Ischl, quando al termine della serata giunge la carrozza ornata di nontiscordardimé e azalee, che deve condurre via sua figlia e il giovane marito di questa, la madre troppo possessiva si sente immersa di nuovo nel lutto. Ormai ha perduto tutti i suoi figli.

Dopo la morte di Rodolfo, Elisabetta ha rinunciato per mesi ai suoi viaggi, con la sua presenza ha voluto tentare di lenire la sofferenza del marito. Ma Francesco Giuseppe riesce meglio di lei a superare la propria crisi interiore. È trascinato dagli automatismi del potere e dall'urgenza dei problemi politici. Deve fingere, anche se in profondità la ferita non ha cessato di sanguinare. Coloro che lo conoscono bene non si lasciano ingannare. Nei suoi ricordi il vecchio conte von Hübner, che ha servito Metternich, Schwarzenberg e lo stesso Francesco Giuseppe, descrive come, sotto una calma apparente, l'energia interiore dell'imperatore si sia spezzata:

L'imperatore non è più ciò che era prima della disgrazia di Mayerling. Si è infiacchito, non ha più lo stesso interesse per gli affari. Fino alla morte del principe ereditario, lavorava per la monarchia, ma anche per spianare la via al figlio. Ora che il figlio è scomparso, nell'esistenza del padre c'è un grande vuoto. L'imperatore si dedica agli affari per senso del dovere, ma il suo cuore è assente.

Il cuore è assente, e allora la volontà diventa ancora più caparbia, più compulsiva. L'imperatore non ha mai pensato di abdicare, nemmeno nei momenti più terribili del dolore, ciò significherebbe aggiungere la propria diserzione a quella di Rodolfo, la cosa è impensabile. Tra l'uomo Francesco Giuseppe e il suo potere di imperatore non c'è alcuna distanza, alcuna differenza. Il legame è così antico, così intimo, che non è possibile separare i due elementi senza distruggere l'individuo e l'Impero al tempo stesso.

Il carattere sacro della sua funzione è un'evidenza da cui egli non trae né orgoglio né piacere. Lungi dall'affermarsi attraverso la propria autorità imperiale, Francesco Giuseppe cerca di cancellare la sua identità per essere solo l'incarnazione di un potere che supera di molto la sua persona stessa. Per contro, si mostra diffidente nei confronti dei parenti, di tutti coloro che sono suscettibili di disputargli il potere. Suo fratello Massimiliano, suo figlio Rodolfo ne hanno fatto la crudele esperienza. E non si mostrerà certo meno inflessibile con il suo nuovo erede. Dopo Mayerling, Francesco Ferdinando, figlio primogenito di Carlo Luigi, il fratello minore dell'imperatore, passa per il successore. Francesco Giuseppe non prova alcun affetto, alcuna simpatia per l'arciduca suo nipote. Del resto, anche se tra loro esistesse un legame affettivo o una comunione di opinioni, nella posizione dell'imperatore non cambierebbe nulla. Lui vivente, è il potere, tutto il potere.

Subito dopo il matrimonio di Maria Valeria, Elisabetta sente il desiderio di ripartire. Sua figlia non ha più bisogno di lei. Quanto a Francesco Giuseppe, essa non può offrirgli la gioia, la serenità di cui ha bisogno. Nella prova sono stati uniti, hanno condiviso il peggio e ciascuno ha sentito il dolore dell'altro più fortemente del proprio. Ora non ha il diritto di imporre al marito i suoi veli di mater dolorosa. Ha cercato di contenere la propria disperazione fino a quando l'imperatore chiedeva il suo aiuto. Ora può dare libero sfogo alla propria sofferenza e lasciare che il marito riprenda gusto alla vita. Katharina Schratt, che entrambi nella loro corrispondenza chiamano con affetto «l'amica», saprà prodigare a Francesco Giuseppe le dolcezze di cui sembra detenere il segreto.

L'imperatore fa sempre meno mistero dei suoi rapporti con l'attrice. Certo, non lascia passare alcuna occasione per affermare che il loro carattere è puramente amichevole, tuttavia essi divengono quasi ufficiali. Due mesi dopo Mayerling, poiché la sventura gli ha ricordato la precarietà di ogni vita, aggiunge al suo testamento un codicillo per garantire l'avvenire dell'«amica». Della sua fortuna personale, cinquecentomila fiorini saranno riservati «all'attrice di corte Katharina Kiss von Ittebe (nata Schratt) alla quale sono legato dall'amicizia più profonda e più pura, e che è stata sempre lealmente e fedelmente presente accanto a me e all'imperatrice nei momenti più penosi della nostra vita».

La loro relazione è divenuta stabile. Nei primi anni potevano incontrarsi solo nell'appartamento di Ida Ferenczy, alla Hofburg. L'imperatore trascorre invariabilmente il mese di agosto a Ischl. Dal suo castello, la Villa Kaiser, ha la possibilità di fare alcune visite di buon vicinato a Katharina. Lei trascorre l'estate nella sua bella casa sul lago Saint-Wolfgang. Ma tutto ciò è troppo aleatorio per Francesco Giuseppe, poco incline all'avventura e la cui funzione limita la libertà di movimenti. L'«amica» ha trovato la soluzione. Grazie alla generosità del suo ammiratore ha acquistato una bella dimora barocca con facciata «giallo Maria Teresa» e imposte verdi, situata nei pressi del parco del castello di Schönbrunn. In inverno l'imperatore vive alla Hofburg, e l'appartamento di Ida rimane a sua disposizione per i loro incontri. Con l'arrivo delle belle giornate, la corte si sposta a Schönbrunn. Francesco Giuseppe, sempre mattiniero, si alza all'alba. Dopo aver consultato le sue cartelle e scorso la corrispondenza, interrompe volentieri il lavoro per recarsi al numero 9 della Gloriettegasse, in casa dell'«amica», e dividere con lei la prima colazione. In effetti la cuoca di Katharina Schratt sa preparare una cioccolata così cremosa da essere senza pari in una città come Vienna, peraltro assai famosa in materia. Questa leccornia è preferibile a qualsiasi altro regalo. Anche il cicaleccio dell'attrice, che ha la voce vellutata e dolce, gode di una fama incomparabile. È allegra, Katharina. Sa divertire l'imperatore con i pettegolezzi del Burgtheater e con tutte le chiacchiere dei salotti viennesi. Con lei si sente per un po' un uomo come tutti gli altri, e ritorna nel suo studio con passo allegro.

Talvolta si riaccompagnano a vicenda, come due scolari. Lei lo riaccompagna fino ai giardini di Schönbrunn. Lui non vuole essere da meno, la sua cortesia non è forse leggendaria? Fa dietrofront e lascia Katharina solo sulla soglia della sua bella casa. Spesso si affretta a scriverle: «Domattina non alzatevi troppo presto, ve ne prego. Lasciate che io venga a sedere sul vostro letto. Sapete bene che nulla mi fa più piacere». L'aristocrazia non apprezza affatto che un imperatore Asburgo sia in rapporti tanto amichevoli con una plebea, per di più sposata, e di professione attrice. Ma i viennesi sembrano rallegrarsi vedendo il loro sovrano meno triste.

Lungi dal sentirsi offesa o indispettita, Elisabetta pensa che la sua morte renderebbe il marito ancora più libero. Ormai è solo l'ombra di se stessa, un fantasma sotto veli neri. I suoi lutti le offrono l'occasione di sottrarsi agli sguardi. Non si è trasformata in lamentatrice antica per soddisfare delle tradizioni, di cui non le importa nulla. La sua disperazione è profonda a sufficienza per poter fare a meno dei segni esteriori. Non ha deciso di portare un lutto perenne per conformismo. Si rifugia nei suoi veli come il paguro si rifugia in una conchiglia vuota. Ancora prima di sapere che avrebbe dovuto piangere tutti coloro che amava, si è preparata a un'altra perdita, quella della sua bellezza. Non solo ha messo nel dimenticatoio i suoi bellissimi abiti, distribuito i gioielli, ma ha dovuto rassegnarsi al fatto che il suo corpo, un tempo radioso, conquistatore, le viene meno. Il suo volto che ha esposto troppo alle intemperie e al sole si copre di rughe, come accade a un frutto troppo maturo. Il dolore ha scavato le sue guance, l'ossatura scolpisce già la sua maschera mortuaria: «Non appena mi sentirò invecchiare, mi ritirerò completamente dal mondo. Nulla è più orribile che divenire a poco a poco una mummia e non voler dire addio alla giovinezza. Piuttosto che aggirarmi come un larva imbellettata... forse andrò in giro costantemente velata, in modo che nemmeno coloro che mi circondano vedano più il mio volto».

Eppure le rimangono non pochi assi nella manica. Altre donne, al suo posto, sarebbero felici di poter dire altrettanto. Rimangono il portamento del capo, la sottigliezza della vita, la fermezza della carne, l'oro immutato dello sguardo, la magnificenza di una chioma in cui i fili bianchi non appaiono ancora. Ma tutto questo è nulla per una narcisista che si vuole incomparabile. Lo è stata, non lo è più. Cala il sipario. Da vent'anni ormai rifiuta di farsi fotografare. Ora impedisce anche agli sguardi di posarsi su di lei.

La bellezza non si stacca forse dal corpo, come una spoglia divenuta troppo stretta e troppo lucente, come un orpello, non appena gli uomini e le donne, che si volevano sedurre sono morti? Quando Rodolfo prendeva parte ai pranzi alla Hofburg o a Schönbrunn, Elisabetta poneva una cura particolare nel vestirsi e nel pettinarsi, sceglieva un abito il cui colore piaceva al figlio. Si faceva bella per lui, ed egli lo sentiva. Le parole non riuscivano più a uscire dalle loro labbra, sicché rimaneva questa specie di complicità amorosa. Oggi la bocca di Rodolfo è muta, il suo sguardo geloso e tenero non l'accarezzerà mai più. A che scopo, gli ornamenti? A che scopo, i raffinati stivali di capretto? Rodolfo, dopo aver aiutato la madre a mettersi in sella, era solito baciarli. Era un'altra vita, solo la memoria e le rughe di Elisabetta possono darne testimonianza.

E voi, conte Andrássy, che mi avevate promesso di non andarvene prima di me? Avete dimenticato il vostro giuramento. Mi mancate ancora più di quanto temessi. I nostri incontri erano rari, ma avevo imparato ad accontentarmene. Eravate vivo, e tutto mi parlava di voi, le mie care amiche ungheresi, i miei cavalli e tutte le betulle di Gödöllö. Da quando mi avete lasciata, la sorte dell'Ungheria stessa mi lascia indifferente. Mi dicono che i partigiani di Kossuth tornano a sollevare la cresta, che i vostri compatrioti ci sopportano sempre meno. Come me, hanno perduto Rodolfo e Andrássy, e quindi temono l'avvenire. Ci avete lasciati alla nostra solitudine. Senza di voi non oso più ritornare a Gödöllö. Dopotutto è meglio che non possiate vedermi, vecchia e brutta. Un tempo, quando attendevo il vostro arrivo, abbandonavo pazientemente la mia chioma alla pettinatrice. La lunghezza dei preparativi non aveva importanza. La tortura avrebbe potuto prolungarsi ulteriormente, vi avrei amato di più. Non mi sentivo mai abbastanza bella, per voi, abbastanza ornata, abbastanza pettinata. Perché non ho compreso l'inutilità di tutto questo? Perché non siete stato indifferente a questi artifici? Perché non avete abbattuto tutte le mie difese? Quando vi vedevo, non ero una regina. E nemmeno io ho capito in tempo. Volevamo essere grandi, e ora eccoci, ridicoli, voi morto, io vecchia. Ho sbagliato vita. E voi?

Elisabetta non ha mai mangiato volentieri, ora ha perduto il poco appetito che le restava. Per giustificarsi accusa la bilancia. Interrogata ogni giorno, se osa rispondere che è ingrassata di cento grammi, Elisabetta riduce ancora la sua razione quotidiana. Di fatto, questa donna ossessionata dalle diete non ha più alcuna voglia di sedersi a tavola. Alla Hofburg i commensali non hanno più nulla da dirsi. In viaggio, preferisce lasciare che le sue dame di compagnia banchettino da sole. L'aroma degli arrosti, l'odore delle salse le danno la nausea. Tutto la disgusta: lo schioccare delle lingue, i biascicamenti, gli sforzi di deglutizione, l'opera di riempimento, le tracce di grasso sui tovaglioli, sull'orlo dei bicchieri, le briciole, gli avanzi, le macchie. A che scopo mantenere vivo in sé un fuoco che non vuole più crepitare?

Quando l'appetito muore ci si appella a Dio. È ciò che si fa nei casi disperati. Ma anche quest'ultima fame si è spenta. Elisabetta osa confessare alla devota Maria Valeria: «La Hofburg mi opprime, mi ricorda ogni giorno la catastrofe. Non riesco a liberarmi da questo fardello. Vedi, in certi momenti ho l'impressione che Rodolfo abbia ucciso la mia fede».

Le accade di implorare Dio con improvvise preghiere, in ginocchio, con la fronte appoggiata al suolo, o distesa sul pavimento della sua stanza. Chiama Dio con il nome di Geova, tanto lo sente lontano, terribile. Un Dio che non risparmia nessuno, che si manifesta solo per opprimere le sue creature sotto il peso della fatalità. È indifferente ai dolori degli uomini e ai lamenti delle regine. Geova cancellerà ogni cosa, persino il ricordo degli Asburgo. Elisabetta non crede né al governo di Dio, né a quello degli uomini. Presto l'antica dinastia sarà spazzata via dalla repubblica:

> O cari popoli di questo vasto Impero
> Come vi ammiro in segreto
> Voi che offrite volentieri il vostro sudore e il vostro sangue
> Per nutrire questa genia depravata!

Quale che sia il regime che verrà, Elisabetta non intravede un domani allegro. Sul corso delle cose, il potere degli uomini le sembra limitato: «I politici credono di guidare gli avvenimenti e questi li sorprendono sempre. Ogni ministro porta in sé la propria caduta, sin dal primo istante. La diplomazia tende solo a ottenere qualche preda dal vicino. Ma tutto ciò che accade è il risultato di una necessità interna, del fatto che le cose sono maturate; i diplomatici si limitano a constatare i fatti».

Elisabetta non si preoccupa nemmeno più di prevedere i suoi itinerari. Le lettere dell'imperatore incontrano difficoltà a raggiungerla presso i consolati di ogni angolo d'Europa. Quando le spedizioni diventano troppo faticose e troppo rischiose, le sue dame di compagnia più anziane si fanno sostituire da dame più giovani. L'Olandese volante, paragonato all'imperatrice, fa una meschina figura. Nel *Vascello fantasma* Darland, il navigatore, aspira al riposo. Forse un giorno il maleficio che lo condanna a vagare sui mari si spezzerà. Elisabetta, invece, non desidera fermarsi salvo che per morire. Tutti i porti d'attracco, per lei, sono solo un'illusione.

Per un'ultima volta, a Corfù, si è lasciata sedurre dalla magia dei luoghi. Un tempo ha regnato su un popolo di statue il cui sguardo era rivolto al cielo, ai ricordi antichi. Nel suo entusiasmo ha tradotto diversi drammi di Shakespeare in greco antico, come se il viaggio nello spazio non appagasse più i suoi desideri, e lei sentisse anche il bisogno di spostarsi nel tempo. Nemmeno Corfù, nemmeno il tempio dedicato a Heine, che ha fatto edificare sul fianco della collina, possono trattenerla. Cerca un ricco acquirente per la sua casa. E a Christomanos, il giovane professore di greco, piccolo e goffo, soggiogato da questa donna alla deriva che ammira più di ogni altra cosa al mondo, confessa:

> La vita su una nave è molto più bella di quella su qualsiasi riva. Vale la pena desiderare di andare in altri luoghi solo per il fatto che il viaggio si interpone tra noi e il nostro desiderio. Se fossi arrivata in un luogo qualsiasi e avessi saputo che non avrei potuto allontanarmene mai più, anche il soggiorno in un paradiso si sarebbe trasformato per me in un inferno. Il pensiero di abbandonare ben presto un luogo mi commuove e fa sì che lo ami. Così ogni volta seppellisco un sogno, troppo presto svanito, per sospirare pensando a un altro sogno che non è ancora nato.

Accada quel che deve accadere. Ora sull'acqua, ora sulla terra, si deve sempre ripartire, mentre il seguito dell'imperatrice si lamenta. L'imperatore si sente solo, abbandonato, ed è sempre innamorato di Elisabetta, nonostante la dolcezza che Katharina gli offre quale compensazione. L'infelice Maria Festetics non sa tenersi in piedi su una nave. Tutto sommato preferisce ancora la vita di corte che navigare come i pirati. «Siamo rientrate in porto per miracolo» scrive nel suo diario. «Nessuno può immaginare ciò che è stato [...]. Ciò che ho sofferto durante le prime diciotto ore supera ogni descrizione. L'idea di ritornare su quella nave mi terrorizza.» In un altro passaggio la dama di compagnia si preoccupa, questa volta, per l'imperatrice: «Fremo nel vedere quest'anima elevata che sprofonda nell'egoismo e nel paradosso».

Né l'imperatrice né il suo seguito si preoccupano delle spese che questi spostamenti comportano. Tutto l'Impero lavora indefessamente per permettere alla sua sovrana di portare a spasso la propria disperazione sui mari. Non solo Elisabetta non svolge più a Vienna le sue funzioni di rappresentanza, ma dopo la morte di Rodolfo ha vietato che le facciano gli auguri in occasione del suo onomastico e del suo compleanno e che una delegazione ufficiale venga ad accoglierla nei posti nei quali fa scalo. Del resto, è sotto il nome di mrs Nicolson che scende al Grand hôtel de Noailles a Marsiglia, all'hôtel du Palais a Biarritz e al Cap Martin hôtel a Mentone. La si vede apparire un po' ovunque sotto i suoi veli neri: a Oporto, Lisbona, Gibilterra, Orano, Algeri, Tunisi, Ajaccio, Napoli, Pompei, Firenze, Corinto, Atene, il Cairo, Valenza, Granada, Siviglia, Maiorca, Genova, Milano, il lago di Como, Madera, e poi di nuovo Algeri... In ogni città la polizia si lamenta. L'imperatrice cammina troppo in fretta, gli agenti sono costretti a seguirla in carrozza.

Una volta partita, l'imbarcazione di Elisabetta si ferma solo per permetterle di fare il bagno. Una scialuppa porta a bordo dell'acqua di mare che viene immediatamente versata nella vasca. Per tutto il tempo delle abluzioni lo yacht rimane fermo. Per contro, l'equipaggio ha l'ordine di affrontare le tempeste. Quanto più il mare è cattivo, tanto più Elisabetta si sente bene. Sceglie il momento in cui il suo seguito è vicino all'agonia per salire sola sul ponte e far legare la sua sedia all'albero maestro e se stessa alla sedia. Non teme di essere travolta dai flutti ma, al contrario, non vuole cedere al proprio desiderio di annientamento: «Faccio ciò che faceva Ulisse, perché le onde mi attirano». Narciso non si china più sulle acque di un lago di montagna per scorgervi la propria immagine riflessa. È l'imperatrice, impaziente, che attende il sopraggiungere della morte. Incatenata all'albero maestro, è già un'unica cosa con la tempesta; sballottata dai marosi, si sottomette a colui che, nelle sue angosce marine, ora chiama destino, ora Geova.

Le piace respirare al ritmo del mare, ricevere in pieno volto le burrasche e le ondate. Con tutta se stessa sfida la tempesta. Il fatto di morire annegata le permetterebbe di sottrarsi alla prigione degli Asburgo; non solo non sarebbe più costretta a ritornare alla Hofburg, ma contemporaneamente eviterebbe la peggiore delle prigioni, la Cripta dei Cappuccini. Come lei, Rodolfo rifiutava di esservi inumato, voleva una semplice tomba accanto a quella di Maria, nel piccolo cimitero vicino a Mayerling. Ma è stato necessario rinchiudere le spoglie mortali nella sinistra cripta. Non si è tenuto conto delle sue ultime volontà e, da morto, è stato ancora una volta sacrificato alla corona.

In mare, la fantasia vola senza costrizioni, ogni punto di riferimento scompare. Lo spazio è infinito e il tempo sfugge alla coscienza umana. Nella sua morbosità l'imperatrice vede intorno a sé solo segni funesti. Quando alza gli occhi al cielo, è ancora per scorgere nella notte immagini luttuose: «Le stelle sono solo lontani cadaveri scintillanti». Gli anni luce si trasformano in anni mortali.

Quando il mare si calma, il volo dei gabbiani, ai quali crede di assomigliare, non sfugge alla maledizione universale: «In ogni mio viaggio i gabbiani seguono il mio vascello» dice a Christomanos «e ce n'è sempre uno quasi nero, come quello [...]. Talvolta il gabbiano nero mi ha accompagnata per tutta una settimana, da un continente all'altro. Credo sia il mio Destino».

La morte è ovunque, in mare, ma anche sulla terraferma. Christomanos, prezioso testimone degli anni 1891 e 1892, racconta che a Schönbrunn Elisabetta gli disse quanto grande fosse il suo desiderio di staccarsi dal mondo dei viventi. Lo studente e l'imperatrice passeggiano a lungo nel parco, in silenzio, poi scambiano alcune parole. Percorrono il vialetto che sale con dolce pendio verso il padiglione di Maria Teresa e tornano indietro seguendo il vialetto parallelo al primo. Camminano così per ore, descrivendo sempre lo stesso cerchio. Lei, un'alta figura nera, lui, giovane dal corpo deforme e dalla mente sottile. «Ore grigie e stanche» scrive Christomanos. «Il cielo era come cenere [...]. L'aria era invecchiata, intorpidita, pesante come acqua stagnante.» È durante questa passeggiata che l'imperatrice fa al suo professore una confidenza che risuona come un ultimo credo:

> L'idea della morte purifica, come il giardiniere che strappa le erbacce dal suo giardino. Ma questo giardiniere vuole sempre essere solo, si arrabbia se alcuni curiosi guardano da sopra il suo muro. Così nascondo il mio volto dietro al mio ombrellino e al mio ventaglio, perché l'idea della morte possa coltivarsi [*jardiner*] tranquilla all'interno di me stessa.

Secondo Cioran, queste parole sono una vera e propria rivelazione. Le scoprì nell'edizione francese delle memorie di Christomanos:

> Queste poche frasi, lette nel 1935 quando avevo ventiquattro anni, costituirono il punto di partenza dell'appassionato interesse che nutro per l'imperatrice Elisabetta [...]. Il verbo *jardiner* non esiste nel testo originale tedesco, che dice semplicemente «lavorare». Ma tale inesattezza, in fondo assai fedele, aggiungeva al testo una sfumatura poetica che mi avrebbe perseguitato fino all'ossessione.

Quando Elisabetta ritorna a Vienna, si chiude nell'immenso parco della Villa Hermès, nelle vicinanze della città, tuttavia non la si vede in alcun luogo cittadino, e ancor meno alla Hofburg. Potrebbe far circolare la carrozza vuota, con le tendine abbassate, e i viennesi avrebbero ancora l'impressione di intravederla, tanto l'immagine di lei, nella loro mente, non ha più nulla a che vedere con la realtà. Nella grande dimora, che ha fatto edificare per lei tra i cedri e gli abeti e che ha assai borghesemente chiamato «*Mon repos*», Francesco Giuseppe viene a raggiungerla. Tuttavia l'imperatrice non trova più riposo qui che altrove.

Durante l'estate l'imperatore e l'imperatrice si ritrovano a Ischl, nella Villa Kaiser, dove ciascuno dei due ha delimitato il proprio territorio. L'imperatore ama la caccia, i suoi trofei occupano intere pareti. Quest'uomo preciso e prosaico (Stefan Zweig afferma che non avrebbe mai letto nulla oltre l'annuario militare) vive circondato da orologi, da termometri e da barometri. Elisabetta dispone di una sala riservata alla ginnastica, dove compie ogni giorno i suoi esercizi tra due specchi ovali. Nel punto più alto del parco ha fatto edificare un padiglione di marmo rosa, che è il suo dominio privato, dove si ritira per sbrigare la corrispondenza, scrivere dei poemi, e per essere sola.

Cosa nuova, ai due coniugi accade di ritrovarsi in terra straniera. Francesco Giuseppe osa prendersi una vacanza e partire per raggiungere la moglie a Ginevra o a Mentone, al Cap Martin hôtel. Le sue assenze sono brevi e sempre consacrate al lavoro, le pratiche e i collaboratori che gli sono più vicini lo seguono, ma può dedicare più tempo a colei che, malgrado gli anni e le sventure, rimane il suo grande amore. Continua a nutrire per lei tutte le tenerezze, tutte le indulgenze, tutte le angosce. «Con il suo fascino» scrive Maria Festetics «l'imperatrice fa del marito esattamente ciò che vuole.»

Il dado è tratto. Ora sanno bene che devono accettare le loro differenze e che non cambieranno il proprio modo di essere. Tuttavia Francesco Giuseppe ama a sufficienza la moglie per ribellarsi contro l'assurdità delle diete di lei. Mentre il corpo di Elisabetta è di una magrezza estrema, un edema dovuto alla denutrizione le gonfia a tratti le gambe. Ma ciò che l'imperatore teme più di ogni cosa sono gli attentati. Nel 1881 lo zar Alessandro II è morto in seguito allo scoppio di una bomba. Nel 1894 il presidente francese Sadi Carnot è vittima di un attentato a Lione. Nonostante queste minacce, Elisabetta chiede che il dispositivo di sicurezza che la circonda sia alleggerito. «Chi potrebbe prendersela con una vecchia donna come me?» chiede. L'imperatore cede a malincuore, tanto più che in viaggio sua moglie non sopporta di piegarsi a un impiego del tempo e a un itinerario prestabiliti. Fa appena in tempo a ricevere la notizia del suo arrivo in un porto, che lei ne è già ripartita. Tra loro la corrispondenza è intensa, ma sempre in ritardo. L'imperatore vive in uno stato di costante angoscia.

I due coniugi assistono insieme ad alcune feste di famiglia. Elisabetta tenta di trarre in inganno i suoi cari. Il primo figlio di Maria Valeria è una bambina, e naturalmente viene battezzata con il nome di Elisabetta. La chiameranno Ella, per differenziarla dall'altra piccola Elisabetta, Erzsi, la figlia di Rodolfo. Nella disperazione più nera, l'imperatrice confida a Maria Festetics: «La nascita di un nuovo essere mi sembra una sventura». Naturalmente si astiene dall'imporre alla giovane madre questa ulteriore dose di pessimismo. Maria Valeria avrà una famiglia numerosa e se ne mostrerà soddisfatta. Per il momento la preoccupano le empie sortite della madre: «Poiché ripeteva che dopo la morte tutto era finito, le chiesi se non credeva più nemmeno nell'esistenza di Dio: "Oh, sì, credo in Dio. Tante sventure, tante sofferenze non possono essere dovute al caso. Dio è potente, terribilmente potente e crudele, ma ho cessato di lamentarmi"». La devota giovane non può sopportare un simile sacrilegio. Ne va della sopravvivenza di un'anima che è per lei la più cara tra tutte! Perché Dio possa assolvere la peccatrice, è necessario trovarle delle circostanze attenuanti. Maria Valeria comincia a pensare che la madre, nell'eccesso della sua disperazione, stia impazzendo. Solo l'irresponsabilità mentale permetterebbe ancora la salvezza dell'anima di Elisabetta. Per ottenere l'inumazione religiosa di Rodolfo non si è già parlato di demenza?

Il giorno di Capodanno del 1896 tutte le campane di Ungheria cominciano a suonare a distesa. Si rispondono da un'estremità all'altra delle immense pianure per festeggiare il millennio della conquista. È infatti nell'895 circa che, provenienti dalle steppe dell'Asia, appaiono le sette tribù turco-mongole indicate con il nome di magiari. Irrompono sull'Europa seminando il terrore fino in Francia e in Italia. Sconfitte, finiscono con il battere in ritirata, stabilendosi come popolazioni sedentarie nelle pianure danubiane. La formazione dell'Ungheria, con grande soddisfazione dei germani, scinde in due la massa slava, «slavi del Nord» e «slavi del Sud». L'impossibile sogno slavo di riunificazione risale a quell'epoca. L'alleanza tra i magiari e i tedeschi contro i popoli slavi è antica quanto l'Ungheria, e continuerà fino al XX secolo.

Ora invasori, ora invasi, i discendenti degli Unni hanno conosciuto vicissitudini di ogni genere, e i loro protettori turchi o austriaci, e più tardi sovietici, non sono i meno pericolosi. Dopo il 1867 e quell'incoronazione che fu l'opera e il trionfo di Elisabetta, il ritorno alla pace ha permesso loro una formidabile espansione economica. Non hanno mai vissuto un periodo più fasto. Non ne conosceranno altri.

Sin dagli anni '70 lo sviluppo agricolo fa di Budapest la capitale mondiale dell'industria molitoria, e in pochi decenni il reddito nazionale è triplicato. Le ferrovie solcano tutto il paese, e questi conquistatori trasformano un territorio un tempo arretrato in una potenza industriale e bancaria. Tuttavia in Ungheria non vivono solo cittadini felici. Gelosi della loro indipendenza, gli ungheresi si preoccupano poco delle rivendicazioni delle minoranze. Nell'ebbrezza della vittoria, intraprendono la magiarizzazione scolare.

L'ungherese diviene nelle scuole la lingua obbligatoria. Le sei nazionalità principali – slovacchi, tedeschi, rumeni, ruteni, serbi e croati – reagiscono assai male a questa limitazione dei loro diritti. La modernizzazione a oltranza non ha migliorato la sorte dei più poveri. Il popolino delle puszte vive in condizioni di miseria totale, ammucchiato in «case di servi», dove non è raro che nella stessa stanza coabitino diverse famiglie. Quando le celebrazioni del Millenario saranno terminate, nella Grande Pianura avranno inizio gli scioperi dei mietitori, e i socialisti agricoli saranno gettati nelle prigioni dei comitati. Sarà allora necessario fuggire per tentare l'avventura altrove, e questo sarà l'inizio della diaspora ungherese.

Ma gli ungheresi amano i festeggiamenti. Per il momento sono decisi a non perdersi quelli che occuperanno la maggior parte dell'anno 1896. La loro preparazione dura da lunga data. Dieci secoli trascorsi nella pianura carpatica fra minacce costanti, poi trent'anni di sforzi accaniti per costruire questo regno del quale sognava il re Mathias, sovrano del Rinascimento. Tutto ciò merita tanto il fervore quanto la gioia.

Che cosa sarebbe una festa a Budapest se gli ungheresi fossero privati della loro adorata regina? Per loro essa fa ciò che ha rifiutato agli austriaci. Non solo ritorna da Corfù, ma accetta di assistere al grande cerimoniale. Annuncia che questa sarà la sua ultima partecipazione ufficiale alla vita dell'Impero. Le pare ovvio dedicarla a quell'Ungheria dove, nel suo cuore e nella sua immaginazione, tutto ha avuto inizio. «Mi preparo a divenire bisnonna, ho dunque il diritto, credo, di ritirarmi dal mondo» ha dichiarato, e dopo questa confidenza la figlia maggiore, Gisella, è divenuta nonna ed Elisabetta, contemporaneamente, bisnonna all'età di cinquantasette anni.

Il 30 aprile 1896 giunge a Budapest con Francesco Giuseppe, e quando scende la sera contempla la città dalla terrazza del castello reale. Il suo sguardo scorre dalle colline di Buda, la barocca, fino alle rive del Danubio e all'immensa Pest, che ora si estende in lontananza nella pianura. Dal giorno dell'incoronazione sono trascorsi ventinove anni, e nulla è più come prima. A ricordarle i tempi andati è rimasto solo il tramonto di cui la capitale sembra detenere il segreto. Allora tutto era giovane, perché lei stessa si sentiva viva.

Il sole si è ritirato a ovest dietro le colline. I suoi ultimi raggi donano al fiume una luce argentata, fanno scintillare le pietre dei muri del parlamento appena terminato e, in lontananza, rendono infuocato l'orizzonte. Un tempo, Elisabetta credeva di scorgere il miraggio del *delibab*. Anche lei ha visto tremare nell'aria surriscaldata l'immagine della vecchia nutrice che reggeva sulle braccia una casa di sogno. Oggi sa che non c'è alcun miraggio, come non c'è luogo incantato e che lei, Erzsébet, regina di Ungheria, rimarrà una nomade fino alla tomba.

La giovinezza è svanita, ed è svanita anche la bellezza. Andrássy non vedrà questo Millenario, incoronazione dell'incoronazione, trionfo della sua politica. I lavori che aveva ordinato sono stati portati a termine senza di lui. Gli immensi viali tagliano ora gli intrecci delle viuzze di Pest, un nuovo ponte attraversa il Danubio, ci si prepara a inaugurare la prima linea metropolitana europea. I signori della finanza e dell'industria hanno fatto edificare dimore private all'interno di giardini esotici. Ora, la pietra tiene testa all'esuberante vegetazione. Dal punto in cui si trova Elisabetta intuisce tutto un fermento che le è irrimediabilmente estraneo.

Il 2 maggio il re e la regina inaugurano in grande pompa l'esposizione del Millenario negli splendidi parchi della città. Elisabetta, velata, indossa un abito nero con maniche a sbuffo, che mette in risalto il suo corpo più sottile che mai. Sulla nuova piazza degli Eroi inaugurano il monumento del Millenario: un'enorme colonna il cui zoccolo raffigura scolpiti nel bronzo i capi delle sette tribù che si riversarono sull'Europa alla fine del IX secolo. Sullo sfondo e disposte a emiciclo, le quattordici statue dei sovrani e degli eroi che, secolo dopo secolo, costruirono l'Ungheria. La pietra, il metallo e la parola si fondono in un patriottismo trionfante. Elisabetta riconosce a malapena il paese un tempo ferito che il buon János Majláth le aveva insegnato ad amare. La nostalgia rendeva così tenero il suo sguardo. Chi ricorda il vecchio professore, scomparso come il re Luigi nelle cupe acque del lago di Starnberg? Oggi i cari ungheresi sfoggiano gli abiti della festa, e sotto i loro colbacchi hanno la fredda bellezza dei vincitori.

Nella chiesa Mathias la regina solleva finalmente il suo velo. E tuttavia, in questo luogo carico di memorie, l'attende la prova peggiore. Tutto ha inizio come un tempo, come ventinove anni fa... Quella che sente non è la musica di Liszt? Non è la celebre *Messa dell'incoronazione* che egli aveva composto per il suo popolo e per i nuovi sovrani del suo popolo? Sì, è la musica di Liszt, ma il musicista è morto. E quella non è la chiesa Mathias che, dall'alto della collina di Buda veglia su tutta la pianura ungherese? Ah, gli ori, le oriafiamme, i magnati, i santi! Si direbbe la ripresa teatrale di uno spettacolo un tempo grandioso, oggi opprimente. Gli attori sono estenuati. I più dotati di loro sono scomparsi, nessuna controfigura potrebbe sostituirli. Non era Andrássy che un tempo teneva tra le mani la corona di santo Stefano? Non era lui che l'aveva posata sul capo del suo re e poi sulla spalla della sua regina? Non c'era, in prima fila, un ragazzetto di nove anni, Rodolfo, che, al colmo della felicità, guardava quei tre esseri amati, suo padre, sua madre e Andrássy, intenti a compiere la più bella cosa del mondo con una grazia inaudita? Egli non ne aveva concepito un'esigenza tale per cui in seguito tutto, nella vita, gli era sembrato insignificante?

L'8 giugno Elisabetta si mostra per l'ultima volta al ricevimento solenne del parlamento ungherese. Il più importante quotidiano di Budapest, «Pisti Hirlap», riporta la cerimonia:

> Eccola, tutta in nero, nella sala del trono al castello reale; indossa il costume ungherese, ornato di trine; è l'immagine del dolore. Un velo nero scende dai suoi capelli scuri; spilloni neri, perle nere e, in tutto questo nero, un volto bianco come il marmo, di una tristezza infinita. La mater dolorosa [...]. Il bel volto devastato dal dolore ha conservato la sua nobiltà. È lo stesso quadro, ma come velato da una nebbia [...]. È pallida, immobile. A questo punto l'oratore nomina la regina, che non si scompone, ma all'improvviso risuona un *éljen* quale nel castello di Ofen non si è mai udito. Si direbbe una tempesta di sentimenti che si leva da tutti i cuori. E da esso si sprigiona un accento sublime, meraviglioso, ineffabile. In questo *éljen* passa una preghiera, un suono di campane, il fragore dei flutti, la tenerezza e anche, si direbbe, un profumo di fiori. E allora il volto maestoso, fino a quel momento insensibile, si anima. Lentamente, quasi impercettibilmente, lei si inchina in segno di gratitudine e questo suo gesto ha una grazia infinita. Risuona un *éljen* più sonoro, sempre rinnovato, che fa tremare le volte.
>
> I grandi della nazione brandiscono il loro colbacco. L'*éljen* riprende incessantemente, impone il silenzio all'oratore e la regina china il capo. Il suo volto livido comincia a colorarsi. A poco a poco assume la tinta del latte fresco sfumato da un riflesso rosa, poi diviene rosso, il rosso della vita. Che grazia! Ora, accanto al re è seduta una regina viva. I suoi occhi si aprono e brillano del loro antico splendore. Quegli occhi che un tempo sapevano sorridere con tanta seduzione, che consolavano un paese infelice, ora si riempiono di lacrime. Il contatto è ristabilito. Un paese felice ha saputo consolare la sua regina, ma solo per un attimo. La sovrana si porta agli occhi il fazzoletto di trina, si asciuga le lacrime e l'oratore prosegue. A poco a poco il colore della vita si ritrae dal volto della regina e ben presto, accanto al re, ha ripreso il suo posto la mater dolorosa.

Poco tempo dopo i festeggiamenti del Millenario, l'imperatrice riscrive il proprio testamento. In precedenza aveva destinato la totalità dei suoi beni a Maria Valeria, ora provvede a una spartizione più equa. La sua eredità è divisa in cinque parti: due di esse andranno a Maria Valeria, due alla figlia maggiore Gisella e la quinta alla piccola Erzsi, la figlia di Rodolfo. Inoltre favorisce coloro che le sono vicini. Prima tra tutti la dolce Ida con una rendita annua di quattromila fiorini e un gioiello a forma di cuore ornato di pietre preziose verdi, bianche e rosse, i colori dell'Ungheria. Poi Maria Festetics con una rendita di tremila fiorini e uno splendido braccialetto. Infine ha un pensiero particolare per Katharina Schratt, alla quale fa dono di una spilla, ultimo segno di complicità tra l'imperatrice e l'«amica». Le due donne non sono rivali, non lo sono mai state. Elisabetta ha dichiarato a diverse riprese a Maria Valeria che, se lei dovesse morire, sarebbe bene che Poká sposasse Katharina Schratt. La figlia si mostra più gelosa di suo padre di quanto non si mostri gelosa la moglie del marito. Sul sigillo del testamento non appare alcuna corona, ma un gabbiano.

Ora Elisabetta si nutre solo di uova e di latte. Pesa quarantasei chili, il che, per una donna alta un metro e settantadue, è assai poco. E tuttavia teme talmente di ingrassare che continua a controllare il proprio peso tre volte al giorno. Quando suo marito e i suoi medici si arrabbiano, finge di cedere. Sicché le raccomandano con insistenza di riprendere a mangiare un po' di carne. Allora, nella sua stanza dell'hôtel du Palais di Biarritz, prende l'abitudine di farsi servire, come minestra, il succo di una bistecca. Appena sente parlare di cibo diventa nervosa, gli odori di cucina le fanno desiderare la fuga. Spesso approfitta dell'ora della cena per uscire dall'albergo e andare poi a camminare da sola, di notte, sulla spiaggia di Biarritz battuta dal vento. «Qui il mare è grandioso» dice. Ama l'Atlantico, ha sempre sognato di attraversarlo. Questo sogno non finirà per svanire anch'esso?

Quando si guarda allo specchio, Elisabetta ha l'impressione di vedere la testa della Gorgone. Non ha contemplato troppo spesso la propria immagine riflessa? Lo stesso Rodolfo glielo rimproverava. Questa ricerca di sé si conclude, come tutto il resto, in un fallimento. L'immagine si altera in una smorfia, la follia serpeggia minacciosa, la carne è distrutta. I lunghi capelli che un tempo erano un ornamento, ora si torcono, simili a serpenti. La Gorgone la perseguita da tempo, lei l'ha scoperta a Vienna, in un quadro di Rubens. Il pittore della vita ha rappresentato attraverso di lei l'orrore e la follia. L'ossessione ha raggiunto Elisabetta a Corfù. Sul frontone del tempio di Artemide la Gorgone, con gli occhi fuori dalle orbite, ha un sorriso da demente. Ben presto anche Gustav Klimt dipingerà le sue Gorgoni. Al centro del *Fregio Beethoven*, esse posseggono le grazie voluttuose e tormentate della società viennese agonizzante.

Luigi Lucheni ha venticinque anni. Sua madre era italiana e lavorava in qualità di bracciante nelle piccole fattorie della Liguria. Rimasta incinta a diciotto anni, parte a piedi per Parigi. In quel luogo nessuno la conosce e partorisce in un ospedale della città. Appena può lasciare il letto fugge, abbandonando il suo bambino, e riesce a imbarcarsi per l'America dove si perdono le sue tracce.

Il piccolo Luigi trascorre il primo anno di vita tra i trovatelli dell'ospedale Sant'Antonio, poi viene inviato in un nido d'infanzia del suo paese d'origine, a Parma. A partire dai nove anni lavora come impiegato della linea ferroviaria Parma-La Spezia. Il ragazzo si rivela intelligente e lavoratore. Tuttavia a diciotto anni, privo di qualsiasi legame familiare, sceglie l'avventura. Si fa ingaggiare qua e là per guadagnare il necessario per spostarsi, il più delle volte a piedi, da Parma al Ticino, poi da Ginevra a Trieste. La polizia lo riporta fino in Italia dove deve compiere il servizio militare. Partecipa con il suo capitano, il principe d'Aragona, alla campagna di Abissinia. Si dimostra un ottimo cavaliere tanto che il principe lo prende sotto la sua protezione e quando ritorna alla vita civile lo assume in qualità di cameriere. Ambizioso e indipendente, il giovane non è fatto per questo lavoro, e ben presto il principe se ne rende conto. Lucheni chiede un aumento di salario, il principe rifiuta, e il cameriere ne approfitta per lasciare il suo servizio. Qualche giorno più tardi se ne pente e chiede di essere riassunto. Convinto che Lucheni possa fare di meglio, il principe non si lascia commuovere ma gli rinnova la sua stima.

Ricomincia la vita errabonda. Dove andare, se non in Svizzera? A quell'epoca in questo paese si ritrovano i ribelli dell'intera Europa. Lucheni frequenta gli anarchici, senza tuttavia integrarsi in alcuno dei loro gruppi. Si considera più che mai un cacciatore solitario, che fa la posta a tutto ciò che accade nei paesi vicini. Dedica la maggior parte del tempo a leggere con passione i giornali. Va detto che in questa fine di secolo il materiale è abbondante e può trasformare un ribelle in un violento.

A Vienna, Karl Lueger del partito cristiano-sociale è appena stato nominato sindaco, dopo una terribile campagna antisemita, appoggiata dallo scontento della piccola borghesia. Più tardi, Adolf Hitler si ispirerà a colui che veniva chiamato «il bel Carlo». Francesco Giuseppe, che detesta quest'uomo e le sue idee, ha posto a due riprese il suo veto a tale elezione. Nell'aprile del 1897, tuttavia, dopo una terza e larga vittoria di Lueger, si vede obbligato a ratificare la sua elezione. A Vienna, e soprattutto in Boemia, l'accresciuta influenza dei partiti germanisti provoca non poche tensioni tra cechi e tedeschi. La Francia sta vivendo l'affare Dreyfus, e il 13 gennaio 1898 Émile Zola fa apparire sull'«Aurore» il suo famoso *J'accuse*, che gli vale una condanna in corte d'assise.

Lucheni non perde un articolo sull'*Affaire*, ogni riga del quale nutre la sua mistica della rivolta. Questo mondo votato all'ingiustizia non deve crollare grazie a un'azione di forza? Lucheni sarà il vendicatore. Lui, il bastardo, il reietto, renderà illustre il proprio nome e nessuno potrà più ignorarlo. Grazie al delitto otterrà ciò che la sua nascita e la società gli hanno negato. All'amico Giacomo Sartori confida: «Vorrei uccidere qualcuno, ma dovrebbe essere un personaggio molto noto perché se ne parlasse sui giornali».

Questo novello Erostrato ha bisogno di un'arma e non ha il denaro per acquistarla. Non importa, la fabbricherà lui stesso. Su un mercato trova una lesina, una specie di lungo punteruolo molto aguzzo che serve per perforare il cuoio, e la conficca in un manico di legno che permette di maneggiare l'oggetto. Ora non gli resta che trovare una vittima all'altezza delle sue ambizioni. Il pretendente al trono di Francia, Enrico d'Orléans, che soggiorna spesso a Ginevra, sarebbe l'ideale. Il caso vuole che il suo arrivo sia previsto per l'inizio del mese di settembre. Lucheni è pronto, la sua ora di gloria si avvicina.

Elisabetta giunge in Svizzera il 30 agosto. Risiede a Territet, nei pressi di Montreux. Le Alpi le sono care, ritrova con gioia un lago le cui dimensioni le ricordano più il mare che il suo Starnberg natale. Nonostante la stanchezza e le palpitazioni cardiache cammina, prende la funicolare, risale qualche pendio. Il tempo è splendido, ed Elisabetta pensa con nostalgia a Francesco Giuseppe che ha appena lasciato a Bad Ischl e che ora dovrebbe essere rientrato a Vienna. Si conoscono da quarantacinque anni, e all'improvviso lei comprende quanto le manchi. Se solo potesse raggiungerla! Lontano dai fasti dell'Impero, sarebbero una coppia come tutte le altre. Glielo dice in una lettera carica di tenerezza. Il suo messaggio incrocia quello che le invia il marito. L'imperatore prova la stessa nostalgia:

> Sono andato a Villa Hermès per respirare un po' d'aria [...]. Ho guardato a lungo la tua finestra e con malinconia il mio pensiero è tornato ai giorni che abbiamo trascorso insieme in quella cara villa. La sera ho preso del latte dolce e del latte cagliato della tua latteria [...]. Il tuo piccolo.

Purtroppo non è davvero il momento ideale per assentarsi da Vienna. All'interno, le tensioni tra le diverse nazionalità si aggravano. Inoltre, il mese di settembre è dedicato ai festeggiamenti del giubileo dell'imperatore. Francesco Giuseppe è infatti sul trono da cinquant'anni. In questa fine di secolo la sua figura tutelare garantisce più che mai la coesione di un Impero possente ma eteroclito.

Elisabetta decide di accettare l'invito, reiterato a diverse riprese, della baronessa Rothschild. Le farà visita il 9 settembre, accompagnata dalla sua unica dama d'onore, Irma Sztáray, una contessa ungherese. Tutto dovrà svolgersi nell'intimità e nella discrezione. Elisabetta conosce poco la baronessa, ma sa che è molto legata a sua sorella Maria, l'ex regina di Napoli. Da molto tempo Julie de Rothschild non fa mancare il proprio aiuto finanziario all'amica. Maria ha perduto il suo regno ma non il piacere di spendere, e Julie le offre le cacce e i palazzi di cui ha bisogno. Con la sua visita Elisabetta tiene a mostrarle quanto le è grata per la sua generosità nei confronti di Maria. Certo, tra Elisabetta e Maria la tenera complicità di un tempo è scomparsa. L'imperatrice non ha dimenticato le maldicenze che hanno ferito la sensibilità di Rodolfo, ma ha perdonato. Non sono forse entrambe due sopravvissute? Bay Middleton, la selvatica volpe rossa, è morto. Rodolfo, il suo unico figlio, è morto. Le sorelle Wittelsbach superstiti vivono disperse. Elena, la cara Néné, è morta tra sofferenze atroci. Sofia, duchessa di Alençon, ex fidanzata del re Luigi II, è morta nell'incendio del Bazar de la Charité, rue Jean-Goujon, a Parigi. Quando il corteo dei morti si allunga tanto da perdersi nella memoria, è necessario mettere fine alle liti. E poi, è sufficiente che a Vienna l'antisemitismo abbia riportato le sue prime vittorie, che in Francia si discuta con forza a proposito di Dreyfus, perché Elisabetta voglia mostrare alla baronessa che, in questi momenti difficili, si sente vicina a lei e alla sua famiglia.

Tuttavia, per recarsi da Montreux a Ginevra rifiuta lo yacht dei Rothschild, preferendo imbarcarsi come tutti sul battello del lago Lemano. Le dieci persone del suo seguito l'attenderanno all'hôtel Beau Rivage situato sul lungolago Monte Bianco, mentre lei, accompagnata dalla contessa Sztáray, andrà poco lontano, a Pregny. A Ginevra le due donne salgono sulla carrozza inviata dalla baronessa.

Dalla proprietà si gode la più bella vista sulle Alpi e sul lago. Julie de Rothschild ha fatto issare il vessillo imperiale sulla dimora; Elisabetta non apprezza molto questo eccesso di zelo, ma la sua ospite, che ha cinquantotto anni, è una donna spiritosa e gaia. Lo spiegamento di valletti non riesce a sciupare l'incanto di questo pranzo al femminile e, per una volta, Elisabetta non mangia di malavoglia. Le portate sono numerose e delicatissime, e lei apprezza particolarmente un gelato all'ungherese. Nota importante: l'imperatrice beve una coppa di champagne! Per celebrare l'avvenimento promette di inviare il menù all'imperatore. Francesco Giuseppe potrà apprezzare contemporaneamente la raffinatezza dell'ospite e l'appetito dell'invitata.

Dopo il pranzo, Elisabetta trova ancora la forza di ammirare le opere d'arte di quel museo privato e poi consacra buona parte del pomeriggio a visitare le immense voliere esotiche e le prodigiose serre. La baronessa possiede la più bella collezione di fiori del mondo. Le orchidee combinano all'infinito le loro varietà, i loro colori, i loro profumi. Gli effluvi intensi, tropicali, e l'atmosfera calda e umida delle serre inebriano Elisabetta più dello champagne. Entusiasta, chiede alla dama d'onore di annotare i nomi delle specie che potrebbero acclimatarsi a Villa Hermès.

Di ritorno a Ginevra l'imperatrice e la contessa Sztáray, prima di rientrare in albergo, vanno a sedersi su una panchina della piazzetta Brunswick e per rinfrescarsi mangiano delle pesche. Elisabetta è allegra e tuttavia evoca il suo argomento preferito, la morte, e dicendo:

«Nella mia incertezza, temo soprattutto il trapasso.»

«Nell'aldilà» replica la contessa «ci sono la pace e la salvezza.»

«Che ne sapete, voi? Nessuno è mai ritornato dall'aldilà.»

Un corvo si avvicina alle due donne e con un colpo d'ali le sfiora tanto da vicino che Elisabetta lascia cadere la sua pesca. La sua ebbrezza svanisce all'istante, e l'imperatrice mormora: «Un corvo non è di buon augurio, indica sempre una sventura per la nostra Casa...».

Nell'albergo Elisabetta occupa l'appartamento numero 34-36 all'angolo del primo piano. Riposa per un'ora ed esce di nuovo a passeggio con la dama d'onore. Presso un antiquario acquista un tavolo per la figlia Maria Valeria, poi, poco prima delle dieci, le due donne rientrano in albergo e l'imperatrice si ritira nelle sue stanze.

La notte è splendida. Elisabetta la respira a pieni polmoni, ora dal lato lago, ora sopra il giardino Brunswick. Per tutta la notte, nonostante il chiaro di luna e il rumore del traffico sul lungolago Monte Bianco, non chiude le finestre né tira le tende. Il gabbiano solitario preferisce sentirsi in comunicazione con la vita. Del resto dorme sempre di meno, i ricordi la tengono sveglia fino all'alba.

La finestra aperta è un'abitudine che risale alla sua infanzia. In casa del padre le piacevano le siestе estive, l'odore dell'erba calda, il mormorio del lago. I suoi nervi si rilassavano e lei non offriva più alcuna resistenza. L'aria surriscaldata circolava in tutta libertà, non c'erano più desideri, più costrizioni né barriere tra lei e gli altri. La luce poteva imporre ovunque la sua continuità, lei vi si immergeva completamente. Provava una sensazione soave... per lei quelle siеste d'infanzia erano dolci come il miele.

Luigi Lucheni ha atteso invano il pretendente al trono di Francia. A Ginevra nessuna traccia di Enrico di Orléans. Per contro, la stampa ginevrina di quel sabato 10 settembre annuncia l'arrivo all'hôtel Beau Rivage dell'imperatrice Elisabetta d'Austria. In mancanza di un Orléans, Lucheni avrebbe preferito mettere gli occhi su Umberto I re d'Italia, sarebbe stato un ritorno alle origini familiari, ma non ha né il tempo né il denaro necessario per realizzare questo progetto. Vada per l'imperatrice, ha imparato ad accontentarsi di ciò che il caso gli offre. E poi un'imperatrice non è cosa da nulla, soprattutto questa imperatrice. La sua fama di bellezza e di mistero contribuirà alla gloria dell'oscuro Lucheni. Non appartiene al mondo dei privilegiati, degli oppressori, di coloro che vivono da gran signori grazie al sudore di tutti i Lucheni di questa terra? Il destino li ha designati, lui per essere il vendicatore, lei per essere la vittima. L'uomo fa scivolare la lunga lima sotto la manica destra della sua giacca e va a montare la guardia davanti all'hôtel Beau Rivage.

Elisabetta si è addormentata solo nelle ultime ore della notte; quando chiama la sua dama d'onore sono già le nove. Alle undici, le dice, andranno insieme in rue Bonnivard ad ascoltare gli organetti di Barberia in un negozio di musica, poi prenderanno il battello di linea dell'una e quaranta per tornare a Montreux e a Territet.

Lucheni cammina su e giù davanti all'albergo. Nel timore di attrarre l'attenzione dei portieri del Beau Rivage siede su una panchina. È ancora un ometto anonimo dalle labbra serrate, ornate da un paio di baffi sottili. La sua mascella è dura. L'unica traccia di un'infanzia che non ha conosciuto è una piccola fossetta sul mento. Sente premere contro il braccio l'arnese che, da buon operaio, ha fabbricato con le proprie mani. La sua gloria dipende dalla precisione del suo gesto... deve colpire al cuore. Per essere certo di raggiungere il punto desiderato ha consultato dei libri di anatomia e ora, mentalmente, ripassa le cose che ha imparato. Immagina la scena come se dovesse esserne solo lo spettatore. Sotto i fronzoli e le trine, non sarà troppo difficile colpire esattamente al cuore? E poi, la gente come «quella» ne ha uno solo di cuore?

Un po' prima delle undici si sente assalire dalla fame, dipende senza dubbio dal nervosismo. Lascia il suo posto di osservazione e va a ristorarsi poco lontano. Per quanto ne sa, «quella» gente dorme almeno fino a mezzogiorno. L'imperatrice non perde nulla, attendendo. L'atleta Lucheni si preoccupa della propria forma.

Alle undici in punto l'imperatrice e la contessa Sztáray escono dall'hôtel Beau Rivage. Il tempo si mantiene al bello, oggi l'ombrellino di Elisabetta non serve solo a nasconderla agli sguardi dei curiosi, la protegge anche dal sole. Si sente bene, malgrado l'insonnia. Un giorno senza dolori, non è un miracolo? Nella dolce atmosfera autunnale cammina a grandi passi. Ricorda che un tempo, a Madera, Poká le aveva fatto inviare un organetto di Barberia. Sulla terrazza fiorita lei non si stancava di azionare la manovella per riascoltare il credo di Violetta, alla fine del primo atto della *Traviata*:

Sempre libera degg'io
Folleggiare di gioia in gioia,
Vo' che scorra il viver mio
Pei sentieri del piacer.
Follia!
Gioir!

Era così giovane, allora, e così bella. Ricorda le esclamazioni, i fischi di ammirazione dei marinai russi, la cui corvetta faceva scalo a Madera. Le piaceva che la guardassero, e le sarebbe piaciuto anche se non fosse stata un'imperatrice. Già allora, alle insulsaggini, alle ipocrisie dei prìncipi, preferiva i complimenti dei giovinastri.

Nel negozio di musica Elisabetta sceglie un piccolo organo e ventiquattro rulli tra i pezzi che preferisce: *Lohengrin* e *Tannhäuser*, il *Trovatore* e *Carmen*. Il proprietario del negozio le presenta il suo libro d'oro e lei firma in ungherese: *Erzsébet Kyrályné* (la regina Elisabetta). È così che, spontaneamente, declina la sua identità. Per l'ultima volta.

Alle tredici le due donne rientrano tranquillamente in albergo. Le altre persone del seguito hanno preso il treno con i bagagli. La contessa raggiunge da sola la sala da pranzo, mentre l'imperatrice si accontenta di bere un bicchiere di latte nella sua stanza. Apre le imposte che la cameriera aveva chiuso a causa del sole. Guarda le Alpi visibili in lontananza, bianche come il latte che beveva da bambina, ora divenuto il suo alimento quotidiano. Percepisce il rumore del traffico sul lungolago sottostante, ma il suo sguardo non vi si sofferma, attratto dalle cime innevate.

Alle tredici e trenta la contessa ungherese si permette di bussare con insistenza. L'imperatrice, la cui puntualità è proverbiale come quella del consorte, sarà in ritardo per la partenza del battello. La contessa è ansiosa:

«Maestà, il battello parte tra pochi minuti.»

Di solito impaziente, Elisabetta non risponde. Appoggiata alla finestra, è immersa nella sua contemplazione. Irma Sztáray chiede al valletto di correre all'imbarcadero per avvertire dell'arrivo delle ultime passeggere.

«Maestà» insiste Irma «se perdiamo il battello, a Ginevra saremo completamente sole. È impensabile!»

Elisabetta scoppia a ridere. Davanti allo specchio calza di nuovo con calma il cappello nero e i guanti bianchi. Poi, prima di seguire la dama d'onore, riprende l'ombrellino e il ventaglio, armi di difesa, certo, ma che rendono la sua figura riconoscibile tra tutte.

Nell'albergo, il sole allo zenit rende italiani gli ocra del patio. Oggi tutto risplende, persino gli ippocastani del lungolago che, inaspettatamente, fioriscono una seconda volta in settembre.

«Sì» dice Elisabetta in ungherese «il re mi scrive che anche al Prater e a Schönbrunn su alcuni ippocastani spuntano i fiori.»

La campanella del battello risuona, ma le due donne sono tranquille, i passeggeri non sono ancora tutti saliti a bordo.

Lucheni ha appena visto passare il valletto carico di bagagli a mano; l'imperatrice non deve essere lontana. Alla partenza del battello mancano uno o due minuti. L'attentatore è nascosto dietro un ippocastano. Certamente lui non ha avuto il tempo di notare la fioritura settembrina. Ecco le due donne che arrivano. Si affrettano, attraversano la banchina, procedono lungo il parapetto. Quella che interessa Lucheni è la più alta, con l'ombrellino. Deve essere rapido come una freccia. Se per disgrazia lei lo vedesse avanzare, potrebbe trarsi in disparte, e in tal caso lui correrebbe il rischio di mancare il cuore. Ecco, è il momento buono. Lucheni si precipita in avanti. Le due donne, sorprese, si fermano di colpo per lasciarlo passare. Lucheni si blocca davanti alla contessa Sztáray. Sembra aver fatto un passo falso ma poi, con la mano destra sollevata, balza contro l'imperatrice colpendola all'altezza del petto. Lei cade all'indietro, la massa della sua capigliatura attutisce l'urto del capo contro il suolo. La contessa, spaventata, emette un grido mentre l'uomo si dà alla fuga.

Un cocchiere le soccorre. Aiuta Elisabetta a rialzarsi. Sul volto di lei, dalla carnagione tanto chiara, all'altezza degli zigomi sono apparse due macchie rosse. Con la mano cerca di rassettarsi i capelli. Nel frattempo è sopraggiunto il portiere dell'albergo, un viennese. Un passante inglese si ferma, cerca a sua volta di rendersi utile. La contessa Sztáray è convinta che l'individuo, dopo averle spinte, si sia accontentato di assestare un pugno all'imperatrice.

«Che cosa è accaduto? Vostra Maestà è sofferente?»

«Ma no, non è accaduto nulla» protesta Elisabetta, e si preoccupa di ringraziare in francese, in tedesco e in inglese tutti coloro che sono venuti a soccorrerla.

Lucheni corre come un folle in direzione della rue des Alpes, ma non può fare a meno di voltarsi. Con sorpresa, da lontano, vede colei che dovrebbe essere morta dirigersi verso l'imbarcadero. Avrebbe dunque fallito? È mai possibile che il colpo inferto sia andato a vuoto? Sta per essere raggiunto da diverse persone che si sono lanciate al suo inseguimento. Decisamente, i Lucheni perdono sempre.

Sulle guance di Elisabetta il color roseo è scomparso. Livida, chiede alla contessa:

«Che voleva dunque, quell'uomo?»

«Chi, il portiere?»

«No, l'altro, quell'uomo spaventoso!»

«Non lo so, Maestà, ma si tratta certo di uno scellerato.»

«Forse voleva rubarmi l'orologio.»

Elisabetta si volge in fretta verso la contessa:

«Datemi il vostro braccio, presto.»

La contessa l'afferra per la vita, ma non riesce a impedirle di accasciarsi su se stessa. Il battello è salpato. Sulla banchina il portiere dell'hôtel Beau Rivage grida in direzione delle due donne: «L'aggressore è stato arrestato». Elisabetta ha perduto i sensi. «Dell'acqua, portate dell'acqua!» chiede la contessa. Si è inginocchiata accanto all'imperatrice per tenere contro di sé la testa, il busto di Elisabetta. «Un medico!» A bordo non ce ne sono, sopraggiunge un'infermiera seguita dal capitano del battello che ignora l'identità della malata. Tre uomini la trasportano sul ponte superiore, dove c'è un po' d'aria. Tutti pensano che Elisabetta sia svenuta per lo spavento subito.

La contessa apre l'abito nero, slaccia la parte superiore del busto mentre l'infermiera effettua sul corpo di Elisabetta dei movimenti respiratori. Le fanno scivolare tra le labbra una zolletta di zucchero imbevuta di liquore. Elisabetta apre gli occhi e, con un movimento deciso, si raddrizza. Poi, come sorpresa nel bel mezzo di un sogno, sorride:

«Ma che cosa è dunque accaduto?»

«Vostra Maestà si è sentita male. Ma ora va meglio, non è vero?»

Ha nuovamente chiuso gli occhi e la parte superiore del suo corpo si rovescia all'indietro. La contessa slaccia il busto fin sotto al petto, per permettere all'infermiera di effettuare un massaggio cardiaco, ed è a questo punto che, sotto la camicia di batista lilla, scopre una macchia color marrone. Da un minuscolo foro, la firma lasciata dal punteruolo di Lucheni, esce una sola goccia di sangue. «L'hanno assassinata!» grida la contessa e, più pallida della moribonda, soggiunge: «Per l'amore del cielo, vi prego, accostate. Questa signora è l'imperatrice d'Austria. Accostate a Bellevue, la condurrò a Pregny dalla baronessa Rothschild». Ma Elisabetta non ritornerà nei giardini pensili di Pregny, non potrà rivedere quel paradiso.

All'improvviso il capitano afferra la situazione: visto il rango della viaggiatrice e la gravità delle sue condizioni, impartisce l'ordine di ritornare all'imbarcadero di fronte all'hôtel Beau Rivage.

Nel frattempo Lucheni viene fermato da un passante e da un gendarme. Si dibatte appena, e viene riaccompagnato sotto scorta all'albergo dove il proprietario, il signor Mayer, gli assesta un pugno in piena mascella. I presenti riescono a fatica a contenere la rabbia di un cliente, un giovane barone austriaco che voleva punire l'aggressore dell'imperatrice. Non si sa ancora che cosa sia realmente accaduto. Lucheni, nella fuga, ha gettato l'arma, che sarà ritrovata molto più tardi. All'albergo si pensa che l'uomo si sia limitato a colpire l'imperatrice con un pugno, e due gendarmi lo conducono al commissariato. Lungi dal protestarsi innocente, ripete le sue dichiarazioni. Con gli occhi verdi fissi sotto la fronte caparbia, afferma in tono calmissimo: «Rimpiango solo una cosa, di non averla uccisa». Il gendarme si affretta ad affermare il falso per ottenere la verità:

«Ebbene, l'avete uccisa.»

«Tanto meglio» esclama Lucheni. «Ho avuto ragione pensando che, colpiti da uno strumento come quello, si crepa.»

Sul battello si è provveduto a improvvisare una barella con i due remi di una scialuppa di salvataggio e una vela. Sei marinai la trasportano lungo l'imbarcadero e sul lungolago Monte Bianco. Il volto livido dell'imperatrice si muove da destra a sinistra, si copre di sudore, gli occhi sono chiusi. Dalla sua gola sale qualche lieve gemito, che tuttavia non riesce a uscirle dalle labbra. Qualcuno ha aperto l'ombrellino per proteggerle il viso dall'ultimo sole. Palpebre chiuse, luce d'ombra, e la fioritura tardiva degli ippocastani, come al Prater, come a Schönbrunn, diceva Poká. I passeggeri del battello sono sbarcati e seguono la barella come altrettanti automi, improvvisando già un corteo funebre.

All'hôtel Beau Rivage l'imperatrice viene coricata sul letto della sua stanza. Sopraggiunge il medico, che esamina la piaga.

«C'è speranza?» chiede la contessa.

«Nessuna, madame.»

«Tentate ogni cosa, cercate di richiamarla in vita.»

Un sacerdote le dà l'assoluzione. Un secondo medico incide l'arteria nella parte interna del gomito. Il sangue non sgorga più.

ELISABETTA È MORTA

A Schönbrunn il tempo è bello come a Ginevra. Francesco Giuseppe si sente tranquillo. Nella lettera che gli ha inviato, la sua cara Sissi sembra per un volta contenta del suo soggiorno, della sua visita alla baronessa Rothschild, in breve, della vita. Ed egli con gioia le risponde: «Il buon morale che traspare dalla tua lettera mi ha reso felice». Dopo averle dato alcuni dettagli sulla propria giornata, conclude: «Ti affido a Dio, mio caro angelo, e ti abbraccio con tutto il cuore. Il tuo piccolo».

L'imperatore deve partire verso la fine del pomeriggio per alcune manovre in Slovacchia. Alle sedici e trenta giunge alla Hofburg il suo aiutante di campo, il conte Paar. Ha appena ricevuto un telegramma proveniente da Ginevra: «Sua Maestà l'imperatrice gravemente ferita. Preghiera annunciare notizia all'imperatore con cautela».

Il conte Paar entra nell'ufficio di Francesco Giuseppe:

«Che c'è, caro Paar?»

«Vostra Maestà non potrà partire stasera. Purtroppo ho appena ricevuto una pessima notizia.»

«Da Ginevra» replica l'imperatore con un sussulto. Balza dalla sedia e strappa il telegramma dalle mani del suo aiutante di campo.

Legge, sembra titubare, poi si riprende:

«Telefonate, telegrafate, cercate di sapere di più!»

Ha appena finito di parlare quando recano un secondo telegramma. Nella fretta di aprirlo l'imperatore lo strappa: «Sua Maestà l'imperatrice appena deceduta». Si lascia cadere sulla poltrona, mettendosi a singhiozzare con il capo tra le braccia. Lo si sente ripetere a diverse riprese: «Nulla mi è stato risparmiato su questa terra».

Ben presto giunge un terzo telegramma. Precisa che l'imperatrice è stata assassinata e chiede all'imperatore se si può procedere all'autopsia della salma, come esige la legge svizzera. Prostrato, Francesco Giuseppe risponde di fare ciò che si deve fare. Per lui il mondo è sprofondato.

A Ginevra il commissario riceve per telefono la notizia che l'imperatrice ha appena cessato di vivere. Lucheni dichiara subito: «Intendevo ucciderla, ho mirato al cuore e sono felice della notizia che mi annunciate». Alcune ore più tardi, nella carrozza che lo conduce alla prigione Sant'Antonio, il criminale sempre più in vena confida al gendarme che gli siede accanto: «Sono spiacente che a Ginevra non esista la pena di morte. Ho fatto il mio dovere; i miei compagni faranno il loro. Bisogna uccidere tutti i grandi». Tuttavia, nel corso degli interrogatori che seguiranno, Lucheni si preoccuperà di dimostrare che ha agito da solo. Non vuole cedere a nessuno il merito del proprio gesto.

«In tal caso, perché avete tentato di fuggire dopo il delitto?» gli chiede il procuratore generale.

«Non sono voluto fuggire, volevo precipitarmi al commissariato.»

«Perché avete ucciso l'imperatrice, che non vi aveva fatto nulla?»

«È la lotta contro i grandi, contro i ricchi. Un Lucheni uccide un'imperatrice, non uccide una lavandaia.»

Perché il suo crimine abbia maggiore risonanza, vorrebbe controfirmarlo con la propria morte. Scriverà al presidente della Confederazione elvetica per chiedergli di essere giudicato nel cantone di Lucerna, dove la pena di morte è ancora in vigore. Scrive anche alla principessa d'Aragona, consorte del suo capitano e protettore: «Se avessi la fortuna di essere giudicato secondo il codice di Lucerna, salirei con gioia gli scalini della cara ghigliottina senza bisogno di essere aiutato a farlo». In un'altra lettera indirizzata alla principessa esclama con superbia: «Il mio caso è paragonabile al caso Dreyfus».

Elisabetta è morta il 10 settembre, di sabato, all'età di sessantun anni (li avrebbe compiuti entro poco tempo). Il ciclo della figlia della domenica si è concluso, come di dovere, un sabato. Desiderava morire in mare, il suo desiderio è stato quasi esaudito. Il Lemano le sembrava più simile a un mare che a un lago. Ma, soprattutto, desiderava morire da sola e non affliggere i suoi cari con quello spettacolo. Ricordava l'arciduchessa Sofia, la sua lunga agonia nella confusione della corte. La sua amica, la poetessa Carmen Sylva, regina di Romania, scrive a proposito di Elisabetta: «Nella morte come nella vita non voleva essere nulla per il mondo. Voleva essere sola, passare inosservata, anche nel lasciare questa terra che aveva tanto percorso alla ricerca di riposo e delle cose più elevate».

Tuttavia una figlia della domenica, quando è imperatrice, non può eclissarsi come per incanto, anche se un Lucheni acconsente a recitare la parte del carnefice o del sacrificatore. Il suo corpo deve ancora essere fatto a pezzi.

Domenica 11 settembre tre medici legali procedono all'autopsia. Il superbo corpo dell'imperatrice, il cui aspetto non è stato danneggiato dagli anni né dal punteruolo di Lucheni (essa aveva scritto: «Me ne andrò come se ne va il fumo, la mia anima uscirà da una piccolissima apertura del cuore»), il suo corpo tanto ammirato è ora solo un pezzo di carne sul banco della macelleria. Si procede alla sua valutazione. Misura un metro e settantadue, dichiarano i medici. Con l'età, Elisabetta non ha dunque perduto un millimetro della sua statura. Il punteruolo è penetrato quattro centimetri sopra la punta del seno sinistro, è affondato per ottantacinque millimetri attraversando il polmone e il ventricolo sinistro. Il sangue è colato goccia a goccia all'interno del pericardio.

Dopo l'autopsia il corpo viene imbalsamato. Da viva non sopportava l'artificio dei profumi e rimproverava al cugino Luigi II di usarli con eccesso. Fortunatamente la baronessa Rothschild ha fatto inviare le più belle orchidee delle sue serre, quelle che Elisabetta aveva ammirato due giorni prima. Si pongono accanto a lei i suoi oggetti familiari: la sua fede matrimoniale, che portava appesa a una catenella sotto l'abito, il suo ventaglio di cuoio nero, il suo orologio sul quale ha fatto incidere il nome di Achille, il suo braccialetto, dal quale pendono un teschio, una medaglia della Vergine e una mano dall'indice diritto, e infine due medaglioni, l'uno contenente alcuni capelli di Rodolfo e l'altro il salmo 93:

> Tu fai ritornare l'uomo in polvere e dici:
> «Ritornate, figli dell'uomo!».
> Ai tuoi occhi, mille anni
> Sono come il giorno di ieri che è passato,
> Come un turno di veglia nella notte.

L'imperatrice-locomotiva compie il suo ultimo viaggio in treno. Desiderava che il suo corpo fosse gettato in mare. Morta, è più Asburgo che mai. Deve prendere il cammino dell'Austria e dell'inevitabile Cripta dei Cappuccini. Ma il suo corpo non entra intero nell'avello imperiale, deve essere ancora una volta straziato. Lo esige la tradizione, dove il sacro e la barbarie si fondono. Il cuore di Elisabetta sarà conservato nella chiesa degli Agostiniani di Vienna, dove quarantaquattro anni prima, sposando Francesco Giuseppe, è diventata imperatrice. I suoi visceri vengono posti nella cripta della cattedrale di santo Stefano. Il resto, la chioma da fata, il volto delicato, gli occhi bruno dorato, il corpo slanciato fatto di muscoli e di volontà, il seno che aveva attratto come una calamita lo sguardo degli ammiratori e il pugnale del sacrificatore, le lunghe gambe da amazzone, la spalla tatuata, la carne spaventosamente mortale, tutto ciò viene condotto in gran pompa, sabato 17 settembre, una settimana dopo la sua morte, verso la cripta imperiale.

Mentre i sovrani di tutto il mondo accompagnano la sua spoglia mortale, mentre tutto l'Impero è in lutto, in Ungheria la tristezza dilaga. Dai palazzi di Budapest alle capanne della puszta, non c'è casa che non esibisca il suo drappo funebre. Tutta la famiglia ungherese non cessa di piangere questa regina che i magiari si erano scelta.

Il feretro giunge davanti alla Cripta dei Cappuccini, dove Elisabetta, viva e straziata dal dolore, era venuta di notte a gridare il nome di Rodolfo. Ora si appresta a coricarsi accanto a lui.

Il primo ciambellano bussa alla porta della cripta:

«Chi è?» chiede una voce dall'interno.

«Aprite» risponde il ciambellano. «Sono Sua Maestà, l'imperatrice Elisabetta, regina di Ungheria.»

La porta rimane chiusa.

«Aprite» ripete il ciambellano. «L'imperatrice Elisabetta, regina di Ungheria, chiede di entrare.»

Di nuovo, nessuna risposta.

«Aprite, sono Elisabetta, una povera peccatrice, e chiedo umilmente la grazia di Dio.»

«Puoi entrare» risponde infine il grande priore. La porta si apre, e il feretro scende alla luce delle torce.

L'imperatore e le sue due figlie singhiozzano. Ida Ferenczy e Maria Festetics sono disperate per non essere state accanto alla loro regina nei suoi ultimi istanti di vita. «Con lei» confida la prima «ho perduto ogni cosa, marito, figli, famiglia, felicità. La mia beneamata regina fu tutto questo, per me.» Distruggerà la corrispondenza che si sono scambiate nel corso di trentaquattro anni, nonché l'ultima lettera di Rodolfo alla madre. Un mese più tardi Maria Festetics scrive a Ida: «La piangeremo ancora per molto tempo, Ida, il meglio di lei ci apparteneva. Per molti anni essa ci ha aperto la sua anima e il suo cuore. Ciò rappresenta il nostro tesoro, nessuno ce lo prenderà».

Gli uomini e le donne che l'hanno conosciuta più da vicino sono anche coloro che l'hanno amata più profondamente. Alla loro afflizione, profonda, durevole, si aggiunge l'orgoglio di aver condiviso la vita di un essere eccezionale.

Sin dall'alba, una folla immensa attende lunghe ore per raccogliersi davanti alla sua tomba nella Cripta dei Cappuccini. Gli ungheresi sono giunti numerosi. Stupore! Sono stati derubati della loro regina morta. Sulla bara di bronzo c'è un'unica iscrizione: Elisabetta, imperatrice d'Austria. E loro, non contano dunque nulla? Elisabetta è, rimarrà per sempre la regina d'Ungheria che hanno voluto, che hanno incoronato, che non cesseranno mai di amare. Questa «dimenticanza» li umilia e infligge loro una seconda ferita. Nella notte si fa scrivere sulla tomba il suo titolo di regina d'Ungheria. Ed ecco che, subito, la Boemia protesta. Vorrebbe che fosse stato menzionato anche il suo rango di regina di Boemia. Questo desiderio non sarà esaudito perché la sovrana non è stata incoronata a Praga.

L'Impero è fragile, ogni avvenimento rimette in causa il precario equilibrio delle differenti nazionalità. Tuttavia, per gli ungheresi, le rivendicazioni nazionalistiche passano in secondo piano; ciò che vogliono in primo luogo è che nulla possa separarli da questa donna che amano con passione. Elisabetta merita la loro devozione. Due ore prima di morire non firmava con il proprio titolo ungherese il libro d'oro del proprietario del negozio di musica?

Erzsébet Királyné.

Gli ungheresi non lo dimenticheranno, malgrado le guerre, la perdita dei due terzi del loro territorio nel 1920 dopo il trattato di Trianon, malgrado la dittatura e il genocidio. Gli ebrei avevano conferito alla Mitteleuropa la sua originalità. A Budapest, il corso Lenin ha ripreso il suo nome d'origine, oggi si chiama corso Erzsébet, e Andrássy ha ritrovato il suo lungo viale che conduce alla piazza degli Eroi, dove fu celebrato il Millenario. Il regime comunista non è riuscito a togliere il nome al ponte Erzsébet, tanto la popolazione è rimasta affezionata alla sua regina.

Ogni volta che a Vienna sono scesa nella Cripta dei Cappuccini, sulla tomba di Erzsébet ho visto dei fiori freschi legati con un nastro nei colori dell'Ungheria. Quasi un secolo dopo la morte della sovrana, il cuore ungherese continua a battere per lei.

Dalla fine del 1989 riscopriamo i paesi dell'Europa centrale, ma, anche prima della scomparsa del Muro di Berlino, la volontà popolare ha aperto la prima breccia tra i due campi (l'Est e l'Ovest) nella frontiera austro-ungherese, come se la memoria storica sommergesse le barriere ideologiche e i loro artifici. Oggi l'Europa centrale ritrova il suo antico corso e le sue dispute di un tempo.

Francesco Giuseppe è sopravvissuto diciannove anni a Elisabetta. «Nessuno saprà mai quanto l'ho amata» ripete come parlando a se stesso. Lamentarsi gli ripugna, ma è triste, inasprito dall'età e dalla sofferenza. Il suo Impero è meno decadente di quanto affermeranno a posteriori molti profeti. In questo stato multinazionale non ci fu mai un fiorire di talenti pari a quello dell'inizio del XX secolo. L'Europa intellettuale e artistica volge i suoi sguardi verso Vienna come li volgerà verso Berlino o verso Parigi. L'Impero prospera, la monarchia diviene più liberale. Ma tutto ciò sembra verificarsi troppo tardi, l'organismo è già fossilizzato, la superficie irrigidita. L'Impero sa di essere vecchio, statico, come il suo sovrano. Non sa ancora di essere caduco.

Nel suo magnifico romanzo *La marcia di Radetzky*, Joseph Roth scrive:

L'imperatore era un vecchio. Era il più vecchio imperatore del mondo. Intorno a lui girava la morte, girava e mieteva, girava e mieteva. Già l'intero campo era vuoto, e solo lui, come un argenteo stelo dimenticato, stava ancora là e aspettava.

Sempre gli stessi gesti, alle stesse date, negli stessi castelli. L'amata non ritornerà più. Si accontenta di un pasto frugale e di un letto da campo. Rimane il soldato disciplinato che fu per tutta la vita. La sua memoria sostituisce la sua fantasia, e lo trascina sempre più lontano. Joseph Roth dice ancora: «Il suo sguardo si perse ancora, come sempre, nella lontananza donde già emergevano i bordi dell'eternità».

C'è Katharina Schratt, è vero, ma nulla è più come prima, né per l'imperatore, né per l'attrice. Katharina ha superato l'età in cui la controfigura è contenta di afferrare l'occasione al volo. La prima donna si è assentata, è vero, ma Katharina sa che nessuno potrà mai prendere il suo posto. Quando l'imperatrice era viva, lei si preoccupava di imitare il proprio modello; ammirava tanto Elisabetta che il gioco diveniva ancora più inebriante. Ora il meccanismo essenziale della commedia si è rotto. Da quando la sua incomparabile compagna non è più, l'imperatore appare quale è in realtà, un vecchio taciturno, irrimediabilmente chiuso nella propria solitudine.

Katharina è ingrassata, la sua freschezza è ormai solo un ricordo. Sulla scena vorrebbe continuare a interpretare ruoli per attrici giovani, tuttavia il nuovo direttore del Burgtheater non si lascia impressionare dal rango sociale dell'attrice. L'«amica» dell'imperatore ha certamente del talento, ma deve accettare le parti adatte alla sua età. Katharina pretende che Francesco Giuseppe intervenga in suo favore, e poiché l'imperatore rifiuta di farlo, presenta le proprie dimissioni al direttore del teatro. Francesco Giuseppe persiste e non interviene. Furibonda, Katharina si congeda da Vienna e dall'imperatore. Rimarrà lontana per tutto un anno, nonostante le suppliche e il dolore del sovrano. La riconciliazione avverrà al suo ritorno. Tuttavia, Katharina ha cominciato ad apprezzare i viaggi e per lei un altro gioco ha sostituito la commedia. Soggiorna a lungo sulla Riviera, e a Montecarlo esaurisce rapidamente tutto il proprio denaro. Francesco Giuseppe dovrà rimborsare a diverse riprese i suoi debiti di gioco. Dopo la morte del suo protettore dilapiderà in poco tempo la sua fortuna personale. Quando, promettendole compensi di milioni, le chiederanno di concedere interviste ai giornali europei o americani, di scrivere le sue memorie o pubblicare le lettere dell'imperatore, rifiuterà ogni offerta, malgrado la sua povertà.

Nel 1907 l'imperatore di Germania, Guglielmo II, compra l'Achilléion, a Corfù. Elisabetta aveva creato il suo giardino di rose intorno alla statua raffigurante Achille ferito. Al nuovo proprietario non potrebbe bastare un eroe reso umano dalla sofferenza. Sulla terrazza dove Elisabetta all'alba veniva a contemplare il sole nascente, Guglielmo II fa erigere un'orribile statua guerriera alta undici metri. Con presunzione fa incidere sullo zoccolo di questo Achille trionfante la scritta: «Il più grande dei tedeschi al più grande dei greci». Un mondo muore, un altro comincia. Non solo, l'imperatore fa togliere la statua di Heine dal punto in cui era stata collocata, e la stampa antisemita tedesca si affretta ad applaudire il monarca. Dopo molte vicissitudini la statua del poeta troverà una collocazione, che occupa tuttora, nel parco del Mourillon, a Tolone. L'Achilléion è oggi una casa da gioco per i turisti. Dal giardino che domina il golfo di Beniste si può sempre ammirare il sorgere del sole dietro le montagne albanesi.

Sensibile com'era alla fugacità delle cose, Elisabetta non soffrirebbe affatto di queste profanazioni di un estraneo. Per contro, è lecito rimpiangere che non abbia conosciuto Vienna alla svolta del secolo, perché la sua vita, la sua ribellione e la sua malinconia l'avevano prefigurata.

Non vedrà le opere di Gustav Klimt (aveva eseguito i fregi della sua stanza da letto alla villa Hermès, ma erano stati concepiti da Hans Makart, quando il giovane pittore non si era ancora affrancato dalla tutela dell'arte ufficiale), come non vedrà le opere tormentate di Oskar Kokoschka e quelle di Egon Schiele, prodigiosa cometa in un cielo apocalittico. Non saprà nulla della Secessione viennese che rese la pietra e il metallo flessibili come i i tralci delle piante, che mise a nudo il corpo delle donne prigioniere delle loro apparenze, e trasformò lo spettacolo della vita in una danza macabra ed estetica.

Secondo la definizione di Karl Kraus, Vienna diventa una stazione meteorologica per la fine del mondo, in cui si prolunga con voluttà l'istante degli addii. Ogni bicchiere di vino bianco, ogni giro di ballo, ogni scritto non è forse l'ultimo? Ogni persona che passeggia non cammina accanto al nulla? E allora sopravviene il rifiuto della realtà e dei suoi pericoli. Ciascuno va alla scoperta dei propri mondi interiori, anche a rischio di annegare in quei pericolosi monologhi con se stesso, come Narciso annega nel suo specchio. Ah, dottor Freud, non per nulla eri il vicino di Elisabetta! Se vi foste incontrati, l'incontro avrebbe cambiato i vostri rispettivi destini?

Permettendo nei sobborghi non lontani da Vienna la creazione dello Steinhof, il più moderno ospedale psichiatrico del mondo, senza dubbio Francesco Giuseppe si è ricordato del desiderio un tempo formulato da Elisabetta. All'avvicinarsi del suo compleanno aveva manifestato che le fosse regalato «un manicomio completamente attrezzato». Elisabetta non è più, ma lo Steinhof fu costruito tra il 1905 e il 1907 dal grande architetto Otto Wagner. La sua chiesa di marmo bianco con la cupola dorata è un manifesto dell'arte viennese. In nessun altro luogo il meglio dell'energia creativa di un'epoca fu dedicato come qui allo studio e alla cura delle malattie mentali.

Altrove un uomo conclude la sua opera di morte. Dopo aver fallito altri tentativi, il 10 ottobre 1910 Lucheni si toglie la vita impiccandosi nella cella della sua prigione ginevrina. Si dice che il rimorso non avesse nulla a che fare con il suo suicidio.

A Belgrado, capitale del regno serbo, alcuni ufficiali hanno fondato una società segreta, la Mano nera. Attraverso la violenza, tentano di instaurare nei Balcani una grande Serbia. Dato che i turchi hanno battuto in ritirata, il nemico numero uno è ora l'Austria-Ungheria. Grazie al terrorismo, la Mano nera spera di infliggerle un colpo fatale.

Nel giugno 1914 l'arciduca Francesco Ferdinando deve partecipare alle manovre delle truppe di stanza in Bosnia-Erzegovina. Circolano voci di attentato. Dopo qualche esitazione, l'arciduca rifiuta di lasciarsi intimidire e rispetta il programma stabilito. Il viaggio avrà luogo il 28 giugno 1914. La data non potrebbe essere scelta in modo peggiore. Il 28 giugno, infatti, è un giorno di lutto che i serbi celebrano con fervore. Il 28 giugno 1389 hanno subito a opera dei turchi quella disfatta di Kosovo che li ha privati per secoli dell'indipendenza. Come hanno potuto gli austriaci non pensarci? Poca conoscenza della storia? Un banale errore di date? In effetti la battaglia di Kosovo, per il nostro calendario, ha avuto luogo il 15 giugno, ma il 28 per il calendario slavo. La Mano nera si ripromette di celebrare come si deve l'avvenimento. I Balcani non sono il buco nero dell'Europa? In questo luogo la densità della storia è tale da far incurvare uno spazio che contempla tutti i pericoli.

Il mattino del 28 giugno si verifica un primo attentato sul percorso seguito da Francesco Ferdinando per recarsi al municipio di Sarajevo. La bomba ferisce due ufficiali nell'auto che segue quella dell'arciduca e della sua consorte. A questo punto ci si potrebbe fermare, e la guerra di Troia non avrebbe luogo. Ma Francesco Ferdinando, prima di lasciare la città, decide di far visita ai due ufficiali feriti in cura presso l'ospedale della guarnigione. All'ultimo momento, per eludere le minacce, viene deciso un cambiamento di itinerario. Il corteo si muove. La prima auto segue il nuovo itinerario; l'autista della seconda, quella dell'arciduca e della sua consorte, non è stato avvertito del cambiamento e, giunto a un incrocio, ha un attimo di esitazione. Anziché seguire la vettura di testa, imbocca un altro percorso, si rende conto del proprio errore e torna indietro. In quell'istante si gioca tutto il destino dell'Europa, e la vita del mio giovane nonno. Per effettuare la manovra l'auto si deve quasi fermare. Gavrilo Princip, uno dei congiurati, ha tutto il tempo di sparare a bruciapelo contro l'arciduca e sua moglie. Il dado è tratto. Alle undici del mattino, alla residenza del governatore giungono due morti. Saranno seguiti da milioni di altri morti.

Francesco Giuseppe riceve la notizia a mezzogiorno. La morte dell'arciduca non lo sconvolge, ma sa che nella persona di Francesco

Ferdinando si è voluto abbattere l'Impero. Il sovrano teme la guerra, ricorda che si può perderla. Guglielmo II, imperatore di Germania, gli assicura il suo appoggio. Il 23 luglio 1914 Francesco Giuseppe invia un ultimatum al governo serbo, chiedendo al regno di Serbia di eliminare dalla sua amministrazione e dal suo esercito tutti coloro che hanno condotto azioni contro l'Austria-Ungheria. Alcuni funzionari imperiali verificheranno sul posto l'epurazione. Belgrado accetta solo otto delle dieci richieste contenute nell'ultimatum. I serbi rifiutano il controllo dei funzionari imperiali. La macchina della guerra è innescata. Francesco Giuseppe è ancora convinto che, operando in fretta, il conflitto rimarrà locale, e decreta la mobilitazione dei suoi eserciti contro la Serbia.

Il 26 luglio, nel suo studio della Villa Kaiser da cui si sente rumoreggiare l'Ischl, accanto alla poltrona di cuoio rosso il cui schienale è reso scuro dallo sfregamento del suo capo, nel cuore della dimora che conserva l'impronta dell'imperatrice defunta, il vecchio imperatore redige il manifesto *Ai miei popoli*. Pubblicato tre giorni dopo, annuncia che la guerra alla Serbia è dichiarata.

Il giorno stesso la Russia si mobilita per appoggiare il suo alleato serbo. Quando, nel 1908, l'Austria-Ungheria aveva annesso la Bosnia, la Francia, rifiutando di intervenire nella faccenda, aveva posto un freno allo slancio guerriero della Russia. Questa volta tutti hanno una gran voglia di combattere, e i francesi non hanno dimenticato la perdita dell'Alsazia e della Lorena. Il 31 luglio la Germania invia un ultimatum alla Russia e alla Francia. In mancanza di una risposta, il 3 agosto dichiara la guerra. L'Inghilterra reagisce a sua volta. Per il gioco delle alleanze, l'Europa intera scende in campo con il fiore sul fucile. I morti saranno tanto numerosi che non si troverà il tempo di deporre fiori sulle fosse comuni.

Nel corso dell'anno 1916 le forze dell'imperatore declinano, ma egli mantiene il suo ritmo di lavoro. Il 21 novembre viene colto da febbre alta e la figlia Maria Valeria, che è accanto a lui, sente che la fine del genitore è imminente. Alla sera, prima di addormentarsi, Francesco Giuseppe chiede al suo aiutante di campo di svegliarlo come sempre alle tre e mezzo del mattino. Sono senza dubbio le ultime parole del vecchio imperatore. Apprendendo l'assassinio di Elisabetta aveva mormorato: «Nulla mi è stato risparmiato su questa terra». Nulla, se non di assistere allo smembramento e al crollo di un Impero che per lui era ben più della vita stessa.

Nella notte dal 21 al 22 novembre sua figlia e le persone che gli sono più vicine vengono a vegliarlo. Gli accessi di tosse interrompono appena il suo ultimo sonno, e certo egli non sospetta la presenza di coloro che sono al suo capezzale. Altrove, sta andando incontro a una snella figura di donna, il suo volto sotto l'ombrellino bianco rifulge di luce e di grazia. È il suo amore, la sua compagna, l'assente infine ritrovata. Elisabetta aveva previsto il peggio, e il peggio è accaduto. Aveva cantato la fine dei mondi, e l'Europa agonizza. Mai più il galoppo dei lipizzani porterà lontano la fuggitiva. Lui non è più un imperatore, lei non è più un'amazzone. Giacciono entrambi nella Cripta dei Cappuccini, accanto a Rodolfo.

BIBLIOGRAFIA

Biografie

Christomanos, Constantin, *Elisabetta d'Austria nei fogli di diario di C. Christomanos*, trad. it. di M. Gregorio, Milano, Adelphi, 1989.
Clément, Catherine, *Sissi, l'impératrice anarchiste*, Paris, Gallimard, 1992.
Corti, Egon Cesar, conte, *Elisabeth d'Autriche*, Paris, Payot, 1987 (prima edizione francese nel 1936; prima biografia di Elisabetta).
Des Cars, Jean, *Elisabeth d'Autriche ou la fatalité*, Paris, Perrin, 1983.
Hamann, Brigitte, *Elisabeth d'Autriche*, trad. dal tedesco di Jean-Baptiste Grasset (con la collaborazione di Bernard Marion), Paris, Fayard, 1985.
Haslip, Joan, *Elisabeth d'Autriche, l'impératrice de la solitude*, trad. dall'inglese, Paris, Hachette, 1967.
Raimbault, Ginette e Eliacheff, Caroline, *Le indomabili. Figure dell'anoressia: Simone Weil, l'imperatrice Sissi, Caterina da Siena, Antigone*, trad. it. di V. La Via, Milano, Leonardo, 1989.
Vogel, Julian, *Elisabeth von Oesterreich. Momente aus dem Leben einer Kunstfigur*, Wien, 1992.

Album

Clair, Jean (a cura di), *Vienne 1880-1938, l'apocalypse joyeuse. Catalogue de l'exposition*, Paris, Éd. du Centre Pompidou, 1986.
Des Cars, Jean, *Sur les pas de Sissi*, Paris, Perrin, 1989.
Hamann, Brigitte, *Elisabeth. Bilder einer Kaiserin*, Wien, München, Amalthea Verlag, 1982.

Opere storiche

Béhar, Pierre, *L'Autriche-Hongrie, idée d'avenir*, Éd. Desjonquières, 1991.
Bérenger Jean, *Histoire de l'Empire des Habsbourg 1273-1918*, Paris, Fayard, 1990.

Bled, Jean-Paul, *François-Joseph*, Paris, Fayard, 1987.
Combescot, Pierre, *Louis II de Bavière*, Jean-Claude Lattès, 1987.
Hanák, Péter (a cura di), *Mille Ans d'histoire hongroise*, Budapest, Corvina, 1986.
Ludwig, Emil, *Bismarck*, trad. dal tedesco, Paris, Payot, 1984.
Magris, Claudio, *Il mito asburgico nella letteratura austriaca moderna*, Torino, Einaudi, 1976.
–, *Danubio*, Milano, Garzanti, 1986.
Miquel, Pierre, *Le Second Empire*, Paris, Plon, 1992.
Morand, Paul, *La Dame blanche des Habsbourg*, Paris, Robert Laffont, 1963.
Pollack, Michael, *Vienne 1900*, Paris, Gallimard-Julliard, 1984.
Wajsbrot, Cécile e Reichmann, Sébastien, *Europe centrale*, Éd. Autrement, 1991.

Letteratura, saggi

Bernhard, Thomas, *Il nipote di Wittgenstein*, trad. it. di R. Colorni, Milano, Adelphi, 1989.
Cioran, E.M., «Sissi ou la vulnérabilité», in *Vienne 1880-1938, l'apocalypse joyeuse*, cit.
Dadoun, Roger, *Freud*, Les dossiers Belfond, 1992.
Fejtö, François, *Henri Heine*, Olivier Orban, 1981.
Guardini, Romano, *Ritratto della malinconia*, Brescia, Morcelliana, 1990[9].
Heine, Heinrich, *Romanzero*, trad. it., Laterza, Bari, 1953.
–, *Impressioni di viaggio*, trad. it., Novara, De Agostini, 1972.
–, *La Germania*, trad. it. di P. Chiarini, Roma, Bulzoni, 1979.
–, *Cronache musicali*, trad. it. di E. Svandrlik, Firenze, La Nuova Italia, 1983.
–, *Il Rabbi di Bacherach*, trad. it. di C. Sonino, Milano, SE, 1989.
Kraus, Karl, *Il vaso di Pandora e la letteratura demolita*, trad. it. di A. Chersi, L'Obliquo, 1992.
Morand, Paul, *Venises*.
Musil, Robert, *I turbamenti del giovane Törless*, trad. it. di A. Rho, Torino, Einaudi, 1975.
–, *L'uomo senza qualità*, trad. it. di A. Rho, Torino, Einaudi, 1980, 2 voll.
Nerval, Gérard de, *Pandora* e *Voyage en Orient*.
Rilke, Rainer Maria, *Il canto d'amore e morte dell'alfiere Christoph Rilke*, trad. it. di M.L. Ferraro, Pordenone, Studio Tesi, 1992.
Roth, Joseph, *La marcia di Radetzky*, trad. it. di L. Terreni e L. Foà, Milano, Adelphi, 1987.
Schnitzler, Arthur, *Giovinezza a Vienna*, trad. it. di A. Di Donna, Milano, SE, 1990.
Stendhal, *Lamiel*, trad. it. di M. Zini, Torino, Einaudi, 1976.
–, *L'amore*, trad. it. di M. Bontempelli, Milano, Mondadori, 1980.

Zweig, Stefan, *Il mondo di ieri*, trad. it. di L. Mazzucchetti, Milano, Mondadori, 1979.

Film

Visconti, Luchino, *Senso* (1954). *Soggetto*: dal racconto omonimo di Camillo Boito; *sceneggiatura*: Suso Cecchi d'Amico e Luchino Visconti (con la collaborazione di Carlo Alianello, Giorgio Bassani, Giorgio Prosperi, Tennessee Williams e Paul Bowles); *interpreti principali*: Alida Valli (Livia Serpieri), Farley Granger (Franz Mahler), Massimo Girotti (Roberto Ussoni), Heinz Moog (il conte Serpieri), Rina Morelli (Laura); *produttore*: Renato Gualino per la Lux Film; *durata*: 115′.

–, *Ludwig* (1973). *Soggetto e sceneggiatura*: Luchino Visconti ed Enrico Medioli (in collaborazione con Suso Cecchi d'Amico); *musica*: brani di Robert Schumann, Richard Wagner e Jacques Offenbach; *interpreti principali*: Helmut Berger (Ludwig), Trevor Howard (Wagner), Romy Schneider (Elisabetta d'Austria), Silvana Mangano (Cosima); *produttore*: Ugo Santalucia per la Mega Film; *durata*: 264′.

INDICE DEI NOMI

Agostino, sant', 33
Aiglon, v. Napoleone II
Alberto, arciduca, prozio di Francesco Giuseppe, 64, 138, 145, 148, 164, 166
Alessandro II, zar di Russia, 241, 299
Alessandro III, zar di Russia, 251-252
Alexandersohn di Pest, rabbino, 51, 72
Allen, mister, 226
Almássy, contessa, 131
Andrássy, Gyula, 27, 67, 70-71, 125, 127, 131, 134-137, 139-140, 144, 148, 150-154, 156-161, 163-165, 167-168, 174-177, 181, 185-186, 190, 192-193, 195-197, 209, 217, 227-228, 231-232, 235, 249-250, 255, 258, 270-271, 282-283, 294, 303-304, 319
Angeli, Heinrich von, 254
Angerer, Fanny, 120-121
Angerer, fotografo, 119-120
Anna, sorella di Francesco Giuseppe, 69
Anna d'Austria, 63
Apollinaire, Guillaume, 157
Aragona, principe d', 306
Aragona, principessa d', 316

Bach, barone, 64, 83, 137
Barrès, Maurice, 284-285
Battyány, presidente del Consiglio ungherese, 27
Baumgartner, cavaliere di, 32
Beck, colonnello, 145
Benedek, generale, 145-146, 148
Bernhard, Thomas, 91

Beust, Friedrich Ferdinand von, 160, 163
Bismarck-Schönhausen, Otto von, 3, 112, 134, 141-142, 144, 147-148, 151, 155, 189-191, 196, 232, 257-258, 269
Blanche, dottor, 268
Brentano, Clemens, 248
Brooks, Louise, 237
Brück, ministro delle Finanze tedesco, 83
Bruckner, Anton, 290
Bülow, Hans von, 115

Carlo I, re di Romania, 244
Carlo V, imperatore del Sacro Romano Impero e re di Spagna, 14, 170
Carlo VI, imperatore del Sacro Romano Impero, 69
Carlo Luigi, fratello minore di Francesco Giuseppe, 291
Carlo Teodoro, fratello minore di Elisabetta, 120, 164, 289
Carlotta di Sassonia-Coburgo, moglie di Massimiliano, arciduca d'Austria e imperatore del Messico, 71-72, 95, 99, 113-114, 159, 163, 170, 222
Carmen Sylva, pseud. di Elisabetta, regina di Romania (*v.*)
Carnot, Sadi, 299
Carpaccio, Vittore, 58
Cars, Jean des, 62
Caterina de' Medici, 63
Cavour, Camillo Benso, conte di, 50, 76, 80

Charcot, Jean Martin, 238
Christomanos, Constantin, 4-5, 98, 121-122, 284, 286, 296-298
Cioran, E.M., 28, 298
Corti, Egon Cesar, conte, 215, 219

Deák, Franz, 131, 133-134, 136, 148, 151-154, 165, 192-193, 228
Dreyfus, Alfred, 307-308, 316
Drumont, Édouard, 269
Dunant, Henri, 78

Elena («Néné»), sorella maggiore di Elisabetta, 11-16, 18-22, 26, 30, 86, 101-102, 171, 283, 308
Elisa, regina di Prussia, zia materna di Elisabetta, 147
Elisabetta («Sissi»), imperatrice d'Austria e regina d'Ungheria, *passim*
Elisabetta («Ella»), nipote di Elisabetta, 299
Elisabetta («Erzsi»), nipote di Elisabetta, 256, 272, 300, 305
Elisabetta, regina di Romania, 244-245, 317
Embden, Charlotte von (nata Heine), 265-268
Eötvös, József, 130, 161, 165
Esterházy, contessa, 40-41, 43, 73, 89, 103
Esterházy, Nicolas («Niky»), 213, 229
Eugenia Maria di Montijo, imperatrice dei Francesi, 148, 182, 187

Falk, Max, 160-161, 165, 181
Favre, Jules, 191
Federico Augusto di Sassonia, zio di Francesco Giuseppe, 55
Feifalik, Fanny, 209, 220, 253
Feifalik, Hugo, 121
Ferdinando I, imperatore d'Austria, zio paterno di Francesco Giuseppe, 13-14, 42, 137, 223-224
Ferenczy, Ida, 131-133, 135, 139-140, 149, 153, 158-159, 161, 185-186, 192-194, 196-197, 209-210, 216-217, 227, 241, 262, 273-276, 278, 282, 286, 292, 305, 318-319
Festetics, Maria, 7, 38, 101, 117, 192-196, 199, 205, 207, 209, 222-223, 226-228, 230-231, 233-234, 236, 241, 249, 252, 278, 296, 299-300, 305, 318-319
Fischer, dottor, 104-105, 107-108, 111, 155
Francesco II, re delle Due Sicilie, 83-84, 107
Francesco Carlo, arciduca, padre di Francesco Giuseppe, 13-14, 41
Francesco Ferdinando, arciduca, nipote di Francesco Giuseppe, 291, 324
Francesco Giuseppe, imperatore d'Austria e re d'Ungheria, *passim*
Francesco Salvatore, arciduca, 255, 261
Freud, Jean Martin, 238
Freud, Martha (nata Bernays), 238
Freud, Sigmund, 101, 179, 238-239, 323
Fürstenberg, langravio, 146

Gabriella, cameriera di Elisabetta, 208
Galilei, Galileo, 61
Garbo, Greta, 237
Garibaldi, Giuseppe, 83, 85, 93, 107
Giacometti, Alberto, 47
Gisella, seconda figlia di Elisabetta, 51, 62, 68, 73, 85, 90, 96, 103, 116, 148, 180, 206-208, 259, 278, 302, 304
Gondrecourt, Léopold de, 116-117
Grimm, fratelli, 249
Grünne, conte, 77, 83, 90-93, 100-101
Gudden, von, dottor, 258
Guglielmo I, re di Prussia e imperatore di Germania, 141-142, 147, 155
Guglielmo II, imperatore di Germania e re di Prussia, 322, 325

Hamann, Brigitte, 31, 105
Haussmann, George Eugène, 203
Haynau, Julius Jacob von, 64
Hebner, miniaturista, 42
Heine, Gustav, 268
Heine, Heinrich, 10, 61, 89, 92, 95, 115, 123, 171-172, 178, 181-182, 213, 216, 239, 243, 245, 248, 250, 256, 263-268, 289, 296, 322
Hitler, Adolf, 146, 269, 307
Hofmannsthal, Hugo von, 49, 94
Hölderlin, Friedrich, 259
Holmes, scudiero di Elisabetta, 78
Hoyos, conte, 276

Hübner, von, conte, 290
Hunyády, Imre, 91-92, 130
Hunyády, Lily, 92, 130

Juárez, Benito, 166, 171-172

Kaspar, Mitzi, 272-273
Kendeffy, Katinka, 71
Kiss von Ittebe, Katharina, *v.* Schratt, Katharina
Kiss von Ittebe, Nikolaus, 251
Kleist, Heinrich von, 259
Klimt, Gustav, 252, 305, 323
Koenigsegg, Paula, 150
Kokoschka, Oskar, 323
Kossuth, Lajos, 27, 71, 79-80, 128, 133-135, 144, 148, 151, 158, 165-166
Kraus, Karl, 323

Laënnec, René Théophile Hyacinthe, 88
Landi, Elissa, 249
Larisch, Maria, nipote di Elisabetta, 249
Latour, Joseph, 117, 147
Lehár, Franz, 262
Lenau, Nikolaus, 259
Leone XIII (Vincenzo Gioacchino Pecci), papa, 273, 281
Lesseps, Ferdinand de, 185
Libenyi, János, 26-28, 65-66, 68, 70, 91
Liszt, Franz, 115, 126, 167, 303
Loschek, valletto, 276
Lucheni, Luigi, 306-307, 310-314, 316-317, 323
Ludovica, duchessa, madre di Elisabetta, 9, 11, 13-16, 18-19, 22-24, 26, 28, 30, 35, 37-38, 45, 51, 84-86, 101-104, 107, 147, 162, 259, 272
Lueger, Karl, 307
Luigi II, re di Baviera, cugino di Elisabetta, 112, 114-116, 120, 143-144, 147, 158, 162, 173, 177, 222, 226-227, 246, 256-261, 270, 273, 284, 308, 317
Luigi XIV, re di Francia, 177
Luigi Vittorio, arciduca, cognato di Elisabetta, 119

Mac-Mahon, Patrice, 227
Majláth, György, 149-150

Majláth, János, 26-28, 65-66, 68, 70, 91, 130, 150, 259, 303
Makart, Hans, 252, 323
Manet, Édouard, 171
Manin, Daniele, 62
Maria, regina di Napoli, sorella minore di Elisabetta, 83-86, 93, 107-108, 162, 176, 216, 230-231, 308
Maria, regina di Sassonia, zia materna di Elisabetta, 147
Maria Antonietta, regina di Francia, 63
Maria Luigia, imperatrice dei Francesi, 42
Maria Teresa, regina di Sardegna, 66, 156, 158, 285, 292, 298
Maria Valeria, quarta figlia di Elisabetta, 180-181, 185, 187, 192, 198, 208, 220, 225, 230, 233, 243-245, 252, 255, 261-262, 265, 270-271, 274-280, 282-283, 289-291, 295, 299-300, 304-305, 310, 325
Marx, Karl, 191
Massimiliano, arciduca d'Austria e imperatore del Messico, fratello minore di Francesco Giuseppe, 43, 60-62, 71-72, 86, 95-100, 106, 113-114, 149, 159, 163, 166, 170-172, 177, 179, 182, 197, 222-223, 291
Massimiliano I, re di Baviera, 9, 41
Massimiliano II, re di Baviera, 112
Massimiliano Giuseppe («Max»), duca, padre di Elisabetta, 9-12, 15, 26, 29, 31, 35, 51, 84-85, 107-108, 149, 173, 212, 270, 272
Matilde, figlia dell'arciduca Alberto, 166, 171
Matilde, sorella di Elisabetta, 107, 162
Mayer, proprietario dell'hôtel Beau Rivage, 314
Medici, Maria de', 63
Metternich-Winneburg, Klemens, principe di, 13, 37, 42, 61, 76, 79, 155, 181, 196-197, 203, 290
Metternich-Winneburg, Richard, principe di, 50
Metzger, dottor, 242-244, 246
Middleton, Bay, 228-230, 233-234, 240, 250, 308
Milan, re di Serbia, 253

Montaigne, Michel Eyquem de, 133, 258
Montezuma, imperatore azteco, 170
Morand, Paul, 58, 250
Motley, John, 61
Mozart, Wolfgang Amadeus, 203
Musil, Robert, 117, 168-169

Napoleone I, imperatore dei Francesi e re d'Italia, 9, 42, 75, 266, 278
Napoleone II, re di Roma e duca di Reichstadt, detto l'*Aiglon*, 42, 62, 73, 99
Napoleone III, imperatore dei Francesi, 50, 75-77, 79-80, 99-100, 113-114, 133, 141, 146, 148, 152, 154-155, 159, 163, 170, 182, 187, 189-190
Nasr el-Din, scià di Persia, 204-205, 208
Nelson, Horatio, 61
Nerval, Gérard de, 41, 268
Nicola I, zar di Russia, 16, 45
Nietzsche, Friedrich Wilhelm, 259
Nopcsa, barone, 196, 226, 250, 258, 273, 275, 282-283

Offenbach, Jacques, 182, 238
Orléans, Enrico d', 307, 310
Orléans, Francesco d', duca d'Alençon, 174
Ottone, fratello minore di Luigi II, poi Ottone I, re di Baviera, 162, 222

Pacher di Theinburg, Frédéric, 211-219 222, 235, 246, 250
Perrault, Charles, 249, 261
Petzold, Elisa, 224-225
Pietro V, re di Portogallo, 89
Pio IX (Giovanni Maria Mastai Ferretti), papa, 89
Potocka, contessa, 87, 101
Princip, Gavrilo, 324
Proust, Marcel, 108

Radetzky, Johann Joseph Franz Karl, 60
Rauscher, cardinale arcivescovo di Vienna, 33, 36, 180
Riccardo, conte, 12, 14, 28, 35, 39
Rilke, Rainer Maria, 68

Rodolfo, terzo figlio di Elisabetta, 73-74, 76, 90, 96, 99, 103, 111, 116-117, 119, 139, 147-148, 179-180, 207-208, 222, 229-230, 233, 235-236, 238, 253, 255-256, 259, 267, 270-283, 286, 288-231, 293-297, 305, 308, 317-319, 326
Rodolfo I, imperatore del Sacro Romano Impero e re di Germania, 73-74
Roth, Joseph, 321
Rothschild, Julie de, 308-309, 314-315, 317
Rubens, Pieter Paul, 47, 305

Sand, George, 76
Sanzio, Raffaello, 61
Sartori, Giacomo, 307
Schiele, Egon, 157, 323
Schliemann, Heinrich, 253
Schönerer, Georg von, 269
Schratt, Katharina, 250-255, 262-263, 270, 274, 291-292, 296, 305, 321-322
Schumann, Robert, 259
Schwarzenberg, Felix, 61, 197, 290
Seeburger, dottor, 51, 66, 68
Shakespeare, William, 61, 99-100, 115-116, 143, 178, 182, 201, 248, 251, 284, 288-289, 296
Silvestro II (Gerberto di Aurillac), papa, 127
Sofia, arciduchessa, madre di Francesco Giuseppe e zia materna di Elisabetta, 13-15, 18-20, 22-24, 26, 29-31, 34-38, 50-51, 55, 61-62, 65-66, 68-71, 73-74, 78-79, 83-84, 86-87, 89-90, 93, 95, 101, 105, 109, 113, 116, 118, 128, 132, 135, 147, 149, 155, 163-164, 170, 179-180, 182, 195, 197-200, 204, 206, 223, 274, 317
Sofia, prima figlia di Elisabetta, 46-47, 50, 58, 62, 66, 68-70, 74, 96, 117, 137, 172, 180, 283
Sofia, sorella minore di Elisabetta, 162-163, 173, 178, 227, 308
Stefania, principessa del Belgio, 236-238, 268, 272, 275, 278
Stefano I, re d'Ungheria, santo, 51, 127
Stendhal (pseud. di Henri Beyle), 17, 38
Strauss, Johann (figlio), 208
Sztáray, Irma, 308-309, 311-313, 335

Indice dei nomi

Taxis, Paul von, 144
Teck, duchessa di, 222
Thurn und Taxis, Elena von, 101
Tussard, Madame, 222

Umberto I, re d'Italia, 310

Verdi, Giuseppe, 90
Veronese, Paolo Caliari, detto il, 262
Vetséra, Elena, 272, 275-276, 281
Vetséra, Maria, 272-273, 275-280, 297
Visconti, Luchino, 58
Vittoria, regina di Gran Bretagna e Irlanda, 88, 94-95, 119, 141, 221-222, 233-234
Vittorio Emanuele II, re d'Italia, 76-77, 141-142

Vogel, Henriette, 259

Wagner, Cosima, 115-116, 126, 144, 163, 260
Wagner, Otto, 179, 323
Wagner, Richard, 115-116, 143-144, 163, 177-178, 248, 257
Watteau, Jean Antoine, 237
Weckbecker, Hugo von, 22-23
Widerhofer, dottor, 276, 278, 280
Winterhalter, Franz, 119, 182
Worth, sarto, 126

Zang, direttore di «Die Presse», 106
Zola, Émile, 307
Zweig, Stefan, 263, 280, 299